KB129522

이의산시집 下

李義山詩集

이 책은 (재)한국연구재단의 지원으로 학고방출판사에서 출간, 유통합니다.

한국연구재단 학술명저번역총서  동양편 *618*

이의산시집

李義山詩集

下

이상은 李商隱 저 / 이지운 李智芸 · 김준연 金俊淵 역

學古房

|목 차|

권하卷下

권하

卷
下

432

正月十京有燈恨不得觀

정월 대보름에 경사에 연등제가 있다는 소식을 듣고도 볼 수 없어 안타까
워하다

月色燈光滿帝都, [1]	달빛과 불빛 경사에 가득하고
香車寶輦隘通衢, [2]	호화로운 마차와 수레 대로를 막겠지.
身閒不覩中興盛, [3]	몸이 한가로워도 중흥의 성대함을 보지 못하고
羞逐鄉人賽紫姑. [4]	마을 사람 따라 자고신에게 제를 지내자니 부끄럽다.

주석

1) 燈光(등광) : 불빛. 상원(上元)의 연등제는 안사의 난 이후 자취를 감추었다
가 문종 때 부활되었다. 시인은 이를 중흥의 상징으로 여긴 것이다.
2) 香車(향거) : 향목으로 만든 수레. 흔히 화려한 수레나 가마를 가리킨다.
寶輦(보련) : 보배 같은 수레. 화려한 수레를 가리킨다.
隘(애) : 막다.
通衢(통구) : 사통팔달의 도로.
3) 覩(도) : 보다.
4) 賽(새) : 보답하다. 제사를 지내다.
紫姑(자고) : 측신(厠神)의 하나. 유경숙(劉敬叔)의 《이원(異苑)》에 의하
면, 이경(李景)의 첩이 본처에게 미움을 받고 허드렛일만 하다가 정월

보름에 한을 품고 죽자 사람들이 그의 모습을 그려 뒷간에서 맞이했다고
한다.

해설

이 시는 회창 5년(845) 정월 대보름에 영락에서 경사의 연등제 소식을 듣
고 참관하지 못하는 안타까운 마음을 피력한 것이다. 제1-2구는 경사에서
열리는 연등제의 모습을 상상한 것이다. 장안(長安) 대로에 정월 대보름의
환한 달빛과 거리를 수놓는 오색 연등 빛을 받으며 호화로운 마차와 수레가
가득할 것이라고 했다. 제3-4구는 영락에 한거하는 처지라 연등제에 참석하
지 못하는 아쉬움을 토로한 것이다. 정월 대보름의 연등제는 안사의 난 이후
한동안 사라졌다가 문종 때 부활된 까닭에 중흥을 상징하는 축제의 한마당이
었다. 그런데 개인적 사정으로 영락과 같은 시골 마을에 머물며 자고신에
제사를 지내는 것으로 대신하는 것이 부끄럽다고 했다. 몸은 한가할망정 마
음은 편치 않은 영락 한거 시기 이상은의 심사를 잘 보여주는 작품이다. 직설
적으로 불평을 늘어놓는 데 그쳐 문학적 성취를 논할 만한 내용이 부족하다.

433

贈趙協律晳

협률랑 조석에게 주다

俱識孫公與謝公,[1]　　함께 손작과 사안을 알고 지냈고

二年歌哭處皆同.[2]　　2년 동안 울고 웃던 곳 모두 같았지.

已叨鄒馬聲華末,[3]　　이미 추양과 사마상여 명성의 말석을 차지했고

更共劉盧族望通.[4]　　더욱이 유곤과 노심처럼 명가의 친족관계를
　　　　　　　　　함께 했네.

南省恩深賓館在,[5]　　상서성의 은혜가 깊어 빈관은 그대로 있는데

東山事往妓樓空.[6]　　동산에서의 일 지나가니 기루는 비었구나.

不堪歲暮相逢地,[7]　　세밑에 서로 만난 곳에서 어찌 견디랴

我欲西征君又東.[8]　　나는 서쪽으로 그대는 또 동쪽으로 떠나고자
　　　　　　　　　하니.

주석

1) 孫公(손공) : 동진(東晉)의 문인인 손작(孫綽).
　謝公(사공) : 사안(謝安). 손작과 사안 두 사람은 함께 동토(東土)에서
　지내고, 바다를 항해하고, 계제사를 지낸 적이 있었다. 여기서는 각각
　영호초(令狐楚)와 최융(崔戎)을 가리킨다.
2) 歌哭(가곡) : 노래하고 곡하다.

3) 叨(도) : 외람되이 차지하다.

　　鄒馬(추마) : 추양(鄒陽)과 사마상여(司馬相如). 이들은 모두 양효왕(梁
　　孝王)의 빈객이었다.

　　聲華(성화) : 명성.

4) 劉盧(유노) : 유곤(劉琨)과 노심(盧諶). 유곤의 아내가 노심의 이모였다.

　　族望(족망) : 명문대족(名門大族).

　　通(통) : 통친(通親). 내왕이 있는 친척.

5) 南省(남성) : 상서성(尙書省)의 이칭. 대명궁의 남쪽에 있어 붙여진 이름
　　이다. 영호초는 헌종(憲宗) 때 이부상서(吏部尙書)를 지냈다.

　　賓館(빈관) : 빈객이 묵는 곳. 공손홍(公孫弘)이 승상이 된 뒤 동합(東
　　閤)을 열어 현사를 초빙한 일을 암용한 것으로, 빈관은 동합의 다른 이
　　름이다.

6) 東山(동산) : 지금의 절강성 상우현(上虞縣) 서남쪽의 산. 사안은 벼슬하
　　기 전 이곳에 은거하며 가기(歌妓)와 함께 노닐었다. 《진서》에 따르면
　　사안은 벼슬을 그만두고 다시 동산에 은거하려 했으나 받아들여지지 않
　　았기에, 서주(西州)의 문을 지날 때 뜻과 배치되는 아픔을 깊이 느꼈고,
　　그의 사후 외조카인 양담이 마음 아파 애도하며 차마 서주의 문을 지나
　　가지 못했다고 한다.

7) 不堪(불감) : 견딜 수 없다.

8) 西征(서정) : 서쪽 경사로 들어가는 것을 말한다. 이상은은 태화 9년 장안
　　에서 최융을 조문한 뒤 형양으로 돌아왔다.

　　東(동) : 동쪽으로 가다. 동쪽 선주(宣州) 막부로 가는 것을 가리킨다.

해설

　이 시는 태화 8년(834) 조석(趙晳)이 선주자사(宣州刺史)로 가는 왕질(王
質)의 초빙을 받고 선주의 막부로 갈 때 그를 전송한 것이다. 조석은 태상시
(太常寺)에서 협률랑이라는 관직을 지낸 바 있다. 당시는 이상은이 과거에
낙방하고 최융(崔融)을 따라 산동의 연주로 갔다가 그가 한 달여만에 사망하
자 고향 형양으로 돌아온 시점이었다. 조석은 이상은과 함께 최융의 조카로

1121

서 영호초의 막부에도 같이 지낸 적이 있어 친분이 두터웠다.

　제1-2구는 영호초와 최융의 막부에서 2년 동안 함께 지내며 고락을 같이했다는 것이다. 제3-4구에서는 이를 다시 부연하여 두 사람이 양효왕 휘하의 추양과 사마상여처럼 영호초 막부의 일원이면서 유곤과 노심처럼 외가 쪽 친척이었다고 했다. 제5-6구는 두 사람에게 은인과 같은 영호초와 최융이 생사를 달리했다는 말이다. 이부상서가 된 영호초의 객사는 그대로 있지만, 이미 세상을 떠난 최융의 자취는 더 이상 찾아볼 길 없다고 했다. 제7-8구는 두 사람이 세밑에 서로 만났지만 한 사람은 동쪽으로 다른 한 사람은 서쪽으로 돌아가는 상황을 이야기했다. 한동안 삶을 같이 했던 두 사람이 갈림길에 선 모습이 끝 모를 비애를 자아낸다. 두보 칠언율시의 침울한 맛이 느껴져 이상은 초기 시 중에서는 명편으로 꼽힌다.

434

搖落
낙엽이 떨어지다

搖落傷年日,[1]	지는 낙엽에 가는 세월 서러운 날
羈留念遠心,[2]	나그네 길에서 먼 임 생각하는 마음,
水亭吟斷續,	물가 정자에서는 읊조리는 소리 끊어졌다 이어졌다 하고
月幌夢飛沉.[3]	달빛 스민 휘장 속에서는 꿈이 날기도 잠기기도 한다.
古木含風久,[4]	고목은 바람을 머금은 지 오래고
疎螢怯露深.	드문드문한 반딧불이는 짙어가는 이슬 겁내는데,
人閒始遙夜,[5]	인적 한가하니 비로소 이 밤이 길고
地迥更清砧.	사는 곳 외지니 다듬잇돌 소리 더욱 맑구려.
結愛曾傷晚,[6]	예전에 사랑 맺을 땐 늦게 만난 것을 애석해 했건만
端憂復至今.[7]	이제와선 더욱 근심뿐이고,
未諳滄海路,[8]	대해로 가는 길 알지 못하겠거니
何處玉山岑.[9]	어디가 옥산의 봉우리인가?
灘激黃牛暮,[10]	여울물 세찬 황우산에 황혼이 지고

雲屯白帝陰.¹¹　　구름이 모인 백제성은 어둑어둑한데,

遙知霑灑意,¹²　　멀리서도 알겠거니, 소매를 적시며 눈물 흘리는
　　　　　　　　마음

不減欲分襟.　　헤어지려던 그 때보다 덜하지 않음을.

주석

1) 搖落(요락) : 시들다. 떨어지다.

　《초사 · 구변(九辯)》 서글프도다, 가을의 기운이어! 쓸쓸하게 초목의 잎이 시
　들어 떨어지고 쇠해가는구나.(悲哉秋之爲氣也, 蕭瑟兮草木搖落而變衰.)

2) 羈留(기류) : 떠돌이 나그네로 지내다.

3) 月幌(월황) : 달빛 비치는 휘장.

　飛沉(비침) : 날다가 떨어지다.

4) 含風(함풍) : 바람을 머금다. 바람에 휘날리다.

5) 遙夜(요야) : 긴 밤.

6) 結愛(결애) : 사랑하다. 사랑을 맺다.

7) 端憂(단우) : 깊이 근심하다.

8) 諳(암) : 알다.

　滄海(창해) : 대해. 창해.

9) 玉山(옥산) : 전설상의 신선의 산.

　《산해경(山海經) · 서산경(西山經)》또 서쪽으로 350리에는 옥산이 있는데 서
　왕모의 거처이다.(又西三百五十里, 曰玉山, 是西王母所居也.)

10) 黃牛灘(황우탄) : 장강의 여울 이름. 황우산(黃牛山) 밑의 여울. (《수경주
　(水經注)》

11) 屯(둔) : 모이다.

12) 霑灑(점쇄) : 물방울이나 눈물이 흘러내려 적시다.

13) 分襟(분금) : 이별하다.

해설

　이 시는 대중(大中) 2년(848) 경 가을을 맞아 멀리 있는 이를 그리워하며

지은 작품이다. 그 상대는 아마 아내일 것으로 추정된다. 당시 정아(鄭亞)를 따라 계주(桂州)의 막부에서 지내던 시인은 정아가 순주(循州)로 폄적되자 계주를 떠나 장안으로 돌아왔다. 귀로의 여정을 살펴보면, 5월에 담주(潭州)를 거쳐 6월 중하순쯤에는 강릉(江陵)에 도착하고 7월 중하순에는 장강을 거슬러 기주(夔州)에 다다른 것으로 추정된다. 이 시의 말미에 기주의 백제성(白帝城)이 등장하는 것으로 보건대, 창작 지점은 기주가 될 것이다.

　제1-2구에서는 앞으로 전개될 시상을 응축하여 시 전편을 이끌고 있다. 즉 멀리 있는 이를 그리는 정과 초목이 시드는 경물이 그것이다. 이 시상은 이후 여섯 구에서 구체적 형상으로 표현되고 있다. 제3-4구에서는 '먼 임 생각하는 마음'을 잇고 있다. 시인이 멀리 떠나와 집 생각을 하여 낮에는 물가 정자에서 집을 그리는 시를 읊조리고, 밤에는 뒤척이면서 고향에 돌아가는 꿈을 설핏 꾸는 것이다. 제5-6구에서는 '지는 낙엽'을 이어 가을을 구체적으로 묘사했다. 고목이 차가운 바람 속에 홀로 서 있고, 때늦은 반딧불이가 싸늘한 새벽이슬에 겁을 먹은 듯하니 쓸쓸하고 외로운 늦가을의 정경이다. 제7-8구에서는 '나그네 길'을 이어 한밤중의 고요한 정경을 제시하며, 나그네 생활에 즐거움 없이 무료하고 적적하기만 하다고 했다. 다음 여섯 구에서는 시상을 전환하여 자신과 아내와의 감정을 다루고 있다. 제9-10구에서는 아내와 결혼 후 지금까지 근심이 끊이지 않았다며, 억울하기도 하고 미안하기도 한 애달픈 정을 드러냈다. 제11-12구에서는 '대해로 가는 길'과 '옥산의 봉우리'로 가고자 하나 갈 길이 없음을 말해 처량한 나그네 신세임을 부각시켰다. 제13-14구에서는 황우탄과 백제성의 경물 묘사로 시인이 처한 곳을 드러내어 역시 나그네 신세로 고향에 돌아가지 못하고 있음을 말했다. 마지막 두 구인 제15-16구에서는 상대방이 멀리 떨어져 있는 자신을 그리워하여 눈물을 뿌릴 것을 상상하는 장면을 제시하면서, 그 슬픔이 헤어질 때보다 덜하지 않다고 했다. 이런 마무리는 앞 단락에서 전환된 시상을 수렴하면서 다시 짙은 애상의 감정을 표현하고 있어 시 전체에 깊은 여운을 준다.

435

滯雨
장맛비

滯雨長安夜,¹	장맛비 내리는 장안의 밤
殘燈獨客愁.²	가물거리는 등불에 외로운 나그네 시름.
故鄕雲水地,³	고향은 구름과 물이 감도는 곳
歸夢不宜秋.⁴	돌아가고픈 꿈도 가을엔 맞지 않구나.

주석

1) 滯雨(체우) : 장맛비.
2) 殘燈(잔등) : 꺼져가는 등불.
3) 故鄕(고향) : 여기서는 형양(滎陽)을 가리키는 듯하다.
   雲水地(운수지) : 구름과 물이 감돌아 경치가 아름다운 곳. 형양은 북쪽
   으로 황하를 접하고 있고, 남쪽으로는 소형산(少陘山), 부희산(浮戱山),
   숭고산(嵩高山) 등이 늘어서 있다.
4) 宜(의) : 적합하다.

해설

　이 시는 과거에 낙제한 후 장안에 머물던 어느 가을에 지은 것으로 추정된
다. 제1-2구는 장안에서 나그네로 지내는 모습을 그린 것이다. 장맛비가 내리
는 장안에서 등불이 가물거릴 때까지 외로움에 시름한다고 했다. 제3-4구는

고향에 돌아가지 못하는 심사를 토로한 것이다. 고향은 구름과 물이 감도는 아름다운 곳이지만, 과거에 급제하지 못한 현 상황에서는 돌아가기가 어렵다고 했다. 청나라 기윤(紀昀)은 이 시를 평하여 "시상의 운용에 상당한 곡절이 있으면서도 자연스럽게 표출된 까닭에 고아한 곡조가 되었다(運思甚曲, 而出以自然, 故爲高調.)"고 했다.

436-1

偶題 二首(其一)

우연히 지은 두 수 1

小亭閒眠微醉消,[1]　작은 정자에서의 한가로운 잠에 약한 술기운
　　　　　　　　　 도 사라졌는데

山榴海栢枝相交,[2]　석류와 측백나무는 가지가 서로 얽혔네.

水文簟上琥珀枕,[3]　물결무늬 대자리 위에 호박 베개

傍有墮釵雙翠翹.[4]　그 옆에는 떨어진 비녀와 한 쌍의 비취새 머리
　　　　　　　　　 장식.

주석

1) 閒眠(한면) : 한가로운 잠.
　 微醉(미취) : 약한 술기운.
　 消(소) : 사라지다.

2) 山榴(산류) : 석류(石榴). 철쭉으로 보기도 한다.
　 海栢(해백) : 측백나무의 일종. 흔히 해외에서 건너온 품종 앞에 '해(海)'
　 자를 붙인다.

3) 水文簟(수문점) : 물결무늬가 있는 대자리.
　 琥珀枕(호박침) : 호박으로 만든 베개. 호박은 나무의 진 따위가 땅속에
　 묻혀서 굳어진 누런색 광물이다.

4) 墮釵(타채) : 떨어진 비녀.

翠翹(취교) : 아녀자의 머리장식. 비취새의 꼬리깃 같다 하여 붙여진 이름이다.

해설

이 시는 기녀와의 염정을 소재로 우연히 지은 두 수 가운데 첫째 수이다. 제1-2구는 술에 취해 작은 정자에서 낮잠에 빠진 모습을 담은 것이다. 석류와 측백나무는 남녀를 비유하는 말로, 가지가 서로 얽혔다 했으니 부둥켜안고 자는 모습일 것이다. 제3-4구는 대자리 위의 사물들에 초점을 맞춘 것이다. 호박 베개 옆으로 비녀와 머리장식이 어지러운 모습을 통해 남녀 간의 쾌락을 암시했다.

436-2

偶題 二首(其二)

우연히 지은 두 수 2

淸月依微香露輕,¹   맑은 달 희끄무레하고 향기로운 이슬 가벼울 때

曲房小院多逢迎.²   내실이나 작은 뜰에서는 만남도 빈번하다.

春叢定是饒棲夜,³   봄날의 화초 속에는 틀림없이 깃드는 밤 넘치리니

飮罷莫持紅燭行.⁴   술자리 파하고서 붉은 촛불 들고 가지 마시게.

주석

1) 依微(의미) : 희끄무레하다.

   香露(향로) : 향기로운 이슬. 꽃이나 풀에 내린 이슬을 가리킨다.

2) 曲房(곡방) : 깊고 조용한 방. 내실(內室).

   逢迎(봉영) : 만남.

3) 春叢(춘총) : 봄날 무더기로 자라는 꽃과 나무. 여기서는 기녀를 비유한다.

   定是(정시) : 틀림없이 ~이다.

   饒(요) : 풍족하다.

   棲夜(서야) : 밤에 깃들다. '夜(야)'가 '조(鳥)'로 된 판본도 있다.

4) 飮罷(음파) : 술자리가 파하다.

   持(지) : 들다.

紅燭(홍촉) : 붉은 촛불.

　이 시는 기녀와의 염정을 소재로 우연히 지은 두 수 가운데 둘째 수이다. 제1-2구는 밤이 이슥해질 무렵의 광경을 묘사한 것이다. 내실이나 작은 뜰에서 손님을 맞이하는 기녀가 많다고 했다. 제3-4구는 이런 곳에서 주의해야 할 사항을 해학적으로 표현한 것이다. 곳곳에서 손님과 기녀가 다정한 만남을 즐길 것이니 그 자리에 촛불 들고 나타나지 말라고 했다.

　청나라 풍호(馮浩)는 "첫째 수는 낮의 광경이고, 둘째 수는 밤의 광경이다 (上章畫景, 下章夜景.)"라고 두 수의 차이점을 정리했다.

437

月

달

過水穿樓觸處明,[1]	물가를 지나고 누각을 관통하며 닿는 곳마다 밝히니
藏人帶樹遠含清.[2]	사람을 감추고 나무를 가진 채 멀리서 맑음을 품었다.
初生欲缺虛惆悵,[3]	막 떠올라 이지러지려 하면 공연히 슬퍼하지만
未必圓時卽有情.	둥글 때라고 꼭 정이 있는 것은 아니다.

주석

1) 觸處(촉처) : 닿는 곳.

2) 藏人(장인) : 사람을 감추다.

　단성식(段成式),《유양잡조(酉陽雜俎)·천지(天咫)》달의 계수나무는 높이가 오백 길인데 그 아래에 항상 그것을 베는 사람이 있어서 나무는 베어졌다 곧 붙었다. 그 사람은 성이 오이고 이름은 강으로 서하 사람이었으며, 신선술을 배우다 잘못한 일이 있어 귀양을 가서 나무를 베게 된 것이었다. (月桂高五百丈, 下有一人常斫之, 樹創隨合. 人姓吳名剛, 西河人, 學仙有過, 謫令伐樹.)

　帶樹(대수) : 나무를 가지다. 달에 있다는 계수나무를 가리킨다.

3) 缺(결) : 이지러지다.

　虛(허) : 공연히. 헛되이.

惆帳(추창) : 슬퍼하다.

해설

　이 시는 달을 바라보며 인간에게 존재하는 근본적 결여감을 내비친 것이다. 제1-2구는 멀리서 세상 구석구석을 밝히는 달을 언급한 것이다. 사람도 있고 나무도 있는 듯한 달에서 빛이 환하게 비쳐올 때면 무슨 뜻이 있는 것 같다는 생각이 내포되어 있다. 제3-4구는 감정이 없는 달이 변하는 모습에 공연히 동요하는 사람의 심리를 지적한 것이다. 달이 이지러질 때 사람은 그것이 둥글었을 때를 생각하며 동정을 보내고 다시 둥글어지기를 바라지만, 얼마 후 달이 절로 둥글어진 뒤에도 그런 사람에게 정을 주지는 않는다고 했다. 결국 사람은 달이 이지러질 때는 안타까움에 빠져들고 달이 둥글 때는 무정함에 우는 존재라는 것이다. 이런 숙명에서 벗어나려면 '새옹지마(塞翁之馬)' 이야기에 등장하는 새옹의 지혜가 필요하겠지만, 그것이 말처럼 쉽지 않다는 생각이 담겨 있는 작품이라 여겨진다. 청나라 풍호(馮浩)는 이 시를 평해 "모두가 실의한 말이니, 꼭 가리키는 바가 있는 것은 아니다(總是失意之語, 不必定有所指.)"라고 했다.

438

夜冷
밤은 차갑고

樹遶池寬月影多,¹	나무 두른 연못은 넓어 달그림자 가득 찼는데
村砧塢笛隔風蘿.²	마을의 다듬질 소리와 피리 소리는 바람막이 등라 너머에.
西亭翠被餘香薄,³	서쪽 정자의 비취 이불엔 남은 향기가 적어
一夜將愁向敗荷.⁴	밤새 슬픔을 가지고 시든 연꽃을 대한다.

주석

1) 遶(요) : 두르다.
2) 村砧(촌침) : 마을의 다듬잇돌. 여기서는 다듬질 소리를 가리킨다.
   塢笛(오적) : 마을에서 들려오는 피리 소리.
   風蘿(풍라) : 바람을 막는 등라(등나무 덩굴).
3) 西亭(서정) : 숭양택(崇讓宅) 서쪽 연못가의 정자를 가리킨다.
   翠被(취피) : 비취새를 수놓은 이불.
4) 將愁(장수) : 슬픔을 가지다.
   敗荷(패하) : 시든 연꽃. 흔히 '애정의 종결'을 상징한다.
   이상은, 〈이복야의 고택에 들르다 過伊僕射舊宅〉 그윽한 눈물이 빛바랜 국화의 이슬을 말리려 하고, 남은 향기가 아직도 시든 연꽃 바람에 스며드네(幽淚欲乾殘菊露, 餘香猶入敗荷風.)

해설

　이 시는 대중 5년(851) 가을 낙양의 숭양택 서쪽 정자에서 잠을 청하며 지은 시로 보인다. 제1-2구는 서쪽 정자 주변의 쓸쓸한 풍경을 묘사한 것이다. 연못에 달빛이 환한 밤에 마을에서 다듬질 소리와 피리 소리가 들려온다고 했다. 그렇게 사람 냄새 나는 정겨운 소리로 인해 외로운 시인의 마음은 더욱 어지러워졌을 것이다. 제3-4구는 차가운 서쪽 정자에서 쉬이 잠들지 못하고 하염없이 연못을 응시하는 시인의 모습을 그린 것이다. 비교적 뚜렷이 드러나는 '시든 연꽃'의 상징적 의미로 인해, 이것이 세상을 떠난 그의 아내를 추모한 시라는 것을 눈치 채게 된다. 시인은 향기가 거의 사라진 이불에서 아내 왕씨의 체취를 더듬으며 아름다웠던 지난날을 추억하고 있다. 그런 슬픔으로 잠을 이루지 못한 시인은 밤새 나무를 따라 연못을 빙빙 맴돌 뿐이다.

439

正月崇讓宅¹
정월 숭양의 저택에서

密鎖重關掩綠苔,²	겹겹의 문 굳게 걸어 잠겨있고 푸른 이끼 덮여 있는데
廊深閣逈此徘徊.	회랑 깊고 누각 멀어서 에서 배회한다.
先知風起月含暈,³	달무리 지니 바람 일 것 먼저 알겠고
尚自露寒花未開.⁴	꽃 아직 피지 않아 여전히 이슬 차갑다.
蝙拂簾旌終展轉,⁵	박쥐가 주렴 끝 천을 스침에 끝내 뒤척이고,
鼠翻窓網小驚猜.⁶	쥐가 그물창문 들썩여 자못 놀라며 의심한다.
背燈獨共餘香語,⁷	등불 등지고 혼자서 남겨진 향기에게 말을 걸어보다
不覺猶歌起夜來.⁸	나도 모르게 〈기야래〉가 흘러나왔다.

주석

1) 崇讓宅(숭양택) : 시인의 장인인 경원절도사(徑原節度使) 왕무원(王茂元)의 저택으로, 동도 낙양 숭양방(崇讓坊)에 있다. 시인과 그의 처가 이곳에 살았었다.

2) 重關(중관) : 겹겹의 문.

3) 月含暈(월함운) : 달무리가 지다. 달 언저리에 둥글게 두른, 구름 같은

허연 테가 생기는 것으로, 《광운(廣韻)》에 따르면 달무리가 지면 바람이
많이 분다고 한다.

4) 尙自(상자) : 여전히.

5) 簾旌(염정) : 발이 장식된 천.

6) 窓網(창망) : 창에 조각된 무늬가 그물과 같은 것을 이른다. 나중에는
직접 그물을 짜서 창문에 설치해 새가 들어오지 못하게 했다.

7) 背燈(배등) : 등불을 등지다. 등불을 가리다. 취침하다.

8) 起夜來(기야래) : 옛날 곡 이름. 《악부해제(樂府解題)》에 따르면 옛 임이
오실 것을 그리워하는 내용이라 되어 있다.

해설

이 시는 시인의 아내 왕씨가 병으로 죽은 후 5년이 지나 처가에 돌아와
지은 도망시(悼亡詩)다. 제1-2구는 숭양의 저택을 묘사한 것이다. 문이 깊이
잠겨 있고 다니는 사람도 없이 길에는 이끼만 가득한 채 퇴락하여 슬픔을
자아내는 모습이다. 회랑이나 누각도 조용하고 쓸쓸해 시인은 다만 배회할
뿐이라고 했다. 제3-4구는 제목의 '정월'을 형상화한 것이다. 달무리가 생기면
바람이 많아 더욱 싸늘해지고 밤이슬 차가워 봄꽃이 피지 못한다고 했다.
처량한 경물묘사로 시인의 암담한 심경을 부각시키고 있다. 후반부는 실내에
대해 쓰고 있다. 제5-6구는 방안 풍경을 묘사한 것이다. 박쥐나 쥐가 내는
부산한 소리와 스산한 모습을 전하며 시인이 밤새 잠 못 이루는 정경을 그려
냈다. 제7-8구는 더욱 비참하고 침통한 광경이다. 시인은 꿈인 듯 생시인 듯
죽은 아내의 향기를 맡고 아내가 있는 듯 느껴져, 그와 대화를 하고 자기도
모르는 사이에 노래까지 흥얼거린다. 이런 상태는 시인의 그리움이 얼마나
깊은지, 또 얼마나 고통스러운 지 잘 드러내준다.

440

城外

성 밖에서

露寒風定不無情,	이슬이 차고 바람이 멎을 때 정이 없지는 않은 듯
臨水當山又隔城.¹	물가에 다가가고 산과 마주하다 다시 성 너머로.
未必明時勝蚌蛤,²	밝을 때라고 대합조개보다 꼭 낫다고 할 수 없구나
一生長共月虧盈.³	대합조개는 일생 동안 늘 달과 함께 차고 이지러지니.

주석

1) 當山(당산) : 산과 마주하다.
2) 蚌蛤(방합) : 대합조개.
3) 虧盈(휴영) : 차고 이지러지다.
   《여씨춘추 · 정통(精通)》 달이 보름일 때는 대합조개의 속이 차고 여러 음상(陰象)도 차며, 달이 그믐일 때는 대합조개의 속이 비고 여러 음상도 이지러진다(月望則蚌蛤實, 群陰盈, 月晦則蚌蛤虛, 群陰缺.)

해설

이 시는 성 밖에 떠오른 달을 노래한 것이다. 제1-2구는 달이 시인을 비춰

주는 듯 하다가 다시 성 너머로 떠가는 모습을 묘사한 것이다. 밤이 깊을
무렵 이슬이 차갑고 바람이 잦아들 때 휘영청 떠오른 달은 마치 시인에게
어떤 감정이 있는 것처럼 보이지만, 물가와 산을 지나 성 너머로 멀어진다고
했다. 다시 정이 없는 듯 보인다는 것이다. 제3·4구는 대합조개와 비교하며
시인의 불우한 처지를 슬퍼한 것이다. 대합조개는 달의 변화를 따라 보름에
는 속이 차고 그믐에는 속이 비는데, 자신은 그만 못해서 달이 밝을 때도
고달픈 생활을 면치 못한다고 했다. 청나라 요배겸(姚培謙)은 "달이 이미 성
너머로 가니 성 밖에서는 달빛이 미치지 않는 것 같아 그래서 '성 밖에서'라는
제목을 붙인 것이다(月旣隔城, 城外似照不及, 故以城外命題.)"라고 했고, 굴
복(屈復)은 "산과 물로 막혀도 이미 보이지 않는데 하물며 성 너머로 감에랴.
그것이 오지 않을 것이 틀림없다. 대합조개는 그래도 달과 함께 차고 비는데
사람은 그렇지 못한 것이다(山水之阻已不可見, 況隔城乎. 其不來必矣. 蚌蛤
猶能共月虧盈, 而人則不然也.)"라고 했다.

441

撰彭陽公誌文畢有感

팽양공의 묘지명을 다 지은 뒤에 느낀 바가 있어

延陵留表墓,[1]   연릉에서는 묘의 표식을 남겼고

峴首送沉碑.[2]   현산에서는 묻은 비석으로 전송했다.

敢伐不加點,[3]   어찌 감히 고치지 않았다고 자랑하랴

猶當無愧辭.[4]   오히려 겸연쩍어 할 말 없음이 당연하다.

百生終莫報,[5]   백 번 살아도 끝내 보답하지 못할 것이고

九死諒難追.[6]   아홉 번 죽어도 진실로 따라가기 어렵다.

待得生金後,[7]   금이 생겨날 때까지 기다린 뒤면

川原亦幾移.[8]   내와 들 또한 얼마나 바뀌었을까?

주석

1) 延陵(연릉) : 지명. 지금의 강소성 상주시(常州市). 여기서는 연릉에 봉해
   져 '연릉계찰'이라 불렸던 오나라 계찰(季札)을 가리킨다.
   表墓(표묘) : 묘의 표식. 묘 앞의 비석에 새겨 행적을 드러내는 것을 말
   한다.
2) 峴首(현수) : 호북성 양양시(襄陽市) 남쪽의 현산(峴山).
   沉碑(침비) : 비석을 묻다. 《진서 · 두예전(杜預傳)》에 의하면, 두예는 비
   석 두 개에 자신의 공적을 기록해 하나는 만산(萬山)의 아래에 묻고 하나
   는 현산 위에 세웠다고 한다.

3) 敢(감) : '豈敢(기감)'과 같다. 어찌 감히 ~하랴.
   伐(벌) : 자랑하다.
   加點(가점) : 수정하다.
4) 無媿辭(무괴사) : 겸연쩍어 할 말이 없다. 《후한서·곽태전(郭泰傳)》에
   의하면, 곽태가 죽은 뒤 채옹(蔡邕)이 비문을 지으면서 곽태의 경우에는
   없는 말을 지어낼 필요가 없어서 겸연쩍어 하지 않아도 되었다고 말했다
   고 한다.
5) 百生(백생) : 백 번 살다.
6) 諒(양) : 진실로.
7) 生金(생금) : 금이 생기다. 《석서기(石瑞記)》에 의하면, 가규(賈逵)의 돌
   비석에 금이 생겨나 사람들이 긁어다 팔고 나면 또 생겼다고 한다.
8) 川原(천원) : 내와 들. 여기서는 '능곡지변(陵谷之變)', 즉 오랜 시간이 흘
   러 구릉이 골짜기가 된다는 말을 암시한다. 비석과 달리 비문은 세월이
   지나면 흔적 없이 사라질 것이라는 말이다.

해설

이 시는 이상은이 팽양공 영호초의 묘지명을 다 지은 후에 감회를 쓴 것이
다. 영호초는 임종 시에 유언을 남겨 묘지명은 다만 친족관계만을 기록하고
고위 관료에게 청탁하지 말라고 했다고 한다. 이런 연유에서 생전에 영호초
가 아꼈던 이상은이 묘지명을 쓰게 된 것으로 보이는데, 묘지명은 현재 전하
지 않는다.

제1-2구는 계찰과 두예로 영호초에 대한 추앙의 의미를 표현했다. 제3-4구
는 글솜씨 때문이 아니라 영호초가 실제로 뛰어난 행적을 쌓은 까닭에 묘지명
이 빛날 것이라 했다. 제5-6구는 영호초의 큰 은혜에 보답할 길이 없음을
한탄한 것이다. 제7-8구는 영호초의 명망은 비석과 함께 영원히 남을 것이나
자신의 비문은 세월과 함께 흩어질 것을 우려한 것이다. 영호초 사후에 이상은
이 누리던 애제자(愛弟子)로서의 지위는 크게 흔들렸다. 그것이 이상은이 자
초한 일인지 여부는 확실치 않은데, 그가 이 시의 마지막 연에서 사용한 '비석'
과 '비문'의 비유가 마치 그의 운명을 암시한 것처럼 보이는 것이 이채롭다.

442

北靑蘿¹

북청라

殘陽西入崦,²	석양이 서쪽 산 너머로 지는 때
茅屋訪孤僧.	띠풀로 지은 집의 외로운 스님을 찾았네.
落葉人何在,	낙엽은 지는데 사람은 어디에 있으며
寒雲路幾層.	찬 구름 속 길은 몇 겹이나 되는가?
獨敲初夜磬,³	외로이 초저녁부터 경쇠를 두드리고
閑倚一枝藤.	한가로이 등나무 한 줄기에 기대어보네.
世界微塵裏,⁴	이 세계란 작은 티끌 속에 있는 것
吾寧愛與憎?⁵	내가 어찌하여 애증에 얽혔는가?

주석

1) 北靑蘿(북청라) : 하남성 제원현(濟源縣) 왕옥산(王屋山) 안에 있는 지명. 이상은은 일찍이 왕옥산의 한 갈래인 옥양산(玉陽山)에서 도를 배운 적이 있다. 청나라 강병장(姜炳璋)은 북청라를 암자의 이름으로 보았다.
2) 殘陽(잔양) : 기울어져 가는 햇빛.
入崦(입엄) : 엄자산(崦嵫山)으로 들어가다. 《산해경(山海經)》에 따르면 엄자산 아래 우천(虞泉)이 있는데 해가 들어가는 곳이라 한다. 여기서는 해가 진다는 의미이다.

3) 初夜(초야) : 초저녁.

   磬(경) : 경쇠. 타악기의 일종.

4) 微塵(미진) : 썩 작은 티끌이나 먼지라는 뜻의 불교용어. 불교에서는 대천
   세계(大千世界)가 모두 미진 속에 있다고 한다.

5) 寧(녕) : 어찌.

해설

　이 시는 외로이 수행하는 스님을 찾아 갔으나 만나지 못한 시인이 암자에
서 밤을 지내면서 얻은 깨달음에 대해 쓴 것이다. 제1-2구에서는 해질녘에
스님을 찾아갔다고 했고, 제3-4구에서는 스님을 만나지는 못했다고 했다. 사
람 대신 그가 본 것은 낙엽이 지고 차가운 구름이 먼 길에 퍼져 있는 모습뿐
이었다. 제5-6구에서는 스님을 만나지 못한 채 시인이 밤을 지내는 모습을
쓰고 있다. 초저녁부터 경쇠를 두드리는 모습이 고독하고, 등나무 줄기에 몸
을 기댄 모습이 한가롭다. 외롭고 한가로운 가운데 자신에게 고통이 되는
세상의 번뇌에 대해 생각했을 것이다. 제7-8구에서는 시인이 깨달음의 경지
에 이르렀음을 보여준다. 세상이란 티끌 속에 있는 작은 세계에 지나지 않는
데, 부질없이 애증에 얽혀 있었다며 자신을 반성했다. 청나라 기윤(紀昀)은
"제3,4구의 격조가 높다(三四格高)"고 칭송했다.

443

戲贈張書記

장서기에게 장난삼아 드리다

別館君孤枕,[1]	객관에서 그대 외로이 잠들 때
空庭我閉關.[2]	빈 뜰에서 나는 문을 닫습니다.
池光不受月,	연못의 물안개는 달을 받아들이지 않고
野氣欲沉山.	들의 기운은 산을 삼키려 하네요.
星漢秋方會,[3]	은하수에 가을에야 모이니
關河夢幾還.[4]	관하를 꿈에 몇 번이나 다녀왔을까요?
危絃傷遠道,[5]	급한 줄은 먼 길을 마음아파하고
明鏡惜紅顏.	밝은 거울은 붉은 얼굴을 애석해 한답니다.
古木含風久,	오래된 나무는 바람을 머금은 지 오래이고
平蕪盡日閒.[6]	초목 우거진 들은 종일토록 한가롭네요.
心知兩愁絶,[7]	정인 두 사람은 근심이 그지없어
不斷若尋環.[8]	이어진 고리처럼 끊어지지 않아요.

주석

1) 別館(별관) : 객관(客館). 여기서는 홍농현의 객관을 가리킨다.
   孤枕(고침) : 외로운 베개. 홀로 잠든다는 말이다.

1144

2) 空庭(공정) : 빈 뜰. 시인 혼자 홍농현위로 부임해 부인과 헤어져 있음을 말한다.

　閉關(폐관) : 문을 닫다.

3) 星漢(성한) : 은하수.

4) 關河(관하) : 산서성 무향현(武鄕縣) 인근에 있다.

5) 危絃(위현) : 급하게 튕기는 줄. 슬픈 소리를 가리킨다.

6) 平蕪(평무) : 초목 우거진 들.

7) 心知(심지) : '지심(知心)'과 같은 말로 친구나 정인(情人)을 가리킨다.

　愁絶(수절) : 매우 근심스럽다.

8) 尋環(심환) : '循環(순환)'과 같은 말로 이어진다는 뜻이다.

해설

　이 시는 왕무원의 맏사위로서 이상은과는 동서지간인 장심례(張審禮)에게 보낸 것이다. 그의 아내의 목소리를 빌려 지방에서 독수공방하는 그를 놀리는 의미가 있어 '장난삼아 준다'고 했다. 그러나 시인 자신의 처지도 그보다 나을 바 없기에 자조적인 뜻도 강하다. 시의 내용으로 보아 이상은이 홍농에 있던 개성 5년(840) 가을, 장심례가 홍농을 지나는 길에 객관에 머물 때 지은 것으로 추정된다.

　이 시는 12구로 이루어진 오언배율이다. 처음과 마지막 연이 각각 '기(起)'와 '결(結)'을 이루면서 중간 네 연은 '경물'-'감정'-'경물'-'감정'의 순서로 시상이 전개되었다. 제1-2구는 이별의 처지를 서술했다. 장심례는 홍농의 객관에서, 그의 아내는 본가에서 각기 독수공방한다는 말이다. 제3-4구는 이별한 후의 쓸쓸한 야경이다. 물안개와 어둠이 짙게 깔려 연못에 달빛이 반사되지 않고 산은 형체를 알아볼 수 없다고 했다. 헤어진 사람들의 심리가 경물을 통해 잘 드러나 있다. 제5-6구는 은하수를 빌려 감정을 묘사했다. 견우와 직녀처럼 만나는 일도 꿈에서나 가능하다며 안타까워했다. 제7-8구 또한 이별에 상심하는 모습이다. 슬픈 가락을 튕기며 걱정스런 마음을 달래지만 거울을 보면 그렇게 외로이 보내야만 하는 젊은 날이 한스럽다고 했다. 제9-10구는 재차 쓸쓸한 경치를 묘사한 것이다. 고목에 불어오는 바람이 근심을 가중시키는데, 들은 인적도 없이 고요하기만 하다고 했다. 제11-12구는 떨칠 수 없는 이별의 수심으로 시상을 마무리한 것이다. 정인 두 사람의 걱정과 근심은 꼬리에 꼬리를 물어 끝없이 되풀이된다고 했다.

이상은의 시 가운데 일부는 이처럼 난해한 전고나 화려한 수식을 가하지 않은 '백묘(白描)'의 수법이 눈에 띈다. '장난삼아 주는' 시라고 보기에는 경물과 감정의 어울림이 수준급이고, 동병상련의 감정이입도 훌륭하다고 평가된다.

444

幽人¹

은자

丹竈三年火,²	단조에는 삼 년간 불이 지펴져 있고
蒼崖萬歲藤.³	깎아지른 절벽에는 만년 묵은 등나무가 있네.
樵歸說逢虎,	나무꾼은 돌아오며 호랑이 만났던 얘기를 하고
碁罷正留僧.	바둑 끝내고는 스님더러 머무르라 하네.
星斗同秦分,⁴	북두성과 남두성은 진 분야에 함께 하고
人煙接漢陵.⁵	인가의 연기는 한나라 능묘에 접해 있네.
東流清渭苦,⁶	동쪽으로 흐르는 맑은 위수가 괴로운 것은
不盡照衰興.	역사의 흥망을 쉼 없이 비추고 있어서라네.

주석

1) 幽人(유인) : 속세를 피해 조용히 사는 이. 은자.
2) 丹竈(단조) : 신선의 단약(丹藥)을 만드는 부엌.
3) 蒼崖(창애) : 아주 높은 절벽.
4) 星斗(성두) : 별. 북두와 남두.
   秦分(진분) : 진 분야. 분야란 하늘의 별자리와 땅의 위치를 대응시켜
   중국 전역을 28수(宿)에 배당하여 나눈 것을 이른다.
5) 人煙(인연) : 인가에서 나는 연기.

漢陵(한릉) : 한나라 황제의 능묘. 서안과 낙양 부근에 있다.
6) 淸渭(청위) : 맑은 위수. 위수 유역은 중국의 정치·경제·문화·교통의
중심무대였다. 위수는 장안을 지나 동쪽으로 흘러 황하로 들어가므로,
황하 물은 탁하나 위수는 맑다.

해설

이 시는 은자가 무리와 떨어져 홀로 거하며 세상일로부터 무심한 것을
노래했다. 제1-2구는 은자의 거처를 묘사한 것이다. 단약을 만드는 부엌과
만년 묵은 등나무가 도사의 풍모를 느끼게 해준다고 했다. 제3-4구는 은자의
생활을 그린 것이다. 호랑이가 출몰하는 것으로 속세와 멀리 떨어진 것을
드러내고, 스님과 바둑을 두며 더 머무르라고 한 것으로 넉넉한 인심을 드러
냈다. 제5-6구는 주변 환경을 묘사한 것이다. 진(秦)의 분야와 한나라 능묘
부근이라 하여 역사에서 주로 언급되는 곳이라는 것을 내비쳤다. 제7-8구는
위수를 통해 은자의 마음가짐을 보인 것이다. 위수가 역사의 흥망성쇠를 지
켜보며 괴로워한다고 했는데, 이는 역으로 은자가 세상사에 관심이 없어 위
수가 그 역할을 도맡는다는 것이다. 청나라 기윤(紀昀)은 "뒤 네 구는 세상이
바쁘게 돌아간다는 말인데, 오히려 '그윽하다'는 말과 어우러지니 대단히 음
미할 만하다(後四句言世界忙忙, 反襯幽字, 絶可味.)"라고 평했다.

445

念遠

먼 곳을 그리워하며

日月淹秦甸,[1]	해와 달이 진나라 교외에 머무르는데
江湖動越吟.[2]	강과 호수에는 월나라 노래 퍼진다.
蒼梧應露下,[3]	창오에는 응당 서리 내릴 터인데
白閣自雲深.[4]	백각에는 절로 구름 깊어간다.
皎皎非鸞扇,[5]	환히 빛나는 난새 부채는 아니요
翹翹失鳳簪.[6]	높디높은 봉황 비녀를 잃었다.
牀空鄂君被,[7]	침상에는 악군의 이불이 비었고
杵冷女須砧.[8]	방망이가 여수의 다듬잇돌에서 차갑다.
北思驚沙雁,	북녘의 그리움에 모래펄 기러기에도 놀라고
南情屬海禽.	남쪽의 정은 바다 새에 맡겨본다.
關山已搖落,	관문과 산에 이미 낙엽 질 때
天地共登臨.	하늘 아래에서 함께 높이 오르고저.

주석

1) 淹(엄) : 머무르다.
   秦甸(진전) : 진나라의 교외.

2) 越吟(월음) : 월나라 노래. 여기서는 고향의 정을 가리킨다. 《사기》에 이 르기를, 월나라 사람인 장석(莊寫)이 초나라에서 벼슬하다가 병이 났다. 초왕이 "장석은 부귀한데 여전히 월나라를 그리워하는가?"고 묻자 중사 (中謝)가 대답하기를 "사람이 고향을 너무 그리워하면 병이 됩니다. 장석 이 월나라 생각하면 월나라 노래를 할 것이고, 월나라를 생각지 않으면 초나라 노래를 할 것입니다." 하여 사람을 보내 들어보니 월나라 노래였 다고 한다.

3) 蒼梧(창오) : 산 이름. 순(舜)임금이 묻혀있는 곳이라 전해지는데, 지금의 호남성(湖南省) 영원현(寧遠縣)에 있다.

4) 白閣(백각) : 섬서성에 있는 산봉우리 이름으로 삼림이 우거져 눈이 쌓여 도 녹지 않는다고 한다.(《통지(通志)》)

5) 皎皎(교교) : 깨끗한 모양. 밝은 모양. 분명한 모양.
鸞扇(난선) : 난새 부채. 깃털로 부채를 아름답게 일컫는 말.

6) 翹翹(교교) : 뛰어난 모양. 높고 위태로운 모양.
鳳簪(봉잠) : 봉황 무늬가 있는 화려한 비녀

7) 鄂君(악군) : 《설원(說苑)》에 따르면 악군과 자석(子皙)이 배를 띄우고 놀았다. 노를 젓고 있던 월인(越人)이 인사하며 노래했는데 "…마음의 번뇌 얼마런가? 끊어지지 않으니 왕자를 알게 되었네. 산에는 나무가 있고 나무에는 가지 있으니 마음속으로 그대 기쁘게 하나 그대 알지 못 하네."하니, 악군이 긴 소매를 끌며 가서 그를 안으면서 비단 이불을 들 어 그를 덮었다. 이후에 '악군'은 미남을 통칭하게 되었다.

8) 杵(저) : 절굿공이, 방망이. 굴원의 집 동북쪽 60리에 그의 누나 여수(女 須)의 사당이 있는데 다듬잇돌이 남아있다고 한다.(《수경주(水經注)》)
女須(여수) : 굴원의 누나.
〈이소(離騷)〉 나의 누님은 걱정하는 마음에 거듭하여 나를 나무라시네.(女嬃 之嬋媛兮, 申申其詈予)에 대한 왕일(王逸) 주 "여수는 굴원의 누나이다.(女嬃, 屈原姊也.)"

해설

    이 시가 누구를 대상으로 무엇을 말하고 있는 지에 대해서는 여러 의견이 있지만, 여기서는 시인이 계주의 막부에서 장안으로 돌아온 후 정아(鄭亞)를 그리워하며 지은 것으로 보았다. 전체적으로 각 연이 거의 대우구(對偶句)를 사용하고 있는데, 매 연마다 한 구는 자신, 다른 한 구는 상대방을 가리키는 구조로 되어 있다.

    제1-2구에서는 서로가 살고 있는 곳에 대해 썼다. 1구는 장안에 머물고 있는 자신을, 2구는 장안에서 멀리 떨어진 곳에서 나그네살이 하고 있는 정아를 가리킨다. 제3-4구도 위 연과 마찬가지로 3구는 남쪽을, 4구는 북쪽을 가리키는데 각각 서리가 내리고 구름이 깊어진다고 하여 마지막 연의 '낙엽질 때'를 열어주는 역할을 한다. 제5-6구에서는 아름다운 부채도 부인하고 귀한 봉황 비녀도 잃어버린 것을 빌어 왕에게 가까이갈 수 없는 자신과 정치적으로 불우하여 타향에 머물고 있는 정아를 묘사했다. 제7-8구는 전고를 사용했는데, 악군은 정아를 비유하고, 여수는 시인 자신을 비유하여 남북으로 서로 떨어진 한 남녀의 정으로 기탁했다. 제9-10구에서는 남북에서 각각 느끼는 그리움에 대해 말했는데, 그 그리움을 기러기와 바다 새에 부치고자 했다. 제11-12구에서는 낙엽이 지는 가을이면 천지가 맑고 고요할 테니 각각 서로 높이 올라 함께 그리워할 것을 희망했다.

446

過故崔兗海宅與崔明秀才話舊因
寄舊僚杜趙李三掾

돌아가신 최융의 저택을 방문하여 최명 수재와 옛 일을 이야기하다 전 막
료인 두, 조, 이 세 사람에게 부치다

絳帳恩如昨,[1]	진홍색 휘장의 은혜 엊그제 같은데
烏衣事莫尋.[2]	오의항의 일 찾을 길 없네.
諸生空會葬,[3]	여러 학생들 부질없이 장례에 모였는데
舊掾已華簪.[4]	옛날 아전들은 이미 화려한 비녀를 꽂았다.
共入留賓驛,[5]	빈객 머무르는 역사에 함께 들어갔고
俱分市駿金.[6]	다 같이 준마를 사들이는 돈의 혜택을 누렸는데,
莫憑無鬼論,[7]	무귀론에 기대어
終負託孤心.[8]	끝내 고아를 부탁한 심정 저버리지 마시게.

주석

1) 絳帳(강장) : 진홍색 휘장. 후한 마융(馬融)이 제자들에게 강설할 때 진홍
   색 휘장을 쳤다는 데서 스승을 나타내는 말로 쓰인다. 여기서는 최융을
   가리킨다.
2) 烏衣(오의) : 오의항(烏衣巷). 동진 때 왕씨와 사씨 등 귀족들이 모여 살

았던 곳으로 지금의 남경시 진회하(秦淮河) 부근이다. 《송서(宋書)·사홍미전(謝弘微傳)》에 의하면, 사혼(謝混)은 친족인 사령운(謝靈運), 사홍미(謝弘微) 등과 오의항에서 연회를 열고 시와 술을 즐겨 그들의 모임을 '오의지유(烏衣之遊)'라 불렀다고 한다.

3) 諸生(제생) : 여러 제자. 최융에게 가르침을 받았던 사람들을 가리킨다.
會葬(회장) : 장례식에 참여하다.

4) 舊掾(구연) : 예전의 막료.
華簪(화잠) : 화려한 비녀. 귀인(貴人)을 뜻한다.

5) 留賓驛(유빈역) : 손님을 머무르게 하는 역참. 《한서·정당시전(鄭當時傳)》에 의하면, 경제 때 태자사인을 지낸 정당시는 휴가를 맞으면 장안 교외의 역참에 말을 대기시켜 놓고 사람들을 초청해 밤새 놀았다고 한다.

6) 市駿金(시준금) : 준마를 사들이는 돈. 《전국책·연책(燕策)》에 의하면, 죽은 말도 500금을 주고 사들인다는 소문이 퍼지자 전국에서 천리마를 팔겠다는 사람이 몰려들었다고 한다.

7) 無鬼論(무귀론) : 귀신의 존재를 부정하는 주장.

8) 負(부) : 저버리다.
託孤(탁고) : 고아를 맡기다. 흔히 군주가 어린 자식을 대신에게 맡기는 것을 가리킨다.

해설

이 시는 시제에서 밝힌 바와 같이 이상은이 최융의 추도 모임에 참석하여 최명이라는 수재와 지난날을 회상하고 막부의 옛 동료였던 두승(杜勝), 조석(趙晳), 이반(李潘) 세 사람에게 부친 것이다. 제1-2구는 최융 생전에 그의 막부에 모여 여러 막료들과 의좋게 지내던 일을 떠올렸다. 그리고 모두가 막료이기 이전에 최융을 스승으로 모시는 제자들이었다고 했다. 제3-4구는 그런 제자들 몇몇이 지금 장례식에 참석했지만 또 다른 일부는 이미 좋은 벼슬을 얻었다고 했다. 제5-6구는 최융의 은혜를 추모한 것이다. 최융은 생전에 정당시처럼 즐거운 모임에 초대해주었고, 준마로 여기고 막부에 초빙하는 은덕을 베풀었다는 것이다. 제7-8구는 이제 최융이 세상을 떠났다고 해서 그의 은덕을 잊어서는 안 된다는 것을 유족에 대한 관심을 빌어 표명했다. 말투로 보아 최융의 막부가 해산되면서 냉정하게 돌아선 막료들도 없지 않았던 것 같다.

　네 연 모두에 대구를 구사하는 수법은 두보를 배운 것으로, 청나라 허인방(許印芳)은 이를 두고 "침울돈좌의 운치를 다했다(極沈鬱頓挫之致)"고 평했다. 또 마지막 연에서 밝힌 '귀신화복'의 주장은 대단히 날카로워 근인 전종서(錢鍾書)는 "시인의 한 연이 족히 논설가의 수백 마디 말과 맞먹는다(詞人一聯足抵論士百數十言)"고 치켜세웠다.

447

微雨

이슬비

初隨林靄動,¹	처음에는 숲의 안개를 따라 움직이더니
稍共夜涼分.²	점점 밤의 서늘함과 나뉜다.
窓逈侵燈冷,³	창이 먼데도 스며들어 등불이 차가워지고
庭虛近水聞.	뜰이 비어 가까이서 물소리가 들려온다.

주석

1) 林靄(임애) : 숲의 안개.

2) 稍(초) : 점점.

3) 逈(형) : 멀다.
   侵(침) : 스며들다.

해설

　이 시는 이슬비의 특성을 세밀하게 묘사한 영물시다. 제1-2구는 이슬비의 입자가 가늘어 언뜻 분간하기 어려움을 말한 것이다. 숲의 안개나 차가운 밤공기에 섞이면 이슬비가 내리는 줄 알기 어렵다고 했다. 제3-4구는 이슬비가 내리는 것을 감각적으로 확인하는 단계를 묘사한 것이다. 이슬비가 멀리 있는 창문으로 스며들어 등불에 한기가 느껴지고, 텅 빈 뜰이라 졸졸 흐르는 빗물 소리가 잘 들린다고 했다. 청나라 하작(何焯)은 이 시를 이렇게 평했다.

"비록 원대한 뜻은 없으나 '미(微)'자를 묘사하며 절로 신묘함을 얻었다.(雖無遠指, 寫微字自得神.)"

448

南山趙行軍新詩盛稱游讌之洽因寄一絶

종남산의 행군사마 조축의 새 시에서 나들이 연회의 흡족함을 대단히 칭송하기에 부치는 절구 한 수

蓮幕遙臨黑水津,[1]	막부는 멀리 흑수 나루에 닿았고
櫜鞬無事但尋春.[2]	활집과 전동은 아무 일이 없어 다만 봄을 찾고 있네.
梁王司馬非孫武,[3]	양왕의 사마는 손무가 아니라서
且免宮中斬美人.[4]	본디 궁중에서 미인을 참수하는 일은 면했을 터.

주석

1) 蓮幕(연막) : 막부. 《남사(南史) · 유고지전(庾杲之傳)》에 의하면 왕검(王儉)의 막부를 당시 사람들이 '연꽃 핀 연못'이라 불렀다고 한다.
   黑水(흑수) : 흑하(黑河). 한수(漢水)의 지류로 섬서성 한중(漢中) 부근에 있다.
2) 櫜鞬(고건) : 활집과 전동. 활이나 갑옷을 넣어두는 주머니와 화살 통을 말한다.
   尋春(심춘) : 봄을 찾다. 봄 경치를 감상한다는 말이다.
3) 梁王(양왕) : 한나라 양효왕(梁孝王). 조축은 개성 2년 양주(梁州)에 있었

던 영호초의 산남서도절도사 막부의 막료였다.

司馬(사마) : 행군사마(行軍司馬). 절도사 휘하에서 참모장 역할을 했다.

孫武(손무) : 춘추전국시대 오나라의 병법가로 《손자(孫子)》를 남겼다. 《사기 · 손자오기열전(孫子吳起列傳)》에 의하면, 손무는 오나라 군대의 규율을 엄정히 하려는 목적 하에 궁궐에서 제식훈련을 시키고 그 자리에서 웃은 궁녀를 참수했다고 한다.

4) 且(차) : 본디.

해설

이 시는 종남산 자락에 있었던 영호초의 산남서도절도사 막부의 행군사마인 조축(趙枎)이 성대한 연회의 즐거움을 담은 시를 보내오자 그에 대한 회신으로 써 보낸 것이다. 제1-2구는 영호초 막부의 연회를 묘사했다. 흑수 나루 인근의 산남서도절도사 막부에서 군사상 위급한 일이 없어 봄 경치를 감상하며 성대한 연회를 베풀었고, 이곳에서 행군사마로 있던 조축도 흥겨운 한때를 보내며 그 감흥을 시로 지었던 것이다. 제3-4구는 조축을 놀리는 말이다. 조축이 행군사마라고는 하나 손무와는 달리 병법(兵法)에 어두워 연회에 참석한 가기(歌妓)를 대상으로 군율을 세우지 않고 흥이 나서 시나 짓고 있다는 핀잔이다. 이런 의미를 볼 때 얼마간 풍자의 뜻도 내포하고 있다고 여겨진다. 연회를 즐기는 것도 좋지만 본분에 충실한 자세를 잃지 말라는 것이다.

449

曲江

곡강지

望斷平時翠輦過,¹	평상시 비취 수레 찾아오던 모습 볼 수 없고
空聞子夜鬼悲歌.²	그저 한밤중에 귀신의 슬픈 노래 소리 들려오네.
金輿不返傾城色,³	금수레에 탔던 미인들 돌아오지 않는데
玉殿猶分下苑波.⁴	옥 궁전은 아직도 곡강의 물을 나누는구나.
死憶華亭聞唳鶴,⁵	죽으면서도 화정에서 학 우는 소리 듣던 일 떠올리고
老憂王室泣銅駝.⁶	늙어서도 왕실에서 구리 낙타가 울 일을 걱정했다.
天荒地變心雖折,⁷	세상이 격변하여 마음 꺾인다 해도
若比傷春意未多.⁸	봄을 아파하는 것에 비한다면 뜻이 깊지 않으리라.

주석

1) 望斷(망단) : 뚫어지게 바라보아도 보이지 않는다.

   翠輦(취련) : 군주가 타는 수레. 덮개에 비취새 깃을 꽂아 장식했다.

2) 子夜(자야) : 한밤중.

3) 金輿(금여) : 군주가 타는 수레.

傾城色(경성색) : 절세의 미녀.
4) 玉殿(옥전) : 궁전의 미칭.

分波(분파) : 물결이 나뉘다. 곡강은 궁전 옆의 도랑과 이어져 어구(御溝)
로 유입된다.

下苑(하원) : 곡강. 본래 하두(下杜)에 속하기 때문에 이렇게 부른다.
5) 華亭(화정) : 육기의 고향. 지금의 상해시(上海市) 송강현(淞江縣) 인근이다.

唳(려) : 학이 울다. 《진서 · 육기전(陸機傳)》에 의하면, 육기가 환관의 참
소로 체포되면서 올린 글에서 "화정의 학 울음소리를 어찌 다시 들을
수 있겠는가?"라고 탄식했다고 한다.
6) 泣銅駝(읍동타) : 구리낙타가 울다. 서진의 색정(索靖)은 천하가 장차 어
지러워질 것을 예감하고 낙양 궁문의 구리낙타를 가리키며 "네가 가시나
무 속에 있는 꼴을 보겠구나"라고 탄식했다고 한다.
7) 天荒地變(천황지변) : 하늘이 황폐해지고 땅이 변하다. 시국이 급변하는
것을 가리킨다.

心折(심절) : 마음이 꺾이다.
8) 傷春(상춘) : 봄이 오고 가는 것을 보며 마음이 상하다.

해설

이 시는 곡강지(曲江池)에서 느낀 감회를 피력한 것이다. 곡강지는 한무제
가 처음 만들었다. 남쪽으로 자운루(紫雲樓)와 부용원(芙蓉苑)이 있고, 서쪽
으로 행원(杏苑)과 자은사(慈恩寺)가 있어 당대 장안 최대의 명승지였다. 안
사의 난 이후 황폐해졌다가 문종 태화 9년(835)에 정주(鄭注)의 건의로 중수
(重修)에 착수했으나, 감로사변으로 공사가 중단되었다. 따라서 이상은의 이
시도 곡강지에서 감로사변을 떠올리며 창작한 것으로 보인다.

제1-2구는 감로사변 이후 황량해진 곡강지의 정경이다. 이전에는 군주가
비취 수레를 타고 노닐곤 했던 곳이었지만, 이제는 감로사변의 원혼만 떠돈
다는 것이다. 제3-4구는 '물시인비(物是人非)', 즉 사물은 예전 그대로인데 사
람만 바뀌었다는 안타까움을 형상화했다. 곡강지의 물은 아직도 궁전 곁을
흐르건만 이곳을 찾던 미인들의 자취는 찾아볼 길 없다고 했다. 제5-6구는

1160

진(晉)나라의 전고를 활용해 우환의식을 드러냈다. 감로사변으로 문무 관료들이 육기처럼 환관에게 해를 당하니, 시인에게 색정과 같은 근심걱정이 생기지 않을 수 없다는 말이다. 제7-8구는 황량한 곡강지와 오버랩되는 암울한 시대를 개탄했다. 감로사변 이후 더욱 희망을 잃은 정국이 시인에게 주는 아픔이 너무 커서 '상전벽해'의 고통도 이에 비할 바가 아니라고 했다.

〈거듭 느낀 바 있어(重有感)〉 시와 마찬가지로 이 시에서도 두보의 영향이 관찰된다. 이를테면 두보의 〈곡강지에서 슬퍼하다(哀江頭)〉란 시는 안사의 난으로 황폐해진 곡강지에서의 감회를 서술한 것인데, 이 시와 상당히 분위기가 흡사하다. 이 시의 제8구에 쓰인 '봄을 아파한다(傷春)'는 표현은 이상은의 다른 여러 시에도 자주 쓰였다. 이상은 시를 이해하는 키워드로 삼을 만한 것이므로 여기서 한 차례 눈여겨봐두는 것이 좋겠다.

450

景陽井¹

경양궁의 우물

景陽宮井剩堪悲,² 경양궁의 우물은 진실로 슬픔을 자아내니

不盡龍鸞誓死期.³ 용과 난새의 죽음을 함께 하자던 맹세도 지키
　　　　　　　　　지 못했네.

腸斷吳王宮外水, 애달프다, 오왕의 궁성 밖에 흐르는 물

濁泥猶得葬西施.⁴ 탁한 진흙탕에 오히려 서시를 장사지냈구나.

주석

1) 景陽井(경양정) : 경양궁의 우물. 지금의 남경에 있다. 진후주(陳後主)가
   수나라 병사들이 도성을 침공한다는 소문을 듣고, 총비였던 장려화(張麗
   華), 공귀빈(孔貴嬪)과 함께 도망갔다. 결국 이 우물 속에 숨었다가 마침
   내 포로로 잡혔다.

2) 剩(잉) : 진실로. 정말로.

3) 龍鸞(용란) : 용과 난새. 여기서는 황제와 비를 비유한다. 후주와 장려화
   는 생사를 함께 하겠다고 맹서했으나 함께 우물에 숨어 구차하게 살 것
   을 구했다. 후에 잡혀서 한 사람은 죽고 한 사람은 살았으니, 함께 죽고
   살자던 약속을 지키지 못한 것이다.

4) 葬西施(장서시) : 서시를 장사지내다. 서시는 춘추시대 월나라 미녀로,
   오(吳)나라에 패망한 월왕(越王) 구천(勾踐)의 충신인 범려(范蠡)가 서시

를 데려다가 호색가인 오왕(吳王) 부차(夫差)에게 바치고, 서시의 미색에
빠져 정치를 태만하게 한 부차를 마침내 멸망시켰다고도 전해지고 있다.
오나라가 멸망하고 부차에 대한 죄책감으로 강에 빠져 자살했다는 전설
이 있다. 여기서는 장려화가 궁정의 우물이 아니라 청계(靑溪)에서 죽은
것을 가리킨다.

해설

　이 시는 경양궁의 우물을 통해 진후주의 무능함과 구차함을 비판한 영사
시다. 제1-2구에서는 진후주와 두 비가 나라가 망하는데도 구차하게 살려고
한 것을 슬퍼했다. 제3-4구에서는 앞 연을 이어 구차하게 살고자 했던 사람이
끝내 청계(靑溪)에서 죽게 된 것과 오나라가 망했을 때 서시가 수장(水葬)된
것을 대비하여 서시보다 못한 결말을 갖게 된 것을 부각시켰다. 전반부의
'슬픔을 자아내다'와 후반부의 '애달프다'에서 시인이 가졌던 무능한 황제에
대한 시선을 느낄 수 있다. 송나라 장계(張戒)는《세한당시화(歲寒堂詩話)》에
서 이렇게 평했다. "이 시는 장려화를 원통하게 여기는 것이 아니라 진후주를
비난하는 것이다. 세상에 거울과 경계가 됨이 어찌 지극히 깊고 지극히 절실
하지 않겠는가.(此詩非痛恨張麗華, 乃譏陳後主也. 其爲世鑑戒, 豈不至深至
切.)"

451

故番禺侯以贓罪致不辜事覺毋者
他日過其門

전 번우후가 재물을 탐하다 아들이 무고하게 죽게 되었으나 사실이 밝혀지
지 않았는데 훗날 그 집에 찾아가다

飲鴆非君命,[1]   짐독을 마신 것은 군주의 명령 아니었건만

茲身亦厚亡.[2]   자신을 살찌우며 또한 잃은 것도 많았다.

江陵從種橘,[3]   강릉에서는 귤나무 심은 것을 따라해야 하고

交廣合投香.[4]   교광에서는 응당 향을 던져야 한다.

不見千金子,[5]   천금의 자식 보이지 않고

空餘數仞牆.[6]   부질없이 몇 길 담만 남아 있다.

殺人須顯戮,[7]   사람을 죽이면 마땅히 널리 알려야 할진대

誰擧漢三章.[8]   누가 한나라의 법 3장을 치켜들 것인가?

주석

1) 鴆(짐) : 짐독. 짐새의 깃으로 담근 독주. 짐새는 중국 남방에서 나는
   올빼미 비슷한 독조로 깃에 독이 있어 그것으로 담근 술을 마시면 죽는
   다고 한다.
   君命(군명) : 군주의 명령.

2) 玆(자) : '滋(자)'와 통하여 보태다, 증가하다의 뜻.
  厚亡(후망) : 잃는 것이 많다.

3) 江陵種橘(강릉종귤) : 강릉에 귤나무를 심다. 《사기·화식전(貨殖傳)》에
  의하면, 강릉(江陵)에는 귤나무가 천 그루 있었다고 한다. 또 《오지(吳
  志)·손휴전(孫休傳)》 주에 의하면, 단양태수(丹陽太守) 이형(李衡)은 귤
  나무 천 그루를 심어 자식들이 먹고 살 밑천으로 삼도록 했다고 한다.

4) 交廣投香(교광투향) : 교주(交州)와 광주(廣州)에서 향을 던지다. 《진서
  ·양리전(良吏傳)》에 의하면, 오은지(吳隱之)가 광주자사(廣州刺史)가
  되어 번우(番禺)에서 돌아갈 때 그의 아내가 침향(沈香)을 가져가자 오은
  지가 그것을 물에 던져버렸다고 한다.

5) 千金子(천금자) : 부귀한 집의 자제.

6) 數仞牆(수인장) : 몇 길의 담.
  《논어·자장(子張)》 선생님의 담은 몇 길이나 되어 대문을 찾아 들어가지 않으
  면 종묘의 웅장함과 다양한 건물을 볼 수 없습니다.(夫子之牆數仞, 不得其門而
  入者, 不見宗廟之美, 百官之富.)

7) 顯戮(현륙) : 시체를 보이다. 죄상과 처분을 만천하에 공개하는 것을 말
  한다.

8) 漢三章(한삼장) : 한나라의 법률 3조항. 한 고조가 관중왕이 되어 백성들
  에게 약조한 법률로, 살인, 상해, 절도죄를 그 내용으로 했다.

해설

이 시는 영남절도사(嶺南節度使)를 지낸 호증(胡證)과 감로사변에 연루되
어 살해된 그의 아들 호은(胡澋)의 사적을 소재로 한 것이다. 제목에 보이는
'번우'는 영남절도사 관할지의 한 현(縣)이다. 호증은 영남절도사 시절 많은
재물을 모으고 장안에 큰 저택도 지었는데 그가 임지에서 죽고 나서 그의
아들 호은이 재산을 물려받았다. 감로사변이 일어난 후 그의 재산을 탐낸
환관 측 군사들은 호증이 가속(賈餗)과 가까이 지냈다는 점을 들어 호은을
붙잡아 살해하고 그의 재산을 몰수했다. 이 시는 이상은이 호은의 저택을
지나다 느낀 감회를 읊은 것으로 보인다.

　제1-2구는 호증의 물욕이 결국 자식인 호은에게 화를 불러왔다는 것이다. 호은이 감로사변에 연루되어 죽은 것은 군주의 명령 때문이 아니라, 호증이 불려서 물려준 재산이 환관의 표적이 되어서였다고 했다. 제3-4구에서는 처신을 잘했던 관리들의 전고를 예로 들어 호증을 비판했다. 단양태수 이형과 광주자사 오은지 등은 재물에 욕심을 내지 않으면서도 자식에게 먹고 살 터전을 마련해주는 지혜를 보였는데, 호증은 어리석게도 그렇지 못했다는 것이다. 제5-6구는 욕심이 부른 참담한 결과를 형상적으로 보여주었다. 호은은 감로사변의 와중에 상속받은 많은 재산으로 인해 엉뚱하게 역적으로 몰려 죽음을 맞이했고, 화려했던 저택은 이미 쑥대밭이 되어 담장만 남았다고 했다. 제7-8구는 호은의 억울한 죽음을 통해 환관 세력의 전횡을 넌지시 비판했다. 호증이 처신이 어리석었다고는 해도 재산을 물려받았다는 이유만으로 환관에게 피해를 입은 호은의 죽음은 또 적법하게 처리된 것인지 마땅히 진상을 밝혀야 한다고 했다.

　이상은이 호은과 어떤 교유가 있었는지 자세히 알려진 바가 없다. 혹자는 태화 7년(833) 이상은이 과거에 응시했을 때 호은을 알게 되었으리라고 추측하기도 하는데, 참고할 만하다. 사정이 어떻든 이상은이 감로사변 이후로 환관에 대한 분개의 심정이 누그러지지 않았음을 느낄 수 있다.

452

詠雲

구름을 노래하다

捧月三更斷,¹	달을 떠받들다 삼경 되니 달도 사라지고
藏星七夕明.²	별을 감추어도 칠석이라 밝구나.
纔聞飄逈路,³	방금 먼 길로 바람에 날려가는 것 들었는데
旋見隔重城.⁴	이윽고 높은 성으로 넘어간 것 보인다.
潭暮隨龍起,⁵	연못에서 저녁에 승천하는 용을 따르고
河秋壓雁聲.⁶	냇가에서 가을에 우는 기러기를 뒤덮겠지.
只應唯宋玉,⁷	다만 응당 송옥만이
知是楚神名.⁸	초나라 여신의 이름인 줄 알아챘더라.

주석

1) 捧月(봉월) : 달을 떠받들다.
   斷(단) : 사라지다.
2) 藏星(장성) : 별을 감추다.
3) 纔(재) : 방금.
   飄(표) : 바람에 날리다.
   逈路(형로) : 먼 길.
4) 旋(선) : 이윽고.

　重城(중성) : 높은 성.

5) 隨龍起(수룡기) : 용을 따라 피어나다. 여기서는 흘러가는 구름을 가리킨다.
《주역・건괘(乾卦)》구름은 용을 따르고, 바람은 호랑이를 따른다.(雲從龍, 風
從虎.)

6) 壓(압) : 뒤덮다.
이하(李賀), 〈안문태수행 雁門太守行〉 먹구름이 성을 뒤덮으니 성이 무너질
듯하다.(黑雲壓城城欲摧.)

7) 宋玉(송옥) : 전국시대 초나라의 시인으로, 양왕(襄王)과 함께 운몽택(雲
夢澤)에서 노닐 때 〈고당부(高唐賦)〉를 지었다. 그는 이 작품에서 옛날
양왕의 부친인 회왕(懷王)이 고당에서 낮잠을 자다 꿈속에 나타난 무산
(巫山)의 신녀(神女)와 동침한 일을 서술해 '운우지정(雲雨之情)'이라는
고사성어의 기원이 되었다.

8) 楚神(초신) : 초나라의 여신. 여기서는 무산 신녀를 가리킨다.

해설

　이 시는 구름을 노래한 영물시다. 제1-2구는 구름이 밤하늘에 떠가는 모습
을 그린 것이다. 달을 떠받들고 별을 감춘다고 했다. 견우직녀와 관련된 '칠
석'이라는 시어가 어떤 만남을 연상시킨다. 제3-4구는 구름이 순식간에 사라
지는 모습을 그린 것이다. 먼 길을 떠나는 것 같더니 이내 높은 성 너머로
멀어졌다고 했다. 제5-6구는 변화무쌍한 구름의 모습을 상상한 것이다. 연못
과 냇가를 오가며 오르락내리락 하리라고 했다. 제7-8구는 〈고당부(高唐賦)〉
를 빌려 예사로운 구름이 아님을 말한 것이다. 송옥(宋玉)은 여기서 무산(巫
山) 신녀(神女)가 "아침에는 구름이 되고 저녁에는 비가 되겠다"고 한 말을
인용했다. 따라서 이 시에서 시인이 노래한 구름도 신녀이리라는 암시로 해
석된다. 달리 기탁이 있는지 여부는 속단하기 어렵다. 그보다는 "이상은은
염체를 빌려 사물을 노래하기 좋아해 시집에 이런 예가 매우 많다(玉谿好假
艷體詠物, 集中此例極多.)"는 근인 장채전(張采田)의 평을 참고하는 것이 낫
다고 판단된다.

1168

453

夜出西溪

밤에 서계로 나오다

東府憂春盡,[1]	동천의 막부에서 봄이 다 갈까 걱정했는데
西溪許日曛.[2]	서계의 석양이 허여되었네.
月澄新漲水,[3]	달이 새로 불어난 물에 맑고
星見欲銷雲.[4]	별이 흩어지려는 구름 사이로 나타나네.
柳好休傷別,[5]	버들이 좋아 이별에 아파할 일 없으나
松高莫出群.[6]	소나무 키가 크더라도 무리를 벗어나지는 말아라.
軍書雖倚馬,[7]	군사 문서를 말에 기대어 쓴대도
猶未當能文.[8]	오히려 글을 잘 짓는다고 할 것은 아니다.

주석

1) 東府(동부) : 동천절도사 막부.
2) 許(허) : 허여하다. 서계로 나가 석양을 감상할 수 있는 시간이 났다는
   말이다.
   日曛(일훈) : 햇빛이 어둡다. 여기서는 석양을 가리킨다.
3) 漲(창) : 물이 불다.
4) 見(견) : 나타나다.
   銷(소) : 흩어지다.

5) 柳(유) : 버들. 여기서는 동천절도사 막부의 막주(幕主)인 유중영(柳仲郢)을 비유한다.

6) 出群(출군) : 무리를 벗어나다. 출중하다는 말이다.

7) 軍書(군서) : 군사 문서.

　倚馬(의마) : 말에 기대다. 글을 빨리 짓는 재주를 가리킨다.

　《세설신어 · 문학(文學)》 환온(桓溫)이 북벌을 할 때 원호가 당시 따라갔다가 어떤 일에 책임을 지고 면직되었다. 마침 격문이 필요해서 원호를 불러 말에 기대 짓게 했더니 손에서 붓을 놓지 않고 바로 일곱 장을 완성했다.(桓宣武北征, 袁虎時從, 被責免官. 會須露布文, 喚袁倚馬前令作, 手不輟筆, 俄成七紙.)

　能文(능문) : 글짓기에 뛰어나다.

해설

이 시는 대중 6년(852) 재주(梓州) 막부에서 지은 것으로 보인다. 제1-2구는 서계로 나오게 된 일을 서술했다. 막부의 업무가 많은 탓에 봄이 거의 다 지날 때가 되어서야 서계로 나와 석양을 감상할 수 있었다고 했다. 제3-4구는 서계 주변의 경치를 묘사한 것이다. 물이 불어났다고 하여 늦봄의 시내를 언급하고, '달'과 '별'로 시간적 배경인 '밤'을 뒷받침했다. 제5-6구는 버드나무와 소나무에 막주인 유중영과 시인 자신을 빗댄 것이다. 이상은을 아끼는 유중영의 배려 덕분에 동천절도사 막부에서 검교공부낭중(檢校工部郎中)에 임명되는 등 승승장구했으나, 이를 시기하는 사람도 없지 않아 조심스럽다고 했다. 시인 자신을 가리키는 '키가 큰 소나무' 이미지는 이상은의 시 〈키 큰 소나무(高松)〉에서 이미 잘 드러난 바 있다. 제7-8구는 타인의 시기를 유발하게 된 재주를 언급한 것이다. 자신이 원호(袁虎)가 말에 기대어 격문을 썼던 것처럼 대단히 민첩하게 막부의 공문을 작성하는 능력을 갖추었다고 했다. 그러나 조정에서 군주에게 올리는 글이 아니라 막부의 공문에 불과하니 자랑할 것도 없다고 하여, '회재불우(懷才不遇)'의 심사를 넌지시 피력했다. 전체적으로 보아 잘된 시라고 하기 어려우나, 3-4구는 경물을 잘 묘사한 가구(佳句)라 하기에 손색이 없다고 여겨진다.

454

效長吉

이하를 본뜨다

長長漢殿眉,¹	길고 긴 한나라 궁궐 식 눈썹
窄窄楚宮衣.²	좁디좁은 초나라 궁궐 식 옷.
鏡好鸞空舞,³	거울이 좋으니 난새가 하릴없이 춤추고
簾疎燕誤飛.⁴	발이 성기니 제비가 잘못 날아든다.
君王不可問,⁵	군주의 뜻을 물을 것도 없나니
昨夜約黃歸.⁶	어젯밤에 액황을 하고 돌아왔어라.

주석

1) 漢殿眉(한전미) : 한나라 궁궐의 눈썹. 한나라 때는 가늘고 긴 눈썹이
   유행했다고 한다.
2) 窄窄(착착) : 좁다.
   楚宮衣(초궁의) : 초나라 궁궐의 옷. 초나라 영왕(靈王)이 여인의 가는
   허리를 좋아해 궁궐의 옷도 이에 맞춰 품이 좁아졌다는 말이다.
3) 鏡好(경호) 구 : 범태(范泰)의 〈난조시서(鸞鳥詩序)〉에 의하면, 계빈국
   (罽賓國)의 왕이 잡은 난새가 울지 않기에 거울을 매달았더니 거울에
   비친 자신의 모습을 보고 슬피 울었다고 한다.
4) 簾疎(염소) : 발이 성기다.

誤飛(오비) : 잘못 날다. 성긴 발 틈 사이로 날아가려다 발에 걸렸다는
　　 말이다.

5) 君王(군왕) : 여기서는 군주의 뜻, 취향 등을 가리킨다.

6) 約黃(약황) : 액황(額黃). 이마에 노랗게 칠한 점으로 화장법의 일종이다.
　　 여기서는 액황을 한 여인을 가리킨다.

해설

　이 시는 이하(李賀)의 시를 본떠 제량체(齊梁體)로 지은 궁체시(宮體詩)로,
군주의 마음을 얻지 못한 궁녀의 심사를 표현했다. 제1-2구는 군주의 취향을
따르지 않을 수 없는 궁녀의 화장과 복장을 말한 것이다. 한나라에서는 눈썹
을 길게 그리고 초나라에서는 품이 좁은 옷을 입어야 한다고 했다. 제3-4구는
궁녀의 노력이 소득이 없음을 말한 것이다. 난새를 보고 춤을 추었으나 거울
에 비친 자기 자신이었고, 발 틈으로 무언가 보여서 날아갔지만 들어갈 수는
없었다고 했다. 제5-6구는 군주의 취향을 따라가기가 어려움을 호소한 것이
다. 군주의 마음을 전혀 알 길이 없는 까닭에 어젯밤에도 화장을 열심히 하고
기다렸으나 허탕이었다고 했다.

　이상은이 이하 시의 풍격을 모방한 시가 여러 수 있는데, 유독 이 시만
'이하를 본뜬다'고 제목을 붙였다. 그 이유를 두고 현대 학자 정재영(鄭在瀛)
은 이상은이 이하와 마찬가지로 21세 때 과거에 응시했다가 떨어진 경력이
유사함을 지적했다. 시험에 낙방한 문인의 설움을 총애를 얻지 못한 궁녀를
빌려 이하 시의 분위기로 표현했다는 것이다. 주경여(朱慶餘)가 〈과거시험에
앞서 수부낭중 장적에게 올리다(近試上張水部)〉라는 시에서 "화장을 마치고
낮은 소리로 남편에게 묻나니, 눈썹 그린 진하기가 유행에 맞나요?(妝罷低聲
問夫婿, 畫眉深淺入時無.)"라 하여 과거시험과 여인의 화장을 연결 지은 것을
고려할 때 일리 있는 분석이라고 판단된다.

455

柳
버들

江南江北雪初消,	강남 강북으로 눈 막 녹아
漠漠輕黃惹嫩條.[1]	고요한 담황색 버들은 부드러운 가지 드러냈다.
灞岸已攀行客手,	파수 연안 버들은 이미 나그네 손에 꺾였고
楚宮先騁舞姬腰.[2]	초궁에는 무희 허리 같은 버들 먼저 펴냈다.
淸明帶雨臨官道,	청명절에 비 머금고 관가로 가는 길에 늘어섰고
晚日含風拂野橋.	저녁에 바람 안고 들판의 다리에서 나부낀다.
如線如絲正牽恨,	실 같고 비단실 같은 가지는 바로 한을 이끌어 내는데
王孫歸路一何遙.[3]	왕손이 돌아갈 길은 어찌 그리 아득한지.

주석

1) 漠漠(막막) : 고요하고 쓸쓸하다.

2) 騁(빙) : 펴다.

3) 王孫(왕손) : 왕공(王公)의 자손. 흔히 젊은 남성에 대해 존칭으로 쓰인다. 여기서는 시인 자신을 가리킨다.

해설

　이 시는 버들을 빌어 나그네의 근심을 읊고 있다. 앞의 세 연은 버들의 모습을 주로 묘사하고 있다. 제1-2구에서는 겨울이 막 지난 초봄 버들에 물이 오르고 여린 가지가 자라고 있다고 했다. 제3-4구에서는 이별이 잦은 파수 연안과 초나라 궁전의 허리 가는 궁녀 전고를 사용하여 버들의 다정하고 부드러운 모습을 그려냈다. 제5-6구에서는 비가 오는 청명절, 바람 부는 저녁에 서 있는 버들을 묘사했다. 제7-8구에서는 비단실 같은 어린 버들을 대하니 나그네의 한이 느껴지는 듯하다고 했다. 이는 돌아갈 길 멀기만 한 시인 자신의 근심이기도 한 것이다. 청나라 육명고(陸鳴皐)는 "맑고 윤기가 나며 하나도 마구 쓴 시어가 없으니 만당에서는 가장 순후한 작품이다. 마지막 구 역시 이별의 의미에서 벗어나지 않았으니, 또한 좋은 점이 전아함에 있다(淸潤無一率字, 晩唐中之最醇者. 落句不脫離別意, 亦好在雅馴.)"고 이 시를 후하게 평가했다.

456

九月於東逢雪¹

9월에 상오 동쪽에서 눈을 만나다

擧家忻共報,²	온 집안 기뻐하며 함께 소식을 전하는 것은
秋雪墮前峰.	가을 눈이 앞 봉우리에 떨어지기 때문.
嶺外他年憶,³	영남에서는 지난날의 추억이었던 것을
於東此日逢.	상오 동쪽에서 오늘 만났네.
粒輕還自亂,⁴	송이가 가벼워 또 절로 어지럽고
花薄未成重.	꽃잎이 얄브스름해 아직 무겁지는 않다
豈是驚離鬢,⁵	어찌 이것이 나그네의 살쩍에 놀라겠는가
應來洗病容.⁶	틀림없이 병든 얼굴을 씻어주러 온 것일 텐데.

주석

1) 於(오) : 상오(商於). 지금의 섬서성(陝西省) 상락시(商洛市)이다.
2) 擧家(거가) : 온 집안. 한 집안 전체
   忻(흔) : '흔(欣)'과 같다. 즐거워하다.
3) 嶺外(영외) : 오령(五嶺) 즉, 대유령(大庾嶺), 월성령(越城嶺), 기전령(騎田嶺), 맹저령(萌渚嶺), 도방령(都龐嶺) 이남 지역을 가리킨다.
   他年(타년) : 지난날. 이 구에서는 영남에는 눈이 내리지 않아 계림에 있던 지난날 눈을 그리워했다

4) 粒(입) : 알. 여기서는 눈송이를 가리킨다.
5) 離鬢(이빈) : 나그네의 살쩍머리. 여기서는 시인이 이미 고향을 떠난 지 오래 되어 양쪽 살쩍이 하얗게 되었다는 말이다.
6) 病容(병용) : 병든 기색이 있는 얼굴.

해설

　이 시는 대중 2년 가을 계림에서 장안으로 돌아오는 중에 쓴 것이다. 영남에서 오랜 타향살이를 한 후 고향으로 돌아오는 길에 그동안 보지 못했던 눈을 만난 기쁜 마음을 담아냈다. 제1-2구에서는 고향에 가까이 가자 가을 눈을 만나게 되어 자신이나 고향에 있을 가족들 모두 그것을 기뻐하고 있음을 말했다. 제3-4구는 자신이 왜 그리 기쁜지 이유를 설명한 것이다. 영남에 있을 때에는 그저 추억 속에서만 볼 수 있었으나, 상오 땅 동쪽에 오니 눈을 만나게 되어 고향에 가까워졌다는 것이 실감이 나기 때문이라고 했다. 제5-6구에서는 가을 눈을 묘사했는데 꽃잎처럼 가벼워 어지러이 날린다고 했다. 제7-8구에서는 이 눈은 나그네인 시인을 놀라게 하는 존재가 아니라 타향살이로 병든 몸을 낫게 하는 반가운 것임을 말했다. 이 시를 관통하는 정조는 제1구의 '기뻐하다(忻)'로 여겨진다. 자신도 고향이 가까워져 흥분되지만, 가족들도 이 눈을 보며 시인의 귀가를 즐거이 기다리고 있으리라 상상하리라는 것이다. 긴 여운이 느껴진다.

　현대 학자 등중룡(鄧仲龍)은 이 시의 감상에서 주의할 점을 이렇게 말하고 있다. "독자들은 절대 시인에게 조금이라도 즐거운 마음이 있다고 여겨서는 안 된다. 이 시의 제3구로부터 마지막 구까지 작자는 대단히 무거운 필치로 '송이가 가볍고', '꽃이 얄브스름하고', '나그네의 살쩍에 놀라고', '병든 얼굴을 씻어준다'고 얘기했으니, 놀라고 두려워하는 마음이 언외에 넘치는 것이다." 참고할 만하다.

457

四皓廟[1]

사호묘

本爲留侯慕赤松,[2]　　　본시 장량이 적송자를 그리워하여

漢廷方識紫芝翁.[3]　　　한나라 조정에서 자지옹을 알게 되었네.

蕭何只解追韓信,[4]　　　소하는 한신을 뒤쫓아 갈 줄만 알았는데

豈得虛當第一功?[5]　　　어찌하여 타당치 않게 가장 뛰어난 공로로 인

　　　　　　　　　　　　　정받았는가?

주석

1) 四皓(사호) : 진시황(秦始皇) 시절에 무도한 정치에 염증이 나 남전산(藍
田山)으로 들어가 은거했던 동원공(東園公), 녹리선생(甪里先生), 하황공
(夏黃公), 기리계(綺里季)를 말한다. 묘(廟)는 종남산(終南山)과 상각산
(商䂖山) 두 곳에 있다고 한다. 이들은 한고조 유방이 관중(關中)에 도읍
을 둔 뒤에 태자를 폐하고 척부인(戚夫人)의 아들을 태자로 세우려하자
장량의 계획에 따라 세상으로 나와 태자의 자리를 지켜주었다.

2) 留侯(유후) : 장량(張良)을 가리킨다. 장량은 한고조(漢高祖)를 도와 천하
를 평정한 뒤 공을 인정받아 유후(留侯)에 봉해졌다.

　　赤松(적송) : 신농씨(神農氏) 때의 우사(雨師)였던 적송자(赤松子)를 말
한다.

　　《사기·유후세가(留侯世家)》 (장량이 이르기를) '지금 세 치 혀로 제사(帝師)

가 되어 만호에 봉해지고 제후의 반열에 섰으니 서민으로서 오를 수 있는 최
고의 자리라 저는 족합니다. 원컨대 인간세상의 일을 버리고 적송자를 좇아
노닐고 싶을 뿐입니다'라 했다.((留侯曰:) '今以三寸舌爲帝者師, 封萬戶, 位列侯,
此布衣之極, 於良足矣. 願棄人間事, 欲從赤松子遊耳.')

3) 紫芝翁(자지옹) : 사호(四皓)를 가리킨다. 그들이 '자줏빛 지초의 노래(紫
芝之歌)'를 부른 적이 있으므로 그렇게 부른 것이다. 이 구절은 고조(高
祖)가 태자를 폐위하려하자 여후(呂后)가 장량에게 계책을 물었고, 이에
장량이 사호를 초빙하여 태자를 돕도록 함으로써 태자의 폐위를 막았던
일을 말한다.

4) 蕭何(소하) 구: 소하는 한신의 비범한 재능을 알아차렸다. 한나라의 전세
가 불리해지자 병사들이 도망을 치기 시작했다. 소하는 한신이 도망했다
는 말을 듣고 급히 그를 찾아 나섰고, 결국 이것 때문에 왕의 책망을
들어야 했다. 그러나 소하는 뜻을 굽히지 않고 한신을 왕에게 천거했고
결국 왕은 한신을 대장군으로 임명했다.

5) 第一功(제일공) : 제일 뛰어난 공로. 소하는 한고조 유방이 초나라 항우
와 전투를 할 때 관중(關中)에 머물러 있으면서 고조를 위하여 양식과
군병의 보급을 확보했으므로, 고조가 즉위할 때에 논공행상에서 으뜸가
는 공신이라 하여 찬후로 봉해지고 식읍 7,000호를 하사받았으며, 그 일
족 수십 명도 각각 식읍을 받았다.

해설

이 시는 사호가 태자를 보호했던 일을 빌어 그들을 추천했던 장량의 공을
찬양한 것이다. 제1-2구에서는 장량이 적송자를 사모하여 은거하여 두문불출
했는데, 이 때문에 사호를 알고 이끌어낼 수 있었음을 말했다. 제3-4구에서는
소하는 오직 장량을 천거했을 뿐 나라를 안정시키는 대사에는 직접 참가하지
않았는데, 그에게 어찌 제일 큰 공을 돌리는지 의문을 제기했다. 시인이 보기
에 장량은 사호를 천거하여 태자의 자리를 안정케 하고 나라를 평안하게 했
으므로 그 누구보다 공이 매우 크다는 것이다. 당시 사회는 많은 황제들이
환관에 의해 세워지고 폐해져 매우 혼란한 지경이었다. 대신들은 황제가 후

사를 세우는 일에 별다른 의견을 낼 수 없었으므로, 이상은은 장량과 사호의 역할을 다시 논하면서 당시의 상황에 대해 날카로이 비판한 것이다. 청나라 서덕홍(徐德泓)은 이 시를 평하여 "본래 사호를 찬미하는 것인데 도리어 소하를 언급하며 직접적인 묘사를 회피했다. 이런 수법을 이해해야 허구적 시상을 멀리 도달하게 하는 법을 터득하게 된다(本贊四皓, 而反說蕭何, 避直寫也. 解此, 可得遠致虛神之法.)"고 했다. 일리 있는 지적이라 여겨진다.

458

送阿龜歸華

화양으로 돌아가는 아귀를 전송하다

草堂歸意背煙蘿,[1]　　초당으로 돌아가고픈 뜻 있으나 안개와 여라
　　　　　　　　　　　를 저버리니

黃綬垂腰不奈何.[2]　　노란 인끈 허리에 늘어뜨리고 있어 어쩔 수 없네.

因汝華陽求藥物,[3]　　그대 화양으로 돌아가 약초를 찾는다던데

碧松根下茯苓多.[4]　　푸른 소나무 아래 복령이 많으리.

주석

1) 煙蘿(연라) : 안개와 여라. 전하여 은거하는 곳을 가리킨다.
2) 黃綬(황수) : 고대의 관리들이 차던 노란 인끈. 이를 빌려 지위가 낮은
관직에 있음을 나타낸다.
3) 華陽(화양) : 화양동(華陽洞). 신선이 산다는 동굴. 실제로는 지금의 섬
서성(陝西省) 위남시(渭南市) 경내인 화주(華州)를 가리키는 것으로 보
인다.
藥物(약물) : 병을 치료하는 약품.
4) 茯苓(복령) : 버섯의 일종으로 고사된 소나무 뿌리에 혹처럼 달린다.

해설

　이 시는 화양으로 돌아가는 아귀(阿龜)를 전송하며 지은 것이다. 본명 대

신 아명(兒名)을 쓴 것으로 보아 시인과 친분이 두터운 이로 보이는데 누구인
지는 미상이다. 청나라 풍호(馮浩)는 백거이(白居易)의 〈아귀(阿龜)와 나아
(羅兒)를 놀리다(弄龜羅)〉 시에 "조카가 있어 겨우 여섯 살인데, 자를 지어
아귀라 했네(有侄始六歲, 字之爲阿龜.)"라는 구절을 들어 이 아귀가 백거이의
아우인 백행간(白行簡)의 아들이며, 이 시도 백거이의 시일 것이라 했다. 백
행간의 아들이 여섯 살일 때라면 원화(元和) 13년(818)이고, 이때 백거이는
강주사마(江州司馬)로 좌천되어 있을 무렵이므로, 이 시에서 말한 '노란 인끈'
과 얼마간 부합하는 바가 있다.

  제1-2구는 전원으로 돌아가고자 하는 마음을 피력한 것이다. 안개가 피어
오르고 여라가 자라는 초가에서 살고 싶지만 미관말직을 전전하느라 그럴
수 없다고 했다. 제3-4구는 아귀를 전송하며 당부한 말이다. 화양으로 돌아가
면 소나무 아래 자라는 복령을 많이 캐라고 했다. 여기에는 아귀를 부러워하
는 마음이 가득 담겨 있다. 청나라 기윤(紀昀)은 "시어가 천근하면서도 신묘
한 운치가 있으나, 둘째 구는 매우 비루하다(語淺而有神韻, 次句甚鄙.)"고 평
가했다.

459

九日
중양절

曾共山翁把酒時,¹	산옹과 함께 술잔을 잡았을 땐
霜天白菊繞堦墀.²	가을날 흰 국화가 섬돌을 둘렀다.
十年泉下無消息,³	십 년 동안 황천 아래에서 아무 소식 없어
九日尊前有所思.⁴	중양절에 잔 앞에서 떠오르는 생각 있다.
不學漢臣栽苜蓿,⁵	한나라 신하가 거여목 심은 건 배우지 않고
空教楚客詠江蘺.⁶	부질없이 초나라 길손더러 강리를 읊게 한다.
郎君官貴施行馬,⁷	그대가 벼슬이 높아져 행마를 설치하니
東閣無因再得窺.⁸	동각을 다시 들여다볼 방법이 없다오.

주석

1) 山翁(산옹) : 서진(西晉)의 산도(山濤)를 가리킨다. 산도는 인물의 추천서
마다 제목을 붙여 '산공계사(山公啓事)'라는 말이 생겼다고 한다. 산도는
술을 마실 때 여덟 말을 마시면 더 이상 마시지 않았다고 한다. 여기서는
영호초(令狐楚)를 가리킨다. 산옹이 산간(山簡, 253-312)을 가리킨다는
설도 있다. 산간은 산도의 다섯째 아들로 자(字)는 계륜(季倫)이며 술만
취하면 백모(白帽)를 거꾸로 썼다 한다. '翁(옹)'이 '公(공)'으로 된 판본
도 있는데, '山公(산공)'이 맞는 듯하다.

2) 霜天(상천) : 깊은 가을의 날씨.

　白菊(백국) : 흰 국화. 영호초는 흰 국화를 매우 좋아했다고 한다.

　堦墀(계지) : 섬돌.

3) 十年(십년) : 영호초는 개성(開成) 2년(837)에 죽었고, 이 시는 대중(大中) 3년(849)에 지은 것으로 추정되므로 정확히는 12년이다.

　泉下(천하) : 황천 아래. 죽어서 묻힌 곳을 말한다.

4) 九日(구일) : 음력 9월 9일 중양절(重陽節)을 말한다.

　尊(준) : 술잔.

5) 漢臣(한신) : 한나라 신하. 여기서는 장건(張騫)을 가리킨다.

　苜蓿(목숙) : 거여목. 콩과에 속하는 일년초로 우마(牛馬)의 사료 또는 비료로 쓰인다. 장건이 서역을 왕래하면서 중국에 들여왔다고 한다. 여기서는 영호초가 시인 자신을 막하(幕下)에 두었던 것을 가리킨다.

6) 楚客(초객) : 초나라 나그네. 굴원(屈原)을 말한다. 여기서는 시인 자신을 비유하는 말로 쓰였다. 영호초의 '楚'를 휘하지 않고 '楚客'이란 말을 썼다고 해서 역대로 이를 두고 많은 논란이 있었다. 시인의 의도는 아마도 '楚客'으로 자신이 영호초의 빈객이었음을 나타내려 했던 것 같다.

　江蘺(강리) : 굴원의 〈이소(離騷)〉에 보이는 향초.

　《초사·이소》 어질었던 산초와 난초도 이와 같이 되었거늘, 하물며 게거와 강리임에랴(覽椒蘭其若茲兮, 又況揭車與江蘺.) 강리가 영호도를 가리킨다고 보기도 한다.

7) 郎君(낭군) : 그대. 여기서는 영호도(令狐綯)를 가리킨다.

　《당적언(唐摭言)》 이상은은 영호초를 스승으로 모시며, 영호도를 낭군이라 불렀다.(義山師令狐文公, 呼小趙公爲郎君.)

　官貴(관귀) : 벼슬이 높아지다. 영호도는 대중 3년 2월에 정5품상의 중서사인(中書舍人)이 되었다가 다시 9월에는 한림학사승지(翰林學士承旨)에 임명되었다.

　施(시) : 설치하다.

　行馬(행마) : 귀인의 집이나 관서의 문 밖에 말을 매도록 나무를 X자로 세워둔 것을 말한다. 사람의 출입을 금하는 바리케이드로도 썼다.

8) 東閣(동각) : 서한 때 공손홍(公孫弘)이 승상이 된 후 인재를 불러들이기
   위해 만든 누각. 여기서는 영호초의 저택을 가리킨다. '閣(각)'을 '閤'(합,
   작은 문)으로 써야 옳다는 설도 있다.
   因(인) : 방법. 수단.
   窺(규) : 들여다보다.

해설

　이 시는 이상은이 계주막부에서 장안으로 돌아온 이듬해인 대중 3년(849)
9월 9일 중양절에 지은 것으로 보인다. 자신의 재능을 인정해주었던 영호초
를 추모하며 아버지만큼 자신을 도와주지 않는 영호도에 대한 원망의 감정을
드러냈다. 제1-2구는 영호초와 함께 보냈던 중양절을 회상한 것이다. 중양절
을 맞아 높은 곳에 올라 영호초가 좋아했던 국화를 감상하며 술잔을 기울였
다고 했다. 영호초를 산도(山濤)에 비유한 것은 그가 인물을 잘 추천했다는
점을 강조하기 위해서인 듯하다. 제3-4구는 영호초를 추모한 것이다. 그가
세상을 떠난 지도 어언 10년이 지난 시점에 다시 지난날을 떠올려보니 만감
이 교차한다고 했다. 제5-6구는 장건(張騫)과 굴원(屈原)의 전고를 써서 영호
초와 달리 시인을 냉대하는 영호도에 대한 불만을 암시적으로 드러낸 것이
다. 영호도가 영호초처럼 시인을 막하에 두어 재능을 발휘하게 해주지 않으
니 강리와 같은 향초는 의지할 데 없다고 했다. '초나라 길손'은 자신이 영호
초의 막부에 있었던 것과 막 계주막부에서 돌아왔음을 아울러 나타내는 것으
로 보인다. 또 '江籬'는 '장차 떠난다'는 의미의 '將離(장리)'와 발음이 유사하
므로, 영호도가 길손을 맞이해주지 않으니 장차 떠날 수밖에 없다는 원망을
담았다고도 볼 수 있다. 정교한 용전(用典)이 두드러지는 구절이다. 제7-8구
는 인재를 중시한 공손홍 같았던 영호초와 다른 태도를 보이는 영호도를 원
망한 것이다. 그가 중서사인과 한림학사승지 등의 요직으로 승진하면서 차츰
사람들의 출입을 제한해 가까이 가기가 어려워졌다고 불만을 표했다. "과거
의 은혜를 떠올리는 곳이 바로 영호도에게 격노하는 곳(感念舊恩處, 正是激
怒絢處.)"이라 한 청나라 육곤증(陸崑曾)의 평이 간명해 보인다.

460

僧院牡丹

절에 핀 모란

葉薄風才倚,	잎이 얇아 바람에 따라 흔들리고
枝輕霧不勝.	가지 가벼워 안개조차 이기지 못한다.
開先如避客,	먼저 피는 것은 낯선 객을 피해서인 듯하고
色淺爲依僧.	색이 옅은 것은 스님을 의지하기 위함이다.
粉壁正蕩水,[1]	흰 벽에 시냇물이 일렁이는 것 같고
緗幃初卷燈.[2]	담황색 휘장에 등불이 아롱대는 것 같다.
傾城惟待笑,[3]	아리따운 미인의 웃음을 기다리나니
要裂幾多繒.[4]	얼마나 많은 비단을 찢어야 하는가!

주석

1) 粉壁(분벽) : 하얗게 꾸민 벽.
   蕩(탕) : 흔들리다.
2) 緗(상) : 담황색, 담황색비단. 앞 구는 흰 모란을, 뒷 구는 노란 모란을
   이른 것이다.
3) 傾城(경성) : 경성지색(傾城之色). 성을 기울게 할 만큼의 미인.
4) 繒(증) : 비단.《사기》에 따르면, 주(周)나라 유왕(幽王)은 애첩 포사(褒
   姒)가 웃지 않자 궁녀를 시켜 매일 비단 백 필을 찢게 했다고 한다.

해설

　이 시는 절 안에 있는 모란을 노래한 영물시다. 기탁된 의미도 불분명하고 제목과도 그다지 부합하지 않아, 모란과 관련한 시 5수 가운데 가장 수준이 낮다는 평을 듣는다. 제1-2구에서는 모란의 얇은 잎과 가벼운 가지가 바람에 따라 흔들리고 안개를 겁낸다고 했다. '경(輕)' '박(薄)' 두 글자는 모란의 겉모습을 쓴 것이나 품격을 드러내는 말이기도 하다. 제3-4구에서는 모란이 일찍 피고 색이 옅은 것은 객을 피하고 스님을 의지하기 때문이라 했다. 제목의 '승원(僧院)'에 호응하는 내용이다. 제5-6구에서는 흰 모란과 담황색 모란을 묘사했다. 흰 벽과 담황색 휘장에 시냇물과 등불이 일렁인다고 했다. 제7-8구에서는 아직 다 피지 않은 모란 앞에서 활짝 피어 아름다운 웃음을 보여줄 것을 기다리며 포사의 웃음을 위해 비단을 찢는다는 전고를 해학적으로 사용하며 맺었다. 청나라 풍호(馮浩)는 이 시의 배경을 추정하여 "스님의 은밀한 사건을 풍자한 것(蓋刺僧之隱事也)"이라고 했다. 이는 모란을 아리따운 여인의 비유로 본 것인데, 참고할 만하다.

461

贈司勳杜十三員外

사훈원외랑 두목에게 드림

杜牧司勳字牧之,[1]	두목 사훈원외랑께서는 자가 목지시고
清秋一首杜秋詩.[2]	맑은 가을에 한 수의 〈두추낭〉 시가 있습니다.
前身應是梁江總,[3]	전생에는 양나라의 강총이었음에 틀림없으니
名總還曾字總持.[4]	그는 이름이 총에다 자가 총지였습니다.
心鐵已從干鏌利,[5]	마음속의 지략은 이미 간장과 막야의 예리함을 따랐으니
鬢絲休歎雪霜垂.[6]	귀밑머리에 눈과 서리가 드리워진다 탄식하지 마십시오.
漢江遠弔西江水,[7]	한강에서 멀리 강서의 물까지 조상하니
羊祜韋丹盡有碑.	양호와 위단에 모두 비석이 세워졌습니다.

주석

1) 杜牧(두목) : 만당 시인. 항렬이 열 세 번째라 제목에서 '杜十三'이라 하였다.
   司勳(사훈) : 사훈원외랑(司勳員外郎). 이부(吏部)에 속한 종6품 관직이다.
2) 杜秋詩(두추시) : 두목의 〈두추낭(杜秋娘)〉 시를 가리킨다. 두목은 이 시에서 금릉(金陵) 출신의 여인인 두추의 기구한 삶을 노래했다.

3) 前身(전신) : 전생.

梁江總(양강총) : 양(梁)나라의 문인 강총(江總). 실제로는 진(陳)나라와 수(隋)나라에서도 벼슬을 살았으나 양나라에서 이름이 높았기에 이렇게 부른 것이다.

4) 總持(총지) : 강총의 자(字). 강총의 자가 총지인 것처럼 두목도 자에 이름이 들어있다는 유사성을 들어 두목의 문학을 칭송한 것이다.

5) 心鐵(심철) : 마음속의 지략. 시국과 전쟁에 대한 두목의 방책을 가리킨다.

干鏌(간막) : 간장(干將)과 막야(鏌邪)라는 두 보검. '鏌'은 '莫(막)'으로 쓴다. 《오월춘추(吳越春秋)》 오나라 왕 합려가 간장에게 명검을 만들라 명했으나 3개월 동안 만들어지지 않았다. 간장이 아내 막야에게 '대체로 신비로운 물건의 조화는 사람이 있어야 이루어진다오"라고 하자, 막야가 뜻밖에 화로로 뛰어들어 마침내 칼을 만들게 되었다. 양의 검을 간장이라 하고 음의 검을 막야라 했다.(闔閭請干將鑄作名劍, 三月不成. 干將妻莫耶曰, 夫神物之化, 須人而成. 莫耶乃投於爐中, 遂以成劍. 陽曰干將, 陰曰莫耶.)

6) 鬢絲(빈사) : 귀밑머리. 두목의 시에 자주 보이는 시어이다.

休(휴) : ~하지 마라.

7) 漢江(한강) : 한수(漢水). 여기서는 양양태수(襄陽太守)를 역임한 두예(杜預)를 가리킨다. 양양은 한수 유역에 있다.

《진서 · 양호전(羊祜傳)》 양호가 형주도독으로 부임해 한수 백성들의 마음을 크게 얻었는데 58세의 나이로 죽었다. 백성들이 현산에 비석을 세우고 그 위에 사당을 짓고는 비석을 보면서 눈물을 흘리지 않는 이가 없어 두예가 이를 '눈물 흘리는 비석'이라 이름했다.(羊祜都督荊州, 甚得江漢之心. 卒時年五十八. 百姓於峴山建碑, 立廟其上, 望其碑者莫不流涕, 杜預名之曰墮淚碑.)

西江(서강) : 강서(江西). 여기서는 강서관찰사를 지낸 위단(韋丹)을 가리킨다. 두목은 사관수찬(史館修撰)으로 있으면서 그의 공적비를 쓴 적이 있었다.

해설

이 시는 뛰어난 지략을 발휘할 기회를 얻지 못하고 노쇠함을 탄식하는 두목을 위로한 것이다. 이상은은 문인으로서의 재능뿐만 아니라 병법이나 정견(政見)에서도 두목에게 공감을 표하며 그가 중용되지 못하는 현실에 동병상련의 심정을 가지고 있었다. 제1-2구는 두목의 문학적 재능을 칭송한 것이다. 기구한 여인의 삶을 노래한 〈두추낭〉 시가 폭넓은 사랑을 받고 있다고 치켜세웠다. 제3-4구는 두목의 문학적 재능은 양나라 강총과 비견할 수 있다는 것이다. 이름과 자의 유사성을 들어 상관관계의 필연성을 제시하려고 했다. 제5-6구는 회재불우(懷才不遇)를 탄식하는 두목을 위로한 것이다. 귀밑머리가 하얗게 될 때까지 나라에 중용되지는 못 했지만, 그의 지략은 훌륭하다는 평가를 받기에 족하다고 했다. 제7-8구는 두목의 문장이 불후할 것이라고 위로한 것이다. 먼 조상인 두예(杜預)가 그랬듯이 위단(韋丹) 공적비와 같은 그의 문장이 대대로 후세에 전해지리라고 했다. 이 시는 여러 글자를 중복해서 쓰는 등 엄정한 격률의 칠언율시와는 궤를 달리한다. 자유로운 분위기의 칠언율시라는 점에서 최호(崔顥)의 〈황학루(黃鶴樓)〉 시를 연상시키는 작품이다.

462

高花

높이 달린 꽃

花將人共笑,¹	꽃과 사람이 함께 웃으며
籬外露繁枝.	울타리 밖으로 무성한 가지 드러낸다.
宋玉臨江宅,²	송옥의 임강의 집은
牆低不擬窺.³	담이 낮아도 엿보려 하지 않는다.

주석

1) 將(장) : ~와.
2) 臨江宅(임강택) : 초나라 송옥(宋玉)의 고택.
　　송옥, 〈등도자호색부 登徒子好色賦〉 이 여인이 담장을 딛고 삼 년간 신을 훔쳐
　　보았으나 지금까지 허락하지 않았다.(此女登牆窺臣三年, 至今未許.)
3) 擬(의) : ~하려 하다.

해설

　이 시는 높이 달린 꽃이 재주 있는 송옥을 엿보지 않는다고 하여 풍자의
뜻을 기탁했다. '높이 달린 꽃'은 신분이 높고 눈도 높은 여인을 암시하는
것으로 보인다. 제1-2구에서는 꽃이 높이 달리고 무성한 가지가 울타리 밖으
로 뻗어 자신이 가진 재주와 면모를 자랑하니, 지나가는 사람이 금방 알아보
고 함께 즐거워한다고 했다. 제3-4구에서는 재주 많던 송옥의 집은 담이 낮은

데도 아무도 엿보지 않는다고 했다. 청나라 하작(何焯)은 이 두 구가 "'높이 달린(高)'이라는 말을 묘사한 것으로 죽은 전고를 활용했다(刻畵高字, 死事活用.)"고 평가했다. 송옥의 〈등도자호색부〉를 뒤집어 사용한 것을 지적한 말이다. 여기서 송옥은 시인 자신을 빗댄 인물일 것이다. 가난하고 재주 있으나 알아주는 이 없는 쓸쓸한 감개를 언외에 기탁했다.

463

嘲桃

복숭아를 조롱하다

無賴夭桃面,¹	사랑스럽고 어여쁜 복사꽃
平明露井東.²	이른 아침 우물가 동쪽에 피었다.
春風爲開了,	봄바람에 활짝 피어
卻擬笑春風.	봄바람에 웃음 짓는 듯하다.

주석

1) 無賴(무뢰) : 사랑스럽다. 어여쁘다.
   夭(요) : 예쁘다. 한창 때다.
2) 平明(평명) : 아침 해가 뜨는 시각. 해가 돋아 밝아올 무렵.
   露井(노정) : 지붕 없는 우물.

해설

　이 시는 봄바람에 핀 복사꽃을 읊은 가벼운 작품이다. 이상은의 시 가운데 '조롱하다(嘲)'는 말이 붙은 것은 대체로 해학적인 작품이라, 시에 담긴 의미에 천착할 필요는 없겠다. 제1-2구에서는 우물가 복숭아나무에 핀 복사꽃이 사랑스럽고 어여쁘다고 했다. 제3-4구에서는 봄바람에 복사꽃이 핀 것을 두고 봄바람에 웃음 짓는 것 같다고 하여 사랑스럽고 어여쁜 모습을 구체적으로 묘사였다. 근인 장채전(張采田)은 이 시를 두고 "격의 없이 희롱하는 작품(狎邪戲謔之詞)"이라 하면서 만당에 이러한 습속이 많았다고 했다.

464

送豐都李尉¹

풍도현 이 현위를 전송하다

萬古商於地,²	오랜 세월 동안 전해오는 상오의 땅에서
憑君泣路歧.	그대는 갈림길에서 슬피 흐느끼네.
固難尋綺季,³	기리계는 진실로 찾기 어렵고
可得信張儀?⁴	장의는 어찌 믿을 수 있으리?
雨氣燕先覺,⁵	비 올 기미는 제비가 먼저 알고
葉陰蟬遽知.⁶	나뭇잎 그늘은 매미가 재빨리 안다네.
望鄕尤忌晚,	고향 그리매 해질녘이 특히 싫어지는데
山晚更參差.⁷	산에 밤이 드니 마음 더욱 산란하네.

주석

1) 豐都(풍도) : 풍도현(豐都縣). 지금의 중경시(重慶市) 풍도현.
   李尉(이위) : 이씨 성을 가진 풍도현위. 누구인지 미상이다.

2) 商於(상오) : 옛날 지명. 장안에서 중국 동남부로 가는 간선도로였다. 전국 시대에 장의(張儀)가 초(楚) 나라 회왕(懷王)에게 상오의 땅 6백리를 바치겠다고 약속했다가 나중에는 이를 6리로 번복하여 회왕을 속인 일이 있다.

3) 綺季(기계) : 기리계(綺里季). 진(秦)나라 말기에 난리를 피하여 상산(商

1193

山)에 살던 상산사호(商山四皓) 중 하나.
4) 張儀(장의) : 전국시대 위나라의 모사. 소진(蘇秦)의 주선으로 진(晉)나라에서 벼슬살이를 하게 되어 혜문왕 때 재상이 되었다. 연횡책을 주창하면서, 위·조·한나라 등 동서로 잇닿은 6국을 설득, 진나라를 중심으로 하는 동맹관계를 맺게 했다.
5) 雨氣(우기) : 비가 올 기미.
6) 葉陰(엽음) : 나뭇잎 그늘. 나뭇잎이 무성해져 그늘을 드리우게 됨을 이른다.
遽(거) : 급히. 갑자기.
7) 參差(참치) : 가지런하지 않은 모양. 여기서는 마음이 안정되지 못하고 산란하다는 의미이다.

해설

　이 시는 상오에서 풍도현위를 전송하며 이러지도 저러지도 못하는 자신의 처지와 정회를 기탁해냈다. 제1-2구는 풍도현위를 전송하는 장면이다. 상오에서 만나 풍도현으로 떠나는 그는 갈림길에서 슬피 운다고 했다. 아마도 당시에 뜻을 얻지 못해 이러지도 저러지도 못하는 심정으로 눈물을 흘렸던 것 같다. 제3-4구는 상오의 땅과 관련된 두 인물을 제시한 것이다. 자신을 잘 돌본 기리계 같은 이는 이미 찾기 어렵고, 남은 잘 속이는 장의 같은 인물은 어찌 믿을 수 있겠냐고 했다. 세상을 피해 은거하지도 못 하고 또 현실과 타협하지도 못 해 그저 울 수밖에 없는 상황이라는 말이다. 제5-6구에서는 비 올 기미는 제비가 먼저 알고, 나뭇잎이 무성해지는 것은 매미가 먼저 안다고 했다. 인정이나 시세가 변하는 조짐은 자신이나 현위처럼 미미한 존재가 가장 먼저 알아차리고 영향을 받는다는 뜻이다. 제7-8구에서는 저물녘이면 고향에 대한 그리움이 더욱 간절해지는데, 앞날이 막막한 이들이 이별을 하자니 마음이 더욱 산란하다고 했다. 이 시는 일종의 송별시인데, 전반적으로는 상오의 경물을 묘사하면서 둘째 구에서만 송별의 뜻을 보였다. 이런 까닭에 '변체(變體)'라는 평가를 받는다.

465

天平公座中呈令狐相公

천평의 공적인 주연에서 영호초에게 올리다

罷執霓旌上醮壇,¹   오색 기 들고 초제사 제단에 오르는 일 그만두
더니

慢妝嬌樹水晶盤.²   가볍게 화장하고 예쁜 나무인 양 수정 쟁반에
서 춤을 추네.

更深欲訴蛾眉斂,³   밤 깊자 호소하듯 눈썹을 모으고

衣薄臨醒玉艷寒.⁴   옷 얇아 술 깰 때 쯤 옥같이 아름다운 몸 으슬
으슬하다.

白足禪僧思敗道,⁵   흰 발의 스님은 계율을 깰 것인가 생각하고

青袍御史擬休官.⁶   푸른 도포 어사는 관직을 그만둘까 궁리하네.

雖然同是將軍客,⁷   비록 그러하나 나도 마찬가지로 장군의 막객
(幕客)이어서

不敢公然子細看.⁸   감히 드러내놓고 자세히 바라보지 못하겠네.

주석

* 〔원주〕: 당시 채경이 좌중이 있었는데 채경은 일찍이 승려가 되었기에
그래서 제5구가 나왔다.(時蔡京在坐, 京曾爲僧徒, 故有第五句.)
1) 罷執(파집) : 드는 일을 그만두다.

1195

霓旌(예정) : 무지개 같이 아름다운 기. 깃털로 만든 오색 기.

醮壇(초단) : 도사들이 기도하고자 설치한 제단. 영호초의 가기(歌妓) 중
에 전직 여도사였던 이가 있었던 것 같다.

2) 慢妝(만장) : 엷게 화장하다. 이 구절은 유정(劉楨)이 연석에서 견후(甄
后)를 물끄러미 바라보다가 조조의 눈에 띄어 벌을 받은 일을 암용하고
있다.

嬌樹(교수) : 예쁜 나무. 무희의 자태가 옥나무 같다는 말이다.

水晶盤(수정반) : 수정 쟁반.

3) 更深(경심) : 밤이 깊다.

蛾眉(아미) : 눈썹.

斂(렴) : 모으다.

4) 臨(임) : ~할 때가 되다.

玉艷(옥염) : 용모. 풍채.

5) 白足禪僧(백족선승) : 흰 발의 스님. 《고승전(高僧傳)》에 의하면 진나라
때 담시(曇始)라는 승려는 발이 얼굴보다 희고 흙탕물을 건너도 더러워
지지 않아 '백족화상(白足和尙)'이라 불렸다고 한다.

敗道(패도) : 계율을 깨는 것.

6) 靑袍(청포) : 푸른 도포. 당나라 때 8·9품 관리는 푸른 도포를 입었다.

御史(어사) : 관직명. 시어사(侍御史), 전중시어사(殿中侍御史), 감찰어사
(監察御史) 등을 총칭한다.

擬(의) : ~하려 하다.

休官(휴관) : 관직을 그만두다.

7) 將軍客(장군객) : 장군의 막객(幕客). 절도사 영호초 막부의 휘하 관리를
가리킨다.

8) 公然(공연) : 공공연하다. 드러내놓다.

子細(자세) : 자세하다.

해설

이 시는 천평군 절도사 영호초가 베푼 막부의 연회에서 지은 것이다. 연회

석에서 멋진 춤사위를 선보인 무희를 칭찬하는 내용이다. 제1-2구는 전직 여도사로서 초제사에서 깃발을 들던 관기(官妓)가 춤을 추는 광경이다. 무희를 '예쁜 나무'라 한 것은 진후주(陳後主) 〈옥수후정화(玉樹後庭花)〉의 "옥나무가 아침마다 새롭다(瓊樹朝朝新)"는 표현을 연상시킨다. 또 조비연(趙飛燕)이 수정 쟁반 위에서 춤을 추었다는 전고를 암용하고 있다. 제3-4구는 밤이 깊어 춤을 마친 뒤의 관능적인 자태를 묘사했다. 우수에 잠긴 듯 찡그린 눈썹과 얇은 옷 속에 드러나는 백옥 같은 피부는 좌중 남성들의 이목을 집중시킨다. 제5-6구는 무희의 미모에 혹한 좌중을 해학적으로 그린 것이다. 여색을 멀리하는 스님도 계율을 깨고 환속할까 하고, 어사도 관직을 그만두고 무희와 야반도주라도 할 태세라는 말이다. 이런 농담을 빌어 영호초의 관기가 뛰어난 미모를 갖추고 있음을 칭송한 것이다. 제7-8구는 시인 자신도 그들과 같은 생각이지만 이 여인은 영호초가 총애하는 가기인지라 막부의 관리로서 감히 과한 관심을 드러낼 수는 없다는 말로 칭송을 마무리했다. 당대에는 상하 관계라도 지나치게 엄숙하지는 않아서 이런 유의 해학이 자연스러웠다는 것을 알 수 있다. 후기 시만큼 원숙한 맛은 없으나 발랄한 운치가 느껴지는 작품이다. 청나라 기윤(紀昀)이 이 시가 전체적으로 거칠고 아름답지 않다고 평한 데 대해, 근인 장채전(張采田)은 "기윤이 향렴체 시를 좋아하지 않아 (이 시가) 말이 안 된다고 했지만 지나치다(紀氏不好香奩體, 而以爲不成語, 過矣.)"고 변호했다.

466

江上憶嚴五廣休¹

강가에서 엄광휴를 떠올리다

征南幕下帶長刀,²　남으로 정벌 가는 막부에서 긴 칼 찼었고
夢筆深藏五色毫.³　꿈에 받은 붓은 오색의 털을 깊이 감추고 있었네.
逢着澄江不敢詠,⁴　맑은 강에 이르렀으나 감히 읊지 못하고
鎭西留與謝功曹.⁵　진서공조 사조와 같은 그대에게 미루노라.

주석

1) 嚴五廣休(엄오광휴) : 엄광휴. '오'는 항렬을 뜻한다. 누구인지 미상이나, 시인이 계림의 막부에 있었을 때의 동료인 듯하다.
2) 征南幕下(정남막하) : 남으로 정벌 가는 막부. 여기서는 계림의 정아(鄭亞)의 막부를 가리킨다.
3) 夢筆(몽필) : 꿈에 받은 붓. 남조 양나라 강엄(江淹)이 젊어서 오색 붓을 받는 꿈을 꾼 후로 문채(文采)가 뛰어나게 되었다고 한다. 이후로 뛰어난 재능이나 아름다운 문장을 가리키는 데 쓰인다.
4) 澄江(징강) : 맑은 강.
　　사조(謝朓), 〈저녁에 삼산에 올라 다시 수도를 바라보며 晩登三山還望京邑〉 맑은 강은 깁처럼 깨끗하네.(澄江淨如練.)
5) 謝功曹(사공조) : 사조(謝朓, 464-499). 남북조(南北朝) 제(齊)나라 시인(詩人)이고 자는 현휘(玄暉)이다. 그의 시는 경물 묘사에 탁월했고 청신(淸新)

한 맛이 풍부하여, 이백이 늘 찬미했다. 《사선성시집(謝宣城詩集)》이 있다. 영명(永明) 9년(492)에 진서공조(鎭西功曹)에 임명된 적이 있다.

해설

이 시는 시인이 동천(東川) 막부에 있을 때 예전 계림의 막부에서 함께 지냈던 벗을 그리워하며 쓴 것이다. 제1-2구에서는 엄광휴에 대해 말했는데, 문무를 겸비하되 재주가 매우 뛰어나다고 했다. 강엄의 전고를 사용하여 문학적 재능이 풍부함을 칭찬했다. 제3-4구에서는 눈앞의 맑은 강물을 대하고 시로 읊고자 하나, 엄광휴에 미치지 못할 터라 그가 읊도록 미루어 둔다고 했다. 엄씨를 사조와 같다고 치켜세웠는데, 이는 두 가지 암시의 기능을 가진다고 여겨진다. 하나는 그가 진서대장군(鎭西大將軍)의 참모를 지낸 사조처럼 막료(幕僚)의 신분일 것이라는 점이고, 다른 하나는 그가 사조처럼 청려한 시풍을 지니고 있었을 것이라는 점이다. 청나라 요배겸(姚培謙)의 평이 요점을 얻었다고 생각된다. "문인이 종군하다 우연히 시를 잘 짓는 지기를 만난다면 어찌 즐거운 일이 아니겠는가.(文士從軍, 偶得文章知己, 豈非樂事.)"

467

餞席重送從叔余之梓州

전별의 자리에서 거듭 종숙을 전송하고 나는 재주로 가다

莫歎萬重山,	만 겹 산이라고 탄식할 것도 없습니다
君還我未還.	아저씨가 돌아올 즈음에도 저는 그러지 못할 테니까요.
武關猶悵望,¹	무관을 오히려 슬피 바라보시는데
何況百牢關.²	하물며 백뢰관이야 어떻겠습니까?

주석

1) 武關(무관) : 지명. 지금의 섬서성 상남현(商南縣) 서북쪽에 있으며, 관중 지역의 남쪽 관문이다.

   悵望(창망) : 슬프게 바라보다.

2) 百牢關(백뢰관) : 옛 관문 이름. 본래 '백마관(白馬關)'이라 부르다가 후에 고쳤다. 지금의 섬서성 면현(勉縣) 서남쪽에 있다.

   《환우기(寰宇記)》한중군 서현 서남쪽에 있다. 수나라 개황 연간에 설치했는데 촉으로 들어가는 길이 험해 백뢰관이라 부른다.(在漢中郡西縣西南. 隋開皇中置, 以入蜀路險, 號曰百牢關.)

해설

이 시는 재주로 떠나기 전 종숙(從叔)을 거듭 전송하는 자리에서 지은 것

이다. 종숙이 누구인지는 미상이다. 제1-2구는 종숙을 위로하는 말이다. 종숙이 만 겹 산을 넘어야 하는 길이라고 탄식하지만, 그래도 더 멀리 재주(梓州)로 떠나는 시인보다 빨리 돌아올 수 있을 것이라고 했다. 제3-4구는 구체적인 여정을 비교한 것이다. 무관을 넘을 걱정에 슬피 바라보는 종숙을 달래며 백뢰관을 넘어야 하는 사람도 있다고 했다. 결국 이 시는 종숙을 전송하는 계제에 그보다 더 멀리 가서 늦게 돌아올 자신의 신세를 한탄하는 내용으로 귀결되었다. 청나라 요배겸(姚培謙)이 "멀리 가는 나그네는 거리가 조금만 가까워져도 좋은 것(遠客人, 近得一程兩程也好.)"이라 한 평이 요령을 잡았다고 생각된다. 이 시는 '還(환)'과 '關(관)'을 반복 사용하여 운율의 조화를 꾀하는 동시에 내용상 대조를 이룬 것이 특징이다.

468

訪隱

은자를 찾아가다

路到層峰斷,[1]	길은 첩첩 산봉우리에 이르러 끊어지고
門依老樹開.	문은 늙은 나무에 의지해 열려 있다.
月從平楚轉,[2]	달은 평평한 숲을 따라 떠돌고
泉自上方來.[3]	샘물은 상방에서부터 흘러내려온다.
薤白羅朝饌,[4]	아침 반찬으로는 산 달래를 내놓았고
松黃暖夜杯,[5]	저녁 술잔에는 송화가 따뜻하다.
相留笑孫綽,[6]	함께 머물면서 손작이
空解賦天台.[7]	공연히 〈유천태산부〉를 지었다고 비웃는다.

주석

1) 層峰(층층) : 층층이 겹친 산봉우리.
2) 平楚(평초) : 높은 곳에서 보면 편편하게 보이는 숲. 풀이 무성한 숲이나 평야.
3) 上方(상방) : 산 위의 절. 주지가 거처하는 곳.
4) 薤白(해백) : 나리과의 산 달래.
   朝饌(조찬) : 아침식사. 아침식사의 반찬.
5) 松黃(송황) : 송화(松花). 소나무의 꽃가루.

6) 孫綽(손작) : 동진(東晉) 태원(太原) 중도(中都, 지금의 산서성(山西省)) 사람으로, 자는 흥공(興公)이다. 박학했으며 시문에 뛰어났다. 처음에는 은거하고자 회계(會稽)에 머물면서 널리 산수를 유람했다. 나중에 벼슬 길에 나아가 정위경(廷尉卿)에 올랐다. 고승(高僧)들과 교유하기를 즐겼고, 문장은 당시 으뜸으로 인정받았다.

7) 天台(천태) : 손작의 〈유천태산부(遊天台山賦)〉를 이른다. 《문선주(文選注)》에 따르면, 손작은 천태산이 빼어나다는 말을 듣고 늘 그곳을 갔는데, 산의 모습을 그리게 하여 그것을 보고 부를 지었다고 한다.

해설

  이 시는 시인이 은자인 벗이 사는 곳을 찾아 경치를 묘사하면서 그와 함께 지낸 모습을 담고 있다. 전반부인 제1-4구에서는 은자가 사는 곳이 험준하며 고요한 곳임을 말했다. 길이 끊어져 사람의 왕래가 적은 곳에 거처가 있으며 문도 늘 열려 있는 곳이다. 아래로는 평평한 숲이 보이고, 위로는 산 위의 절에서 샘물이 떨어지는 것이 보인다. 청나라 주이준(朱彛尊)의 지적대로 전반부 네 구의 구법이 모두 동일하다. 특이한 격식이라 할 만하다. 제5-6구는 은자가 시인을 정성스레 대해는 모습으로, 산 달래 반찬과 송화를 띄운 술을 대접한다고 했다. 제7-8구에서는 은자와 유숙하며 즐거운 때를 보내는 장면을 포착했는데, 이런 빼어난 경치를 직접 즐기지 못하고 부만 지었던 손작이 부질없다며 비웃고 있다.

469

寓興

감흥을 기탁하다

薄宦仍多病,[1]	낮은 관직에다 병도 많은데
從知竟遠遊.[2]	지인을 따라 결국 먼 곳을 떠돈다.
談諧叨客禮,[3]	담소함에 외람되게도 빈객의 예우를 받고
休澣接冥搜.[4]	휴가 때는 심사숙고하는 일 접한다.
樹好頻移榻,[5]	나무가 좋아 자주 평상을 옮기고
雲奇不下樓.	구름이 기이하여 누각에서 내려오지 않는다.
豈關無景物,[6]	어찌 경물이 없어서이겠는가?
自是有鄉愁.[7]	본래 향수가 있기 때문이지.

주석

1) 薄宦(박환) : 낮은 관직.
   仍(잉) : 또. 게다가.
2) 從知(종지) : 지인을 따르다. '알아주는 이를 따르다'라고 풀이하기도 한다.
   竟(경) : 마침내.
   遠遊(원유) : 먼 곳에 가서 돌아다니다.
3) 談諧(담해) : 담소하다.
   叨(도) : 외람되이.

客禮(객례) : 빈객을 대하는 예절.

4) 休澣(휴한) : 관리들의 정기 휴가. 당나라 관리들은 열흘에 하루씩 쉬었다.

冥搜(명수) : 심사숙고하다. 여기서는 시를 지으며 가구(佳句)를 찾는 것
을 가리킨다.

5) 移榻(이탑) : 평상을 옮기다.

6) 豈關(기관) : 어찌 ~때문이겠는가.

7) 自是(자시) : 본래. 원래.

해설

　이 시는 막부에 머물며 느낀 감회를 피력한 것이다. 제1-2구는 현재의 처지를 말한 것이다. 그렇게 좋은 조건이 아니었는데 지인의 간청으로 막부에 합류하게 되었다고 했다. 제3-4구는 막부에서의 소일거리를 예시한 것이다. 평소에는 막주(幕主)와 의례적인 담소를 나누고, 휴가를 얻으면 시를 짓는 데 몰두한다고 했다. 제5-6구는 감상할 만한 경물을 언급한 것이다. 좋은 나무 그늘을 찾아 평상을 옮기거나 구름을 감상하느라 오래 누각에 머물기도 한다고 했다. 제7-8구는 끝내 마음의 안식을 찾지 못하는 이유를 밝힌 것이다. 좋은 경물이 없는 것은 아니지만 향수에 지친 시인에게는 그저 무덤덤할 뿐이라고 했다. 향수라는 주제를 효과적이고 강렬하게 드러내기 위해 둘째와 셋째 연에서 의뭉하게 힘을 비축해둔 수법을 눈여겨볼 만하다.

470

東南
동남쪽

東南一望日中烏,[1]　　동남쪽으로 한번 해를 바라보노라니
欲逐羲和去得無.[2]　　희화를 따라가면 떠나볼 수 있을까?
且向秦樓棠樹下,[3]　　잠시 진루의 팥배나무 아래에서
每朝先覓照羅敷.[4]　　매일 아침 먼저 나부를 찾아 비춰주어야지.

주석

1) 日中烏(일중오) : 해 속의 까마귀. 해 안에 삼족오(三足烏)가 있다는 전설
   에서 나온 말로, 여기서는 해를 가리킨다.
2) 羲和(희화) : 해의 수레를 모는 신.
3) 秦樓(진루) : 진씨의 누각.

   악부시 〈맥상상(陌上桑)〉 해가 동남쪽 모퉁이에서 떠올라 우리 진씨의 누각을
   비추네. 진씨에게는 예쁜 딸이 있어 그 이름을 나부라 했네.(日出東南隅, 照我
   秦氏樓. 秦氏有好女, 自名爲羅敷.)

   棠樹(당수) : 팥배나무. '桑樹(상수: 뽕나무)'의 잘못이라고 보는 설도 있다.
4) 每朝(매조) : 매일 아침.

   羅敷(나부) : 한단(邯鄲) 출신의 여인. 최표(崔豹)의 《고금주(古今注)》에
   의하면, 나부는 왕인(王仁)에게 시집갔는데 왕인이 모시던 조왕(趙王)이
   뽕잎을 따던 그녀를 욕보이려 할 때 쟁을 타며 〈맥상상〉을 부르자 조왕

이 그만두었다고 한다.

이 시는 시인이 해가 되어 나부를 비춰주고 싶다는 바람을 담은 것이다. 제1-2구는 문득 해를 바라보다 해가 되는 상상을 해본 것이다. 동남쪽으로 떠오르는 해를 보며 해의 수레를 몬다는 희화를 따라가면 되지 않을까 하는 생각이 떠올랐다고 했다. 제3-4구는 해가 된 이후의 광경이다. 시인은 해가 될 수 있다면 먼저 진루의 팥배나무 아래에서 나부를 비춰주고 싶다고 했다.

이 시의 주요 모티브는 모두 악부시 〈맥상상〉에서 빌려온 것으로 보인다. 시제에 보이는 '동남', 해, 진루, 나부 등이 모두 그러하다. 그런데 〈한첨에게 괴로운 생각을 부치다(寄惱韓同年二首)〉와 같은 시에서 사용된 '진아(秦娥)' 의 이미지와 결부시켜 보면, 이 시에서의 나부는 결국 진 목공의 딸 농옥이 변형된 모습이라 해야 할 것이다. 따라서 이 시는 이상은이 왕무원의 딸과 결혼하기 전이든 후이든 그녀를 염두에 두고 쓴 시로 보아야 가닥이 잡힌다. 다만 어떤 연유에서 특별히 나부를 등장시켜 〈맥상상〉에 보이는 조왕과 같은 경쟁자 또는 위협적인 인물을 겨냥했는지는 자세히 알 수 없다.

471

歸來

돌아와서

舊隱無何別,¹	지난날 은거하던 곳과 이별한 지 얼마 되지 않은 듯한데
歸來始更悲.	돌아오고 나니 비로소 더욱 슬프다.
難尋白道士,²	백도사를 찾기 어렵고
不見惠禪師.³	혜선사도 보이지 않는다.
草徑蟲鳴急,	풀이 자라는 길에 벌레 울음소리 급하고
沙渠水下遲.⁴	모래 쌓인 도랑의 물 내려가는 것 더디다.
却將波浪眼,⁵	오히려 눈물이 그렁그렁한 눈으로
淸曉對紅梨.⁶	새벽에 홍리를 마주하는구나.

주석

1) 舊隱(구은) : 지난날 은거하던 곳.
   無何(무하) : 오래 되지 않다.
2) 白道士(백도사) : 백씨 성의 도사. 이상은의 시에 〈백도사에게 주다(贈白道者)〉라는 것이 있는데, 동일인으로 여겨진다.
3) 惠禪師(혜선사) : 미상. 이상은의 시 〈최팔이 '이른 매화'를 보내며 나에게 보여주자 이에 수창하여 짓다(酬崔八早梅有贈兼示之作)〉의 원주에

"당시 나는 혜상 상인의 강론을 듣고 있었다(時予在惠祥上人講下.)"는 구절이 보인다. 혜선사가 바로 혜상 상인을 가리킨다는 설도 있으나, 확실한 근거가 있는 것은 아니다.

4) 沙渠(사거) : 모래나 자갈이 쌓인 도랑.
5) 波浪眼(파랑안) : 파도의 눈. 눈물이 그렁그렁한 눈을 가리킨다. 일설에는 환해풍파(宦海風波)를 겪은 사람의 눈이라고도 한다.
6) 淸曉(청효) : 새벽. 동이 틀 무렵.
　紅梨(홍리) : 배의 품종 가운데 하나. 익으면 열매가 붉어진다. 이상은의 시 〈비서랑을 대신하여 홍문관의 여러 교서랑에게 드림(代秘書贈弘文館諸校書)〉 한 구절에 "끝없이 붉은 배나무에 글을 교정하던 일 떠오르네요(無限紅梨憶校書)"라고 했다. 이 시로 보아 비서성(秘書省) 정원에 홍리가 심겨져 있었던 것으로 여겨진다.

해설

이 시는 예전에 은거하던 곳으로 돌아온 감회를 서술한 것이다. 여기서의 은거지는 시인이 청년 시절 도교를 공부했던 옥양산(玉陽山)으로 추정된다. 제1-2구는 과거의 은거지로 돌아온 소감이다. 은거지를 떠난 지 얼마 지나지 않은 듯한데, 그 사이 얼마간의 세월이 흘러 새삼 떠날 때의 슬픔이 되살아난다고 했다. 제3-4구는 이별의 아픔을 느낀 이유를 밝힌 것이다. 돌아오면 다시 만날 줄 알았던 백도사와 혜선사의 모습을 더는 찾을 길이 없어 슬프다고 했다. 제5-6구는 은거지 주변의 쓸쓸한 모습을 묘사한 것이다. 인적은 사라지고 풀벌레와 도랑의 물소리만 들려 황량함을 느꼈다고 했다. 제7-8구는 아쉬움을 달래주는 사물과의 교감을 말한 것이다. 새벽에 붉은 배를 바라보며 회고의 정에 눈물을 흘린다고 했다. 청나라 기윤(紀昀)은 이 시를 평하여 "3,4구는 너무 건성이어서 아름답지 않지만, 후반부 네 구는 절로 볼 만한다(三四太率不佳, 後四句自可觀也.)"고 했다.

472

子直晉昌李花

영호도 진창리 저택의 자두 꽃

吳館何時熨,[1]	오관에서 얼마나 옷을 다리고
秦臺幾夜熏.[2]	진대에서 며칠 밤이나 향을 피웠는지.
綃輕誰解卷,[3]	비단이 가벼우니 누가 말 수 있을 것이며
香異自先聞.	향기가 특이하니 절로 먼저 냄새 맡게 된다.
月裏誰無姊,[4]	누구에게 달 속의 누이가 없겠으며
雲中亦有君.[5]	또한 구름 속의 임도 있어라.
尊前絹飄蕩,[6]	술동이 앞에 명주가 흩날리는데
愁極客襟分.[7]	근심 가득한 나그네는 이별이라오.

주석

1) 吳館(오관) : 춘추시대 오왕 부차가 만든 관왜궁(館娃宮). 지금의 강소성 오현(吳縣) 영암산(靈巖山)에 있었다.
   熨(위) : 옷을 다리다.
2) 秦臺(진대) : 전국시대 진나라 궁궐의 누대.
   熏(훈) : 향을 피우다.
3) 綃(초) : 꽃무늬 비단.
   解(해) : ~할 수 있다.

4) 月姊(월자) : 달의 누이. 달에 산다는 항아(嫦娥)를 말하는데 전하여 달을
   지칭한다. 여기서는 자두 꽃이 달처럼 하얗다는 말이다.

5) 雲中君(운중군) : 구름의 신.

6) 尊(준) : 술동이.
   絹(견) : 명주. 여기서는 자두 꽃을 비유한 것이다.
   飄蕩(표탕) : 바람에 흩날리다.

7) 極(극) : 심하다.
   襟分(금분) : 이별하다.

　이 시는 자두 꽃을 노래한 영물시다. 시제에 보이는 '자직(子直)'은 영호도
(令狐綯)의 자(字)이고 '진창(晉昌)'은 그의 저택이 있던 장안 진창리를 말한
다. 제1-2구는 자두 꽃의 모양과 향기를 묘사한 것이다. 자두 꽃의 하얀 꽃잎
은 잘 다린 비단 같고 풀풀 나는 향기는 향을 피우는 듯하다고 했다. 제3-4구
는 위 연을 이어받아 부연한 것이다. 가벼운 비단 같은 꽃잎은 함부로 만져보
기 어렵지만 특이한 향기 때문에 먼저 냄새를 맡지 않을 수 없다고 했다.
제5-6구는 꽃의 색깔과 감촉을 묘사한 것이다. 하얀 색깔은 달과 닮았고 얄포
롬한 느낌은 구름을 닮았다고 했다. 제7-8구는 시인 자신의 처량한 신세를
하소연한 것이다. 어느새 자두 꽃은 져서 흩날리는데 이별을 앞둔 나그네는
근심 겨워 술을 마신다고 했다.

　이 시에서 노래한 자두 꽃에는 시인 자신의 모습이 투영되어 있고, 이는
이상은 영물시에서 반복적으로 연주되는 주조(主調)이다. 하필 영호도 저택
앞의 자두 꽃을 소재로 삼은 이유는 분명치 않다. 영호도와 헤어지면서 이별
을 아쉬워한 것이거나 영호도를 찾아와 자신의 딱한 처지를 알리며 완곡하게
도움을 청한 것일 수 있겠다.

473

河清與趙氏昆季讌集得擬杜工部

하청현에서 조씨 형제와 연회석에서 모여 두보를 본떠 짓다

勝槪殊江右,[1]	뛰어난 경치는 강서 지역보다 뛰어나고
佳名逼渭川.[2]	아름다운 이름은 위수에 가깝다.
虹收青嶂雨,[3]	무지개가 푸른 산봉우리의 비를 거두고
鳥沒夕陽天.	새는 석양의 하늘로 사라진다.
客鬢行如此,[4]	나그네 머리카락 곧 이와 같으리니
滄波坐渺然.[5]	푸른 물결로 아득해진다.
此中眞得地,[6]	이곳에서 진실로 살만한 곳을 얻어
漂蕩釣魚船.[7]	낚싯배에서 둥둥 떠다녔으면.

주석

1) 勝槪(승개) : 아름다운 경치.
   殊(수) : 뛰어나다.
   江右(강우) : 장강 하류의 오른쪽(서쪽) 지역. 흔히 강서성(江西省)을 가
   리키는 말로 쓰인다.
2) 佳名(가명) : 아름다운 이름. 연회석이 마련된 고장인 하청현의 '하청(河
   淸)'이라는 이름이 아름답다는 말이다.
   逼(핍) : 가깝다.
   渭川(위천) : 위수(渭水). 위수는 맑기로 유명한 하천이어서, '황하가 맑

다는' 의미의 '하청'을 들으니 '위천'이 연상된다는 말이다.

3) 虹(홍) : 무지개.

靑嶂(청장) : 푸른 산봉우리.

4) 客鬢(객빈) : 나그네의 머리카락.

行(행) : 곧.

5) 滄波(창파) : 푸른 물결.

坐(좌) : ~으로 인해.

渺然(묘연) : 아득하다.

6) 此中(차중) : 하청을 가리킨다.

得地(득지) : 살기에 적합한 땅을 얻다.

7) 漂蕩(표탕) : 물에 떠다니다.

釣魚(조어) : 물고기를 낚다.

해설

이 시는 하청현에서 마련된 연회석에 참석해 조씨 형제와 어울린 시인이 두보의 시를 본떠 지은 것이다. 하청현은 지금의 하남성 맹주시(孟州市) 인근이고, 조씨 형제는 누구인지 알려지지 않았다. 제1-2구는 하청현의 이름과 경치를 소개한 것이다. '하청'이라는 아름다운 이름이 '위수'에 버금가고, 뛰어난 경치는 강서 지역보다 뛰어나다고 했다. 제3-4구는 눈앞에 펼쳐진 경치를 묘사한 것이다. 비가 온 뒤에 무지개가 펼쳐지고 저녁이 되니 새가 둥지로 날아간다고 했다. 제5-6구는 오랜 나그네 생활에 지친 심경을 피력한 것이다. 머리카락이 하얘지도록 나그네로 떠도는 시인인지라 푸른 물결을 마주하니 정신이 멍해진다고 했다. 제7-8구는 은거하고 싶은 심정을 드러낸 것이다. 하청현에서 살만한 곳을 찾아 배를 타고 낚시를 하며 여생을 보내고 싶다고 했다.

이 시는 의식적으로 두보의 풍격을 모방한 것이다. 이에 대해 후대의 평자들은 대체로 긍정적인 평가를 내리고 있다. 일례로 청나라 요배겸(姚培謙)은 이렇게 평했다. "제5구는 전환으로 이어 붙여 힘을 얻었는데, 이는 두보의 시법이다.(第五句轉接得力, 是杜法.)"

474

寓目

눈길 가는대로

園桂懸心碧,¹   정원의 계수나무 놀랍도록 푸르고

池蓮飫眼紅.²   연못의 연꽃 눈이 물리도록 붉다.

此生眞遠客,   우리네 인생이란 진정 먼 길 떠난 나그네,

幾別卽衰翁.   몇 번 이별하다 보면 곧 쇠약한 늙은이 되지.

小幌風烟入,   작은 휘장으로 바람과 연기 밀려들고

高窓霧雨通.   높은 창문에는 안개와 비가 오간다.

新知他日好,³   지난 날 신혼 시절 좋았었지.

錦瑟傍朱櫳.⁴   비단 거문고가 붉은 창문 옆에 놓여 있던.

주석

1) 懸心(현심) : 마음을 놀라게 하다.

2) 飫眼(어안) : 눈이 물리다.

3) 新知(신지) : 새로 사귀다. 새로 사귄 친구. 여기서는 신혼을 의미하는
   것으로 보았다. '비로소 알다'로 풀이하는 설도 있다.

   他日(타일) : 지난 날.

4) 錦瑟(금슬) : 채색 무늬가 있는 비단처럼 무늬를 그려서 장식한 거문고.

   朱櫳(주롱) : 붉은 창문.

　이 시는 객지에서 집과 아내를 그리워하며 지은 것이다. 눈앞의 경물과 그것에서 격발된 그리움의 감정을 토로했다. 제1-2구에서는 눈앞의 경치인 푸른 계수나무와 붉은 연꽃을 묘사했다. 선명한 빛으로 무성하게 자라는 식물은 적막한 시인과 대조를 이루며 그의 외로움을 부각시킨다. 청나라 풍호(馮浩)는 이 연에서 '정원의 계수나무(園桂)'는 계주(桂州)를 암시하고 '연못의 연꽃(池蓮)'은 막부를 암시한다고 했다. 그렇다면 이 시는 시인이 계주의 정아(鄭亞) 막부에서 창작한 것이 된다. 일리 있는 지적이다. 제3-4구에서는 앞의 경물로부터 일어난 감회로, 외로운 나그네로서 이별이 지속되고 있음을 말했다. 제5-6구에서는 방안의 모습으로 휘장으로 밀려드는 바람과 연기, 창문 밖으로 오가는 안개와 비를 통해 지금 시인이 처한 곳의 쓸쓸함을 나타냈다. 이러한 경치는 자연스럽게 그리움을 자아낸다. 제7-8구에서 지난 날 아내를 처음 만나 사귀었을 때를 떠올렸다. 붉은 창문 곁에 놓인 비단 거문고는 아내 왕씨(王氏)를 의미한다.

475

題道靖院

도정원에 제하다

紫府丹成化鶴群,[1]	신선의 처소에서 단약이 이루어져 학의 무리 되었는데
青松手植變龍文.[2]	푸른 소나무 손수 심었던 것이 용의 무늬로 변한다.
壺中別有仙家日,[3]	호리병 속엔 따로 선가의 해가 있고
嶺上猶多隱士雲.[4]	산마루 위엔 아직도 은사의 구름이 많다.
獨坐遺芳成故事,[5]	따로 앉아 향기를 남기니 일화가 되었고
搴帷舊貌似元君.[6]	장막 걷던 옛 모습 원군과 닮았다.
自憐築室靈山下,[7]	스스로 영산 아래에 집을 짓기를 즐겨
徒望朝嵐與夕曛.[8]	다만 아침 아지랑이와 저녁 햇살을 바라본다.

주석

* 〔원주〕: 원(院)은 중조산에 있고 예전에 어사중승(御史中丞) 왕안이 설치한 곳이다. 괵주자사가 관직을 버리고 여기에 거처하여, 지금도 초상화가 남아 있다.(院在中條山, 故王顏中丞所置. 虢州刺史捨官居此, 今寫眞存焉.)

1) 紫府(자부): 도교에서 말하는 신선의 거처.

化鶴(화학) : 학으로 변하다.《동선전(洞仙傳)》에 의하면, 정령위(丁令威)
는 도술을 배워 흰 학으로 변했다고 한다.
2) 龍文(용문) : 용 비늘 모양의 무늬.
3) 壺中(호중) : 호리병 속.《운급칠첨(雲笈七籤)》에 의하면, 장신(張申)이라
는 사람은 밤마다 호리병 속에서 자며 그 안에 천지일월이 있다고 했다
고 한다.
4) 隱士雲(은사운) : 은사의 구름.
《경방역(京房易)·비후(飛候)》 사방을 둘러보면 항상 많은 구름이 있는데, 오
색이 갖추어지고 비는 내리지 않아 그 아래에 현자들이 은거했다.
5) 獨坐(독좌) : 따로 앉다. 부귀한 것을 말한다.《후한서·선병전(宣秉傳)》
에 의하면 선병이 어사중승에 임명된 후 광무제가 어사중승, 사례교위
(司隷校尉), 상서령(尙書令)을 불러 따로 앉히자 경사에서 '삼독좌(三獨
坐)'라 칭했다고 한다.
遺芳(유방) : 향기를 남기다. 후세에 명성을 전하는 것을 말한다.
6) 搴帷(건유) : 장막을 걷다. 지방관의 부임을 가리킨다.《후한서·가종전
(賈琮傳)》에 의하면, 가종이 기주자사(冀州刺史)가 되어 관례에 따라 붉
은 장막을 내린 수레에 올라 자사는 마땅히 멀리 보아야 한다며 장막을
걷게 했다고 한다.
元君(원군) : 도교의 신선 가운데 한 사람.
7) 築室(축실) : 집을 짓다.
靈山(영산) : 도가에서 봉래산(蓬萊山)을 칭하는 말. 여기서는 중조산(中
條山)을 가리킨다.
8) 夕曛(석훈) : 저녁 햇살. 석양.

해설

이 시는 어사중승(御史中丞) 왕안(王顔)이 영락현 중조산에 세웠다는 도교
사원에 쓴 것이다. 시인의 자주에 따르면 괵주자사를 지낸 오종원(吳宗元)도
벼슬을 버리고 이곳에 머무른 적이 있다고 한다. 제1-2구는 왕안과 오종원이
모두 세상을 떴다는 것이다. 왕안과 오종원은 신선이 되어 하늘로 올라가고

왕안이 손수 심은 소나무만 남아 그 껍질이 용의 비늘과 같다고 했다. 제3-4
구는 사원과 주변의 경관을 그린 것이다. 사원은 도교에서 말하는 호리병처
럼 별천지이고 산마루에는 은사에 어울리는 구름이 떠간다고 했다. 제5-6구
는 도정원과 관련된 두 인물을 떠올린 것이다. '따로 앉다'와 '장막을 걷다'의
전고를 인용해 각각 어사중승 왕안과 괵주자사 오종원을 거론했다. 제7-8구
는 영락에 한거하는 자신을 언급한 것이다. 중조산 아래에 거처를 마련해
아침 아지랑이와 저녁 햇살만을 바라볼 뿐이라 했는데, 언외에 어사중승이나
자사의 지위에 올랐다 물러난 것이 아니어서 부끄럽다는 뜻이 담겨 있다.
"여덟 구 모두 제목의 뜻을 담아내는 데 급급했다(八句汲汲敍題中之意)"는
풍반(馮班)의 평이 있는가 하면, "제3-4구가 체식을 얻었다(三四得體)"는 청나
라 굴복(屈復)의 평도 있어 평가가 엇갈리는 작품이다.

476

賦得桃李無言

〈복사꽃 자두 꽃은 말이 없고〉를 노래하다

夭桃花正發,[1]	화사한 복사꽃 한창 피었고
穠李蕊方繁.[2]	무성한 자두 꽃 바야흐로 흐드러진다.
應候非爭艶,[3]	절후에 호응한 것 예쁨을 다투어서가 아니고
成蹊不在言.[4]	길이 만들어진 것 말에 달려 있지 않다.
精中霞暗吐,[5]	고요함 속에서 노을을 살며시 토해내고
香處雪潛翻.[6]	향기로운 곳에서 눈송이를 몰래 뒤집는다.
得意搖風態,	뜻을 얻어 바람에 흔들리는 자태
含情泣露痕.	정을 품어 이슬에 눈물 진 흔적.
芬芳光上苑,[7]	향기를 뿜으며 상림원에서 빛났지만
寂默委中園.[8]	쓸쓸히 정원에서 덩그럴 뿐.
赤白徒自許,	붉고 흰 색을 다만 스스로 허여하니
幽芳誰與論.[9]	그윽한 향기는 누구와 더불어 논할까?

주석

1) 夭桃(요도) : 아름다운 복사꽃.
2) 穠李(농리) : 아름다운 자두 꽃.

蕊(예) : 꽃술.

3) 應候(응후) : 계절과 기후에 순응하다.

4) 成蹊(성혜) : 길이 만들어지다.

《사기 · 이장군전찬(李將軍傳贊)》 복숭아와 자두 나무는 말이 없지만 아래에 자연히 길이 생긴다.(桃李不言, 下自成蹊.) 이는 복숭아와 자두가 익으면 사람들이 모여들어 나무 아래에 길이 난다는 말이다.

5) 霞(하) : 노을. 여기서는 복사꽃을 가리킨다.

6) 雪(설) : 눈송이. 여기서는 자두 꽃을 가리킨다.

7) 芬芳(분방) : 향기롭다.

上苑(상원) : 군주의 정원. 상림원(上林園)을 말한다.

8) 寂默(적묵) : 고요하다. 쓸쓸하다.

委(위) : 내버려두다.

中園(중원) : 정원 (안).

9) 幽芳(유방) : 그윽한 향기. 고결한 덕행을 비유한다.

해설

이 시는 시첩시(試帖詩)로, 복사꽃과 자두 꽃을 소재로 했다. 이 시는 구성상 세 단락으로 나뉜다. 제1단락(제1-4구)은 '복사꽃 자두 꽃'과 '말이 없음'을 직접 서술한 것이다. 복사꽃과 자두 꽃이 흐드러지게 피니 아무 말 하지 않아도 꽃구경 인파로 길이 만들어진다고 했다. 제2단락(제5-8구)은 '복사꽃 자두 꽃'과 '말이 없음'을 간접적으로 묘사한 것이다. '노을'과 '눈송이'는 각각 복사꽃과 자두 꽃을 나타내는데, 꽃은 바람에 흔들리고 이슬에 젖을 뿐 말이 없다고 했다. 제3단락(제9-12구)은 복사꽃과 자두 꽃에 시인 자신의 인생 역정을 기탁한 것이다. 일찍이 상림원에서 빛났다는 것은 과거에 급제한 사실을 암시하며, 이제는 정원에서 쓸쓸하다는 것은 경직(京職)에서 물러난 현재의 처경을 말하려는 것으로 보인다. 아름다운 꽃의 색채를 감상해줄 이가 없어 안타깝다는 말로 시상을 마무리했다.

명나라 허학이(許學夷)는 이 시를 예로 들어 이상은의 평소 작품과 '하늘과 땅 차이'라고 했고, 청나라 주이준(朱彝尊)도 이상은이 유독 시첩시에 약했던 것이 아닌가 했다. 이상은 시첩시의 대부분은 영락 한거 시기에 창작된 것으로 보인다. 이 시기는 모친상으로 관직에서 물러나 무료하게 보냈던 때여서 특별한 시적 감흥이 일 여지가 적었다. 시첩시 자체의 특성에 작시 환경이 더해져 이상은 시 특유의 몽롱함이나 강렬함이 사라진 것으로 여겨진다.

477

登霍山驛樓

곽산역의 누각에 오르다

廟列前峰逈,[1]	사당 늘어선 앞 봉우리는 멀고
樓開四望窮.[2]	누각이 열리니 사방의 조망이 끝없다.
嶺鼹嵐色外,[3]	산 고개는 생쥐처럼 아지랑이 밖에
陂雁夕陽中.	산비탈엔 기러기가 석양 속에.
弱柳千條露,	약한 버들 천 가지에 이슬 내리고
衰荷一向風.[4]	시든 연잎 모두가 바람에 기운다.
壺關有狂孽,[5]	호관에 미친 녀석이 있으니
速繼老生功.[6]	속히 노생을 제압한 공을 이어주시기를.

주석

1) 廟(묘) : 사당.

   逈(형) : 멀다.

2) 四望: 사방을 바라보다.

3) 鼹(혜) : 생쥐. 여기서는 산봉우리가 생쥐처럼 생겼다는 말이다.

   嵐(남) : 아지랑이.

4) 一向(일향) : 전체. 모두가 바람을 맞고 같은 쪽으로 기우는 것을 가리킨다.

   온정균(溫庭筠), 〈계상행 溪上行〉 바람이 연잎을 뒤집어 모두 흰색이다.(風翻

荷葉一向白.)

5) 壺關(호관) : 지명. 지금의 산서성 호관현.

狂孼(광얼) : 미친 녀석. 〈행차소응(行次昭應)…〉 시에서 '얼빠진 꼬마(狂童)'라 칭했던 유진(劉稹)을 가리킨다.

6) 老生(노생) : 수(隋)나라의 장군이었던 송노생(宋老生). 《구당서 · 고조본기》에 의하면, 송노생은 곽읍(霍邑)에 주둔하며 당 고조에 저항하다 결국 진압되었다고 한다.

해설

이 시는 지금의 산서성 곽주시(霍州市)에 있는 곽산(霍山)의 역루(驛樓)에 올라 지은 것이다. 해발 2504m에 이르는 곽산은 중국 고대 10대 명산의 하나이다. 이 시 역시 회창 4년(844) 시인이 영락에서 태원을 왕래하던 무렵에 지은 것으로 보인다. 제1-2구는 곽산의 역루에 올라 조망함을 기술한 것이다. 멀리 곽산의 봉우리마다 사당이 늘어서 있고 사방이 모두 시야에 들어온다고 했다. 제3-4구는 곽산의 봉우리와 비탈을 묘사한 것이다. 산봉우리는 생쥐처럼 아지랑이 위로 솟고 산비탈엔 석양에 기러기가 날아간다고 했다. 제5-6구는 산 아래의 쓸쓸한 풍경을 그린 것이다. 버드나무 가지는 이슬을 맞아 늘어지고 연잎은 바람을 맞아 뒤집어진다고 했다. 제7-8구는 곽산과 관련된 고사를 떠올린 것이다. 당 고조가 이 지역에서 저항하던 송노생을 진압했듯이 호관에 진을 치고 있는 유진(劉稹)의 잔당을 속히 궤멸시키기를 희망했다. 즉흥시 성격의 작품으로 특기할 만한 문학적 성취는 보이지 않는다.

478

寄和水部馬郎中題興德驛

수부 마낭중이 흥덕역에 제한 시에 부쳐 화답하다

仙郎倦去心,¹	선랑이 돌아가고픈 마음에 지쳐
鄭驛暫登臨.²	정장의 역루에 잠시 올랐네.
水色瀟湘闊,³	물빛은 소상으로 가며 넓어지고
沙程朔漠深.⁴	모래펄의 여정은 북쪽 사막으로 깊어 가리라.
鷁舟時往復,⁵	익조 그린 배가 이따금 오가고
鷗鳥恣浮沈.⁶	갈매기가 멋대로 뜨고 가라앉겠지.
更想逢歸馬,⁷	다시 돌아가는 말 만날 것을 생각하며
悠悠嶽樹陰.⁸	산의 나무그늘에서 한가로우리라.

주석

* 〔원주〕: 당시 소의절도사 유진(劉稹)의 난이 이미 평정되었다(時昭義已平).

1) 仙郎(선랑): 상서성 각 부의 낭중과 원외랑을 부르던 별칭.
   倦去心(권거심): 돌아가고픈 마음으로 지쳐 있다.

2) 鄭驛(정역): 정당시(鄭當時)의 역참. 《한서·정당시전》에 의하면, 정당시는 장안 교외 여러 곳에 역마(驛馬)를 두고 빈객을 맞아 밤새 놀았다고 한다. 여기서는 흥덕역(興德驛)을 가리킨다.

3) 瀟湘(소상) : 호남성의 소수(瀟水) 와 상강(湘江).

4) 朔漠(삭막) : 북쪽의 사막.

5) 鷁舟(익주) : 뱃머리에 익새를 그려 넣은 배.

6) 恣(자) : 멋대로.

7) 歸馬(귀마) : 돌아가는 말. '마입화산(馬入華山)'에서 비롯된 표현. 천하가
   태평해져 더 이상 전쟁이 없는 것을 말한다.
   《서경·무성(武成)》 무를 중단하고 문을 닦아 말들을 화산의 남쪽으로 돌려보
   내고 소들을 도림의 들에 방목하여 천하에 무력을 쓰지 않을 것임을 보여주었
   다.(乃偃武修文, 歸馬於華山之陽, 放牛於桃林之野, 示天下弗服.)

8) 嶽(악) : 화산(華山).

해설

　이 시는 수부의 마낭중이 화음현(華陰縣)에 있던 흥덕궁(興德宮)에 쓴 시
에 화답한 것이다. 제1-2구는 경사로 돌아가는 마낭중을 언급한 것이다. 마낭
중이 속히 경사로 돌아가고 싶은 마음을 달래려 흥덕역에 올라 경치를 감상
한 것이라 했다. 제3-4구는 사통발달의 요지인 흥덕역을 소개한 것이다. 물길
을 따라 남쪽으로 가면 동정호(洞庭湖)를 지나 소상에 닿고 뭍길을 따라 북쪽
으로 가면 사막에 이를 것이라 했다. 제5-6구는 마낭중이 물에서 노니는 모습
을 상상한 것이다. 강 위에는 간혹 익새 그린 배가 오가고 갈매기가 날아다니
는 평화로운 정경을 그렸다. 제7-8구는 마낭중에게 부치는 말이다. 유진의
난이 평정된 후라 화산(華山)으로 돌아가는 말을 생각하며 한가롭게 나무그
늘에서 쉴 것이라 했다. 여기에 보이는 '마(馬)'는 '마낭중'의 '마'를 지칭하기
도 하는 중의적 표현으로 여겨진다. 평범한 응수의 시편이다.

479

題小松

작은 소나무에 쓰다

憐君孤秀植庭中,	그대 홀로 빼어나게 정원에 있는 것 사랑하노니
細葉輕陰滿座風.	가는 잎 가벼운 그늘로 자리 가득 바람이어라.
桃李盛時雖寂寞,	복사꽃 자두 꽃이 한창일 때 비록 쓸쓸하여도
雪霜多後始靑葱.¹	눈서리가 많아질 때 비로소 푸르리라.
一年幾變枯榮事,²	일 년이면 몇 번이나 시들고 피는 일이 바뀌는가?
百尺方資柱石功.³	백 척이 되어야 기둥과 주춧돌 같은 공덕의 바탕이 되리.
爲謝西園車馬客,⁴	서원에서 수레와 말을 타고 있는 이들에게 이르노니
定悲搖落盡成空.⁵	필경 지고 나면 모든 것이 허무하게 됨을 슬퍼하리라.

주석

1) 靑葱(청총) : 푸르다.
2) 枯榮(고영) : 시들고 피다. 복사꽃과 자두 꽃을 가리킨다.
3) 資(자) : ~의 바탕이 되다.

柱石(주석) : 기둥과 주춧돌.
4) 爲謝(위사) : (나를 위해) ~에게 이르다.
   西園(서원) : 원림의 이름. 조조(曹操)가 만들었다고 전해지며 지금의 하남성 임장현(臨漳縣) 인근에 있었다.

   조식(曹植), 〈공자의 연회 公宴〉 공자께서는 손님들을 경애하시어, 연회가 끝나도록 피곤한 줄도 모르시네. 맑은 달빛 속에 서원을 유람하시니, 나는 듯 수레들이 그 뒤를 따르네.(公子敬愛客, 終宴不知疲. 淸夜遊西園, 飛蓋相追隨.)

5) 搖落(요락) : 떨어지다. 지다. 복사꽃과 자두 꽃이 모두 시들어 떨어지는 것을 가리킨다.

해설

이 시는 작은 소나무를 묘사한 영물시다. 제목이 '작은 잣나무에 쓰다(題小柏)'로 된 판본도 더러 있다. 제1-2구는 정원에 심은 작은 소나무를 언급한 것이다. 그늘을 이루어 바람이 이는 소나무의 모습이 빼어나 사랑스럽다고 했다. 제3-4구는 《논어 · 자한(子罕)》편의 한 구절인 "날이 추워진 다음에야 소나무와 잣나무가 나중에 시듦을 안다(歲寒然後知松柏之後彫也)"는 구절을 원용한 것이다. 복사꽃과 자두 꽃이 필 때는 눈에 띄지 않지만 추위가 닥치면 그 진가가 드러난다고 했다. 제5-6구도 잣나무의 훌륭한 품성을 칭송한 것이다. 복사꽃과 자두꽃은 피었다가 시들기를 거듭하지만, 소나무와 같은 상록수는 백 척 높이로 자라 재목이 될 때까지 꿋꿋하다고 했다. 제7-8구는 서원에서 한가로이 꽃구경을 하고 있는 이들에게 경고한 것이다. 활짝 핀 꽃이 당장은 아름다워 보여도 다 진 후의 허무함과 슬픔을 상기해야 한다고 했다. 대개의 영물시가 그렇듯이 이 시에서도 소나무에 시인 자신을 투영해 올곧은 품성을 드러내려 했다. 영락에 한거할 시기의 작품일 가능성이 높아 보인다.

480

行次昭應縣道上送戶部李郎中充昭義攻討

소응현에 머물다 길에서 소의공토에 임시로 충원된 호부의 이낭중을 전송하다

將軍大旆掃狂童,[1]　　장군의 큰 깃발이 얼빠진 꼬마를 일소함에

詔選名賢贊武功.[2]　　이름난 현인을 뽑아 무공을 도우라는 조서가
　　　　　　　　　　　내려졌네.

暫逐虎牙臨故絳,[3]　　잠시 호아장군 따라 고강에 이르렀다가

遠含鷄舌過新豊.[4]　　멀리로부터 계설향을 머금고 신풍을 지나네.

魚遊沸鼎知無日,[5]　　물고기가 끓는 솥에서 노니 살날이 없음을 알
　　　　　　　　　　　겠고

鳥覆危巢豈待風?[6]　　새가 높은 둥지에서 뒤집어짐에 어찌 바람을
　　　　　　　　　　　기다리랴?

早勒勳庸燕石上,[7]　　일찌감치 연연산 돌에 공적을 새기고

佇光綸綍漢廷中.[8]　　한나라 조정에서 임금의 조서를 빛내시기를.

주석

　1) 大旆(대패) : 대장의 깃발.

狂童(광동) : 얼빠진 꼬마. 여기서는 반란을 일으켰던 유진(劉稹)을 가리킨다.

2) 贊(찬) : 돕다.

3) 虎牙(호아) : 호아장군(虎牙將軍). 《한서·흉노전》에 의하면, 전한 선제 (宣帝) 때 운중태수(雲中太守) 전순(田順)을 호아장군으로 삼아 오원(五原)에 파견했다고 한다.

故絳(고강) : 춘추시대 진(晉)나라의 옛 도읍. 진나라는 원래 강(絳)에 도읍했다가 나중에 신전(新田)으로 천도하여 옛 도읍을 고강이라 불렀다. 당대에는 강주(絳州)를 두었으며, 지금의 산서성 익성현(翼城縣) 동남쪽에 있었다. 유진을 토벌할 때 진강(晉絳)의 병영이 여기에 있었다.

4) 鷄舌(계설) : 계설향(鷄舌香). 정향(丁香). 《한관의(漢官儀)》에 의하면, 한 나라 때 상서랑(尙書郎)은 명광전(明光殿)에서 진언할 때 입에 계설향을 물었다고 한다. 여기서는 호부 이낭중을 가리킨다.

新豊(신풍) : 지금의 섬서성 서안시 임동구(臨潼區) 신풍진(新豊鎭). 여기서는 소응현(昭應縣)을 가리킨다.

5) 沸鼎(비정) : 끓는 솥.

《후한서·유도전(劉陶傳)》 비유하자면 끓는 솥에다 물고기를 기르는 것 같으니 반드시 그을리고 익게 될 것입니다.(譬猶養魚沸鼎之中, 必至燋爛.)

無日(무일) : 살날이 없다.

6) 危巢(위소) : 높은 나무 위의 둥지.

7) 勒(륵) : 새기다.

勳庸(훈용) : 공적.

燕石(연석) : 연연산(燕然山)의 돌. 《후한서·두헌전(竇憲傳)》에 의하면, 두헌은 북쪽의 선우를 계락산(稽落山)에서 크게 무찌르고 마침내 연연산에 올라 공적을 돌에 새기고 반고(班固)에게 비문을 지으라 명했다고 한다.

8) 佇(저) : 기대하다.

綸綍(윤발) : 낚싯줄과 동아줄. 왕의 조령(詔令)을 말한다.

　이 시는 이상은이 소응현(昭應縣)에 머물 때 길에서 호부(戶部)의 이낭중
(李郎中)을 만나 전송하며 지은 것이다. 당시 이낭중은 소의진(昭義鎭)의 유
진(劉稹)을 토벌하는 공토사(攻討使)인 소의공토(昭義攻討)에 임시로 충원된
상황이었다. 제1-2구는 반군 토벌의 일원으로 선임된 사실을 밝힌 것이다.
주장(主將)인 이언좌(李彥佐)가 유진 토벌에 나서 이낭중을 보좌관으로 선발
했다고 했다. 제3-4구는 제목에 보이는 '소의공토'와 '낭중'을 말한 것이다.
유진 토벌군의 병영이 있었던 진나라 '고강'과 상주할 때 계설향을 물었다는
한나라 상서랑의 고사로 그것을 나타냈다. 제5-6구는 단시간 내에 유진이
토벌되리라 예견한 것이다. 유진의 운명을 끓는 솥에 들어간 물고기요, 높은
둥지에서 떨어지는 새에 비유했다. 제7-8구는 성공의 축원을 전한 것이다.
반란군 토벌에서 큰 공을 세워 표창을 받게 되길 기대한다고 했다.

　이 시는 정밀한 전고 활용을 뽐내고 있다. 모든 고사를 한나라 사적에서
취했을 뿐만 아니라 가운데 두 연은 '호랑이(虎)', '닭(鷄)', '물고기(魚)', '새
(鳥)' 등 동물로 가득 채웠다. 청나라 하작(何焯)의 지적처럼 유우석(劉禹錫)
의 〈신라 책립사에 임명된 원중승을 전송하다(送源中丞充新羅冊立使)〉 시에
서 가운데 두 연에 '봉새(鳳)', '닭(鷄)', '자라(鼇)', '고래(鯨)' 등의 동물을 연달
아 쓴 것과 매우 유사하다.

481

水齋

물가의 집

多病欣依有道邦,[1]	많은 병에 기꺼이 도 있는 마을에 의지하여
南塘晏起想秋江.[2]	남당에서 늦게 일어나 가을 강을 떠올린다.
捲簾飛燕還拂水,[3]	발 걷어도 나는 제비는 계속 물을 스치고
開戶暗蟲猶打窓.[4]	문 열어도 어두운 데 사는 벌레는 여전히 창문을 두드린다.
更閱前題已披卷,[5]	앞에서 이미 펼쳤던 책을 다시 읽고
仍斟昨夜未開缸.[6]	어젯밤에 따지 않았던 술독의 술을 재차 음미한다.
誰人爲報故交道,[7]	누가 날 위해 옛 친구들에게 전해줄 텐가?
莫惜鯉魚時一雙.[8]	잉어 아까워하지 말고 가끔씩 한 쌍 보내라고.

주석

1) 欣(흔) : 흔연히. 기꺼이.

   有道邦(유도방) : 도가 있는 마을.

   《논어·위령공(衛靈公)》 나라에 도가 있으면 벼슬하고, 나라에 도가 없으면 거두어 속에 감추어 두는구나.(邦有道則仕, 邦無道則卷而懷之.)

2) 南塘(남당) : 장안 진창방(晉昌坊) 자은사(慈恩寺)의 남지(南池).

이상은, 〈진창의 정자에 묵으면서 놀란 새소리를 듣다 宿晉昌亭聞驚禽〉 남지를
다 지나가니 나무가 더욱 깊어진다.(過盡南塘樹更深.)

晏起(안기) : 늦게 일어나다.

秋江(추강) : 남지 인근의 곡강(曲江)을 가리킨다.

3) 捲簾(권렴) : 발을 걷다.

拂水(불수) : 물을 스치다.

4) 暗蟲(암충) : 귀뚜라미와 같이 어두운 곳에 사는 곤충.

打窓(타창) : 창을 두드리다. 밖으로 나가지 않는다는 뜻이다.

5) 閱(열) : 읽다.

前題(전제) : 앞. 이전.

披卷(피권) : 책을 펴서 읽다.

6) 仍(잉) : 계속.

斟(짐) : (술을) 따르다. 마시다.

開缸(개항) : 항아리를 열다.

7) 交道(교도) : 친구를 사귀는 도리. 여기서는 친구를 가리킨다.

8) 莫惜(막석) : 아까워하지 말라.

鯉魚(이어) : 잉어. 여기서는 편지를 가리킨다.

악부시 〈음마장성굴행 飲馬長城窟行〉 손님이 먼 곳에서 찾아와, 나에게 두 마
리 잉어를 남겼네. 아이를 불러 잉어를 삶으니, 그 가운데 한 자 되는 비단에
쓴 편지가 있었네(客從遠方來, 遺我雙鯉魚. 呼兒烹鯉魚, 中有尺素書.)

해설

이 시는 물가에 있는 집에서의 무료한 하루를 읊은 것이다. 제1-2구는 기
거하고 있는 장소를 말한 것이다. 병이 많은 까닭에 남당 인근에 요양할 안식
처를 마련하여 느지감치 일어나 곡강에서 보냈던 날들을 떠올려본다고 했다.
제3-4구는 거처를 정돈하는 모습을 담은 것이다. 발을 걷어도 제비는 남당에
서 연신 물을 스치고, 문을 열어도 벌레는 아랑곳하지 않고 창문을 두드린다
고 했다. 새와 곤충조차 병든 시인에게 관심을 두지 않는 모습으로 이해할
수 있다. 제5-6구는 시인이 무료함을 달래는 하루 일과를 소개한 것이다. 읽

다 말고 덮어둔 책을 다시 펼쳐서 읽고, 병으로 인해 절제하고 있는 술을 한 모금 마신다고 했다. 제7·8구는 친구들에게 도움을 청해보고자 한 것이다. 옛 친구들이 가끔씩 편지를 보내 무료함을 달래주면 좋으련만, 그들에게 소식을 전할 사람조차 마땅치 않다고 했다.

　대단한 내용을 담은 것은 아니나 병들어 한거하고 있는 시인의 일상을 세세하게 묘사했다는 점을 짚고 넘어갈 만하다. 이런 특징을 지적하고 있는 청나라 육곤증(陸崑曾)의 평을 인용한다. "이 시는 병든 후의 정경을 묘사했는데, 시어마다 신묘한 경지에 들었다.(此詩寫病後情景, 字字入神.)"

482

奉同諸公題河中任中丞新創河亭四韻之作

여러분들이 하중부의 임원 중승이 새로 만든 하정에 지은 시에 받들어 화답하다

萬里誰能訪十洲,¹	누가 만 리 밖 십주를 찾아갈 수 있으랴
新亭雲構壓中流.²	새 정자 높다란 건물이 중류를 누르네.
河鮫縱翫難爲室,³	강의 교인이 멋대로 감상하면서 집을 삼기는 어려워하고
海蜃遙驚恥化樓.⁴	바다의 신기루 멀리서 놀라 누각으로 변하기 부끄럽겠네.
左右名山窮遠目,	좌우의 명산을 멀리까지 바라볼 수 있고
東西大道鎖輕舟.⁵	동서의 대로는 가벼운 배를 이어놓은 것.
獨留巧思傳千古,	홀로 기발한 생각을 남겨 먼 후대까지 전하니
長與蒲津作勝游.⁶	오래도록 포진과 더불어 명승지가 되리라.

주석

1) 十洲(십주) : 도교에서 말하는 명산으로, 큰 바다에 신선이 사는 곳이라고 한다.

2) 雲構(운구) : 높고 큰 건축물.

中流(중류) : 하천의 중간 유역.

3) 鮫(교) : 교인(鮫人). 강에서 산다는 괴상한 사람.

縱(종) : 마음대로. 내키는 대로.

翫(완) : 감상하다. 가지고 놀다.

4) 蜃(신) : 이무기. 교룡(蛟龍)의 일종.

5) 鎖(쇄) : 잇다.

《당육전(唐六典)》배로 만든 부교가 넷인데, 황하에 셋 낙수에 하나이다. 포진의
부교는 황하의 것 가운데 하나이다.(造舟之梁四, 河三洛一. 蒲津浮梁, 河之一也.)

6) 蒲津(포진) : 포진관(蒲津關). 지금의 섬서성 대려현(大荔縣) 동쪽 황하 위에
전국시대 진나라 소양왕(昭襄王)이 세운 하교(河橋)가 있었다고 한다.

勝游(승유) : 명승지.

해설

이 시는 지금의 산서성 영제시(永濟市)인 하중부(河中府)에서 어사중승을
지낸 임완(任翫)이 황하의 부교에 새로 정자를 만든 것을 소재로 여러 사람이
찬미한 시를 짓자 그에 화답한 것이다. 제1-2구는 새로 만든 정자를 언급한
것이다. 만 리 밖의 십주를 어렵게 찾아갈 것 없이 임완이 새로 높이 올린
정자가 장관이라고 했다. 제3-4구는 허필(虛筆)을 동원해 정자의 아름다움을
찬미했다. 교인은 황하에 비친 정자의 그림자를 감상하면서도 그림자일 뿐인
지라 집으로 삼지는 못하고, 신기루는 그만큼 아름다운 누각을 만들지 못해
부끄러워한다고 했다. 전설 속의 동물을 동원한 전고가 정밀하다. 제5-6구는
정자의 유용성을 말한 것이다. 정자에서는 사방의 명산이 한 눈에 다 들어오
고 동서의 큰 길을 연결해놓아 교통이 편리하다고 했다. 제7-8구는 정자를
만든 임완을 칭송한 것이다. 황하의 부교에 정자를 세운 기발한 발상 덕분에
하중부에 포진관에 버금가는 또 하나의 명승지가 생겼다고 했다. 평범한 응
수의 작이 틀림없기는 하나 그렇다고 청나라 기윤(紀昀)이 "시라고 할 만한
구절이 없다(無一句是詩)"고 한 것은 지나쳐 보인다.

483

過故府中武威公交城舊莊感事[1]

옛 부주였던 무위공의 교성 옛집을 지나며 느끼는 바 있어

信陵亭館接郊畿,[2]	신릉의 정자는 성읍의 경계와 맞닿아 있고
幽象遙通晉水祠.[3]	그윽한 경치는 멀리 진수사와 통하네.
日落高門喧燕雀,	해질녘 높은 문에 제비 참새들 시끄러이 지저귀고
風飄大樹感熊羆.	큰 나무에 바람 거세니 곰이 흔드는 듯.
新蒲似筆思投日,[4]	붓 닮은 새 부들은 붓 던졌던 때를 떠올리게 하고
芳草如茵憶吐時.[5]	깔개 같은 방초는 토했던 시절 생각하게 하네.
山下祗今黃絹字,[6]	산 밑에는 다만 '황견'이란 글자 있는데
淚痕猶墮六州兒.[7]	눈물 자국은 외려 육주에 떨어지네.

주석

1) 武威公(무위공) : 누구인지 확실치 않지만, 현대 학자 유학개(劉學鍇)는 노홍정(盧弘正)으로 보았다. 대중 3년(849)에 시인의 재능을 인정하여 그의 막부로 불렀다. 노홍정은 문무를 겸비한 사람이었고, 하중부(河中府) 출신으로, 이 시에서 언급한 교성과 가까워 옛 집이 있을 가능성이 높기 때문이다.

交城(교성) : 교성현(交城縣). 태원부(太原府)에 속한다. 지금의 산동성 중부에 있다.

舊莊(구장) : 옛 저택.

感事(감사) : 눈앞의 현실이나 사건에 대한 느낌.

2) 信陵(신릉) : 신릉군(信陵君). 전국시대 위(魏)나라의 정치가로, 수천 명의 인재를 빈객으로 거느려, 제(齊)의 맹상군(孟嘗君) 전문(田文), 조(趙)의 평원군(平原君), 초(楚)의 춘신군(春申君) 황헐(黃歇)과 함께 이른바 '전국사군(戰國四君)'으로 꼽힌다. 여기서는 지체 낮은 선비를 예로써 대했다는 고사의 의미를 취했다.

亭館(정관) : 노닐다 쉴 수 있게 만든 정자.

郊畿(교기) : 성읍의 경계. 여기서는 옛 집이 태원부(太原府)의 경계와 접해 있다는 것을 이른다.

3) 幽象(유상) : 그윽한 경물. 나무 같은 것이 우거진 경치를 이른다.

晉水祠 (진수사) : 진수(晉水)가에 있는 사당. 진수는 태원부 서쪽에서 나오고, 이곳에는 진사(晉祠)라는 당숙오(唐叔虞)의 사당이 있다. 여기서는 옛집의 빼어난 경치가 멀리 진사로 이어져 있음을 이른 것이다.

4) 新蒲(신포) : 새로 핀 부들.

投日(투일) : 붓을 던졌던 때.《후한서(後漢書)》에 따르면, 반초(班超)가 벼슬하여 오랫동안 필경만 하는 것이 힘들어 붓을 던지며 탄식하기를 "대장부는 마땅히 이역에서 공을 세워야 하거늘, 어찌 이렇게 오래 붓과 벼루만을 섬긴단 말인가?"라 했다. 여기서는 시인 자신이 붓을 던지고 군대를 따라 막부에 거했던 때를 추억한 것이다.

5) 吐時(토시) : 토했을 때.《한서(漢書)》에 따르면, 병길(丙吉)의 아전이 술을 좋아하여 자주 포탈하고 방자했다. 한번은 병길을 따라 나갔다가 취하여 승상의 수레 위에 토하자 서조주리(西曹主吏)가 그를 물리치려 했다. 병길은 "이는 승상 수레의 깔개를 더럽힌 것일 뿐이다."라며 떠나지 않았다. 여기서는 깔개 같은 방초를 보고 옛날 막부에서 깊은 은혜 받았던 것을 추억한 것이다.

6) 黃絹字(황견자) : '황견'이란 글자.《위략(魏略)》에 따르면 채옹(蔡邕)의

딸 채염(蔡琰)이 거주하던 남전(藍田)에 있는 조아(曹娥)의 비문에는 '황
견유부 외손제구(黃絹幼婦 外孫薺臼)'라는 글귀가 적혀있었다. 조조(曹
操)가 한중(漢中) 출병 도중에 여기 들렀다가 그 의미를 알고자 한동안
노력했으나, 아무도 그 의미를 몰라 하는데 양수(楊修)가 그 비문을 해석
했다. 황견(黃絹)이란 누런 누에고치 옷감을 뜻하는 것이니 곧 색실(絲
色)을 뜻하니, 두자를 합치면 절(絶)이 되고, 유부(幼婦)는 어린 소녀를
뜻하니, 어린 소녀(幼婦) 곧 젊은 여인(少女)이니, 두 자를 합치면 묘(妙)
가 된다. 외손(外孫)은 딸의 자식으로 딸은 여(女), 아들은 자(子)니, 두
자를 합치면 호(好)가 되고, 제구(題臼)는 다섯 가지 맛의 음식을 담는
그릇으로 이는 매운 것(辛)을 담는 것이니(受), 두자를 합치면 사(辭)가
되므로 모두 조합하니 '아주 훌륭한 문장(絶妙好辭)'이라 해석했다.
7) 淚痕(누흔) : 눈물 자국. 진나라 때 양호(羊祜)의 타루비 고사를 인용한
   것이다. 양호가 벼슬살이를 했던 양양의 백성들은 현산에 사당과 비석을
   세워 그의 업적을 기렸는데, 길을 지나다가 비석을 보고는 눈물을 흘리
   는 사람이 많아 두예는 이 비석을 눈물 흘리게 하는 비석이란 뜻으로
   '타루비(墮淚碑)'라 불렀다고 한다.
   六州兒(육주아) : 당나라 때의 육주군(六州郡). 하북(河北)의 위(魏) 박
   (博) 등 여러 주를 이른다.

해설

이 시는 대중 11년(857) 봄 시인이 동천 막부를 그만두고 장안으로 돌아온
뒤에 지은 것으로, 옛 부주였던 무위공의 옛 집을 지나며 보고 느낀 것을
담아냈다. 제1-2구에서는 옛 집의 위치를 말했는데, 태원부 경계에 있으면서
도 멀리는 진수사와 통해 있다고 했다. 특히 제1구에서 신릉군 고사를 사용
하여 무위공이 자신을 예로써 대해주었음을 암시했다. 제3-4구는 옛집의 주
변 경관을 묘사했다. 새들이 시끄러운 것은 사람이 없음을 이른 것이고, 바람
부는 큰 나무는 그 집의 규모를 짐작하게 한다. 제5-6구에서는 반초와 병길의
전고를 사용하여 예전에 시인이 무위공의 막부로 갔던 것과 그곳에서 무위공
이 후하고 너그럽게 대해준 것에 대해 말했다. 제7-8구에서는 무위공을 칭송

했는데, 앞 구에서는 '절묘한 문사'라 하여 그의 문재(文才)를, 뒤 구에서는
타루비 고사를 사용하여 하북을 잘 다스렸던 것을 칭송했다. 청나라 호이매
(胡以梅)는 이 시의 전고 활용 수법을 칭찬하며 "정면묘사를 잘 피하고 다만
측면묘사를 활용한 것이 그 오묘함의 비결(善避正面, 只用側鋒, 是其妙訣.)"
이라고 했다.

484

贈田叟¹
시골 노인에게 드림

荷篠衰翁似有情,²　　삼태기 멘 쇠약한 노인 정이 넘치는 듯

相逢攜手遶村行.　　날 만나자 손잡고 마을을 굽이돌아 가네.

燒畬曉映遠山色,³　　화전 사르는 불빛 새벽녘 멀리 있는 산에까지
　　　　　　　　　　비치고

伐樹暝傳深谷聲.　　나무 벌채하는 소리 으스름한 깊은 계곡에 전
　　　　　　　　　　해진다.

鷗鳥忘機翻浹洽,⁴　　갈매기는 세상 일 잊어 어울려 날건만

交親得路昧平生.⁵　　친척과 벗은 잘 나가더니 옛 정을 나 몰라라
　　　　　　　　　　한다.

撫躬道直誠感激,⁶　　자신을 돌아보니 도리가 곧아 참으로 감격스
　　　　　　　　　　럽거니와

在野無賢心自驚.⁷　　재야에 현자 없다는 말에 마음 절로 놀란다.

주석

1) 田叟(전수) : 시골 노인.

2) 荷篠(하조) : 삼태기를 메다. 삼태기는 흙이나 곡식을 담아 나르는 도구
이다.

《논어·미자(微子)》 자로가 수행하다 뒤처져, 지팡이에 삼태기를 꿰어 짊어진 노인을 만나, 자로가 묻기를 "당신은 선생님을 못 뵈었습니까?"라 했다.(子路 從而後, 遇丈人以杖荷蓧, 子路問曰, 子見夫子乎.) 삼태기를 멘 노인이란 어진 사람으로서 농촌에 숨어 사는 사람을 뜻한다.

3) 畬(여) : 화전. 따비밭.

4) 鷗鳥(구조) : 갈매기.

《열자·황제(黃帝)》 바닷가에 사는 사람으로 갈매기를 좋아하는 자가 있어 매일 아침 바닷가로 나가 갈매기와 함께 놀았다. 그래서 모여드는 갈매기가 수백 마리에 그치지 않았다. 어느 날 그의 아버지가 말하기를 '내가 들으니, 갈매기들이 모두 너와 함께 논다고 하던데 너는 그것을 잡아 오너라. 내 그것을 가지고 놀고 싶구나.'라 했다. 다음 날 그 아들이 바닷가로 나가니, 갈매기들은 공중에서 날고 있을 뿐 내려오는 갈매기가 하나도 없었다.(海上之人有好鷗鳥者, 每旦之海上, 從鷗鳥游. 鷗鳥之至者百數而不止. 其父曰: '吾聞鷗鳥皆從汝游, 汝取來, 吾玩之.' 明日之海上, 鷗鳥舞而不下也.)

忘機(망기) : 마음이 담박하여 귀찮은 세사를 잊음.

浹洽(협흡) : 화해하다. 어울리다.

5) 交親(교친) : 친척과 벗.

得路(득로) : 관도에서 득의하다. 권력을 쥐다.

平生(평생) : 지난날의 사귐. 옛 정.

6) 撫躬(무궁) : 자신을 돌이켜보다. 자문하다.

7) 在野無賢(재야무현) : 재야에 현자가 없다. 당나라 현종(玄宗) 때 재상 이림보(李林甫)가 임금이 초야에 묻힌 인재를 찾자 계교를 써서 유능한 사람의 접근을 막고 임금에게는 오히려 초야에 묻힌 인재가 없음에 대하여 축하를 드렸다는 이야기가 《신당서·이림보열전(李林甫列傳)》에 보인다.

해설

이 시는 시골 노인의 순박하고 다정스런 모습과 벼슬에 마음이 팔려 친구를 쉽게 버리는 영악한 벼슬아치를 대비시켜 세파인정의 냉혹함을 풍자하면서 불우함에 대한 감개를 기탁하고 있다. 제1-2구에서는 우연히 시골에서 쇠약한 노인을 만났는데 다정하게도 손을 잡고 마을로 이끄는 모습을 묘사했다. 제3-4구에서는 마을의 풍경을 그렸다. 화전을 일구고 나무를 베어 생활하는 모습이 아름다운 자연풍광과 함께 어우러져 있다. 제5-6구에서는 '구로망기(鷗鷺忘機)'의 전고를 사용하여 속세의 이익에 상관없이 정을 주는 노인과 그렇지 않은 친척과 벗을 대조시켰다. 갈매기는 사람이 저를 해칠 마음이 없음을 알면 경계심을 풀고 사람과도 곧잘 어울린다는데, 사람과 사람 사이의 우정은 격차에 따라 이내 변질되고 마니 시인은 이를 안타까이 여긴 것으로 보인다. 제7-8구에서는 시인은 시골 노인이 자신을 돌아보고 바른 도리를 가지고 있는 것에 대해 감격스러워 하지만, 현인의 재능을 시기하는 이들이 재야에 현인이 없다고들 하는 것에 대해서는 슬프고 놀랄 따름이라 했다. 평자에 따라서는 잘 나가는 친척과 벗은 영호도(令狐綯)를 가리키고, 시골 노인은 시인 자신을 가리킨다고 보기도 한다. 특히 마지막 연에 시인 자신의 울분이 농축되어 있어 여운이 느껴진다.

485

贈別前蔚州契苾使君

전 울주자사 계필통과 이별하며 주다

何年部落到陰陵,[1]	어느 해 부락이 음릉에 이르렀던가?
奕世勤王國史稱.[2]	여러 대 나랏일에 힘썼다 역사서에서 칭송하네.
夜捲牙旗千帳雪,[3]	밤에 상아깃발을 말았을 땐 수천 장막에 눈 내렸고
朝飛羽騎一河冰.[4]	아침에 우림군의 기병이 출정할 땐 온 강물이 얼어붙었지.
蕃兒襁負來青塚,[5]	오랑캐 사내는 업고 띠 두르고 청총에서 왔고
狄女壺漿出白登.[6]	오랑캐 아낙네는 호리병 물 들고 백등산에서 나왔네.
日晚鸊鵜泉畔獵,[7]	날 저물어 벽제천 물가에서 사냥을 하니
路人遙識郅都鷹.[8]	길 가던 사람들이 멀리서도 '푸른 매' 질도를 알아보네.

주석

* 〔원주〕: 계필통의 먼 조상인 계필하력(契苾何力)은 건국 초의 공신이다.(使君遠祖, 國初功臣也)
1) 陰陵(음릉): 음산(陰山). 지금의 내몽고 자치구의 북쪽에 있다.《구당서

· 북적전(北狄傳)》에 의하면, 정관(貞觀) 연간에 철륵(鐵勒), 계필(契苾), 회흘(回紇) 등 10여 부락이 잇달아 귀순했다고 한다.

2) 奕世(혁세) : 여러 대. 누대(累代).

勤王(근왕) : 왕사(王事)에 힘쓰다. 충성을 다하다.

3) 牙旗(아기) : 상아로 장식한 대장군의 기.

4) 羽騎(우기) : 천자의 친위대인 우림군(羽林軍)의 기병.

5) 蕃兒(번아) : 오랑캐 사내.

褓負(강부) : 업고 띠를 두르다.

青塚(청총) : 왕소군(王昭君)의 무덤.

6) 狄女(적녀) : 오랑캐 아낙네.

壺漿(호장) : 병에 넣은 음료. 소량의 음료수.

《맹자 · 양혜왕하(梁惠王下)》 대광주리의 밥과 병에 넣은 음료로 왕의 군대를 맞이했다.(簞食壺漿, 以迎王師.)

白登(백등) : 백등산. 한나라 때 평성현(平城縣)에 있던 산으로 지금의 산서성 대동시(大同市) 동쪽이다.

7) 鷿鵜泉(벽제천) : 지금의 내몽고 오원현(五原縣)에 있다.

8) 郅都(질도) : 전한 초기의 관리. 경제(景帝) 때 제남태수(濟南太守)를 거쳐 중위(中尉)가 되어 백관을 감찰했는데, 지나치게 엄혹하여 '푸른 매(蒼鷹)'라는 칭호를 얻었다.《사기 · 혹리열전(酷吏列傳)》에 의하면, 경제가 질도를 안문태수(雁門太守)에 제수하자 흉노는 질도가 죽기까지는 안문에 얼씬도 하지 않았고, 질도의 생김새를 본뜬 인형을 만들어놓고 말을 달리면서 활을 거기에 쏘게 했으나 적중시키는 자가 없을 정도로 질도를 두려워했다고 한다.

해설

이 시는 울주자사(蔚州刺史)를 지낸 계필통(契苾通)과 이별하며 준 것이다. 울주는 치소(治所)가 지금의 산서성 영구현(靈丘縣)에 있었다. 제1-2구는 이민족 출신인 그의 선조를 언급한 것이다. 계필통의 5대조인 계필하력(契苾何力)이 북방 철륵족(鐵勒族) 천여 호를 이끌고 당나라에 귀순하여 양국공

(涼國公)에 봉해진 이후 계필통에 이르기까지 대대로 당나라에 헌신했다고 했다. 제3·4구는 계필하력의 무공을 칭송한 것이다. 눈이 내리고 강물이 얼어붙는 북방의 한파를 무릅쓰고 출정해 혁혁한 전과를 거두었다고 했다. 제5·6구는 북방 여러 부족이 연이어 귀순했음을 말한 것이다. 남자는 아이를 업고 여자는 병에 넣은 음료를 들고 근거지에서 내려왔다고 했다. 제7·8구는 계필하력과 계필통을 아울러 칭송한 것이다. 지방관을 지내면서 위엄을 떨쳐 한 나라의 질도가 '푸른 매'란 별명을 얻은 것과 같다고 했다. 전체적으로 전고를 세밀히 사용한 점이 두드러진다. 청나라 호이매(胡以梅)는 "시 전체에 소리가 있고 색채가 있으며 감정과 취지가 함축적이니, 어수룩한 필력으로는 꿈에서라도 볼 수 있는 것이 아니다(通首有聲有色, 情旨含蓄, 非庸筆可夢見.)"라고 높이 평가하기도 했다.

486

和人題眞娘墓

어떤 이가 진낭의 묘에 제한 것에 화답하여

虎丘山下劍池邊,[1]	호구산 아래 검지 가에서
長遣遊人歎逝川.[2]	언제나 나그네가 흐르는 내를 탄식하게 한다.
冒樹斷絲悲舞席,[3]	나무에 걸린 끊어진 실에 춤추던 자리 슬프고
出雲淸梵想歌筵.[4]	구름 뚫고 나오는 독경 소리에 노래하던 자리 생각난다.
柳眉空吐效顰葉,[5]	버들잎 눈썹은 공연히 찡그리는 것 배운 잎새를 토해내고
楡莢還飛買笑錢.[6]	느릅나무 꼬투리는 다시 웃음 사는 돈을 날린다.
一自香魂招不得,[7]	그로부터 향기로운 혼을 불러내지 못했으니
祇應江上獨嬋娟.[8]	다만 강가에서 홀로 아름다웠으리라.

주석

* 〔원주(原注)〕: 진낭은 오 땅의 가기(歌妓)로, 무덤이 호구산 아래 절 안에 있다.(眞娘, 吳中樂妓, 墓在虎丘山下寺中.)

1) 虎丘山(호구산): 지금의 강소성 소주시(蘇州市) 서북쪽에 있으며 해용산 (海涌山)이라고도 불린다. 오왕(吳王) 합려(闔閭)를 이곳에 장사지냈다 고 전해지며, 산 위에는 호구탑(虎丘塔)과 운암사(雲巖寺) 등의 명승고적

이 있다.

劍池(검지) : 호구산 절벽 아래에 있는, 긴 칼처럼 생긴 연못. 오왕 합려를 장사지낼 때 보검 3천 자루를 이 연못에 함께 수장했다고 한다.

2) 逝川(서천) : 한번 흘러가면 다시 돌아오지 않는 냇물. 흔히 흘러간 시간을 비유한다.

3) 胃(견) : 달아매다.

斷絲(단사) : 끊어진 실. 거미줄 등을 가리키는 유사(遊絲)로 풀이하기도 한다.

4) 淸梵(청범) : 절에서 불경 읽는 소리.

5) 柳眉(유미) : 버들잎 눈썹. 여인의 길고 아름다운 눈썹을 비유한다.

效顰(효빈) : 찡그리는 것을 배우다.

《장자·천운(天運)》 서시가 가슴이 아파 마을에서 찡그리고 다니자 마을의 추녀가 그것을 보고 아름답다고 여기고 돌아가서 또한 가슴을 부여잡고 마을에서 찡그리고 다녔다.(西施病心而顰其里, 其里之醜人見之而美之, 歸亦捧心而顰其里.)

6) 楡莢(유협) : 느릅나무 꼬투리. 돈의 이름으로도 쓰인다.

買笑錢(매소전) : 웃음 사는 돈. 기녀를 부르는 데 들이는 돈을 가리킨다.

7) 香魂(향혼) : 향기로운 혼. 미인의 영혼을 가리킨다.

招不得(초부득) : 불러오지 못하다.

8) 秖(지) : 다만.

嬋娟(선연) : 아름답다.

해설

이 시는 어떤 이가 호구산 검지 인근에 있는 진낭(眞娘)의 무덤에 쓴 시에 화답한 것이다. 진낭은 당나라 때의 가기(歌妓)로 본명은 호서진(胡瑞珍)이다. 안사의 난으로 인해 피난을 가다 부모와 헤어진 후 소주(蘇州)에 정착해 기녀로 생활하던 중 혼인을 강요해온 왕음상(王蔭祥)에 저항해 자진한 것으로 알려져 있다. 이러한 부류의 화답시는 원창(原唱)을 대상으로 지을 수 있으므로, 시인이 꼭 진낭의 무덤을 찾아가서 지은 작품이라 할 것은 아니다.

　제1-2구는 진낭의 무덤을 소개한 것이다. 그녀의 무덤이 시인묵객들의 발
길이 끊이지 않는 호구산 검지 인근에 자리 잡고 있어 지나가던 나그네들이
세월의 흐름을 탄식하게 만든다고 했다. 제3-4구는 진낭의 생전 모습을 떠올
려본 것이다. 나무에 걸린 실이 나부끼는 모습에 진낭이 춤추던 자태가 연상
되고, 호구산의 절에서 들려오는 독경 소리에 진낭이 부르던 노래가 생각난
다고 했다. 제5-6구도 앞의 연과 마찬가지로 과거를 회상한 것이다. 버들잎을
보니 아름답던 진낭의 눈썹이 떠오르고, 느릅나무 꼬투리는 그녀의 환심을
사기 위해 손님들이 뿌리던 돈을 연상시킨다고 했다. 제7-8구는 진낭의 유혼
(幽魂)을 부르는 제시(題詩)를 언급한 것이다. 그 동안 여러 사람들이 그녀의
무덤에 시를 바치며 혼을 불러내보려 했으나 진낭은 이에 아랑곳하지 않고
강가에서 홀로 아름다움을 뽐냈다고 했다. 청나라 요배겸은 이 시를 평하여
"이 시는 호색한을 두고 말을 조금 바꾼 것(此爲好色者作點化語也.)"이라고
했다. 진낭의 일생과 마지막 연의 어조를 염두에 두면 일리가 있는 말이 아닌
가 한다.

487

人日卽事[1]

정월 초이레에 즉흥적으로 짓다

文王喩復今朝是,[2]　　문왕이 되돌아 올 것을 깨우쳐준 것이 오늘이
　　　　　　　　　　었고

子晉吹笙此日同.[3]　　왕자교가 생황을 분 것도 이 날과 같았다.

舜格有苗旬太遠,[4]　　순임금이 묘족을 감화시킴에 열흘도 너무 모
　　　　　　　　　　자랐고

周稱流火月難窮.[5]　　주나라에서는 화성이 기욺에 한 달로도 다하기
　　　　　　　　　　어렵다 했네.

鏤金作勝傳荊俗,[6]　　금박 새겨 머리장식 만든 것은 형 땅의 풍속을
　　　　　　　　　　전한 것이고

翦綵爲人起晉風.[7]　　비단 오려 사람 만든 것은 진 땅 풍속에서 시
　　　　　　　　　　작된 것이네.

獨想道衡詩思苦,[8]　　홀로 떠올리는 것은 설도형이 시에서 그리움
　　　　　　　　　　에 사무쳐

離家恨得二年中.　　　집 떠난 지 이 년 만에 한을 얻었던 것일세.

주석

1) 人日(인일) : 음력 정월 초이레. 정월의 1일은 닭, 2일은 개, 3일은 돼지,

4일은 양, 5일은 소, 6일은 말의 날이다.

2) 喩復(유복) : 돌아올 것을 깨우쳐주다. 문왕이 역의 8괘를 64괘로 부연했
다고 전해지는데,《역경·복(復)》에 "7일에 본디로 돌아온다(七日來復)"
고 했다. 여기서는 복괘를 들어 제목의 '인일(人日)'에 대해 말한 것이다.

3) 子晉(자진) : 왕자교(王子喬)의 자(字).

《열선전(列仙傳)》왕자교는 주나라 영왕의 태자 진이다. 생황을 잘 불어 봉황
의 울음소리를 냈다. 이수·낙수 사이에서 노닐었는데, 도사 부구공이 그를
데리고 숭고산으로 올라갔다. 30여 년 뒤에 사람들이 산 위에서 그를 찾았는
데 왕자교가 백량 앞에 나타나 말하길, '7월 7일에 구씨산 정상에서 나를 기다
리라고 내 집에 알려주게'라고 했다. 그날이 되자 왕자교가 과연 흰 학을 타고
산마루에 내려앉았다. 사람들은 멀리서 그를 바라보았으며 가까이 다가갈 수
없었다. 왕자교는 손을 들어 당시 사람들과 이별하고 며칠 후 떠나갔다. 나중
에 구씨산 아래와 숭고산 정상에 그를 위한 사당을 세웠다. (王子喬者, 周靈王
太子晉也. 好吹笙, 作鳳凰鳴. 遊伊洛之間, 道士浮丘公, 接以上嵩高山. 三十餘年後,
求之於山上, 見栢良曰: "告我家: '七月七日, 待我於緱氏山巓.'" 至時, 果乘白鶴,
駐山頭. 望之不得到, 擧手辭時人, 數日而去. 亦立祠於緱氏山下及嵩高首焉.)

4) 舜格(순격) : 순임금이 바로잡다.

《서경·대우모(大禹謨)》70일만에 묘족이 착하게 되었다.(七旬有苗格.) 유묘는
남방의 부족 이름으로, 유(有)는 별 뜻이 없다. 격(格)은 이르다, 바로잡다,
좋은 상태에 이른다는 의미이다.

5) 周稱(주칭) : 주나라에서 이르다.

《시경·빈풍(豳風)·칠월(七月)》칠월엔 화성이 서쪽으로 내려오네.(七月流
火.) 음력 7월이 되어 대화성이 점차 서쪽으로 기울면서 날씨가 점차 시원해진
다는 의미이다.

6) 鏤金(누금) : 금박을 새기다.

勝(승) : 머리장식.

《형초세시기(荊楚歲時記)》정월 칠일을 인일이라 한다. 일곱 가지 야채로 국을
끓이고 비단을 오려 사람을 만들거나 금박에 사람을 새겨 병풍에 붙이고 그것
을 머리에 쓰기도 한다. 또 화려한 머리장식을 만들어 서로 주고받으며 높은

곳에 올라 시를 짓는다. (正月七日爲人日, 以七種菜爲羹, 剪綵爲人, 或鏤金箔爲
人, 以貼屛風, 亦戴之頭髮, 又造華勝以相遺, 登高賦詩.)

7) 翦綵(전채) : 비단을 오리다. 이 풍속은 진나라부터 시작되었는데, 가충
(賈充)의 부인이 만들었다고 한다.

8) 道衡(도형) : 수대(隋代)의 시인 설도형(薛道衡, 540-609).

〈인일에 돌아갈 것을 생각하며 人日思歸〉 봄에 든 지 겨우 이레, 집 떠난 지
이미 이년일세. 사람은 기러기 내려앉은 이후에야 돌아갈 것인데 그리움은
꽃도 피기 전에 새록새록.(入春才七日, 離家已二年. 人歸落雁後, 思發在花前.)

해설

이 시는 대중 2년(848) 시인이 강릉에 있을 때 지은 것으로 보이는데, 음력
정월 초이레인 인일과 관련한 여러 전고를 나열한 뒤 마지막에 시인의 심정
을 기탁하고 있다. 제1-2구는 복괘와 왕자교의 전고를 써서 7일에 대하여
말했고, 제3-4구에서는 묘족을 감화시킨 70일과 화성이 기우는 7월 한 달에
대해 썼으며, 제5-6구에서는 인일에 벌어지는 풍속에 대해 묘사했다. 제7-8구
에서는 설도형의 인일에 관한 시를 소개하면서 시인 자신을 설도형에게 비유
하여 고향과 가족을 그리워하는 심정을 기탁했다. 이상은은 대중 원년(847)
에 집을 떠났고 강릉에 이른 것이 대중 2년이었으므로 설도형의 시가 더욱
가슴에 와 닿았을 것이다. 전고를 의미 없이 많이 나열해둔 것에 대해 역대로
많은 사람들이 비판했는데, 청나라 굴복(屈復)은 "이 시는 수달이 제사 지내
는 듯한 작품 중 최하의 수준(此首乃獺祭之最下者)"이라고 혹평한 바 있다.

488

春日寄懷

봄날 감회를 부치다

世間榮落重逡巡,[1]　　세상의 영화와 몰락은 몹시도 빠른데

我獨丘園坐四春.[2]　　나 홀로 언덕의 동산에 있은지 벌써 4년.

縱使有花兼有月,　　꽃이 있고 더불어 달이 있다고 해도

可堪無酒又無人?　　술이 없고 또 사람이 없으니 어찌 견디랴?

靑袍似草年年定,[3]　　푸른 도포는 풀처럼 해마다 머물러 있고

白髮如絲日日新.[4]　　흰 머리는 실과 같이 날마다 새로 돋는다.

欲逐風波千萬里,　　바람과 파도를 따라 천만리를 가려 해도

未知何路到龍津?[5]　　어느 길로 용진에 이를 지 알지 못하겠다.

주석

1) 重(중) : 심하다.

　　逡巡(준순) : 빠르다. 근인 장상(張相)의《시사곡어사휘석(詩詞曲語辭彙
　　釋)》에 따르면, "빠르다는 뜻으로, 머뭇거려 해결이 늦다는 보통의 뜻과
　　는 다르다(迅速之義, 與普通之作爲遲緩解者異.)"라 했다.

2) 坐(좌) : 바야흐로. 머지않아.

3) 靑袍(청포) : 푸른 도포. 지위가 낮은 이가 입는 옷으로 하급관료나 벼슬
　　하지 않은 선비를 뜻한다.

4) 日日(일일) : 날마다.
5) 龍津(용진) : 하진(河津) 혹은 용문(龍門)이라 한다. 보통 벼슬길이나 조
   정을 가리킨다.
   임방(任昉), 〈지기부 知己賦〉 용진을 지나며 한번 쉬고, 봉황의 가지를 바라보
   며 다시 난다.(過龍津而一息, 望鳳條而再翔.)

해설

이 시는 시인이 모친상을 당해 한거한 지 4년이 지난 후에 쓴 것으로, 앞날
에 대한 우려를 담고 있다. 제1-2구에서는 세상은 빠르게 변화하는데 자신은
거상(居喪)하느라 몇 년간 아무것도 할 수 없었음을 말하여 작가가 현재의
상황에 대해 낙담하고 있음을 짐작하게 한다. 제3-4구에서는 아름다운 풍경
은 있지만 그것을 함께 즐길 이 없음을 들어 거상 생활의 외로움과 깊은 고민
을 토로했다. 제5-6구에서는 자신이 풀색이 변하지 않는 것과 같이 그저 하급
관료로 머물며 승진하지 못하고 부질없이 흰머리만 늘어간다고 했다. '청포'
와 '백발'로 색채대비를 이루면서도 낮은 벼슬과 무정한 세월을 연이어 등장
시켜 별 성과 없이 저물어가는 자신을 부각시켰다. 제7-8구에서는 바람과
파도를 헤치고 먼 길을 가려하나 앞길이 순탄치 않을 것을 걱정했으니, 시
전체에 우울함이 가득하다.

489

和劉評事永樂閑居見寄

유평사가 〈영락한거〉를 보내온 데 화답하다

白社幽閑君暫居,¹   백사에서 느긋하게 그대 잠시 기거하고 있지만
青雲器業我全疎,²   청운의 재능과 업적에서 난 완전히 멀어졌네.
看封諫草歸鸞掖,³   머지않아 간언문을 봉하여 조정으로 돌아가
              고자
尚貴衡門待鶴書.⁴   잠시 누추한 문을 꾸미며 부름의 소식을 기다
              리네.
蓮聳碧峰關路近,⁵   연꽃 솟은 푸른 봉우리 관문에 이르는 길 가깝고
荷翻翠扇水堂虛.⁶   연잎 뒤집어진 비취빛 부채 물가 정자 비었네.
自探典籍忘名利,   자연스레 서적을 탐독하며 명리를 잊고
欹枕時驚落蠹魚.⁷   베개에 기대어 때로 떨어지는 좀 벌레에 놀라네.

주석

1) 白社(백사) : 낙양 동쪽의 지명. 흔히 은자의 거처를 가리킨다.
   暫(잠) : 잠시.
2) 青雲(청운) : 푸른 하늘의 구름. 흔히 이로써 고관대작을 비유한다.
   器業(기업) : 기국(器局)과 학문.
3) 看(간) : 오래지 않아. 곧.

諫草(간초) : 간언문의 초고.

鸞掖(난액) : 난대(鸞臺). 당나라 때 문하성(門下省)의 별칭. '액(掖)'은 본래 궁전 곁의 작은 문을 말한다.

4) 賁(비) : 꾸미다.

衡門(형문) : 나무로 가로 걸쳐 만든 문. 누추한 집을 가리킨다.

鶴書(학서) : 조정에서 부르는 문서. 그 글씨가 학의 머리와 비슷한 데서 연유되었으며, 한대에는 '척일간(尺一簡)'이라고 불렀다.

5) 蓮聳碧峰(연용벽봉) : 연꽃 솟은 푸른 봉우리. 연화봉(蓮花峰)을 말한다.

關路(관로) : 관문으로 들어가 경사(京師)에 이르는 길. 영락(永樂)의 중조산(中條山)은 멀리 연화봉을 마주하고 있어 동관(潼關)에 가깝다.

6) 水堂(수당) : 물가의 정자.

7) 欹枕(의침) : 베개에 기대다.

蠹魚(두어) : 좀 벌레.

해설

이 시는 유평사(劉評事)가 '영락에서 한가롭게 지내다'라는 시를 보내오자 그에 화답한 것이다. 평사는 대리시(大理寺) 소속의 관직 이름이고, 영락은 지금의 산서성 예성현(芮城縣) 인근이다. 제1-2구는 유평사와 시인의 다른 처지를 언급한 것이다. 유평사는 영락에서 한가로이 지내고 있다지만 시인은 관직에서 밀려난 처량한 신세라고 했다. 제3-4구는 유평사가 한가로이 지내는 모습을 묘사한 것이다. 지금은 잠시 영락에 머물고 있지만 곧 대리시의 종8품 관직인 평사의 직무를 계속해 수행할 것이라 했다. 제5-6구는 경물 묘사를 빌려 '영락 한거'를 형상화했다. 연화봉이 있는 영락은 동관과 인접해 경사로 들어가는 길목인데, 유평사는 이곳 물가의 정자에서 여유로운 나날을 보내고 있다고 했다. 제7-8구는 잠시나마 명리(名利)를 잊은 유평사를 칭송한 것이다. 전적을 탐독하는 데 몰두하다보니 책벌레와 가까이 지내게 된다고 했다.

이 시는 내용으로 보아 이상은이 모친상을 당해 관직에서 물러나 영락으로 가려고 할 즈음에 창작한 것으로 판단된다. 영락에서 한가로이 지내며 관직 복귀를 꿈꾸는 유평사를 부러워하는 마음이 표출된 것은 자신의 경우 관직 생활이 여의치 않아 거상(居喪) 이후의 미래가 불투명한 것을 우려했기 때문이 아닌가 한다.

490

和馬郎中移白菊見示

마낭중의 〈흰 국화를 옮기고 보내다〉라는 시에 화답하다

陶詩只采黃金實,¹　　도연명의 시에서는 단지 황금 열매를 땄지만

鄴曲新傳白雪英.²　　영의 노래로 새로이 흰 눈 같은 꽃부리를 전해
　　　　　　　　　　왔네.

素色不同籬下發,　　하얀 색이 울타리 밑에서 피는 것과는 달라

繁花疑自月中生.　　흐드러진 꽃은 달 속에서 자랐던 것인가 싶네.

浮杯小摘開雲母,³　　술잔에 띄우고자 마음대로 따니 운모가 피어
　　　　　　　　　　난 듯

帶露旋移綴水精.⁴　　이슬 띤 채 바로 옮겨 심으니 수정이 이어진 듯.

偏稱含香五字客,⁵　　향기 머금은 다섯 글자 손님에게 가장 어울리니

從茲得地始芳榮.⁶　　이로부터 제 땅을 찾아 비로소 활짝 꽃피우
　　　　　　　　　　겠네.

주석

1) 陶詩(도시) : 도연명의 시.

〈음주(飮酒)〉 다섯째 수 동쪽 울타리 아래에서 국화를 딴다.(采菊東籬下.)

〈음주〉 일곱째 수 가을 국화 자태가 아름다워, 이슬에 젖은 꽃을 딴다.(秋菊有
佳色, 裛露掇其英.)

黃金實(황금실) : 황금 열매. 여기서는 국화를 가리킨다.

2) 郢曲(영곡) : 전국시대 초나라의 수도 영(郢)에서 불린 노래로, 〈하리파인(下里巴人)〉과 〈양춘백설(陽春白雪)〉 등이 있었다. 여기서는 〈양춘백설〉을 빌려 흰 국화를 끌어낸 것이다.

3) 小摘(소적) : 마음대로 따다.

雲母(운모) : 광물의 일종. 여기서는 흰 국화를 가리킨다.

4) 綴(철) : 이어지다.

5) 偏稱(편칭) : 가장 적합하다.

含香(함향) : 향기를 머금다. 《한관의(漢官儀)》에 의하면, 한나라 때 상서랑(尙書郞)은 명광전(明光殿)에서 진언할 때 입에 계설향을 물었다고 한다.

五字客(오자객) : 다섯 글자 손님. 곽반(郭頒)의 《위진세어(魏晉世語)》에 의하면, 서진 때 중서랑 종회(鍾會)는 중서령(中書令) 우송(虞松)이 지은 표문에서 다섯 글자만 고쳐 사마의(司馬懿)로부터 좋은 평가를 받았다고 한다.

6) 芳榮(방영) : 활짝 꽃피우다.

해설

이 시는 앞의 시에 보였던 수부의 마낭중이 흰 국화를 옮겨 심고 보내온 시에 화답한 것이다. 제1-2구는 마낭중의 시를 도연명과 비교한 것이다. 도연명의 시는 '황국(黃菊)'만 노래했지만, 화답하는 이가 거의 없었다는 영(郢)의 노래처럼 훌륭한 마낭중의 시는 '백국(白菊)'을 다루었다고 했다. 제3-4구는 첫 연을 이어받은 것이다. 마낭중의 국화는 '동쪽 울타리 아래'에서 피었다는 도연명의 노란 국화와 달리 달에서 옮겨온 듯 하얗다고 했다. 제5-6구는 백국을 옮겨 심었다는 내용을 형상화한 것이다. 꽃잎을 따서 술잔에 띄우니 백운모가 피어난 듯하고, 이슬이 내려 꽃을 옮겨 심으니 수정이 이어진 듯하다고 했다. 모두 국화의 흰색을 강조한 것이다. 제7-8구는 마낭중과 백국을 아울러 칭송한 것이다. 마낭중과 백국 모두 향기롭기 그지없는 데다 제자리를 찾았으니 더욱 번영하리라는 말이다. 전체 시가 한결같이 '흰색'을 드러내는 데 집중되어 있다. 이 시 역시 응수성이 강하게 느껴진다.

491

喜聞太原同院崔侍御臺拜兼寄在 臺三二同年之什[1]

태원의 막부에 같이 있던 최씨가 시어사에 임명되었다는 말을 듣고 기뻐하며 아울러 대원에 재직 중인 32명의 급제 동기에게 부치는 시

鵬魚何事遇屯同?[2]	붕새와 물고기가 어쩐 일로 함께 어려움을 겪었던가?
雲水升沉一會中.[3]	구름과 물의 오르내림이 순간에 있구나.
劉放未歸雞樹老,[4]	유방은 아직 돌아가지 않았는데 계수는 늙어가고,
鄒陽新去兔園空.[5]	추양은 막 떠나 토원이 비었네.
寂寥我對先生柳,[6]	쓸쓸한 나는 오류선생의 버드나무를 마주하고,
赫奕君乘御史驄.[7]	눈부신 그대는 시어사의 날랜 말에 올라타네.
若向南臺見鸞友,[8]	만약 어사대로 향하다 친구들을 보거든,
爲傳垂翅度春風.[9]	날개를 늘어뜨리고 봄바람을 맞고 있다고 전해주게.

주석

1) 太原同院(태원동원) : 태원의 막부에 같이 있다.

侍御(시어) : 시어사(侍御史).

崔(최) : 최씨. 누구인지 미상이나 이상은과 막부 동료였다.

臺拜(대배) : 대원(臺院), 즉 시어사(侍御史)에 제수되다. 당나라의 어사대
(御史臺)에는 세 원어사(院御史)가 있었는데, 시어사는 대원, 전중시어사
(殿中侍御史)는 전원(殿院), 감찰어사(監察御史)는 감원(監院)이라 했다.

在臺(재대) : 대원에 재직 중이다.

2) 鵬魚(붕어) : 붕새와 물고기. 붕새는 높은 창공을 날고 물고기는 깊은
못에 산다. 이 둘은 서로 사는 형세가 다른데, 여기서는 붕새로 최씨를,
물고기로 자신을 비유했다.

遇屯同(우준동) : 함께 어려운 일을 당하다. 둔(屯)은《역경 · 둔(屯)》에서
"둔(屯)은, 강함과 부드러움이 엇갈리기 시작하여 어려움이 생겨난다(屯,
剛柔始交而難生.)"고 했듯이 '어려움'이라는 뜻이다.

3) 雲水(운수) : 구름과 물. 구름은 최씨를, 물은 자신을 비유한다.

4) 劉放(유방) : 유방(?-250)은 삼국시대 위(魏) 나라의 대신으로, 위나라가
건국되자 비서랑(秘書郎)이 되었고 얼마 후 중서감(中書監)으로 되었다
급사중(給事中)도 더해져 중요한 기밀을 담당했다. 명제(明帝)가 즉위한
후 조정의 큰 결정을 하는 데 기여를 하여 권세가 대단했으며 명제 사후
제왕(齊王)이 즉위하는 데에도 기여를 했다. 시호는 경후(敬侯)이다.

《위세어(魏世語)》유방과 손자가 오랫동안 요직에 있자 하후헌과 조조가 마음
이 편치 않았다. 전각에 계서수가 있어 두 사람이 "이 역시 오래 되었는데
또 얼마나 갈 수 있을 것인가?"라 했다.(放與孫資久典機任, 夏侯獻曹肇心不平.
殿中有鷄棲樹, 二人相謂: "此亦久矣, 其能復幾?)

鷄樹(계수) : 계서수(鷄棲樹)라고도 한다. 중서성(中書省)을 비유하는 데
쓰인다. 이 구절은 이상은이 경직(京職)에 복귀하지 못하고 있음을 내비
친 말로 해석된다.

5) 鄒陽(추양) : 추양은 서한 시기의 제나라 사람으로, 문제(文帝) 때 오왕
(吳王) 유비(劉濞)의 문객(門客)이었는데, 오왕이 반란을 꾀하자 매승(枚
乘), 엄기(嚴忌) 등과 오(吳)를 떠나 양(梁)으로 가서 양효왕(梁孝王)의
문객이 되었다. 나중에 모략을 당해 죽었다.

兎園(토원) : 양효왕의 정원이다.

　사혜련(謝惠連), 〈설부 雪賦〉 양왕이 기쁘지 않아 토원에서 노닐며 맛좋은 술을 두라 하고 객과 친구에게 명해 추양과 매승(枚乘)을 부르게 했다.(梁王不悅, 遊於兎園, 乃置旨酒, 命賓友, 召鄒生, 延枚叟.) 이 구는 최씨가 시어사가 되어 장안(長安)에 들어간 것을 말한 것이다.

6) 先生柳(선생류) : 오류선생의 버드나무. 도연명(陶淵明)은 〈오류선생전(五柳先生傳)〉에서 벼슬을 그만두고 돌아와 집 앞에 버드나무 다섯 그루를 심고 오류선생이라 자호(自號)했다고 했다.

　赫奕(혁혁) : 대단히 아름다운 모양. 빛나는 모양.

7) 御史驄(어사총) : 시어사의 말.

　《후한서》 환전이 시어사에 제수되자 늘 날랜 말을 타고 다녔는데, 수도에 이런 말이 있었다. '가고 가다가 멈추어 날랜말 탄 시어사를 피하세.'(桓典拜侍御史, 常乘驄馬, 京師語曰: "行行且止, 避驄馬御史.)

8) 南臺(남대) : 어사대.

　《통전(通典)》 어사대를 또한 난대사라 한다. 양나라와 후위에서는 남대라 하기도 했다.(御史臺亦謂之蘭臺寺. 梁及後魏 北齊或謂之南臺.)

　嚶友(앵우) : 벗. 당인(唐人)이 관습적으로 벗을 가리켜 쓴 말인 듯하다.

　《시경·소아·벌목(伐木)》 새가 우짖는 소리는 벗을 찾는 소리로다.(嚶其鳴矣, 求其友聲.) 여기서는 과거에 같이 급제한 친구를 이른다.

9) 翅(시) : 날개. 이 구절은 자신의 실의를 형용하고 있다.

해설

　이 시는 태원 막부에 함께 있었던 최씨가 시어사에 임명되자 그것을 축하하면서 어사대에 있는 동기들에게 안부를 묻는 내용을 담고 있다. 이 시가 지어진 배경에 대해서는 자세히 알려져 있지 않으나, 대체로 이상은이 모친상을 당한 후 이석(李石)의 막부에 임시로 머문 때 쓴 것으로 보인다. 따라서 막료가 벼슬을 한 것을 보고는 만감이 들었을 것임은 짐작할 수 있다.

　이 시는 최씨와 시인 자신을 대비하며 내용을 전개하는 특색이 있다. 제1-2구에서는 붕새와 물고기, 구름과 물로 각각 최씨와 자신을 비유하여 서로의 부침이 다름을 말했다. 다음 두 연에서는 전고를 사용하여 최씨의 부상과 자신의 침체를 묘사했는데, 제3구에서는 유방 고사로 최씨가 중책을 맡고 있으나 자신은 여기 머물며 늙어가는 것을 비유했고, 제4구에서는 추양 고사를 사용하여 시어사가 되어 장안으로 돌아가는 최씨를 언급했다. 제5구에서는 도연명의 고사를 사용해 적막한 자신을 비유했고 제6구에서는 환전 고사를 사용해 승승장구하는 최씨를 비유했다. 마지막 제7-8구에서는 어사대에 있는 친구에게 안부를 전하며 자신은 실의에 빠져 있음을 말했다.

492

喜雪

눈을 기뻐하다

朔雪自龍沙,¹	북쪽에서 오는 눈 용사에서 비롯되었는데
呈祥勢可嘉.²	상서로움을 나타내는 기세 훌륭하다.
有田皆種玉,³	밭에는 모두 옥을 심었고
無樹不開花,	꽃이 피지 않은 나무가 없다.
班扇慵裁素,⁴	반첩여의 부채를 어찌 하얗게 마름질할 것이며
曹衣詎比麻.⁵	조나라의 옷 무엇하러 베에 비기랴?
鵝歸逸少宅,⁶	거위는 왕희지의 저택으로 돌아가고
鶴滿令威家.⁷	학은 정령위의 집에 가득하다.
寂寞門扉掩,⁸	쓸쓸히 문을 닫아걸었고
依稀履跡斜.⁹	희미하게 발자국 기울었다.
人疑游麪市,¹⁰	사람은 국수 시장에서 노니는 듯하고
馬似困鹽車.¹¹	말은 소금 수레에 괴로운 듯하다.
洛水妃虛妒,¹²	낙수의 비 공연히 질투하고
姑山客漫誇.¹³	고산의 길손 쓸데없이 자랑하리라.
聯辭雖許謝,¹⁴	시어를 이어나가는 데는 비록 사도온을 칭찬했지만
和曲本慚巴.¹⁵	창화의 곡조는 본래 〈하리파인〉에도 부끄러웠다.

粉署闌全隔,¹⁶　　상서성의 문 함박눈으로 모두 막혔겠고

霜臺路漸賒.¹⁷　　어사대로 가는 길 막 멀어졌겠네.

此時傾賀酒,　　이때에 축하주를 기울이려고

相望在京華.¹⁸　　서로 바라보며 경사에 있으련만.

주석

1) 龍沙(용사) : 백룡퇴(白龍堆)라고도 하는 사막의 이름으로, 지금의 신강성 천산(天山)의 남쪽에 있다. 변경 사막지대를 두루 가리키는 말로 보기도 한다.

2) 呈祥(정상) : 상서로움을 드러내다.

3) 種玉(종옥) : 옥을 심다. 여기서는 설경을 나타낸다.
   당 유정기(劉庭琦), 〈황제께서 지으신 서설편에 받들어 화답하여 奉和聖制瑞雪篇〉 어느 밭에 옥이 심어져 있지 않으며, 어느 집 정원에 매화가 자라지 않겠는가?(何處田中非種玉, 誰家院裏不生梅?)

4) 班扇(반선) : 반첩여(班婕妤)의 부채. 흔히 총애를 잃거나 냉대를 받는 것을 비유한다.
   반첩여, 〈원가행 怨歌行〉 마름질하여 합환선을 만드니 밝은 달처럼 둥글다.(裁爲合歡扇, 團團似明月.)
   慵(용) : 어찌.

5) 曹衣(조의) : 조나라의 옷.
   《시경·조풍(曹風)·부유(蜉蝣)》 하루살이가 굴 파고 나올 때처럼 눈 같은 베옷이나 입고 있으니.(蜉蝣掘閱, 麻衣如雪.)

6) 逸少(일소) : 왕희지(王羲之)의 자(字). 《진서·왕희지전》에 의하면, 왕희지는 거위를 좋아하여 도사에게 《도덕경(道德經)》을 써주고 거위를 몇 마리 받아왔다고 한다.

7) 令威(영위) : 전설 속의 신선인 정령위(丁令威). 도잠(陶潛)의 《수신후기(搜神後記)》에 의하면, 정령위는 영허산(靈虛山)에서 도를 배운 후에 학이 되어 고향인 요동으로 돌아갔다고 한다.

8) 門扉(문비) : 문짝. 《여남선현전(汝南先賢傳)》에 의하면, 한나라 때 큰
눈이 한 길이나 쌓였을 때 낙양현령이 원안(袁安)의 집 앞 눈을 치우고
안으로 들어가 보니 원안이 방에 누워 있었다고 한다. 여기서는 시인
자신의 생활이 고달픔을 내비친 것이다.

9) 依稀(의희) : 희미하다.

　履跡(이적) : 발자국.

10) 麪市(면시) : 국수 시장. 여기서는 대로를 큰 눈이 뒤덮은 것을 비유한다.

11) 鹽車(염거) : 소금 수레. 여기서는 눈이 쌓인 수레를 가리킨다.

　　《전국책(戰國策)·초책(楚策)》천리마가 어느 정도 컸을 때 소금 수레를 끌고
　　태행산맥(太行山脈)을 오르게 했다.(驥至齒至矣, 服鹽車而上太行.) 흔히 고난을
　　당하는 현자를 비유하는 데 쓰인다.

12) 洛水妃(낙수비) : 낙수의 여신 복비(宓妃).

　　조식(曹植), 〈낙신부 洛神賦〉 흔들거리는 것이 바람에 날리는 눈발 같다.(飄飖
　　兮若流風之迴雪.)

　虛妒(허투) : 공연히 질투하다.

13) 姑山(고산) : 지금의 산서성 임분시(臨汾市) 서쪽에 있는 산. 흔히 신선
혹은 미인을 가리키는 말로 쓰인다. 《장자·소요유(逍遙遊)》에 의하면,
막고야(藐姑射) 산에 사는 신선은 피부가 얼음과 눈처럼 하얗다고 한다.

　漫誇(만과) : 쓸데없이 자랑하다.

14) 聯辭(연사) : 시어를 이어나가다.

　雖(수) : 비록. '다만'으로 풀이하기도 한다.

　許謝(허사) : 사도온(謝道韞)을 칭찬하다. 《세설신어·언어(言語)》에 의
하면, 사안(謝安)이 내리는 눈이 무엇을 닮았는가 묻자 사도온(謝道韞)이
바람에 날리는 버들솜과 같다고 답했다고 한다.

15) 和曲(화곡) : 창화의 곡조.

　慙巴(참파) : 〈하리파인(下里巴人)〉에도 부끄럽다. 초나라 노래인 〈하리
파인〉은 저속하고 〈양춘백설(陽春白雪)〉은 수준이 높았다고 한다. 여기
서는 자신이 시은 시구가 〈양춘백설〉은 커녕 〈하리파인〉에도 미치지
못해 부끄럽다는 말이다.

16) 粉署(분서) : 상서성의 별칭. 상서성의 벽을 하얀색으로 칠했기에 붙여진 이름이다.

闈(위) : 대궐의 작은 문.

17) 霜臺(상대) : 어사대(御史臺)의 별칭. 어사는 직무를 감찰하고 관리를 탄핵하는 직책이라 하여 붙여진 이름이다.

漸(점) : 마침 ~에 처하다.

賒(사) : 멀다.

18) 相望(상망) : 서로 이어져 끊이지 않는 모양으로, 매우 많음을 가리킨다.

해설

이 시는 눈이 내리는 것을 기뻐하며 지은 것이다. 제1단락(제1-4구)은 대지에 눈이 내렸음을 말한 것이다. 북쪽에서 불어온 눈구름이 서설을 내려 밭에는 옥을 심은 듯하고 나무에는 눈꽃이 피었다고 했다. 제2단락(제5-8구)은 여러 전고를 써서 흰 눈을 형상화한 것이다. 반첩여의 흰 부채나 조나라의 흰 베옷도 눈에 비길 바가 아니요, 왕희지의 거위나 정령위의 학처럼 하얗게 눈이 내렸다고 했다. 제3단락(제9-12구)은 눈이 쏟아져 통행이 어려운 모습을 묘사한 것이다. 눈이 많이 내려 거의 인적이 끊긴 가운데, 가끔 오가는 사람은 국수 시장을 다니는 듯하고 말은 소금을 실은 수레를 끄는 것 같다고 했다. 시인의 어려운 형편을 은연중에 드러냈다. 제4단락(제13-16구)은 눈이 내리는 아름다운 모습을 시로 표현하기가 어렵다는 것이다. 하얀 눈이 흩날리는 모습은 낙수의 신이나 고산의 선녀를 능가하는데, 사도온과 같은 멋진 구절을 짓지 못해 부끄럽다고 했다. 제5단락(제17-20구)은 눈이 내리는 것을 바라보며 신세를 한탄한 것이다. 서설이 내리기는 했지만 상서성이나 어사대로 돌아갈 가망은 막막하기만 해 경사에서 눈 구경을 하며 축하하는 인파가 부러울 따름이라고 했다.

이 시는 진부한 전고를 나열하는 데 치중해 시첩시(試帖詩)의 수준을 벗어났다고 말하기 어렵다. 그런 까닭에 청나라 정몽성(程夢星)은 "정교함은 있으나 호탕함이 없다(有妥帖而無排兀)"고 했고, 하작(何焯)은 "이와 같은 시야말로 서곤수창집의 나쁜 길(此等便是西崑酬唱集惡道也)"이라고 했다.

493-1

柳枝五首(其一)

유지 5수 1

柳枝, 洛中里孃也. 父饒好賈, 風波死湖上. 其母不念他兒子, 獨念柳枝. 生十
七年, 塗妝綰髻, 未嘗竟, 已復起去, 吹葉嚼蕊, 調絲擪管, 作天海風濤之曲, 幽
憶怨斷之音. 居其旁, 與其家接故往來者, 聞十年尚相與, 疑其醉眠夢物斷不娉.
余從昆讓山, 比柳枝居爲近. 他日春曾陰, 讓山下馬柳枝南柳下, 詠余燕臺詩, 柳
枝驚問: "誰人有此? 誰人爲是?" 讓山謂曰: "此吾里中少年叔耳." 柳枝手斷長帶,
結讓山爲贈叔乞詩. 明日, 余比馬出其巷, 柳枝丫鬟畢妝, 抱立扁下, 風鄣一袖,
指曰: "若叔是? 後三日, 隣當去濺裙水上, 以博山香待, 與郎俱過." 余諾之. 會水
友有偕當詣京師者, 戲盜余臥裝以先, 不果留. 雪中讓山至, 且曰: "爲東諸侯取
去矣." 明年, 讓山復東, 相背於戲上, 因寓詩以墨其故處云.

병서

유지(柳枝)는 낙양성 어느 마을의 아가씨다. 아버지는 부유한 상인이었는
데, 풍파를 만나 호수에서 죽었다. 그녀의 어머니는 다른 자식은 거들떠보지
않고 오로지 유지만을 생각했다. 그녀는 열일곱 살이 되었는데도 화장하고
머리 묶는 일이 채 끝나기도 전에 다시 밖으로 나가서는 나뭇잎 피리를 불고
꽃술을 맛보거나, 현악기를 고르고 관악기를 짚어 하늘과 바다에 바람 불고
파도치는 듯한 악곡과 아련하게 떠올리고 원한으로 가슴 아픈 듯한 음악을
연주했다. 그 곁에 살면서 그녀의 집안과 가까이 오갔던 사람들은 십년 동안
(그 음악을) 들으면서 오히려 서로들 그녀가 술에 취한 듯 잠자며 꿈을 꾸는

1267

듯 외부와는 단절하고 있는 것을 의아해하며 장가들지 않았다. 나의 종형인 양산(讓山)은 유지의 근방에 살고 있었다. 어느 날 봄이 무르익어갈 즈음 양산은 유지의 남쪽 버드나무 아래쯤에서 말에서 내려 내가 지은 〈연대시(燕臺詩)〉를 읊었는데, 유지가 놀라며 물었다. "누구에게 이런 시정(詩情)이 있지요? 누가 이 시를 지었나요?" 양산이 일러주길 "이건 우리 마을 젊은 종제가 지은 거라오."라 했다. 유지가 손으로 긴 띠를 끊어 양산에게 매주며 동생에게 건네 시를 달라고 청했다. 이튿날 내가 (양산과) 나란히 말을 몰아 그 거리로 나오니, 유지는 머리를 묶고 화장을 말끔히 하고는 팔짱을 끼고 문 아래에 서 있었는데, 바람에 한쪽 소매를 휘날리면서 나를 가리켜 말하길 "당신이 동생분이예요? 사흘 뒤에 제가 낙수가에 치마를 빨러 가려고 하는데, 박산향(博山香)을 들고 기다릴 테니 당신도 함께 가요."라고 했다. 나는 그러마 했다. 그러나 공교롭게도 서울에 함께 가기로 한 친구가 장난으로 내 짐을 훔쳐 먼저 떠나는 바람에 (더 이상) 머무를 수가 없게 되었다. 눈을 헤치고 양산이 와서는 이렇게 말했다. "(유지가) 동제후(東諸侯)에게 시집가게 되었다는군." 이듬해, 양산이 다시 동쪽으로 가게 되어 희상에서 헤어지면서 시를 빌어 예의 그 (유지가 살았던) 곳을 기록해 둔다.

花房與蜜脾,[1]　　꽃부리와 벌통에

蜂雄蛺蝶雌,[2]　　벌 수컷과 호랑나비 암컷.

同時不同類,　　때는 같아도 종류가 다르니

那復更相思.[3]　　어찌 다시 그리워하랴?

주석

1) 花房(화방) : 꽃부리.
　蜜脾(밀비) : 벌통.
2) 蛺蝶(협접) : 호랑나비.
3) 那(나) : 어찌.

해설

　〈유지〉 다섯 수는 다른 시와 달리 260자에 달하는 긴 서문이 붙어 있어 시를 지은 시점과 동기를 뚜렷이 알 수 있다. 요지만 간추리면, 상인의 딸 유지가 이상은의 시에 매료되어 종형의 소개로 처음 만나 낙수가로 놀러가기로 했다가 이상은이 약속을 지키지 못하고 헤어졌는데 나중에 다시 와보니 유지가 동제후에게 시집가고 난 뒤였다는 것이다. 유지가 이상은에 연정을 느꼈던 것은 분명한 반면 이상은이 유지를 얼마나 좋아했는지는 서문의 내용만으로는 알 수 없다.

　이 시는 〈유지〉 다섯 수 가운데 첫째 수이다. 어느 봄 날 꿀을 찾아 날아다니는 벌과 호랑나비를 묘사했다. 제1-2구는 '벌'과 '나비'를 빌려 '사랑을 찾아다니는 남녀'를 그려냈다. 그러나 제3-4구에서는 시상이 급전하여 같은 시절에 노닐며 '춘심(春心)'을 공유하지만 서로 종류가 다른 까닭에 맺어질 수 없는 한 쌍일 뿐이라고 했다. 이상은 애정시의 주요한 주제의 하나인 '외부적 요인 때문에 이루어질 수 없는 사랑'의 변주처럼 다가온다.

493-2

柳枝五首(其二)

유지 5수 2

本是丁香樹,[1]	본시는 정향나무로서
春條結始生.[2]	봄 가지에 꽃망울이 처음 맺혔네.
玉作彈碁局,[3]	옥으로 바둑판을 만드니
中心亦不平.[4]	가운데가 또한 평평하지 않네.

주석

1) 丁香樹(정향수) : 연한 보라색 꽃이 피는 물푸레나무과의 낙엽관목.
2) 結(결) : 꽃망울. 흔히 '정향의 꽃망울'을 써서 근심으로 놓이지 않는 마음을 비유한다.
3) 彈碁局(탄기국) : 바둑판. 가운데가 높이 솟은 모양이다.
4) 中心(중심) : 가운데. 여기서는 중의적으로 '마음속'을 나타낸다.

해설

이 시는 〈유지〉 다섯 수 가운데 둘째 수이다. 정향나무의 꽃망울과 바둑판의 모습을 빌려 내면의 심사를 시각적으로 형상화하려 했다. 제1-2구는 남조악부시에서 흔히 쓰인 '해음(諧音)'의 수법을 활용해 유지의 심정을 드러냈다. '춘심'이 싹트는 봄 가지에 핀 정향나무의 꽃망울은 근심으로 펼쳐지지 않는 마음과도 같다고 했다. 제3-4구는 아름다운 옥이 고작 놀이에 쓰이는 바둑판 밖에 되지 못 했다는 한탄이다. 게다가 이 바둑판은 가운데가 불룩 솟아 평평하지 않은데, 이는 또 유지 마음속의 '불평'을 나타낸다. 아마도 동 제후에게 시집간 유지는 진정한 사랑을 얻지 못하고 바둑판 같은 처지에 머물렀던 것으로 보인다.

493-3

柳枝五首(其三)

유지 5수 3

嘉瓜引蔓長,¹　　좋은 오이는 덩굴이 길게 뻗었고
碧玉冰寒漿.²　　푸른 옥은 냉수처럼 차갑다.
東陵雖五色,³　　동릉과가 비록 오색이라 하나
不忍值牙香.⁴　　차마 그 향을 이에 남기지 못하겠네.

주석

1) 嘉瓜(가과) : 좋은 오이.
　引(인) : 뻗다.
　蔓(만) : 덩굴.
2) 碧玉(벽옥) : 푸른 옥. 여기서는 오이를 가리킨다.
　寒漿(한장) : 냉수. 여기서는 오이의 과즙을 가리킨다.
3) 東陵(동릉) : 동릉과(東陵瓜). 이 말은 진(秦)나라의 동릉후(東陵侯) 소평
　(召平)이 나라가 망한 후 장안성 동쪽에 은거하며 심은 오이가 맛있었다
　는 이야기에서 유래했다. '오색과(五色瓜)'라고도 불린다.
4) 不忍(불인) : 차마 ~하지 못하다.
　值(치) : 마주하다.

해설

이 시는 〈유지〉 다섯 수 가운데 셋째 수이다. 오이를 소재로 유지의 싱그런 자태를 그려냈다. 제1-2구의 '좋은 오이'와 '푸른 옥'의 이미지는 모두 남조 악부시에서 찾아볼 수 있다. 손작(孫綽)의 〈정인벽옥가(情人碧玉歌)〉에 "푸른 옥 오이처럼 쪼개질 때(碧玉破瓜時)"라 했는데, '푸른 옥'은 곧 '오이'를 말하며, '오이가 쪼개진다(瓜→八八)'는 것은 나이가 열여섯임을 가리킨다. 제3-4구는 맛이 뛰어나기로 유명한 '동릉과'를 전고로 사용했다. '오색과'의 맛을 좋아하는 사람이라도 눈앞에 동릉과의 함초롬한 모습을 보면 먹기를 망설인다는 것이다. 모두 유지의 아름다운 모습을 강조하기 위해 쓴 비유적인 표현으로 이해된다.

493-4

柳枝五首(其四)

유지 5수 4

柳枝井上蟠,[1]	버들가지 우물가에 서리니
蓮葉浦中乾.[2]	연잎은 물가에서 말라간다.
錦鱗與繡羽,[3]	비단 비늘과 수놓은 깃
水陸有傷殘.[4]	물과 뭍에서 닳고 해어졌다.

주석

1) 蟠(반) : 서리다. 감아 돌다.
2) 浦(포) : 물가.
3) 錦鱗(금린) : 비단 비늘. 물고기를 가리킨다.
   繡羽(수우) : 수놓은 깃. 여기서는 새를 가리킨다.
4) 傷殘(상잔) : 상해.

해설

　이 시는 〈유지〉 다섯 수 가운데 넷째 수이다. 제자리에 놓이지 않은 사물을 빌려 유지의 고충을 서술했다. 제1-2구에서는 우물가에서 자라는 버들가지를 언급했는데, 이는 해음(諧音)의 기법으로 동시에 유지를 가리킨다. 우물가는 버드나무가 아니라 복숭아나무나 자두나무가 자라야 할 곳이다. "적당한 자리에 심지 않았음을 말한 것"이라고 한 청나라 주학령(朱鶴齡)의 평이

정곡을 찔렀다. 또 '연잎(蓮)'은 흔히 '憐(련)'과 발음이 같아 '사랑'을 나타낸
다. 이 시에서는 '연잎이 말라 간다'고 했으니, 곧 사랑으로 인한 근심에 마음
이 타들어간다는 뜻이다. 제3-4구에서는 물고기와 새를 소재로 삼았는데, 포
조(鮑照)가 〈부용부(芙蓉賦)〉에서 "비단 비늘을 희롱하며 저녁에 빛나고, 수
놓은 깃을 비치며 아침에 지나간다(戲錦鱗而夕映, 曜繡羽以晨過.)"고 했던 것
을 연상시킨다. 물고기와 새가 서로 다른 곳에 있지만 모두 고통을 받는다
했으니, 연정에 얽힌 두 사람이 다 같이 마음 아파한다는 의미로 이해된다.

493-5

柳枝五首(其五)

유지 5수 5

畫屛繡步障,[1]	그림 병풍과 수놓은 장막엔
物物自成雙.[2]	사물마다 제각기 쌍을 이뤘다.
如何湖上望,	어찌 호수 위를 바라보랴
只是見鴛鴦.	그저 원앙만 보이는 것을.

주석

1) 畫屛(화병) : 그림 장식이 있는 병풍.
   步障(보장) : 바람과 먼지를 막는 장막.
2) 物物(물물) : 각종 사물. 병풍과 장막에 그려진 사물들을 가리킨다.

해설

　〈유지〉 다섯 수 가운데 마지막 수이다. 여기에서는 여러 가지 사물을 빌려 어렴풋이 감정을 드러냈다. 제1-2구는 병풍과 장막을 장식하고 있는 실내의 사물들에 주목했다. 아마도 물고기나 새가 수놓아져 있던 듯한데, 모두가 쌍쌍이 있어서 홀로 남은 이의 고독감을 더해준다는 것이다. 제3-4구는 실외의 경관인데, 금슬 좋은 부부처럼 헤엄쳐가는 한 쌍의 원앙새가 눈에 들어온다고 했다. 〈상봉행(相逢行)〉이라는 악부시에서 "문에 들어와 이따금 왼쪽을 바라보니, 그저 한 쌍의 원앙새만 보이네(入門時左顧, 但見雙鴛鴦.)"라고 했던 것을 본뜬 것이리라. 이 역시 사물의 다정한 모습으로 서정적 자아의 외로움을 두드러지게 한 수법이다.

● 〈유지〉 다섯 수 전체의 주제는 '종류가 달라' 이루어질 수 없는 남녀의 애정이라고 볼 수 있다. 이것은 이상은의 애정시에 자주 등장하는 것이기도 하다. 종류가 다르기에 두 사람 사이에 불가피하게 '격절(隔絶)'이 발생하고, 이를 안타까워하는 심정을 세밀하게 그려내는 식이다. 따라서 이 〈유지〉 시도 시인의 자전적인 연애담으로 이해하기보다는 비유의 코드로 여기는 것이 바람직하다.

494-1

燕臺四首(其一)

연대시 4수 1

〈봄(春)〉

風光冉冉東西陌,[1]	동서로 난 밭두둑에 봄빛이 퍼져 가는데
幾日嬌魂尋不得.[2]	며칠 동안이나 아름다운 영혼을 찾지 못했네.
蜜房羽客類芳心,[3]	벌집의 날개 단 손님과 꽃다운 마음이 닮아
冶葉倡條徧相識.[4]	화사한 잎 흐드러진 가지를 두루 안다네.
暖藹輝遲桃樹西,[5]	따뜻한 아지랑이에 햇볕이 포근한 복숭아나무 서쪽에서
高鬟立共桃鬟齊.[6]	높은 쪽머리 솟아 복사꽃 쪽머리와 나란했지.
雄龍雌鳳杳何許,[7]	수컷 용과 암컷 봉황은 아득히 어디쯤 있나?
絮亂絲繁天亦迷.[8]	버들 솜 어지럽고 버들 실 가득해 하늘 또한 미혹되네.
醉起微陽若初曙,[9]	취했다 일어나면 석양도 막 새벽인 듯 보이고
映簾夢斷聞殘語.[10]	햇볕 드는 주렴에서 꿈을 깨면 어렴풋이 몇 마디 들렸지.
愁將鐵網罥珊瑚,[11]	시름겨워 쇠 그물로 산호를 건져 올리려 해도
海闊天翻迷處所.[12]	바다는 드넓고 하늘은 흔들려 있는 곳 알 길

없어라.

衣帶無情有寬窄,¹³　　허리띠는 감정이 없어 헐거워지기만 하고

春煙自碧秋霜白.　　봄 아지랑이 절로 파래지고 가을 서리 하얗네.

研丹擘石天不知,¹⁴　　단사를 부수고 돌을 쪼개 봐도 하늘이 알아주지 않으니

願得天牢鎖寃魄.¹⁵　　원컨대 천연의 감옥에 원한의 혼백 가둬버렸으면.

夾羅委篋單綃起,¹⁶　　겹 비단 옷은 상자에 넣어두고 홑 비단 옷을 꺼내니

香肌冷襯琤琤珮.¹⁷　　향기로운 살갗은 차갑게 짤랑대는 패옥과 어울리네.

今日東風自不勝,　　오늘은 봄바람도 스스로를 이기지 못해

化作幽光入西海.¹⁸　　약한 빛으로 변해 서해로 들어가네.

주석

1) 風光(풍광) : 바람에 반사되는 햇빛. 여기서는 봄빛을 가리킨다.
   冉冉(염염) : 퍼져가는 모양.
   陌(맥) : (동서로 난) 밭두둑 길. 두렁.

2) 嬌魂(교혼) : 아름다운 영혼. 여기서는 그리워하는 여인을 가리킨다.
   尋不得(심부득) : 찾지 못하다.

3) 蜜房(밀방) : 벌집.
   羽客(우객) : 새나 곤충. 여기서는 벌을 가리킨다.
   類(류) : 닮다. 비슷하다.

4) 冶葉倡條(야엽창조) : 화사한 잎과 흐드러진 가지. 버들가지가 하늘거리는 것으로 보고 기녀를 가리킨다는 설도 있다.
   徧(편) : 두루. 널리.

5) 暖藹(난애) : 따뜻한 아지랑이.

輝遲(휘지) : 낮이 점점 길어지다.

6) 高鬟(고환) : 높게 올린 쪽진 머리.

桃鬟(도환) : 복사꽃의 쪽머리. 복사꽃을 여인처럼 의인화한 것이다.

7) 雄龍雌鳳(웅룡자봉) : 수컷 용과 암컷 봉황. 청춘남녀를 가리킨다.

杳(묘) : 아득하다. 멀다.

何許(하허) : 어디.

8) 絮(서) : 버들 솜.

絲(사) : 버들 실.

9) 微陽(미양) : 약한 햇빛. 석양을 말한다.

曙(서) : 새벽.

10) 殘語(잔어) : 기억이 가물가물해 어렴풋한 몇 마디 말.

11) 鐵網(철망) : 쇠로 짠 그물. 산호를 건져 올릴 때 쓴다.

罥(견) : 얽다.

珊瑚(산호) : 산호.

12) 翻(번) : 흔들리다.

13) 有寬窄(유관착) : 너비가 있다. 옷이 헐거워졌다는 말이다.

14) 硏丹擘石(연단벽석) : 단사를 부수고 돌을 쪼개다. 단사를 부수어도 붉은
색은 그대로이고 돌을 쪼개도 단단함은 여전하다는 말로, 변치 않는 일
편단심을 가리킨다.

15) 天牢(천뢰) : 천연의 감옥. 지세가 험해 드나들기 어려운 곳을 말한다.

鏁(쇄) : 가두다.

冤魄(원백) : 억울하게 죽은 자의 혼백. 그리워하는 여자를 가리키는 것
으로 보기도 한다.

16) 夾羅(협라) : 겹 비단 옷.

委篋(위협) : 상자에 넣다.

單綃(단초) : 홑 비단 옷.

17) 香肌(향기) : 향기로운 살갗.

襯(친) : 어울리다.

琤琤(쟁쟁) : 짤랑거리는 소리.

1280

珮(패) : 패옥.
18) 幽光(유광) : 약한 빛. 유혼(幽魂)을 가리키는 것으로 보기도 한다.

해설

이 시는 〈연대시〉 네 수 가운데 첫째 수로 봄을 소재로 삼았다. '연대'는 연(燕)나라 소왕(昭王)이 지어 인재를 초빙했던 황금대(黃金臺)로서 '초현대(招賢臺)'로도 불렸다. 이 시에서는 '현인을 초빙한다'는 뜻을 빌려 미인을 그리워하는 내용을 담았다. 첫째 수는 네 구씩 다섯 번 환운하여 모두 20구로 이루어져 있다.

제1단락(제1-4구)은 따스한 햇볕이 들판에 퍼지는 봄날 미인을 찾아 나섰으나 찾지 못했다는 것이다. 미인을 그리는 그 마음은 꽃술을 찾는 벌과도 같아 꽃나무의 잎과 가지도 다 알고 있다고 했다. 제2단락(제5-8구)은 미인과의 숨바꼭질을 이야기했다. 복사꽃 피어 있는 곳에서 그녀의 모습을 보았지만 곧 자취를 감추어 안타까웠다는 심정을 토로했다. 제3단락(제9-12구)은 미인에 대한 그리움으로 광분하는 모습이다. 술로 그리움을 달래려다 비몽사몽 꿈속을 헤매고, 그물을 들고 바다 속이라도 뒤지고 싶은 심정이지만 종적을 찾을 길 없어 안타까움만 더해진다. 제4단락(제13-16구)은 오랜 그리움이 상사병으로 발전해 수척해진 상태를 하소연했다. 춘심은 가을서리처럼 창백해지고 마음속에는 치정만이 남아 어리석은 공상으로 헤맨다. 제5단락(제17-20구)은 봄을 떠나가는 미인을 상상한 것이다. 계절은 이제 여름으로 바뀌어 미인도 패옥소리 짤랑거리며 옷을 갈아입으니, 시인의 춘정도 결국 사그러들고 만다고 했다.

이상과 같이 첫째 수 〈봄〉에서는 봄과 '춘정(春情)'의 이중주를 묘사했다. 시인은 어느 따뜻한 봄날 봄기운을 맞으며 봄의 미인을 찾아 나섰지만, 그 미인은 눈앞에 어른거릴 뿐 가까이 다가갈 수 없다. 춘정에 사로잡힌 시인은 술과 꿈으로 현실의 고통을 피하려 하지만 미봉책일 따름이다. 끝내 실현되지 않는 춘정에 몸과 마음이 상한 채 떠나가는 봄을 애처로이 바라본다.

494-2

燕臺四首(其二)

연대시 4수 2

〈여름(夏)〉

前閣雨簾愁不卷,[1] 누각 앞 비를 막는 발은 수심에 걷지 않았는데

後堂芳樹陰陰見.[2] 집 뒤 꽃나무가 어슴푸레 눈에 든다.

石城景物類黃泉,[3] 석성의 경물은 황천이나 다름없어

夜半行郎空柘彈.[4] 밤중에 길 가는 청년이 쓸데없이 산뽕나무 활
을 든 꼴.

綾扇喚風闔閭天,[5] 비단 부채로 하늘의 서풍을 부르니

輕帷翠幕波迴旋.[6] 가벼운 휘장, 비취 장막에 물결이 감도네.

蜀魂寂寞有伴未,[7] 쓸쓸한 촉나라의 혼 짝이나 있을까?

幾夜瘴花開木棉.[8] 며칠 밤 남쪽의 꽃이 목면에 피는구나.

桂宮流影光難取,[9] 계수나무 궁전에 흐르는 그림자 그 빛을 잡기
어려운데

嫣薰蘭破輕輕語.[10] 아름답고 향긋하게 난초 벌어지듯 가볍게 말
거네.

直教銀漢墮懷中, 곧장 은하수를 품속에 떨어뜨려

未遣星妃鎮來去.[11] 직녀가 늘 오고가지 못하게 해야지.

濁水清波何異源,　　　흐린 물과 맑은 물결이 어찌 발원이 다르랴?

濟河水清黃河混,¹²　그런데도 제하는 물이 맑고 황하는 흐리더라.

安得薄霧起緗裙,¹³　어떻게 하면 옅은 안개 속에서 담황색 치마
　　　　　　　　　　　　입은 그대 일으켜,

手接雲輧呼太君.¹⁴　손수 구름수레 맞아 선녀를 불러보나?

주석

1) 雨簾(우렴) : 비를 막는 발. '비가 발처럼 내린다'는 뜻으로 보기도 한다.

2) 芳樹(방수) : 꽃나무.
　陰陰(음음) : 어슴푸레하다.

3) 石城(석성) : 마을 이름. 막수(莫愁)가 살았다는 석성으로 보아 시인이
　그리워하는 여인이 사는 곳으로 풀이하기도 한다.
　黃泉(황천) : 사람이 죽은 뒤에 혼이 가서 산다는 곳.

4) 行郎(행랑) : 길 가는 청년.
　柘彈(자탄) : 산뽕나무로 만든 활.《진서 · 반악전(潘岳傳)》에 의하면, 미
　소년이었던 반악이 활을 들고 낙양 거리로 나가면 아낙네들이 수레에
　과일을 던져주었다고 한다.

5) 綾扇(능선) : 비단으로 만든 가벼운 부채.
　閶闔(창합) : 창합풍(閶闔風). 서풍. '창합'은 진나라 때 낙양의 서문 이름
　이어서 서풍을 '창합풍'이라 불렀다.

6) 輕帷(경유) : 가벼운 휘장.
　翠幕(취막) : 비취색 장막.
　洄旋(회선) : 맴돌다. 감돌다.

7) 蜀魂(촉혼) : 촉나라의 혼. 두견새를 가리킨다. 촉나라 군주였던 망제(望
　帝)가 죽어서 두견새가 되었다고 한다.

8) 瘴花(장화) : 장기(瘴氣), 즉 습하고 독한 기운이 있는 남방의 꽃. 흔히
　목면화를 가리킨다.
　木棉(목면) : 목면화. 목화.

9) 桂宮(계궁) : 월궁.

流影(유영) : 흐르는 빛. 달빛을 가리킨다.

10) 嫣(언) : 웃는 모습. 아름다운 모습.

薰(훈) : 풍기다.

破(파) : 벌어지다.

11) 星妃(성비) : 직녀.

鎭(진) : 늘. 오래도록.

12) 濟河(제하) : 하남성 제원현(濟源縣) 왕옥산(王屋山)에서 발원하여 황하에 유입되는 하천.

13) 薄霧(박무) : 옅은 안개.

緗裙(상군) : 담황색 치마.

14) 雲輧(운병) : 신선이 탄다는 구름 수레.

太君(태군) : 선녀.

해설

이 시는 〈연대시〉 네 수 가운데 둘째 수로 여름을 소재로 삼았다. 네 구씩 네 번 환운하여 모두 16구로 이루어져 있다. 제1단락(제1-4구)은 시인이 그리워하는 미인이 사는 곳을 바라보는 모습이다. 여인이 사는 누각에는 비를 막는 발이 내려져 있어 잘 보이지 않고, 후당의 꽃나무만 보일 뿐이다. 이런 상황에서라면 아무리 멋진 경물이나 잘 생긴 청년이라도 부질없다고 했다. 제2단락(제5-8구)은 미인의 거처를 상상한 장면으로 이해된다. 여인은 더위를 떨치느라 연신 부채질을 하고, 그 바람에 휘장과 장막이 펄럭거린다. 그렇게 독수공방하는 외로운 처지도 아랑곳하지 않고 목면은 계속 꽃을 피운다. 제3단락(제9-12구)에서 시인은 상상을 이어간다. 직녀에 비유된 여인은 멀리 월궁에 사는 까닭에 다가가기 어려워 무어라 속삭이는 말을 알아듣기 어렵다. 직녀가 은하수를 타고 떠나기 전에 은하수를 없애버리려는 시인의 터무니없는 망상은 그만큼 현실의 고통이 크다는 증거이다. 제4단락(제13-16구)은 한 쌍으로 맺어지지 않는 시인과 미인의 처지를 안타까워했다. 두 사람은 발원지가 다르지 않지만 하나는 제하처럼 맑고 다른 하나는 황하처럼 흐리

다. 그러나 시인은 제하가 황하에 유입되듯이 기나긴 기다림 끝에는 선녀를
맞이하는 날이 올 지도 모른다는 기대감을 감추지 않는다.

이와 같이 둘째 수 〈여름〉에서는 미인의 거처 앞까지 가까이 다가갔으나
아직은 얼굴을 보거나 말을 건네지 못한 답답한 상황을 노래했다. 규방에서
쓸쓸히 여름의 더위나 식히고 있을 여인의 모습을 한껏 상상으로 그려내면서
함께 하지 못해 속상한 마음을 달래려했다. 그러나 언젠가 여인의 수레를
맞이할 꿈에서 애써 깨려하지 않는 모습에서 강한 집착을 느낄 수 있다.

494-3

燕臺四首(其三)

연대시 4수 3

〈가을(秋)〉

月浪衡天天宇溼,[1] 달빛이 하늘에 퍼져 하늘이 젖어 있고

凉蟾落盡疎星入,[2] 차가운 두꺼비 다 떨어지자 성긴 별이 들어 오네.

雲屏不動掩孤嚬,[3] 운모 병풍이 꼼짝 않고 외로이 눈썹 찡그리는 사람 가려주고

西樓一夜風箏急.[4] 서루엔 밤 내내 풍경 소리 급하네.

欲織相思花寄遠,[5] 그리움으로 짠 꽃을 멀리 부치려 하지만

終日相思却相怨. 종일토록 그리워하니 오히려 원망만 생기고,

但聞北斗聲迴環,[6] 그저 북두성 소리 귓가에 맴돌 뿐

不見長河水清淺.[7] 은하수의 물 맑고 얕은 건 보이지 않아라.

金魚鏁斷紅桂春,[8] 금물고기 자물쇠가 홍계의 봄을 잠가 끊어놓으니

古時塵滿鴛鴦茵.[9] 오래된 먼지가 원앙 요에 가득하네.

堪悲小苑作長道,[10] 작은 동산이 큰길로 바뀐 것 슬퍼할 만한데

玉樹未憐亡國人,[11] 옥수(玉樹)는 나라 잃은 사람을 불쌍히 여기

1286

지 않는구나.

瑤瑟惜惜藏楚弄,¹² 요슬은 조용히 초나라의 슬픈 가락을 간직하
고 있고

越羅冷薄金泥重,¹³ 월나라의 비단 차갑고 얇아 금박이 무겁네.

簾鉤鸚鵡夜驚霜,¹⁴ 발고리의 앵무새가 밤에 서리에 놀라

喚起南雲繞雲夢,¹⁵ 남쪽 구름이 운몽을 둘러싸고 있던 꿈을 깨우
고 말았네.

雙璫丁丁聯尺素,¹⁶ 한 쌍의 귀걸이 댕그랑 댕그랑 편지에 매달고

內記湘川相識處,¹⁷ 안에 상천에서 서로 만났을 때를 적어두었네.

歌脣一世銜雨看,¹⁸ 노래하던 입술로 평생 동안 비를 머금고 볼 테니

可惜馨香手中故.¹⁹ 마음 아파라 향기가 손에서 낡아갈 것이.

주석

1) 月浪(월랑) : 달빛.
   衡(형) : 가득하다. 퍼지다.
   天宇(천우) : 하늘.
2) 涼蟾(양섬) : 차가운 두꺼비. 여기서는 가을 달을 가리킨다.
   疎星(소성) : 듬성듬성 비치는 별.
3) 雲屛(운병) : 운모로 장식한 병풍.
   孤嚬(고빈) : 홀로 있는 적막함에 미간을 찌푸리는 것을 말한다.
4) 風箏(풍쟁) : 풍경. 절이나 누각 등의 건물 처마 끝에 다는 작은 종.
5) 相思花(상사화) : 그리움으로 짠 꽃. 전진(前秦) 두도(竇滔)의 아내가 회문
   (廻文)의 시를 짜 넣어 먼 곳의 남편에게 보냈다는 비단을 가리킨다.
   寄遠(기원) : 멀리 부치다.
6) 北斗(북두) : 북두성.
   廻環(회환) : 돌아가다. 북두성의 자루가 남쪽에서 서쪽으로 돌아가면
   가을이 된다.

7) 長河(장하) : 은하수.

　　淸淺(청천) : 맑고 얕다.

　　〈고시십구수(古詩十九首)·초초견우성(迢迢牽牛星)〉은하수는 맑고 또 얕은
　　데, 서로 떨어진 것 또 얼마인가?(河漢淸且淺, 相去復幾許.)

8) 金魚(금어) : 물고기 모양의 자물쇠.

　　鏁(쇄) : 잠그다.

　　紅桂(홍계) : 붓순나무.

9) 古時(고시) : 옛날.

　　鴛鴦茵(원앙인) : 원앙을 수놓은 요.

10) 長道(장도) : 큰길.

11) 玉樹(옥수) : 진후주(陳後主)가 지었다는 〈옥수후정화〉를 가리킨다.

　　憐(련) : 불쌍히 여기다.

　　亡國人(망국인) : 나라 잃은 사람. 진후주를 가리킨다.

12) 瑤瑟(요슬) : 옥으로 장식한 금슬.

　　愔愔(음음) : 안온한 모습.

　　楚弄(초농) : 초나라 선율의 노래.

13) 越羅(월라) : 월 지역에서 짠 비단. 가볍고 아름답기로 유명하다.

　　冷薄(냉박) : 차갑고 얇다.

　　金泥(금니) : 장식용의 금가루.

14) 簾鉤(염구) : 발고리. 발을 거는 갈고리.

15) 南雲(남운) : 남쪽으로 떠가는 구름. 흔히 고향에 대한 그리움을 나타낸다.

　　繞(요) : 둘러싸다.

　　雲夢(운몽) : 운몽택(雲夢澤). 초나라 지역에 있었다는 대소택지.

16) 璫(당) : 귀걸이.

　　丁丁(정정) : 옥이 부딪치는 소리.

　　尺素(척소) : 폭이 좁은 비단. 편지를 가리킨다.

17) 湘川(상천) : 상강(湘江).

18) 一世(일세) : 평생.

　　銜雨(함우) : 비를 머금다. 여기서는 눈물을 머금는다는 뜻이다.

19) 馨香(형향) : 멀리 퍼지는 향기.

　　故(고) : 낡다. 오래되다.

해설

　이 시는 〈연대시〉 네 수 가운데 셋째 수로 가을을 소재로 삼았다. 네 구씩 다섯 번 환운하여 모두 20구로 이루어져 있다. 제1단락(제1-4구)은 가을밤의 고요함과 미인의 외로움을 묘사했다. 물결 같은 달빛이 하늘을 적시다 사라지고 별이 반짝거리는 늦은 밤까지 여인은 잠을 이루고 못하는 모습이다. 제2단락(제5-8구)은 그리움에 지친 미인의 원망을 이야기했다. 임 향한 그리움을 달래려 회문금(廻文錦)을 짜다가도 원망의 마음이 생기지만, 계절은 또 여름에서 가을로 바뀌건만 은하수 건너 그리운 이를 만날 기약은 아득하기만 하다고 했다. 북두성을 청각적 이미지로 처리한 수법이 예사롭지 않다. 제3단락(제9-12구)은 독수공방하는 미인의 서글픈 하소연을 담았다. 피어나는 붓순나무의 봄꽃은 방 안에 가두어진 채 이불에 먼지만 쌓여간다. 그 신세는 나라 잃은 진후주가 이미 큰길로 바뀐 작은 동산의 옥수를 돌보지 않는 것과도 흡사하다. 제4단락(제13-16구)은 앞 단락을 이어받아 독수공방의 실정을 부연 설명했다. 초나라의 슬픈 가락이 들어주는 이 없는 요슬에 감돌고, 월나라 비단으로 짠 미인의 무의(舞衣)는 금박이 무겁게 느껴진다. 더구나 가을밤 찬 서리에 놀란 앵무새가 귀향의 꿈마저 흩트려놓는다. 제5단락(제17-20구)은 사랑의 정표를 어루만지며 슬픔을 곱씹는 장면이다. 미인에게 보낸 귀걸이와 편지가 아직 곁에 있어 상강에서의 만남을 추억하게 만들지만, 그것도 이제 시간이 지나면 향기가 사라져 눈물을 자아낼 뿐이리라고 했다.

　이상의 내용에서 보는 바와 같이 셋째 수 〈가을〉은 묘사의 초점을 미인으로 옮겨 여인의 외로움과 서글픔을 담아냈다. 여인의 기약 없는 그리움은 가을밤의 쓸쓸함을 견디지 못해 결국 원망으로 바뀌어간다. 시인은 그런 여인의 심정을 묘사하기 위해 방안의 사물로 눈을 돌려 먼지만 켜켜이 쌓여 있는 침구, 악기, 의복 등을 두루 스케치했다. 또 귀걸이와 편지로 '슬픈 회상'을 인상적으로 마무리했다.

494-4

燕臺四首(其四)

연대시 4수 4

〈겨울(冬)〉

天東日出天西下,	하늘 동쪽에서 해가 떠서 하늘 서쪽으로 지고
雌鳳孤飛女龍寡.[1]	암컷 봉황 홀로 날고 암컷 용도 외로워라.
青溪白石不相望,[2]	청계 아가씨와 백석 총각 서로 바라보지 못하고
堂中遠甚蒼梧野.[3]	사는 곳은 창오의 들판보다 멀리 떨어져 있네.
凍壁霜華交隱起,[4]	얼어붙은 벽에 서리가 교대로 솟아오르니
芳根中斷香心死.[5]	아름다운 뿌리 가운데가 끊기고 향기로운 줄기도 죽었네.
浪乘畫舸憶蟾蜍,[6]	헛되이 멋진 배 타고 달나라 갔을 때 생각해보면
月娥未必嬋娟子.[7]	달나라 선녀도 그녀 같은 미녀는 아니었지.
楚管蠻絃愁一概,[8]	초나라 피리, 오랑캐 현악기는 내도록 근심만 연주하고
空城罷舞腰支在.[9]	텅 빈 성에 춤 그치고 무희의 자태만 남았네.
當時歡向掌中銷,[10]	당시의 즐거움도 손바닥 위에서 사라졌구나
桃葉桃根雙姐妹,[11]	도엽과 도근 두 자매여.
破鬟倭墮凌朝寒,[12]	쪽머리를 가른 머리 모양에 스며드는 아침 추위

白玉燕釵黃金蟬.¹³　　백옥 제비와 황금 매미의 머리 장식.

風車雨馬不持去,¹⁴　　바람 수레와 비 말을 몰고 갈 수도 없어

蠟燭啼紅怨天曙.¹⁵　　촛불이 붉게 울며 날 밝는 것 원망하네.

주석

1) 寡(과) : 외롭다.

2) 靑溪(청계) : 청계소고(靑溪小姑). 한나라 장자문(蔣子文)의 누이동생으로 시집가기 전에 죽었다고 한다.

　　白石(백석) : 백석랑(白石郎). 전설 속의 물의 신. 백석산에 살며 흰 돌을 구워먹었다는 백석생(白石生)을 가리키는 것으로 보기도 한다.

3) 蒼梧(창오) : 창오산. 지금의 호남성 영원현(寧遠縣) 동남쪽에 있다. 순임금이 순행을 나갔다가 창오산 들판에서 세상을 뜨자, 그의 두 비인 아황과 여영도 소상(瀟湘) 사이에서 몸을 던져 죽었다고 한다.

4) 霜華(상화) : 서리.

　　隱起(은기) : 솟아오르다.

5) 香心(향심) : 화포(花苞). 식물의 꽃을 싸고 있는 위쪽의 두 단의 막성포. 흔히 중의적으로 '아름다운 마음'을 나타낸다.

6) 浪(랑) : 쓸데없이. 헛되이.

　　畫舸(화가) : 화선(畫船). 아름답게 장식한 배.

　　蟾蜍(섬여) : 두꺼비. 흔히 달을 대칭한다.

7) 月娥(월아) : 달에 사는 선녀.

　　嬋娟子(선연자) : 미녀.

8) 楚管蠻絃(초관만현) : 남방의 관현악기를 널리 가리킨다.

　　一槪(일개) : 일률적이다.

9) 腰支(요지) : 몸매. 자태.

10) 掌中(장중) : 장중무(掌中舞). 몸이 가벼운 무희가 손바닥 위에서 추듯 가볍게 몸을 놀리는 춤을 가리킨다.

　　銷(소) : 사라지다.

11) 桃葉桃根(도엽도근) : 진나라 왕헌지(王獻之)의 애첩이 도엽이었다. 《고
금악록(古今樂錄)》에서 가기(歌妓)인 도근이 도엽의 여동생이라고 했으
나 뚜렷한 근거는 없어 보인다.

12) 破鬟(파환) : 갈라진 쪽머리.
倭墮(왜타) : 당시에 유행한 머리모양으로 '타마계(墮馬髻)'라고도 불렸다.
凌(능) : 침입하다. 스며들다.

13) 燕釵(연채) : 제비 모양의 머리 장식.
黃金蟬(황금선) : 매미 모양의 금 머리 장식.

14) 風車雨馬(풍거우마) : 신령한 수레와 말을 가리킨다. 아주 빠르다는 뜻이다.
持去(지거) : 몰아가다.

15) 蠟燭(납촉) : 촛불.
啼紅(제홍) : 촛불이 촛농을 눈물처럼 떨구며 붉게 빛나는 것을 가리킨다.
曙(서) : 날이 밝다.

해설

이 시는 〈연대시〉 네 수 가운데 넷째 수로 겨울을 소재로 삼았다. 네 구씩
세 번, 두 구씩 두 번 환운하여 모두 16구로 이루어져 있다. 제1단락(제1-4구)
은 겨울의 쓸쓸함으로 시상을 열었다. 해가 짧은 겨울 두 여인이 그리워하는
사람과 멀리 떨어진 채 해후하지 못하는 것을 서술했다. 제2단락(제5-8구)은
겨울의 차가운 날씨에 얼어붙은 나무를 빌려 내왕이 끊기고 사랑도 시든 상황
을 묘사했다. '달나라'로 비유된 어느 곳에서 처음 보았던 여인의 모습은 선녀
보다 아름다웠다는 말로 사랑을 잃은 여인의 슬픔을 부각시켰다. 제3단락(제
9-12구)은 공허한 메아리로 남게 된 가무의 애달픈 사연을 서술했다. 감상하는
이가 사라진 텅 빈 성에서 연주는 즐거움 대신 근심만 전하고 자태는 그대로이
나 춤은 사라졌다. 제1단락에 보이는 '암컷 봉황'과 '암컷 용', 그리고 '창오'로
암시된 이황과 여영뿐만 아니라 이 단락에서도 '도엽과 도근' 자매를 언급하고
있는 것으로 보아 이 시가 묘사하는 여인은 둘인 듯하다. 제4단락(13-14구)
은 머리 장식을 클로즈업하는 것으로 고독한 여인의 수심을 드러냈다. 이는
화간사(花間詞)에서 흔히 볼 수 있는 수법이다. 제5단락(제15-16구)은 임에게

달려갈 수 없는 형편이라 눈물로 밤을 지새운다는 것이다.

　이와 같이 넷째 수 〈겨울〉은 혹한의 추위처럼 다가오는 고독의 아픔을 묘사했다. 지난날 정겹던 마음은 얼어붙은 듯 오간 데 없고, 즐거움을 함께 할 이 없는 곳에서 슬픈 곡조를 타며 부질없는 춤사위로 시름겨울 뿐이다. 온종일 규방에서 외로움을 곱씹으며 눈물로 지새우는 밤은 셋째 수 〈가을〉에서의 모습을 다시 보여준다.

● 시의 제목을 〈연대시〉라 하고, 시의 내용 가운데에도 '노래하던 입술(歌脣)'이나 '춤 그치고(罷舞)' 등의 말이 있는 것으로 보아 이 시에서 말하는 여인은 막부의 가기(歌妓)로 추정된다. 또 도교와 관련된 여러 시어를 쓴 것은 이 여인이 여도사(女道士) 출신이었을 가능성을 높여준다. 넷째 수를 통해서는 여인이 자매 가운데 하나인 것을 알 수 있다. 이 시의 남자 주인공은 이 여인과 애정을 나누었고, 자세히 확인할 수 없는 이유로 인해 헤어질 수밖에 없었다. 이 시는 전체적으로 그렇게 함께 하지 못하는 남녀의 답답한 심사를 계절과 결부시켜 서술했다. 중만당의 시인들이 대체로 이런 연애사를 서사시에 담았던 것과 달리 이상은은 순수한 서정시로 처리했다는 점이 특이하다. 사계절의 정연한 운행과는 달리 이 시에서 표출하는 심정은 일정한 체계가 발견되지 않는다. 마치 '의식류 소설'처럼 의식의 흐름에 따라 자유롭게 시공간이 교차하면서 시인의 주관적 심상이 뚜렷한 질서 없이 펼쳐져 시상을 따라가기가 쉽지 않다. 본래 사랑의 감정이란 그렇게 논리적으로 설명할 수 없다는 것을 이와 같은 형식을 통해 드러내기라도 하려는 것처럼 보인다. 명나라 허학이(許學夷)는 이상은의 칠언고시를 두고 "소리와 가락이 곱고 예뻐서 태반이 시여(詩餘)로 들어갔다."고 평하며 사(詞)와 일맥상통함을 지적한 바 있다. 이 〈연대시〉 네 수는 그러한 칠언고시의 대표작이라 할 만하다.

495-1

河內詩 二首(樓上)
하내의 시 2수 (누각 위)

鼉鼓沉沉蚪水咽,[1]	악어가죽 북 소리 아득하고 교룡이 뿜는 물 흐느끼는 듯
秦絲不上蠻絃絶.[2]	진나라의 쟁도 그치고 남쪽 오랑캐 현도 멈추었다.
嫦娥衣薄不禁寒,[3]	항아는 옷이 얇아 추위를 견디지 못하는데
蟾蜍夜艷秋河月.[4]	두꺼비가 밤에 곱기만 한 은하수의 달.
碧城冷落空蒙烟,[5]	푸른 성은 쓸쓸해져 부질없이 안개에 뒤덮이고
簾輕幕重金鉤闌.[6]	가벼운 주렴과 무거운 장막에 금 걸개.
靈香不下兩皇子,[7]	향 살라도 황제의 두 딸은 내려오지 않고
孤星直上相風竿.[8]	바람 살피는 장대 바로 위로 외로운 별 하나.
八桂林邊九芝草,[9]	여덟 그루 계수나무 숲가의 구지초
短襟小鬖相逢道.[10]	짧은 옷깃에 조그맣게 머리 올린 여인과 만났던 길.
入門暗數一千春,[11]	문에 들어가 몰래 천 년을 꼽아보고는
願去閏年留月小.[12]	윤년을 없애고 날짜 적은 달만 남기고 싶어 했지.
梔子交加香蓼繁,[13]	"치자에 더하여 여뀌까지 무성하지만

停辛佇苦留待君.[14]　매운 것에 멈추고 쓴 것을 간직하며 그대 기다
리렵니다.”

주석

　* 하내(河內) : 이상은의 고향. 지금의 하남성 심양시(沁陽市)이다.
1) 鼉鼓(타고) : 악어가죽을 씌운 북.
　沉沉(침침) : 멀리서 어렴풋이 들리는 소리.
　虯水(규수) : 규룡의 물. 규룡은 뿔 없는 용을 가리키며, 규룡 형상의 물
시계에서 내뿜는 물을 말한다.
　咽(열) : 흐느끼다. 물소리를 비유하는 말이다.
2) 秦絲(진사) : 진쟁(秦箏), 즉 진나라의 쟁이다. 슬(瑟)처럼 생겼고, 진나라
의 장군 몽염(蒙恬) 만들었다고 전해진다.
　不上(불상) : 올리지 않다. 연주하지 않는다는 뜻이다.
　蠻絃(만현) : 남쪽 소수민족의 현악기.
3) 嫦娥(항아) : 달의 여신. 여기서는 누각 위의 선녀를 가리킨다.
　不禁(불금) : 견디지 못하다.
4) 蟾蜍(섬여) : 두꺼비. 달을 가리킨다. 《회남자(淮南子)》에 따르면, 예(羿)
가 서왕모(西王母)에게 불사약(不死藥)을 청해 얻었으나 항아가 이를 훔
쳐 달에서 도주했다가 두꺼비가 되었다고 한다.
　艷(염) : 곱다.
　秋河(추하) : 은하수.
5) 碧城(벽성) : 푸른 성. 신선의 거처를 가리킨다.
　《태평어람(太平御覽)》에 인용된 《상청경(上淸經)》 옥황상제는 자줏빛 구름의
　대궐에 살며 푸른 노을을 성으로 삼았다.(元始居紫雲之闕, 碧霞爲城.)
　冷落(냉락) : 인적이 드물어 쓸쓸하다.
　蒙(몽) : 뒤덮다.
6) 鈎闌(구란) : 본래 갈고리처럼 구부러진 난간이라는 뜻이나 여기서는 장
막 걸개를 가리킨다.

7) 靈香(영향) : 향을 살라 신에게 예를 올리는 것을 말한다. '신비로운 향기'
로 풀이하여 선녀를 가리킨다고 보기도 한다.

兩皇子(양황자) : 황제의 아들딸 두 사람. 지칭 대상을 두고 의견이 분분
하다. 승로반을 떠받치는 신선상 둘이라고도 하고, 도관의 여도사 두 사
람이라고도 하고, 연정을 품은 남녀 한 쌍을 가리킨다고도 한다. 여기서
는 도관의 여도사로 보았다.

8) 孤星(고성) : 외로운 별. 동이 틀 무렵에 보이는 별 또는 홀로 보이는
별을 가리킨다.

相風竿(상풍간) : 바람의 방향을 살피려고 세운 장대. 도관(道觀) 앞에
세워 의장(儀仗)의 용도도 갖는다.

이상은, 〈하양시〉 백 척 풍향계를 단 높다란 집.(百尺相風插重屋.)

9) 八桂(팔계) : 여덟 그루의 계수나무.

《산해경·해내남경(海內南經)》계수나무 숲 여덟 그루가 번우현 동쪽에 있다.
(桂林八樹, 在番隅東.)

九芝草(구지초) : 영지(靈芝). 한나라 때 감천궁(甘泉宮) 앞에 아홉 줄기
의 영지가 자랐다고 해서 붙여진 이름이다. '계수나무'와 함께 신선세계
를 나타낸다.

10) 短襟小鬢(단금소빈) : 짧은 옷깃과 조그맣게 틀어 올린 머리. 여인의 행
색을 가리킨다.

11) 暗數(암수) : 몰래 세어보다.

一千春(일천춘) : 천 년.

12) 去(거) : 없애다.

閏年(윤년) : 윤일(閏日) 또는 윤월(閏月)이 든 해.

留(유) : 남기다.

月小(월소) : 작은 달. 음력으로 29일까지만 있는 달을 말한다.

13) 梔子(치자) : 나무 이름. 봄여름에 흰 꽃이 피고 향기가 짙다. 노랗게
익는 열매는 성질이 차고 맛이 쓴데 해열제로 쓰인다.

交加(교가) : ~위에 더하다.

香蓼(향료) : 여뀌의 일종. 여뀌의 잎은 매운 맛이 나서 조미료로 쓰인다.

《본초(本草)》치자는 맛이 맵고, 여뀌는 맛이 쓰다.(梔子味辛, 蓼味苦.)

14) 停辛佇苦(정신저고) : 매운 것에 멈추고 쓴 것을 간직하다. 온갖 어려움
　　을 다 겪는다는 말이다.

　　留待(유대) : 기다리다.

해설

　　이 시는 이상은의 고향인 하내(河內)를 제재로 한 두 수 가운데 첫째 수이
다. 지난날 하내의 누각에서 펼쳐졌던 즐거운 연회와 만남을 회상하며 이별
의 아픔을 토로했다. 이 시는 용운상 네 단락으로 나뉜다. 제1단락(제1-4구)
은 연회에서 만난 여인을 묘사한 것이다. 밤이 이슥해져 악기 연주도 멈추고
북소리만 들려오는 고요한 달밤에 얇은 옷을 입은 여인이 추워 보인다고 했
다. 달의 여신인 '항아(嫦娥)'로 지칭한 것으로 보아 이 여인은 여도사인 것으
로 추정된다. 제2단락(제5-8구)은 쓸쓸하기 짝이 없는 누각을 묘사한 것이다.
주렴과 장막이 내리쳐진 푸른 성은 안개에 휩싸인 채 선녀가 내려올 기색이
전혀 보이지 않기에 시인이 위만 바라보고 있노라고 했다. 신선의 거처라는
'벽성(碧城)'으로 부른 것으로 보아 이 누각은 도관인 것으로 추정된다. 제3단
락(제9-12구)은 선계의 여인과 만난 후 다음 만남을 기약한 것이다. 계수나무
와 구지초가 자라는 신선세계에서 천 년에 한 번이라는 선녀와의 만남을 가
지고 시간이 빨리 지나 다시 만날 수 있기를 바란 것이다. 제4단락(제13-14
구)은 재회를 기약하는 선녀의 다짐을 말한 것이다. 쓰디쓴 치자와 여뀌를
맛보더라도 기꺼이 기다림의 고통을 감내하겠노라고 했다.

495-2

河內詩 二首(樓下)

하내의 시 2수 (누각 아래)

閶門日下吳歌遠,[1]	창문에 해 저무니 오 지방 노래가 멀리서 들려 오고
陂路綠菱香滿滿.[2]	호숫가 푸른 마름 향기가 가득하다.
後溪暗起鯉魚風,[3]	뒤편 시내에서는 살짝 9월의 바람이 일고
船旗閃斷芙蓉幹.[4]	배의 깃발이 번쩍이며 연꽃의 줄기를 끊는다.
傾身奉君畏身輕,[5]	"온힘을 다해 그대 섬기려 하지만 몸이 가벼운 것 두려운데
雙橈兩槳尊酒清.[6]	한 쌍의 노와 두 개의 상앗대로 젓는 배에 술이 맑네요.
莫因風雨罷團扇,[7]	비바람 친다 하여 단선을 버리지 말라는
此曲斷腸唯此聲.[8]	이 노래는 오직 이 대목이 가슴 아파요."
低樓小逕城南道,[9]	성 남쪽으로 뻗은 길가에는 낮은 누각과 오솔길
猶自金鞍對芳草.[10]	여전히 황금 안장에 올라 향기로운 풀을 마주한다.

주석

1) 閶門(창문) : 창합문(閶闔門). 진(晉)나라 때 낙양성(洛陽城)의 서문이다.
   오군(吳郡)과 양주(揚州) 등지에서 같은 이름의 성문이 있었다.
   日下(일하) : 해가 지다.
   吳歌(오가) : 오 지방의 노래. 오성(吳聲)이라고도 부른다. 흔히 장강 하
   류 일대에서 불리는 민가를 가리킨다.

2) 陂路(피로) : 호숫가.
   菱(능) : 마름. 물풀의 일종이다.

3) 暗(암) : 살그머니. 몰래.
   鯉魚風(이어풍) : 9월의 바람.

4) 閃(섬) : 번쩍이다.
   芙蓉幹(부용간) : 연꽃의 줄기.

5) 傾身(경신) : 몸을 기울이다. 온힘을 다한다는 말이다.
   畏(외) : 두려워하다.
   身輕(신경) : 몸이 가볍다. 지위가 낮다는 말이다.

6) 橈(요) : 작은 노.
   槳(장) : 상앗대.
   尊(준) : 술동이.

7) 罷(파) : 없애다. 버리다.
   團扇(단선) : 둥그런 모양에 손잡이가 있는 부채.
   반첩여, 〈원가행 怨歌行〉 새로 잘라낸 제 지방의 비단, 맑고 깨끗하여 눈과
   서리 같구나. 마름질하여 합환 모양의 부채를 만드니, 둥글기가 보름달 같아
   라. 임의 품과 소매에 드나들면서 흔들리며 미풍을 일으키네. 언제나 두려운
   건 가을이 되어 서늘한 바람에 더위가 물러가면 부채는 상자에 버려지고 은정
   이 중도에 끊기는 일이라네.(新裂齊紈素, 鮮潔如霜雪. 裁爲合歡扇, 團團似明月.
   出入君懷袖, 動搖微風發. 常恐秋節至, 涼飆奪炎熱, 棄捐篋笥中, 恩情中道絶.)

8) 此曲(차곡) : 이 노래. 반첩여의 〈원가행〉을 가리킨다.
   斷腸(단장) : 가슴 아프다.
   此聲(차성) : 이 대목. 〈원가행〉의 마지막 부분인 "부채는 상자에 버려지

고 은정이 중도에 끊기는 일이라네(棄捐篋笥中, 恩情中道絶.)"를 가리키
는 것으로 보인다.
9) 小逕(소경) : 오솔길.
10) 猶自(유자) : 여전히.
　　金鞍(금안) : 황금 안장.

해설

　이 시는 이상은의 고향인 하내(河內)를 제재로 한 두 수 가운데 둘째 수이
다. 여기에서는 여인과 호수에서 뱃놀이를 하던 추억을 떠올렸다. 이 시에
보이는 여인은 첫째 수와 달리 여도사의 모습은 아니다. 동일인을 대상으로
한 것이라면 여인은 아마도 도관에서 나와 가기(歌妓)가 되었을 가능성도
있다. 이 시는 용운상 네 단락으로 나뉜다. 제1단락(제1-4구)은 저녁 무렵
어느 호수에 배를 띄우고 노는 모습을 노래한 것이다. 가을에 마름 향기 가득
하고 연꽃 만발한 호수에서 여인과의 만남을 즐겼다고 했다. '오 지방의 노래'
를 언급한 것으로 보아 여인의 출신 지역이 강남이었던 듯하다. 시제를 '하내
의 시'라 했으므로 이 시의 배경 자체를 오 지방으로 보는 것은 무리일 것이
다. 제2단락(제5-8구)은 여인이 배 안에서 했던 말을 회상한 것이다. 여인은
미천한 신분으로 인해 가을의 단선처럼 금세 버려질 것이 두렵다며 반첩여의
〈원가행〉을 이야기했다. 보기 좋게 한 쌍을 이룬 노와 상앗대처럼 언제나
함께 하고 싶다는 바람을 피력했다. 제3단락(제9-10구)은 회상에서 현실로
돌아온 것이다. 성 남쪽에는 여인이 살던 낮은 누각이 그대로 있지만 인적은
사라졌기에 아쉬운 마음에 말 위에서 향초만 바라보고 있노라고 했다.

● 〈하내의 시〉 두 수는 그 내용으로 보아 같은 시기에 창작되었다고 보기 어렵다.
　시에서 묘사하고 있는 장소도 다르고 여인의 신분에도 차이가 있기 때문이다. 아마
　도 시인이 하내에 머물던 젊은 시절에 만났던 여인과의 아름다운 추억을 회상하며
　지은 것으로 여겨지는데, 두 수에 등장하는 여인이 동일 인물인지의 여부는 불확실
　하다. 청나라 요배겸(姚培謙)은 다음과 같이 이 시를 요약했다. "두 수의 시 가운데
　앞의 것은 이별을 추억한 말이고, 뒤의 것은 때맞추어 즐겁게 보내야 한다는 뜻이
　다.(二詩, 前首憶別之詞, 後首則及時爲歡之意.)"

496

贈送前劉五經映三十四韻

전 오경 유영께 드려 전송하다

建國宜師古,[1]	나라를 세우면 옛 것을 스승으로 삼아야 마땅하고
興邦屬上庠.[2]	나라를 발전시키는 것은 학교에 달려 있습니다.
從來以儒戲,[3]	이제까지 유학을 우습게 여겨서
安得振朝綱.[4]	어찌 조정의 기강을 진작시킬 수 있었던가요?
叔世何多難,[5]	쇠미한 시대에 얼마나 어려움이 많았던지
茲基遂已亡.[6]	이 기틀이 마침내 이미 사라졌습니다.
泣麟猶委吏,[7]	기린 잡은 일에 우시던 분 아직도 창고 관리이고
歌鳳更佯狂.[8]	봉황을 노래하던 이는 더욱 미친 척 합니다.
屋壁餘無幾,[9]	집의 벽에 남은 것 얼마 되지 않고
焚坑逮可傷.[10]	사르고 묻은 일 번갈았던 것 상심할 만합니다.
挾書秦二世,[11]	서적 소지 금지령을 내린 진나라 두 황제
壞宅漢諸王.[12]	공자의 저택을 허문 한나라 여러 임금.
草草臨盟誓,[13]	걱정스럽게 동맹과 서약을 마주하고
區區務富強.[14]	고생스럽게 부국강병에 힘썼습니다.
微茫金馬署,[15]	금마문 관청은 눈에 잘 띄지 않는데

狼藉鬪鷄場.¹⁶   어지러운 것은 투계장입니다.

盡欲心無竅,¹⁷   죄다 심장에 구멍이 없게 만들고자 하니

皆如面正牆.¹⁸   모두 정면으로 담을 마주한 듯 했습니다.

驚疑豹文鼠,¹⁹   표범 무늬의 쥐를 놀라며 의심했고

貪竊虎皮羊.²⁰   호랑이 가죽의 양을 탐내고 훔쳤습니다.

南渡宜終否,²¹   남쪽으로 강을 건넌 후 비괘를 매듭지어야 마땅
                         했고

西遷冀小康.²²   서쪽으로 옮긴 뒤에는 소강을 기대했습니다.

策非方正士,²³   책문하는 이는 반듯한 선비가 아니었고

貢絕孝廉郞.²⁴   천거된 이는 효렴의 젊은이가 끊겼습니다.

海鳥悲鐘鼓,²⁵   바다 새가 음악을 슬퍼하고

狙公畏服裳.²⁶   저공은 옷을 두려워했습니다.

多岐空擾擾,²⁷   갈림길이 많아 공연히 소란스럽고

幽室竟倀倀.²⁸   어두운 방에서 끝내 헤맵니다.

凝邈爲時範,²⁹   끝없이 아득함이 시대의 모범이 되고

虛空作士常.³⁰   텅 빈 것이 선비의 상규가 되었습니다.

何由羞五霸,³¹   어떤 연유로 다섯 패자를 부끄러워합니까?

直自訾三皇.³²   단지 삼황을 헐뜯는 데서 비롯된 것입니다.

別派驅楊墨,³³   별도의 물결로 양주와 묵적이 내달리고

他鑣竝老莊.³⁴   다른 재갈로 노자와 장자를 아우릅니다.

詩書資破冢,³⁵   시경과 서경은 무덤을 파헤치는 도굴꾼의 자산이고

法制困探囊.³⁶   법과 제도는 주머니를 뒤지는 자에 곤욕을 치릅
                         니다.

周禮仍存魯,[37]   주나라의 예법이 여전히 노나라에 보존되고

隋師果禪唐.[38]   수나라 군대는 마침내 당나라에 선양했습니다.

鼎新麾一擧,[39]   새 것을 정립함은 대장기를 한 번 휘두르는 데 있고

革故法三章.[40]   낡은 것을 혁신함은 법 삼 장을 세우는 데 있습니다.

星宿森文雅,[41]   별들이 문재를 갖춘 이에게 많고

風雷起退藏.[42]   바람과 우레가 물러난 분을 일으킵니다.

縲囚爲學切,[43]   포승에 묶인 죄수도 배우기에 열심이었고

掌故受經忙.[44]   태상장고가 되어서도 경전을 전수하느라 바빴습니다.

夫子時之彦,[45]   선생께서는 이 시대의 선비이시고

先生跡未荒.[46]   선생의 자취는 아직 황폐해지지 않았습니다.

褐衣終不召,[47]   베옷으로 끝내 부름을 받지 못했지만

白首興難忘.[48]   백발이 되어서도 흥취를 잊기 어려우셨지요.

感激誅非聖,[49]   격분을 느끼면 성인을 비난하는 자들을 주벌하시고

棲遲到異糧.[50]   노닐며 쉬다 쉰 연세에 이르셨지요.

片辭褒有德,[51]   짧은 말로 덕 있는 자를 칭찬하시고

一字貶無良.[52]   한 글자로 어질지 못한 자를 깎아내리셨지요.

燕地尊鄒衍,[53]   연나라 땅에서는 추연을 존중했고

西河重卜商.[54]   서하에서는 복상을 중시했습니다.

式閭眞道在,[55]   마을 어귀에서 수레의 횡목을 문지르니 진실로 도가 있음이요

擁篲信謙光.[56]   비를 손에 쥐니 참으로 겸손하여 더욱 빛납니다.

獲預靑衿列,[57]   제자의 대열에 낄 수 있게 되어

叨來絳帳旁.⁵⁸　　　외람되게 진홍색 휘장의 곁으로 왔습니다.

雖從各言志,⁵⁹　　　비록 각자 뜻을 말하는 것을 따르긴 하나

還要大爲防.⁶⁰　　　아무래도 크게 방비를 해야 합니다.

勿謂孤寒棄,⁶¹　　　가세가 한미하여 버리노라 말씀하지 마십시오

深憂訐直妨.⁶²　　　곧이곧대로 하는 강직함이 훼방할까 깊이 우려합니다.

叔孫讒易得,⁶³　　　숙손무숙의 참언은 얻기 쉽고

盜跖暴難當.⁶⁴　　　도척의 횡포함은 감당하기 어렵습니다.

雁下秦雲黑,　　　기러기 아래 진나라 땅의 구름이 꺼멓고

蟬休隴葉黃,⁶⁵　　　매미 쉬는 고개의 나뭇잎이 누렇습니다.

莫渝巾屨念,⁶⁶　　　두건과 신의 생각을 거두지 마시고

容許後升堂.⁶⁷　　　훗날 대청에 오르는 것을 허락해주세요.

주석

1) 師古(사고) : 옛 것을 스승으로 삼다. 고대를 본받다. 《서경·열명하(說命下)》편에서 유래한 말이다.

2) 興邦(흥방) : 나라를 발전시키다. 《논어·자로(子路)》편에서 유래한 말이다. 上庠(상상) : 고대의 대학. 《예기·왕제(王制)》에 보이는 말이다.

3) 以儒戲(이유희) : 유학을 장난으로 여기다. 유학을 우습게 여기다.

4) 朝綱(조강) : 조정의 기강.

5) 叔世(숙세) : 말세. 쇠퇴하고 어지러운 시대. 《좌전·소공(昭公) 6년조》에 보이는 말이다.

6) 基(기) : 기틀. 근본.

7) 泣麟(읍린) : 기린을 잡았다는 말을 듣고 울다. 세상이 쇠미해져 도가 사라진 것을 슬퍼한다는 말이다. 《공양전(公羊傳)·애공(哀公) 14년조》에 의하면, 공자는 기린을 잡았다는 말고 듣고 '나의 도가 다했구나'라고

탄식하며 울었다고 한다.

委吏(위리) : 곡식 창고를 관리하는 낮은 직급의 관리. 흔히 미관말직을 가리킨다.

8) 歌鳳(가봉) : 봉황을 노래하다. 《논어·미자(微子)》에 의하면 초나라의 광인 접여(接輿)가 봉황을 노래하며 나라의 덕이 쇠퇴한 것을 한탄했다고 한다.

佯狂(양광) : 미친 척하다.

9) 屋壁(옥벽) : 집의 벽. 여기서는 공벽(孔壁)에 감췄던 전적을 가리킨다.

無幾(무기) : 얼마 되지 않다. 매우 적다.

10) 焚坑(분갱) : 전적을 불사르고 유생을 파묻다. 진시황의 분서갱유(焚書坑儒)를 말한다.

逮(체) : 교대하다. 순서가 갈마들다.

11) 挾書(협서) : 사사로이 서적을 소장하다. 여기서는 이것을 금했던 진나라의 법령을 가리킨다.

秦二世(진이세) : 진나라 양대의 군왕. 이들은 모두 개인의 서적 소지를 금했다.

12) 壞宅(괴택) : 집을 허물다. 《한서·예문지》에 의하면, 한 무제 때 노나라의 공왕(恭王)이 궁실을 확장하려고 공자의 고택을 허물다가 고문상서와 예기 등의 고서를 얻었다고 한다.

13) 草草(초초) : 근심하다.

14) 區區(구구) : 고생하다.

15) 微茫(미망) : 희미하고 모호한 모양.

金馬署(금마서) : 한나라 때 유생들을 접대하던 관서. 문 옆에 구리로 된 말이 있었다고 해서 붙여진 이름이다.

16) 狼藉(낭자) : 어지럽게 흩어져 가지런하지 못한 모양.

鬪鷄場(투계장) : 닭싸움장. 군신들이 정치는 등한시하고 투계에 빠져 있었다는 말이다.

17) 心竅(심규) : 심안. 지혜. 사고력. 심장에 생각을 가능케 하는 구멍(竅)이 있다는 데서 나온 말이다.

18) 面牆(면장) : 벽을 마주하다. 사람이 배우지 않으면 벽을 마주하는 것과
    같다는 말로《서경 · 주관(周官)》에 보인다.

19) 豹文鼠(표문서) : 표범 무늬의 쥐. 얼룩쥐를 가리킨다. 지우(摯虞)의《삼
    보결록주(三輔決錄注)》에 의하면, 후한 광무제 때 얼룩쥐를 잡았는데 십
    삼경의 하나인《이아(爾雅)》에 나오는 '정(鼮, 얼룩쥐)'인 줄 아무도 몰랐
    다고 한다.

20) 虎皮羊(호피양) : 호랑이 가죽을 뒤집어쓴 양.

21) 南渡(남도) : 남쪽으로 강을 건너다. 진 원제(元帝)가 장강을 건너 건강
    (建康)에 도읍한 것을 말한다.

    終否(종비) : 비괘(否卦)를 매듭짓다. '막힘'을 뜻하는 비괘의 운수를 마감
    하는 것을 말한다. 진 원제는 태학을 세우고 생도를 모았으나 사대부들
    이 노장사상에 빠져 유도(儒道)가 살아나지 못했다.

22) 西遷(서천) : 서쪽으로 옮기다. 수나라가 남북을 통일하고 장안에 도읍을
    정한 것을 말한다.

    冀(기) : 바라다.

    小康(소강) : 정치와 민생이 안정으로 접어든 국면.

23) 策(책) : 책문(策問). 경전의 뜻이나 정치적 사안에 대한 견해를 물어 사
    인(士人)을 시험하는 것.

    方正(방정) : 반듯하다. 행실과 품성이 정직하여 사특함이 없는 것을 말
    한다. 한 문제 때 처음으로 '어질고 반듯해 직언과 간언을 할 수 있는
    자'를 천거하라는 조서가 내려졌다.

24) 貢(공) : 추천을 받은 사람.

    孝廉(효렴) : 효성이 지극하고 청렴결백한 사람.

25) 海鳥(해조) : 바다 새.《장자 · 지락(至樂)》에 의하면, 노나라 제후가 교외
    에서 바다 새를 몰고 와 음악을 연주해주자 바다 새가 사흘 만에 죽었다
    고 한다.

    鐘鼓(종고) : 종과 북. 음악을 말한다.

26) 狙公(저공) : 원숭이를 기르는 사람.

    《장자 · 천운(天運)》원숭이에게 주공의 옷을 입혀 놓으면 필시 옷을 물어뜯어

찢어버릴 것이다.(今取爰狙而衣以周公之服, 彼必齕齧挽裂.)

服裳(복상) : 옷. 의복.

27) 多岐(다기) : 갈림길이 많다.

《열자・열부(說符)》큰 길에는 갈림길이 많아 양을 잃는다.(大道以多岐亡羊.)

擾擾(요요) : 소란스럽다.

28) 幽室(유실) : 어두운 방.

《예기・중니연거(仲尼燕居)》나라를 다스림에 예가 없는 것은 장님이 동행자
가 없는 것과 같으니 길을 잃고 어디로 가겠는가? 밤새 어두운 방에서 찾는대
도 촛불이 없으면 어찌 보겠는가?(治國而無禮, 譬猶瞽之無相與, 倀倀乎其何之?
譬如終夜有求於幽室之中, 非燭何見?)

倀倀(창창) : 길이나 방향을 잃은 모양.

29) 凝邈(응막) : 끝없이 아득하다. 여기서는 도가(道家)를 가리킨다.

時範(시범) : 당시의 모범.

30) 虛空(허공) : 텅 비다. 여기서는 불가(佛家)를 가리킨다.

士常(사상) : 사인(士人)의 상규(常規).

31) 羞(수) : 부끄러워하다.

五覇(오패) : 춘추시대의 다섯 패자. 즉 제환공, 진문공, 송양공, 진목공,
초장왕을 말한다.

32) 呰(자) : 헐뜯다.

三皇(삼황) : 세 명의 황제. 우임금, 탕임금, 주 문왕을 말한다.

33) 別派(별파) : 별도의 물결. 다른 유파를 말한다.

楊墨(양묵) : 양주(楊朱)와 묵적(墨翟). 양주는 '위아(爲我)'를 주장하고
묵적은 '겸애(兼愛)'를 주장하며 유가와 길을 달리했다.

34) 他鑣(타표) : 다른 재갈. 다른 유파를 말한다.

老莊(노장) : 노자와 장자.

35) 詩書(시서) : 시경과 서경.

破冢(파총) : 도굴하다.

《장자・외물(外物)》유가의 무리는 시경이나 예기에 의거하여 무덤을 파헤친
다.(儒以詩禮發冢.)

36) 法制(법제) : 법과 제도.

　　探囊(탐낭) : 주머니를 뒤지다. 절도를 말한다.

　　《장자 · 거협(胠篋)》이제 상자를 열고 주머니를 뒤지며 궤를 뜯어 젖히는 도둑을 막기 위해 반드시 노끈으로 꽁꽁 묶고 자물쇠를 단단히 잠가 둔다.(將爲胠篋探囊發匱之盜而爲守備, 則必攝緘縢固扃鐍.)

37) 周禮(주례) : 주나라의 예법.

38) 隋師(수사) : 수나라 군대.

　　果(과) : 마침내.

　　禪(선) : 선양하다.

39) 鼎新(정신) : 갱신하다. 혁신하다.

　　麾(휘) : 대장기.

40) 革故(혁고) : 낡은 것을 제거하다.

　　法三章(법삼장) : 세 가지 법령.

41) 星宿(성수) : 별. 문재(文才)를 주관한다는 문창성(文昌星)을 가리킨다.

　　森(삼) : 많다.

　　文雅(문아) : 문재를 갖춘 사람.

42) 退藏(퇴장) : 숨어 지내는 사람.

43) 縲囚(유수) : 포승에 묶인 죄수.《한서 · 황패전(黃霸傳)》에 의하면, 황패는 함께 투옥된 하후승(夏侯勝)에게《서경》을 배웠다고 한다.

44) 掌故(장고) : 태상장고(太常掌故)의 벼슬을 하던 조조(晁錯)를 가리킨다.《사기 · 조조열전》에 의하면, 한 문제는 조조를 복생(伏生)에게 보내 고문상서를 배워오게 했다고 한다.

45) 彦(언) : 훌륭한 선비.

46) 先生(선생) : 나이가 많은 스승.

　　跡(적) : 자취. 선왕(先王)의 자취, 즉 육경을 가리킨다.

47) 褐衣(갈의) : 굵은 베로 만든 옷. 벼슬하지 않는 서민의 옷을 말한다.

48) 興(흥) : 흥취. 경서에 대한 흥미를 말한다.

49) 感激(감격) : 느낀 바가 있어 감정이 격동하는 것.

　　誅(주) : 주벌(誅伐)하다. 말과 글로 죄행을 성토하는 구주필벌(口誅筆伐)

을 말한다.

非聖(비성) : 성인을 비난하다.

50) 棲遲(서지) : 지체하다.

異糧(이장) : 먹는 양식을 달리한다는 말로, 나이 50세를 가리킨다.

51) 片辭(편사) : 짧은 말.

襃(포) : 칭찬하다.

52) 一字貶(일자폄) : 한 글자로 깎아내리다. 공자가 《춘추》에서 칭찬할 때는 자(字)를 쓰고 깎아내릴 때는 이름을 썼다는 일자포폄(一字襃貶)에서 나온 말이다.

無良(무량) : 어질지 못한 사람.

53) 鄒衍(추연) : 음양오행설을 주창한 전국시대의 사상가. 《사기 · 맹자순경 열전》에 의하면, 추연이 연나라에 가자 연나라 소왕(昭王)이 직접 빗자루를 들고 앞길을 쓸었다고 한다.

54) 卜商(복상) : 공자의 제자인 자하(子夏). 《사기 · 중니제자열전》에 의하면, 자하는 서하에서 가르치며 위문후(魏文侯)의 스승이 되었다고 한다.

55) 式閭(식려) : 수레 가로나무와 마을 어귀의 문. 현자가 사는 마을을 지날 때 수레에서 예를 갖춘다는 말이다.

56) 擁篲(옹수) : 비를 손에 쥐다. 손님을 맞을 때의 예의이다.

謙光(겸광) : 겸손하여 더욱 빛이 난다. 《역경 · 겸괘(謙卦)》에 보이는 말이다.

* 〔원주〕: 장인인 태원공 또한 공에게 경을 배웠다.(外舅太原公亦受經 於公也)

57) 獲預(획예) : 참여할 수 있다.

靑衿(청금) : 푸른색 옷깃으로, 학자들이 입는 옷을 말한다.

58) 叨來(도래) : 외람되이 오다.

絳帳(강장) : 붉은 비단 장막으로, 가르치는 곳 또는 스승의 처소를 말한다.

59) 各言志(각언지) : 각자 자신의 생각을 말하다. 《논어 · 선진(先進)》에 의하면, 자로(子路), 증석(曾晳), 염유(冉有), 공서화(公西華)가 공자를 모시고 있을 때 공자가 '각자 자신의 생각을 말해보라'고 했다고 한다.

60) 大爲防(대위방) : 크게 방비하다. 규율을 지킨다는 말이다.

61) 孤寒(고한) : 집안이 한미(寒微)하여 기대고 의지할 데가 없는 것. 여기서
는 이상은 자신을 가리킨다.

62) 深憂(심우) : 깊이 우려하다.

　誼直(알직) : 성격이 올곧아서 말을 서슴지 않는 것. 여기서는 유영을
가리킨다.

63) 叔孫(숙손) : 숙손무숙(叔孫武叔). 공자를 비방했던 인물이다.

　讒(참) : 참언. 비방하는 말.

64) 盜跖(도척) : 고대 민란의 수괴.《장자 · 도척》에 의하면, 도척은 수하에
9천 명을 이끌고 천하에서 날뛰고 제후에게 횡포하게 굴었다고 한다.

　暴(포) : 포악함.

　難當(난당) : 감당하기 어렵다.

65) 隴(농) : 고개. 산언덕.

66) 渝(투) : 달라지다.

　巾屨(건구) : 두건과 신. 유자의 복장을 말한다.

67) 容許(용허) : 용인하다. 허락하다.

　升堂(승당) : 대청에 오르다. 학문의 입문 단계를 말한다.

　《논어 · 선진(先進)》자로(子路)는 대청에 올랐으나 아직 방에 들어오지는 못했
다.(由也升堂矣, 未入於室也.)

해설

　이 시는 이 시는 개성 3년(838) 가을, 왕무원의 경원절도사 막부에서 유학
경전을 전수하던 유영을 전송하며 준 것이다. 유영은 명경과(明經科) 오경
(五經)에 급제했으나 벼슬을 받지 못했기에 '전오경'이라 했다. 이 시는 유학
의 흥폐 과정을 두루 서술하면서 유학 존숭을 표방한 당조에서 중용되지 못
한 유영의 불우함에 안타까움을 나타낸 것이 주 내용을 이루고 있다.

　제1단락(제1-20구)은 나라 발전의 초석이 유학 진흥임을 천명하면서 역대
로 유학이 쇠미해진 과정을 살핀 것이다. 춘추전국시대로 접어들자 천하가
어지러워지고 유학의 기강이 무너지기 시작했으며, 진나라는 분서갱유로 유

학을 크게 핍박하고 이후로도 협서령(挾書令)이나 공벽(孔壁) 훼손 등 유학을 존중하지 않는 사례가 빈번했다고 했다. 부국강병에만 힘써 학문을 돌보지 않고 관리들도 공부는 뒷전인 채 유희에 몰두했으며, 모두 지식이 천박해져 간교한 속임수만 난무했다고 꼬집었다. 제2단락(제21-36구)은 동진 이후로 현학(玄學)이 득세하면서 유학이 더욱 경시된 사정을 서술했다. 동진의 원제가 유학 부흥의 기치를 내걸었지만 이미 노장사상을 숭배하는 풍조가 만연해 조정은 유학의 소양이 없는 사람들로 가득했다고 했다. 노장사상, 불학, 양주와 묵적에 마음을 뺏긴 사인들로 인해 사상적인 혼란이 극에 달하면서 유학은 시정잡배들에게도 곤욕을 치르는 처지로 전락했다고 개탄했다. 제3단락(제37-52구)은 당대의 유학 부흥과 유영의 불우함을 대비시킨 것이다. 당나라는 수나라의 제도를 이어받아 국자감(國子監)을 설치해 유학을 가르치고 과거에 명경과(明經科)를 두어 유학으로 관리를 선발했으며, 이러한 분위기 속에서 모든 사인들이 유학 공부에 힘쓰게 되었다고 했다. 그런데 유영은 명경과에 급제하고도 나이가 50이 되도록 관직을 얻지 못했다며 안타까움을 드러냈다. 제4단락(제53-68구)은 유영에 대한 왕무원과 시인의 존경을 표하여 송별의 뜻을 전한 것이다. 왕무원은 유영에게 유학을 배우면서 스승의 예를 갖추었고, 왕무원의 사위가 된 이상은도 그의 제자가 되어 훌륭한 가르침을 받았다고 했다. 이어서 유영이 지나치게 강직하여 주변 사람의 비방을 살 수도 있다는 충정의 염려도 잊지 않았으며, 경원절도사 막부를 떠나더라도 제자를 잊지 말라는 당부로 시를 매듭지었다.

이상은은 〈상최화주서(上崔華州書)〉와 같은 글에서 '옛 것을 본받고(師古)', '공자를 스승으로 삼는(師孔)' 태도에 대해 비판적인 입장을 드러낸 바 있다. 그런데 이 시에서 명경과 출신인 유영을 전송하며 유학의 부흥을 부르짖었다 하여 그의 생각이 바뀌었다고 볼 것은 아니다. 이상은이 비판하는 것은 시대와 환경을 고려하지 않는 맹목적 추종이기 때문이다. 이 시에서 보다 강조된 것은 유영이 과거에 급제하고도 벼슬을 받지 못했다는 사실과 여기에는 그의 강직한 성품이 한 몫 했다는 진단이다. 이것은 이상은이 진사과에 급제했으나 박학굉사과에서 낙방한 것, 누군가 그를 의도적으로 배제하려 했다는 것과 겹치는 부분이 많다. 결국 이 시는 어떤 의미에서 송별시의 형식을 빌려 자신의 심정을 드러낸 영회시의 성격을 띠고 있다고 할 것이다.

이 시는 34운의 오언배율로 이루어져 있다. 만당 시기에는 칠언절구와 칠언율시에 밀려 장편의 배율이나 고시가 많이 창작되지 않았다. 그런 면에서 이 시는 만당 오언배율 가운데 소중한 작품이라 평가할 만하다. 청나라 하작(何焯)은 이 시에 대해 "규칙에도 들어맞고, 의론도 순수하고 참되며 말 다듬기가 훌륭하다. 얄팍한 배움으로는 쉽게 다다를 수 없다(應規中矩, 議論醇正, 詞采芳腴, 淺學亦不易到.)"고 했다.

497

哭逐州蕭侍郎二十四韻
수주의 소시랑을 곡하다

遙作時多難,¹	멀리 시절의 많은 어려움이 일어날 때면
先令禍有源.²	먼저 화의 근원이 있는 법이다.
初驚逐客議,³	처음에는 객을 쫓아내려는 논의에 놀라고
旋駭黨人冤.⁴	이윽고 같은 당파 사람의 억울함에 놀랐다.
密侍榮方入,⁵	가까이서 모시게 되니 영예에 바야흐로 들어섰고
司刑望愈尊.⁶	형벌을 관장하니 명망이 더욱 높았다.
皆因優詔用,⁷	모두 그를 높이 평가한 조서로 인해 등용된 것이며
實有諫書存.⁸	실제로 충간의 글이 남아 있다.

苦霧三辰沒,⁹	짙은 안개에 해, 달, 별의 삼진이 사라지고
窮陰四塞昏.¹⁰	음침한 날씨에 사방이 막힌 곳 어둡다.
虎威狐更假,¹¹	호랑이의 위세를 여우가 한층 더 이용하고
隼擊鳥逾喧.¹²	매가 추격하니 새들이 더 시끄럽다.
徒欲心存闕,¹³	그저 마음을 궁궐에 두고자 했지만
終遭耳屬垣.¹⁴	끝내 벽에도 귀가 있는 경우를 만났다.

1313

遺音和蜀魄,¹⁵　　슬픈 소리는 촉나라의 넋과 어우러지고

易簀對巴猿.¹⁶　　대자리를 바꾸고 파 지방의 원숭이와 마주했다.

有女悲初寡,¹⁷　　딸이 있었으나 슬프게도 일찍 과부가 되었고

無兒泣過門.¹⁸　　울며 문을 지나갈 아들은 아예 없었다.

朝爭屈原草,¹⁹　　조정에서는 굴원의 초안을 두고 다투었고

廟餒若敖魂.²⁰　　묘당에서는 약오의 영혼이 굶주렸다.

迥閣傷神峻,²¹　　멀리 검각도 마음이 아프게 높다랗고

長江極望翻.²²　　긴 강물은 끝까지 바라보니 뒤집힌다.

青雲寧寄意,　　푸른 구름 어찌 그 뜻을 맡길 수 있으랴?

白骨始霑恩.²³　　백골이 되어서야 비로소 은혜를 입기 시작한 것을.

早歲思東閣,²⁴　　어려서부터 동합을 생각해왔던 터

爲邦屬故園.²⁵　　다스리게 된 곳 마침 고향이었다.

登舟慚郭泰,²⁶　　배에 오르면 곽태에 부끄럽고

解榻愧陳蕃.²⁷　　평상을 풀어놓으면 진번에 민망했다.

分以忘年契,²⁸　　나이를 잊은 채 교분을 맺었고

情猶錫類敦.²⁹　　한 식구 대하듯 감정이 돈독했다.

公先眞帝子,³⁰　　공의 선조는 진실로 황제의 자손이었고

我系本王孫.³¹　　나의 가계도 본래는 왕손이었다.

嘯傲張高蓋,³²　　호탕하게 높은 덮개를 펼치고도

從容接短轅.³³　　정중히 짧은 끌채를 맞이하셨다.

秋吟小山桂,³⁴　　가을엔 작은 산의 계수나무를 읊조리고

春醉後堂萱.³⁵　　봄에는 뒤뜰의 원추리에 취하기도 했다.

自歎離通籍,³⁶	통적에서 떠나게 된 것을 스스로 탄식하며

自歎離通籍,³⁶ 통적에서 떠나게 된 것을 스스로 탄식하며

何嘗忘叫閽.³⁷ 어찌 문지기 부르는 것 잊은 적 있었으랴!

不成穿壙入,³⁸ 묘 구덩이를 파고 들어가진 못했지만

終擬上書論. 끝내는 글을 올려 따져볼 요량이다.

多士還魚貫,³⁹ 많은 선비들 여전히 꿰놓은 물고기처럼 많아도

云誰正駿奔.⁴⁰ 누가 바른길로 내달린다 할 것인가.

暫能誅俟忽,⁴¹ 잠시 순간적인 것을 죽일 수는 있겠지만

長與問乾坤. 언제나 더불어 하늘과 땅에 물어보리라.

蟻漏三泉路,⁴² 개미가 삼천의 길로 새어나오고

螿啼百草根.⁴³ 애매미는 온갖 풀의 뿌리에서 운다.

始知同泰講,⁴⁴ 비로소 동태사의 설법에

徼福是虛言.⁴⁵ 복을 가져온다는 것 헛말이었음을 알겠구나.

주석

1) 遙(요) : 멀다. 시간이 길다.
   作難(작난) : 난을 일으키다.
2) 禍源(화원) : 재앙의 근원.
3) 逐客議(축객의) : 빈객을 쫓아내려는 논의.《사기·이사열전(李斯列傳)》
   에 의하면, 진왕이 이사를 객경(客卿)으로 임명한 후에 대신들 사이에서
   다른 제후국 출신 관리들을 축출하자는 건의가 있었다고 한다. 여기서는
   양우경(楊虞卿)이 폄적된 것을 가리킨다.
4) 旋(선) : 이윽고. 곧이어.
   黨人(당인) : 같은 당파 사람. 여기서는 빈주자사(邠州刺史)로 좌천된 이
   한(李漢)과 수주자사(遂州刺史)로 좌천된 소한(蕭澣)을 가리킨다.
5) 密侍(밀대) : 가까이에서 모시다. 근신을 말한다. 소한이 문하성의 요직
   인 급사중(給事中)에 있었던 것을 가리킨다.

6) 司刑(사형) : 형벌을 관장하다. 소한이 형부시랑(刑部侍郎) 직책을 맡았던 것을 가리킨다.

7) 優詔(우조) : 칭찬하며 포상을 내리는 조서(詔書).

8) 諫書(간서) : 군주에게 간언하는 글.

9) 苦霧(고무) : 짙은 안개.
   三辰(삼진) : 해, 달, 별.

10) 窮陰(궁음) : 음침한 날씨.
    四塞(사색) : 사방이 막히다. 사방이 산과 관문으로 막힌 요새 같은 지역을 말한다.

11) 虎威狐假(호위호가) : 호랑이의 위세를 여우가 빌리다. '호가호위(狐假虎威)'를 뒤집은 말이다.

12) 隼擊(준격) : 매가 추격하다. 여기서는 여러 대신들이 감로사변의 장본인인 이훈(李訓)과 정주(鄭注)의 죄상을 비난하는 것을 가리킨다.

13) 心存闕(심존궐) : 마음을 궁궐에 두다. 조정을 염려하는 것을 말한다.

14) 耳屬垣(이촉원) : 귀가 붙어 있는 담.
    《시경 · 소아 · 소변(小弁)》군자는 말을 가벼이 하지 않나니, 귀는 담에도 붙어 있는 것(君子無易由言, 耳屬于垣.)

15) 유음(遺音) : 슬픈 소리. '遺'는 '失(실)'의 뜻이다.
    和(화) : 어우러지다.
    蜀魄(촉백) : 촉나라의 혼백. 죽어서 자규가 되었다는 촉왕 망제(望帝)를 말한다.

16) 易簀(역책) : 대자리를 바꾸다. 학덕이 높은 사람의 죽음을 이르는 말이다. 여기서는 소한이 수주에 폄적된 지 채 1년이 지나지 않아 세상을 떠난 것을 가리킨다.
    巴猿(파원) : 파 지방의 원숭이.
    《수경주(水經注) · 강수(江水)》파동의 삼협 가운데 무협이 긴데, 원숭이 소리 세 마디에 눈물이 옷을 적신다.(巴東三峽巫峽長, 猿鳴三聲淚沾裳.)

17) 有女(유녀) : 딸이 있다.
    * 〔원주〕: "공에게는 단지 배씨에게 시집간 딸이 하나 있는데, 결혼한

　　이듬해에 또 남편을 잃었다.(公止襄氏一女, 結褵之明年, 又喪良人.)"

18) 無兒(무아) : 아들이 없다.

19) 屈原草(굴원초) : 굴원이 기초한 법령.《사기·굴원열전(屈原列傳)》에 의
　　하면, 초 회왕(懷王)이 굴원에게 기초하게 한 법령의 초안을 상관대부(上
　　官大夫)인 근상(靳尙)이 빼앗으려 하다 실패하자 굴원을 왕에게 참소했
　　다고 한다.

20) 餒(뇌) : 굶주리다.
　　若傲(약오) : 초 장왕(莊王) 때의 권신인 약오씨(若傲氏).
　　《좌전·선공(宣公) 4년조》약오씨의 귀신이 굶주리지 않겠는가.(若傲氏之鬼,
　　不其餒而.) 여기서는 소한이 후사가 없이 죽어 제삿밥을 얻어먹지 못하게 된
　　것을 가리킨다.

21) 逈閣(형각) : 멀리 있는 누각. 여기서는 검각(劍閣)을 가리킨다.
　　傷神(상신) : 상심하다.

22) 極望(극망) : 멀리 바라보다.

23) 霑恩(점은) : 은혜를 입다.

24) 東閤(동합) : 동쪽으로 난 작은 문. 한나라 공손홍(公孫弘)이 객사를 짓고
　　동쪽 문을 열어 인재를 초빙한 것을 가리킨다.

25) 爲邦(위방) : 방백(邦伯)이 되다. 주군의 장관이 되다.
　　屬(속) : ~이다.
　　故園(고원) : 고향. 소한은 태화 7년(833) 정주자사(鄭州刺史)가 되었는
　　데, 이상은의 집이 정주에 있었기에 '고향'이라 했다.

26) 慚(참) : 부끄럽다.
　　郭泰(곽태) : 후한 태원군(太原郡) 사람.《후한서·곽태전(郭泰傳)》에 의
　　하면, 곽태가 낙양에 유학하자 하남윤(河南尹) 이응(李膺)이 그의 인물됨
　　을 알아보고 친구가 되었는데, 후에 이응이 고향으로 돌아갈 때 전송
　　나온 사람이 매우 많았으나 이응은 곽태와 단둘이 배를 타고 강을 건넜
　　다고 한다. 이후 곽태의 추천을 받아 이름을 낸 사람이 많았다.

27) 解榻(해탑) : 걸어두었던 평상을 풀다.
　　陳蕃(진번) : 후한 여남(汝南) 사람.《후한서·진번전(陳蕃傳)》에 의하면,

진번이 낙안태수(樂安太守)가 되자 다른 태수가 불러도 응하지 않던 주
구(周璆)와 같은 고결한 선비가 찾아왔고, 진번은 그를 위해 평상을 마련
했다가 그가 떠나면 다시 걸어 두었다고 한다.

28) 分(분) : 교분.

忘年(망년) : 나이를 잊다.

契(계) : 맺다.

29) 錫類(석류) : 본디 효자의 덕행이 퍼져 남에게 미친다는 뜻이다.
《시경·대아·기취(旣醉)》효자의 효도 다함없으시니, 영원토록 복 내리시겠
네.(孝子不匱, 永錫爾類.) 여기서는 가족과 마찬가지로 대했다는 말이다.

30) 先(선) : 선조.

帝子(제자) : 제왕의 자손. 소한은 남조 양(梁)나라 왕실인 소씨의 후손이다.

31) 系(계) : 가계(家系).

32) 嘯傲(소오) : 말과 행동이 자연스러워 구속받지 않는 것.

高蓋(고개) : 높은 수레의 덮개. 고귀한 이를 가리킨다.

33) 從容(종용) : 정중하다.

短轅(단원) : 짧은 끌채. 소달구지나 작은 수레를 가리킨다.

34) 小山桂(소산계) : 회남소산(淮南小山)의 계수나무. 회남소산은 회남왕
(淮南王) 유안(劉安)의 문객 일부를 아울러 부르는 말이다.
회남소산, 〈초은사 招隱士〉 계수나무가 산 속 깊이 무리지어 자라, 구불구불
길게 뻗으며 가지 서로 얽혔네(桂樹叢生兮山之幽, 偃蹇連卷兮枝相繚.) 여기서
는 가을에 소한의 빈객으로 시를 읊었다는 말이다.

35) 萱(훤) : 원추리. 무릇난초에 속하는 다년초.

36) 離通籍(이통적) : 통적을 떠나다. 통적은 궁문의 출입허가를 받은 사람의
성명, 연령 등을 적은 명패. 외지로 나가게 되면 '통적을 떠난다'고 했다.

37) 叫閽(규혼) : 문지기를 부르다. 억울한 일을 당했을 때 조정에 호소하는
것을 말한다.

38) 穿壙(천광) : 무덤구덩이를 뚫다. 《사기·전담전(田儋傳)》에 의하면, 전
횡(田橫)이 두 빈객과 낙양으로 가다 자살하자 두 빈객도 전횡의 무덤을
파고 들어가 자결했다고 한다.

39) 魚貫(어관) : 물고기를 꼬치에 꿴 것처럼 죽 늘어서다.

40) 駿奔(준분) : 빨리 달음질치다.

41) 倏忽(숙홀) : 순간. 악인을 비유한다.

《초사·초혼(招魂)》머리가 아홉인 수컷 살무사는 순식간에 오가며 사람을 삼켜 심장을 튼튼히 한다. (雄虺九首, 往來倏忽, 呑人以益其心些.)

42) 蟻漏(의루) : 개미가 새어나오다.

《한비자·유로(喩老)》천 길 제방도 개미굴로 인해 샌다. (千丈之隄, 以螻蟻之穴漏.)

三泉(삼천) : 세 겹의 샘. 지하 깊은 곳을 말한다. 사람이 죽은 뒤에 묻히는 곳을 가리킨다.

43) 螿(장) : 애매미.

44) 同泰(동태) : 동태사(同泰寺). 양무제 소연(蕭衍)이 여기서 불경을 강론한 적이 있다. 소한도 수주에 부임하자마자 사찰을 짓고 시주했다고 한다.

45) 徼福(요복) : 복을 구하다.

해설

이 시는 형부시랑(刑部侍郞)을 지내다 수주(遂州)로 좌천되어 죽은 소한(蕭澣)을 애도한 것이다. 소한은 이종민(李宗閔)과 함께 우당(牛黨)으로 분류되는 인물이었다. 태화 9년(835) 6월, 이종민이 유언비어에 연루되어 죄를 얻은 경조윤(京兆尹) 양우경(楊虞卿)을 강하게 변호하다 건주장사(虔州長史)로 폄적되면서 이부시랑 이한(李漢)은 빈주자사(邠州刺史)로, 형부시랑 소한은 수주자사로 좌천되었다. 소한은 수주자사에서 다시 수주사마로 강등되었다가 개성 원년(836) 임지에서 죽었다. 수주는 지금의 사천성 수녕현(遂寧縣)이다. 이상은은 태화 7년(833) 태원의 영호초 막부를 떠나 정주로 돌아갔다가 당시 정주자사로 있던 소한을 예방한 적이 있었다.

이 시는 모두 다섯 단락으로 이루어져 있다. 제1단락(제1-8구)은 소한이 억울하게 좌천되어 죽었다는 것이다. 소한은 당파가 아니라 능력에 의해 발탁되어 급사중(給事中)과 형부시랑의 직책에 올랐던 것이니, 그를 이종민의 당인이라는 이유로 내친 것은 부당하다고 했다. 또 이런 불합리한 처사가

결국 화의 근원이 된다고 비판했다. 제2단락(제9-16구)은 감로사변 이후 극심
해진 당파싸움을 언급했다. 나라에 어두운 기운이 감돌면서 관리들이 당파를
형성하여 이전투구를 벌였다는 것이다. 소한은 충심으로 나랏일에만 매진했
지만 종내 참언의 해를 당하고 수주로 좌천되어 생을 마감했다고 했다. 제3
단락(제17-24구)은 소한이 세상을 떠난 뒤의 처량한 광경이다. 소한은 슬하에
딸만 두었으나 그마저도 일찍 과부가 되어 참언으로 멀리 사천의 폄적지에서
죽은 아픔이 더 크게 느껴진다고 했다. 후에 사면령이 내려지기는 했지만
이미 청운의 꿈은 산산조각이 난 뒤였다. 제4단락(제25-36구)은 소한 생전의
교분을 서술했다. 소한이 고향인 정주에 자사로 부임해 인사를 드리니 곽태
(郭泰)와 주구(周璆)처럼 따뜻하게 대해주었다고 했다. 지체 높은 신분임에
도 소탈한 성품이어서 봄가을로 시인을 불러 함께 어울렸다고 추억했다. 제5
단락(제37-48구)은 소한의 억울한 죽음을 재차 개탄한 것이다. 그가 이종민의
당인이라는 이유로 어이없게 희생당한 진상을 밝히고 억울함을 해소하는 데
아무도 나서는 이 없음을 탄식했다. 이것이 바로 이 시를 쓰지 않을 수 없는
이유라는 것이다.

　이상은의 재주를 알아주었던 여러 명사 가운데 하나였던 소한의 죽음을
애도한 시라 기운이 예사롭지 않다. 이러한 정치적 발언의 유불리를 따지지
않고 솔직한 감정 그대로를 쏟아내는 모습은 방관(房琯)을 옹호하다 숙종의
눈 밖에 난 두보를 연상시킨다. 약삭빠른 정치인은 못 될 천생 시인이라 할
만하다. 청나라 풍호(馮浩)가 이 시를 두고 "역사서에 이상은이 애도의 글을
잘 지었다더니 정말 그러하다(史言義山善爲哀誄之詞, 信然.)"고 한 말에 수긍
이 간다.

498

送千牛李將軍赴闕五十韻
대궐로 가는 이천우 장군을 전송하다

照席瓊枝秀,[1]	자리를 비추는 옥 나무 빼어나
當年紫綬榮.[2]	한창 나이에 자주색 인끈의 영광이 있습니다.
班資古直閣,[3]	직함과 자격은 고대의 직합이고
勳伐舊西京.[4]	공적은 옛날의 서경입니다.
在昔王網紊,[5]	예전에 조정의 기강이 어지러워졌는데
因誰國步清.[6]	누구로 인해 나라의 운명이 맑아졌겠습니까?
如無一戰霸,[7]	만약 한 번 싸워 패자가 되지 않았다면
安有大橫庚.[8]	어찌 대횡의 길조로 바뀌었겠습니까?
內豎依憑切,[9]	환관들의 의지함은 절실하고
凶門責望輕.[10]	금군의 책임은 가벼웠습니다.
中台終惡直,[11]	재상은 끝내 충직한 이를 미워하고
上將更要盟.[12]	상장은 다시 맹약을 강요했습니다.
丹陛祥煙滅,[13]	붉은 섬돌에 상서로운 연기 사라지고
皇闈殺氣橫.[14]	궁궐에는 살기가 등등했습니다.
喧闐衆狙怒,[15]	떠들썩하게 여러 원숭이가 화를 내

容易八鸞驚.[16]　　여덟 개 난새 방울이 놀라도록 내버려두었습니다.

檮杌寬之久,[17]　　도올에 관대한 지 오래되어

防風戮不行.[18]　　방풍씨를 죽이려 해도 실행하지 못했습니다.

素來矜異類,[19]　　줄곧 다른 부류를 긍휼히 여겼으니

此去豈親征.[20]　　이번에 떠나는 것 어찌 친정이겠습니까?

捨魯眞非策,[21]　　노나라를 버리는 것 진정 계책이 아니고

居邠未有名.[22]　　빈 땅에 사는 것도 명예롭지 않았습니다.

曾無力牧御,[23]　　역목의 길들임이 없었는데

寧待雨師迎.[24]　　어찌 비의 신이 맞아주기를 기다리겠습니까?

火箭侵乘石,[25]　　불화살이 수레에 오르는 돌을 침범하고

雲橋逼禁營.[26]　　구름사다리가 군영을 핍박했습니다.

何時絶匀斗,[27]　　언제 냄비의 소리가 멈출까?

不夜見欃槍.[28]　　밤도 아닌데 혜성이 보입니다.

屢亦聞投鼠,[29]　　누차 또한 쥐 잡다 살림살이 망가진다는 얘기 들
　　　　　　　　　　릴 뿐

誰其敢射鯨.[30]　　누가 그 감히 고래를 쏘겠습니까?

世情休念亂,[31]　　세상인심은 난리를 걱정하지 않고

物議笑輕生.[32]　　여론은 삶을 가벼이 여기는 것 비웃습니다.

大鹵思龍躍,[33]　　태로에서 용이 뛰던 것 생각나는데

蒼梧失象耕.[34]　　창오에서 밭 갈던 코끼리는 사라졌습니다.

靈衣沾媿汗,[35]　　사자의 옷은 수치스런 땀으로 젖고

儀馬困陰兵.[36]　　사당의 목마는 저승의 군사에 곤욕을 치렀습니다.

別館蘭薰酷,[37]　　별관에 난초의 향기가 진하고

深宮蠟焰明.[38]　　깊은 궁궐에 초의 불꽃이 밝습니다.

黃山遮舞態,³⁹ 황산이 춤추는 자태에 가려지고

黑水斷歌聲.⁴⁰ 흑수가 노래 소리에 끊겼습니다.

縱未移周鼎,⁴¹ 설령 아직 주나라의 세발솥을 옮기지 않았다 해도

何辭免趙坑.⁴² 어찌 조나라의 구덩이 신세를 면하겠습니까?

空拳轉鬪地,⁴³ 빈 활로 전장을 바꿔가며

數板不沉城.⁴⁴ 몇 판이었지만 성이 가라앉지는 않았습니다.

且欲憑神算,⁴⁵ 잠시 신묘한 계책에 의지하고자 하나

無因計力爭.⁴⁶ 힘으로 싸우는 계략에 따를 것이 없습니다.

幽囚蘇武節,⁴⁷ 수감된 소무의 부절과

棄市仲由纓.⁴⁸ 기시된 자로의 갓끈.

下殿言終驗,⁴⁹ 궁전을 내려가리란 말 끝내 징험되고

增埤事早萌.⁵⁰ 담장을 높이던 일 벌써 싹이 있었습니다.

蒸鷄殊減膳,⁵¹ 닭을 삶는 것은 반찬 수를 줄이는 것과 다르고

屑麴異和羹.⁵² 누룩을 가루로 만드는 것은 국에 간을 하는 것과 다릅니다.

否極時還泰,⁵³ 액운이 다하면 시절은 편안함으로 돌아간다더니

屯餘運果亨.⁵⁴ 어려움 끝에 운이 과연 형통했습니다.

流離幾南度,⁵⁵ 뿔뿔이 흩어져 거의 남쪽으로 가게 되었다가

倉卒得西平.⁵⁶ 급작스럽게 서평군왕을 얻었습니다.

神鬼收昏黑,⁵⁷ 귀신처럼 암흑을 걷어내자

姦兇首滿盈.⁵⁸ 간악한 자들이 떼 지어 자수했습니다.

官非督護貴,⁵⁹ 관직은 도호만큼 높지 않았지만

師以丈人貞.⁶⁰ 사람들이 어르신에 의해 바로잡혔습니다.

覆載還高下,⁶¹ 하늘과 땅이 높고 낮은 데로 돌아가자

寒暄急改更.⁶² 　날씨가 급격히 바뀌었습니다.
馬前烹莽卓,⁶³ 　말 앞에서 왕망과 동탁을 삶아 죽이고
壇上挹韓彭.⁶⁴ 　단 위에서 한신과 팽월에게 읍했습니다.
扈蹕三才正,⁶⁵ 　어가를 호위하니 삼재가 바로잡히고
迴軍六合晴.⁶⁶ 　군대를 되돌리니 천하가 맑아졌습니다.
此時唯短劍,⁶⁷ 　이때에는 오로지 단검뿐이었지만
仍世盡雙旌.⁶⁸ 　누대에 모두 쌍기를 받들게 되었습니다.

顧我由群從,⁶⁹ 　저를 돌아보건대 종형제나 같은데
逢君歎老成.⁷⁰ 　그대를 만나고 노련함에 탄복했습니다.
慶流歸嫡長,⁷¹ 　경사의 흐름이 적장자에게 돌아가니
貽厥在名卿.⁷² 　후손들에 이름난 공경대신이 있게 되었습니다.
隼擊須當要,⁷³ 　새매가 공격할 때는 모름지기 요처를 쳐야 하고
鵬搏莫問程.⁷⁴ 　붕새가 날아오를 때는 거리를 따지지 않습니다.
趨朝排玉座,⁷⁵ 　조정으로 달려가서는 옥좌 옆에 늘어서지만
出位泣金莖.⁷⁶ 　자리에서 물러나면 구리 기둥에 대고 웁니다.
幸藉梁園賦,⁷⁷ 　다행히 양원의 부에 의지하여
叨蒙許氏評.⁷⁸ 　외람되이 허소의 평을 입었습니다.
中郎推貴壻,⁷⁹ 　중랑장을 귀한 사위로 추켜세우시고
定遠重時英.⁸⁰ 　정원후께서는 당시의 인재를 중시하셨습니다.
政已標三尚,⁸¹ 　정치는 이미 세 가지 숭상하는 색을 표방했으니
人今佇一鳴.⁸² 　사람은 이제 한 번 울기를 기다려야 합니다.
長刀懸月魄,⁸³ 　긴 칼이 달에 걸렸으니
快馬駭星精.⁸⁴ 　빠른 말이 별빛을 놀라게 할 것입니다.

披豁慚深眷,⁸⁵	흉금을 드러내니 깊은 관심에 부끄럽고

披豁慚深眷,⁸⁵　　흉금을 드러내니 깊은 관심에 부끄럽고

睽離動素誠.⁸⁶　　이별하려니 평소의 정성에 감동하게 됩니다.

蕙留春畹晚,⁸⁷　　혜초는 저물어가는 봄을 남기지만

松待歲崢嶸.⁸⁸　　소나무는 한 해의 절정을 기다립니다.

異縣期迴雁,⁸⁹　　타향에서 돌아오는 기러기를 기대하렸더니

登時已飯鯖.⁹⁰　　곧장 벌써 오후청을 차려내옵니다.

去程風刺刺,⁹¹　　떠나가는 여정에 바람이 씽씽 불고

別夜漏丁丁.⁹²　　이별하는 밤에 물시계 소리 똑똑 들립니다.

庾信生多感,⁹³　　유신은 삶에서 느낌이 많았고

楊朱死有情.⁹⁴　　양주는 죽어도 감정이 있었습니다.

絃危中婦瑟,⁹⁵　　현 소리 처량한 아내의 슬

甲冷想夫箏.⁹⁶　　은갑 차갑도록 남편 그리는 쟁.

會與秦樓鳳,⁹⁷　　진루의 봉황을 만나면

俱聽漢苑鶯.⁹⁸　　함께 한원의 꾀꼬리 노래를 듣겠지요.

洛川迷曲沼,⁹⁹　　낙수 굽이진 연못에 마음을 빼겨

烟月兩心傾.¹⁰⁰　　안개와 달에 두 마음 기웁니다.

주석

1) 照席(조석) : 자리를 비추다. 옥 나무의 광채가 연회석을 비춘다는 말이다.
　瓊枝(경지) : 옥 나무. 왕족이나 현인을 비유한다.

2) 當年(당년) : 장년(壯年).
　紫綬(자수) : 자주색 인끈.

3) 班資(반자) : 관직의 품계와 자격
　直閤(직합) : 관직 이름. 궁궐수비대를 이끄는 장군.

4) 勳伐(훈벌) : 공로. 이천우의 할아버지인 이성(李晟)은 이회광(李懷光) 등

의 반란을 제압하고 장안을 수복하는 데 공을 세워 서평군왕(西平郡王)
에 봉해졌다.

西京(서경) : 장안(長安).

5) 王網(왕망) : 조정의 기강.

棼(문) : 어지럽다. 문란하다.

6) 國步(국보) : 나라의 운명.

7) 一戰覇(일전패) : 한번 싸워 패자(覇者)가 되다.

8) 安(안) : 어찌.

大橫(대횡) : 거북점의 괘 이름. 거북의 문양이 가로인데서 붙여진 이름
이다.

庚(경) : 바뀌다.

9) 內豎(내수) : 환관.

依憑(의빙) : 의지하다.

10) 凶門(흉문) : 장군들이 출정할 때 사용하는 북문. 여기서는 금군(禁軍)을
가리킨다.

責望(책망) : 책임.

11) 中台(중태) : 별자리인 삼태(三台)의 하나로 사도(司徒)나 사공(司空)을
비유한다. 여기서는 재상 양염(楊炎)을 가리킨다.

惡直(오직) : 충직한 이를 미워하다. 여기서는 양염이 경원절도사(涇原節
度使) 단수실(段秀實)을 못마땅하게 여겨 교체한 것을 가리킨다.

12) 上將(상장) : 별이름으로 주장(主將)을 말한다. 여기서는 유주절도사(幽
州節度使)를 지낸 주도(朱滔)를 가리킨다.

要盟(요맹) : 맹약을 강요하다. 여기서는 주도가 반란을 일으키자 형인
주자(朱泚)는 장안에 연금되었다가 반란군에 합세했다. 스스로 황제에
올라 국호를 대진(大秦)이라 했으나 이천우의 할아버지인 이성(李晟)에
게 쫓겨 달아나다 부장(部將)에게 피살되었다.

13) 祥煙(상연) : 상서로운 연기.

14) 皇闈(황위) : 궁궐의 문. 흔히 궁궐을 가리킨다.

15) 喧闐(훤전) : 떠들썩하다.

衆狙(중저) : 여러 원숭이.

《열자·황제(黃帝)》송나라에 저공(狙公)이 있었는데, ······여러 원숭이들을 속여 '너희들에게 도토리를 주는데 아침에 세 개, 저녁에 네 개를 주면 되겠느냐?'고 묻자 여러 원숭이들이 모두 일어나 화를 냈다.(宋有狙公者, ······先誑之曰, 與若茅, 朝三而暮四, 足乎, 衆狙皆起而怒.)

16) 容易(용이) : 소홀하다. 방비하지 않다.

八鸞(팔란) : 여덟 개 난새 방울. 흔히 천자의 수레를 비유한다.

17) 檮杌(도올) : 전설상의 악인. 여기서는 주자를 가리킨다. 《좌전·문공 18년조》에 의하면, 전욱씨에게 좋지 못한 아들이 있어서 사람 되게 가르칠 수가 없고 좋은 말을 분별할 줄 몰라 좋은 말을 해주어도 거부하며 받아들이지 않았고, 제멋대로 하게 놓다두면 불칙한 말을 지껄이며 큰 덕을 지닌 사람에게 오만하게 하여 하늘의 도를 어지럽히니 천하의 사람들이 그를 도올이라 불렀다고 한다.

18) 防風(방풍) : 방풍씨. 우(禹) 임금에게 살해되었다는 추장의 이름이다.

戮(육) : 죽이다.

19) 素來(소래) : 줄곧. 내내.

矜(긍) : 긍휼히 여기다. 동정하다.

異類(이류) : 다른 부류. 여기서는 주자를 가리킨다.

20) 親征(친정) : 군왕이 직접 출정하다.

21) 捨魯(사로) : 노나라를 버리다. 여기서는 장안을 떠나는 것을 말한다. 《예기·예운(禮運)》에 의하면, 공자는 "내가 노나라를 버리고 어디로 가겠는가?(我捨魯, 何適矣)"라고 말했다고 한다.

非策(비책) : 좋은 책략이 아니다.

22) 居邠(거빈) : 빈 땅에 살다. 여기서는 반란으로 인해 덕종(德宗)이 봉천(奉天)으로 피신한 것을 가리킨다. 《맹자·양혜왕하(梁惠王下)》에 "옛날에 태왕이 빈 땅에 살 때 적인(狄人)이 침범했다."는 말이 보인다.

未有名(미유명) : 명예롭지 않다.

23) 力牧(역목) : 황제(黃帝)의 대신.

24) 雨師(우사) : 비를 관장하는 신.

25) 火箭(화전) : 불화살.
乘石(승석) : 천자가 수레에 오를 때 사용하는 돌. 여기서는 주자의 반란
군이 덕종이 피신한 봉천을 공격한 것을 말한다.
26) 雲橋(운교) : 성을 공격할 때 쓰는 높은 사다리.
禁營(금영) : 금군의 군영.
27) 勺斗(작두) : 군영에서 쓰는 냄비. 다리가 셋이고 자루가 달렸으며, 밤에
는 이것을 두드리며 행군을 하기도 한다.
28) 欃槍(참창) : 혜성의 다른 이름. 불길한 일을 주관하는 흉성(凶星)으로,
사악한 세력이나 병란을 비유한다.
29) 投鼠(투서) : 쥐를 때려잡다.
가의(賈誼), 〈치안책(治安策)〉 세간에 '쥐를 때려잡고 싶으나 그릇을 깰까 겁
난다'라는 말이 있다.(里諺曰, 欲投鼠而忌器.)
30) 射鯨(사경) : 고래를 쏘다. 큰 세력에 저항하는 것을 비유한다.
31) 念亂(염란) : 난리를 걱정하다.
32) 物議(물의) : 여러 사람들의 여론.
33) 大鹵(태로) : 태원의 진양현(晉陽縣).
龍躍(용약) : 용이 뛰다. 여기서는 당 고조가 태로에서 기병한 것을 가리
킨다.
34) 蒼梧(창오) : 순임금이 세상을 떠난 곳.
象耕(상경) : 코끼리가 밭을 갈다. 《월절서(越絶書)》에 의하면 순이 창오
에서 세상을 떠났을 때, 코끼리가 그를 위해 밭을 갈았다고 한다.
35) 靈衣(영의) : 사자(死者)의 옷.
愧汗(괴한) : 부끄러워 땀을 흘리다.
36) 儀馬(의마) : 능묘에 있는 나무나 흙으로 만든 말.
陰兵(음병) : 저승에서 보낸 군사인 신병(神兵) 또는 귓병(鬼兵).
37) 蘭薰(난훈) : 난초의 향기.
酷(혹) : 향기나 맛이 진하다.
38) 蠟焰(납염) : 촛불의 불빛.
39) 黃山(황산) : 산 이름. 지금의 안휘성 황산시(黃山市)에 있다.

遮(차) : 가리다.

40) 黑水(흑수) : 물 이름. 지금의 사천성 서북부에 있다.

41) 縱(종) : 설령 ~하더라도.

42) 趙坑(조갱) : 조나라의 구덩이. 군사상의 참패와 재난을 가리킨다.《사기
· 백기왕전열전(白起王翦列傳)》에 의하면, 진(秦)나라 장군 백기(白起)
가 조나라 군대를 대파하고 40여만 명의 포로를 생매장했다고 한다.

43) 空拳(공권) : 빈 활. '권(拳)'은 '환(弮, 쇠뇌)'과 통한다.

闘地(투지) : 전장(戰場).

44) 板(판) : 성의 높이를 재는 단위. 6척이라는 설도 있고 8척이라는 설도
있다.

45) 神算(신산) : 신묘한 계책.

46) 力爭(역쟁) : 힘으로 싸우다.

47) 幽囚(유수) : 감옥에 가두다. 수감하다.

蘇武節(소무절) : 소무(蘇武)의 부절. 그가 흉노에 사신으로 갔을 때 지녔
던 부절을 가리키며, 흔히 충신을 비유한다.

48) 棄市(기시) : 참수하여 저자에 효수(梟首)하는 것.

仲由纓(중유영) : 자로(子路)의 갓끈. 중유는 자로의 자(字).《사기 · 중니
제자열전(仲尼弟子列傳)》에 의하면, 석걸(石乞)과 호염(壺黶)이 자로를
공격하여 자로의 갓끈을 쳐서 끊자 자로는 "군자는 죽어도 관을 벗지
않는다"라며 결국 갓끈을 묶고 죽었다고 한다.

49) 下殿(하전) : 궁전을 내려가다.《양서(梁書) · 무제기(武帝紀)》에 의하면,
대통(大通) 6년에 형혹성(熒惑星)이 남두(南斗)에 들어갔는데 속담에 '형
혹성이 남두에 들어가면 천자가 궁전을 내려가게 될 것이다'라 한 것처
럼 결국 맨발로 궁전을 내려와 선양을 했다고 한다.

驗(험) : 징험되다. 사실로 드러나다.

50) 增埤(증비) : 담장을 높이다. '埤'는 성 위에 울퉁불퉁한 모양의 낮은 담장
을 가리킨다.《자치통감》에 의하면, 건중(建中) 원년 6월에 술사 상도무
(桑道茂)가 봉천(奉天)에 천자의 기운이 있으니 그곳의 성을 높이 쌓으라
고 권하자 장정 수천을 징발하여 봉천성을 보수했다고 한다.

51) 蒸雞(증계) : 닭을 삶다.《진사왕고사(晉四王故事)》에 의하면, 혜제(惠帝)
　　가 낙양으로 돌아오던 때 한 노인이 닭을 삶아서 흰 목판에 푸짐하게
　　차려 혜제에게 바쳤다고 한다.
　　減膳(감선) : 반찬 수를 줄이다. 고대에 군주가 천재(天災)가 발생했을
　　때에 고기를 먹지 않거나 풍성하게 먹지 않음으로써 자책함을 보여주는
　　것을 말한다.

52) 屑麴(설국) : 누룩을 가루로 만들다.《진서·민제기(愍帝紀)》에 의하면,
　　영가(永嘉) 4년에 도성에 기근이 심하자 곡물 창고에서 누룩으로 만든
　　떡을 가루로 만들고 죽을 쑤어 임금에게 바쳤다고 한다.
　　和羹(화갱) : 국에 간을 하다. 흔히 신하가 군주를 도와 국정을 보살피는
　　것을 비유한다.

53) 否極(비극) : 주역(周易)의 비괘(否卦)에 의한 액운이 다하다.
　　還泰(환태) : 주역의 태괘(泰卦)로 돌아와 순통해지다.

54) 屯(둔) : 어려움. 곤란.

55) 流離(유리) : 뿔뿔이 흩어지다.
　　南度(남도) : 남쪽으로 가다. 덕종이 양주(梁州)에서 남쪽으로 가려했던
　　것을 말한다.

56) 倉卒(창졸) : 갑자기.
　　西平(서평) : 서평군왕(西平郡王)에 봉해진 이성(李晟)을 가리킨다.

57) 神鬼(신귀) : 귀신. 여기서는 신출귀몰한 솜씨를 말한다.
　　昏黑(혼흑) : 어두운 하늘. 흔히 사회의 부패를 비유한다.

58) 姦兇(간흉) : 간사하고 흉악한 이.
　　首(수) : 자수하다.
　　滿盈(만영) : 가득하다.

59) 督護(독호) : 도호(都護). 변방 지역의 사령관. 당대에는 안동(安東), 안서
　　(安西), 안남(安南), 안북(安北), 선우(單于), 북정(北庭)의 여섯 도호가 있
　　었다.

60) 師(사) : 백성. 군중.
　　丈人(장인) : 어르신. 여기서는 이성(李晟)을 가리킨다.

貞(정) : 바로잡다.

61) 覆載(복재) : 덮어주고 받쳐주는 하늘과 땅.

62) 寒暄(한훤) : 춥고 더운 날씨. 여기서는 정국을 비유한다.

改更(개경) : 바뀌다.

63) 莽卓(망탁) : 한나라 때 정국을 어지럽혔던 왕망(王莽)과 동탁(董卓).

64) 韓彭(한팽) : 한나라의 개국공신인 한신(韓信)과 팽월(彭越).

65) 扈蹕(호필) : 어가를 호위하다.

三才(삼재) : 하늘, 땅, 사람.

66) 迴軍(회군) : 군대를 되돌리다.

六合(육합) : 천지사방.

67) 短劍(단검) : 짧은 칼. '단검뿐이었다'는 것은 당시에 이성이 전장을 누비
느라 집안을 돌보지 못했다는 말이다.

68) 仍世(잉세) : 누대(累代). 이성의 열다섯 아들 가운데 원(愿), 소(愬), 청
(聽), 헌(憲) 등이 모두 절도사가 되었다.

雙旌(쌍정) : 두 깃발. 주군(州郡)의 장관이 출타할 때 드는 깃발을 말한다.

69) 由(유) : 같다.

群從(군종) : 종형제.

70) 老成(노성) : 노련하다. 세상사에 훤하다.

71) 慶流(경류) : 경사(慶事)의 흐름.

嫡長(적장) : 적장자(嫡長子). 이천우가 이성의 적출(嫡出)임을 말한다.

72) 貽厥(이궐) : 자손.

名卿(명경) : 이름난 공경대신.

73) 隼擊(준격) : 빠르고 사납게 공격하다.

當要(당요) : 요처를 공격하다.

74) 鵬搏(붕박) : 붕새가 날아오르다.

問程(문정) : 거리를 따지다.

75) 趨朝(추조) : 조정으로 달려가다. 입조하다.

76) 出位(출위) : 자리에서 물러나다.

金莖(금경) : 승로반(承露盤)을 받치는 구리 기둥.

77) 藉(자) : ~에 의지하다.

　　梁園賦(양원부) : 양원의 부. 양원은 서한 양효왕(梁孝王)의 동쪽 정원을
　　말한다. 매승(枚乘), 사마상여(司馬相如) 등이 양효왕의 문객이 되어 양
　　원에서 부를 지었다.

78) 叨蒙(도몽) : 겸사(謙辭). 외람되이 ~을 받다.

　　許氏評(허씨평) : 허소(許劭)의 평. 《후한서 · 허소전(許劭傳)》에 의하면,
　　허소와 허정(許靖)이 매월 초 향리의 인물을 평가하여 여남(汝南)에 '월
　　단평(月旦評)'이라는 말이 생겼다고 한다.

79) 中郎(중랑) : 중랑장(中郎將). 《진서 · 사만전(謝萬傳)》에 의하면, 사안(謝
　　安)의 동생인 중랑장 사만은 양주태수(揚州太守) 왕술(王述)의 사위가
　　되었다고 한다. 여기서는 시인 자신을 가리킨다.

　　貴壻(귀서) : 귀한 사위.

80) 定遠(정원) : 정원후(定遠侯). 한나라 때 반초(班超)는 정원후에 봉해졌
　　다. 여기서는 왕무원(王茂元)을 가리킨다.

　　時英(시영) : 당대의 인재.

81) 摽(표) : 표방하다. '標'와 통한다.

　　三尙(삼상) : 세 가지 숭상하는 색. 하나라는 검은색, 상나라는 흰색, 주
　　나라는 붉은색을 숭상했다.

82) 佇(저) : 기다리다.

　　一鳴(일명) : 한번 울다. 한번 시작하면 사람을 놀라게 할 만큼의 대사업
　　을 이룩한다는 '일명경인(一鳴驚人)'의 뜻이다.

83) 月魄(월백) : 달. 여기서는 허리춤의 장식을 말하는 듯하다.

84) 駭(해) : 놀라게 하다.

　　星精(성정) : 별의 영기(靈氣).

85) 披豁(피활) : 마음속에 품은 생각을 보여주다. 남에게 진심을 보이다.

　　深眷(심권) : 깊은 관심을 갖다.

86) 睽離(규리) : 이별.

87) 留春(유춘) : 봄을 남기다. 혜초(蕙草)는 여름철에 피기 때문에 이렇게
　　표현한 것이다.

腕晚(원만) : 날이 저물다.

88) 崢嶸(쟁영) : 무성하다. 흔히 관직에서 득의한 것을 비유한다.

89) 異縣(이현) : 타향.

迴雁(회안) : 돌아오는 기러기. 여기서는 편지를 가리킨다.

90) 登時(등시) : 즉시. 곧. 당장.

鯖(정) : 오후정(五侯鯖). 육류와 어류를 섞어 버무린 회로, 흔히 진수성 찬을 비유한다.

91) 刺刺(척척) : 바람 소리.

92) 丁丁(정정) : 물이 똑똑 떨어지는 소리.

93) 庾信(유신) : 남조 양(梁)나라의 문인. 그의 〈애강남부(哀江南賦)〉는 비 애의 감정이 잘 표현된 작품이다.

94) 楊朱(양주) : 전국시대의 철학자.

95) 絃危(현위) : 타는 현의 소리가 처량하다.

中婦(중부) : 아내.

96) 甲(갑) : 은갑(銀甲). 현악기를 탈 때 끼는 골무.

97) 秦樓鳳(진루봉) : 진루의 봉황. 여기서는 이천우의 아내를 가리킨다.

98) 漢苑(한원) : 한나라의 정원. 여기서는 장안을 가리킨다.

99) 洛川(낙천) : 낙수(洛水).

曲沼(곡소) : 구불구불한 언덕의 못과 늪. 여기서는 전별한 장소를 나타 낸다.

100) 兩心(양심) : 두 사람의 마음.

해설

이 시는 경직(京職)에 임명되어 대궐로 가는 이천우를 전송하며 지은 것이 다. 그는 덕종 때 반란군을 제압하고 장안을 수복하는 데 공을 세워 서평군왕 (西平郡王)에 봉해진 이성(李晟)의 손자로, 왕무원(王茂元)의 딸과 결혼해 이 상은과는 동서지간이었다. 이상은은 그를 전송하면서 할아버지인 이성의 업 적을 상세하게 되짚어 이천우에게 사명감을 일깨워주는 한편 자신을 천거해 주기를 바라는 바람도 아울러 담았다.

　이 시는 크게 세 단락으로 이루어져 있다. 제1단락(제1-8구)은 송별연에서 이천우의 할아버지 이성의 업적을 거론한 것이다. 경직에 임명되어 궁궐로 들어가는 이천우에게 덕종 때의 혼란스러운 정국을 바로잡는 데 혁혁한 공로를 세운 이성과 같은 역할을 주문했다. 제2단락(제9-68구)은 덕종 때의 국난과 극복 과정을 요약한 것이다. 환관과 재상이 국정을 농단하여 결국 위기를 맞았고, 주자(朱泚) 등이 반란을 일으키자 덕종은 봉천(奉天)으로 피신할 수밖에 없었다. 그러나 봉천 역시 반란군에 포위되어 곤욕을 치렀는데 그 어느 누구도 반란군에 용감히 맞서 싸우지 않아 조정은 풍전등화의 위기에 빠지게 되었다. 장안은 적의 수중에 떨어지고 반란군의 공세에 온갖 고초를 겪었으나 끝내 희망을 버리지 않고 버텼다. 이러한 위기 상황에서 이성(李晟)이 구세주로 등장하여 반역의 무리를 처단하자 절체절명의 순간을 벗어나게 되었다. 제3단락(제69-100구)은 시인 자신의 실의한 마음을 토로하면서 궁궐로 들어가는 이천우를 전송한 것이다. 먼저 할아버지 이성의 업적을 되새기며 시의 적절한 행동으로 공로를 세울 것을 당부하고, 이어서 정치를 바로잡는 데 이바지할 것을 기대했다. 마지막은 자신의 불우한 처지를 하소연하는 것으로 매듭을 지었다. 아내와 헤어져 객지인 낙양에 머무는 형편이라 경직을 제수받고 장안으로 돌아가 가족과 재회할 이천우에게 한껏 부러움을 드러냈다.

　이 시는 이상은의 오언배율 가운데 명편으로 꼽힌다. 주자의 반란으로 인해 장안이 함락된 후 이성이 봉천으로 피신한 덕종을 도와 장안을 수복하기까지의 경과에 대한 자세한 서술은 주이준(朱彝尊)과 기윤(紀昀)의 평가와 같이 두보의 '시사(詩史)'를 연상케 한다. 서사, 서정과 의론을 한데 묶은 풍부한 내용과 방대한 규모가 대작으로서 손색이 없다. 또 마지막 단락에 보이는 '다감(多感)'과 '유정(有情)'은 이상은 스스로 자신의 내면세계를 밝힌 중요한 단서로 지목된다.

499

詠懷寄祕閣舊僚二十六韻

회포를 노래해 비각의 옛 동료에게 부치는 시

年鬢日堪悲,[1]	나이와 머리카락 날로 슬퍼할 만하고
衡茅益自嗤.[2]	누추한 집 갈수록 절로 우습다.
攻文枯若木,[3]	글짓기는 마른 것이 나무와 같고
處世鈍如鎚.[4]	처세는 둔하기가 쇠망치와 같다.
敢忘垂堂誡,[5]	처마 밑을 조심하라는 말 감히 잊었으니
寧將暗室欺.[6]	장차 어두운 방의 속임수를 어찌하랴.
懸頭曾苦學,[7]	대들보에 머리를 묶고 열심히 공부했건만
折臂反成醫.[8]	팔이 부러지다보니 도리어 의사가 다 되었다.
僕御嫌夫懦,[9]	마부는 저 나약한 이라며 싫어하고
孩童笑叔癡.[10]	아이들은 바보 아저씨라고 비웃는다.
小男方嗜栗,[11]	어린 아들은 이제 밤을 좋아하기 시작했고
幼女漫憂葵.[12]	어린 딸은 제멋대로 해바라기를 걱정한다.
遇炙誰先噉,[13]	구운 고기를 만나면 누가 먼저 먹을까?
逢虀卽更吹.[14]	회를 만나면 바로 다시 분다.
官銜同畫餅,[15]	관직은 그림의 떡과 같아

面貌乏凝脂.[16]   모습에 엉긴 지방이 부족해졌다.

典籍將蠡測,[17]   전적은 표주박으로 바다를 재는 꼴이고
文章若管窺.[18]   문장은 대롱으로 바라보는 식이다.
圖形翻類狗,[19]   형체를 그리려다 도리어 개와 비슷해지고
入夢肯非羆.[20]   꿈에 들어서 기꺼이 큰 곰이 아니고자 했다.
自哂成書簏,[21]   책 담는 대나무 상자가 된 것 스스로 비웃으니
終當呪酒巵.[22]   종국에는 술잔에다 주문을 걸어야 한다.
懶霑襟上血,[23]   옷깃에 피를 묻히기도 게으르고
羞鑷鏡中絲.[24]   거울 속에 비친 실을 뽑기도 부끄럽다.

橐籥言方喻,[25]   풀무의 말 바야흐로 깨달았거니
樗蒲齒詎知.[26]   저포의 치를 어찌 알리오?
事神徒愓慮,[27]   귀신을 섬기면 근심할 뿐이고
侫佛愧虛辭.[28]   부처에게 아첨한 것 헛말이라 부끄럽다.
曲藝垂麟角,[29]   작은 기능에서 기린의 뿔을 드리우고
浮名狀虎皮.[30]   헛된 이름을 호랑이 가죽에 새겼다.
乘軒寧見寵,[31]   수레를 타고 어찌 총애를 받으랴?
巢幕更逢危.[32]   장막에 둥지를 틀어 더욱 위험함을 만났다.

禮俗拘嵇喜,[33]   예의와 습속은 혜희를 구속하고
侯王欣戴逵.[34]   제후는 대규를 기쁘게 했다.
途窮方結舌,[35]   길이 막혀 바야흐로 입을 닫으니
靜勝但搘頤.[36]   고요함으로 이겨 다만 턱을 괸다.

糲食空彈劍,[37]	거친 밥에 부질없이 칼을 두드리나
亨衢詎置錐.[38]	대로에 어찌 송곳을 꽂으랴.
栢臺成口號,[39]	백량대에서 즉흥시를 지었고
芸閣暫肩隨.[40]	운향각에서 잠시 따라다녔다.
悔逐遷鶯伴,[41]	옮겨 다니는 꾀꼬리 따라 짝한 것 후회하나니
誰觀擇虱時.[42]	누가 이를 골라낼 때 바라보았던가.
甕間眠太率,[43]	술독 밑에서 잠들었으니 얼마나 경솔하며
牀下隱何卑.[44]	침상 아래에 숨었으니 얼마나 비천했던가.
奮跡登弘閣,[45]	열심히 애써 공손홍의 동합에 올랐건만
摧心對董帷.[46]	마음 상한 채 동중서의 장막을 대한다.
校讐如有暇,[47]	교정하다 만약 틈이 나거든
松竹一相思.[48]	소나무와 대나무 한번 생각해주시게.

주석

1) 年鬢(연빈) : 나이와 머리카락.
2) 衡茅(형모) : 누추한 집.
   嗤(치) : 웃다.
3) 攻文(공문) : 글짓기.
4) 鈍(둔) : 둔하다. 융통성이 부족하다는 말이다.
   鎚(추) : 쇠망치.
5) 垂堂(수당) : 집의 처마 밑. 기왓장이 떨어져 다칠 수 있어 위험한 곳을 비유한다.
6) 暗室(암실) : 어두운 내실.
7) 懸頭(현두) : 머리를 묶다. 대들보에 머리를 묶어 졸음을 막으면서 열심히 공부하는 것을 가리킨다.

1337

8) 折臂(절비) : 팔이 부러지다.

　　《초사·석송(惜誦)》아홉 번 팔이 부러지다보니 의사가 다 되었다.(九折臂而成
　　醫兮.)

9) 僕御(복어) : 마부.

10) 叔癡(숙치) : 바보 아저씨.《진서·왕담전(王湛傳)》에 의하면, 왕담은 말
　　수가 적어 조카인 왕제(王濟) 등이 처음에는 바보로 여겼지만 실제로는
　　주역에 통달하는 등 학식이 풍부한 사람이라는 것을 깨닫게 되었다고
　　한다.

11) 嗜栗(기율) : 밤을 좋아하다.

　　도잠(陶潛), 〈아들을 나무라다 責子〉 통이란 자식은 나이가 아홉 살인데 그저
　　배와 밤만 찾는다.(通子垂九齡, 但覓梨與栗.) 여기서는 이 구절을 이용해 시인
　　아들의 나이를 밝힌 것이다.

12) 漫(만) : 제멋대로.

　　憂葵(우규) : 해바라기를 걱정하다.《열녀전(列女傳)·노칠실녀(魯漆室
　　女)》에 나오는 말로, 국사를 걱정하는 것을 나타낸다.

13) 遇炙(우적) : 구운 고기를 만나다.

　　《진서·왕희지전(王羲之傳)》열세 살 때 주의를 배알한 적이 있는데 주의가
　　왕희지를 살펴보고 특별한 아이라고 생각했다. 당시 소 염통 구이를 귀하게
　　여겨 좌중에서 먹지 않고 있는데 주의가 먼저 잘라 왕희지에게 먹이자 이때부
　　터 이름이 알려지기 시작했다.(年十三, 嘗謁周顗, 顗察而異之. 時重牛心炙, 坐客
　　未啗, 顗先割啗羲之, 於是始知名.)

　　啗(담) : 먹다.

14) 逢齏(봉제) : 회를 만나다.《초사·석송》에 "국에 데었던 사람은 회도 분
　　다(懲於羹者而吹齏兮)"는 구절이 보인다. 여기서 '징갱취제(懲羹吹齏)'라
　　는 말이 나왔는데, 국에 덴 적이 있는 사람은 차가운 음식을 먹을 때도
　　식히려 한다는 뜻으로, 경계심과 두려움이 지나친 것을 말한다.

15) 官銜(관함) : 관직명. 여기서는 시인의 직함인 태학박사(太學博士)를 가
　　리킨다.

　　畫餠(화병) : 그림의 떡. 박봉(薄俸)을 비유한다.

16) 凝脂(응지) : 엉긴 지방. 희고 윤기 있는 피부를 가리킨다.

17) 蠡測(여측) : 표주박으로 바다를 재다. 《한서·동방삭전(東方朔傳)》에 보이는 '이여측해(以蠡測海)'의 준말이다. 얕은 견해로 사물을 헤아리는 것을 말한다.

18) 管窺(관규) : 대롱을 통해 바라보다. 견식이 짧은 것을 비유한다.

19) 圖形(도형) : 형체를 그리다. 여기서는 호랑이의 모습을 그리는 것을 말한다.
   《후한서·마원전(馬援傳)》 두보(杜保)를 본받으려다 그러지 못하고 천하의 경박한 이로 전락하니 이른바 호랑이를 그리려다 그리지 못하고 도리어 개와 비슷해졌다는 꼴이다. (效季良不得, 陷爲天下輕薄子, 所謂畫虎不成反類狗者也.)
   翻(번) : 도리어.

20) 非羆(비비) : 큰곰이 아니다.
   《육도(六韜)》 주문왕이 사냥을 나가기 전 점괘에 얻게 될 것이 용도 아니고 표범도 아니고 호랑이도 아니고 큰곰도 아니고 왕을 보필할 신하라 했다. (文王將畋, 卜曰, 所獲非龍非彪, 非虎非羆, 乃伯王之輔.)

21) 自哂(자신) : 자조하다. 스스로 비웃다.
   書簏(서록) : 책을 담아두는 대나무 상자. 공부를 많이 하고도 써먹지 못하는 사람을 비유한다.

22) 呪酒卮(주주치) : 술잔에 주문을 걸다. 《진서·유영전(劉伶傳)》에 의하면, 유영은 아내가 술을 끊으라 하자 혼자 힘으로는 끊을 수 없으니 귀신에게 제사를 지내야겠다고 둘러대고 차린 술을 또 마셨다고 한다.

23) 懶(나) : 게으르다.
   霑(점) : 알아차리다. 이 구절은 고단한 생활로 인해 어떤 영문으로 옷깃에 피가 묻게 되었는지 알아보는 것도 귀찮아한다는 말이다.

24) 羞(수) : 부끄럽다.
   鑷(섭) : 뽑다.

25) 橐籥(탁약) : 풀무. 대자연의 조화나 근원을 비유한다.

26) 樗蒲(저포) : 도박의 일종.
   齒(치) : 저포에 쓰이는 주사위.

1339

詎(거) : 어찌.

27) 惕慮(척려) : 근심하다.

28) 佞佛(영불) : 부처에게 아첨하다.

愧(괴) : 부끄럽다.

29) 曲藝(곡예) : 작은 기능. 여기서는 막부에서 공문을 지었던 일을 가리킨다.

30) 浮名(부명) : 헛된 이름.

31) 乘軒(승헌) : 대부의 수레를 타다. '승헌학(乘軒鶴)'이라 하여 공로도 없이 봉록만 받는 사람을 비유하는 말이 있다.

32) 巢幕(소막) : 장막 위에 둥지를 틀다. 처지가 위험한 것을 비유한다.

33) 禮俗(예속) : 예의와 습속.

嵇喜(혜희) : 혜강(嵇康)의 형.

《세설신어·간오(簡傲)》 유효표(劉孝標) 주에 인용된 《진백관명(晉百官名)》完적이 상을 당해 혜희가 조문하러 갔다. 완적은 푸른 눈과 흰 눈을 만들 줄 알아 범속한 선비를 보면 흰 눈으로 대했다. 혜희가 당도하자 완적은 곡을 멈추고 그를 흰 눈으로 바라보았다. 혜희가 언짢아하며 물러났다.(阮籍遭喪, 往弔之. 籍能爲靑白眼, 見凡俗之士, 以白眼對之. 及喜往, 籍不哭, 見其白眼, 喜不懌而退.)

34) 侯王(후왕) : 제후.

戴逵(대규) : 진나라 사람으로 효무제 때 산기상시국자박사(散騎常侍國子博士)로 누차 초빙되었으나 사양하고 나아가지 않았다.

35) 結舌(결설) : 감히 말을 하지 않다.

36) 靜勝(정승) : 고요함으로 이기다.

搘頤(지이) : 손으로 턱을 괴다.

왕유, 〈동악의 초련사에게 드리다 贈東嶽焦煉師〉 턱을 괴고 나무하는 길손에게 묻노니, 세상은 또 어떠한가?(搘頤問樵客, 世上復何如.)

37) 糲食(여식) : 거친 밥.

彈劍(탄검) : 칼을 두드리다. 《전국책·제책(齊策)》에 풍훤(馮諼)이 맹상군(孟嘗君)의 식객이 된 후 칼을 두드리며 자신의 요구사항을 맹상군에게 전했다는 고사가 보인다. 이후로 '칼을 두드린다'는 말은 곤궁한 처지이나 바라는 바가 있음을 나타내는 데 쓰이게 되었다.

38) 亨衢(형구) : 사통팔달의 대로. 흔히 전도유망함을 비유한다.

   置錐(치추) : 송곳을 꽂다. 또 그럴만한 땅을 가리킨다. 몸을 편안히 의지할 수 있는 곳을 말한다.

39) 柏臺(백대) : 백량대(柏梁臺)의 약칭. 어사대의 별칭이라는 설도 있다.

   口號(구호) : 입에서 나오는 대로 짓는 즉흥시.

40) 芸閣(운각) : 운향각(芸香閣). 비서성의 별칭이다.

   肩隨(견수) : 따라다니다.

41) 遷鶯(천앵) : 가지를 옮기며 날아다니는 꾀꼬리. 흔히 과거 급제를 비유한다.

42) 擇蝨(택슬) : 이를 골라내다. '捫蝨(문슬)'이라고도 쓴다.

   《진서·고화전(顧和傳)》주의가 고화를 만나보니 그는 막 이를 골라내며 태연히 움직이지 않았다. 주의가 지나간 뒤 고화의 가슴을 눈으로 가리키며 말했다. '그 속엔 무엇이 있는가?' 고화가 천천히 대답했다. '이곳이 가장 헤아리기 어려운 곳이지요.'(周顗遇之, 和方擇蝨, 夷然不動. 顗旣過, 顧指和心曰, 此中何所有. 和徐應曰, 此中最是難測地.) 이로부터 '이를 골라내다'라는 말이 '속마음'을 나타내게 되었다. 따라서 여기서 '이를 골라낼 때 바라본다'는 것은 '속마음을 알아준다'는 뜻이다.

43) 甕間(옹간) : 술독 밑.

   《진서·필탁전(畢卓傳)》태흥 연간 말에 이부랑이 되었는데 늘 술을 마시고 직무를 등한시했다. 인근 청사에서 담근 술이 익자 필탁은 술에 취해 밤에 그곳 술독 밑으로 가 훔쳐 마시다가 술을 관리하는 자에게 포박 당했다.(太興末, 爲吏部郎, 常飮酒廢職. 比舍郎釀熟, 卓因醉夜至其甕間盜飮之, 爲掌酒者所縛.)

   率(솔) : 경솔하다.

44) 牀下隱(상하은) : 침상 밑에 숨다. 《구당서·맹호연전》에 "왕유가 몰래 한림원으로 맹호연을 불러들였는데, 곧이어 현종이 당도하자 맹호연은 침상 밑에 숨었다(維私邀入內署, 俄而玄宗至, 浩然匿床下.)"는 내용이 보인다.

45) 奮跡(분적) : 어떤 일을 하느라 부지런히 애쓰는 것.

弘閣(홍각) : 공손홍의 동합(東閤). 공손홍이 승상이 된 후 인재를 불러들이기 위해 만든 누각을 말한다. 여기서는 비서성을 가리킨다.

46) 摧心(추심) : 극도로 상심하다.

董帷(동유) : 동중서의 장막. 제자들이 동중서로부터 경전을 배우던 곳을 말한다. 여기서는 태학(太學)을 가리킨다.

47) 校讎(교수) : 교정. 한 사람이 교정하는 것을 '校'라 하고 두 사람이 함께 하는 것을 '讎'라 한다.

48) 松竹(송죽) : 소나무와 대나무. 추운 겨울에도 만날 수 있는 친구라는 의미의 '세한지우(歲寒之友)'를 가리킨다.

해설

이 시는 대중 5년(851) 시인이 태학박사(太學博士)에 제수된 후에 비각(祕閣), 즉 비서성에서 같이 근무했던 동료들에게 자신의 심정을 밝힌 것이다. 이 시는 7개 단락으로 나누어 살펴볼 수 있다. 제1단락(제1-8구)은 평생의 곤궁한 삶을 요약한 것이다. 나이는 먹어 가는데 형편은 나아지지 않고 직무나 처세에 서투르기만 하다고 했다. 신중하지 못해 자주 일을 그르치다 보니 공부한 보람도 없이 실패에 익숙해졌다는 것이다. 제2단락(제9-16구)은 자신의 무능으로 인해 어려워진 가계를 호소한 것이다. 자신은 노복(奴僕)이나 아이들이 보기에도 어수룩한데 자식들은 아직 장성하려면 멀었다고 했다. 재능을 알아주는 이 없어 날로 경계심만 높아가니 박사(博士)라는 허울 좋은 관직만 얻은 채 여위어간다고 한탄했다. 제3단락(제17-24구)은 현실에 제대로 적응하지 못한 자신의 아둔함을 자책한 것이다. 공부나 글 솜씨가 형편없으니 이도저도 아닌 사람이 되어 요직에 기용되지 못했다고 했다. 헛된 글공부에 맺힌 한을 풀고자 술에 의지할 뿐 세상 물정을 깨닫기에는 이제 너무 세월이 흐른 것 같다고 탄식했다. 제4단락(제25-32구)은 믿고 의지할 데 없이 허명(虛名)만 넘쳐났다고 한탄한 것이다. 세상은 거대한 도박판과도 같아 복을 빌 데가 없고, 공문 작성에 능하다는 헛된 이름만 알려져 평생 막부의 미관말직을 전전하니 위태롭기 짝이 없다고 했다. 제5단락(제33-36구)은 처세에 늘 오해를 샀던 일들을 떠올린 것이다. 혜희처럼 질시를 받다 대규와 같은 박사가 되었으나 여의치 않은 관도에 말문을 닫고 지켜볼 뿐이라고 했다. 제6단락(제37-44구)은 비서성의 옛 동료들과 달라진 처지를 슬퍼한 것이다. 자신의 재능을 알아 달라 호소할 데 없어 비서성에서 어울렸던 동료들이 생각난다고 했다. 동료들도 자신의 속마음을 알아주지 않아 비서성에서 술에 취해 침상 밑에서 잠들곤 했다고 회상했다. 제7단락(제45-48구)은 비서성 옛 동료들의 관심을 촉구한 것이다. 비서성에서 일하다 잠시 짬이 나면 태학에서 고생하는 자신을 생각해달라고 부탁했다.

이상은은 영호도(令狐綯)의 도움으로 태학박사의 직책을 얻긴 했으나, 그가 교서랑(校書郞)과 정자(正字)로 있었던 비서성에 비하면 요직도 청직(淸職)도 아니었다. 그의 〈번남을집서(樊南乙集序)〉에는 이때의 직무를 설명하여 "국자감에서 경전 강독을 담당하며 유학의 도를 부연설명하고 태학생들에게 글짓기를 가르쳤다(在國子監主事講經, 申誦古道, 敎太學生爲文章.)"고 했다. 이상은의 관점에서 태학박사는 호구지책에 불과한 한직이었기에 불만스럽지 않을 수 없었던 것이다. 그런 심정을 비서성의 옛 동료들에게 보내는 이 시에 고스란히 드러냈다. 후회와 자부심으로 뒤엉킨 채 자신의 일생을 회고한 복잡한 심경이 잘 담겨 있어 이상은의 생평을 연구하는 데 좋은 자료로 평가된다.

500

戊辰會静中出貽同志二十韻

무진일 도교의 집회 도중에 나와 도우(道友)들에게 주다

大道諒無外,[1] 　　큰 도는 진실로 무궁무진하니

會越自登眞.[2] 　　초월하여 스스로 신선이 될 수 있다.

丹元子何索,[3] 　　마음의 신을 그대들은 어디서 찾는가?

在己莫問隣.[4] 　　자신에게 있으니 남에게 묻지 말지라.

蕅璨玉琳華,[5] 　　산뜻한 선계의 옥 꽃과

翺翔九眞君.[6] 　　훨훨 나는 구천진왕.

戲擲萬里火,[7] 　　장난삼아 만 리에 불을 던지고

聊召六甲旬.[8] 　　잠시 육십갑자의 열흘을 따져본다.

瑤簡被靈誥,[9] 　　옥 서찰로 도경을 드러내고

持符開七門.[10] 　　부절을 들고 일곱 개 구멍을 연다.

金鈴攝群魔,[11] 　　구리방울로 여러 마귀를 제압하는데

絳節何姘姘.[12] 　　붉은 깃발은 또 어찌나 많은지.

吟弄東海若,[13] 　　동해의 신과 시를 읊고

笑倚扶桑春.[14] 　　봄이 오는 부상에 웃으며 기댄다.

三山誠迥視,[15] 　　삼신산 멀리서 바라보면

九州揚一塵.[16]　　구주가 티끌 하나처럼 날린다.

我本玄元胤,[17]　　나는 본래 현원황제의 후예로서

稟華由上津.[18]　　아름다운 품성은 하늘의 진액에서 비롯되었다.

中迷鬼道樂,[19]　　도중에 기괴한 술법의 즐거움에 미혹되어

沉爲下土民.[20]　　인간세상의 백성으로 전락했다.

託質屬太陰,[21]　　몸을 맡긴 곳이 음기가 강해

鍊形復爲人.[22]　　형체를 수련하니 다시 사람이 되었다.

誓將覆宮澤,[23]　　장차 뇌수를 되돌려

安此眞與神.[24]　　이 도와 신령함을 안치하리라 다짐했다.

龜山有慰薦,[25]　　구산에서 위로와 천거가 있었고

南眞爲彌綸.[26]　　남진부인도 나를 챙겨주었다.

玉管會玄圃,[27]　　옥피리가 현포에 모여

火棗承天姻.[28]　　불 대추를 신선 인척에게서 받았다.

科車遏故氣,[29]　　신선의 수레에서 낡은 기운을 막으니

侍香傳靈芬.[30]　　시향동자가 상서로운 기운을 가져다주었다.

飄飄被靑霓,[31]　　하늘거리는 신선의 옷을 걸치고

婀娜佩紫紋.[32]　　살포시 자주색 인끈을 달았다.

林洞何其微,[33]　　숲의 동부가 얼마나 오묘한지

下仙不與群.[34]　　하급의 신선은 이 무리에 낄 수 없었다.

丹泥因未控,[35]　　단원과 이환을 다스리지 못했던 까닭에

萬刦猶逡巡.[36]　　영겁의 시간이 순식간과 같았다.

荊蕪旣以薙,[37]　　마음속의 가시덤불을 이미 쳐냈으니

舟壑永無湮.³⁸　　배를 숨긴 골짜기처럼 영원히 사라지지 않으리.

相期保妙命,³⁹　　기약컨대 오묘한 생명을 보전하여

騰景侍帝宸.⁴⁰　　하늘에 올라 상제를 모시자.

주석

1) 諒(양) : 참으로. 진실로.

　無外(무외) : 무궁하다. 포함하지 않는 것이 없다.

2) 會越(회월) : 초월하다.

　登眞(등진) : 승천하여 신선이 되다.

3) 丹元(단원) : 도교에서 말하는 마음의 신.

　子(자) : 그대. 여기서는 '동지'를 가리킨다.

4) 問隣(문린) : 이웃에게 묻다. 《황정경(黃庭經)》에 보이는 말로, 다른 데서
　찾는다는 뜻이다.

5) 蒨璨(천찬) : 선명한 모양.

　琳華(임화) : 선계의 꽃.

6) 翶翔(고상) : 날다.

　九眞君(구진군) : 구천진왕(九天眞王). 신선의 등급을 9품으로 나누는데,
　이중 가장 높은 것을 부르는 말이다.

7) 擲火(척화) : 불을 던지다. 신선의 기행을 가리킨다.

8) 六甲旬(육갑순) : 열흘씩 육십갑자의 순서대로 따지는 것. 도교에서는
　이로써 길흉을 점친다고 한다.

9) 瑤簡(요간) : 옥으로 만든 서찰.

　被(피) : 드러내다.

　靈誥(영고) : 도교의 서책.

10) 持符(지부) : 부절을 손에 들다.

　七門(칠문) : 칠규(七竅). 《황정경》에 보이는 말로, 심장에 있다는 일곱
　개의 구멍을 말한다.

11) 金鈴(금령) : 도사들이 차는 구리방울.

攝(섭) : 제압하다.

群魔(군마) : 여러 마귀.

12) 絳節(강절) : 붉은 깃발.

詵詵(신신) : 많다.

13) 吟弄(음농) : 음영(吟詠)하다.

若(약) : 바다의 신.

14) 扶桑(부상) : 해가 떠오르는 곳에 있다는 나무.

15) 三山(삼산) : 발해(渤海)에 있다는 삼신산. 봉래, 방장, 영주의 세 산을 가리킨다.

誠(성) : 만약.

迥視(형시) : 멀리서 바라보다.

16) 구주(九州) : 대구주(大九州). 전국시대 추연(鄒衍)은 중국을 적현신주(赤縣神州)라 부르고, 그 주위로 다시 구주가 있다고 했다.

17) 玄元(현원) : 노자(老子). 당 고종은 왕실이 노자 이담(李聃)의 후예라 하여 노자를 태상현원황제(太上玄元皇帝)로 추존했다.

18) 稟華(품성) : 품성의 아름다움.

上津(상진) : 하늘의 진액(津液).

19) 鬼道(귀도) : 기괴한 술법. 여기서는 도교에서 귀신과 통하는 술법을 가리킨다.

20) 下土(하토) : 인간세상.

21) 託質(탁질) : 몸을 맡기다.

太陰(태음) : 음기가 강한 곳.

22) 鍊形(연형) : 형체를 수련하다.

《신선전(神仙傳)》도가에는 태음에서 형체를 수련하는 법이 있는데, 해에 그 림자가 없게 할 수도 있다.(仙家有太陰鍊形之法, 能令日中無影.)

23) 覆(복) : 되돌리다. 환원시키다.

宮澤(궁택) : 도교에서 말하는 뇌수(腦髓).

24) 安(안) : 안치하다.

眞(진) : 도가에서 추구하는 도.

25) 龜山(구산) : 신선들이 모여 산다는 산.

　　慰薦(위천) : 위로와 천거.

26) 南眞(남진) : 남진부인(南眞夫人). 서진(西晉)의 사도(司徒)인 위서(魏舒)의 딸로 도교에 심취해 신선이 되었다고 한다.

　　彌綸(미륜) : 포괄하다. 보완하다.

27) 玉管(옥관) : 옥피리.

　　玄圃(현포) : 곤륜산의 서쪽 서왕모가 연회를 연다는 곳.

28) 火棗(화조) : 불 대추. 먹으면 날아다닐 수 있다는 선과(仙果)이다.

　　天姻(천인) : 신선과 맺은 인척(姻戚).

29) 科車(과거) : 덮개가 없는 신선의 수레.

　　遏(알) : 막다.

　　故氣(고기) : 낡은 기운. 나쁜 기운을 말한다.

30) 侍香(시향) : 향을 받드는 동자(童子).

　　靈芬(영분) : 상서로운 기운.

31) 飄纚(표요) : 바람에 날리다.

　　被(피) : 옷을 입다.

　　靑霓(청예) : 도교에서 입는 옷.

32) 婀娜(아나) : 가볍고 부드럽다.

　　紫紋(자문) : 자주색 인끈.

33) 林洞(임동) : 숲의 동부(洞府). 신선의 거처를 가리킨다.

34) 下仙(하선) : 하급의 신선.

35) 丹泥(단니) : 단원(丹元)과 이환(泥丸)을 같이 부르는 말. 도교에서 심장을 단원이라 하고 뇌를 이환이라 한다.

36) 萬刼(만겁) : 만세(萬世). 지극히 오랜 시간.

　　逡巡(준순) : 순식간.

37) 荊蕪(형무) : 마음속의 가시덤불.

　　薙(치) : 풀을 깎다.

38) 舟壑(주학) : 배를 숨긴 골짜기. 견고함을 가리키는 말이다.

　　湮(인) : 사라지다.

39) 妙命(묘명) : 오묘한 생명.
40) 騰景(등경) : 태양에 오르다. 신선이 되다.

　帝宸(제신) : 상제(上帝).

해설

　이 시는 무진일에 도교 사원의 집회에 참석했다가 도중에 나와 도우들에게 준 것이다. 정확한 창작 시점은 알 수 없으나 내용과 필치로 보아 옥양산(玉陽山)에서 수도하던 청년 시절의 작품은 아닌 것 같다. 이 시는 모두 네 단락으로 나누어 살펴볼 수 있다. 제1단락(제1-4구)은 이 시의 주제로서 수도의 성패가 자신에게 달려 있다는 것이다. 제2단락(제5-16구)은 도교에 입문하여 신선을 추구하는 즐거움을 나열한 것이다. 제3단락(제17-34구)은 시인 자신의 수도 과정을 소개한 것이다. 본래 노자의 후예로서 인간세상으로 내려갔다가 수도를 통해 신선의 세계로 다시 올라올 수 있었다고 했다. 제4단락(제35-40구)은 일시적으로 나락에 빠져 선계에서 벗어났으나, 이제 잡념을 걷어내고 수도에 정진하겠다는 것이다. 여러 도우(道友)들을 권면하는 뜻을 담고 있다. 도교를 배우던 시절을 생동감 있게 회상한 시로 평가된다. 청나라 주이준(朱彛尊)은 이 시에 대해 다소 시니컬하게 평했다. "신선이라고 스스로 일컫고 또 박학하다고 스스로 자부했다. 이는 재주꾼들이 흔히 스스로를 대단하게 여기는 경우이니 크게 이상할 것도 없다.(旣以仙自命, 又以博自矜. 此才人高自標置之常, 不足多訝.)"

501

和鄭愚贈汝陽王孫家箏妓二十韻

정우의 〈여양왕 후손 집의 쟁을 타는 기녀에게 주다〉에 화답하다

冰霧怨何窮,[1]	얼음과 안개의 원망 어찌 끝날까?
秦絲嬌未已.[2]	진나라 현악기의 교태로움 아직 그치지 않았는데,
寒空煙霞高,[3]	차가운 하늘에 구름과 노을이 높고
白日一萬里.[4]	하얀 해는 일만 리에 있다.
碧嶂愁不行,[5]	푸른 산은 근심 속에 나아가지 아니하고
濃翠遙相倚.[6]	짙은 비취빛을 띤 채 멀리서 기대어 있을 제,
茜袖捧瓊姿,[7]	빨강 소매로 옥 같은 자태 받치니
皎日丹霞起.[8]	하얀 해가 붉은 노을에서 일어나는 듯.
孤猿耿幽寂,[9]	외로운 원숭이 고요함 속에서 슬퍼할 때
西風吹白芷.[10]	서녘 바람이 하얀 구리때에 불어오고,
迴首蒼梧深,[11]	고개 돌려보니 창오산 깊은 곳에서
女蘿閉山鬼.[12]	여라가 산 속의 귀신을 가둬두고 있다.
荒郊白鱗斷,[13]	황량한 교외에서 하얀 비늘이 끊기고
別浦晴霞委.[14]	이별의 포구엔 맑은 날의 노을이 사라지는데,
長約壓河心,[15]	긴 외나무다리 강의 중심을 누르고

白道聯地尾.¹⁶	하얀 길은 땅의 끝까지 이어진다.
秦人昔富家,¹⁷	진나라 사람인 가기는 예전에 부자여서
綠窓聞妙旨.¹⁸	푸른 창 아래서 오묘한 음악을 들었고,
鴻驚雁背飛,¹⁹	큰 기러기가 놀라게 하니 작은 기러기 등지고 날아
象牀殊故里.²⁰	상의 평상은 고향과 다른 곳에 있게 되었다.
因令五十絲,²¹	그로 인하여 오십 현 슬도
中道分宮徵.²²	중도에 궁성과 치성을 나뉘게 했다던데,
斗粟配新聲,²³	'한 말 곡식'을 새로운 곡조에 맞추니
娣姪徒纖指.²⁴	제수씨는 그저 섬섬옥수뿐.
風流大堤上,²⁵	풍류가 큰 제방 위에 있어
悵望白門裏.²⁶	구슬피 백문에서 바라보노라니
蠹粉實雌絃,²⁷	좀 벌레 가루가 여인의 악기에 가득했고
燈光冷如水.²⁸	불빛은 물처럼 차가웠다.
羌管促蠻柱,²⁹	피리가 쟁을 재촉할 때
從醉吳宮耳.³⁰	따라가 오나라 궁전에서 취한 것뿐,
滿內不掃眉,³¹	가득한 나인들은 눈썹을 그리지 않았고
君王對西子.³²	군왕은 서시만을 상대했다.
初花慘朝露,³³	갓 피어난 꽃이 아침 이슬에 애처롭듯
冷臂凄愁髓.³⁴	차가운 팔은 깊은 시름에 처량한데,
一曲送連錢,³⁵	연전마를 보내는 노래 한 곡
遠別長於死.³⁶	먼 이별은 죽음보다 길다.
玉砌銜紅蘭,³⁷	옥섬돌은 붉은 난초를 물고
妝窓結碧綺.³⁸	화장대 앞 창에는 푸른 비단 무늬가 엮여,

九門十二關,³⁹　　아홉 개의 궁문과 열두 개의 관문
清晨禁桃李.⁴⁰　　새벽이면 복숭아꽃 자두 꽃을 금하리.

주석

1) 冰霧(빙무) : 얼음과 안개. 금(琴)을 노래한 이상은의 〈촉의 오동나무(蜀桐)〉라는 시에 "위로는 안개를 머금고 아래로는 얼음을 품었네(上含霏霧下含冰)"라는 구절이 보인다. 여기서도 이와 비슷하게 처량한 쟁 소리를 비유한 말로 여겨진다.
　窮(궁) : 끝나다. 다하다.
2) 秦絲(진사) : 진쟁(秦箏). 쟁은 본래 진나라의 현악기로 몽염(蒙恬)이 처음 만들었다고 전해진다.
　嬌(교) : 교태로움. 쟁의 가냘프고 맑은 소리를 가리킨다.
　已(이) : 그치다. 끝나다.
3) 寒空(한공) : 날씨가 추운 날의 하늘.
　　두보, 〈왕감 병마사가 이르기를… 見王監兵馬使說…〉 만 리 차가운 하늘에 다만 하나의 해.(萬里寒空只一日.)
　煙霞(연하) : 구름과 노을
4) 白日(백일) : 해.
5) 碧嶂(벽장) : 푸른 산.
　不行(불행) : 나아가지 않다. 멈춰 서 있다는 말이다.
6) 濃翠(농취) : 짙은 푸른색.
　遙(요) : 멀리서.
　倚(의) : 기대다. 의지하다.
7) 茜袖(천수) : 진홍색 옷소매.
　捧(봉) : 받치다. 어울리다.
　瓊姿(경자) : 옥 같은 자태. 가기(家妓)의 아름다운 용모를 가리킨다.
8) 皎日(교일) : 흰 해.
　丹霞(단하) : 붉은 노을.

9) 孤猿(고원) : 외로운 원숭이.

　　耿(경) : 슬퍼하다.

　　幽寂(유적) : 고요하다.

10) 白芷(백지) : 하얀 구리때. 향초의 일종이다.

11) 蒼梧(창오) : 창오산. 지금의 호남성 영원현(寧遠縣) 동남쪽에 있다. 순임
　　금이 순행을 나갔다가 창오산 들판에서 세상을 뜨자, 그의 두 비인 아황
　　과 여영도 소상(瀟湘) 사이에서 몸을 던져 죽었다고 한다.

12) 女蘿(여라) : 이끼의 일종. '새삼 덩굴'로 풀이하기도 한다.

　　〈구가(九歌) · 산귀(山鬼)〉 누군가 산모퉁이에 벽려 옷에 새삼 덩굴 띠. 정겹게
　　결눈질하고 웃음띰은, 그대 내 아리따운 모습 좋아서여라(若有人兮山之阿, 被
　　薜荔兮帶女蘿. 旣含睇兮又宜笑, 子慕予兮善窈窕.)

　　閉(폐) : 가두다. 둘러싸고 있다는 말이다.

　　山鬼(산귀) : 산에 사는 귀신.

13) 荒郊(황교) : 황량한 교외.

　　白鱗(백린) : 하얀 비늘. 물고기를 말하며 흔히 편지를 가리킨다.

14) 別浦(별포) : 이별의 포구.

　　〈구가(九歌) · 하백(河伯)〉 남쪽 포구에서 미인을 전송하노라.(送美人兮南浦.)

　　晴霞(청하) : 맑은 날의 노을.

　　委(위) : 흩어지다. 사라지다.

15) 長彴(장작) : 긴 외나무다리.

　　壓(압) : 누르다.

　　河心(하심) : 강의 한가운데.

16) 白道(백도) : 하얀 길. 대로. 사람이 많이 다니는 길은 풀이 자라지 않아
　　하얗게 보인다 하여 이렇게 부른다.

　　聯(연) : 이어지다.

　　地尾(지미) : 땅이 끝나는 곳.

17) 秦人(진인) : 진나라 사람. 여기서는 쟁을 타는 기녀를 가리킨다.

　　富家(부가) : 부자.

18) 綠窓(녹창) : 푸른 비단으로 장식한 창. 여인들의 거처를 가리킨다.

妙旨(묘지) : 오묘한 뜻. 여기서는 오묘한 뜻을 내포한 음악을 가리킨다.

19) 鴻(홍) : 큰 기러기.

雁(안) : 기러기.

背飛(배비) : 등지고 날다. 불화로 인해 서로 갈라선다는 말이다.

20) 象(상) : 순임금의 동생. 늘 순임금을 죽이려고 하다가 유비(有庳)에 봉해졌다.

牀(상) : 평상.

《맹자·만장(萬章)》 상이 순임금의 궁궐로 들어갔을 때 순임금은 평상에서 금을 타고 있었다.(象往入舜宮, 舜在牀琴.)

殊(수) : 다르다.

故里(고리) : 고향.

21) 五十絲(오십사) : 오십 현. 슬(瑟)을 가리킨다. 여기서는 부부간의 화목함을 나타내는 '금슬(琴瑟)'의 뜻으로 쓰였다.

22) 宮徵(궁치) : 궁성(宮聲)과 치성(徵聲). 여기서는 부부를 나타낸다.

23) 斗粟(두속) : 한 말 곡식. 회남왕(淮南王) 장(長)이 문제(文帝)와의 불화로 자살하자 당시 민간에 "한 척의 베도 오히려 꿰맬 수 있고 한 말의 곡식도 오히려 찧을 수 있건만, 형제 두 사람은 서로 용납하지 못하네(一尺布, 尙可縫, 一斗粟, 尙可春, 兄弟二人不相容.)"라는 노래가 나돌았다 한다.

配(배) : (곡조에) 맞추다.

新聲(신성) : 새로운 곡조.

24) 娣姪(제질) : 본래 제수와 질녀라는 뜻이나 여기서는 편의복사(偏義複辭)로 제수만을 가리킨다.

徒(도) : 다만. 그저.

纖指(섬지) : 섬섬옥수. 부드러운 손가락. 형제의 불화로 여인도 남편과 헤어져 쟁을 타는 기예에 의존해 살아가게 되었다는 말이다.

25) 風流(풍류) : 멋스럽고 풍치가 있는 일. 남녀 간의 애정사를 가리키기도 한다.

大堤(대제) : 큰 제방. 지금의 호북성 양양시(襄陽市)에 있었던 제방의 이름으로 보기도 한다.

악부시 〈양양악(襄陽樂)〉 아침에 양양성을 떠나 저녁에 대제에서 유숙했네.
대제의 여러 여인들 꽃같이 아름다워 사내들 눈을 놀라게 하네.(朝發襄陽城,
暮至大堤宿. 大堤諸女兒, 花艷驚郎目.)

26) 悵望(창망) : 슬피 바라보다.
白門(백문) : 남조의 수도인 건강(建康)의 선양문(宣陽門). 흔히 남녀가
모여 놀던 곳을 가리킨다.

27) 蠹粉(두분) : 좀 벌레 가루. 좀 벌레가 기물을 쏠아 생긴 가루를 말한다.
實(실) : 가득 채우다.
雌絃(자현) : 여인의 악기. 쟁(箏)을 가리킨다. 십이율(十二律)은 암수가
각각 6율씩인데, '雌絃'이라 하여 암컷만 말했으므로 '외롭다'는 뜻을 나
타내려고 한 것이라고 보는 설도 있다.

28) 燈光(등광) : 등의 밝은 빛.

29) 羌管(강관) : 강적(羌笛). 강족(羌族)에서 유래한 피리.
促(촉) : 재촉하다.
蠻柱(만주) : 남방의 기러기발. 여기서는 쟁(箏)을 가리킨다.

30) 吳宮(오궁) : 오나라 궁전. 여기서는 여양왕 후손의 저택을 가리킨다.
耳(이) : ~일 뿐이다. '耳'를 '耳房(이방)', 즉 측실(側室)의 뜻으로 보아
첩이 되었다고 풀이하는 설도 있다.

31) 滿內(만내) : 가득한 나인들. 여기서는 여양왕 후손 저택의 여러 여인들
을 가리킨다.
不掃眉(불소미) : 눈썹을 그리지 않다. 군왕의 관심을 받지 못했다는 뜻
이다.

32) 對(대) : 상대하다.
西子(서자) : 서시(西施). 춘추시대 월나라의 미녀.

33) 初花(초화) : 갓 피어난 꽃. 여기서는 기녀의 얼굴을 비유한다.
慘(참) : 애처롭다. 꽃이 이슬에 젖어 오그라든 모습을 이렇게 말한 것이다.

34) 冷臂(냉비) : 차가운 팔.
淒(처) : 처량하다.
愁髓(수수) : 근심이 골수에 사무치다. 깊은 근심을 말한다.

1355

35) 連錢(연전) : 말 이름. 털에 동전을 이어놓은 듯한 무늬가 있다 하여 붙여진 이름이다.

36) 遠別(원별) : 멀리 떠나보내는 이별.

37) 玉砌(옥체) : 옥섬돌.
   銜(함) : 물다.

38) 妝窓(장창) : 화장대 앞의 창.
   碧綺(벽기) : 푸른 비단 무늬.

39) 九門(구문) : 아홉 개의 궁문. 왕궁을 가리킨다.
   十二關(십이관) : 열두 개의 관문. 장안성에 열두 개의 문이 있었다.

40) 淸晨(청신) : 새벽.
   禁(금) : 금하다. 볼 수 없게 된다는 말이다.
   桃李(도리) : 복숭아꽃과 자두 꽃. 여기서는 쟁을 타는 기녀를 가리킨다.

해설

이 시는 정우(鄭愚)가 쓴 시 〈여양왕 후손 집의 쟁을 타는 기녀에게 주다(贈汝陽王孫家箏妓)〉 시에 화답한 것이다. 정우는 계관관찰사(桂管觀察使)와 영남서도절도사(嶺南西道節度使) 등을 지낸 인물이다. 여양왕은 당 현종의 조카인 이진(李璡)을 가리키며, 그의 후손에 대해서는 자세히 알려진 바가 없다.

이 시는 의미상 다섯 단락으로 나뉜다. 제1단락(제1-8구)은 쟁을 타는 기녀를 소개한 것이다. 어느 맑고 쌀쌀한 날 쟁을 타는 옥같이 흰 얼굴에 붉은 옷을 입은 기녀가 등장하니 푸른 산도 연주를 들으려는 듯 저 멀리 서 있다고 했다. 제2단락(제9-16구)은 쟁 타는 소리를 비유적으로 묘사한 것이다. 하얀 구리때 속에 슬퍼하는 원숭이, 여라에 휩싸인 창오산의 귀신, 이별 뒤에 소식이 끊긴 교외의 포구, 끝없이 이어지는 길과 강에 놓인 외나무다리 등 외롭고 쓸쓸한 느낌이 배어난다고 했다. 제3단락(제17-24구)은 쟁을 타는 기녀의 내력을 소개한 것이다. 본래는 진(秦) 지방 부잣집의 여식으로 풍족하게 생활했으나 남편 형제간의 불화로 인해 남편과도 헤어지고 쟁 하나에 의지해 살아가게 되었던 것이라 했다. 제4단락(제25-32구)은 쟁을 타는 기녀가 여양왕

후손 집으로 들어오게 된 경위를 설명한 것이다. 화류계를 전전하며 쓸쓸히
지내던 여인이 우연히 여양왕 후손 저택에 들어와 피리에 맞춰 쟁을 연주하
다 주인의 눈에 띄어 오나라 궁전의 서시처럼 큰 총애를 받았다고 했다. 제5
단락(제33-40구)은 쟁을 타는 기녀와의 이별을 이야기한 것이다. 기녀는 얼굴
과 팔에 깊은 수심을 드러내며 이별의 곡조를 연주하는데, 이제 화려한 여양
왕 후손의 집을 떠나고 나면 다시 쟁을 타는 기녀의 얼굴을 보기는 어려울
것이라 했다. 떠나가는 이는 아마도 원시(原詩)를 지은 정우(鄭愚)일 것이다.

악기를 연주하는 여인의 일생을 소재로 한다는 점에서 백거이(白居易)의
〈비파행(琵琶行)〉을 본뜬 듯하다. 또 상징성이 강한 시어를 자주 구사한다는
점에서 이하(李賀)의 영향도 발견된다.

502-1.

四年冬以退居蒲之永樂渴然有農夫望歲之志遂作憶雪又作殘雪詩各一百言以寄情于游舊(其一)

회창 4년 겨울 포주의 영락에 물러나 지내면서 농부가 풍년을 바라는 마음이 잔뜩 생겨 마침내 〈눈을 기다리며〉 시와 〈녹지 않은 눈〉 시 각각 100자를 지어 예전의 친구들에게 마음을 부치다 1

〈憶雪 눈을 기다리며〉

愛景人方樂,[1]	아름다운 햇빛에 사람들 바야흐로 즐거워하지만
同雲候稍愆.[2]	먹구름 낀 날씨로 조금 기대에 어긋났네.
徒聞周雅什,[3]	다만 주나라 소아의 한 편을 들었으니
願賦朔風篇.[4]	북풍의 노래를 짓고 싶어라.
欲俟千箱慶,[5]	천 개 창고의 경사를 기다리고자 한다면
須資六出姸.[6]	모름지기 여섯 꽃잎의 아름다움을 바탕으로 삼아야 하네.
詠留飛絮後,[7]	시는 날아다니는 버들솜 뒤에 남기고
歌唱落梅前.[8]	노래는 떨어지는 매화 앞에서 부르리.
庭樹思瓊蕊,[9]	뜰의 나무에서 옥영을 생각하고

粧樓認粉緜.¹⁰   여인의 방에서 분과 솜인 줄 알리라.

瑞邀盈尺日,¹¹   서설이 한 자를 채우는 날을 맞이하고

豊待兩歧年.¹²   풍년 들어 두 이삭이 패는 해를 기다린다.

預約延枚酒,¹³   미리 매승을 초대하는 술을 약속했는데

虛乘訪戴船.¹⁴   대규를 찾아가는 배에 오른 것 헛되었네.

映書孤志業,¹⁵   눈에 비춰 독서한 뜻과 업적 외로워지고

披氅阻神仙.¹⁶   학창의를 걸치고 신선이 되려는 것 막히리라.

幾向霜堦步,¹⁷   몇 번이나 서리 내린 섬돌을 걷고

頻將月幌褰.¹⁸   자주 달빛 어린 휘장을 걷었던가?

玉京應已足,¹⁹   옥경에는 응당 이미 풍족하리나

白屋但顒然.²⁰   흰 집에서는 다만 우러러볼 뿐.

주석

1) 愛景(애영) : 아름다운 햇빛.

2) 同雲(동운) : '彤雲(동운)'과 같은 말로, 눈이 내리기 전의 먹구름을 말한다.
《시경 · 소아 · 신남산(信南山)》하늘에 먹구름 가득하고, 비와 눈이 모여든다.
(上天同雲, 雨雪雰雰.)
候(후) : 기후.
愆(건) : 위배되다. 기대를 저버리다.

3) 周雅(주아) : 시경의 소아(小雅). 위에서 말한 〈신남산〉편을 가리킨다.
什(십) : 시편.

4) 朔風(삭풍) : 북풍.
《시경 · 패풍(邶風) · 북풍(北風)》서늘한 북풍이 불어오니 눈발이 어지러이 흩
날린다(北風其涼, 雨雪其雱.)
사혜련(謝惠連), 〈설부 雪賦〉 잠시 뒤에 싸락눈이 떨어지다가, 결이 고운 눈이
내렸다. 왕이 이에 위나라 시의 〈북풍〉을 노래하고, 소아의 〈남산〉을 읊조렸

다.(俄而未霰零, 密雪下, 王乃歌北風於衛詩, 詠南山於周雅.) 패(邶) 지역은 위나라에 편입되었기에 패풍의 〈북풍〉편도 '위나라 시'라고 말할 수 있다.

5) 俟(사) : 기다리다.

千箱慶(천경상) : 천 개 창고의 경사. 풍년이 들어 천 개의 창고를 곡식으로 채우는 경사를 말한다.

6) 資(자) : ~를 바탕으로 삼다.

六出妍(육출연) : 여섯 꽃잎의 아름다움. 꽃잎을 '出'이라 하는데 여기서는 눈꽃이 육각형이므로 '여섯 꽃잎'으로 눈을 가리킨다.

7) 飛絮(비서) : 날아다니는 버들솜. 《세설신어 · 언어(言語)》에 의하면, 사안(謝安)이 내리는 눈이 무엇을 닮았는가 묻자 사도온(謝道韞)이 바람에 날리는 버들솜과 같다고 답했다고 한다.

8) 落梅(낙매) : 떨어지는 매화. 한대 악부 횡취곡(橫吹曲)의 하나로 〈매화락(梅花落)〉이 있다.

9) 瓊蕊(경예) : 옥영(玉英). 옥화(玉花). 옥의 정영을 말하며, 여기서는 눈을 비유한다.

10) 粧樓(장루) : 여인의 방.

粉緜(분면) : 분과 솜. 여기서는 눈을 비유한다.

11) 瑞(서) : 서설.

邀(요) : 맞이하다.

盈尺(영척) : 한 자 깊이.

사혜련, 〈설부〉 (눈이) 한 자 남짓이면 풍년의 징조를 나타낸다.(盈尺則呈瑞於豐年.)

12) 兩歧(양기) : 두 이삭. 풍년을 말한다. 《후한서 · 장감전(張堪傳)》에 의하면, 장감이 어양태수(漁陽太守)로 가서 백성에게 농사를 가르쳐 해마다 풍년이 드니 백성들이 즐거워서 '보리에 두 이삭이 팼다'고 노래했다고 한다.

13) 延枚(연매) : 매승(枚乘)을 초대하다.

사혜련, 〈설부〉 맛난 술을 차려놓고 매승을 초대했다.(乃置旨酒, 延枚叟.)

14) 訪戴(방대) : 대규(戴逵)를 방문하다. 《세설신어 · 임탄(任誕)》에 의하면,

왕휘지(王徽之)는 눈이 내리는 밤 배를 타고 섬계(剡溪)에 사는 대규를 찾아갔다가 '흥이 다했다'며 대규를 만나지도 않고 돌아갔다고 한다.

15) 映書(영서) : 책을 비추다.

　　志業(지업) : 뜻과 업적.

16) 披氅(피창) : 학창의(鶴氅衣)를 입다. 학창의는 소매가 넓고 뒷솔기가 갈라진 웃옷으로 선비들의 연거복(燕居服)이었다.《진서·왕공전(王恭傳)》에 의하면, 왕공은 학창의를 즐겨 입었는데, 맹창(孟昶)이 그 모습을 보고 신선세계의 사람이라고 했다고 한다.

17) 霜堦(상계) : 서리 내린 섬돌.

18) 月幌(월황) : 달빛 어린 휘장.

　　褰(건) : 걷다.

19) 玉京(옥경) : 도가에서 말하는 천제가 사는 곳. 여기서는 장안을 가리킨다.

20) 白屋(백옥) : 서민들이 사는 집. 흰 띠풀로 엮은 데서 나온 말이다.

　　顒然(옹연) : 우러러보는 모양.

해설

　이 시는 회창 4년(844) 겨울 영락에 한거할 때 눈을 소재로 읊은 두 수 가운데 첫째 수이다. 이상은은 다시 경직(京職)으로 나아가고픈 마음이 있어 그것을 농부가 서설을 기다리는 심정에 기탁한 것이다. 제1단락(제1-4구)은 화창한 날씨가 흐리게 변했음을 묘사한 것이다. 겨울날 따사로운 햇빛이 좋다가 먹구름이 끼면서 〈소아·신남산(信南山)〉편을 연상케 하는데, 눈이 펄펄 내려 〈패풍(邶風)·북풍(北風)〉편과 같은 시를 짓고 싶다고 했다. 제2단락(제5-8구)은 풍년을 위해서는 서설이 필요함을 역설한 것이다. 창고 천 개를 채울 만큼 풍년이 들려면 겨울에 눈이 많이 내려야 하는데, 그렇게 눈이 내리면 사도온(謝道韞)과 같은 시를 짓고 〈매화락〉같은 노래를 부르겠다고 했다. 제3단락(제9-12구)은 눈이 내리기를 간절히 바라는 마음을 서술한 것이다. 나무의 옥영(玉英)과 여인의 분과 솜을 연상시킬 눈이 한 자 가득 내려 보리에 두 이삭이 패는 풍년을 기다린다고 했다. 제4단락(제13-16구)은 기다리는 눈이 내리지 않아 안타까운 심정을 서술한 것이다. 눈이 내리지 않으니 매승을 초대하거나 대규를 초대할 수도 없고, 독서를 하거나 신선이 되는 것 모두 어렵게 되었다고 했다. 제5단락(제17-20구)은 서설이 모든 지역에 고루 내리기를 희망한 것이다. 자주 내다보아도 좀처럼 눈은 내리지 않는데, 장안만 아니라 영락에도 듬뿍 서설이 내리기를 바라마지 않는다고 했다.

이 시에서의 '눈'은 '은택'을 뜻하는 '우로(雨露)'와 같은 의미로 사용되었다. 영락에 한거하며 다시 조정에서 불러주기를 기다리는 마음은 농부가 풍년을 바라는 마음과 다르지 않다고 했다. 그 징조가 바로 서설이기에 눈이 내리기를 학수고대한다는 것이다. 눈과 관련된 전고를 나열하는 데 그쳐 감흥이 일지 않는다.

502-2

四年冬以退居蒲之永樂渴然有農夫望歲之志遂作憶雪又作殘雪詩各一百言以寄情于游舊(其二)

회창 4년 겨울 포주의 영락에 물러나 지내면서 농부가 풍년을 바라는 마음이 잔뜩 생겨 마침내 〈눈을 기다리며〉 시와 〈녹지 않은 눈〉 시 각각 100자를 지어 예전의 친구들에게 마음을 부치다 2

〈殘雪 녹지 않은 눈〉

旭日開晴色,[1]	떠오르는 해에 맑은 경치가 펼쳐지며
寒空失素塵.[2]	차가운 하늘에 흰 티끌도 사라졌다.
遶牆全剝粉,[3]	둘러싼 담장은 죄다 분이 벗겨지고
傍井漸銷銀.[4]	옆의 우물가에도 차츰 은이 녹는다.
刻獸摧鹽虎,[5]	짐승을 새겼던 소금 호랑이 쓰러지고
爲山倒玉人.[6]	산을 이루었던 옥인 넘어졌다.
珠還猶照魏,[7]	구슬이 돌아와 여전히 위나라 수레를 밝히고
璧碎尚留秦.[8]	옥은 부서져도 아직 진나라에 남았다.
落日驚侵晝,[9]	지는 해에 낮이 길어졌나 놀라고
餘光悮惜春.[10]	남은 빛에 봄을 안타까워해야 하는 것으로 오해

한다.

簷冰滴鵝管,¹¹	처마의 고드름 종유석처럼 떨어지고

簷冰滴鵝管,[11]　처마의 고드름 종유석처럼 떨어지고

屋瓦鏤魚鱗.[12]　지붕의 기와에는 물고기 비늘이 새겨졌다.

嶺霽嵐光坼,[13]　산봉우리에 구름이 걷히니 아지랑이 빛이 퍼지고

松暄翠粒新.[14]　소나무가 따뜻해지니 솔잎이 새롭다.

擁林愁拂盡,[15]　숲을 뒤덮은 것 다 날려 없어질까 근심스럽고

著砌恐行頻.[16]　섬돌에 달라붙은 것 자주 밟힐까 걱정된다.

焦寢忻無患,[17]　초선의 침소에 재난이 없었던 것 기쁘고

梁園去有因.[18]　양원에서는 원인이 있어서 떠났던 것.

莫能知帝力,[19]　아무도 제왕의 힘을 알 수 없는데

空此荷平均.[20]　부질없이 여기서 천하에 고른 은혜 받는다.

주석

1) 旭日(욱일) : 막 솟아오른 태양.

2) 素塵(소진) : 흰 티끌. 여기서는 눈꽃을 가리킨다.

3) 粉牆(분장) : 하얗게 바른 집의 담장.

4) 銷(소) : 녹다.

5) 摧(최) : 꺾다. 쓰러뜨리다.

　鹽虎(염호) : 호랑이 모양의 소금. 눈을 비유한다.

　《좌전·희공(僖公) 30년조》 모든 맛있는 것들을 잔치 상에 올리고 좋은 곡식으로 만든 것으로 올리며 호랑이 모양으로 구운 소금을 올려서 그의 공적을 나타낸다.(薦五味, 羞嘉穀, 鹽虎形, 以獻其功.)

6) 玉人(옥인) : 용모가 아름다운 사람. 여기서는 눈사람을 가리킨다. 《진서·배해전(裴楷傳)》에 의하면, 배해는 풍채가 고매하고 용모가 준수하여 당시 사람들이 옥인이라 불렀다고 한다. 또 《세설신어·용지(容止)》에 의하면, 혜강(嵇康)이 취했을 때는 옥산(玉山)이 무너지는 것 같다고 했다.

7) 珠還(주환) : 구슬이 돌아오다. '주환합포(珠還合浦)'의 준말.《후한서 · 순리전(循吏傳)》에 의하면, 진주가 생산되는 합포에 탐관오리가 판을 쳐 생산자들이 교지군(交阯郡)으로 떠났다가 맹상(孟嘗)이 부합하여 병폐를 개혁하자 이들이 다시 합포로 돌아왔다고 한다.

照魏(조위) : 수레의 앞뒤를 밝혀주는 위나라의 구슬.《사기 · 전경중완세가(田敬仲完世家)》에 의하면, 위나라에는 앞뒤로 열두 대의 수레를 비출 수 있는 구슬이 열 개 있었다고 한다.

8) 璧碎(벽쇄) : 구슬이 부서지다.《사기 · 염파인상여열전(廉頗藺相如列傳)》에 의하면, 조(趙)나라의 인상여는 화씨의 구슬을 탐내는 진(秦)나라 소왕(昭王) 앞에서 머리와 구슬을 기둥에 찧어 부수겠다며 버텼다고 한다.

9) 侵晝(침주) : 낮이 길어지다.

10) 懊(오) : 오해하다.

11) 簷冰(첨빙) : 처마에 달린 고드름.

鵝管(아관) : 종유석.

12) 鏤(누) : 아로새기다.

13) 霽(제) : 개다.

嵐光(남광) : 아지랑이 기운. 산의 안개가 햇빛을 반사하여 내는 빛을 말한다.

坼(탁) : 퍼지다.

14) 暄(훤) : 따뜻하다.

翠粒(취립) : 솔잎.

15) 擁林(옹림) : 숲을 뒤덮다.

16) 著砌(착체) : 섬돌에 달라붙다.

行(행) : 다니다. 여기서는 눈을 밟고 가는 것을 말한다.

17) 焦寢(초침) : 초선(焦先)의 침소. 황보밀(皇甫謐)의 《고사전(高士傳)》에 의하면, 초선은 움막이 불에 타자 밖에서 잤는데 큰 눈이 내려도 웃통을 벗은 채 끄떡없었다고 한다.

忻(흔) : 기뻐하다.

18) 梁園(양원) : 서한 양효왕(梁孝王)의 동쪽 정원. 여기서는 태원(太原)의

막부를 말하는 듯하다. 사혜련의 〈설부〉에서 양효왕이 매승과 사마상여
등을 토원(兎園)에 불러 적설가(積雪歌)를 짓게 한 것을 암용(暗用)한 것
으로, 여기서는 눈이 그쳐 떠나게 되었다는 말이다.

19) 帝力(제력) : 제왕의 은덕.

20) 荷(하) : 은혜를 입다.

平均(평균) : 고르게 되다. 여기서는 눈으로 상징되는 임금의 은총을 함
께 받고자 하는 기대를 말한 것이다.

해설

이 시는 회창 4년(844) 겨울 영락에 한거할 때 눈을 소재로 읊은 두 수
가운데 둘째 수이다. 기다리던 눈이 내린 후 날이 개는 모습을 형상화했다.
제1단락(제1-4구)은 눈이 녹기 시작하는 것을 서술한 것이다. 해가 떠오르며
날이 개자 담장과 우물가에 내렸던 눈도 녹아서 사라진다고 했다. 제2단락
(제5-8구)은 눈이 다 녹지 않았음을 말한 것이다. 한창 눈이 쌓여 호랑이나
사람의 형상을 만들 정도는 아니지만, 아직 여기저기 눈이 남아 구슬이나
옥처럼 빛이 난다고 했다. 제3단락(제9-12구)은 눈이 내린 후의 겨울 풍경을
묘사한 것이다. 해가 저물어도 눈빛이 환해 낮이 길어지며 봄이 온 것인가
싶은데, 아직은 겨울이라 처마와 지붕에는 고드름과 눈이 남아 있다고 했다.
제4단락(제13-16구)은 눈이 모두 녹아버릴까 걱정하는 심정을 담은 것이다.
구름이 걷히며 따사로운 햇볕이 비치니 눈으로 뒤덮였던 솔잎이 새로 드러나
는데, 숲과 섬돌에 내렸던 눈이 모두 바람에 날리고 발에 밟혀 사라질까 근심
스럽다고 했다. 제5단락(제17-20구)은 천하에 고루 눈이 내렸음을 서술한 것
이다. 눈이 그치며 양원을 떠나 영락에 한거하고 있는 시인에게도 눈이 내렸
으니, 제왕의 뜻이 어떤지 알 수 없지만 그의 고른 은혜를 입은 것이나 다름
없다고 했다.

둘째 수에 보이는 '눈'의 이미지는 첫째 수와 약간 다르다. 첫째 수에서는
'눈'이 군주의 은덕을 상징하며 시인을 재차 경직(京職)에 임명해주기를 기대
하는 마음을 담았다면, 둘째 수에서는 '눈'이 허울뿐인 공평함이지 실질적으
로 시인에게 베풀어지는 혜택이 없음을 말하고자 했다. 모든 대지에 눈이

내리기는 했지만, 그것이 '풍성한 수확'을 기대할 만한 서설인지 알 수 없다는 것이다. 둘째 수가 첫째 수보다 다소 낫다는 평가를 받는 이유도 여기에 있지 않은가 한다. 단순히 '은덕'을 나타내는 데 그치지 않은 '눈'의 이미지 말이다.

503

大鹵平後移家到永樂縣居書懷十韻寄劉韋二前輩二公嘗於此縣寄居

태원이 평정된 후 집을 옮겨 영락현의 거처에 이르러 회포를 쓴 십 운을
유·위 두 동기에게 부치다·두 사람은 이 현에 기거한 적이 있다

驅馬遶河干,[1]	말을 몰아 강 언덕을 둘러보니
家山照露寒.[2]	고향을 비추는 이슬이 차갑다.
依然五柳在,[3]	여전히 다섯 그루 버드나무 있는데
況值百花殘.[4]	게다가 남은 온갖 꽃 만남에랴.
昔去驚投筆,[5]	지난번 떠날 때는 붓 던지는 것에 놀랐으니
今來分掛冠.[6]	이번에 와서는 응당 관을 걸어두어야지.
不憂懸磬乏,[7]	매달린 경쇠처럼 부족한 것 걱정하지 않고
乍喜覆盂安.[8]	잠깐 뒤집어놓은 사발같이 안정된 것 기뻐한다.
甑破寧迴顧,[9]	시루가 깨진 것을 어찌 돌아볼 것이며
舟沉豈暇看.[10]	배가 가라앉았으니 어찌 볼 틈이 있겠는가?
脫身離虎口,[11]	몸을 빼내 호랑이의 입에서 벗어나고
移疾就豬肝.[12]	병을 칭해 사직하고 돼지의 간으로 나아간다.

鬢入新年白,	귀밑머리에는 새해의 흰색이 들어왔는데
顔無舊日丹.	얼굴에는 지난날의 붉음이 없어졌구나.
自悲秋穫少,¹³	스스로 가을의 수확이 적음을 슬퍼하니
誰懼夏畦難.¹⁴	누가 여름 밭의 어려움을 두려워했던가?
逸志忘鴻鵠,¹⁵	큰 뜻 품은 기러기와 고니를 잊고
淸香披蕙蘭.¹⁶	맑은 향기 나는 혜초와 난초를 헤쳐야지.
還持一杯酒,	다시금 한 잔 술을 붙잡고
坐想二公歡.¹⁷	두 사람을 생각하노라니 즐거워진다.

주석

1) 驅馬(구마) : 말을 몰다.

   遼(요) : 돌아보다.

   河干(하간) : 황하의 강 언덕.

2) 家山(가산) : 고향.

3) 五柳(오류) : 다섯 그루 버드나무. 도잠(陶潛)은 집 옆에 다섯 그루의 버드나무가 있어 '오류선생'이라 자호했다.

4) 値(치) : 만나다.

5) 投筆(투필) : 붓을 던지고 종군하다.

6) 分(분) : 응당. 마땅히.

   掛冠(괘관) : 관을 걸어두다. 관직을 그만둔다는 말이다.

7) 懸磬(현경) : 매달린 경쇠. 텅 빈 것을 말한다.

8) 乍(사) : 잠깐.

   覆盂(복우) : 뒤집어놓은 사발. 안정된 것을 말한다.

9) 甑破(증파) : 시루가 깨지다. 《후한서 · 곽태전(郭泰傳)》에 의하면, 맹민(孟敏)은 지고 가던 시루가 깨지자 뒤돌아보지 않고 가면서 "시루는 이미 깨졌는데 돌아본들 무엇 하겠는가?"라고 했다고 한다.

   寧(영) : 어찌.

10) 舟沉(주침) : 배가 가라앉다. 항우(項羽)가 진나라를 치러 가면서 결의를 다지면 남긴 '파부침주(破釜沈舟)'를 이른다. 밥 지을 솥을 깨뜨리고 돌아갈 때 타고 갈 배를 가라앉힌다는 뜻으로, 살아 돌아오기를 기약하지 않고 결사적 각오로 싸우겠다는 굳은 결의를 비유를 가리키는 말이다.

11) 脫身(탈신) : 몸을 빼내다.
   虎口(호구) : 호랑이의 입. 위험한 지경을 비유한다.

12) 移疾(이질) : 병을 칭해 사직하다.
   豬肝(저간) : 돼지의 간. 《후한서 · 주황서강등전서(周黃徐薑等傳序)》에 의하면, 민중숙(閔仲叔)은 가난해서 고기를 살 수 없자 매일 돼지 간 한 토막을 샀다고 한다.

13) 秋穫(추확) : 가을에 수확한 농작물.

14) 懼(구) : 두려워하다.
   夏畦(하휴) : 여름 밭. 여름에 밭에서 수고롭게 일하는 것을 말한다.

15) 逸志(일지) : 속세를 벗어난 큰 뜻.
   鴻鵠(홍혹) : 기러기와 고니.

16) 披(피) : 헤치다.
   蕙蘭(혜란) : 혜초와 난초. 향기가 있어 정원에 관상용으로 심는다.

17) 坐(좌) : ~로 인해.
   二公(이공) : 시제에 보이는 유(劉)와 위(韋) 두 동기를 말한다.

해설

이 시는 회창 4년(844) 늦봄 태원(太原)에서 양변(楊弁)의 난이 평정된 후 영락(永樂)으로 이사한 후에 영락에 살았던 급제 동기 두 사람에게 보낸 것이다. 시제에 보이는 태로(大鹵)는 태원의 진양현(晉陽縣)을 가리킨다. 제1단락(제1-6구)는 영락으로 이사했음을 말한 것이다. 황하 북쪽에 있는 영락의 집이 오류선생 도연명의 집처럼 따뜻하게 시인을 맞이해주니, 이제 벼슬을 그만두고 물러나 쉬겠다고 했다. 제2단락(제7-12구)은 태원이 평정된 것을 형상화한 것이다. 경제적 형편은 어렵지만 난리가 평정된 것에 만족한다면서 태원이 한창 시끄러울 때 황망하게 위험지역을 벗어났다고 했다. 제3단락(제

13-18구)은 영락으로 이사한 후의 회포를 드러낸 것이다. 어느덧 나이를 먹어 노쇠해지고 수확량이 떨어진 밭을 손수 일구어야 하지만, 잠시 청운의 뜻을 접고 은거하겠다고 했다. 제4단락(제19-20구)은 이공(二公)에게 부치는 말이다. 한가로이 술잔을 잡고 급제 동기인 두 사람을 떠올리는 일이 즐겁다고 했다. 부득이하게 벼슬에서 물러나 영락에서 한거하는 시인의 진실한 감정이 잘 드러나 있는 시로 평가된다.

504

河陽詩

하양의 시

黃河搖溶天上來,[1]   누런 황하가 세차게 출렁거리며 하늘 위에서 흘러오고

玉樓影近中天臺.[2]   옥 누각의 그림자가 중천대에 가까웠다.

龍頭瀉酒客壽杯,[3]   용머리 술병에서 술 따라 손님에게 축수의 잔 올릴 때

主人淺笑紅玫瑰.[4]   주인이 미소 짓는 모습은 붉은 옥 구슬이었다.

梓澤東來七十里,[5]   재택에서 동쪽으로 오는 70리 길

長溝複塹埋雲子.[6]   긴 도랑과 겹겹의 구덩이에 운녀를 감추었네.

可惜秋眸一臠光,[7]   안타깝구나 가을 눈동자의 한 점 저민 고기 빛

漢陵走馬黃塵起.[8]   한나라 왕들의 무덤가에서 말 달리니 누런 먼지가 인다.

南浦老魚腥古涎,[9]   남포의 늙은 물고기 오랜 타액에 비린내가 나지만

眞珠密字芙蓉篇.[10]   진주 같은 깨알 글씨로 쓴 연꽃 같은 편지,

湘中寄到夢不到,[11]   상수 일대에서 편지만 오고 꿈으로는 오지 못하니

衰容自去抛凉天.¹²　시든 얼굴로 스스로 떠나며 서늘한 날씨를 버린다.

憶得蛟絲裁小棹,¹³　추측하건대 교초로 작은 탁자에서 마름질할 때

蛺蝶飛迴木棉薄.¹⁴　나비가 얇은 목화로 날아 돌아오겠지,

綠繡笙囊不見人,¹⁵　푸른 실로 수놓은 생황 주머니 찬 사람 보이지 않으니

一口紅霞夜深嚼,¹⁶　한 입 붉은 노을을 밤 깊도록 씹으리라,

幽蘭泣露新香死,¹⁷　그윽한 난초는 떨어지는 이슬에 새로이 향이 죽어

畵圖淺縹松溪水.¹⁸　송계의 물가에서 엷은 푸른색으로 그렸다,

楚絲微覺竹枝高,¹⁹　초나라 노래인 〈죽지사〉의 고상함을 살며시 느끼며

半曲新詞寫縣紙.²⁰　절반의 곡조에 새로운 가사를 솜 종이에 썼다.

巴陵夜市紅守宮,²¹　파릉의 밤 저자의 붉은 도마뱀

後房點臂斑斑紅.²²　뒷방에서 팔에 발라 붉게 얼룩졌다.

堤南渴雁自飛久,²³　제방 남쪽의 목마른 기러기 벌써 오래 날아왔건만

蘆花一夜吹西風.²⁴　갈대꽃에는 밤새 서풍이 불었다.

曉簾串斷蜻蜓翼,²⁵　새벽의 발은 줄 끊어진 잠자리 날개인데

羅屛但有空靑色.²⁶　늘어선 병풍에는 다만 공작석의 색깔이 있다.

玉灣不釣三千年,²⁷　옥계에서 낚시질 않은 지 3천 년

蓮房暗被蛟龍惜.²⁸　연방만 어둠 속에서 교룡의 아낌을 받았다.

濕銀注鏡井口平.²⁹　물기 있는 은빛 비치는 거울은 우물 입구처럼 밋밋하고

鸞釵映月寒錚錚.³⁰　난새 비녀가 달빛 반사하며 차갑게 쟁그랑거

리는 듯,

不知桂樹在何處,[31]　계수나무는 어디 있는지 모르겠구나

仙人不下雙金莖.[32]　신선도 두 개의 구리 기둥에 내려오지 않는다.

百尺相風揷重屋,[33]　백 척 풍향계를 단 높다란 집

側近嫣紅伴柔綠.[34]　근처에서 화사한 꽃이 야들야들한 잎과 어울
렸다.

百勞不識對月郎,[35]　백로는 달을 마주한 남자를 알지 못하니

湘竹千條爲一束.[36]　상죽 천 가지가 한 묶음 되었다.

주석

* 하양현(河陽縣) : 지금의 하남성(河南省) 맹주시(孟州市) 부근. 반악(潘
岳)이 하양령일 때 복숭아나무 자두나무만 심었고, 후에 유신(庾信)이
〈춘부(春賦)〉에서 "하양현은 온통 꽃(河陽一縣幷是花)"이라 했다.

1) 搖溶(요용) : 물이 솟구치는 모습. 출렁거리는 모습.
天上來(천상래) : 하늘 위에서 흘러오다.
이백, 〈술을 드리며 將進酒〉 그대는 보지 못했는가, 누런 황하의 물이 하늘
위에서 흘러오는 것을.(君不見黃河之水天上來.)

2) 玉樓(옥루) : 천제(天帝)나 신선이 산다는 곳.
中天臺(중천대) : 주나라 목왕(穆王)이 지은 누대. '중천'은 높은 하늘을
말한다.
《열자(列子)·주목왕》 주나라 목왕 때 서쪽 끝의 나라에서 변신할 줄 아는 사
람이 왔다. ……그 사람은 왕의 궁실이 비루하여 살 수 없다고 생각했다. ……
목왕이 그래서 그것을 개축하고자 했다. ……그 높이는 천 길로서 종남산 봉
우리에 닿았기에 이름하여 중천의 누대라 했다.(周穆王時, 西極之國, 有化人來,
……化人以爲王之宮室卑陋而不可處, ……穆王乃爲之改築. ……其高千仞, 臨終南
之上, 號曰中天之臺.)

3) 龍頭(용두) : 용두잔(龍頭盞). 손잡이에 용의 머리를 조각한 술잔을 가리

킨다.

瀉酒(사주) : 술을 따르다.

  이하(李賀), 〈진왕이 술을 마시다 秦王飮酒〉 용두잔에 술 따라 술의 별을 초대
한다.(龍頭瀉酒邀酒星.)

壽杯(수배) : 축수의 술잔.

4) 主人(주인) : 여기서는 시인이 그리워하는 사람을 가리킨다.

淺笑(천소) : 미소 짓다.

玫瑰(매괴) : 아름다운 옥. 여기서는 미소 짓는 입을 가리킨다.

5) 梓澤(재택) : 진(晉)나라 석숭(石崇)의 별장인 금곡원(金谷園)의 별칭이
다. 낙양으로부터 60리 가량 떨어져 있다.

  《진서·석숭전》 석숭의 별장은 하야의 금곡에 있었는데, 재택이라고도 불렀
다.(崇有別館在河陽之金谷, 一名梓澤.)

6) 長溝複塹(장구복참) : 긴 도랑과 겹겹의 구덩이. 여기서는 부유한 집의
원림을 가리킨다.

埋(매) : 감추다. 숨기다.

雲子(운자) : 운녀(雲女). 선녀와 같은 미인을 가리킨다.

7) 秋眸(추모) : 가을의 물처럼 맑은 눈동자.

一臠(일련) : 저민 고기. 네모나게 썬 고기.

8) 漢陵(한릉) : 한나라 능묘. 동한 여러 왕들의 능묘는 대개 낙양 부근에
있었다.

9) 南浦(남포) : 남쪽의 물가.

老魚(노어) : 늙은 물고기.

  이하(李賀), 〈이빙의 공후 李憑箜篌引〉 늙은 물고기가 뛰어오르고 마른 교룡
이 춤춘다.(老魚跳波瘦蛟舞.) 여기서는 '쌍어기서(雙魚寄書)'의 고사를 활용한
것이다.

  악부시 〈음마장성굴행 飮馬長城窟行〉 손님이 먼 곳에서 찾아와, 나에게 두 마
리 잉어를 남겼네. 아이를 불러 잉어를 삶으니, 그 가운데 한 자 되는 비단에
쓴 편지가 있었네.(客從遠方來, 遺我雙鯉魚. 呼兒烹鯉魚, 中有尺素書.)

腥(성) : 비리다.

涎(연) : 타액. 침.

10) 眞珠密字(진주밀자) : 진주 같이 빼곡하게 쓴 글씨.

芙蓉篇(부용편) : 연꽃 같은 편지. 편지글의 내용이 물 밖으로 나온 연꽃
처럼 아름답다는 말이다.

11) 湘中(상중) : 상수(湘水) 일대.

이상은, 〈연대시 燕臺〉 네 수 중 셋째 수 한 쌍의 귀걸이 댕그랑 댕그랑 편지에
매달고, 안에 상수에서 서로 만났을 때를 적어두었네. 노래하던 입술로 평생
동안 비를 머금고 볼 테니, 마음 아파라 향기가 손에서 낡아갈 것이.(雙璫丁丁
聯尺素, 內記湘川相識處. 歌脣一世銜雨看, 可惜馨香手中故.)

12) 袞容(쇠용) : 쇠미해진 용모. 여기서는 시인 자신의 용모를 가리킨다.

抛涼天(포량천) : 서늘한 날씨를 버리다. 점차 무더운 지방에 가까워진다
는 말이다.

13) 憶得(억득) : 추측하다.

蛟絲(교사) : 교초(鮫綃). 전설상의 교인(鮫人)이 짠다는 비단.

裁(재) : 마름질하다.

小棹(소탁) : 작은 탁자.

14) 蛺蝶(협접) : 나비.

木棉(목면) : 목면화. 목화.

이상은, 〈연대시 燕臺〉 네 수 중 둘째 수 쓸쓸한 촉나라의 혼 짝이나 있을까?
며칠 밤 남쪽의 꽃이 목면에 피는구나.(蜀魂寂寞有伴未, 幾夜瘴花開木棉.)

15) 繡(수) : 수를 놓다.

笙囊(생낭) : 생황 주머니.

16) 紅霞(홍하) : 붉은 노을. 여기서는 자수에 쓰이는 붉은 실오라기를 가리
킨다.

嚼(작) : 씹다.

17) 泣露(읍로) : 이슬이 떨어지다.

18) 淺縹(천표) : 담청색(淡靑色). 여기서는 담청색 난초를 가리킨다.

松溪(송계) : 지명.

19) 楚絲(초사) : 초나라의 음악.

竹枝(죽지) : 죽지사(竹枝詞). 원래 파유(巴渝) 지방에서 유행하던 민간 곡조인데, 유우석(劉禹錫)이 새로 가사를 써서 9장으로 만들었다.

20) 新詞(신사) : 새로운 가사.

瓮紙(면지) : 솜 종이.

21) 巴陵(파릉) : 남조 송나라 때 설치한 군(郡) 이름. 치소는 지금의 호남성 악양시(岳陽市)에 있었다. 여기서는 파(巴) 지역을 두루 가리킨다.

夜市(야시) : 밤의 저자.

守宮(수궁) : 도마뱀. 옛날에 주사(朱砂)를 먹인 도마뱀을 으깨어 여자 몸에 발라 부정을 막는 것을 일러 '수궁'이라 했다.

22) 後房(후방) : 뒤쪽의 방. 대개 첩들의 거처로 쓰인다.

點臂(점비) : 팔에 바르다.

斑斑(반반) : 반점이 많은 모양.

23) 渴雁(갈안) : 목마른 기러기.

24) 蘆花(노화) : 갈대꽃.

一夜(일야) : 밤새.

25) 串斷(관단) : 줄이 끊어지다. 발을 이었던 줄이 끊어진 것을 말한다.

蜻蜓翼(청정익) : 잠자리의 날개. 여기서는 얇은 발을 비유한다.

26) 羅屛(나병) : 늘어선 병풍.

空靑(공청) : 공작석(孔雀石). 녹색을 띤 광물로서 농담의 무늬가 공작의 꼬리 깃털 같다 하여 붙여진 이름이다. 안료나 불꽃의 원료로 쓰인다.

27) 玉灣(옥만) : 옥계(玉溪). 시내를 아름답게 부르는 말이다.

釣(조) : 낚시질하다. 비유적으로 '유혹하다'의 뜻이 있다.

千年(천년) : 오랜 시간을 나타내는 말이다. 신선들은 천 년에 한 번씩 만난다고 한다.

28) 蓮房(연방) : 연꽃의 열매가 들어 있는 송이.

蛟龍(교룡) : 뱀과 비슷한 몸에 비늘과 사지가 있고, 머리에 흰 혹이 있는 전설상의 용. 물속에 산다고 한다.

惜(석) : 아끼다.

29) 濕銀(습은) : 물기 있는 은. 여기서는 거울의 차가운 빛을 가리킨다.

1377

注(주) : 비치다.

井口(정구) : 우물의 입구. 여기서는 거울에 사람의 모습이 비치지 않아 우물의 입구처럼 밋밋하다는 말이다.

30) 鸞釵(난채) : 난새 모양의 비녀.

鎗鎗(쟁쟁) : 의성어. 쇠붙이나 옥이 부딪치는 소리를 나타낸다.

31) 桂樹(계수) : 달 속의 계수나무. 여기서는 가인을 가리킨다.

32) 金莖(금경) : 쇠기둥. 승로반(承露盤)을 가리킨다.

33) 相風(상풍) : 풍향계.

挿(삽) : 꽂다. 달다.

重屋(중옥) : 처마가 겹겹인 건물. 높은 집을 가리킨다.

34) 側近(측근) : 부근. 근처.

嫣紅(언홍) : 아름다운 홍색. 흔히 화사한 꽃을 가리킨다.

柔綠(유록) : 부드러운 녹색. 흔히 야들야들한 잎을 가리킨다.

35) 百勞(백로) : 백로. 왜가리라고도 부른다. 해충을 잡아먹는 익조이다.

對月郎(대월랑) : 달을 마주한 남자. 여기서는 시인 자신을 가리킨다.

36) 湘竹(상죽) : 상수가의 대나무. 순(舜)임금이 죽자 두 비인 아황(娥皇)과 여영(女英)의 눈물이 대나무를 적셔 반점이 생겼다고 한다.

一束(일속) : 한 묶음.

해설

이 시는 하양(河陽)에서 알고 지냈던 여인의 죽음을 슬퍼한 것이다. 시의 내용으로 보아 이 여인은 도관(道觀)의 여도사였을 가능성이 높고, 후에 상중(湘中)의 권세가에게 후첩으로 갔다가 쓸쓸한 죽음을 맞이했던 것 같다.

제1-4구는 하양에서 가인을 만났던 때를 회상한 것이다. 황하가 세차게 흘러가는 아름다운 고장 하양의 옥 누각에서 가인을 처음 만났을 때 술잔을 올리며 미소 짓던 그녀의 붉은 입술이 떠오른다고 했다. 제5-8구는 낙양에서 재택 쪽으로 오는 여정을 묘사한 것이다. 석숭의 금곡원처럼 긴 도랑과 겹겹의 구덩이가 있는 정원에는 눈동자에 저민 고기의 빛이 나는 미인들이 감추어져 있었을 텐데, 지금은 보이지 않고 한나라 왕들의 능묘 주변에 누런 먼지

만 인다고 했다. 제9-12구는 상수에 있는 가인으로부터 편지를 받고 보고
싶은 마음에 그리로 떠나고자 하는 것이다. 멀리서 온 편지에 깨알같이 적힌
내용은 연꽃처럼 아름답지만, 꿈에서라도 만나지 못하는 괴로움에 무더운
남쪽 지방으로 떠나려고 한다고 했다. 제13-16구는 상수 가에 사는 가인의
쓸쓸한 생활을 추측한 것이다. 나비가 목화 주변을 날아다닐 때 작은 탁자에
서 비단으로 옷을 짓는데, 생황 불던 정인(情人)이 보이지 않아 늦은 밤까지
자수 실만 씹고 있을 것이라 했다. 제17-20구는 계속해서 가인의 행적을 더듬
은 것이다. 이슬을 맞고 향이 사라진 난초처럼 꿈꾸던 생활을 영위하지 못하
게 되자 그림을 그리며 번민을 달래고, 초나라 민간 악곡인 〈죽지사〉에 마음
을 담고자 새로운 가사를 짓는다고 했다. 제21-24구는 여인이 파 지역에서
외롭게 지낸 것을 말한 것이다. 가인은 사랑을 받지 못하고 첩실이 기거하는
뒷방(後房)에서 지냈는데, 이는 마치 목마른 기러기가 한참 동안 날아 갈대밭
에 도착하자마자 밤새 서풍이 불어 갈대꽃이 날려간 꼴이나 다름없다고 했
다. 제25-28구는 사람이 떠나고 황량해진 가인의 거처를 묘사한 것이다. 발은
줄이 끊어진 채 나뒹굴고 푸른색 병풍만 우두커니 서 있는데, 가인이 노닐던
시냇가는 인적이 사라지고 교룡만이 연꽃 송이를 희롱한다고 했다. 교룡으로
비유된 다른 사람이 가인을 차지한 것을 나타낸다고 보는 견해도 있다. 제
29-32구는 주인 없이 나뒹구는 물건들을 들어 휑뎅그렁해진 방의 모습을 묘
사한 것이다. 밋밋한 거울에서는 서늘한 빛이 나오고 난새 비녀도 쟁그랑
소리가 나는 듯한데, 가인은 달나라로 갔는지 보이지 않고 다시 인간세상으
로 내려오지도 않는다고 했다. 제33-36구는 가인이 머물던 집과 그 주변 경관
을 묘사하면서 시인의 심정을 토로한 것이다. 백 척 높이에 풍향계를 단 고대
광실(高臺廣室) 주변에는 붉은 꽃과 푸른 잎이 어울려 오히려 슬픔을 배가시
키는데, 하염없이 달만 바라보며 눈물 흘리는 남자의 마음을 무심한 백로가
알 리 없다고 했다.

청나라 정몽성(程夢星)이 "이 시의 격조는 또한 이하(李賀)를 배운 것(此篇
格調亦學長吉者)"이라 한 말은 정확한 지적이다. 이상은은 뛰어난 재주를 지
니고도 불행하게 살다 요절한 이하에게 각별한 연민의 정을 가지고 있었으
며, 특히 초기 시에서 이하를 모방한 흔적을 자주 보였다. 이 시에서도 "남포

의 늙은 물고기 오랜 타액에 비린내가 나지만, 진주 같은 깨알 글씨로 쓴 연꽃 같은 편지(南浦老魚腥古涎, 眞珠密字芙蓉篇.)"라든가 "그윽한 난초는 떨어지는 이슬에 새로이 향이 죽어, 송계의 물가에서 옅은 푸른색으로 그렸다 (幽蘭泣露新香死, 畵圖淺縹松溪水.)" 등의 구절에서 이하 시의 풍격이 강하게 느껴진다.

505

自桂林奉使江陵途中感懷寄獻尚書[1]

계림으로부터 강릉으로 사신 가는 길에 느낀 바를 상서께 부쳐 올리다

下客依蓮幕,[2]	하급의 빈객은 막부에 의지하는데
明公念竹林.[3]	저명한 공께서는 대나무 숲 생각나게 합니다.
縱然膺使命,[4]	사신의 명을 받았다지만
何以奉徽音?[5]	어찌 좋은 소식을 받들겠습니까?
投刺雖傷晚,[6]	명함을 드린 것 비록 늦음이 안타깝지만
酬恩豈在今!	은혜에 보답하는 것 어찌 지금에만 머물겠습니까?
迎來新瑣闥,[7]	새로운 궁궐 문으로 오시는 걸 맞이했다가
從到碧瑤岑.[8]	푸르고 아름다운 산에 이르는 걸 따랐습니다.
水勢初知海,	물의 기세로는 처음 바다를 알았고
天文始識參.[9]	천문으로는 비로소 삼성을 알았습니다.
固慚非賈誼,[10]	진실로 가의가 아닌 것 부끄럽고
唯恐後陳琳.[11]	오직 진림에 뒤쳐질까 두렵습니다.
前席驚虛辱,[12]	자리를 앞으로 당기시니 욕되게 하지나 않을까

놀랐고

華尊許細斟.[13] 화려한 술동이에서 조금 술을 따르는 것을 허락하셨습니다.

尚憐秦痔苦,[14] 오히려 치루병으로 고생하는 것을 안타까워하시며

不遣楚醪沉.[15] 초 땅의 탁주에 빠지지 않게 하셨습니다.

旣載從戎筆,[16] 이미 군대를 따르는 붓을 지녔고

仍披選勝襟.[17] 또한 명승지를 찾아다니는 흉금도 열어두었습니다.

瀧通伏波柱,[18] 강물은 복파장군 마원(馬援)의 기둥으로 이어지고

簾對有虞琴.[19] 주렴은 유우씨의 금을 마주합니다.

宅與嚴城接,[20] 거처는 방비가 삼엄한 성에 인접하고

門藏別岫深.[21] 문은 각기 다른 산봉우리를 감추며 깊습니다.

閣凉松冉冉, 누각 시원한 건 소나무 드리워서이고

堂靜桂森森. 방이 고요한 건 계수나무 빽빽해서입니다.

社內容周續,[22] 절에서는 주속지를 받아주었고

鄉中保展禽.[23] 마을에서는 전금을 지켜주었습니다.

白衣居士訪,[24] 흰 옷 입은 거사가 방문하고

烏帽逸人尋.[25] 검은 모자 쓴 은자가 찾아옵니다.

佞佛將成縛,[26] 부처에게 아첨하여 장차 얽매이게 될 것이고

耽書或類淫,[27] 서적을 탐독하여 간혹 서음(書淫)과 흡사하게 되겠지요.

長懷五羖贖,[28] 늘 다섯 마리 양으로 바꿔주신 것 생각하며

終著九州箴.[29] 언젠가는 구주의 잠언을 짓겠습니다.

良訊封鴛綺,[30] 아름다운 서신을 원앙무늬 비단으로 봉하고

餘光借玳簪.³¹　　남은 빛을 대모 비녀에게 빌려줍니다.

張衡愁浩浩,³²　　장형의 근심 끝이 없고

沈約瘦惜惜.³³　　심약은 마른 채 조용합니다.

蘆白疑粘鬢,　　갈대는 희어 귀밑머리로 달라붙는가 싶고

楓丹欲照心.　　단풍은 붉어 마음을 비춰주려 합니다.

歸期無雁報,　　돌아갈 기약 전해줄 기러기는 없고

旅抱有猿侵.³⁴　　나그네 마음 침범하는 원숭이만 있습니다.

短日安能駐?　　짧은 해를 어찌 멈출 수 있겠습니까?

低雲只有陰.　　낮은 구름에 그늘이 질 뿐입니다.

亂鴉衝曬網,³⁵　　어지러운 까마귀는 말리는 그물에 부딪치고

寒女簇遙碪.³⁶　　가난한 여인들 멀리 다듬잇돌에 모였습니다.

東道違寧久?³⁷　　주인과 헤어지는 것 어찌 오래 가겠습니까만

西園望不禁.³⁸　　서쪽 정원을 하염없이 바라봅니다.

江生魂黯黯,³⁹　　강엄은 이별에 얼이 빠졌고

泉客淚涔涔.⁴⁰　　교인은 눈물을 줄줄 흘렸습니다.

逸翰應藏法,⁴¹　　빼어난 글씨는 응당 서법으로 간직해야 할 터

高辭肯浪吟.⁴²　　뛰어난 문장을 어찌 제멋대로 읊겠습니까?

數須傳庾翼,⁴³　　자주 유익에게 전해야 하기에

莫獨與盧諶.⁴⁴　　노심에게만 주지는 않았습니다.

假寐憑書簏,⁴⁵　　선잠이 들어 책상자에 기대고

哀吟叩劍鐔.⁴⁶　　슬피 읊조리며 칼코등이를 두드립니다.

未嘗貪偃息,⁴⁷　　일찍이 누워 쉬려고 애쓴 적도 없거늘

那復議登臨.⁴⁸　　어찌 다시 놀러 다닐 생각을 하겠습니까.

彼美迴淸鏡,⁴⁹　저 아름다운 이가 맑은 거울을 되돌리는데

其誰受曲鍼.⁵⁰　그 누가 굽은 바늘을 받아들이겠습니까.

人皆向燕路,　사람들이 모두 연나라 가는 길로 향하니

無乃費黃金.⁵¹　황금을 허비할 필요도 없습니다.

주석

1) 尙書(상서) : 여기서는 정아(鄭亞)를 가리킨다.

2) 下客(하객) : 하등의 빈객. 맹상군(孟嘗君)의 부엌에는 세 등급이 있어서 상등의 빈객에게는 고기를, 중등의 빈객에게는 생선을, 하등의 빈객에게는 야채를 준비했다고 한다.

   蓮幕(연막) : 막부.

3) 明公(명공) : 고위직에 있는 사람에 대한 존칭.

   竹林(죽림) : 대나무 숲. 죽림칠현(竹林七賢) 가운데 완적(阮籍)과 완함(阮咸)이 숙질간이다.

   * 〔원주〕: 공께서는 강릉의 상국인 정소와 숙질간이다.(公與江陵相國韶敍叔侄)

   고증에 따르면 이 '소(韶)'는 '숙(肅)'의 잘못인 듯하다. 그러므로 '정숙'이 맞을 것이다.

4) 縱然(종연) : 설령 ~하더라도.

   膺(응) : 받다.

5) 徽音(휘음) : 좋은 소식.

6) 投刺(투자) : 명함을 주다. 자(刺)는 죽간 위에 이름을 새긴 것으로 지금의 명함과 같다.

7) 瑣闥(쇄달) : 연쇄무늬가 새겨진 궁궐의 작은 문. 여기서는 조정을 가리킨다.

8) 瑤岑(요잠) : 아름다운 산. 여기서는 정아를 따라 계림에 이른 것을 이른다.

9) 參(삼) : 삼성(參星). 28수(宿) 중 하나로 서쪽에 있다. 이 두 구는 이 요원한 서남쪽 끝에 오게 되자 천문학에서의 삼성을 진정으로 알게 되었다는

것이다.

10) 賈誼(가의) : 가의(B.C.200-B.C.168)는 서한(西漢)의 대신, 정치가이자 문
인. 그는 정삭(正朔)과 복색을 고치고, 법도를 마련하고, 예악을 제정했
을 뿐 아니라 정치 개혁에 관한 여러 가지 소(疏)를 올림. 당시 문제(文
帝)는 그를 공경(公卿)에 임명하려 했으나 대신들의 반발로 폄적되어 장
사왕(長沙王)의 태부(太夫)가 되고, 다시 양회왕(梁懷王)의 태부가 되었
으며, 33세의 젊은 나이에 세상을 떠났다. 저서로 《신서(新書)》, 《가장사
집(賈長沙集)》 등이 있다.

11) 陳琳(진림) : 건안(建安) 시대 일곱 문인 중의 한 사람으로 하진(何進),
원소(袁紹)의 문서담당자를 거쳐 조조(曹操)에게 투항하여 관기실(管記
室)을 지냈다.

12) 前席(전석) : 가까이 마주하려고 자리를 앞으로 당기다. 《사기(史記)·굴원
가생열전(屈原賈生列傳)》에 따르면, 가의를 장사왕의 태부로 보냈다가
다시 불러들인 후 효문제(孝文帝)가 그를 찾아 귀신의 일과 근본에 대해
물어 가의는 그것에 대해 이야기해주었고 한밤중에 이르도록 문제는 가까
이 마주하려고 자리를 앞으로 당기며 더욱 경청했다고 한다.
虛辱(허욕) : 헛되이 욕되게 하다.

13) 華尊(화준) : 화려한 술동이.

14) 秦痔(진치) : 치루병.
《장자·열어구(列御寇)》 진나라 왕이 병이 나서 의원을 불렀소. 종기를 째고
고름을 짜주는 자에게는 수레 한 채를 내렸소. 그리고 치료하는 방법이 한천
할수록 그에게 내리는 수레는 더욱 많았소. (秦王有病召醫, 破癰潰痤者得車一
乘, 舐痔者得車五乘, 所治愈下, 得車愈多.) 후에 치루병을 '진치'라 불렀다.

15) 楚醪(초료) : 초나라 땅에서 생산되는 탁주. 일반적으로 술을 의미한다.

16) 載筆(재필) : 붓을 휴대하고 여러 일을 기록하다. 여기서는 계림의 막부
에서의 일을 가리킨다.

17) 選勝(선승) : 명승지를 찾아다니다.

18) 瀧(랑) : 여울, 빨리 흐르는 물. 여기서는 강물을 이른다.
伏波柱(복파주) : 복파장군 마원(馬援)의 기둥. 복파는 한나라 복파장군

마원(馬援)을 가리키는데, 계림의 유명한 명승지 가운데 복파산(伏波山)
이 있다. 범성대(范成大)의 《계해우형지(桂海虞衡志)》에 의하면 복파산
아래에 동굴이 있고, 여기에 기둥과 같은 종유석이 있으며, 복파시검석
(伏波試劍石)이라 불렀다고 한다.

19) 有虞(유우) : 유우씨, 즉 순(舜) 임금. 《예기》에 순임금이 금(琴)을 타며
    남풍(南風)의 시를 노래했다고 했다. 그런데 이 구절에서 '금(琴)'을 악기
    가 아닌, 경치가 뛰어나며 유적지가 있는 곳을 이르는 것이라고 본다면
    계주에 있는 우산(虞山)으로 볼 수도 있다.

20) 嚴城(엄성) : 방비가 삼엄한 성.

21) 別岫(별수) : 다른 산봉우리. 산맥의 다른 줄기. 현대 학자 막도재(莫道才)
    의 고찰에 따르면 계림에 머무를 당시 이상은의 거처는 지금의 첩채산
    (疊彩山) 자락 동남쪽으로 강가에 가까운 곳이었다고 한다.

22) 周續(주속) : 남조(南朝) 송(宋)나라 때의 인물인 주속지(周續之). 12세에
    10가지 경전에 통달해 '십경동자(十經童子)'라 불렸으며, 백련사(白蓮社)
    에서 고승인 혜원(慧遠)과 교유했다.

23) 展禽(전금) : 춘추시대 노나라의 대부였던 전획(展獲). 금(禽)은 그의 자
    이다. 식읍(食邑)이 유하(柳下)이고 시호가 혜(惠)인 까닭에 흔히 유하혜
    (柳下惠)라 불린다. 여자와 하룻밤을 보내면서도 음란함이 없었다 하여
    행실이 바른 남자를 가리키는 데 자주 인용된다.

24) 白衣(백의) : 흰 옷. 불교도들이 입는 옷

25) 烏帽(오모) : 은자가 쓰는 검은 모자

26) 佞佛(녕불) : 부처에게 아첨하다. 《진서 · 하충전(何充傳)》에 따르면, 하충
    과 그의 동생은 불경을 좋아하여 절에서 수양을 했는데, 당시 사만(謝萬)
    이 그것을 보고 부처에 아첨한다고 비난했다.

    成縛(성박) : 얽매임을 이루다. 여기서는 불가의 선미(禪味)에 빠지는 것
    을 이른다.

    《유마힐경(維摩詰經)·문수사리문질품제오(文殊師利問疾品第五)》 생기는 바
    에 얽매임이 없어야 중생을 위해 법을 설하여 속박을 풀어 줄 수 있을 것이니
    부처님 말씀처럼 만약 스스로 얽매임[縛]을 지닌 채 타인의 속박을 풀어준다

[解]는 것은 옳지 않다. 만약 스스로 속박됨이 없이 타인의 속박을 풀어 줄 수 있다면 그것이 옳을 것이다. 이런 까닭으로 보살은 마땅히 속박을 일으키지 말아야 한다. 무엇을 속박이라 하며 무엇을 해탈이라 하는가? 선맛[禪味]에 탐착하는 것이 곧 보살의 속박이고 방편으로 생겨나는 것은 곧 보살의 해탈이다.(所生無縛, 能爲衆生說法解縛. 如佛所說, 若自有縛, 能解彼縛, 無有是處. 若自無縛, 能解彼縛, 斯有是處. 是故菩薩不應起縛. 何謂縛? 何謂解? 貪著禪味是菩薩縛, 以方便生是菩薩解.)

27) 耽書(탐서) : 서적을 탐독하다. 《북당서초(北堂書鈔)》에 따르면, 진(晉)나라 때 황보밀(皇甫謐)이 자지도 않고 때로는 먹는 것도 잊고 낮밤을 가리지 않고 책을 읽어 '서음(書淫)'이라는 별명이 붙었다고 한다.

28) 五羖(오고) : 다섯 마리 양. 오고대부(五羖大夫), 즉 춘추시대 진나라의 대부인 백리해(百里奚)를 가리킨다. 《사기·진본기(秦本紀)》에 진나라의 무공(繆公) 다섯 장의 염소가죽으로 초나라에 대속(代贖)하고 백리해를 모셔 와 그에게 국정을 맡겼다는 고사가 있다.

29) 九州箴(구주잠) : 구주에 관한 잠언. 잠(箴)은 권고가 규율에 관한 문체이다. 《한서·양웅전(揚雄傳)》 잠은 〈우잠〉보다 훌륭한 것이 없으므로 이에 구주잠을 지었다.(箴莫大于虞箴, 故遂作九州箴.) 여기서는 시인이 장서기의 신분으로 정아(鄭亞)를 위해 힘을 다하겠다는 것을 비유하는 의미로 썼다.

30) 良訊(량신) : 아름다운 서신. 여기서는 정아가 보내온 편지를 가리킨다.
鴛綺(원기) : 원앙무늬 비단.

31) 餘光(여광) : 남는 빛.
玳簪(대잠) : 대모(玳瑁) 비녀. 여기서는 막료를 비유한다. 이 두 구는 사신이 서신을 들고 강릉을 가는 것을 이른다.

32) 張衡愁(장형수) : 장형이 근심하다. 장형이 〈사수시(四愁詩)〉를 지었다.
浩浩(호호) : 끝없이 넓은 모양.

33) 沈約瘦(심약수) : 심약이 여위었다. 《남사(南史)》에 따르면 심약이 서면(徐勉)에게 편지를 쓰면서 자기가 늙고 병들었다고 했다고 하면서 허리띠의 구멍을 자주 옮겨야 한다고 했다.
愔愔(음음) : 소리 없이 고요한 모양.

34) 旅抱(려포) : 여정의 회포.

35) 曬網(쇄망) : 햇볕에 말리는 그물.

36) 寒女(한녀) : 가난한 집의 여인.

　　簇(족) : 모이다.

　　砧(침) : 다듬잇돌.

37) 東道(동도) : 동도주(東道主). '동쪽 방향으로 가는 길을 안내하는 사람'
이라는 뜻으로, 주인의 역할을 하는 사람을 비유하는 말이다. 주인이 손
님을 대접하듯 동쪽 방향으로 가는 길을 안내한다는 것으로 길을 안내하
는 사람을 비유하거나 주인으로서 손님 접대를 하는 사람을 말한다. 《좌
씨전(左氏傳) · 희공(僖公) 30년조》에 나오는 이야기에서 유래한 말이다.
여기서는 계림의 막부를 가리킨다.

38) 西園(서원) : 서쪽 정원.

　　조식(曹植), 〈공자의 연회 公宴〉 공자께서는 손님들을 경애하시어, 연회가 끝
　　나도록 피곤한 줄도 모르시네. 맑은 달빛 속에 서원을 유람하시니, 나는 듯
　　수레들이 그 뒤를 따르네.(公子敬愛客, 終宴不知疲. 清夜遊西園, 飛蓋相追隨.)

39) 江生(강생) : 강엄(江淹).

　　강엄, 〈별부 別賦〉 얼이 빠져 넋이 나가는 것은 오직 이별뿐이리라.(黯然消魂
　　者, 惟別而已矣.)

　　黯黯(암암) : 어두컴컴하다. 상심에 얼이 빠지다.

40) 泉客(천객) : 교인(鮫人). 물속에 사는 인어 모양의 괴인(怪人)으로 항상
베를 짜며 울면 고운 구슬이 눈물로 떨어진다고 한다.

　　潸潸(잠잠) : 눈물을 흘리는 모양.

41) 逸翰(일한) : 빼어난 서법(書法). 여기서는 빼어난 글씨를 의미한다.

　　藏(장) : 보존하다, 보관하다.

42) 高辭(고사) : 뛰어난 시작(詩作).

　　肯(긍) : 어찌 ~하겠는가?

　　浪吟(낭음) : 제멋대로 읊다.

43) 數(삭) : 자주

　　庾翼(유익) : 유익(305-345)은 동진(東晉)의 정치가로, 자는 치공(稚恭),

시호는 숙후(肅候). 언릉(鄢陵, 지금의 하남성) 사람. 호(胡)를 멸망시키고 촉(蜀)을 취하여, 진(晉)의 중원회복의 큰 뜻을 품고 형주자사(荊州刺史)에서 정서(征西)장군, 남만교위(南蠻校尉)로 올랐으나 뜻을 이루지 못하고 사망했다. 서는 초서와 예서를 잘하고, 왕희지(王羲之)에 이어 명성이 높았다. 《순화각첩(淳化閣帖)》에 〈고리종사첩(故吏從事帖)〉, 〈이향첩(已向帖)〉이 있으나 의심스럽다.

44) 盧諶(노심) : 노심(284-350)은 동진의 대신으로 자는 자량(子諒)이고 범양(范陽, 지금의 하북성) 사람이다. 맑고 민첩한데다 재주도 있었으며 노장의 학문을 좋아했다. 낙양이 함락되자 부친을 따라 유곤(劉琨)에게 의지했다. 유곤이 사공(司空)이 되자 노심을 주부(主簿)로 삼았는데, 이 둘의 사이가 친밀하여 자주 증답했다. 여기서는 노심과 유곤의 고사를 빌어 정아(鄭亞)가 부쳐온 시와 서신을 칭송한 것이다.

45) 假寐(가매) : 옷을 입은 채 졸다, 잠자리를 제대로 차리지 않고 자다.
憑(빙) : 기대다.
書簏(서록) : 책을 보관하는 대나무 상자. 전하여 책은 많이 읽지만 의미는 모르는 사람을 조롱하는 말로 쓰인다.

46) 叩(고) : 두드리다.
劍鐔(검심) : 칼코등이(劍鼻). 슴베 박은 칼자루의 목 쪽에 감은 쇠테.

47) 偃息(언식) : 누워서 쉬다.

48) 議(의) : 생각하다, 꾀하다.

49) 彼美(피미) : 저 아름다운 이.
《시경·패풍(邶風)·간혜(簡兮)》 저 아름다운 이는 서방의 사람이네.(彼美人兮, 西方之人兮.)

50) 曲鍼(곡침) : 굽은 바늘. 여기서는 옳지 못한 인사(人士)를 가리킨다.
배송지(裵松之) 주에 인용된 오위소(吳韋昭)의 《오서(吳書)》 호박은 썩은 풀을 취하지 않고, 자석은 굽은 바늘을 끌어들이지 않는다.(虎魄不取腐芥, 磁石不受曲鍼.) 이 두 구는 정아가 귀감이 되어 주니 자신은 마땅히 충성으로 보답하겠다는 말이다.

51) 黃金(황금) : 황금. 이 두 구에서는 황금대 전고를 썼는데, 연소왕(燕昭

王)이 누대 위에 천금을 두고 천하의 선비를 불러 모았는데, 이 누대를
황금대(黃金臺)라 했다. 이 두 구는 기회를 엿보는 사람들이 실력자를
좇아 우르르 몰려다니는 형국이라 인재를 초빙하기 위해 애쓸 필요가
없게 되었다는 것을 비판한 것이다.

해설

이 시는 시인이 강릉으로 가는 도중에 쓴 것으로, 정아에게 인정을 받은
것에 대한 고마움과 자신을 알아준 뜻에 대해 은혜에 보답하는 뜻을 담고
있다. 상당히 긴 편폭의 시로 내용상 대체로 네 단락으로 나눌 수 있다. 첫
번째 단락에서는 사신으로 가게된 것에 대해 쓰기 시작하여 자신이 정아를
따라 계주로 간 것과 정아가 베풀어준 후의(厚意)에 대해 기술했다. 두 번째
단락에서는 자신이 정아의 막부에 거할 때 그곳의 빼어난 경치와 한적한 생
활에 대해 썼다. 세 번째 단락에서는 사신으로 강릉에 가는 도중에 만나는
정경에 대해 말했다. 네 번째 단락에서는 정아에게 서신을 받아 시인이 자신
의 마음을 펼쳐냈다.

506

送從翁從東川弘農尚書幕

동천절도사 양여사 막부를 따라가는 작은할아버지를 전송하다

大鎭初更帥,¹	큰 번진에서 갓 장수를 교체할 때
嘉賓素見邀.²	뛰어난 손님도 지난날처럼 부름을 받으셨습니다.
使車無遠近,³	절도사의 수레 따르는 길에 멀고 가까움이 없었으니
歸路更煙霄.⁴	돌아가는 길은 다시 높은 하늘일 것입니다.
穩放驊騮步,⁵	화류마의 걸음을 편안히 내딛게 하고
高安翡翠巢.⁶	물총새 보금자리를 높게 만드세요.
御風知有在,⁷	바람을 몰아가는 것 갈 곳이 있음을 알아서이니
去國肯無聊.⁸	경사를 떠나 무료해져도 괜찮습니다.

早忝諸孫末,⁹	일찍이 외람되게도 여러 손자의 끝에서
俱從小隱招.¹⁰	함께 작은 은거의 부름을 따랐습니다.
心懸紫雲閣,¹¹	마음이 자줏빛 구름 누각에 걸리고
夢斷赤城標.¹²	꿈이 적성산의 표지에서 끊겼지요.
素女悲淸瑟,¹³	소녀는 맑은 슬 소리를 슬퍼했고
秦娥弄碧簫.¹⁴	농옥은 푸른 피리를 불었습니다.

山連玄圃近,¹⁵ 산은 가까이 현포에 이어지고

水接絳河遙.¹⁶ 물은 멀리 은하수에 맞닿았습니다.

豈意聞周鐸,¹⁷ 어찌 주나라의 목탁 소리를 듣고

翻然慕舜韶.¹⁸ 갑자기 순임금의 소를 연모하게 될 줄 알았겠습니까?

皆辭喬木去,¹⁹ 모두 큰 나무 있는 고향을 하직하고 떠나

遠逐斷蓬飄.²⁰ 멀리 다북쑥을 따라 날아갔습니다.

薄俗誰其激,²¹ 각박한 세상에 누가 격려를 해주겠습니까?

斯民已甚恌.²² 백성들은 이미 너무나 구차해졌습니다.

鸞皇期一舉,²³ 난새와 봉황처럼 한번 날아오르기를 기약했지만

燕雀不相饒.²⁴ 제비와 참새는 저를 풍요롭게 해주지 못했습니다.

敢共頹波遠,²⁵ 어찌 감히 스러지는 파도와 함께 멀어지겠습니까?

因之內火燒.²⁶ 그로 인해 마음속 불길이 타올랐습니다.

是非過別夢,²⁷ 시비는 이별의 꿈처럼 지나가고

時節慘驚飆.²⁸ 세월은 놀라운 폭풍에 참담했지요.

末至誰能賦,²⁹ 뒤늦게 와서 누가 글을 지을 수 있겠습니까?

中乾欲病痟.³⁰ 속이 말라 소갈병이 생기려 합니다.

屢曾紆錦繡,³¹ 누차 고운 비단을 둘러주시며

勉欲報瓊瑤.³² 아름다운 옥으로 보답하라 권면하셨지요.

我恐霜侵鬢,³³ 저는 서리가 귀밑머리 침범할까 두려웠는데

君先綬掛腰.³⁴ 할아버지께서 먼저 인끈을 허리에 매다셨습니다.

甘心與陳阮,[35]	마음으로 달갑게 진림, 완우와 함께 하고자
揮手謝松喬.[36]	손을 흔들며 적송자, 왕자교와 헤어지셨지요.
錦里差隣接,[37]	성도와 서로 이웃으로 접하게 되면
雲臺閉寂寥.[38]	운대관은 쓸쓸히 문을 닫아두겠지요.
一川虛月魄,[39]	한 줄기 냇물엔 달이 공허하고
萬崦自芝苗.[40]	만 개 산에선 영지의 싹이 절로 크겠지요.
瘴雨瀧間急,[41]	장기 서린 비가 여울 사이에서 급하고
離魂峽外銷.[42]	이별한 이의 마음은 협곡 밖에서 흩어지는데,
非關無燭夜,[43]	촛불 없는 밤은 그렇다 쳐도
其奈落花朝.[44]	꽃 지는 아침은 어찌 해야 합니까?
幾處聞鳴珮,[45]	몇 군데서 패옥 소리 울리는 것 들으실 것이며
何筵不翠翹.[46]	어떤 연회석에서 비취 깃 머리장식을 꽂지 않겠습니까?
蠻僮騎象舞,[47]	마을 아이가 코끼리를 타고 춤추고
江市賣鮫綃.[48]	강가 저자에선 교인의 옷감을 팔 것입니다.
南詔知非敵,[49]	남조가 적이 아님은 알지만
西山亦屢驕.[50]	서산에서는 또한 누차 교만했으니,
勿貪佳麗地,[51]	멋지고 아름다운 곳 탐내
不爲聖明朝.[52]	성명한 조정을 잊지는 마세요.
少減東城飮,[53]	동성에서의 음주는 적게 줄이시고
時看北斗杓.[54]	때때로 북두성의 자루를 보시면서,
莫因乖別久,[55]	헤어짐이 오래 되어간다고 하여

遂逐歲寒凋.⁵⁶　　마침내 세한을 따라 시들지는 마세요.

盛幕開高讌,⁵⁷　　성대한 막부에서 고아한 연회를 베풀면

將軍問故寮.⁵⁸　　장군께서 옛 속료에게 하문하실 것이니,

爲言公玉季,⁵⁹　　옥계공께 말씀드려주세요

早日棄漁樵.⁶⁰　　조만간 고기 잡고 나무하는 일 그만두겠노라고.

주석

1) 大鎭(대진) : 큰 번진(藩鎭).
   更帥(경수) : 장수를 교체하다. 여기서는 개성 2년(837) 검남동천절도사
   (劍南東川節度使) 풍숙(馮宿)이 사망함에 따라 호부시랑 양여사(楊汝士)
   로 교체한 것을 가리킨다.
2) 嘉賓(가빈) : 귀한 손님. 여기서는 이상은의 작은할아버지를 가리킨다.
   素(소) : 지난날.
   見邀(견요) : 초빙을 받다.
3) 使車(사거) : 절도사의 수레.
4) 煙霄(연소) : 높은 하늘. 존귀한 지위를 비유한다.
5) 放步(방보) : 발걸음을 크게 내딛다.
   驊騮(화류) : 주 목왕의 여덟 준마 가운데 하나.
6) 翡翠(비취) : 물총새.
7) 御風(어풍) : 바람을 타고 날아가다.
   有在(유재) : 어떤 처소가 있다.
8) 去國(거국) : 경사를 떠나다.
   無聊(무료) : 마음을 둘 곳이 없다.
9) 忝(첨) : 욕되게 하다.
10) 小隱(소은) : 산림에 은거하다.
11) 紫雲閣(자운각) : 자줏빛 구름 누각. 여기서는 도관(道觀)을 가리킨다.
12) 赤城(적성) : 적성산. 지금의 절강성 천태현(天台縣) 북쪽에 있는 산으로

산의 흙과 바위가 붉다고 한다.

13) 素女(소녀) : 황제(黃帝) 때의 신녀. 《사기·효무본기(孝武本紀)》에 의하면, 태제(泰帝)가 소녀에게 쉰 줄의 슬(瑟)을 타게 했는데, 그 소리가 슬퍼서 슬을 부숴 스물다섯 줄짜리로 만들었다고 한다.

　清瑟(청슬) : 슬. 소리가 맑아 흔히 청슬이라 부른다.

14) 秦娥(진아) : 진 목공(穆公)의 딸 농옥(弄玉).

　碧簫(벽소) : 벽옥으로 만든 피리. 《열선전(列仙傳)》에 의하면, 진 목공은 피리를 잘 부는 소사(蕭史)에게 딸 농옥을 시집보냈다고 한다.

15) 玄圃(현포) : 곤륜산 정상에 있다는 신선의 거처.

16) 絳河(강하) : 은하. 은하가 북극의 남쪽에 있다 하여 남방색인 적색을 취한 것이다.

17) 豈意(기의) : 어찌 생각을 했겠는가?

　周鐸(주탁) : 주나라의 목탁. 고대에는 널리 알려야 할 중요한 일이 있을 때 목탁을 울려 사람들을 모았다. 여기서는 조정의 명령을 가리킨다.

18) 翻然(번연) : 급히 바뀌는 모양.

　慕舜韶(모순소) : 순임금의 음악인 소(韶)를 연모하다. 정치에 참여한다는 말이다.

19) 喬木(교목) : 큰 나무. 고국이나 고향을 말한다.

20) 斷蓬(단봉) : 뿌리가 끊겨 굴러가는 다북쑥. 정처없이 떠도는 것을 비유한다.

21) 薄俗(박속) : 경박한 습속.

　激(격) : 격려하다.

22) 斯民(사민) : 백성.

　恌(조) : 구차하고 경박하다.

23) 皇(황) : '凰(황)'의 고자(古字)로 암컷 봉새.

　期(기) : 기약하다.

24) 饒(요) : 넉넉하게 하다. 풍요롭게 하다.

25) 敢(감) : '豈敢(기감)'의 뜻으로 '어찌 감히'.

　頹波(퇴파) : 쓸려가는 파도.

26) 內火(내화) : 마음속의 불길. 분노를 비유한다.

27) 別夢(별몽) : 이별의 꿈.

28) 時節(시절) : 흐르는 세월.

　　驚飆(경표) : 돌발적인 폭풍. 광풍.

29) 末至(말지) : 뒤늦게 도착하다.

　　사혜련, 〈설부 雪賦〉 사마상여가 뒤늦게 도착하여 빈객의 오른쪽에 자리 잡았
　　다.(相如末至, 居客之右.)

30) 中乾(중건) : 속이 마르다.

　　痟(소) : 소갈증. 당뇨병.

31) 屢(누) : 누차.

　　紆(우) : 매다. 늘어뜨리다.

　　錦繡(금수) : 무늬와 색깔이 고운 비단. 여기서는 시를 가리킨다.

32) 報瓊瑤(보경요) : 옥으로 보답하다.

　　《시경·위풍(衛風)·모과(木瓜)》 나에게 복숭아를 던져 주기에 나는 옥으로
　　보답했지요.(投我以木桃, 報之以瓊瑤.)

33) 霜侵鬢(상침빈) : 서리가 귀밑머리를 침범하다. 머리가 하얗게 센다는
　　뜻이다.

34) 綬(수) : 인끈.

35) 陳阮(진완) : 진림(陳琳)과 완우(阮瑀). 두 사람은 조조(曹操) 휘하에 있었
　　던 건안칠자(建安七子)의 일원이다.

36) 松喬(송교) : 적송자(赤松子)와 왕자교(王子喬). 모두 도가의 인물이다.

37) 錦里(금리) : 사천성 성도(成都)의 별칭.

　　差(차) : 서로.

　　隣接(인접) : 이웃으로 접하다. 검남동천절도사 막부는 재주(梓州, 지금
　　의 사천성 삼태현(三台縣))에 있어서 성도와 이웃했다고 한 것이다.

38) 雲臺(운대) : 운대관(雲臺觀). 도관의 이름으로 이상은의 작은할아버지가
　　도를 익히던 곳이다.

　　寂寥(적료) : 쓸쓸하다.

39) 月魄(월백) : 달. 달빛.

40) 崦(엄) : 산.

41) 瘴雨(장우) : 남방의 독기를 품은 비.
   瀧(농) : 급류.

42) 離魂(이혼) : 이별한 사람의 마음. 여기서는 시인 자신을 가리킨다.

43) 非關(비관) : ~때문이 아니다.

44) 其奈(기내) : 어찌할까.

45) 聞鳴珮(문명패) : 패옥 소리를 듣다. 《열선전(列仙傳)》에 의하면, 강비(江
   妃)의 두 딸이 물가에 놀러 나왔다가 정교보(鄭交甫)를 만나 패옥을 끌러
   주었다고 한다.

46) 翠翹(취교) : 비취새 꼬리 깃. 부녀자 머리장식의 하나로 모양이 비취새
   꼬리 깃을 닮았다 하여 붙여진 이름이다.

47) 蠻僮(만동) : 남쪽 지방의 동복.

48) 江市(강시) : 강가의 저자.
   鮫綃(교소) : 교인(鮫人)이 짰다는 얇은 견직물.

49) 南詔(남조) : 당나라 때 운남 일대에 있던 나라 이름.

50) 西山(서산) : 민산(岷山). 토번(吐藩)이 자주 침입했던 곳이다.

51) 佳麗(가려) : 수려하다.

52) 聖明(성명) : 성스럽고 명민하다.

53) 少減(소감) : 줄이다.
   東城(동성) : 동천(東川)의 성내.

54) 北斗杓(북두표) : 북두성의 자루. 여기서는 장안을 가리킨다.

55) 乖別(괴별) : 이별하다.

56) 歲寒(세한) : 한 해 가운데 가장 추운 때.
   凋(조) : 시들다.

57) 高讌(고연) : 성대한 연회.

58) 寮(료) : 관리. 속료(屬僚).

59) 公玉季(공옥계) : 옥계공(玉季公). 양여사(楊汝士)를 가리킨다.

60) 早日(조일) : 시일을 앞당기다.
   漁樵(어초) : 고기 잡고 나무하다.

해설

　이 시는 이상은과 함께 옥양산(玉陽山)에서 도를 익히던 작은할아버지가 홍농 사람으로 검교예부상서(檢校禮部尚書)를 지낸 양여사(楊汝士)의 동천 절도사 막부의 참모로 따라가는 것을 전송한 것이다.

　이 시는 모두 여섯 개 단락으로 이루어져 있다. 제1단락(제1-8구)은 동천 절도사 막부로 가게 된 일을 서술하며 축원의 말을 한 것이다. 작은할아버지 가 양여사를 따라 먼 길을 마다하지 않았으니 막부에서 돌아오면 요직을 기대할 수 있으리라는 것이다. 막부의 일을 잘 건사하며 요처에 부임한 양여사 를 잘 따르시라 당부했다. 제2단락(제9-16구)은 작은할아버지와 옥양산에서 함께 은거했던 행적을 서술했다. 마음 속 의지처였던 도관에서는 여도사들 의 아름다운 음악이 연주되었고 산수가 볼만했다고 회고했다. 제3단락(제 17-32구)에서는 환해(宦海)의 어려움을 토로했다. 고향을 떠나 구르는 다북 쑥과 같이 막부를 전전했지만 시속(時俗)은 각박하고 기회는 멀기만 해 애를 태웠노라 했다. 그래서 거의 병이 날 즈음 작은할아버지의 권면이 큰 위안이 되었다는 것이다. 제4단락(제33-40구)은 옥양산을 떠나 동천으로 가는 정경 이다. 작은할아버지가 속료를 맡아 성도에 이웃한 동천절도사 막부로 떠나 고 나면 옥양산은 주인을 잃은 듯 쓸쓸하기 짝이 없으리라고 했다. 제5단락 (제41-48구)은 동천 막부의 모습을 상상해본 것이다. 작은할아버지를 떠나보 낸 시인이 협곡 밖에서 외로움에 괴로워할 때 작은할아버지는 막부의 연회 에 참석하고 사천 지역의 이국적인 풍습도 맛보리라 했다. 제6단락(제49-60 구)은 부디 나랏일에 힘쓰시라는 당부의 말이다. 동천절도사 막부가 있는 재주(梓州)는 경치가 아름다운 곳이지만 토번(吐藩)의 위협이 계속되었기에 경계심을 늦추지 말라고 했다. 아울러 기회가 닿는 대로 이상은 자신도 양여 사에게 잘 말해달라고 부탁하는 말로 시를 마무리지었다.

　시의 내용으로 보아 '작은할아버지'라는 사람은 이상은이 간담상조하는 벗 처럼 여겼던 것 같다. 그래서 상투적인 송별시와 달리 절실한 감정이 녹아들어 이상은의 오언배율 가운데 명편으로 손꼽힌다. 청나라 기윤(紀昀)은 이 시에 대해 "웅혼함이 날아 움직이고 기골이 범상치 않으니, 이 또한 두보 시의 울타리를 얻은 것(沈雄飛動, 氣骨不凡, 此亦得杜之藩籬者.)"이라고 평했다.

507

李肱所遺畫松詩書兩紙得四十韻

이굉이 소나무 그림을 주기에 종이 두 장에 40운 시를 쓰다

萬草已凉露,	온갖 풀에 이미 서늘한 이슬이 내린 이때
開圖披古松.[1]	그림을 펼치고 오래된 소나무를 들여다본다.
青山徧滄海,[2]	푸른 산에 바다가 펼쳐졌는데
此樹生何峰.	이 나무는 어느 봉우리에서 자랐을까?
孤根邈無倚,[3]	외로운 뿌리는 아득히 의지할 곳 없이
直立撑鴻濛.[4]	곧추서서 자연의 원기를 지탱하고 있다.
端如君子身,	단아한 모습 군자의 몸과 같고
挺若壯士胸.[5]	우뚝 솟은 모습 장사의 가슴 같다.
樛枝勢夭矯,[6]	아래로 휜 줄기는 기세가 마음껏 구부러져
忽欲蟠拏空.[7]	홀연 허공을 잡아끌어 서리려는 듯.
又如驚螭走,[8]	다시 놀란 교룡처럼 내달려
黙與奔雲逢.	조용히 세찬 구름과 만난다.
孫枝擢細葉,[9]	잔가지는 가는 잎처럼 돋아
旖旎狐裘茸.[10]	여우갖옷 털 흐드러지듯 무수히 자랐다.
鄒顚蓴髮軟,[11]	아이들의 숱 많은 머리카락처럼 부드럽고

1399

麗姬眉黛濃,¹²　　고운 여인의 눈썹처럼 진하다.

視久眩目睛,¹³　　오래도록 바라보노라니 눈이 어질한데

倏忽變輝容.¹⁴　　갑자기 광채 띤 모습이 바뀐다.

竦削正稠直,¹⁵　　깎은 듯 솟아 바야흐로 촘촘하고 곧다가

婀娜旋暈挲.¹⁶　　부드러워져 이윽고 흔들거린다.

又如洞房冷,¹⁷　　또 차가운 내실에

翠被張穹窿.¹⁸　　비취새 깃 배자를 봉긋하게 펼쳐놓은 듯하고,

亦若暨羅女,¹⁹　　또 제기현 저라산 출신의 여인 서시가

平旦粧顏容.²⁰　　아침에 얼굴을 화장한 듯하다.

細疑襲氣母,²¹　　세밀하기는 원기의 근본이 들어갔는가 싶고

猛若爭神功.²²　　맹렬하기는 신령한 공력을 다투는 듯 싶다.

燕雀固寂寂,²³　　제비와 참새가 본디 자취를 감추고

霧露常衝衝.²⁴　　안개만 늘 짙었다.

香蘭愧傷暮,²⁵　　향기로운 난초도 저물어가는 것 아파함에 부끄러
　　　　워하고

碧竹慚空中.²⁶　　푸른 대나무도 속이 빈 것이 창피스럽다.

可集呈瑞鳳,²⁷　　상서로움을 드러내는 봉새를 모을 수 있겠고

堪藏行雨龍.²⁸　　비를 뿌리는 용을 숨길 수 있겠다.

淮山桂偃蹇,²⁹　　회남소산의 계수나무 구부러지고

蜀郡桑重童.³⁰　　촉군의 뽕나무 가지와 잎이 무성하다지만,

枝條亮眇脆,³¹　　가지가 참으로 작고 약하니

靈氣何由同.³²　　신령한 기운이 어찌 같을 수 있으리오?

1400

昔聞咸陽帝,[33]	예전에는 함양의 황제에 대해 들었는데
近說嵇山儂.[34]	근래에는 혜산 사람인 그를 이야기한다.
或著仙人號,[35]	혹은 신선의 이름으로 유명하기도 하고
或以大夫封.	혹은 대부에 봉해지기도 했던 것.
終南與淸都,[36]	종남산과 천제의 도읍은
煙雨遙相通.	안개비 속에 멀리 서로 통한다.
安知夜夜意,[37]	어찌 밤마다의 생각이
不起西南風.[38]	서남풍을 일으키지 않을지 알겠는가?
美人昔淸興,[39]	미인은 지난날 맑은 감흥이 일 때면
重之猶月鐘.[40]	그것을 달의 종처럼 애지중지 했다.
寶筍十八九,[41]	보물 상자 열 개 중 여덟아홉 개로 싸고
香緹千萬重.[42]	향기로운 붉은 비단으로 천만 겹을 둘렀다.
一旦鬼瞰室,[43]	어느 날 아침 귀신이 집을 내려다보다
稠疊張罞罿.[44]	촘촘하게 그물을 펼쳐놓았다.
赤羽中要害,[45]	붉은 깃 화살이 급소를 맞추자
是非皆忽忽.[46]	옳고 그름도 총총히 사라졌다.
生如碧海月,	생전에는 푸른 바다의 달 같더니
死踐霜郊蓬.	죽어서는 서리 내린 교외의 다북쑥을 밟았다.
平生握中玩,[47]	평소 손에 쥐고 있던 소장품
散失隨奴僮.[48]	흩어져버려 하인들을 따라갔다.
我聞照妖鏡,[49]	나는 요물을 비추는 거울과
及與神劍鋒,[50]	신검의 칼날에 대해 들은 적이 있거늘,

寓身會有地,⁵¹ 　몸을 맡기고자 하면 마침 그런 곳이 있어야

不爲凡物蒙.⁵² 　범속한 사람에 가려지지 않는다고 했다.

伊人秉茲圖,⁵³ 　저 사람은 이 그림을 가지고 있다가

顧盼擇所從.⁵⁴ 　여기저기 둘러보며 맡길 곳을 찾았다.

而我何爲者, 　그런데 나는 무엇 하는 자이기에

開懷捧靈蹤.⁵⁵ 　기쁘게 신령한 자취를 받들었나?

報以漆鳴琴,⁵⁶ 　칠명금으로 보답하고

懸之眞珠櫳.⁵⁷ 　진주로 만든 발에 걸어두었다.

是時方暑夏, 　그때는 바야흐로 무더운 여름이었는데도

座內若嚴冬. 　방안이 마치 엄동설한과 같았다.

憶昔謝駟騎,⁵⁸ 　지난날을 떠올리건대 수레를 사양하고

學仙玉陽東.⁵⁹ 　동쪽 옥양산에서 신선술을 배웠다.

千株盡若此,⁶⁰ 　천 그루가 모두 이것과 같았고

路入瓊瑤宮.⁶¹ 　길은 옥으로 만든 궁전으로 접어들었다.

口詠玄雲歌,⁶² 　입으로는 현운의 노래를 흥얼거리며

手把金芙蓉.⁶³ 　손에는 황금 연꽃을 쥐었다.

濃靄深霓袖,⁶⁴ 　짙은 아지랑이가 무지개 소매에 깊고

色映琅玕中.⁶⁵ 　빛깔은 푸른 옥돌에서 빛난다.

悲哉墮世網,⁶⁶ 　슬프구나, 세상의 그물에 떨어져

去之若遺弓.⁶⁷ 　잃어버린 활처럼 소나무를 떠나보내는구나.

形魄天壇上,⁶⁸ 　형체와 정신이 천단 위에서

海日高瞳瞳.⁶⁹ 　바다의 해처럼 높이 밝아온다.

終期紫鸞歸,⁷⁰ 　결국엔 자줏빛 난새처럼 돌아갈 것을 기약하노니

持寄扶桑翁.⁷¹　　이것을 가져다 부상의 노인에게 부치리라.

주석

1) 披(피) : 들여다보다.

2) 徧(편) : 널리 퍼지다.

　　滄海(창해) : 푸른 바다. 여기서는 소나무가 모여 바다처럼 보인다는 뜻
　　이다.

3) 孤根(고근) : 외따로 자란 뿌리.

　　邈(막) : 아득히 멀다.

　　無倚(무의) : 의지할 곳 없다.

4) 直立(직립) : 곧추서다.

　　撑(탱) : 지탱하다.

　　鴻濛(홍몽) : 원기(元氣).

5) 挺(정) : 우뚝 솟다.

6) 樛枝(규지) : 아래로 굽은 나뭇가지.

　　夭矯(요교) : 나뭇가지가 굽은 모양.

7) 蟠(반) : 서리다. 몸을 감고 엎드려 있다.

　　拏空(나공) : 허공에 올라서다.

8) 螭(리) : 교룡.

9) 孫枝(손지) : 줄기에서 새로 뻗은 가지.

　　擢(탁) : 자라다.

10) 旖旎(의니) : 무성하다. 부드럽다.

　　狐裘(호구) : 여우 가죽으로 만든 외투.

　　茸(용) : 무성하다.

11) 鄒顚(추전) : 어린이의 정수리. '鄒'는 '雛(추)'와 같은 뜻이다.

　　蓐髮(욕발) : 숱이 많은 머리.

12) 麗姬(여희) : 진헌공(晉獻公)이 괵(虢)을 정벌하고 얻은 여인으로, 여기서
　　는 미녀를 가리킨다.

眉黛(미대) : 본래 눈썹먹이란 뜻에서 눈썹을 가리킨다.

13) 眩(현) : 어지럽다. 아찔하다.

目睛(목정) : 눈.

14) 倏忽(숙홀) : 눈 깜짝할 사이.

輝容(휘용) : 광채 띤 모습.

15) 竦削(송삭) : 곧추선 모습.

稠直(조직) : 촘촘하고 곧다.

16) 婀娜(아나) : 가볍고 부드러운 모습.

旋(선) : 이윽고.

甹夆(병봉) : 끌다.

17) 洞房(동방) : 깊은 내실.

18) 翠被(취피) : 비취새 깃으로 만든 배자.

穹窿(궁륭) : 가운데가 불룩 솟은 모양.

19) 暨羅女(기라녀) : 서시(西施). 서시는 춘추시대 월나라 제기현(諸曁縣, 지
금의 절강성 제기시)의 저라산(苧羅山)에서 땔감을 팔던 여인이었다고
한다.

20) 平旦(평단) : 새벽. 아침.

粧(장) : 화장하다.

顏容(안용) : 얼굴.

21) 襲(습) : 침입하다.

氣母(기모) : 원기(元氣)의 근본.

22) 神功(신공) : 신령한 공력.

23) 寂寂(적적) : 쓸쓸하다. 소나무가 높아서 제비나 참새가 앉거나 둥지를
틀지 못했다는 말이다.

24) 霧露(무로) : 안개.

衝衝(충충) : 많은 모양. 짙은 모양.

25) 愧(괴) : 부끄러워하다.

傷暮(상모) : 저물어가는 것을 슬퍼하다.

26) 慚(참) : 부끄러워하다.

空中(공중) : 가운데가 비다.

27) 呈瑞(정서) : 상서로운 기운을 드러내다.

28) 行雨(행우) : 비를 뿌리다. 만물을 윤택하게 한다는 뜻이다.

29) 淮山(회산) : 회남소산(淮南小山). 회남왕(淮南王) 유안(劉安)의 문객 일
부를 아울러 부르는 말이다.

偃蹇(언건) : 구부러지다.

　회남소산, 〈초은사 招隱士〉 계수나무가 산 속 깊이 무리 지어 자라, 구불구불
길게 뻗으며 가지 서로 얽혔네(桂樹叢生兮山之幽, 偃蹇連卷兮枝相繚.)

30) 蜀郡桑(촉군상) : 촉군의 뽕나무. 촉한 유비(劉備)의 집 울타리에 뽕나무
가 있었는데, 멀리서 보면 작은 수레덮개처럼 보였다고 한다.

重童(중동) : 나무의 가지와 잎이 늘어져 뒤덮인 모양.

31) 枝條(지조) : 나뭇가지.

亮(량) : 참으로. 진실로.

眇脆(묘취) : 작고 약하다.

32) 靈氣(영기) : 빼어난 기운.

33) 咸陽帝(함양제) : 함양의 황제. 진시황을 가리킨다.《한관의(漢官儀)》에
의하면, 진시황은 태산에서 폭우를 피했던 소나무를 오대부(五大夫)에
봉했다고 한다.

34) 稽山(혜산) : 지금의 안휘성 숙현(宿縣)에 있는 산. 혜강이 이 산에 살았
다고 한다.《세설신어 · 용지(容止)》에 의하면, 산도(山濤)가 혜강(稽康)
을 평하여 "키가 훤칠한 것이 외로운 소나무가 홀로 우뚝 선 듯하다"라
했다고 한다.

儂(농) : 그. 그 사람.

35) 仙人號(선인호) : 신선의 이름. 여기서는 신선의 한 사람이라는 적송자(赤
松子)를 가리킨다. 혜강에게 적송자와 같은 풍모가 느껴졌다는 것이다.

36) 終南(종남) : 종남산.

淸都(청도) : 군주가 거처하는 도성.

37) 夜夜意(야야의) : 밤마다 떠오르는 생각.

38) 西南風(서남풍) : 조식(曹植)의 〈칠애시(七哀詩)〉, 「원컨대 서남풍이 되어

길이 그대 품에 들고파라(願爲西南風, 長逝入君懷.)」여기서는 이굉이
그린 소나무에서 서남풍이 일어 군주의 곁으로 갈지도 모른다는 뜻이다.

39) 淸興(청흥) : 맑은 감흥. 우아한 흥취.

40) 重(중) : 소중히 여기다.

月鐘(월종) : 선계의 종으로 모양이 기울어진 달처럼 생겼다고 한다.

41) 寶筍(보사) : 보물 상자. 귀중품을 보관하는 죽기.

42) 香緹(향제) : 향기가 나는 주황색 비단.

43) 鬼瞰室(귀감실) : 귀신이 집을 내려다보다. 양웅(揚雄)의 〈해조(解嘲)〉에
나오는 말로, 귀신이 부귀한 사람의 집을 응시하면서 해코지 하려 한다
는 뜻이다.

44) 稠疊(조첩) : 촘촘하다.

罻罿(난동) : 그물.

45) 赤羽(적우) : 깃 화살의 일종.

中(중) : 맞추다. 적중하다.

要害(요해) : 급소. 요충지.

46) 忽忽(총총) : 다급하다.

47) 平生(평생) : 평소.

握中(악중) : 수중(手中).

玩(완) : 감상하는 물건.

48) 奴僮(노동) : 하인. 동복.

49) 照妖鏡(조요경) : 요물을 비추는 거울. 고대에 입산수도하는 사람들은
산의 요물을 쫓으려고 거울을 걸어두었다고 한다.

50) 神劍鋒(신검봉) : 신검의 칼날. 《오월춘추(吳越春秋) · 합려내전(闔閭內
傳)》에 의하면, 오왕 합려의 신검인 담로(湛盧)는 합려의 무도함을 미워
하여 초나라 소왕(昭王)에게 갔다고 한다.

51) 寓身(우신) : 몸을 맡기다.

會(회) : 마침. 때맞추어.

52) 凡物(범물) : 범상한 인물. 일반인.

53) 伊人(이인) : 이 사람. 여기서는 이굉을 가리킨다.

54) 顧盼(고반) : 주위를 둘러보다.

所從(소종) : 갈 곳. 여기서는 그림을 맡길 곳을 가리킨다.

55) 開懷(개회) : 마음을 터놓다. 기꺼이 받아들이다.

捧(봉) : 받들다.

靈蹤(영종) : 신령한 자취. 여기서는 그림을 가리킨다.

56) 漆鳴琴(칠명금) : 옻칠한 금(琴).

포령휘(鮑令暉), 〈의객종원방래 擬客從遠方來〉 길손이 먼 곳에서 와 나에게 칠
명금을 주었네(客從遠方來, 贈我漆鳴琴.)

57) 珠櫳(주롱) : 주렴. 구슬발.

58) 謝(사) : 사양하다.

駟騎(사기) : 수레나 말에 오르다. 여기서는 수레를 가리킨다.

59) 學仙(학선) : 신선술을 배우다. 도가의 장생불로술을 배우는 것을 말한다.

玉陽東(옥양동) : 동쪽 옥양산. 옥양산은 왕옥산(王屋山)의 지맥으로, 동
서로 두 산이 마주하고 있다. 이상은은 태화 9년(835)에서 개성 2년(837)
사이에 이곳에 은거하며 도교를 공부한 적이 있다.

60) 若此(약차) : 이것과 같다. 옥양산의 소나무가 그림 속의 것과 같았다는
뜻이다.

61) 瓊瑤宮(경요궁) : 아름다운 옥으로 만든 궁전. 여기서는 이상은이 머물던
도관(道觀)을 가리킨다.

62) 玄雲歌(현운가) : 현운의 노래. 서왕모(西王母)가 시녀에게 부르게 했다
는 노래인데, 여기서는 선가(仙歌)를 가리킨다.

63) 金芙蓉(금부용) : 연꽃의 미칭.

64) 濃靄(농애) : 짙은 연무.

霓袖(예수) : 무지갯빛 소매.

65) 琅玕(낭간) : 보석 같은 돌. 여기서는 대나무를 가리킨다.

66) 世網(세망) : 세상의 그물. 사회의 규범적, 도덕적 구속을 비유한다.

67) 遺弓(유궁) : 활을 잃어버리다. 《여씨춘추・귀공(貴公)》에 의하면, 형(荊)
지방 사람이 활을 잃어버리고 결국 다른 형 지방 사람이 주울 거라며
찾지 않았다고 한다. 이후로 '잃어버린 활'은 남이 주워 유용한 사물을

가리키게 되었다.

(68) 形魄(형백) : 형체와 정신.

　　天壇(천단) : 왕옥산의 꼭대기. 이곳에서 황제(黃帝)가 하늘에 예를 올렸다고 한다.

(69) 海日(해일) : 바다 위의 해.

　　曈曈(동동) : 해가 막 떠올라 점점 밝아지는 모양.

(70) 紫鸞(자란) : 자줏빛 난새. 전설상의 신조(神鳥).

(71) 扶桑翁(부상옹) : 부상의 노인. 도교에서 말하는 부상대제(扶桑大帝)를 가리키며, 바다에 산다고 한다.

해설

　　이 시는 이굉이 준 소나무 그림에 답례로 써준 제화시의 일종이다. 이굉은 개성 2년(837) 이상은과 같이 과거에 급제한 인물이며, 이 시는 모두 41운으로 이루어진 오언고시인데 시제에서는 개략수를 써서 '40운'이라 했다.

　　이 시는 모두 여섯 개 단락으로 나눌 수 있다. 제1단락(제1-16구)은 그림을 펼쳐 줄기와 가지를 살피는 모습이다. 산봉우리에 우뚝 솟은 고송은 기세 넘치게 이리저리 휜 줄기와 부드럽고도 진한 가지가 특징적이라고 했다. 제2단락(제17-36구)은 그림 속 소나무의 다채로운 모습을 형상화하며 아울러 다른 종류의 초목과 비교해 품성을 드러냈다. '비취새 깃 배자'나 '화장한 서시'를 연상시키는 소나무는 세밀하기도 하고 맹렬하기도 해, 난초, 대나무, 계수나무, 뽕나무 등의 초목을 압도한다고 칭송했다. 제3단락(제37-44구)은 소나무와 관련된 칭호를 언급하며 군주를 가까이하려는 뜻을 넌지시 암시했다. 진시황으로부터 오대부에 봉해진 소나무와 '적송자'라는 신선이 있다며, 소나무에서 서남풍이 이는 까닭을 군주와의 연관성 속에서 찾았다. 제4단락(제45-56구)은 귀인의 소장품이었던 소나무 그림이 민간으로 유실된 경위를 소개했다. 그림의 원주인이 변고를 만나 죽으면서 그가 애지중지하던 소나무 그림도 흩어지게 되었다는 것이다. 제5단락(제57-68구)은 이굉이 이상은에게 그림을 건넸다는 내용이다. 보경(寶鏡)이나 신검과 같은 소나무 그림이 지음과 은신처를 찾아 떠돌던 중 요행히 이상은의 수중에 들어왔는데, 그림을 발에 걸어두니 한여름에도 오상고절이 느껴졌다고 칭송했다. 제6단락(제 69-82구)은 소나무 그림을 통해 옥양산에서의 생활을 떠올리고 감회를 읊은 것이다. 지금은 비록 그림이 옥양산의 선계에서 인간세상으로 떨어진 듯 하지만, 곧 다시 돌아가리란 말로 은근히 시인의 처지와 심정을 암시했다.

　이 시 속에서 그림 속의 소나무는 천천히 인격화되어 시인 자신의 고결한 품성을 대신하게 된다. 이굉의 그림이 소나무와 같은 '청운의 뜻'을 품고 있는 자신의 수중으로 들어온 것이 반드시 우연은 아니라는 생각이 시의 기저를 이룬다. 기왕 인간세상으로 떨어진 김에 공을 이루고 다시 선계로 돌아가겠다는 포부를 밝힌 것이다. 이 시는 이상은 초기 장편 오언고시 가운데 한 수로, 두보와 한유를 겸하여 배웠다는 평을 들었다.

508

戲題樞言草閣三十二韻

장난삼아 추언의 초각에 32운을 쓰다

君家在河北,¹   그대의 가문은 황하의 북쪽에 있고

我家在山西.²   내 가문은 농서에 있습니다.

百歲本無業,³   백 대에 걸쳐 본래 가산은 없었어도

陰陰仙李枝.⁴   선계의 자두나무 가지가 무성했지요.

尙書文與武,⁵   상서께서는 문무를 겸하시어

戰罷幕府開.   전쟁이 끝나자 막부를 여셨습니다.

君從渭南至,⁶   그대는 위남현에서 왔고

我自仙游來.⁷   나는 선유택에서 왔지요.

平昔苦南北,   지난날 남과 북에서 고생하며

動成雲雨乖.⁸   걸핏하면 구름과 비처럼 엇갈렸지요.

逮今兩攜手,⁹   이제는 둘이 손을 맞잡고

對若牀下鞋.¹⁰   평상 아래 신발처럼 짝을 이뤘습니다.

夜歸碣石館,¹¹   밤에는 갈석관으로 돌아갔다가

朝上黃金臺.¹²   아침이면 황금대로 올라갑니다.

我有苦寒調,¹³   나는 〈고한행〉 가락을 가지고 있고

| 君抱陽春才.¹⁴ | 그대는 〈양춘백설〉의 재주를 품고 있습니다. |

君抱陽春才.[14] 그대는 〈양춘백설〉의 재주를 품고 있습니다.
年顏各少壯, 나이와 얼굴로는 각자 젊은 장년이라
髮綠齒尚齊. 머리카락 푸르고 이도 아직 가지런합니다.
我雖不能飮, 나는 비록 술을 마시지 못하나
君時醉如泥.[15] 그대는 때때로 취하여 고주망태가 됩니다.
政靜籌畵簡,[16] 정무가 한가로워 공문 올릴 일 적으니
退食多相攜.[17] 퇴근 후에는 서로 어울리는 일 많습니다.
掃掠走馬路,[18] 말 달릴 길 쓸어서 정비하고
整頓射雉翳.[19] 꿩 사냥에 쓸 은폐물을 정돈합니다.
春風二三月, 봄바람 불어오는 이삼월
柳密鸎正啼.[20] 버드나무 무성해지고 꾀꼬리 한창 울어댑니다.
淸河在門外, 맑은 시내가 문 밖에 있어
上與浮雲齊. 위로 뜬 구름과 가지런하지요.
欹冠調玉琴,[21] 갓을 기울이고 옥금을 골라
彈作松風哀.[22] 솔바람의 슬픔을 뜯어봅니다.
又彈明君怨,[23] 또 왕소군의 원망도 뜯습니다
一去怨不迴. 한번 가서 돌아오지 못한 원한이지요.
感激坐者泣, 감격한 좌중이 울 때
起視雁行低.[24] 일어나 낮게 나는 기러기 떼를 봅니다.
翻憂龍山雪,[25] 도리어 용산의 눈을 걱정해야 하니
却雜胡沙飛.[26] 오랑캐의 먼지가 날려 섞이기 때문이지요.
仲容銅琵琶,[27] 완함의 구리 비파는
項直聲凄凄.[28] 목이 곧고 소리가 처량했다지요.
上貼金捍撥,[29] 위에는 황금 활을 붙이고

畫爲承露雞.[30]　　　이슬 받는 닭을 새겨두었답니다.

君時臥根觸,[31]　　　그대는 이따금 누워 있다 무언가에 촉발되면
勸客白玉杯.　　　손님에게 백옥 잔을 권하곤 했지요.
苦云年光疾,[32]　　　늘 하시는 말씀 "세월이 빠른데
不飮將安歸.[33]　　　마시지 않으면 장차 어디로 돌아가리오?"
我賞此言是,[34]　　　나는 그 말씀에 맞장구를 치면서도
因循未能諧.[35]　　　게으른 까닭에 대작해드리지 못했지요.
君言中聖人,[36]　　　그대는 말씀하길 "술이야말로
坐臥莫我違.[37]　　　앉으나 누우나 내게 거역함이 없다"고 했지요.
榆莢亂不整,[38]　　　느릅나무 열매 어지러워 가지런하지 않고
楊花飛相隨.　　　버들솜 날려 나를 따릅니다.
上有白日照,　　　위에는 흰 해가 비추고
下有東風吹.　　　아래는 봄바람이 불어옵니다.
靑樓有美人,[39]　　　청루에는 아름다운 여인이 있어
顔色如玫瑰.[40]　　　얼굴빛이 장미와 같습니다.
歌聲入靑雲,　　　노랫소리 푸른 구름까지 올라가는데
所痛無良媒.[41]　　　안타까워하는 바는 좋은 중매쟁이 없는 것.
少年苦不久,[42]　　　젊은 시절은 참으로 오래 가지 않고
顧慕良難哉.[43]　　　사랑받는 것도 진실로 어려운 일.
徒令眞珠肬,[44]　　　헛되이 진주 같은 눈물로 하여금
裛入珊瑚腮.[45]　　　산호의 뺨을 적시게 합니다.
君今且少安,[46]　　　그대는 지금 잠시 조금의 여유를 가지고
聽我苦吟詩.　　　내가 괴로이 읊조리는 시를 들어보십시오.

古詩何人作,⁴⁷   옛 시는 누가 지었답니까?

老大猶傷悲.⁴⁸   늙고 나이 먹으면 오히려 슬프다고.

주석

1) 河北(하북) : 황하의 북쪽.

2) 山西(산서) : 농산(隴山)의 서쪽. 이상은의 본적은 농서(隴西)이다.

3) 百歲(백세) : 백 대.

    無業(무업) : 가산(家産)이 없다.

4) 陰陰(음음) : 무성하다.

    仙李(선리) : 선계의 자두나무. 《신선전(神仙傳)》에 "노자는 나면서부터 말을 할 줄 알아 자두나무를 가리켜 성으로 삼았다(老子生而能言, 指李樹爲姓.)"는 내용이 보인다. 당나라 왕실은 노자 이이(李耳)를 선조로 삼았는데, 이상은과 추언 모두 당 왕실과 같은 농서 이씨여서 이렇게 말한 것이다.

5) 尙書(상서) : 노홍정(盧弘正)을 가리킨다.

    文與武(문여무) : 문무를 겸하다.

6) 渭南(위남) : 경조부(京兆府) 위남현(渭南縣). 추언이 막부에 들어오기 전 벼슬한 곳이다.

7) 仙游(선유) : 주질현(盩厔縣)의 선유택(仙游澤). 이상은은 경조부에 들어가기 전 주질현위로 있었다.

8) 動(동) : 걸핏하면.

    雲雨乖(운우괴) : 구름과 비처럼 엇갈리다. 구름이 사라지면 비도 그치기에 이렇게 말한 것이다.

9) 逮今(체금) : 지금에 이르다.

    攜手(휴수) : 손을 잡다.

10) 對(대) : 짝을 이루다.

    牀下鞵(상하혜) : 침상 아래 신발. 밤낮으로 함께 한다는 말이다.

11) 碣石館(갈석관) : 갈석궁(碣石宮). 연나라 소왕(昭王)이 추연(鄒衍)을 위

해 지어준 건물이다. 지금의 북경시 대흥구(大興區) 경내에 있었다.

12) 黃金臺(황금대) : 연나라 소왕이 지어 인재를 초빙하고 지었던 누대. 초
현대(招賢臺)로도 불렸다.

13) 苦寒(고한) : 악부의 제목인 〈고한행(苦寒行)〉을 가리킨다. 주로 실의로
인해 슬프고 괴로워하는 내용을 노래했다.

14) 陽春(양춘) : 전국시대 초나라의 수도 영(郢)에서 불렸다는, 수준 높은
노래인 〈양춘백설(陽春白雪)〉을 가리킨다.

15) 醉如泥(취여니) : 몸을 가눌 수 없을 정도로 취하다.

16) 政靜(정정) : 정무(政務)가 한가롭다.
籌畫(주획) : 계책. 여기서는 공문을 올릴 사안을 가리킨다.
簡(간) : 간소하다. 적다.

17) 退食(퇴식) : 조정에서 퇴근하여 집에서 식사한다는 데서 나온 말로 퇴근
을 가리킨다.

18) 掃掠(소략) : 청소하다.

19) 整頓(정돈) : 정돈하다.
射雉(사치) : 꿩을 쏘다.
翳(예) : 은폐물. 꿩을 사냥할 때 나뭇잎 등으로 만들어 위장하는 데 쓰인다.

20) 鸎(앵) : 꾀꼬리.

21) 欹(의) : 기울이다.
調(조) : 고르다. 조율하다.
玉琴(옥금) : 옥으로 장식한 금.

22) 彈(탄) : 타다.
松風(송풍) : 솔바람. 혜강(嵇康)이 지은 금곡(琴曲)에 〈풍입송(風入松)〉
이 있다.

23) 明君(명군) : 왕소군(王昭君). 한나라 원제(元帝)의 후궁이었다가 흉노에
보내져 다시 돌아오지 못한 여인이다. 《악부시집》에 금곡(琴曲)으로 소
군원(昭君怨)이 있다.

24) 雁行(안행) : 기러기의 행렬. 왕소군이 고향을 그리워하는 마음을 담아
금을 타자 기러기들이 그 소리를 듣고 날갯짓을 잊어 땅으로 떨어졌다는

고사를 원용한 것이다.

25) 翻(번) : 도리어.

龍山雪(용산설) : 용산의 눈.

포조(鮑照), 〈유정의 풍격을 배운 시 學劉公幹體〉 다섯 수 가운데 셋째 수 오랑캐 바람이 북녘의 눈을 불어와, 천 리 용산을 넘는다.(胡風吹朔雪, 千里度龍山.) 여기서는 변방의 환란을 비유한다.

26) 胡沙(호사) : 북방의 모래바람. 흔히 중원을 침략하는 오랑캐를 비유한다.

27) 仲容(중용) : 죽림칠현의 한 사람으로 비파를 잘 탔던 완함(阮咸)의 자(字).

28) 項(항) : 목. 비파는 목이 곧은 것과 굽은 것 두 종류가 있다. 진(晉)나라 때 비파는 목이 곧았으나 당나라 때 서역에서 목이 굽은 비파가 전해져 유행했다. 여기서는 성격이 강직한 것을 비유한다.

淒淒(처처) : 처량하다.

29) 貼(첩) : 붙이다.

捍撥(한발) : 활. 현을 뜯는 도구이다.

30) 承露雞(승로계) : 이슬을 받는 닭. 비파에 그려진 문양을 가리킨다.

31) 棖觸(정촉) : 감촉하다. 촉발되다.

32) 苦(고) : 자주. 누차.

年光(연광) : 세월.

疾(질) : 빠르다.

33) 安歸(안귀) : 어디로 돌아가다. 무엇에 의지하겠느냐는 말이다.

34) 賞(상) : 칭찬하다.

是(시) : 옳다.

35) 因循(인순) : 게으르다.

諧(해) : 대작하다. 함께 술을 마신다는 말이다.

36) 中聖人(중성인) : 성인에 들어맞다. 술에 취한다는 말이다. 한나라 말엽 조조(曹操) 집권 시에 금주령이 엄해 사람들이 청주를 '성인'이라 하고 탁주를 '현인'이라 한 데서 나왔다.

37) 違(위) : 거스르다.

38) 楡莢(유협) : 느릅나무 열매. 손톱 크기만 한 납작한 원형의 날개 모양이
고 가운데에 씨가 들어 있다.

39) 美人(미인) : 여기서는 이상은과 추언을 가리킨다.

40) 玫瑰(매괴) : 장미.

41) 良媒(양매) : 좋은 중매쟁이.
《시경·위풍(衛風)·맹(氓)》 내가 기약을 어긴 것이 아니라 그대에게 좋은 중
매쟁이가 없었기 때문.(匪我愆期, 子無良媒.)

42) 苦(고) : 참으로. 진실로.

43) 顧慕(고모) : 사랑하다. 그리워하다.

44) 肶(비) : '玭(빈)'의 오자로 보아 '구슬'로 풀이한다. 눈물을 가리킨다. '肶'
의 원래 의미인 '반추위(反芻胃)'의 뜻으로 풀이해 '마음'을 가리킨다는
설도 있다.

45) 裛(읍) : 적시다.
珊瑚(산호) : 바다에 서식하는 무척추동물로 색깔이 아름다워 보물로 여
겼다.
腮(시) : 뺨.

46) 少安(소안) : 조금 마음을 편안히 가지다.

47) 古詩(고시) : 《문선(文選)》에 실린 〈장가행(長歌行)〉을 가리킨다. 이 시
에 "젊어서 노력하지 않으면 늙어서 그저 슬퍼하게 된다(少壯不努力, 老
大徒傷悲.)"는 구절이 보인다.

48) 老大(노대) : 늙고 나이 들다.

해설

이 시는 대중 4년(850) 노홍정(盧弘正)의 서주(徐州) 막부에서 지낼 때 지
은 것이다. 시제에 보이는 '추언(樞言)'은 막부 동료 이모(李某)의 자(字)이고,
'초각(草閣)'은 그가 기거하던 곳이다. 이상은과 그는 동병상련의 처지여서
자주 만나 정담을 나누었던 것으로 보인다.

이 시는 내용상 세 단락으로 나누어 살펴볼 수 있다. 제1단락(제1-14구)은
이상은과 추언이 서주 막부에서 동료로 일하게 된 내력을 서술한 것이다.

두 사람은 모두 경조부(京兆府)에서 미관말직을 전전하다 노홍정의 초빙을
받아 서주 막부로 와 동고동락하게 되었다고 했다. 제2단락(제15-40구)은 두
사람이 막부에서 함께 지내는 정경을 서술한 것이다. 공무를 처리하고 한가
로운 때를 맞으면 사냥과 야유회로 즐거운 시간을 보내기도 하고 술을 마시
거나 금과 비파를 뜯으며 실의를 달래기도 한다고 했다. 제3단락(제41-64구)
은 술을 좋아하는 추언의 신세 한탄에 동병상련의 심정을 내비친 것이다.
실의의 슬픔을 술에 기대어 잊고자 하는 그와 함께 이렇다 할 업적을 이루지
못하고 좋은 시절을 막부에서 보내야 하는 답답한 심정을 나누려고 했다.

　이상은이 근체시를 위주로 시를 지었던 것은 사실이나, 모두 29수에 이르
는 오언고시에도 인상적인 작품이 없지 않다. 이 시의 경우에는 한위(漢魏)
악부시의 예스러우면서도 경쾌한 가락이 두드러진다. 실의와 감상(感傷)이
라는 주제를 '장난삼아' 가볍게 다루었기 때문일 것이다. "당나라 후기에는
예스런 가락이 드물게 창작되었는데, 이 시는 여전히 위진에서 이어지는 의
미가 있다(唐後古調稀彈, 此首猶有晉魏古意.)"고 한 청나라 서덕홍(徐德泓)의
평을 참고할 만하다.

509

偶成轉韻七十二句贈四同舍

운을 바꿔가며 즉흥적으로 72구를 지어 네 동료에게 주다

沛國東風吹大澤,¹ 패국에는 동풍이 큰 연못에 불어

蒲青柳碧春一色.² 갯버들과 버들이 푸르러 봄의 일색입니다.

我來不見隆準人,³ 저는 그간 콧잔등 높은 사람 만나지는 못하고

瀝酒空餘廟中客.⁴ 술을 따르며 부질없이 사당의 손님으로 남았지요.

征東同舍鴛與鸞,⁵ 정동장군 휘하의 동료들은 원앙과 난새

酒酣勸我懸征鞍.⁶ 술자리 무르익자 제게 길 떠날 말은 매어두라 권합니다.

藍山寶肆不可入,⁷ 남전산 보석 가게에 들어갈 수 없는 것은

玉中仍是青琅玕.⁸ 옥 중에서도 푸른 구슬들이기 때문이지요.

武威將軍使中俠,⁹ 무위장군은 절도사 중의 협객으로

少年箭道驚楊葉.¹⁰ 소년 시절 활 쏘는 곳에서 버들잎을 놀라게 했습니다.

戰功高後數文章,¹¹ 전공이 높아진 뒤로는 문장을 논평하며

憐我秋齋夢蝴蝶.¹² 제가 가을 서재에서 나비 꿈꾸는 것 안타까워하셨지요.

詰旦天門傳奏章,¹³　이튿날 아침 궁궐에서 공문이 전해지고

高車大馬來煌煌.¹⁴　높은 수레와 큰 말이 휘황찬란하게 왔습니다.

路逢鄒枚不暇揖,¹⁵　길에서 추양과 매승을 만나서 인사할 겨를도 없이

臘月大雪過大梁.¹⁶　12월 큰 눈 내릴 때 대량을 지났습니다.

憶昔公爲會昌宰,¹⁷　지난날 공이 회창현령으로 계실 때를 돌이켜 보건대

我時入謁虛懷待.¹⁸　저는 당시 들어가 뵈며 허심탄회하게 기다렸습니다.

衆中賞我賦高唐,¹⁹　무리 속에서 제게 〈고당부〉를 지었다며

迴看屈宋由年輩.²⁰　굴원과 송옥을 돌아봐도 같은 연배라 칭찬하셨습니다.

公事武皇爲鐵冠,²¹　공은 무종을 섬기며 어사중승이 되어

歷廳請我相所難.²²　청사에 들러 제게 의문점을 묻곤 하셨습니다.

我時顦顇在書閣,²³　저는 당시 비서성에서 초췌한 모습이었고

臥枕芸香春夜闌.²⁴　운향을 베고 누우면 봄 밤이 저물었습니다.

明年赴辟下昭桂,²⁵　이듬해 초청에 응해 소주와 계주로 내려가며

東郊慟哭辭兄弟.²⁶　동쪽 교외에서 통곡하며 아우와 헤어졌지요.

韓公堆上跋馬時,²⁷　한공퇴 역에서 말을 달릴 때

迴望秦川樹如薺.²⁸　진천을 돌아보니 나무가 냉이 같았습니다.

依稀南指陽臺雲,²⁹　남쪽으로 어렴풋한 양대의 구름을 가리키니

鯉魚食鉤猿失群.³⁰　잉어가 낚시 바늘을 삼키고 원숭이가 무리를 잃은 듯.

湘妃廟下已春盡,³¹　상비의 사당 아래엔 이미 봄이 다 지났고

虞帝城前初日曛.³² 순임금 성 앞엔 갓 햇볕이 따가웠습니다.

謝游橋上澄江館,³³ 사유교 위 징강관에서

下望山城如一彈.³⁴ 아래로 산성을 바라보니 하나의 탄환과 같았
지요.

鷓鴣聲苦曉驚眠,³⁵ 자고새 소리 구슬퍼 새벽에 잠을 깨우고

朱槿花嬌晚相伴.³⁶ 무궁화 예쁘게 피어 저녁에 저를 벗해주었답
니다.

頃之失職辭南風,³⁷ 얼마 후 실직하여 남녘 바람과 작별하고

破帆壞檝荊江中.³⁸ 찢어진 돛과 부러진 상앗대로 형강에 있었습
니다.

斬蛟破璧不無意,³⁹ 교룡의 목을 베고 구슬을 깨뜨린 것 뜻이 없지
않으니

平生自許非匆匆.⁴⁰ 평소 제 자신을 허여한 것도 순간의 일은 아니
었습니다.

歸來寂寞靈臺下,⁴¹ 돌아와서는 쓸쓸히 천문대 아래에서

著破藍衫出無馬.⁴² 해어진 남색 적삼 입고 나다닐 말도 없이 지냈
습니다.

天官補吏府中趨,⁴³ 이부에서 관리를 선발하여 관청에서 뛰어다니
게 되니

玉骨瘦來無一把.⁴⁴ 옥 같은 뼈 비쩍 말라 한 움큼도 안 되었지요.

手封狴牢屯制囚,⁴⁵ 손수 감옥을 봉해 판결을 받은 죄수를 모으고

直廳印鏁黃昏愁.⁴⁶ 관청에서 숙직하며 도장함을 채우면 저녁내 걱정
이었습니다.

平明赤帖使修表,⁴⁷ 날 밝으니 붉은 지첩에 축하의 표문을 초 잡게
하니

上賀嫖姚收賊州.[48] 표요교위가 적의 마을을 수복한 것을 임금께서 치
하하셨습니다.

舊山萬仞青霞外,[49] 옛 산은 만 길 푸른 구름 밖에 있어

望見扶桑出東海.[50] 부상에서 동쪽 바다로 떠오르는 것 바라다보
였습니다.

愛君憂國去未能,[51] 임금을 사랑하고 나라를 걱정해 떠날 수 없었
지만

白道青松了然在.[52] 하얀 길과 푸른 소나무는 분명히 있었지요.

此時聞有燕昭臺,[53] 이 당시 연나라 소왕의 황금대가 있다는 말을
듣고

挺身東望心眼開.[54] 몸을 빼내 동쪽을 바라보니 마음의 눈이 열렸
습니다.

且吟王粲從軍樂,[55] 잠시 왕찬의 종군시를 노래하며

不賦淵明歸去來.[56] 도연명의 〈귀거래사〉를 읊지 않았습니다.

彭門十萬皆雄勇,[57] 팽성의 십만 군사 다들 용맹스러웠고

首戴公恩若山重.[58] 산처럼 무거운 공의 은덕을 떠받들었습니다.

廷評日下握靈蛇,[59] 대리평사는 해 아래서 신령한 뱀을 잡고

書記眠時吞綵鳳.[60] 서기는 잠잘 때 채색 봉황을 삼켰지요.

之子夫君鄭與裴,[61] 그대들 정 선생과 배 선생

何甥謝舅當世才.[62] 하무기 같은 조카와 사안 같은 아저씨는 당대의 재
주꾼들입니다.

青袍白簡風流極,[63] 푸른 도포와 흰 홀의 풍류가 지극해

碧沼紅蓮傾倒開.[64] 파란 늪 붉은 연꽃이 흠모하여 피었지요.

我生粗疎不足數,[65] 나는 거칠고 성글어 꼽을 것도 없지만

梁父哀吟鴝鵒舞,⁶⁶ 〈양보음〉 슬픈 가락에 구관조의 춤춘답니다.

橫行闊視倚公憐,⁶⁷ 휘젓고 다니며 멀리 내다본 것 공의 사랑 덕분

狂來筆力如牛弩.⁶⁸ 미친 듯한 필력은 소의 힘줄로 만든 쇠뇌 같았
습니다.

借酒祝公千萬年,⁶⁹ 술을 빌려 공이 천만년 무강하시기를 축원하니

吾徒禮分常周旋.⁷⁰ 우리들의 예절은 늘 따라다니는 것입니다.

收旗臥鼓相天子,⁷¹ 깃발을 내리고 북을 눕혀 천자의 재상이 되면

相門出相光靑史.⁷² 재상 가문에서 또 재상이 나와 청사를 빛내겠
지요.

주석

1) 沛國(패국) : 패군(沛郡). 지금의 강소성 패현(沛縣) 동쪽.
大澤(대택) : 큰 연못. 한 고조 유방의 어머니가 큰 연못에서 신령을 만나
는 꿈을 꾸고 유방을 잉태했다고 한다.
2) 蒲(포) : 갯버들.
3) 隆準(융준) : 콧잔등이 높다.
《사기·고조본기(高祖本紀)》 고조는 생김새가 콧잔등이 높고 용의 얼굴이었
다.(高祖爲人, 隆準而龍顏.)
4) 瀝酒(역주) : 술을 땅에 뿌리다. 축원의 의미를 나타낸다.
廟(묘) : 사당. 여기서는 패군에 있던 한고조의 사당을 가리킨다.
5) 征東(정동) : 정동장군(征東將軍). 여기서는 무녕군절도사 노홍정(盧弘
正)을 가리킨다.
同舍(동사) : 동료. 노홍정 막부의 동료를 가리킨다.
鴛與鸞(원여난) : 원앙과 난새. 원앙처럼 서로 화목하고 난새처럼 재주가
뛰어난 것을 말한다.
6) 酒酣(주감) : 흥겹게 술을 마시다.
征鞍(정안) : 길 떠날 말.

7) 藍山(남산) : 남전산(藍田山). 섬서성 남전현(藍田縣) 동쪽에 있으며, 좋은 옥이 많이 나 옥산(玉山)으로도 불린다.

寶肆(보사) : 보석 가게.

8) 仍(잉) : 또. 게다가.

青琅玕(청낭간) : 푸른 구슬.

　장형(張衡), 〈사수시 四愁詩〉 미인이 내게 푸른 구슬을 주었다.(美人贈我青琅玕.) 여기서는 노홍정 막부의 동료들이 옥 중의 상품인 '푸른 구슬'처럼 쟁쟁한 인물들이어서 자신이 낄 여지가 없다는 말이다.

9) 武威將軍(무위장군) : 노홍정을 가리킨다.

使(사) : 절도사.

10) 箭道(전도) : 관청에서 활쏘기를 연습하던 장소.

驚楊葉(경양엽) : 버들잎을 놀라게 하다. 활 쏘는 기술이 매우 뛰어난 것을 말한다.

　《전국책 · 서주책(西周策)》 초나라에 양유기라는 자가 있어 활쏘기에 뛰어났는데, 백 보 거리에서 버들잎을 쏘아 백발백중이었다.(楚有養由基者, 善射, 去楊葉百步而射之, 百發百中.)

11) 數(수) : 셈하다. 여기서는 문장을 논평한다는 뜻이다.

12) 秋齋(추재) : 가을의 서재.

夢蝴蝶(몽호접) : 나비를 꿈꾸다. 바라던 이상이 물거품이 되는 것을 비유한다.

13) 詰旦(힐단) : 이튿날 아침.

天門(천문) : 임금의 궁궐.

奏章(주장) : 조정의 공문.

14) 煌煌(황황) : 휘황찬란하다.

15) 鄒枚(추매) : 추양(鄒陽)과 매승(枚乘). 한나라 때 양효왕(梁孝王)의 빈객으로 있던 문인들이다. 여기서는 서주로 가는 길 주변의 다른 막부에서 막료로 있던 지인들을 가리킨다.

不暇(불가) : ~할 겨를이 없다.

揖(읍) : 인사하다.

16) 臘月(납월) : 음력 섣달.

    大梁(대량) : 변주(汴州). 지금의 하남성 개봉시(開封市) 일대이다.

17) 會昌宰(회창재) : 회창현령(會昌縣令). 회창현은 지금의 섬서성 서안시

    임동구(臨潼區) 인근으로, 회창 연간에 소응현(昭應縣)으로 이름이 바뀌

    었다. 태화 8년(834) 병부낭중(兵部郎中)으로 있던 노홍정이 회창현령으

    로 부임했다.

18) 入謁(입알) : 알현하다.

    虛懷(허회) : 허심탄회하다. 겸손하게 마음을 비우다.

19) 賞(상) : 칭찬하다.

    賦(부) : 부를 짓다.

    高唐(고당) : 송옥(宋玉)의 〈고당부(高唐賦)〉.

20) 屈宋(굴송) : 전국시대 초나라의 문인인 굴원(屈原)과 송옥(宋玉).

    由(유) : 같다.

    年輩(연배) : 나이. 여기서는 작품의 수준을 말한다.

21) 武皇(무황) : 당나라 무종(武宗).

    鐵冠(철관) : 어사대부(御史大夫)와 어사중승(御史中丞)이 쓰던 법모(法

    帽). 법모 뒷부분에 쇠로 만든 두 가닥의 기둥이 있어 붙여진 이름이다.

    흔히 어사를 가리키는 말로 쓰인다. 노홍정은 회창 2년(842) 어사중승이

    되었다.

22) 歷廳(역청) : 청사에 들르다. 당시 이상은은 어사대 맞은편의 비서성(秘書

    省)에서 정자(正字)로 근무하고 있었다.

    所難(소난) : 의문점.

23) 顦顇(초췌) : 초췌하다. 여위고 파리하다.

    書閣(서각) : 비서성.

24) 芸香(운향) : 향초의 하나로 잎을 책 속에 놓으면 좀을 먹지 않는다고

    한다. 흔히 비서성을 가리킨다.

    闌(난) : 저물다. 여기서는 비서성에서 숙직하며 날을 샌다는 말이다.

25) 明年(명년) : 여기서는 대중(大中) 원년(847)을 가리킨다.

    赴辟(부벽) : 초빙에 응하다. 여기서는 이상은이 계관관찰사(桂管觀察使)

로 임명된 정아(鄭亞)의 초빙에 응해 계주(桂州)로 갔던 것을 말한다.

昭桂(소계) : 소주(昭州)와 계주(桂州). 모두 지금의 광서성(廣西省) 지역
이다.

26) 東郊(동교) : 장안 동쪽 교외.

慟哭(통곡) : 통곡하다.

辭(사) : 헤어지다.

兄弟(형제) : 아우. 당시 이상은의 아우인 이희수(李羲叟)가 과거에 급제
해 장안에 머물고 있었다.

27) 韓公堆(한공퇴) : 남전현(藍田縣) 남쪽에 있던 역의 이름.

跋馬(발마) : 말을 타고 내달리다.

28) 秦川(진천) : 관중(關中) 평원. 여기서는 장안 일대를 가리킨다.

薺(제) : 냉이. 나무숲이 냉이처럼 촘촘하게 보였다는 말이다.

29) 依稀(의희) : 어렴풋하다.

陽臺雲(양대운) : 양대의 구름.

송옥(宋玉), 〈고당부 高唐賦〉 서문 (무산의 신녀가) 아침에는 구름이 되고 저
녁에는 지나가는 비가 되어 아침저녁으로 양대의 아래에 있겠다. (旦爲朝雲,
暮爲行雨, 朝朝暮暮, 陽臺之下.)

30) 鯉魚食鉤(이어식구) : 잉어가 낚시 바늘을 삼키다. 생계를 위해서 부득이
하게 계주 막부의 초빙에 응했다는 말이다.

31) 湘妃廟(상비묘) : 순(舜)임금의 두 비인 아황(娥皇)과 여영(女英)을 모신
사당으로, 지금의 호남성 상음현(湘陰縣) 북쪽에 있었다.

32) 虞帝城(우제성) : 순임금의 성. 여기서는 우제묘(虞帝廟)가 있는 계주(桂
州)를 가리킨다.

日曛(일훈) : 햇볕이 따갑다. 이상은은 음력 5월말에 계주에 도착했다.

33) 謝游橋(사유교) : 사조(謝朓)가 놀던 다리. 계주에 있었던 것으로 추정된
다.

澄江館(징강관) : 계주에 있던 객사(客舍)로 보인다.

사조, 〈저녁에 삼산에 올라 다시 경읍을 바라보다 晚登三山還望京邑〉 맑은 강
이 비단처럼 고요하다. (澄江靜如練.)

34) 山城(산성) : 계림을 가리킨다.

　　如一彈(여일탄) : 하나의 탄환과 같다. 탄환처럼 작은 도시라는 말이다.

35) 鷓鴣(자고) : 자고새. 주로 중국 남쪽 지방에 서식하는 텃새로 꿩과 비슷하게 생겼다. 보통 고향을 그리는 데 자주 등장하는 새이다.

　　驚眠(경면) : 잠을 깨우다.

36) 朱槿花(주근화) : 붉은 무궁화. 하이비스커스 또는 부상화라고도 한다. 아침에 피었다 저녁에 지고, 처음엔 흰색이었다 점점 붉게 짙어지며 나중에 짙은 자주색이 된다.

　　嬌(교) : 예쁘다.

37) 頃之(경지) : 얼마 후. 오래지 않아.

　　失職(실직) : 계관관찰사 정아(鄭亞)가 순주자사(循州刺史)로 좌천되면서 그의 막부를 떠난 것을 가리킨다.

　　辭南風(사남풍) : 남풍과 헤어지다. 계림을 떠나게 되었다는 말이다.

38) 破帆壞檣(파범회장) : 찢어진 돛과 부러진 상앗대. 물길이 험한 것을 가리킨다.

　　荊江(형강) : 호북성 지강(枝江)에서 호남성 성릉기(城陵磯)에 이르는 장강의 일부분을 따로 부르는 말이다.

39) 斬蛟破璧(참교파벽) : 교룡의 목을 베고 구슬을 깨뜨리다. 고난을 두려워하지 않는 기개가 있음을 말한다.

　　《박물지(博物志)》권7 담대자우가 황하를 건너며 천금의 구슬을 황하에 바쳤다. 하백이 이를 가지려 하자 파도의 신 양후가 파도를 일으키며 두 마리 교룡이 배를 에워쌌다. 자우는 왼손으로 구슬을 쥐고 오른손에 칼을 들어 교룡을 모두 베어 죽였다. 황하를 건넌 후에 하백에게 세 번 구슬을 던졌으나 하백이 뛰어올라 그것을 되돌려주었다. 자우는 구슬을 부수고 떠났다.(澹臺子羽渡河, 齎千金之璧於河. 河伯欲之, 至陽侯波起, 兩鮫挾船. 子羽左摻璧, 右操劍, 擊鮫皆死. 旣渡, 三投璧於河伯, 河伯躍而歸之. 子羽毀而去.)

40) 平生(평생) : 평소.

　　自許(자허) : 스스로 인정하다.

　　非匆匆(비총총) : 순간의 일이 아니다. 어느 날 갑자기 얻게 된 것이 아니라 평소 꾸준히 함양해왔다는 말이다.

41) 歸來(귀래) : 돌아오다. 계림에서 장안으로 돌아온 것을 말한다.
靈臺(영대) : 왕실의 천문대. 지금의 섬서성 호현(戶縣)에 있었다. 여기서는 장안을 가리킨다.

42) 著(착) : 입다.
藍衫(남삼) : 남색 적삼. 여기서는 정9품하의 주질현위(盩厔縣尉)에 임명되어 청포(靑袍)를 입은 것을 말한다.

43) 天官(천관) : 이부(吏部).
補吏(보리) : 결원을 보충할 관리를 선발하다.
府中趨(부중추) : 관청에서 뛰어다니다. 이상은은 주질현위에서 경조부(京兆府) 법조참군(法曹參軍)으로 자리를 옮겼다.

44) 玉骨(옥골) : 마르고 가냘픈 몸.
瘦來(수래) : 점점 마르다.
一把(일파) : 한 움큼.

45) 封(봉) : 봉하다. 잠그다.
狴牢(폐뢰) : 감옥.
屯(둔) : 모으다.
制囚(제수) : 어명에 의해 체포한 죄수.

46) 直廳(직청) : 관청에서 숙직하다.
印鏁(인쇄) : 도장함을 채우다.

47) 平明(평명) : 날이 밝다.
赤帖(적첩) : 붉은색 지첩(紙帖). 축하의 글을 올리는 데 쓰는 용지이다.
修表(수표) : 표문을 짓다.

48) 嫖姚(표요) : 표요교위(嫖姚校尉) 곽거병(霍去病). 여기서는 대중 3년(849) 토번의 귀순을 맞이한 영무절도사(靈武節度使) 주숙명(朱叔明) 등을 가리킨다.
收賊州(수적주) : 적의 수중에 있던 주.

49) 舊山(구산) : 고향 부근의 왕옥산(王屋山)을 말한다.
萬仞(만인) : 만 길.

靑霞(청하) : 푸른 구름. 흔히 은거를 나타낸다.

50) 扶桑(부상) : 해가 떠오르는 곳.

51) 去未能(거미능) : 떠날 수 없다. 고향으로 돌아가 은거할 수 없었다는 말이다.

52) 白道(백도) : 흰 길. 대로를 말한다.

　　了然(요연) : 분명히.

53) 燕昭臺(연소대) : 연나라 소왕의 황금대(黃金臺). 지금의 하북성 역현(易縣) 동남쪽에 있었던 곳으로, 소왕이 이곳에 천하의 인재를 불러 모았다고 한다. 여기서는 서주의 노홍정 막부를 가리킨다.

54) 挺身(정신) : 몸을 빼내다. 머물렀던 곳에서 떨치고 일어나는 것을 말한다.

　　心眼(심안) : 마음의 눈. 생각이나 계획.

55) 王粲(왕찬) : 동한말의 문인으로 건안칠자(建安七子) 가운데 한 사람이다. 從軍樂(종군락) : 왕찬의 〈종군시 5수(從軍詩五首)〉를 가리킨다. 이 시의 첫째 수에 "종군하면 괴로움과 즐거움이 있으나 다만 누구를 따르느냐 물을 뿐(從軍有苦樂, 但問所從誰.)"이라는 구절이 보인다.

56) 淵明(연명) : 도연명(陶淵明).

　　歸去來(귀거래) : 도연명의 〈귀거래사(歸去來辭)〉. 관직에서 물러나 고향에 은거한다는 내용을 노래했다.

57) 彭門(팽문) : 서주의 팽성군(彭城郡).

　　雄勇(웅용) : 용맹하다.

58) 首戴(수대) : 떠받들다.

59) 廷評(정평) : 정위평(廷尉評). 옥사(獄事)를 담당하는 관리이다. 여기서는 막부의 대리평사(大理評事)를 가리킨다.

　　握靈蛇(악령사) : 신령한 뱀을 잡다. '신령한 뱀의 구슬을 쥔다(握靈蛇之珠)'는 말을 축약한 표현이다. 수후(隋侯)가 상처 난 뱀을 치료해주었더니 뱀이 강에서 큰 구슬을 물어와 보답했다는 데서 나온 말이다. 흔히 비범한 재능을 나타낼 때 쓰는 말이다.

60) 書記(서기) : 문서를 담당하는 관리.

　　吞綵鳳(탄채봉) : 채색 봉황을 삼키다.

1428

《진서 · 나함전(羅含傳)》 낮잠을 잔 적이 있었는데 꿈에 무늬가 예사롭지 않은 해 한 마리가 입 속으로 날아들어왔다. ……이때부터 문장력이 날로 새로워졌다.(嘗晝臥, 夢一鳥文彩異常, 飛入口中, ……自此後藻思日新.) 여기서는 막부의 종사관들이 모두 뛰어난 재주를 가졌다는 말이다.

61) 之子(지자) : 남에 대한 경칭.

夫君(부군) : 남자에 대한 경칭.

62) 何甥謝舅(하생사구) : 하무기(何無忌) 같은 조카와 사안(謝安) 같은 아저씨. 동료 가운데 숙질이 있었던 듯하다. 《남사(南史) · 송무제기(宋武帝紀)》에 "하무기와 유뢰지의 외조카는 그 외삼촌과 흡사하다(何無忌, 劉牢之外甥, 酷似其舅.)"는 내용이 보이고, 사안에게는 조카 양담(羊曇)이 있었다.

63) 靑袍(청포) : 푸른 도포.

紅蓮(홍련) : 붉은 연꽃. 흔히 막부를 '연막(蓮幕)'이라 부르는 데서 연꽃을 언급한 것이다.

白簡(백간) : 6품 이하 관리들이 손에 드는 대나무 홀(笏).

64) 碧沼(벽소) : 푸른 연못.

傾倒(경도) : 탄복하다. 흠모하다.

65) 我生(아생) : 나의 행동.

粗疎(조소) : 거칠고 성글다.

不足數(부족수) : 꼽을 것이 없다. 볼품없다.

66) 梁父吟(양보음) : 악부의 제목.

《삼국지 · 제갈량전》 제갈량이 양보음을 즐겨 지으며 자신을 관중과 악의에 비견했다.(諸葛亮好爲梁父吟, 自比管仲樂毅.)

鸜鵒舞(구욕무) : 구관조의 춤. 방약무인의 태도를 가리킨다.

《진서 · 사상전(謝尙傳)》 (사상이) 갓 관청에 이르러 알현을 청하자 왕도가 그곳에 성대한 모임이 열리기에 이렇게 말했다. '듣자니 그대는 구관조의 춤을 추어 좌중에서 모두 좋아했다던데 그렇게 할 수 있겠는가?' 사상이 좋다고 했다. 그리고는 옷과 고깔을 착용하고 춤을 추었다.((謝尙)始到府通謁, 導以其有勝會, 謂曰, 聞君能作鸜鵒舞, 一坐傾想, 寧有此理不. 尙曰, 佳. 便著衣幘而舞.)

67) 橫行(횡행) : 휘젓고 다니다.

　　闊視(활시) : 멀리 내다보다. 대범하고 기백이 있다는 말이다.

68) 牛弩(우노) : 소의 힘줄로 만든 쇠뇌.

69) 借酒(차주) : 술을 빌리다. 연회석에서 축원한다는 말이다.

70) 吾徒(오도) : 우리들.

　　禮分(예분) : 예의 또는 예절의 등급.

　　周旋(주선) : 따라다니다. 어딜 가나 예의와 법도에 맞게 행동해야 한다
　　는 말이다.

71) 收旗臥鼓(수기와고) : 깃발을 내리고 북을 눕히다. 군대가 개선한다는
　　말이다.

　　相(상) : 재상이 되다.

72) 相門(상문) : 재상의 가문.

　　出相(출상) : 재상을 배출하다.

　　光(광) : 빛내다.

　　靑史(청사) : 역사의 기록.

해설

　이 시는 대중 4년(850) 서주(徐州) 무녕군절도사(武寧軍節度使) 막부에서
지은 것이다. 회창 연간 말엽부터 대중 3년 노홍정(盧弘正)의 초빙을 받아
절도판관(節度判官)으로 서주 막부에 합류하게 되기까지의 과정을 자세하게
다루었다. 네 구마다 평성운과 측성운을 엇섞어 운을 바꾸다 종결부 4구에서
는 두 구마다 바꾸어 시제에 특별히 '전운(轉韻)'이라 부기했다. 칠언고시이
면서 칠언배율의 느낌이 든다는 점에서 '고시의 율시화'가 진행된 만당 시단
의 특징이 잘 드러난다.

　이 시는 내용상 세 단락으로 나누어 살펴볼 수 있다. 제1단락(제1-16구)은
노홍정의 서주 막부에 초빙된 과정을 진술한 것이다. 제1-2구를 통해 이 시를
지은 시점이 대중 4년 봄이라는 것을 알 수 있다. 먼저 노홍정 휘하의 막료들
이 출중하다고 치켜세운 뒤, 문무(文武)를 겸비한 노홍정이 자신의 처지를
안타깝게 여겨 막부로 초빙해주었다고 설명했다. 조정에 이상은을 절도판관

으로 임명하는 상주문을 올리고 겨울에 서주 막부를 향해 길을 떠났다고 했다. 제2단락(제17-56구)은 노홍정과의 인연을 언급하는 것을 발단으로 삼아 회창 연간 말엽 이후의 사정을 요약한 것이다. 노홍정이 회창현령을 지낼 때 처음 만나 글 짓는 재주를 인정받았고, 회창 연간에는 청사가 서로 가까운 어사대와 비서성에서 근무하며 인연을 이어갔다고 했다. 대중 연간에 정아(鄭亞)의 계주막부(桂州幕府)로 내려가 생활했으나, 정아가 더 궁벽한 곳으로 좌천되면서 막직(幕職)을 잃게 된 사정을 진술하고, 호남관찰사(湖南觀察使) 이회(李回)에게 의지하려 했으나 여의치 않았던 상황도 넌지시 밝혔다. 장안으로 돌아와서는 주질현위(盩厔縣尉)로 있다가 경조부(京兆府) 법조참군(法曹參軍)으로 자리를 옮겨 소임을 다했다고 했다. 관직에서 물러나 은거할 뜻도 없지 않았으나, 노홍정의 초빙을 받고 잠시 뒤로 미루었다는 것을 서주 막부 합류의 이유로 들었다. 제3단락(제57-72구)은 동료들을 칭송하고 막주(幕主)를 축원하며 시를 매듭지은 것이다. 하나같이 재주가 뛰어난 동료들은 노홍정의 은덕을 가슴에 새기며 저마다 자신의 직무에 충실하다고 했다. 시인은 달리 내세울 것이 없지만 자신을 아껴주는 노홍정에 의지해 공문 작성에 힘쓰겠노라며 겸손함을 나타냈다. 시의 말미에서는 막주에게 축수를 올리며 그가 재상의 자리에 올라 조정으로 돌아가기를 기원했다.

이 시에는 이상은과 노홍정의 관계를 자세히 묘사한 내용 외에도 계주막부로 가게 된 경위, 장안으로 돌아와서 겪은 어려움, 다시 관직을 맡아 처리한 일 등이 자서전과 다를 바 없이 자세히 서술되어 있어 이상은의 전기를 구성하는 중요한 자료로 꼽힌다. 명나라 육시옹(陸時雍)은 이 시를 평해 "준일한 기운으로 곧장 내려갔으나, 섬세하고 멋을 부린 구절도 없지 않다(一往俊氣, 不無纖詞巧句.)"고 했다. 다시 말해서 시인의 감개를 강하게 드러낸 부분은 침울돈좌(沈鬱頓挫)의 기백이 느껴지지만, 동시에 정교하게 시어를 다듬으려 했던 노력도 눈에 띈다는 것이다. 이는 이상은의 칠언고시에서 공통적으로 나타나는 특징이라고 하겠다.

510

五言述德抒情詩一首四十韻獻上 杜七兄僕射相公

오언으로 덕망을 서술하고 감정을 펼친 시 한 수 40 운을 두종 좌복야 상공께 바치다

帝作黃金闕,	천제가 황금 대궐을 짓고
仙開白玉京.[1]	신선이 백옥 궁전을 열었습니다.
有人扶太極,[2]	어떤 사람이 태극을 지탱하자
維嶽降元精.[3]	높은 산에서 원기를 내리셨지요.
耿賈官勳大,[4]	경엄과 가복만큼 관직과 품계가 높고
荀陳地望淸.[5]	순숙과 진식처럼 지역의 명망이 맑으십니다.
旂常懸祖德,[6]	제후의 깃발에 선조의 덕이 매달려 있고
甲令著嘉聲.[7]	조정의 명령에 아름다운 명성이 뚜렷합니다.
經出宣尼壁,[8]	경서가 공자의 벽에서 나오고
書留晏子楹.[9]	편지가 안자의 기둥에 남겨졌습니다.
武鄕傳陣法,[10]	제갈량이 팔진도를 전하고
踐土主文盟.[11]	천토에서 진문공의 맹약을 주도하셨습니다.

自昔流王澤,[12]	예로부터 임금의 은택이 흘러
由來仗國楨.[13]	본디 나라의 동량에 의지했습니다.
九河分合沓,[14]	아홉 물줄기가 나뉘고 합쳐지길 여러 번
一柱忽崢嶸.[15]	하나의 기둥만 홀연 우뚝 솟았습니다.
得主勞三顧,[16]	주군을 얻을 때 삼고초려 애를 쓰게 하시고
驚人肯再鳴.[17]	사람을 놀라게 할 때 재차 울기도 하셨지요.
碧虛天共轉,[18]	창공에서 하늘과 함께 돌고
黃道日同行.[19]	황도에서 해와 같이 운행하셨습니다.
後飲曹參酒,[20]	조참의 술은 나중에 마시고
先和傅說羹.[21]	먼저 부열의 국에 간을 맞추었습니다.
卽時賢路闢,[22]	즉시 어진 이를 위한 길이 열렸고
此夜太階平.[23]	이 밤도 태계성이 평평합니다.
願保無疆福,[24]	무궁한 복을 보존하길 바라시고
將圖不朽名.	장차 불후한 명성을 꾀하셨습니다.
率身期濟世,[25]	솔선수범하여 나라를 구할 것을 기약하고
叩額慮興兵.[26]	머리를 찧으며 군대를 내는 것을 걱정하셨지요.
感念崤屍露,[27]	효 땅의 시신이 드러났던 것 생각하고
咨嗟趙卒坑.[28]	조나라 군사가 구덩이에 묻힌 것 탄식하셨던 게지요.
儻令安隱忍,[29]	만약 꾹 참는 데 안주한다면
何以贊貞明.[30]	어떻게 올바른 도리를 밝히겠습니까?
惡草雖當路,[31]	못된 풀이 비록 길을 막고 있지만
寒松實挺生.[32]	겨울 소나무는 실로 꼿꼿하게 자랍니다.
人言眞可畏,	사람들의 뒷말 정말 무섭지만

公意本無爭.³³　　　공적인 견해는 본래 다툴 바가 없는 법입니다.

故事留臺閣,³⁴　　　예전의 업적은 대각에 남기고
前驅且旆旌.³⁵　　　선봉으로서 잠시 깃발을 들었습니다.
芙蓉王儉府,³⁶　　　연꽃 핀 왕검의 막부요
楊柳亞夫營.³⁷　　　수양버들 늘어진 주아부의 군영입니다.
淸嘯頻疎俗,³⁸　　　맑은 휘파람은 자주 속됨을 없애주고
高談屢析酲.³⁹　　　고담준론은 누차 숙취를 풀어주셨습니다.
過庭多令子,⁴⁰　　　뜰을 지나가는 영식이 많고
乞墅有名甥.⁴¹　　　별장을 줄 만한 유명한 조카도 있습니다.
南詔應聞命,⁴²　　　남조는 응당 명을 받들 것이며
西山莫敢驚.⁴³　　　서산도 감히 놀라게 하지 못할 것입니다.
寄辭收的博,⁴⁴　　　명을 내리면 적박령을 수복하고
端坐掃攙槍.⁴⁵　　　편안히 앉아 악의 무리를 소탕할 것입니다.
雅宴初無倦,　　　우아한 연회는 처음부터 지루함이 없고
長歌底有情.⁴⁶　　　긴 노래는 끝까지 정이 넘칩니다.
檻危春水暖,⁴⁷　　　난간 높은 곳에서 보면 봄 물이 따뜻하고
樓迴雪峰晴.　　　누각에서 돌아보면 설산이 개였습니다.
移席牽細蔓,⁴⁸　　　자리를 옮겨 옅은 황색 덩굴을 잡아당기고
迴橈撲絳英.⁴⁹　　　뱃머리를 돌려 붉은 꽃을 칩니다.
誰知杜武庫,⁵⁰　　　누가 두예인 줄 알겠습니까?
只見謝宣城.⁵¹　　　그저 사조가 보일 뿐입니다.

有客趨高義,⁵²　　　고상한 도의를 지향했던 나그네는

於今滯下卿.[53]	지금 하급 관리에 머물러 있습니다.
登門慚後至,[54]	용문에 오르는 일에 나중에 온 것 부끄럽고
置驛恐虛迎.[55]	역참을 설치했는데 헛되이 초대했을까 두렵습니다.
自是依劉表,[56]	본디 유표에 의탁한 형편이니
安能比老彭.[57]	어찌 노팽에 비할 수 있겠습니까?
雕龍心已切,[58]	용을 새기는 마음은 이미 절실한데
畵虎意何成.[59]	호랑이를 그리는 생각이니 무엇을 이루겠습니까?
豈省曾黔突,[60]	어찌 까만 그을음을 기억하겠습니까만
徒勞不倚衡.[61]	난간에 걸터앉지 않은 것도 헛일이었답니다.
乘時乖巧宦,[62]	시류를 타고 아첨에 능한 관리 되는 일 어그러지고
占象合艱貞.[63]	운수를 점치니 곤경에도 정도를 걸을 상과 부합한답니다.
廢忘淹中學,[64]	엄중의 학문을 그만두어 잊어버리고
遲迴谷口耕.[65]	곡구로 밭 갈러 돌아가는 것 더뎌지기만 합니다.
悼傷潘岳重,[66]	죽은 이를 애도함은 반악의 무거움이고
樹立馬遷輕.[67]	이룬 것은 사마천의 가벼움입니다.
隴首悲丹觜,[68]	농산 정상의 붉은 부리를 슬퍼하고
湘蘭怨紫莖.[69]	상수 난초의 자주색 줄기를 원망합니다.
歸期過舊歲,[70]	돌아갈 기약은 해를 넘겼고
旅夢繞殘更.[71]	나그네의 꿈이 오경을 맴돕니다.
弱植叨華族,[72]	무능한 사람이 귀족을 외람되게 하고
衰門倚外兄.[73]	쇠미한 가문이라 고종사촌에게 의지합니다.
欲陳勞者曲,[74]	고단한 사람의 노래를 부르려는데
未唱淚先橫.	노래도 하기 전에 눈물이 먼저 앞을 가립니다.

1435

■ 이의산시집

주석

1) 白玉京(백옥경) : 백옥으로 만든 궁전.
2) 扶(부) : 지탱하다.
   太極(태극) : 혼돈 상태의 원기. 여기서는 우주를 가리킨다.
3) 維嶽(유악) : 높은 산.
   《시경·대아·숭고(崇高)》높은 산의 신령이 내려와 보후(甫侯)와 신백(申伯)
   을 낳았네.(維嶽降神, 生甫及申.)
   元精(원정) : 천지의 바른 기운. 여기서는 왕실을 보좌할 신하를 비유한다.
4) 耿賈(경가) : 경엄(耿弇)과 가복(賈復). 모두 후한 광무제 때 공을 세워
   운대(雲臺)에 초상이 그려진 인물이다.
   官勳(관훈) : 관직과 품계.
5) 荀陳(순진) : 순숙(荀淑)과 진식(陳寔). 모두 후한 영천(潁川) 사람으로
   덕망이 높았다.
   地望(지망) : 지역에서의 명망.
6) 旂常(기상) : 기(旂)와 상(常). 모두 제후의 깃발이다. 기에는 교차한 용,
   상에는 해와 달이 그려져 있다.
7) 甲令(갑령) : 조정에서 반포한 명령. 두씨 집안에 내려온 조서를 가리킨다.
8) 宣尼壁(선니벽) : 공자 고택의 벽. 한나라 때 공자에게 포성선니공(褒成
   宣尼公)이란 시호가 내려진 데서 공자를 '선니'로 칭한다. 한무제 때 공자
   의 고택을 허물다 벽에서《상서(尚書)》가 발견되었는데 이를 '고문상서'
   라 부른다. 여기서는 두종이 선조로부터 경서를 물려받았다는 말이다.
9) 晏子楹(안자영) : 안자의 기둥. 안자는 기둥을 파고 그 안에 자식에게
   남기는 편지를 넣어두었다고 한다.
10) 武鄕(무향) : 제갈량(諸葛亮). 제갈량은 무향후(武鄕侯)에 봉해진 바 있다.
    陣法(진법) : 군대의 진영을 펼치는 법. 제갈량의 팔진도(八陣圖)를 가리
    킨다.
11) 踐土(천토) : 춘추시대 정(鄭)나라의 지명.
    文盟(문맹) : 진(晉)나라 문공(文公)의 맹약. 노나라 희공(僖公) 28년에
    진문공은 제후의 군대를 이끌고 초나라를 무찌른 후 천토에서 맹약을

1436

맺었다.

12) 王澤(왕택) : 임금의 은택.

13) 仗(장) : 의지하다.

國楨(국정) : 나라의 동량. '정(楨)'은 담을 쌓을 때 양쪽에 세우는 기둥을
말한다.

14) 九河(구하) : 황하의 지류 아홉 개.

沓(답) : 겹치다.

15) 一柱(일주) : 하나의 기둥.

崢嶸(쟁영) : 우뚝 솟은 모양.

16) 三顧(삼고) : 삼고초려(三顧草廬).

17) 驚人(경인) : 사람을 놀라게 하다.

《사기 · 골계열전(滑稽列傳)》이 새는 날지 않으면 그만이지만 한번 날면 하늘
을 찌르고, 울지 않으면 그만이지만 한반 울면 사람을 놀라게 합니다.(此鳥不
飛則已, 一飛沖天. 不鳴則已, 一鳴驚人.)

18) 碧虛(벽허) : 창공.

19) 黃道(황도) : 태양의 둘레를 도는 지구의 궤도가 천구(天球)에 투영된 것.

20) 曹參(조참) : 한나라 때의 재상.

《사기 · 조상국세가(曹相國世家)》(조참은) 밤낮으로 진한 술을 마셨다. 경대
부 이하의 관리와 빈객들이 조참이 업무를 하지 않는 것을 보고 오는 사람마
다 진언을 하려고 했다. 누가 당도하면 조참은 바로 진한 술을 권했다.(日夜飮
醇酒. 卿大夫已下吏及賓客見參不事事, 來者皆欲有言. 至者, 參輒飮以醇酒.)

21) 和羹(화갱) : 국에 간을 맞추다.

《서경 · 열명하(說命下)》국에 간을 맞출 때에는 그대가 소금과 식초가 되어주
오.(若作和羹, 爾惟鹽梅.) 이후로 신하가 군주를 보좌하여 나라를 다스린다는
의미로 쓰였다.

傳說(부열) : 상나라 무정(武丁) 때의 재상.

22) 賢路(현로) : 어진 사람이 등용되는 길.

闢(벽) : 열리다.

23) 太階(태계) : 삼대성(三臺星). 별이 두 개씩 계단처럼 모여 있다 하여 붙

여진 이름이다. 흔히 천자부터 서인(庶人)까지 모든 계급의 사람들을 통
칭한다.

24) 無疆(무강) : 무궁하다. 영원하다.

25) 率身(솔신) : 솔선수범하다.

   濟世(제세) : 나라를 구하다.

26) 叩額(고액) : 머리를 찧다. 가장 정중하게 예의를 갖추는 것을 말한다.

   興兵(흥병) : 군대를 출정시키다. 당시 유진(劉稹)의 부하 장수 곽의(郭
   誼)가 유진을 죽이고 투항하려 하자 이덕유(李德裕)는 곽의를 토벌하고
   자 했고 두종은 이에 반대했다.

27) 感念(감념) : 생각하다.

   崤屍(효시) : 효산에서 죽은 병사.

   《좌전·문공(文公) 3년조》 진목공(秦穆公)이 진(晉)나라를 공격하고자 황하를
   건넌 후 배를 불태웠다. 왕관을 차지하고 진나라 교외까지 이르렀으나 진나라
   사람들은 나오지 않았다. 마침내 모진에서 황하를 건너 효산에서 죽은 병사들
   을 묻고 돌아왔다.(秦伯伐晉, 濟河焚舟, 取王官及郊, 晉人不出. 遂自茅津濟, 封殽
   尸而還.)

28) 咨嗟(자차) : 탄식하다.

   趙卒(조졸) : 조나라 장군의 사졸.《사기·백기열전(白起列傳)》에 의하면
   진(秦)나라 장수 백기는 항복한 조나라 군사 40만 명을 구덩이에 묻어
   죽였다고 한다.

   坑(갱) : 구덩이에 묻다.

29) 儻令(당령) : 만약 ~라면.

   隱忍(은인) : 은인자중하다. 꾹 참다.

30) 贊(찬) : 밝히다.

   貞明(정명) : 올바른 도리.

31) 惡草(악초) : 못된 풀. 악행을 저지르는 소인을 비유한다.

   當路(당로) : 길을 막다.

32) 寒松(한송) : 겨울 추위를 견디는 소나무.

   挺生(정생) : 꼿꼿하게 자라다.

33) 公意(공의) : 공적인 견해.

34) 故事(고사) : 옛 일. 예전의 업적

臺閣(대각) : 한나라의 상서대(尙書臺). 흔히 중앙정부기관을 가리킨다.

35) 前驅(전구) : 선봉(先鋒).

旆旌(패정) : 깃발의 통칭.

36) 王儉(왕검) : 남조 제(齊)나라의 장군. 그의 막부 연못에 연꽃이 많이 자랐던 데서 후대에 막부를 연막(蓮幕)'이라 불렀다.

37) 亞夫(아부) : 한나라 문제 때의 장군인 주아부(周亞夫). 흉노를 막기 위해 세류(細柳)에 주둔한 그의 군영은 방비가 삼엄해 문제가 직접 방문해도 들어갈 수 없었다고 한다.

38) 淸嘯(청소) : 맑고 긴 휘파람 또는 울음.

疎俗(소속) : 속됨을 제거하다.

39) 高談(고담) : 고담준론.

屢(누) : 누차. 자주.

析酲(석정) : 숙취를 해소하다.

40) 過庭(과정) : 뜰을 지나가다.

《논어·계씨(季氏)》 (공자의 아들) 이가 종종걸음으로 뜰을 지나갔다.(鯉趨而過庭.)

令子(영자) : 영식(令息). 윗사람의 아들을 높여 이르는 말이다.

41) 乞墅(걸서) : 별장을 주다.

《진서·사안전(謝安傳)》 사안이 수레를 몰아 산장으로 나가니 친한 벗들이 모두 모여 바야흐로 사현과 더불어 별장에서 내기바둑을 두었다. 사안의 평소 바둑 실력은 사현만 못했는데, 이날에는 사현이 불안한 나머지 이적수를 두어 이기지 못했다. 사안이 외조카인 양담을 돌아보며 이 별장을 너에게 주마 하였다.(安遂命駕出山墅, 親朋畢集, 方與玄圍棊賭別墅. 安常棊劣於玄, 是日玄懼, 便爲敵手而又不勝. 安顧謂其甥羊曇曰, 以墅乞汝.)

42) 南詔(남조) : 당나라 때 운남 일대에 있던 나라 이름.

聞命(문명) : 명을 받들다. 가르침을 따르다.

43) 西山(서산) : 민산(岷山). 토번(吐藩)이 자주 침입했던 곳이다.

44) 寄辭(기사) : 말을 전하다. 명을 내리다.

　　的博(적박) : 적박령. 지금의 사천성 홍원현(紅原縣) 경내에 있다.

45) 端坐(단좌) : 편안히 앉다.

　　攙槍(참창) : 혜성(彗星). 흔히 악의 무리를 비유한다.

46) 底(저) : 끝.

47) 檻危(함위) : 난간이 높다.

48) 緗(상) : 옅은 황색.

49) 迴橈(회뇨) : 노를 돌리다. 뱃머리를 돌린다는 말이다.

　　撲(박) : 치다.

　　絳英(강영) : 붉은 꽃.

50) 杜武庫(두무고) : 진(晉)나라 두예(杜預)에 대한 존칭. 그의 박학다식함이
　　무기고의 병기처럼 다 갖췄다고 해서 나온 말이다.

　　《진서·두예전》 두예가 조정 안에 7년간 있으면서 온갖 업무를 챙긴 것이 이루
　　셀 수 없을 정도였다. 조야에서 칭송하며 ‘두무고’라 불렀으니, 그가 갖추지
　　않은 것이 없다는 말이다.(預在內七年, 損益萬機, 不可勝數. 朝野稱美, 號曰杜武
　　庫, 言其無所不有也.)

51) 謝宣城(사선성) : 남조 제(齊)나라의 사조(謝朓). 사조는 중서랑(中書郞)
　　으로 있다가 선성태수(宣城太守)로 자리를 옮겼으며 시에 능했다.

52) 高義(고의) : 고상한 도의.

53) 下卿(하경) : 하급 관리. 여기서는 시인 자신을 가리킨다.

54) 登門(등문) : 용문(龍門)에 오르다. 명망 있는 사람으로부터 접대나 후원
　　을 받는 것을 가리킨다.

　　《후한서·이응전(李膺傳)》 이응이 홀로 풍채를 갖추어 명성이 절로 높았다.
　　선비 가운데 그와 친분을 맺은 사람을 일러 ‘용문에 올랐다’고 했다.(膺獨持風
　　裁, 以聲名自高. 士有被其容接者, 名爲登龍門.)

55) 置驛(치역) : 역참을 설치하다. 《한서》〈정당시전(鄭當時傳)〉에 의하면,
　　경제 때 태자사인을 지낸 정당시는 휴가를 맞으면 장안 교외의 역참에
　　말을 대기시켜 놓고 사람들을 초청해 밤새 놀았다고 한다.

56) 劉表(유표) : 동한 말기 형주목(荊州牧)을 지낸 인물. 왕찬(王粲)이 그에

게 십여 년 의탁했으나 중용되지 못 하다가 후에 조조(曹操) 진영에 가담
했다.

57) 老彭(노팽) : 상(商)나라의 어진 대부. 노자(老子)와 팽조(彭祖)를 아울러
일컫는 말이라고도 한다.

《논어‧술이(述而)》기술하되 창작하지 아니하며, 신실하게 옛 것을 좋아한다
는 점에서 슬며시 나를 노팽에 견줘본다.(述而不作, 信而好古, 竊比於我老彭.)

58) 雕龍(조룡) : 용의 무늬를 새기다. 문장을 꾸미는 데 능한 것을 비유한다.

59) 畵虎(화호) : 호랑이를 그리다. '화호불성반구류(畵虎不成反類狗)'의 준
말로, 호랑이를 그리려다 도리어 개와 닮았다는 말은 큰 뜻을 품었으나
아무런 성과를 거두지 못하고 남의 웃음거리가 되었다는 뜻이다.

60) 省(성) : 알다. 기억하다.

黔突(검돌) : 불을 때 까맣게 된 그을음.

《문자(文子)‧자연(自然)》공자에게는 까만 그을음이 없고 묵자에게는 따뜻한
자리가 없었다.(孔子無黔突, 墨子無煖席.) 이 구절은 밥 짓는 그을음을 본 기억
이 없을 만큼 분주했다는 말이다.

61) 倚衡(의형) : 난간에 걸터앉다. 위험한 행동을 하는 것을 비유한다.

62) 乘時(승시) : 시류를 타다.

乖(괴) : 어그러지다. 일치하지 않다.

巧宦(교환) : 아첨을 잘 하는 관리.

63) 占象(점상) : 운세를 점치다.

艱貞(간정) : 곤경에 처해도 바름을 지키다.

64) 淹中(엄중) : 춘추시대 노나라의 마을 이름.

《한서‧예문지(藝文志)》고문 예기가 노나라 엄중과 공자의 고택에서 나왔
다.(禮古經者, 出於魯淹中及孔氏.)

65) 谷口(곡구) : 한나라의 지명. 은자인 정자진(鄭子眞)이 은거했던 곳으로
유명하다.

66) 悼傷(도상) : 죽은 사람을 애도하다.

潘岳(반악) : 서진(西晉)의 시인. 〈도망시(悼亡詩)〉 세 수가 널리 알려졌다.

67) 樹立(수립) : 세우다. 이루다.

馬遷(마천) : 한나라의 역사가 사마천(司馬遷).

사마천, 〈보임안서(報任安書)〉 스스로 벗어나지 못하고 끝내 죽음에 나아간 것은 어째서인가? 평소 자신이 세운 바가 그렇게 만든 것이다. 사람에겐 본디 한 번의 죽음이 있는데 때로는 태산보다 무겁고 때로는 기러기 털보다 가벼우니 그것을 쓰는 지향점이 다른 까닭이다.(不能自免, 卒就死耳, 何也. 素所自樹立使然. 人固有一死, 或重於泰山, 或輕於鴻毛, 用之所趣異也.)

68) 隴首(농수) : 농산(隴山)의 정상. 농산은 지금의 감숙성 천수시(天水市) 경내에 있다. '隴首'가 '隴鳥(농조)'로 된 판본도 있는데, 이때 농조는 앵무새를 가리킨다.

丹觜(단취) : 붉은 부리.

예형(禰衡), 〈앵무부 鸚鵡賦〉 감색 발에 붉은 부리(紺趾丹觜.) 여기서는 뛰어난 재주를 비유한다.

69) 湘蘭(상란) : 상수(湘水) 유역에 자라는 난초.

紫莖(자경) : 자주색 줄기.

〈구가(九歌)・소사명(少司命)〉 가을의 난초가 푸릇푸릇하구나, 푸른 잎에 자주색 줄기여.(秋蘭兮靑靑, 綠葉兮紫莖.)

70) 舊歲(구세) : 작년.

71) 繞(요) : 감돌다. 맴돌다.

殘更(잔경) : 오경(五更). 새벽 3시부터 5시까지의 시간을 말한다.

72) 弱植(약식) : 나약하고 무능하여 이룬 것이 없다.

叨(도) : 외람되다.

華族(화족) : 귀족.

73) 衰門(쇠문) : 쇠미한 가문.

外兄(외형) : 고종사촌.

74) 勞者(노자) : 고단한 사람.

하휴(何休), 《공양전해고(公羊傳解詁)》선공(宣公) 15년조 굶주린 사람은 먹거리를 노래하고, 고단한 사람은 사정을 노래한다.(饑者歌其食, 勞者歌其事.)

해설

이 시는 좌복야를 지낸 두종(杜悰)이 서천절도사(西川節度使)로 부임하자 그의 공적을 칭송하며 자신의 처지를 덧붙여 간알(干謁)의 목적으로 지은 40운의 오언시다. 이상은이 동천절도사 막부에 있었던 대중 6년(852) 봄에 지은 것으로 추정된다. 두종은 재상을 지낸 두우(杜佑)의 손자로, 당 헌종(憲宗)의 딸인 기양공주(岐陽公主)를 아내로 맞아 부마가 되었다. 회창 4년(844)에 좌복야에 제수되었으며 대중 2년(848)에 서천절도사로 부임했다. 두종의 어머니가 이상은의 고모이기에 두 사람은 고종사촌간이다. 두종이 손위여서 이상은은 시제에서 그를 '일곱째 형'이라 불렀다. 두종에 대해 세간에서는 '자리만 차지하는 무능한 귀족'이라는 평가가 지배적이었다. 그래서 그가 우당(牛黨)의 인사이기는 했지만 그에게 도움을 청한 이상은의 시도도 빛을 볼 수 없었다.

이 시는 내용상 네 단락으로 나누어 살펴볼 수 있다. 제1단락(제1-12구)은 두종의 가문과 학식을 찬미한 것이다. 하늘의 원기를 받고 비범하게 태어나 관직과 덕망이 두루 높은 가문의 은덕을 입었으며 가학(家學)의 훈도로 문무를 겸비했다고 했다. 제2단락(제13-36구)은 두종이 정계에서 쌓은 공적을 두루 칭송한 것이다. 먼저 그가 나라의 동량과 같은 인재이기에 군왕의 곁에 가까이 있게 되었다고 평가하면서, 그가 재상이 되어 태평성세를 이루고 군왕을 보필하여 언제나 솔선수범했다고 했다. 또 국가의 중대사를 좌시하지 않고 늘 꿋꿋하게 자신의 견해를 피력해 '겨울 소나무'와 같은 지조를 보여주었다고 극찬했다. 제3단락(제37-56구)은 두종이 서천(西川)에 진주해 유주(維州)를 수복하는 공로를 세우는 한편 시와 음악을 즐기는 풍류도 겸비했음을 찬미한 것이다. 그가 막부에서 아들, 조카와 함께 지내며 서천을 위협하는 세력을 제압하고, 여유로운 시간에는 연회 자리를 마련해 경치를 감상하고 시를 짓는 기회를 가졌다고 추켜세웠다. 제4단락(제57-80구)은 자신의 불우함을 서술하면서 두종의 도움을 기대한 것이다. 고상한 도의를 지향했으나 무능함에 발목이 잡혀 아무런 성과도 거두지 못하고 있노라 자괴감을 드러내면서 고종사촌이기도 한 두종에게 자신의 신세를 한탄했다. 요컨대 정교한 전고를 자랑하는 '달제어(獺祭魚)' 부류의 간알시라 하겠다.

1443

511

今月二日不自量度輒以詩一首四
十韻干瀆尊嚴伏蒙仁恩俯賜披覽
獎踰其實情溢於辭顧惟疎蕪曷用
酬戴輒復五言四十韻詩一章獻上
亦詩人詠歎不足之義也

이달 초이틀에 주제넘게도 40 운짜리 시 한 수로 존엄하신 분께 무례를
범하면서 어진 은혜로 굽어 살펴 읽어주시기를 엎드려 바랐던 바, 실제를
넘는 칭찬의 말씀에 정이 넘치셨습니다. 돌아보건대 거칠고 피폐한 재주로
어찌 은혜에 보답하겠습니까만, 다시 오언 40 운 시 한 수를 올리나니 또한
노래해도 부족하기만한 시인의 뜻이라 하겠습니다

家擅無雙譽,[1]	가문은 천하무쌍이라는 명예를 드날렸고
朝居第一功.[2]	조정에서는 제일의 공로를 차지했습니다.
四時當首夏,[3]	사철로 따지자면 초여름에 해당하고
八節應條風.[4]	여덟 절기로 치면 봄바람에 상응합니다.
滌濯臨淸濟,[5]	씻은 듯 깨끗함은 맑은 제수에 다가간 듯하고
巉巖倚碧嵩.[6]	깎아지른 험준함은 푸른 숭산에 기댄 것 같습니다.
鮑壺冰皎潔,[7]	포조의 옥 호리병의 얼음인 양 깨끗하고

王佩玉丁東.[8]	왕찬의 패옥처럼 짤랑거립니다.
處劇張京兆,[9]	번다한 사무를 처리했던 경조윤 장창이요
通經戴侍中.[10]	경학에 능통했던 시중 대빙입니다.
將星臨迥夜,[11]	장수의 별이 먼 밤으로 다가오고
卿月麗層穹.[12]	공경의 달이 높은 하늘에 붙어 있습니다.
下令銷秦盜,[13]	명령을 내려 진 땅의 도적을 소탕하고
高談破宋聾.[14]	고담준론으로 송 땅의 어리석음을 깨뜨렸습니다.
含霜太山竹,[15]	서리를 머금은 태산의 대나무요
拂霧嶧陽桐.[16]	안개를 스치는 역양의 오동입니다.
樂道乾知退,[17]	도를 즐기니 건괘로부터 물러남을 알고
當官蹇匪躬.[18]	관직을 맡으면 건괘로부터 자신을 돌보지 않았습니다.
服箱青海馬,[19]	수레 상자를 실은 청해의 말이요
入兆渭川熊.[20]	점괘와 들어맞는 위수의 곰입니다.
固是符眞宰,[21]	참으로 조물주와 부합하는데도
徒勞讓化工.[22]	그저 자연의 조화에 양보할 뿐입니다.
鳳池春瀲灩,[23]	봉황지는 봄이라 물이 가득하고
雞樹曉曈曨.[24]	계서수에 새벽이 밝아옵니다.
願守三章約,[25]	삼장의 약속을 지키기를 바라며
嘗期九譯通.[26]	일찍이 아홉 번의 통역으로 전해지기를 기대했습니다.
薰琴調大舜,[27]	향기로운 금이 순임금에 의해 연주되고
寶瑟和神農.[28]	보배로운 슬은 신농씨에 의해 맞춰졌습니다.

慷慨資元老,²⁹　강개함은 원로의 바탕이요

周旋値狡童.³⁰　주선함으로 교활한 아이를 상대했습니다.

仲尼羞問陣,³¹　공자는 군대의 진영에 대한 물음을 부끄러워했고

魏絳喜和戎.³²　위강은 오랑캐와의 화친을 좋아했습니다.

款款將除蠹,³³　성실하게 좀을 제거하려 했기에

孜孜欲達聰.³⁴　부지런하게 널리 의견을 듣고자 했습니다.

所求因渭濁,³⁵　구하는 바가 위수로 인해 흐려져도

安肯與雷同.³⁶　어찌 그들과 부화뇌동하겠습니까?

物議將調鼎,³⁷　여론은 장차 재상이 되시리라 보았지만

君恩忽賜弓.³⁸　군주의 은혜는 홀연 동궁을 하사했습니다.

開吳相上下,³⁹　오 땅을 개창하며 위아래에서 보좌하고

全蜀占西東.⁴⁰　촉 땅을 온전히 하며 동서를 차지했습니다.

銳卒魚懸餌,⁴¹　정예 병사들은 먹잇감에 매달린 물고기와 같고

豪胥鳥在籠.⁴²　토착 아전들은 새장에 있는 새 꼴이었습니다.

疲民呼杜母,⁴³　피폐해진 백성들이 두시에게 호소하고

隣國仰羊公.⁴⁴　인접한 나라에서도 양공이라 우러렀습니다.

置驛推東道,⁴⁵　역참을 설치하여 동도주로 추대되셨고

安禪合北宗.⁴⁶　편안히 참선하실 때는 북종에 부합했지요.

嘉賓增重價,⁴⁷　귀빈들은 높은 값을 더했고

上士悟眞空.⁴⁸　덕망 높은 사람들도 참된 세계를 깨달았습니다.

扇擧遮王導,⁴⁹　부채를 들어 왕도를 가리다가

樽開見孔融.⁵⁰　술동이를 여니 공융이 보입니다.

煙飛愁舞罷,⁵¹　연기가 날리니 춤이 끝날까 걱정스럽고

塵定惜歌終.[52]　　　먼지가 가라앉으니 노래를 마칠까 섭섭합니다.

岸柳兼池綠,[53]　　　강가의 버들은 연못과 더불어 푸르고

園花映燭紅.[54]　　　정원의 꽃은 촛불과 어울려 붉습니다.

未曾周顗醉,[55]　　　주의처럼 취한 적 없으시니

轉覺季心恭.[56]　　　도리의 계심의 공손함이 느껴졌습니다.

繫滯喧人望,[57]　　　오래 머무르시니 사람들의 바람이 떠들썩하고

便蕃屬聖衷.[58]　　　좌우에 두려는 것이 임금의 뜻입니다.

天書何日降,[59]　　　임금의 조서는 언제 내려오고

庭燎幾時烘.[60]　　　뜰의 화톳불은 언제 밝혀질까요?

早歲乖投刺,[61]　　　젊은 나이에 명함을 내밀지는 못했지만

今晨幸發蒙.[62]　　　오늘 아침 다행히 몽매함을 깨우치게 되었습니다.

遠塗哀跛鼈,[63]　　　먼 길을 가야 하는 절름발이 자라인 것이 슬픈데

薄藝獎雕蟲.[64]　　　볼품없는 재주로 시를 지은 것을 칭찬해주셨습니다.

故事曾尊隗,[65]　　　옛 이야기에 곽외를 존중했다고 했고

前修有薦雄.[66]　　　전대의 현인으로 양웅을 천거한 이도 있습니다.

終須煩刻畫,[67]　　　결국엔 번거롭게 꾸며주셔야 하겠지만

聊擬更磨礱.[68]　　　애오라지 더욱 갈고 닦아보려 합니다.

蠻嶺晴留雪,[69]　　　설령은 맑은 날에도 눈이 쌓여 있고

巴江晚帶楓.[70]　　　파강은 저녁에 단풍나무를 둘렀습니다.

營巢憐越燕,[71]　　　둥지를 튼 월나라 제비처럼 가여운 신세

裂帛待燕鴻.[72]　　　비단을 마름질해 두고 서신을 기다립니다.

自苦誠先蘗,[73]　　　절로 쓰기는 참으로 황피나무 껍질에 앞서고

長飄不後蓬.[74] 오래도록 떠도는 것은 다북쑥에 뒤지지 않습니다.
容華雖少健,[75] 용모는 비록 젊고 건장해 보이지만
思緒卽悲翁.[76] 생각은 곧 슬픈 노인네랍니다.
感激淮山館,[77] 회남왕 유안의 객사에 감격하고
優游碣石宮.[78] 연나라 소왕의 갈석궁에 마음이 편안해집니다.
待公三入相,[79] 공께서 세 번째로 재상이 되시길 기다리는 바
丕祚始無窮.[80] 제위가 비로소 무궁할 것입니다.

주석

1) 擅(천) : 드날리다. 차지하다.
無雙(무쌍) : 유일무이하다. 비할 데가 없다.
2) 居(거) : 차지하다.
3) 首夏(수하) : 초여름. 음력 4월.
4) 八節(팔절) : 여덟 절기. 입춘, 춘분, 입하, 하지, 입추, 추분, 입동, 동지를 가리킨다.
條風(조풍) : 봄날에 부는 북동풍.
5) 滌濯(척탁) : 씻다.
淸濟(청제) : 맑은 제수(濟水). 제수는 하남성 제원현(濟源縣)의 왕옥산(王玉山)에서 발원하여 산동성에서 바다로 흘러든다.
《전국책 · 제책(齊策)》 제나라에는 맑은 제수와 흐린 황하가 있어 견고함으로 삼을 수 있습니다.(齊有淸濟濁河, 可以爲固.)
6) 巉巖(참암) : 험준하다.
碧嵩(벽숭) : 푸른 숭산.
7) 鮑(포) : 남조의 시인 포조(鮑照).
壺冰(호빙) : 호리병의 얼음.
포조, 〈대백두음 代白頭吟〉 맑기가 옥 호리병의 얼음과 같다.(淸如玉壺冰.)
皎潔(교결) : 깨끗하다.

8) 王(왕) : 건안칠자의 한 사람인 왕찬(王粲).

佩玉(패옥) : 허리춤에 장식용으로 차는 옥.

> 지우(摯虞), 《결록요주(決錄要注)》한나라 말의 동란으로 패옥이 모두 사라졌
> 다. 위나라 시중 왕찬이 옛날의 패옥을 알고 있었기에 비로소 다시 그것을
> 만들었다. 지금의 패옥은 왕찬에게서 법식을 전수받은 것이다.(漢末喪亂, 絶無
> 玉珮. 魏侍中王粲識舊珮, 始復作之. 今之玉珮, 受法於粲也.)

丁東(정동) : 짤랑거리는 소리.

9) 處劇(처극) : 번다한 사무를 처리하다.

張京兆(장경조) : 한나라 때 경조윤(京兆尹)을 지낸 장창(張敞). 상벌을
엄격히 시행해 장안에서 도둑이 사라졌다고 한다.

10) 通經(통경) : 경학에 능통하다.

戴侍中(대시중) : 한나라 때 시중을 지낸 대빙(戴憑). 경학에 밝은 것으로
이름을 날렸다.

11) 將星(장성) : 장수의 별.

迥(형) : 멀다.

12) 卿月(경월) : 공경(公卿)의 달.

麗(려) : 붙다.

層穹(층궁) : 높은 하늘.

13) 銷(소) : 소탕하다.

秦盜(진도) : 진 땅의 도적. 두종이 진나라 땅이었던 경조윤과 봉상(鳳
翔), 농우(隴右) 절도사를 지냈기에 이렇게 말한 것이다.

14) 宋聾(송농) : 송나라의 어리석음. 두종이 송나라 땅이었던 진(陳), 허(許)
관찰사를 지냈기에 이렇게 말한 것이다.

《좌전·선공(宣公) 14년조》 정나라는 똑똑하고 송나라는 어리석다.(鄭昭宋
聾.)

15) 含霜(함상) : 서리를 맞다. 서리가 엉기다.

太山竹(태산죽) : 태산의 대나무.

《고시십구수》 제8수 쑥쑥 외롭게 자라는 대나무, 태산의 언덕에 뿌리를 내렸
다.(冉冉孤生竹, 結根太山阿.)

16) 嶧陽桐(역양동) : 역산(嶧山) 남쪽 기슭에서 자라는 오동나무. 금(琴)을 만드는 목재로 널리 쓰였다.

《서경 · 우공(禹貢)》 역산 남쪽의 외로운 오동나무(嶧陽孤桐.)

17) 乾(건) :《주역》의 건괘(乾卦).

知退(지퇴) : 물러날 줄 알다.

건괘(乾卦) 괘사 나아가고 물러남과 있고 없음을 알면서 그 바람을 잃지 않는다면 아마도 성인일 것이다.(知進退存亡, 而不失其正者, 其爲聖人乎.)

18) 當官(당관) : 관직을 맡다.

蹇(건) :《주역》의 건괘(蹇卦).

匪躬(비궁) : 자신을 돌보지 않다.

건괘(蹇卦) 괘사 왕의 신하가 충직한 것은 자신을 돌보지 않는 까닭이다.(王臣蹇蹇, 匪躬之故.)

19) 服箱(복상) : 수레 상자를 싣다.

靑海馬(청해마) : 청해 지역에서 나는 준마.

20) 入兆(입조) : 점괘와 들어맞다.

渭川熊(위천웅) : 위수(渭水)의 곰.

《사기 · 제태공세가(齊太公世家)》 서백이 사냥을 나가기에 앞서 점을 쳤더니 이런 점괘가 나왔다. '잡힐 것은 용도 아니고 이무기도 아니며 호랑이도 아니고 큰곰도 아니다. 잡힐 것은 패업을 이룰 왕의 신하이다.' 이에 주나라 서백이 사냥을 나가 과연 위수 북쪽에서 태공을 만났다.(西伯將出獵, 卜之, 曰所獲非龍非彨, 非虎非羆, 所獲霸王之輔. 於是周西伯獵, 果遇太公於渭之陽.)

21) 固是(고시) : 참으로 ~이다.

眞宰(진재) : 우주의 주재자. 조물주.

22) 徒勞(도로) : 그저. 다만.

化工(화공) : 자연의 조화.

23) 鳳池(봉지) : 봉황지(鳳凰池). 대궐의 연못을 가리키며 중서성(中書省)을 비유한다.

瀲灩(염렴) : 물이 가득한 모양.

24) 雞樹(계수) : 계서수(鷄棲樹)라고도 한다. 중서성을 비유한다.

瞳曨(동롱) : 해가 막 떠올라 점차 밝아지는 모양.

25) 三章(삼장) : 한나라의 법률 3조항. 한 고조가 관중왕이 되어 백성들에게 약조한 법률로, 살인, 상해, 절도죄를 그 내용으로 했다.

26) 九譯(구역) : 여러 번 통역하다.

《사기 · 대완열전(大宛列傳)》아홉 번 통역을 거듭하여 습속이 다른 곳까지 이르렀다.(重九譯, 致殊俗.)

27) 薰琴(훈금) : 향을 쬔 금.

調(조) : 타다. 연주하다.

大舜(대순) : 순임금에 대한 존칭.

《예기 · 악기(樂記)》순임금이 다섯 현의 금을 타며 남풍을 노래했다.(舜彈五弦之琴以歌南風.)

28) 寶瑟(보슬) : 보옥으로 장식한 슬.

神農(신농) : 고대의 제왕인 신농씨. 슬(瑟)을 만든 것으로 알려져 있다.

29) 慷慨(강개) : 의기가 격앙되다.

資(자) : 자질. 바탕.

30) 周旋(주선) : 주선하다. 일이 잘 되도록 여러 가지 방법으로 힘쓰다.

値(치) : ~을 상대하다.

狡童(교동) : 교활한 아이. 여기서는 반란을 일으켰던 유진(劉稹)을 가리킨다.

31) 仲尼(중니) : 공자. 중니는 공자의 자(字)이다.

羞(수) : 부끄러워하다.

問陣(문진) : 군사(軍事)에 대해 묻다.

《논어 · 위령공(衛靈公)》위령공이 공자에게 군대의 진영에 대해 물었다. 공자는 이렇게 대답했다. '제사에 관한 일은 들어본 적이 있습니다만, 군사에 관한 일은 배운 적이 없습니다.(衛靈公問陣於孔子. 孔子對曰, 俎豆之事, 則嘗聞之矣. 軍旅之事, 未之學也.)

32) 魏絳(위강) : 춘추시대 진(晉)나라의 장수. 주변국과의 화친을 주장했다.

和戎(화융) : 오랑캐와 화친하다.

33) 款款(관관) : 성실하다. 충실하다.

除蠹(제두) : 좀을 제거하다. 악의 세력을 소탕하는 것을 비유한다.
34) 孜孜(자자) : 부지런하다.
達聰(달총) : 널리 의견을 듣다.
35) 因渭濁(인위탁) : 맑은 경수(涇水)가 위수(渭水)로 인해 흐려지다.
《시경·패풍(邶風)·곡풍(谷風)》경수가 위수에 의해 흐려진다(涇以渭濁.)
36) 安(안) : 어찌.
雷同(뇌동) : 부화뇌동하다.
37) 物議(물의) : 여러 사람의 생각. 여론.
調鼎(조정) : 세발솥의 국에 간을 맞추다. 신하가 군주를 도와 국정을
보살피는 것을 비유한다.
38) 賜弓(사궁) : 동궁(彤弓)을 내리다. 동궁은 붉게 칠한 활로, 군주가 정벌
을 맡은 대신에게 하사한다.
39) 開吳(개오) : 오 땅을 개창하다. 여기서는 두종이 회남절도사(淮南節度
使)가 된 것을 가리킨다.
相(상) : 보좌하다. 다스리다.
40) 全蜀(전촉) : 촉 땅을 온전히 하다. 여기서는 두종이 검남동천절도사(劍
南東川節度使)로 부임했다가 다시 서천절도사(西川節度使)로 옮긴 것을
가리킨다.
41) 銳卒(예졸) : 정예 병사.
懸餌(현이) : 먹잇감에 매달리다. 전공을 세우고자 하는 의지를 비유한다.
42) 豪胥(호서) : 세력이 강한 지방의 아전.
在籠(재롱) : 새장에 갇혀 있다. 지방관의 통솔권에 있음을 비유한다.
43) 疲民(피민) : 피폐해진 백성.
杜母(두모) : 후한 때 선정을 베풀었던 두시(杜詩).《후한서·두시전》에
따르면, 그가 남양태수(南陽太守)가 되어 선정을 베풀자 남양의 백성들이
그를 이전의 소신신(召信臣)과 나란히 일컬으며 "앞에는 아버지 소신신이
있고, 뒤에는 어머니 두시가 있다(前有召父, 後有杜母)"고 했다 한다.
44) 隣國(인국) : 인접한 나라.
羊公(양공) : 진(晉)나라의 장수인 양호(羊祜). 형주도독(荊州都督)으로

부임했을 때 인접한 나라인 오나라 사람들까지 감복시켜 그들도 양호의
이름을 부르지 않고 늘 '양공'이라 불렀다고 한다.

45) 置驛(치역) : 역참을 설치하다. 《한서 · 정당시전(鄭當時傳)》에 의하면, 경
제 때 태자사인을 지낸 정당시는 휴가를 맞으면 장안 교외의 역참에 말
을 대기시켜 놓고 사람들을 초청해 밤새 놀았다고 한다.

推(추) : 추대하다.

東道(동도) : 동도주(東道主). '동쪽 방향으로 가는 길을 안내하는 사람'
이라는 뜻으로, 주인의 역할을 하는 사람을 비유하는 말이다. 주인이 손
님을 대접하듯 동쪽 방향으로 가는 길을 안내한다는 것으로 길을 안내하
는 사람을 비유하거나 주인으로서 손님 접대를 하는 사람을 말한다. 《좌
전 · 희공(僖公) 30년조》에 나오는 이야기에서 유래한 말이다.

46) 安禪(안선) : 편안히 참선하다.

北宗(북종) : 신수(神秀)를 대표로 하는 선종(禪宗)의 한 분파.

47) 嘉賓(가빈) : 귀빈.

重價(중가) : 높은 값.

48) 上士(상사) : 덕망이 높은 사람.

眞空(진공) : 불교 용어로 일체의 감각적 세계를 초월한 경지를 가리킨다.

49) 扇擧(선거) : 부채를 들다.

遮(차) : 가리다.

王導(왕도) : 동진(東晉) 원제(元帝) 때 승상을 지낸 인물.

《진서 · 왕도전》 당시 유량(庾亮)은 비록 외지의 막부에 주둔하고 있었으나 조
정의 권세를 쥐어 상류를 차지하고 강한 군대를 거느리니 권세를 쫓는 자들이
대부분 그에게 빌붙었다. 왕도는 마음이 불편하여 항상 서풍이 불어 먼지가
일면 부채를 들어 자신을 가리며 천천히 말했다. '유량의 먼지가 사람을 더럽
히는구나.'(時亮雖居外鎭, 而執朝廷之權, 旣據上流, 擁强兵, 趣向者多歸之. 導內
不能平, 常遇西風塵起, 擧扇自蔽, 徐曰, 元規塵汚人.)

50) 樽開(준개) : 술동이를 열다.

孔融(공융) : 동한 말기의 문인으로 건안칠자의 한 사람이다.

《후한서 · 공융전》 한직으로 물러나서도 빈객들이 날마다 그 문하에 가득했다.

1453

그는 늘 이렇게 찬탄했다. '좌중에는 빈객이 항상 가득하고 술동이에 술이 비지 않으니 나는 근심이 없도다.'(及退閑職, 賓客日盈其門. 常歎曰, 坐上客恆滿, 尊中酒不空, 吾無憂矣.)

51) 煙飛(연비) : 촛불의 연기가 날리다. 시간이 많이 흐른 것을 가리킨다.

52) 塵定(진정) : 먼지가 가라앉다. 흔히 '대들보의 먼지(梁塵)'라 하여 듣기 좋은 음악을 가리키는 말이 있다. 성량이 풍부한 가수가 노래를 하면 대들보의 먼지까지 들썩인다는 것인데, 여기서는 '먼지가 가라앉는다'고 했으니 노래가 곧 끝난다는 뜻이다.

53) 兼(겸) : ~와 더불어.

54) 映(영) : ~와 어울리다.

55) 周顗(주의) : 주의(269-322)는 서진 때 상서좌복야(尙書左僕射)를 지낸 인물이다. 술에 취하면 사흘간 깨지 않아 당시 사람들이 '삼일복야(三日僕射)'라고 불렀다고 한다.

56) 轉(전) : 도리어.

季心(계심) : 진나라 말기의 협객. 기개가 관중을 덮을 정도였으나 사람을 만나면 매우 공손했다고 한다.

57) 繫滯(계체) : 오래 머물다.

喧(훤) : 떠들썩하다.

人望(인망) : 사람들의 기대.

58) 便蕃(편번) : 좌우의 근신(近臣).

《좌전·양공(襄公) 11년조》 자주 좌우에 있으니 또한 이는 장수를 따른 것이다.(便蕃左右, 亦是帥從.) 여기서의 '便蕃'은 본래 '자주'라는 뜻이나, 이상은은 이 시에서 이와 나란히 쓴 '左右'의 뜻을 취했다.

聖衷(성충) : 군주의 뜻.

59) 天書(천서) : 임금의 조서.

60) 庭燎(정료) : 뜰을 밝히는 화톳불.

《시경·소아·정료(庭燎)》 밤이 어떻게 되었나? 밤이 다 가지 않아 횃불을 비추고 있네. 제후들이 당도하느라 방울 소리만 쩽그렁 쩽그렁.(夜如何其. 夜未央, 庭燎之光. 君子至止, 鸞聲將將.) 여기서는 '君子至止'에 중점을 두어 두 종이 조정으로 돌아가는 것을 나타냈다.

烘(홍) : 횃불이 타오르다.

61) 早歲(조세) : 젊은 나이.

乖(괴) : 어그러지다. 일이 잘못되다.

投刺(투자) : 명함을 내밀다.

62) 發蒙(발몽) : 몽매함을 깨우치다.

63) 跛鼈(파별) : 절뚝거리는 자라. 흔히 둔하고 열등한 것을 비유한다.

64) 薄藝(박예) : 볼품없는 재주.

奬(장) : 칭찬하다.

雕蟲(조충) : 벌레를 새기다. 시문을 짓는 것을 비유한다.

65) 尊隗(존외) : 곽외(郭隗)를 존중하다. 곽외는 전국시대 연나라 사람으로, 자신을 먼저 잘 대접하면 천하의 인재들이 모여들 것이라고 연나라 소왕을 설득했다는 일화가 전한다.

　　공융(孔融), 〈논성효장서 論盛孝章書〉 소왕이 누대를 지어 곽외를 존중하니, 곽외는 비록 작은 재주꾼이었지만 특별한 대우를 받았다. (昭王築臺以尊郭隗, 隗雖小才而逢大遇.)

66) 前修(전수) : 전대의 현인.

薦雄(천웅) : 양웅(揚雄)을 추천하다. 양웅이 〈성도성사우명(成都城四隅銘)〉이라는 글을 짓자 양장(楊莊)이 성제(成帝) 앞에서 이를 읊으면서 양웅이 성제에게 알려졌다고 한다.

67) 煩(번) : 번거롭다.

刻畫(각화) : 세밀하게 묘사하다.

68) 擬(의) : ~하고자 하다.

磨礱(마롱) : 갈다. 연마하다.

69) 蠻嶺(만령) : 성도(成都) 서쪽의 설령(雪嶺). 최고봉은 해발 4,344m에 이른다.

70) 巴江(파강) : 사천성 동쪽의 강. 강안에 단풍나무 숲이 많다.

71) 營巢(영소) : 둥지를 틀다.

越燕(월연) : 월나라 제비. 이 구절은 제비가 장막 위에 둥지를 틀어 처지가 위험하다는 뜻의 '연소어막(燕巢於幕)'에 바탕을 둔 것이다.

72) 裂帛(열백) : 비단을 자르다. 비단을 마름질하여 편지를 쓴다는 말이다.
　　燕鴻(연홍) : 제비와 기러기. 모두 서신을 전하는 새들로 여기서는 서신을 가리킨다.

73) 蘗(얼) : 황피나무의 껍질. 쓴맛이 강한 약재이다.

74) 飄(표) : 떠돌다.
　　蓬(봉) : 다북쑥.

75) 容華(용화) : 용모.

76) 悲翁(비옹) : 슬퍼하는 노인. 한대 악부에 〈사비옹(思悲翁)〉이라는 제목이 있다.

77) 淮山館(회산관) : 회남왕(淮南王) 유안(劉安)이 빈객들을 모으기 위해 만든 객사.

78) 優游(우유) : 마음이 편해지다.
　　碣石宮(갈석궁) : 전국시대 연나라 소왕이 추연(鄒衍)을 위해 세운 궁전.

79) 入相(입상) : 조정에 들어가 재상이 되다. 두종은 함통(咸通) 원년(860)에 세 번째 재상직을 맡았으나, 이상은은 이미 세상을 뜬 뒤였다.

80) 丕祚(비조) : 제위(帝位).

해설

　이 시는 서천절도사(西川節度使)로 부임한 두종(杜悰)에게 40운의 오언시를 올려 칭찬을 받은 후 재차 40운 시 한 수를 써서 간알한 후속작에 해당한다. 두종은 전편(前篇)에서 살펴본 바와 같이 이상은보다 18세 연상인 고종사촌 형이다. 용속(庸俗)한 인품의 소유자로 알려져 있지만, 재상을 지낸 데다 가까운 친척이기도 해 이상은이 간알에 많은 공을 들인 것으로 보인다.

　이 시는 내용상 네 단락으로 나누어 살펴볼 수 있다. 제1단락(제1-12구)은 두종의 가문과 인품을 찬미한 것이다. 온화한 가문에서 태어나 고결하고 절도 있는 인품을 구비하여 문무(文武)의 요직을 두루 차지했다고 그를 칭송했다. 제2단락(제13-36구)은 두종이 관찰사 직무를 마치고 조정으로 돌아온 것을 서술하면서 그의 업적과 지조를 칭송한 것이다. 먼저 그가 충무군(忠武

軍) 절도사와 진(陳), 허(許), 채(蔡) 관찰사 등의 직무를 수행하면서 강직함
을 보였지만, 사람됨이 겸양할 줄 알고 정성을 다한다고 했다. 또 중서성에
보임된 후 재상으로서의 직무를 다하면서 임금과 의견을 조율했고, 강약을
조절하여 의견을 개진했다고 했다. 그러나 전쟁을 반대하는 입장에서 널리
의견을 청취하며 강경론에 휘둘리지 않았다고 평가했다. 제3단락(제37-60
구)은 두종이 재상직에서 물러나 여러 지방의 절도사로 부임한 일을 두루
서술했다. 휘하를 장악하여 백성들에게 선정을 베풀었을 뿐만 아니라 인재
양성과 자기 수양에도 힘썼다고 했다. 때로는 연회를 열어 가무와 더불어
경치를 즐기기도 했으나 도를 넘는 일이 없었다고 치켜세웠다. 막부에서 보
낸 시간이 오래되었으니 곧 조정의 부름을 받으리라 기대했다. 제4단락(제
61-80구)은 자신의 곤궁한 처지를 밝히면서 두종이 천거해주기를 바란 것이
다. 두종이 자신의 시를 칭찬해준 데 대해 사의를 표한 후에 지속적인 관심
을 희망했다. 현재의 상황이 여의치 않음을 재차 진술하고, 그가 재상이 되
어 조정에 들어가면 경직(京職)에 추천해달라고 신신당부했다

관직을 청탁하는 간알시는 대상을 추켜세우면서 자신의 어려운 형편을
진술하는 내용으로 일관하기에 문학적 가치를 따지기가 쉽지 않다. 게다가
이 시는 두종에게 이미 40운의 시를 보낸 후에 다시 지은 것이어서 새로운
내용도 발견되지 않는다. 청나라 기윤(紀昀)은 이 시에 대해 "전편에 정력을
다 쏟고 이것은 억지로 응수한 것일 뿐(精力盡於前篇, 此則勉强應酬矣.)"이라
고 했다. 정확한 평가라고 생각된다.

512

驕兒詩

귀여운 아들의 시

兗師我驕兒,[1]　　연사는 내 귀여운 아들

美秀乃無匹.[2]　　잘생긴 얼굴은 따라올 아이가 없다.

文葆未周晬,[3]　　꽃무늬 포대기에 쌓여 돌도 안 지났을 때

固已知六七.[4]　　본디 이미 6과 7을 분별했다.

四歲知姓名,　　　네 살 때에는 성과 이름을 알고

眼不視梨栗.[5]　　배나 밤 따위는 거들떠보지 않았다.

交朋頗窺覦,[6]　　사귀던 친구들 여러 번 지켜보고는

謂是丹穴物.[7]　　단혈산에서 나온 봉황이라 했다.

前朝尙器貌,[8]　　육조 시대에는 풍채와 외모를 숭상했는데

流品方第一.[9]　　품급을 따지자면 바로 제일일 터란다.

不然神仙姿,　　　신선의 깔끔한 자태가 아니면

不爾燕鶴骨.[10]　　제비와 학의 귀티 나는 골상(骨相)이라나.

安得此相謂.　　　어째서 내게 이렇게들 말하는 걸까?

欲慰衰朽質.[11]　　노쇠한 내 꼴을 위로하려는 게다.

春靑姸和月,[12]　　봄날 푸르러 아름답고 포근한 달에

朋戲渾甥姪.[13]	무리지어 노느라 조카들과 뒤섞였다.
繞堂復穿林,[14]	집 주위를 돌다 다시 숲을 가로지르니
沸若金鼎溢.[15]	끓는 물이 쇠솥에서 넘치는 듯하다.
門有長者來,	문 밖에 어른이라도 오면
造次請先出.[16]	황급히 먼저 나가겠다고 한다.
客前問所須,	손님이 앞에서 원하는 것을 물어보면
含意不吐實.[17]	생각을 머금고 사실대로 말하지 않는다.
歸來學客面,[18]	돌아와서는 손님의 얼굴을 흉내 내고
閉敗秉爺笏.[19]	문이 부서져라 들어와 아비의 홀을 잡는다.
或謔張飛胡,[20]	때로는 장비처럼 시끌벅적하다 놀리고
或笑鄧艾吃.[21]	때로는 등애처럼 말을 더듬는다 비웃는다.
豪鷹毛劂劣,[22]	힘찬 매의 털 높이 솟은 듯
猛馬氣佶傈.[23]	세찬 말의 기세 뛰어오르는 듯.
載得青篔簹,[24]	푸른 대나무에 올라타고
騎走恣唐突.[25]	달려 나가며 제멋대로 좌충우돌이다.
忽復學參軍,[26]	문득 다시 참군을 흉내 내어
按聲喚蒼鶻.[27]	그 목소리로 창골을 부른다.
又復紗燈旁,[28]	다시 또 청사초롱 옆에서
稽首禮夜佛.[29]	머리를 조아리며 밤에 예불을 올린다.
仰鞭冒蛛網,[30]	채찍을 들어 거미줄을 걷고
俯首飲花蜜.[31]	머리를 숙여 꽃의 꿀을 마신다.
欲爭蛺蝶輕,[32]	나비와 가벼움을 다투려 들고
未謝柳絮疾.[33]	버들솜의 빠름에도 양보하지 않는다.

1459

階前逢阿姊,[34]	계단 앞에서 누나를 만나면
六甲頗輸失.[35]	육십 갑자 외기하다 지기가 일쑤,
凝走弄香盝,[36]	떼를 써 달려가서는 화장품갑을 가지고 놀다
拔脫金屈戍.[37]	금 고리를 떼 가기도 한다.
抱持多反倒,[38]	안아주려 하면 뒤집어지는 일 많고
威怒不可律.[39]	으르거나 화를 내도 통하지 않는다.
曲躬牽窓網,[40]	몸을 구부려 창의 방충망을 떼내고
嶸唾拭琴漆.[41]	침을 뱉고는 금을 손으로 문댄다.
有時看臨書,[42]	때로는 글씨 쓰는 것을 지켜보며
挺立不動膝.[43]	꼿꼿이 서서 무릎도 움직이지 않는다.
古錦請裁衣,[44]	책 포장지를 만든다며 낡은 비단 달라 하고
玉軸亦欲乞.[45]	옥으로 장식한 두루마리도 내놓으란다.
請爺書春勝,[46]	아비더러 입춘 깃발을 써달라며
春勝宜春日.	입춘 깃발이 봄날에 어울린단다.
芭蕉斜卷牋,[47]	파초 잎처럼 비스듬히 말린 종이에
辛夷低過筆.[48]	자목련처럼 낮게 스쳐간 붓.
爺昔好讀書,	아비는 옛날에 글공부를 좋아해
懇苦自著述.[49]	고생하면서도 글을 많이 지었단다.
顦顇欲四十,[50]	약해진 몸에 나이는 어느덧 마흔
無肉畏蚤蝨.[51]	살도 안 쪄서 벼룩이나 이가 무섭단다.
兒愼勿學爺,	아들아 절대 아비처럼
讀書求甲乙.[52]	글공부해서 과거시험일랑 보지 말아라.
穰苴司馬法,[53]	양저와 사마의 병법과

張良黃石術,[54]	장량과 황석공의 술법으로,
便爲帝王師,	곧장 제왕의 스승이 되면
不假更纖悉.[55]	그보다 자세한 것은 빌리지 않아도 된단다.
況今西與北,	게다가 지금은 서쪽과 북쪽에서
羌戎正狂悖.[56]	오랑캐들이 한창 날뛰고 있는데,
誅赦兩未成,[57]	벌을 줘도 안 되고 상을 줘도 안 되어
將養如痼疾.[58]	그냥 묵은 병처럼 키워왔단다.
兒當速成大,	아들아 어서 무럭무럭 자라서
探雛入虎窟.[59]	호랑이 굴로 새끼를 잡으러 가거라.
當爲萬戶侯,[60]	마땅히 공을 세우고 높은 벼슬 받아야지
勿守一經帙.[61]	경전 한 권을 끌어안고 있어서는 안 된단다.

주석

1) 袞師(연사) : 이상은의 아들. 회창(會昌) 6년(846)에 태어났다.
   驕兒(교아) : 귀여운 아들.

2) 美秀(미수) : 아름답고 빼어나다.
   無匹(무필) : 비할 데 없다.

3) 文葆(문보) : 꽃무늬 포대기.
   周晬(주수) : 돌.

4) 六七(육칠) : 6과 7.
   도잠, 〈아들을 나무라며(責子)〉 옹과 단은 나이가 열세 살인데, 6과 7도
   구분하지 못한다.(雍端年十三, 不識六與七.)

5) 梨栗(이율) : 배와 밤.
   도잠, 〈아들을 나무라며(責子)〉 통이란 아들놈은 아홉 살이 돼가는데 그
   저 배와 밤만 찾을 뿐이다.(通子垂九齡, 但覓梨與栗.)

6) 交朋(교붕) : 친구.

窺觀(규관) : 몰래 관찰하다.

7) 丹穴物(단혈물) : 단혈산의 동물. 봉황을 가리킨다.
《산해경·남산경(南山經)》 단혈산에 새가 있는데 그 모습이 닭같고 다섯
색깔에 무늬가 있어 이름을 봉황이라 했다.(丹穴之山有鳥焉, 其狀如雞,
五采而文, 名曰鳳皇.)

8) 前朝(전조) : 위진남북조 시대를 말한다.
尚(상) : 숭상하다.
器貌(기모) : 풍채와 외모.

9) 流品(유품) : 등급.

10) 燕鶴骨(연학골) : 제비의 턱과 학의 걸음걸이를 지닌 귀인의 골상(骨相)
을 말한다.

11) 慰(위) : 위로하다.
衰朽(쇠후) : 노쇠하다.
質(질) : 외모.

12) 妍和(연화) : 아름답고 온화하다.

13) 朋戲(붕희) : 모여서 놀다.
渾(혼) : 섞이다.
甥姪(생질) : 조카.

14) 繞堂(요당) : 집 주위를 돌다.
穿林(천림) : 숲을 가로지르다.

15) 沸(비) : 끓다. 떠들썩한 것을 말한다.
金鼎(금정) : 쇠솥.
溢(일) : 넘치다.

16) 造次(조차) : 급하다.

17) 含意(함의) : 생각을 머금다. 속내를 감추는 것을 말한다.
吐實(토실) : 사실대로 이야기하다.

18) 學(학) : 흉내 내다.

19) 闈敗(위패) : 문이 부서지다. 세차게 들어오는 것을 말한다.
秉(병) : 잡다.

爺笏(야홀) : 아버지의 홀. 홀은 관리가 손에 쥐는 물건이다.

20) 謔(학) : 놀리다.

張飛(장비) : 삼국시대 촉나라의 장수.

胡(호) : 시끄럽다. 야단스럽다.

21) 鄧艾(등애) : 삼국시대 위나라의 장수.

吃(흘) : 말을 더듬다.

22) 豪鷹(호응) : 힘찬 매. 큰 매를 말한다.

屴屴(즉력) : 높이 솟은 모양. 여기서는 연사가 매처럼 양팔을 펼치는 것을 가리킨다.

23) 猛馬(맹마) : 세찬 말.

佶傈(길율) : 솟구치는 모양. 여기서는 연사가 말처럼 경중경중 뛰는 것을 가리킨다.

24) 載得(재득) : 올라타다.

篔簹(운당) : 대나무. 여기서는 죽마를 가리킨다.

25) 騎走(기주) : 타고 달리다.

恣(자) : 제멋대로.

唐突(당돌) : 좌충우돌하다.

26) 參軍(참군) : 참군희(參軍戲)에 관리로 등장하는 배역.

27) 按聲(안성) : 목소리를 흉내 내다.

蒼鶻(창골) : 참군희에 하인으로 등장하는 배역.

28) 紗燈(사등) : 깁으로 감싼 등.

29) 稽首(계수) : 머리를 조아리다.

30) 仰鞭(앙편) : 채찍을 들다.

冐(견) : 걷어내다.

蛛網(주망) : 거미줄.

31) 俯首(부수) : 머리를 숙이다.

32) 蛺蝶(협접) : 나비.

33) 未謝(미사) : 양보하지 않다.

34) 阿姊(아자) : 누나.

35) 六甲(육갑) : 육십갑자.

輸失(수실) : 지다.

36) 凝走(응주) : 한사코 달리다.

香奩(향렴) : 화장품 갑.

37) 拔脫(발탈) : 떼어가다.

金屈戌(금굴수) : 화장품 갑의 금 고리.

38) 抱持(포지) : 안다.

反倒(반도) : 뒤집어지다.

39) 威怒(위노) : 으르거나 화를 내다.

律(율) : 다스리다. 제어하다.

40) 曲躬(곡궁) : 몸을 구부리다.

41) 㗩唾(객타) : 침을 뱉다.

拭(식) : 닦다. 문지르다.

42) 臨書(임서) : 글씨를 따라 쓰다.

43) 挺立(정립) : 꼿꼿이 서다.

44) 裁衣(재의) : 옷을 만들다. 여기서는 책 포장지를 만드는 것을 말한다.

45) 玉軸(옥축) : 두루마리.

46) 春勝(춘승) : 입춘을 축하하는 깃발.

47) 牋(전) : 종이.

48) 辛夷(신이) : 자목련. 봉오리가 벌어지기 전의 모습이 붓과 비슷하다.

49) 懇苦(간고) : 고생하다.

50) 顦顇(초췌) : 마르고 약해지다.

51) 蚤蝨(조슬) : 벼룩이나 이.

52) 甲乙(갑을) : 갑제(甲第)와 을제(乙第). 과거시험에서의 1,2등을 말한다.

53) 穰苴司馬法(양저사마법) : 양저는 춘추시대 제나라의 대부로 병법에 능했고,《사마법》은《한서 · 예문지》에 보이는 병서로서 여기에 양저의 저술도 일부 포함되어 있다. 양저가 사마의 벼슬을 지냈기에《사마법》이 양저 한 사람의 저술인 것으로 잘못 알려지기도 했는데, 이상은도 그렇게 오해한 것으로 보인다.

54) 張良(장량) : 전국시대 한(韓)나라 출신으로 한(漢)나라 건국에 공을 세워
유후(留侯)에 봉해졌다.
黃石(황석) : 황석공. 진한 교체기의 은사로 장량에게 《소서(素書)》라는
병서를 주었다고 한다.

55) 假(가) : 빌리다. 의지하다.
纖悉(섬실) : 자질구레하다.

56) 羌戎(강융) : 서북쪽의 오랑캐.
狂悖(광패) : 미쳐 날뛰고 반역하다.

57) 誅赦(주사) : 주살과 사면.

58) 調養(조양) : 돌보며 기르다.

59) 探雛(탐추) : 새끼를 찾다.
虎窟(호굴) : 호랑이굴.

60) 萬戶侯(만호후) : 식읍 만 호의 제후. 높은 벼슬아치를 가리킨다.

61) 經帙(경질) : 경서.

해설

이 시는 대중(大中) 3년(849) 이상은이 37세 되던 해에 지은 것이다. 서진
(西晉)의 시인 좌사(左思)가 자신의 두 딸을 자랑삼아 그려낸 〈교녀시(嬌女
詩)〉의 모티브를 이어받아 귀여운 아들 연사(袞師)를 다채롭게 서술했다. 이
시는 크게 세 단락으로 나누어 살펴볼 수 있다. 제1단락(제1-14구)은 연사의
준수한 용모와 뛰어난 재능을 자랑한 것이다. 도연명(陶淵明)의 〈책자(責
子)〉시를 패러디해 열세 살에도 '6과 '7'을 분별하지 못하거나 아홉 살이 되어
서도 배와 밤만 찾았던 도연명의 여러 아들과는 다르다고 했다. 제2단락(제
15-40구)은 연사의 천진난만한 모습을 상세하게 묘사한 것이다. 전형적인 네
살짜리 장난꾸러기의 일상이 핍진하게 그려져 있을 뿐만 아니라 어린이답지
않게 글씨와 서책을 가까이하는 기특한 장면에도 아버지로서의 기대감이 가
득하다. 연사가 당대의 참군희(參軍戲)를 흉내 내는 모습을 담은 대목은 중국
희곡사에서 원시 자료로 자주 인용되며 그 가치를 인정받는다. 제3단락(제
41-58구)은 시인이 아들을 지켜보며 느끼는 감개를 토로한 것이다. 공부를

열심히 해 과거에 급제하고도 내우외환으로 어지러운 정국의 와중에 미관말직과 막부를 전전하여 중용되지 못한 자신의 처지를 개탄했다. 이렇게 자식에 대한 관찰과 애정을 시인 자신의 회포와 연결 지었다는 점은 이 시를 좌사의 〈교녀시〉와 차별화하는 요소이기도 하다. 다만 제2단락에서 한껏 발산한 유머러스한 필치가 제3단락의 감상적인 정조로 인해 얼마간 퇴색한 것은 아쉬운 부분이 아닐 수 없다. 그런 까닭에 "가슴 속에 먼저 마지막 단락의 감개가 있고 나서 지은 것(胸中先有末一段感慨方作也.)"이라는 청나라 굴복(屈復)의 지적이 폐부를 찌른다.

513

行次西郊作一百韻
서쪽 교외에 유숙하다

蛇年建丑月,[1]	뱀띠 해인 정사년 12월
我自梁還秦.[2]	나는 양주에서 장안으로 돌아왔다.
南下大散嶺,[3]	남쪽으로부터 대산령을 내려와
北濟渭之濱.[4]	북쪽으로 위수의 물가를 건넜다.
草木半舒坼,[5]	초목은 반쯤 싹이 터
不類冰霜晨.[6]	얼음서리 내린 아침 같지 않다.
又若夏苦熱,[7]	또 여름날의 찌는 더위처럼
燋卷無芳津.[8]	말라비틀어져 수분이 없다.
高田長檞櫪,[9]	윗 밭에서는 떡갈나무와 상수리나무가 자라고
下田長荊榛.[10]	아래 밭에서는 가시나무와 개암나무가 자란다.
農具棄道傍,	농기구는 길가에 버려지고
飢牛死空墩.[11]	굶주린 소는 빈 둔덕에 죽어 있다.
依依過村落,[12]	머뭇거리며 촌락에 들러보니
十室無一存.	열 집에 하나도 남아 있지 않다.
存者皆面啼,[13]	살아남은 사람은 모두 등을 돌리고 울고 있는데

無衣可迎賓.　　　　손님을 맞이할 만한 옷도 없어서였다.
始若畏人問,　　　　처음에는 남의 질문을 두려워하는 듯 하더니
及門還具陳.¹⁴　　문에 들어서자 다시 자세히 들려준다.

右輔田疇薄,¹⁵　　"장안 서쪽 교외의 밭들은 척박해서
斯民常苦貧.¹⁶　　백성들은 늘 곤궁합니다.
伊昔稱樂土,¹⁷　　예전에 즐거운 땅이라 불렸던 것은
所賴牧伯仁.¹⁸　　지방관들의 인자함 덕택이었지요.
官清若冰玉,　　　　장관은 얼음이나 옥처럼 맑았고
吏善如六親.　　　　아전은 가까운 친척처럼 착했습니다.
生兒不遠征,　　　　아들 낳아도 멀리 떠나지 않았고
生女事四鄰.¹⁹　　딸 낳으면 사방 이웃에 시집갔지요.
濁酒盈瓦缶,²⁰　　막걸리가 항아리에 가득했고
爛穀堆荊囷.²¹　　썩힌 곡식이 가시나무 곳간에 쌓였답니다.
健兒庇旁婦,²²　　건장한 사내들은 첩을 감싸주고
衰翁舐童孫.²³　　노인들은 어린 손자들을 돌봤습니다.
況自貞觀後,²⁴　　게다가 정관 연간 이후로
命官多儒臣.²⁵　　임명된 관리에 학식 높은 대신이 많았지요.
例以賢牧伯,　　　　관례대로 현명한 지방관들은
徵入司陶鈞.²⁶　　불러들여 관리하는 직책을 맡겼습니다.

降及開元中,²⁷　　개원 연간으로 내려와서
姦邪撓經綸.²⁸　　간사한 자가 정치를 어지럽혔지요.
晉公忌此事,²⁹　　진국공 이임보는 그런 일을 꺼려

多錄邊將勳.[30]
번진의 장수로 공훈이 있는 자를 많이 기용했습니다.

因令猛毅輩,[31]
그리하여 사납고 억센 무리를 임명해

雜牧昇平民.[32]
태평시절의 백성들을 잡스럽게 다스리게 했습니다.

中原遂多故,
중원에 마침내 변고가 많아지고

除授非至尊.
관직의 임명도 임금의 손에서 이루어지지 않았습니다.

或出倖臣輩,[33]
혹은 환관의 무리에서 나오고

或由帝戚恩.[34]
혹은 군주 친척의 은덕을 보기도 했지요.

中原困屠解,[35]
중원은 도륙으로 고달파졌는데도

奴隸厭肥豚.[36]
권세가 노비들은 기름진 돼지고기에 물렸습니다.

皇子棄不乳,[37]
왕자는 버려둔 채 키우지 않고

椒房抱羌渾.[38]
후비의 방에서는 오랑캐를 안아주었습니다.

重賜竭中國,[39]
후한 하사로 나라 안 재물 탕진하니

強兵臨北邊.
강한 군대가 북쪽 변방에 다가섰지요.

控弦二十萬,[40]
활을 당기는 20만 군사

長臂皆如猿.[41]
팔이 길어 모두 원숭이 같았답니다.

皇都三千里,[42]
서울까지 3천 리를

來往同雕鳶.[43]
독수리와 솔개처럼 오갔습니다.

五里一換馬,
오 리마다 한 번 말을 바꾸고

十里一開筵.
십 리마다 한 번 잔치를 벌였습니다.

指顧動白日,[44]
손짓 눈짓으로 흰 해를 움직이고

暖熱迴蒼旻.[45]
따뜻함은 봄과 가을의 하늘을 돌려놓았습니다.

公卿辱嘲叱,[46]
조정 대신들은 조롱과 질책의 욕을 당하고

唾棄如糞丸.[47]　　　똥 덩어리마냥 내팽개쳐졌습니다.

大朝會萬方,[48]　　　성대한 조회를 열어 각지의 장관을 모을 때면

天子正臨軒.[49]　　　천자도 궁전 앞에 서 있었다지요.

綵旒轉初旭,[50]　　　비단 깃발에 아침 햇살이 번뜩이고

玉座當祥煙.　　　옥좌 앞에는 상서로운 향이 피어올랐지요.

金障旣特設,[51]　　　금색 병풍을 이미 특별히 세워두었고

珠簾亦高褰.[52]　　　구슬 발 또한 높이 걷어 올렸지요.

按鬚褰不顧,[53]　　　수염을 꼬며 거만하게 돌아보지 않고

坐在御榻前.[54]　　　어탑 앞에 앉아 있었답니다.

忤者死跟屨,[55]　　　거스르는 자는 발아래서 죽어가고

附之昇頂巔.[56]　　　아부하는 자는 꼭대기로 올라갔습니다.

華侈矜遞衒,[57]　　　화려하고 사치스러움 자랑하며 번갈아 내보이고

豪俊相倂吞.[58]　　　호걸끼리 서로 집어삼켰습니다.

因失生惠養,[59]　　　그리하여 삶에 은혜와 길러줌은 사라지고

漸見徵求頻.[60]　　　점차 징발만 잦아지게 되었습니다.

奚寇東北來,[61]　　　해족 도둑들이 동북쪽에서 왔을 때

揮霍如天翻.[62]　　　그 빠르기는 하늘이 뒤집어지는 듯 했지요.

是時正忘戰,　　　당시에는 바야흐로 전쟁을 잊고 지낼 때였고

重兵多在邊.　　　중무장한 군사는 대부분 변방에 있었답니다.

列城遶長河,[63]　　　늘어선 성들 긴 황하를 두르고 있었는데

平明揷旗幡.[64]　　　날 새자 다른 깃발이 꽂혔습니다.

但聞虜騎入,[65]　　　그저 오랑캐 기마병 들어오는 소리 들릴 뿐

不見漢兵屯.[66]　　　한나라 군사 지키는 것은 보이지 않았지요.

大婦抱兒哭,	나이 먹은 아낙은 아이를 안고 울고
小婦攀車轓.[67]	젊은 아낙은 수레의 가림막을 더위잡았지요.
生小太平年,[68]	어릴 때는 태평하던 시절이라
不識夜閉門.	밤에 문 닫는 것도 몰랐지요.
少壯盡點行,[69]	젊고 건장한 이는 죄다 끌려가고
疲老守空村.	노쇠한 이들만 빈 마을을 지켰습니다.
生分作死誓,[70]	살아 헤어지면서 죽음의 맹세를 해야 하니
揮淚連秋雲.	눈물을 뿌려 가을 구름에 이어졌습니다.
廷臣例麞怯,[71]	조정의 신하들은 노루처럼 겁을 먹고
諸將如羸奔.[72]	여러 장수들은 양처럼 달아났습니다.
爲賊掃上陽,[73]	적들을 위해 상양궁을 청소하거나
捉人送潼關.	사람들을 붙잡아 동관으로 보내기도 했습니다.
玉輦望南斗,[74]	옥 수레는 남두성을 바라보며
未知何日旋.[75]	언제 돌아올지 몰랐습니다.
誠知開闢久,	참으로 천지개벽이 오래 되어
遘此雲雷屯.[76]	이렇게 구름과 우레의 난리를 만난 것을 알았습니다.
逆者問鼎大,[77]	반역한 자들은 세발솥의 크기를 물었고
存者要高官.	살아남은 자들은 고위 관직을 요구했습니다.
搶攘互間諜,[78]	어지러이 서로 몰래 염탐하니
孰辨梟與鸞.[79]	누가 올빼미와 난새를 구별하겠습니까?
千馬無返轡,[80]	천 마리 말 가운데 돌아온 말이 없고
萬車無還轅.[81]	만 대의 수레 가운데 돌아온 수레가 없었지요.
城空雀鼠死,[82]	성은 비어 참새와 쥐도 죽고

人去豺狼喧.⁸³　　　사람이 떠나니 이리와 승냥이가 시끌벅적했습
　　　　　　　　　　니다.

南資竭吳越,⁸⁴　　　남쪽의 재정 기반인 오월이 고갈되고

西費失河源.⁸⁵　　　서쪽의 비용 조달처인 황하 상류를 잃었습니다.

因令右藏庫,⁸⁶　　　그리하여 오른쪽 비축 창고에 명했더니

摧毀惟空垣.⁸⁷　　　부서지고 무너져 빈 담뿐이더랍니다.

如人當一身,　　　　사람의 한 몸뚱이로 치자면

有左無右邊.　　　　왼쪽만 있고 오른쪽은 없는 셈이지요.

筋體半痿痺,⁸⁸　　　힘 좋던 몸이 반신불수가 되고

肘腋生臊羶.⁸⁹　　　팔꿈치와 겨드랑이에서 노린내가 풍겼습니다.

列聖蒙此恥,⁹⁰　　　여러 성인께서 이런 치욕을 당하고도

含懷不能宣.　　　　마음에 담아둘 뿐 펼쳐 보이지 못했습니다.

謀臣拱手立,⁹¹　　　신하들은 두 손을 모으고 서서

相戒無敢先.　　　　서로 조심하며 감히 앞장서지 않았지요.

萬國困杼軸,⁹²　　　온 나라에 옷감이 부족하고

內庫無金錢.　　　　안 곳간에는 돈이 없었지요.

健兒立霜雪,　　　　장정들이 서리와 눈을 맞으며 서 있건만

腹歉衣裳單.⁹³　　　배를 곯고 헐벗었답니다.

饋餉多過時,⁹⁴　　　군량이 지급되는 것은 대개 때를 지나서이고

高估銅與鉛.⁹⁵　　　구리와 납은 값이 뛰었습니다.

山東望河北,　　　　산동에서 하북을 바라보면

爨煙猶相聯.⁹⁶　　　밥 짓는 연기가 오히려 서로 이어집니다.

朝廷不暇給,⁹⁷　　　조정에서 돌볼 겨를이 없으니

辛苦無半年,[98] 고생해봐야 반년 치도 없습니다.

行人権行資,[99] 행상에게는 세금을 징수하고

居者稅屋椽.[100] 집이 있는 사람에겐 방 수대로 세금을 물립니다.

中間遂作梗,[101] 그 사이에서 마침내 훼방을 놓아

狼藉用戈鋋.[102] 어지러이 창이 쓰였습니다.

臨門送節制,[103] 문에 이르러 정절과 제서를 보내고

以錫通天班.[104] 하늘과 통하는 반열의 직급을 하사했습니다.

破者以族滅, 깨부순 자들은 족속을 멸했으나

存者尚遷延.[105] 남은 자들은 아직 질질 끌고 있습니다.

禮數異君父,[106] 예의의 등급이 임금이나 아비를 대하는 것과 다르고

羈縻如羌零.[107] 강족 선영처럼 농락하려 했습니다.

直求輸赤誠,[108] 어찌 충심을 다하기를 바라겠습니까

所望大體全.[109] 기대하는 바는 대강의 체통을 온전히 하는 것입니다.

巍巍政事堂,[110] 정무를 보는 높다란 건물에서는

宰相厭八珍.[111] 재상들이 산해진미에 물렸습니다.

敢問下執事,[112] 감히 수하의 집사에게 묻습니다만

今誰掌其權.[113] 지금은 누가 그 권력을 쥐고 있습니까?

瘡痍幾十載,[114] 종기가 난 지 수십 년인데

不敢抉其根.[115] 그 뿌리를 도려내지 못하고 있습니다.

國懸賦更重,[116] 나라 살림이 쪼그라드니 세금은 한층 무거워지고

人稀役彌繁.[117] 사람이 드물어지니 요역은 더욱 많아집니다.

近年牛醫兒,[118] 근년에 미천한 출신 하나가

城社更攀緣.[119]　　성호사서처럼 더욱 빌붙었습니다.

盲目把大旆,[120]　　장님이 대장의 깃발을 잡고

處此京西藩.[121]　　여기 장안 서쪽 번진에 자리를 잡았습니다.

樂禍忘怨敵,[122]　　재앙을 즐기는 듯 한 맺힌 적을 잊었고

樹黨多狂狷.[123]　　사당을 결성하여 다들 제멋대로였습니다.

生爲人所憚,[124]　　살아서는 남이 꺼렸고

死非人所憐.　　죽어서도 남이 가여워하지 않았지요.

快刀斷其頭,　　날카로운 칼이 그 머리를 자르니

列若猪牛懸.[125]　　돼지와 소 걸리듯 진열되었습니다.

鳳翔三百里,[126]　　봉상 땅은 장안에서 3백 리

兵馬如黃巾.[127]　　군대는 황건적 같았습니다.

夜半軍牒來,[128]　　한밤중에 군중의 문서가 내려오더니

屯兵萬五千.[129]　　주둔한 군대가 만 오천 명이었습니다.

鄕里駭供億,[130]　　마을에서는 수요에 맞춰 공급할 것들에 놀라

老少相扳牽.[131]　　늙은이 젊은이가 서로 끌고 당기며 달아났습니다.

兒孫生未孩,[132]　　아이들은 태어나서 아직 웃지도 못하는데

棄之無慘顔.[133]　　그 아이를 버리면서도 슬픈 표정이 아니었지요.

不復議所適,　　다시 가야 할 곳 따질 겨를도 없이

但欲死山間.　　그저 산 속에서 죽고자 했습니다.

爾來又三歲,[134]　　그로부터 다시 3년 동안

甘澤不及春.[135]　　단비가 봄에 내리지 않았습니다.

盜賊亭午起,[136]　　도적이 대낮에 일어났는데

問誰多窮民.　　누군고 하니 대부분 궁핍한 백성이었습니다.

節使殺亭吏,¹³⁷ 절도사가 정장을 죽여버리니

捕之恐無因.¹³⁸ 도적을 잡으려 해도 방법이 없었지요.

咫尺不相見,¹³⁹ 지척에 있어도 보이지 않는 것은

旱久多黃塵. 가뭄이 오래 되어 누런 먼지가 많아져서지요.

官健腰佩弓,¹⁴⁰ 병사가 허리에 활을 차고

自言爲官巡. 관리를 위한 순찰이라 말합니다.

常恐値荒逈,¹⁴¹ 황량하고 궁벽한 곳에서 마주칠까 늘 두려워하는
　　　　　　것은

此輩還射人. 이자들이 또 사람을 쏘기 때문이지요.

媿客問本末,¹⁴² 길손께 자초지종을 말씀드리니 부끄럽습니다만

願客無因循.¹⁴³ 길손께서 대충 넘기지 않으시길 바랍니다.

郿塢抵陳倉,¹⁴⁴ 미오에서 진창에 이르기까지

此地忌黃昏. 여기서는 황혼을 꺼린답니다."

我聽此言罷, 나는 이 말이 끝날 때까지 들었고

寃憤如相焚.¹⁴⁵ 원통함과 분함이 불타오르는 듯 했다.

昔聞擧一會,¹⁴⁶ 옛날에 진나라에서 사회를 한번 기용했더니

群盜爲之奔. 도적떼가 그 때문에 달아났다는 말을 들었다.

又聞理與亂, 또 다스림과 어지러움은

繫人不繫天. 사람에 달렸지 하늘에 달린 것이 아니란 말도 들
　　　　　　었다.

我願爲此事, 나는 이 일을 알리기 위해

君前剖心肝,¹⁴⁷ 임금 앞에서 심장과 간이라도 드러내고,

叩頭出鮮血,¹⁴⁸ 머리를 찧어 선혈을 뿜어내

滂沱汚紫宸.¹⁴⁹　　콸콸 자신전을 적시고 싶었다.

九重黯已隔,¹⁵⁰　　그러나 구중궁궐은 어둠 속에 이미 멀어져

涕泗空沾脣.¹⁵¹　　눈물 콧물만 부질없이 입술을 적신다.

使典作尙書,¹⁵²　　아전이 장관이 되고

廝養爲將軍.¹⁵³　　환관이 장군이 된다.

愼勿道此言,　　삼가 그런 말 하지 마시오

此言未忍聞.　　그런 말은 차마 못 듣겠으니.

주석

1) 蛇年(사년) : 뱀띠 해. 개성 2년 정사년(丁巳年, 837)을 가리킨다.
   建丑月(건축월) : 12월.

2) 梁州(양주) : 지금의 섬서성 한중시(漢中市) 일대.

3) 大散嶺(대산령) : 대산관(大散關). 지금의 서남쪽 보계시(寶鷄市)에 있으
   며, 진 땅과 촉 땅을 잇는 요충지이다.

4) 渭之濱(위지빈) : 위수(渭水)의 물가. 위수는 보계시 남쪽에 있다.

5) 舒坼(서탁) : 싹이 트다.

6) 不類(불류) : ~같지 않다.
   冰霜(빙상) : 얼음과 서리.

7) 苦熱(고열) : 찌는 더위.

8) 燋卷(초권) : 말라비틀어지다.
   芳津(방진) : 수분.

9) 槲櫪(곡력) : 떡갈나무와 상수리나무.

10) 荊榛(형진) : 가시나무와 개암나무. 이상은 모두 자라도 재목이 되지 못
    할 잡목들이다.

11) 空墩(공돈) : 빈 둔덕.

12) 依依(의의) : 천천히 가는 모양.

13) 面啼(면제) : 등을 돌리고 울다.

14) 具陳(구진) : 자세히 진술하다.

15) 右輔(우보) : 장안 서쪽 교외. 당나라 봉상부(鳳翔府)를 말한다.

　　田疇(전주) : 밭.

16) 斯民(사민) : 백성.

17) 伊昔(이석) : 이전.

　　樂土(낙토) : 즐거운 땅.

　　《시경 · 국풍 · 석서(碩鼠)》 즐거운 땅으로 가련다. (適彼樂土.)

18) 所賴(소뢰) : 의지하는 바. 이유.

　　牧伯(목백) : 주군(州郡)의 장관.

19) 事四鄰(사사린) : 사방 이웃에 시집가다. 멀리 시집가지 않는 것을 말한다.

20) 瓦缶(와부) : 항아리. 단지.

21) 爛穀(난곡) : 썩힌 곡식.

　　荊囷(형균) : 가시나무로 만든 곡식 창고.

22) 健兒(건아) : 건장한 사내.

　　庇(비) : 감싸다. 보호하다.

　　旁婦(방부) : 첩.

23) 衰翁(쇠옹) : 노인.

　　舐(지) : 어루만지다.

　　童孫(동손) : 어린 손자.

24) 況自(황자) : 게다가.

　　貞觀(정관) : 당 태종 정관 연간(627-649).

25) 命官(명관) : 조정의 관리.

　　儒臣(유신) : 학문 수양이 높은 대신.

26) 陶鈞(도균) : 회전시켜 도기를 만드는 물레. 사물의 관리와 조절을 비유한다.

27) 開元(개원) : 당 현종 때의 연호(713-741).

28) 姦邪(간사) : 간사한 자.

　　撓(요) : 어지럽히다.

　　經綸(경륜) : 정치 기강.

29) 晉公(진공) : 진국공(晉國公) 이임보(李林甫). 이임보는 개원 25년(737)에
진국공에 봉해졌다.
此事(차사) : 이런 일. 위 단락에서 말한 현신의 등용을 가리킨다.

30) 錄(녹) : 등용하다. 임용하다.
邊將(변장) : 번장(藩將). 번진의 장수.

31) 猛毅輩(맹의배) : 사납고 억센 무리. 무인(武人)을 가리킨다.

32) 雜牧(잡목) : 난잡하게 다스리다.
昇平民(승평민) : 태평시대의 백성.

33) 倖臣(행신) : 군주의 총애를 받는 측근 신하. 환관을 말한다.

34) 帝戚(제척) : 군주의 친척.

35) 屠解(도해) : 도살하다. 소를 칼로 발라내다.

36) 奴隷(노예) : 환관이나 외척의 노비들을 말한다.

37) 皇子(황자) : 왕자. 태자 이영(李瑛), 악왕(鄂王) 이요(李瑤), 광왕(光王)
이거(李琚) 등을 가리킨다. 이들은 모두 이임보의 참언에 해를 입었다.
棄不乳(기불유) : 버려두고 키우지 않다.

38) 椒房(초방) : 후궁들이 기거하는 방. 향초와 진흙으로 벽을 바른다.
羌渾(강혼) : 강족(羌族)과 토욕혼(吐谷渾). 이민족을 총칭하는 말로, 여
기서는 안녹산(安祿山)을 가리킨다.

39) 重賜(중사) : 귀중한 하사품.
竭中國(갈중국) : 나라 안의 재물을 탕진하다.

40) 控弦(공현) : 활을 당기다. 여기서는 활을 당기는 병사를 가리킨다.

41) 長臂(장비) : 팔이 길다. 《사기·이장군전(李將軍傳)》에 의하면, 이광(李
廣)은 원숭이처럼 팔이 길어 활을 잘 쏘았다고 한다.

42) 皇都(황도) : 서울.
三千里(삼천리) : 안녹산의 주둔지 범양(范陽)에서 장안까지는 대략
2,500리인데, 여기서는 개수(槪數)를 써서 3,000리라 한 것이다.

43) 雕鳶(조연) : 독수리와 솔개.

44) 指顧(지고) : 손짓하고 눈짓하다.

45) 暖熱(난열) : 따뜻함.

蒼旻(창민) : 봄과 가을의 하늘.

46) 嘲叱(조질) : 조롱과 질책.

47) 唾棄(타기) : 내팽개치다.

糞丸(분환) : 똥 덩어리. 더러운 사물을 비유한다.

48) 萬方(만방) : 전국 각지 주군의 장관.

49) 臨軒(임헌) : 궁전 앞에 서다. 정전(正殿)에 좌정하지 않고 궁전 앞에서 신료를 접견하는 것을 가리킨다.

50) 綵旂(채기) : 비단 깃발.

轉(전) : 번뜩이다.

初旭(초욱) : 갓 떠오른 태양.

51) 金障(금장) : 금색 병풍.

52) 高褰(고건) : 높이 걷어 올리다.

53) 捼鬚(뇌수) : 수염을 꼬다.

蹇(건) : 거만하다.

54) 御榻(어탑) : 군주가 앉거나 눕는 평상.

55) 忤者(오자) : 거스르는 자.

跟屨(근구) : 뒤꿈치와 신.

56) 附(부) : 아부하다.

頂巓(정전) : 산꼭대기. 고위직을 가리킨다.

57) 華侈(화치) : 화려하고 사치스럽다.

矜(긍) : 자랑하다. 자만하다.

遞衒(체현) : 번갈아 내보이다.

58) 豪俊(호준) : 호걸.

倂呑(병탄) : 집어삼키다. 통치 집단 내부의 투쟁으로, 안녹산과 양국충이 서로 배척하며 알력을 일으켰던 일을 말한다.

59) 惠養(혜양) : 은혜롭게 길러주다.

60) 徵求(징구) : 징발. 세금 징수.

61) 奚寇(해구) : 해족(奚族) 도적. 안녹산이 해족을 반군에 가담시켰기에 여기서는 반군을 가리킨다.

62) 揮霍(휘곽) : 동작이 빠른 모양.

63) 遶(요) : 두르다. 에워싸다.

64) 旗幡(기번) : 깃발. 안녹산 반군은 12월에 황하를 건넌 뒤 영창(靈昌),
진류(陳留), 형양(滎陽) 등을 함락시키고 낙양으로 진군했다.

65) 虜騎(노기) : 오랑캐의 기병. 적국의 기병.

66) 屯(둔) : 지키다. 주둔하다.

67) 車幡(거번) : 수레의 가림막. 바람이나 흙먼지를 막는 용도로 쓰인다.

68) 生小(생소) : 어릴 때. 소싯적.

69) 點行(점행) : 징집되다.

70) 生分(생분) : 생이별.

71) 例(예) : ~처럼.
羘(장) : 노루. 몸집이 작고 어금니가 약해 겁이 많다고 한다.
怯(겁) : 겁내다.

72) 羸(이) : 비루먹은 말. 여기서는 마른 양을 가리킨다.

73) 上陽(상양) : 상양궁. 당 고종이 낙양에 지은 궁전이다.

74) 玉輦(옥연) : 군주의 수레.
南斗(남두) : 남두성. 남방에 있는 여섯 별로 구성된 별자리로 여기서는
남쪽을 가리킨다.

75) 旋(선) : 돌아오다.

76) 遘(구) : 만나다.
雲雷屯(운뢰둔) : 《역경》에 보이는 구름과 우레의 징조. 여기서는 거대한
난리를 가리킨다.

77) 問鼎(문정) : 천자의 덕을 상징하는 세발솥에 대해 묻다. 왕좌를 노리는
것을 말한다. 《좌전·선공 3년조》에 의하면, 정왕(定王)이 왕손만(王孫
滿)을 시켜 초자(楚子)의 노고를 치하했더니 초자는 세발솥의 크기와 무
게를 물었다고 한다.

78) 搶攘(창양) : 어지러움. 문란함. 혼잡하고 어수선함.
互間諜(호간첩) : 서로 몰래 정탐하다.

79) 梟與鸞(효여란) : 올빼미와 난새. 올빼미는 간사하고 반란을 일으키는

자를 비유하고, 난새는 조정에 충성을 다하는 자를 비유한다.

80) 返轡(반비) : 돌아온 말. 반란군을 토벌하고 돌아온 말을 말한다.

81) 還轅(환원) : 돌아온 수레.

82) 雀鼠(작서) : 참새와 쥐. 소인을 비유한다.

83) 豺狼(시랑) : 승냥이와 이리. 반란군을 비유한다.

喧(훤) : 시끄럽다.

84) 南資(남자) : 남쪽의 재정 기반. 안사의 난으로 중원이 피폐해져 당 조정
의 재정 수입은 주로 남쪽 지방에 의존하게 되었다.

85) 西費(서비) : 서쪽의 비용 조달처. 토번(吐藩)의 침입으로 서부의 세수(稅
收)가 급격히 감소되었다.

河源(하원) : 황하 상류.

86) 右藏庫(우장고) : 국고(國庫) 가운데 오른쪽 저장고. 이곳에 쇠붙이와 모
피류 등을 보관했다.

87) 摧毀(최훼) : 때려 부수다. 타파하다. 분쇄하다.

空垣(공원) : 빈 담.

88) 痿痺(위비) : 마비되다. 불수가 되다.

89) 肘腋(주액) : 팔꿈치와 겨드랑이.

臊羶(조전) : 노린내가 나다.

90) 列聖(열성) : 여러 성인들. 숙종부터 헌종까지의 군주를 가리킨다.

91) 謀臣(모신) : 나라의 큰일을 더불어 의논하는 중요한 신하.

拱手(공수) : 손을 맞잡고 예를 올리다.

92) 杼軸(저축) : 베틀의 두 부속물인 북과 굴대. 직물을 대칭한다.

93) 腹歉(복겸) : 배를 곯다.

衣裳單(의상단) : 옷이 홑겹이다.

94) 饋餉(궤향) : 군사들을 먹이다.

過時(과시) : 때를 지나다.

95) 高估(고고) : 고가.

銅與鉛(동여연) : 구리와 납. 당대에는 구리가 귀해 동전을 녹여 다른
기물을 만드는 탓에 유통되는 화폐가 부족했다고 한다.

96) 爨煙(찬연) : 밥 짓는 연기.

97) 暇給(가급) : 돌볼 겨를이 없다.

98) 半年(반년) : 반 년 치의 식량.

99) 行人(행인) : 행상(行商).

　　権(각) : 세금을 징수하다.

　　行資(행자) : 행상이 팔고 다니는 물건.

100) 屋椽(옥연) : 집의 서까래. 집을 말한다.

101) 作梗(작경) : 방해하다. 교란시키다. 번진들의 조직적 저항으로 조정의
　　명령이 하달될 수 없었음을 가리킨다.

102) 狼藉(낭자) : 어지럽다.

　　戈鋋(과연) : 창. 여기서는 반란을 가리킨다.

103) 節制(절제) : 정절(旌節)과 제서(制書). 정절은 의전용 병장기나 깃발이
　　고 제서는 조서를 말한다.

104) 錫(석) : 하사하다.

　　通天班(통천반) : 하늘과 통하는 반열. 고관대작을 말한다. 중당 이후
　　절도사들에게 재상 자리를 내어준 것을 가리킨다.

105) 遷延(천연) : 일이나 날짜 따위를 미루고 지체하다.

106) 禮數(예수) : 직위에 따른 예우의 등급.

107) 羈縻(기미) : 얽어매어 농락하다.

　　羌零(강영) : 강족의 일파인 선영(先零) 부족.

108) 直(직) : 어찌.

　　輸(수) : 바치다.

　　赤誠(적성) : 마음에서 우러나오는 참된 정성.

109) 大體(대체) : 대강의 체통. 겉으로나마 신하로서 조정을 섬기는 모습을
　　보여주는 것을 가리킨다.

110) 巍巍(외외) : 높은 모양.

111) 厭(염) : 물리다.

　　八珍(팔진) : 산해진미. 진수성찬.

112) 下執事(하집사) : 재상 수하의 집사.

113) 掌權(장권) : 권력을 쥐다.

114) 瘡疽(창저) : 부스럼과 등창. 번진 할거의 폐해를 비유한다.

115) 抉根(결근) : 뿌리를 도려내다. 근절시키다.

116) 國蹙(국축) : 나라의 토지가 줄어들다. 나라살림이 쪼그라들다.

117) 彌(미) : 더욱.

118) 牛醫兒(우의아) : 수의사의 아들. 미천한 출신으로 출세한 자를 비유한 다. 여기서는 장안의 약장수 출신인 정주(鄭注)를 가리킨다.

119) 城社(성사) : 성호사서(城狐社鼠). 성에 사는 여우와 사당에 사는 쥐라 는 말로, 의지처를 믿고 악행을 일삼는 무리를 비유한다.

　　　攀緣(반연) : 빌붙다.

120) 盲目(맹목) : 장님. 정주는 근시였다고 한다.

　　　大旆(대패) : 큰 깃발.

121) 京西藩(경서번) : 장안 서쪽의 번진. 정주는 태화 9년(835) 봉상절도사 (鳳翔節度使)가 되었다.

122) 樂禍(낙화) : 재앙을 즐기다.

　　　怨敵(원적) : 적. 원수.

123) 樹黨(수당) : 사당(私黨)을 결성하다.

　　　狂狷(광견) : 제멋대로이다.

124) 憚(탄) : 꺼리다.

125) 列(열) : 진열되다.

　　　猪牛懸(저우현) : 돼지나 소처럼 머리가 걸리다.

126) 鳳翔(봉상) : 봉상부. 지금의 섬서성 보계시(寶鷄市) 인근으로, 장안에서 서쪽으로 3백 리 가량 되는 곳에 있었다.

127) 黃巾(황건) : 황건적. 후한 말기에 장각(張角) 일파가 이끈 반란세력이다.

128) 軍牒(군첩) : 군중의 문서.

129) 屯兵(둔병) : 주둔한 군대.

130) 駭(해) : 놀라다.

　　　供億(공억) : 수요에 맞춰 공급하다.

131) 扳牽(반견) : 끌고 당기다.

132) 兒孫(아손) : 아이들.
　　孩(해) : 아이가 웃다.

133) 慘顔(참안) : 슬픈 표정.

134) 爾來(이래) : 그 뒤로.

135) 甘澤(감택) : 단비.

136) 亭午(정오) : 대낮.

137) 節使(절사) : 절도사.
　　亭吏(정리) : 정장(亭長). 십 리마다 한 명씩 두어 향촌의 치안유지를
　　담당했던 관직.

138) 無因(무인) : 방도가 없다.

139) 咫尺(지척) : 지척. 가까운 거리.

140) 官健(관건) : 병사.

141) 荒逈(황형) : 황량하고 궁벽하다.

142) 媿(괴) : 부끄럽다. 창피하다.
　　問(문) : 고하다. 알리다.
　　本末(본말) : 자초지종. 원인과 결과.

143) 因循(인순) : 대충 넘기다. 소홀히 하다.

144) 郿塢(미오) : 지명. 지금의 섬서성 미현(眉縣) 인근이다.
　　抵(저) : ~에 이르다.
　　陳倉(진창) : 지명. 지금의 섬서성 보계시(寶鷄市)의 옛 이름이다.

145) 寃憤(원분) : 원통함과 분함.

146) 擧會(거회) : 사회(士會)를 기용하다. 사회는 춘추시대 진(晉)나라의 장
　　군으로 도적들을 진(秦)나라로 몰아냈다고 한다.

147) 剖心肝(부심간) : 심장과 간을 드러내 보이다.

148) 叩頭(고두) : 머리를 찧다.

149) 滂沱(방타) : 눈물이나 피가 많이 흐르는 모양.
　　紫宸(자신) : 자신전(紫宸殿). 대명궁(大明宮) 안에 있으며 군주가 대신
　　들을 접견하는 곳이다.

150) 九重(구중) : 구중궁궐.

151) 涕泗(체사) : 눈물과 콧물.
152) 使典(사전) : 서리(胥吏). 관아의 말단 행정 관리.
　　尙書(상서) : 당대 6부의 장관.
153) 廝養(시양) : 잡일을 하는 노예. 여기서는 환관을 가리킨다.

해설

　이 시는 개성 2년(837) 12월 이상은이 양주(梁州)의 산남서도절도사 막부에서 영호초의 장례를 마치고 장안으로 돌아오는 길에 지은 것이다. 시인은 장안 서쪽 교외에 유숙하며 촌민의 말을 통해 피폐해진 백성의 삶을 목도하고, 이런 결과를 빚은 원인이 잘못된 인사(人事)에 있다고 지적했다. 촌민의 입을 빌어 당 초기부터 현재까지 150년의 역사를 개괄한 100운의 거편(巨篇)이다.

　이 시는 시상 전개에 따라 여덟 단락으로 나누어 살펴볼 수 있다. 제1단락(제1-18구)은 장안 서쪽 교외에서 목도한 황량한 농촌 모습으로부터 촌민의 이야기를 끌어낸 것이다. 개성 2년 겨울 양주를 출발하여 장안으로 가는 도중에 관찰하게 된 농촌은 피폐해질 대로 피폐해져 잡목만 우거지고 가축은 폐사한 채 마을 주민도 거의 떠난 상태였다. 시인은 촌민 가운데 한 사람으로부터 자초지종을 들어보기로 한다. 제2단락(제19-34구)부터 촌민의 말이 시작된다. 그는 먼저 정관(貞觀) 연간의 치세와 같은 태평성대의 상황을 회고했다. 장안 서쪽 지역은 본래 척박한 곳이기는 하나, 어질고 인자한 관리들의 선정(善政)이 이어져 남녀노소가 모두 행복하게 살아가는 '즐거운 땅'이었다고 했다. 제3단락(제35-74구)은 개원(開元) 연간 이후로 어지러워지기 시작한 정치적 상황을 서술했다. 현종이 정사를 이임보(李林甫)에게 맡기자 번진(藩鎭), 환관, 외척 등이 발호해 권세를 휘두르고 관리들도 그들의 손에 놀아나기 시작했다. 특히 안녹산과 같은 장수가 세력을 크게 키워 왕권을 위협하고 관리들을 농락하는 정도에 이르렀다고 개탄했다. 제4단락(제75-106구)은 안사의 난이 발발해 중원이 전쟁터로 바뀐 과정을 묘사했다. 안사 반군은 허술한 관군의 저지선을 가볍게 뚫고 파죽지세로 장안을 향했다. 백성들이 징발과 피난의 아수라장 속에서 도탄에 빠지는 동안 왕실은 사천으로 몽진을 떠나 장안성은 반란군의 군홧발에 뭉개지고 말았다고 했다. 제5단락(제107-148구)은 안사의 난이 수습된 이후에도 번진의 할거로 나라의 형편이 어려운 모습을 서술했다. 세력이 강한 번진이 황하 하류 지역을 차지하고 독자노선을 걷자 세수(稅收)가 급감했다. 이 때문에 물가는 폭등해 백성들의 삶은 어려워지고 가렴주구가 판을 치는 악순환이 반복되었지만, 당국에서 번진을 척결하는 근본적인 치유책은 내놓지 못했다고 비판했다. 제6단락(제149-168구)은 봉상절도사(鳳翔節度使) 정주(鄭注)가 도모한 감로사변이 실패로 돌아가면서 봉상 지역이 화를 입게 된 연유를 이야기했다. 환관을 제거하려던 정주의 거사가 사전에 발각되어 수포로 돌아가자, 환관 구사량(仇士良)은 정주의 잔당을 소탕한다는 명목으로 봉상에 금군(禁軍)을 파견해 백성들을 못살게 굴었다고 했다. 제7단락(제169-184구)은 백성들이 궁핍에 내몰려 모두 도적이 되는 슬픈 현실을 고발했다. 가뭄으로 인한 흉작에 살림이 쪼들리게 된 백성들은 생존을 위해 강도로 돌변했고, 병사들이 이들을 잡는답시고 살인을 일삼았다. 촌민은 시인에게 이런 저간의 형편을 잘 헤아려 밤길을 조심하라고 당부했으며, 여기까지가 그의 말이다. 제8단락(제185-200구)은 촌민의 말을 들은 시인의 생각을 서술한 것이다. 그의 주장은 '인사가 만사'라는 것이다. 적재적소에 어질고 능력 있는 인재를 등용해 나라의 안정과 번영을 이끌어내야 하는데 지금의 정국은 환관과 번진의 틈바구니 속에서 갈피를 잡지 못하고 있다고 분개했다.

이 시는 이상은의 정치적 견해가 가장 집중적으로 드러난 정치시의 대표작이다. 당 전기의 번영과 후기의 혼란을 대비시키는 수법을 통해 문제의 심각성을 부각시키면서 그 원인이 '하늘'이 아니라 '사람'에 있다고 강조했다. 당대 역사를 개괄하고 있다고 해서 서사시로 볼 것은 아니다. 시인의 필봉은 어디까지나 백성의 삶을 고달프게 만든 장본인을 적시하고 그들을 비판하는 데 주안점이 있기 때문이다. 특히 많은 폐해를 야기하는 번진에 대한 적개심을 숨기지 않았다. 사상성과 예술성 면에서 공히 탁월한 성취를 보여 곧잘 두보의 〈북정(北征)〉이나 〈자경부봉선현영회오백자(自京赴奉先縣詠懷五百字)〉에 비견된다. 진(眞), 문(文), 원(元), 한(寒), 산(山), 선(先)의 여섯 개 운을 통용하면서 운자의 중복도 꺼리지 않은 데서는 한위(漢魏)의 풍격이 느껴

지고, 이상은의 다른 시와 달리 조탁이나 수식을 중시하지 않는 데서는 악부
시(樂府詩)의 맛을 살리려 했던 시인의 의도를 엿볼 수 있다.

514

井泥四十韻
우물 속 진흙

皇都依仁里,[1]	낙양의 의인리
西北有高齋.[2]	북서쪽에 높은 집이 있는데,
昨日主人氏,	어제 주인이
治井堂西陲.[3]	집 서쪽 부근에 우물을 파기로 하여,
工人三五輩,	인부 서너 명이
輦出土與泥.	수레로 마른 흙과 진흙을 퍼냈다.
到水不數尺,	물에 닿기까지 몇 척 되지도 않았건만
積共庭樹齊.	정원의 나무만큼 흙이 쌓여,
他日井甃畢,[4]	나중에 우물을 다 짓고 나자
用土益作堤.	흙으로 제방을 만드는 데 보탰다.
曲隨林掩映,	숲을 따라 구불거리며 가리고 있고
繚以池周迴.	못을 따라 주변을 에워싸고 있는데,
下去冥窴穴,[5]	아래의 깊숙하고 어두운 구멍에서 나와
上承雨露滋.	위로 축축한 비와 이슬에 닿게 되었다.
寄辭別地脈,[6]	땅 속의 수맥과 헤어지며 글을 보내고

因言謝泉扉.[7]   샘물 입구와 이별을 고하니,

昇騰不自意,[8]   땅 위로 솟구칠 줄은 생각지도 못했는데

疇昔忽已乖.   옛날을 생각하니 어느덧 많이 다르다.

伊余掉行鞅,[9]   내가 안장을 챙겨서

行行來自西.   서쪽에서 가고 또 가서,

一日下馬到,   어느 날 말을 내려 도착했는데

此時芳草萋.   그땐 향기로운 풀이 무성했었지.

四面多好樹   사방으로 좋은 나무가 많았고

旦暮雲霞姿.   아침저녁으로 노을 지는 모습이 좋았으며,

晚落花滿池.   저녁 해가 질 때 꽃은 연못에 가득했고

幽鳥鳴何枝.   저녁 새는 어느 가지에선가 울어댔었지.

蘿幄旣已薦,[10]   여라 장막은 이미 늘어져 있어

山尊亦可開.[11]   술동이도 열어볼 만했고,

待得孤月上,   외로운 달이 떠오르기를 기다리면

如與佳人來.   고운 님처럼 다가왔었지.

因之感物理,   우물 파는 일로 만물의 이치를 터득하게 되니

惻愴平生懷.   평생 가졌던 생각이 슬퍼진다.

茫茫此群品,[12]   아득한 이 세상에서 만물은

不定輪與蹄.[13]   정해진 것 없이 바퀴나 말발굽처럼 달리는 법.

喜得舜可禪,   요임금은 순임금을 얻은 것을 기뻐하며 선양하면서

不以瞽瞍疑.[14]   그의 아버지 고수로 인해 의심하지 않았는데,

禹竟代舜立,   우임금이 순임금을 이어 제위에 오르자

其父吘咈哉.¹⁵　　그 아비에 대해서는 아니올시다라며 반대했다.

嬴氏幷六合.¹⁶　　진시황은 천하를 병탄했는데

所來因不韋.¹⁷　　그는 여불위의 자손이고,

漢祖把左契.¹⁸　　한 고조는 승세를 잡으면서도

自言一布衣.　　스스로 평민 출신이라 말했다.

當途佩國璽.¹⁹　　권력을 장악하고 국새를 매단 조조는

本乃黃門攜.²⁰　　본래 환관의 손에서 길러졌고,

長戟亂中原,　　긴 창으로 중원을 어지럽힌 자

何妨起戎氏.²¹　　오랑캐에서 나온들 무슨 상관있겠는가.

不獨帝王爾,　　제왕뿐 아니라

臣下亦如斯.　　신하도 역시 이러하다.

伊尹佐興王,²²　　이윤은 보좌하여 왕을 일으켰지만

不藉漢父資.²³　　그 아버지의 도움을 빌리지 않았고,

磻溪老釣叟,²⁴　　반계의 낚시질하던 늙은이는

坐爲周之師.²⁵　　저절로 주나라 왕의 스승이 되었다.

屠狗與販繒.²⁶　　개 잡던 번쾌와 비단장수 관영은

突起定傾危.　　갑자기 일어나 위태로운 형세를 안정시켰고,

長沙啓封土,²⁷　　유발이 장사에서 왕이 된 것은

豈是出程姬?　　어찌 정희의 소생이기 때문이겠는가?

帝問主人翁,²⁸　　황제가 주인 늙은이의 안부를 묻자

有自賣珠兒.　　구슬을 팔던 아이가 나왔고,

武昌昔男子,²⁹　　옛날 무창의 한 남자는

老苦爲人妻.　　늙어가며 괴로워 어떤 이의 처가 되었다.

蜀王有遺魄,　　　촉왕의 혼백은

今在林中啼.　　　지금 숲속에서 소쩍새가 되어 울고 있고,

淮南雞舐藥,³⁰　　회남에서 닭이 약을 핥아

翻向雲中飛.　　　구름 속으로 날아갔다.

大鈞運群有,³¹　　자연 속에서 운행되는 만물은

難以一理推.　　　한 이치로 헤아리긴 어려워,

顧於冥冥內,³²　　아득한 세계를 돌아보며

爲問秉者誰?　　　만물의 변화를 주재하는 이가 누구냐 묻는다.

我恐更萬世,　　　내 생각에 더 많은 시간이 지난 후에는

此事愈云爲.³³　　이런 일이 더욱 변화가 심해질 것이다.

猛虎與雙翅,　　　사나운 호랑이에 두 날개가 돋고

更以角副之.　　　거기다 뿔이 생기게 되며,

鳳凰不五色,　　　봉황이 오색을 잃고

聯翼上雞棲.　　　날개를 나란히 하여 닭 둥지에 깃들 것이다.

我欲秉鈞者,³⁴　　만물을 주재하는 자가

竭來與我偕.³⁵　　어찌하여 나에게 와서 함께 하지 않는가?

浮雲不相顧,　　　뜬 구름 때문에 서로 볼 수가 없는데

寥沉誰爲梯?³⁶　　누구라서 하늘에 날 위해 사다리를 놓아줄까?

悒怏夜參半,³⁷　　한밤중으로 접어드는 때 슬픔에 젖어

但歌井中泥.　　　그저 우물 속의 진흙을 노래한다.

주석

1) 依仁里(의인리) : 동도(東都) 낙양(洛陽)에 있는 고을 이름.

2) 西北(서북) : 북서쪽. 북서쪽은 군주가 거하는 곳이다. 앞 구의 '의인리'와
   연결하여, 군주는 인자에 의지하는 자임을 기탁한 것이다.

3) 陲(수) : 부근. 근처.

4) 甃(추) : 우물을 수리하다.

5) 冥寞(명막) : 깊숙하고 그윽함.

6) 地脈(지맥) : 땅속의 수맥.

7) 泉扉(천비) : 지하수가 나오는 입구.

8) 昇騰(승등) : 솟구치다. 여기서는 땅 속에서 지면으로 솟구쳐 오르는 것
   을 이른다.

9) 伊(이) : 어조사로 별 뜻 없다.
   掉(도) : 바로잡다. 정돈하다.
   鞅(앙) : 가슴걸이. 말 가슴에 걸어 안장에 매는 가죽 끈.

10) 蘿幄(나악) : 여라가 넝쿨져 장막처럼 드리운 것을 말한다.
    薦(천) : 늘어놓다.

11) 山尊(산준) : 고대의 제기 중 하나. 산과 구름무늬가 새겨진 술을 담는
    동이.

12) 群品(군품) : 만사. 만물.

13) 輪(수) : 바퀴.
    蹄(제) : 말발굽. 이 구는 쉬지 않고 달리며 운행한다는 의미이다.

14) 瞽瞍(고수) : 눈먼 노인. 순임금의 아버지를 이르는데, 어리석고 사리에
    어두웠기 때문에 붙여졌다 한다. 그 아비는 아들 순이 현명한 줄 모르고
    그 아들을 죽이려 했었다.

15) 其父(기부) : 우임금의 아버지 곤(鯀)을 이른다.
    吁咈(우불) : 아니올시다. 찬성하지 않는다는 뜻의 감탄사이다. 홍수로
    고통을 겪고 있을 때 요임금이 치수할 사람을 추천하라 하자 다들 곤을
    추천했다. 그 말을 들은 요임금은 "아니올시다"라며 반대했다.

16) 嬴氏(영씨) : 진시황(秦始皇)을 가리킨다.
    幷六合(병육합) : 천하를 병탄(竝呑)하다.

17) 不韋(불위) : 여불위(呂不韋). 전국시대 상인으로, 그에게 임신한 여자가

있었는데 그것을 숨기고 그녀를 자초(子楚)에게 주었다. 결국 자초는 왕위에 올라 장양왕(莊襄王)이 되었고, 즉위한지 3년 만에 죽자 여불위의 친자식이라고 기록된 태자 정(政)이 왕위에 올랐으니 그가 진시황이다.

18) 漢祖(한조) : 한 고조 유방(劉邦).

左契(좌계) : 둘로 나눈 부신(符信) 가운데 왼쪽 것. 하나를 자기 손에 두어 좌계로 하고, 다른 것을 상대방에게 주어 우계(右契)로 함. 곧 약속의 증거. 이 구는 한 고조가 승세를 장악했다는 것을 이른다.

19) 當途(당도) : 당도(當塗). 권력을 장악하다. 이 구는 조조(曹操)가 헌제(獻帝)를 자신의 보호 아래 둠으로써 후한(後漢) 조정을 장악한 것을 이른다.

20) 黃門(황문) : 환관(宦官)의 이칭. 조조는 조숭(曹嵩)의 아들로 태어났는데, 조숭은 환관 조등(曹騰)의 양자였다.

21) 何妨(하방) : 무슨 상관있겠는가. 무방하다.

戎氐(융저) : 오랑캐. 융과 저는 모두 서진(西晉) 후기의 오호(五胡)에 속한다.

22) 伊尹(이윤) : 은(殷)나라 초기 사람으로, 이름이 이(伊)고, 윤(尹)은 관직 이름이다. 일명 지(摯)라고도 한다. 노예였다가 유신씨(有莘氏)의 딸이 시집갈 때 잉신(媵臣)으로 따라갔다. 탕(湯)왕의 인정을 받아 등용되었다. 하(夏)나라를 멸하고 은나라를 건국하는 데 큰 공을 세워 은나라의 재상이 되었다. 탕왕이 죽은 뒤 외병(外丙)과 중임(仲壬) 두 임금을 보좌했다. 중임이 죽고 태갑(太甲)이 왕위에 올라 정사를 돌보지 않고 탕왕의 법을 따르지 않자 그를 동(桐)으로 축출하고 일시 섭정했다. 3년 뒤 태갑이 잘못을 뉘우치자 다시 왕위에 올렸다. 후세 고대의 명재상으로 전해진다.

23) 漢(한) : 남자.

24) 磻溪(반계) : 지금의 섬서성 보계시(寶鷄市) 동남쪽 위수(渭水) 가.

老釣叟(노조수) : 낚시질하는 늙은이. 여기서는 여망(呂望), 즉 주(周)나라 강태공(姜太公)을 이른다. 그는 주나라 무왕(武王)을 도와 은(殷)나라 주왕(紂王)을 멸망시켜 천하를 통일했던 인물임.

25) 坐(좌) : 저절로. 까닭 없이.

26) 屠狗(도구) : 개를 잡다. 여기서는 번쾌(樊噲)를 가리킨다. 번쾌는 개 도
살을 생업으로 하면서 유방(劉邦)과 같이 은둔하고 있었는데, 유방이 거
병(擧兵)하자 무장으로 용맹을 떨쳐 공을 세웠다.
販繒(판증) : 비단을 팔다. 여기서는 관영(灌嬰)을 가리킨다. 관영은 비단
이나 명주를 팔다가 유방을 따라 공을 세웠다.

27) 長沙(장사) : 장사정왕(長沙定王) 유발(劉發)을 이른다. 유발의 모친은 당
희(唐姬)로서 원래 정희(程姬)의 시녀였다. 경제(景帝)가 정희를 불렀는
데, 정희가 피할 일이 있어 시녀인 당아(唐兒)를 분장시켜 자기 대신 들
여보냈다. 황제가 술이 취해서 이를 눈치 채지 못했고 결국 당아가 임신
을 했다. 그녀가 아들을 낳자 그 아이의 이름을 유발이라고 지었고, 유발
은 황자의 신분으로 장사왕(長沙王)이 되었다.
啓封土(계봉토) : 강역을 개척하여 토지를 봉해주다. 여기서는 유발을
왕으로 삼은 것을 이른다.

28) 主人翁(주인옹) : 주인 늙은이를 점잖게 부르는 말. 동언(董偃)을 이른다.
동언은 본래 어미와 구슬을 파는 일을 했다. 그의 나이 13세에 어미를
따라 두태주(竇太主)의 집으로 들어갔다가 공주가 어미를 대신해 그를
키워주기로 하고 정부로 삼았다. 그녀가 어딜 가든 동언이 그를 따르게
했는데, 한 무제가 그를 '주인 늙은이'로 부르며 뵙고 싶다고 했다.

29) 武昌(무창) 2구 : 이 이야기는 《수신기(搜神記)》에 나오는데, 무창이 아니
라 예장(豫章)에 한 남자가 여자가 되어 다른 사람에게 시집가 아들 하나
를 두었다는 이야기가 있다.

30) 舐(지) : 핥다. 갈홍(葛洪)의 《신선전(神仙傳)》에 따르면, 닭과 개가 신선
이 되는 약이 담긴 그릇을 핥고는 신선이 되어 승천한 사람을 따라 함께
날아갔다고 한다.

31) 大鈞(대균) : 대자연.
群有(군유) : 모든 존재. 만물.

32) 冥冥(명명) : 드러나지 않고 으슥함. 여기서는 망망한 우주를 가리킨다.

33) 云爲(운위) : 언행(言行).

《역경·계사하(繫辭下)》 변화하고 말과 행동에 길한 일이 상서로움이 있다.
(變化云爲, 吉事有祥.) 여기서는 변화하는 것을 이른다.

34) 秉鈞者(병균자) : 만물을 주재하는 자.

35) 曷(걸) : 어찌 ~하지 않는가.

36) 寥泬(요혈) : 텅 비고 적막한 하늘.

37) 悒怏(읍앙) : 우울하고 불쾌하다.

해설

　이 시는 우물 속 진흙이 밖으로 퍼내지는 것을 보고 만물의 이치가 변화무
쌍함을 깨닫게 됨을 읊은 것이다. 시는 내용상 다섯 단락으로 나누어 볼 수
있다.

　제1단락(제1-18)은 우물을 만들기 위해 땅 속 깊이 묻혀 있던 진흙이 지상
으로 퍼내지는 과정에 대하여 썼다. 땅 속의 진흙은 순식간에 밖으로 나오게
된 후 제방으로 이용되어 숲과 못의 아름다운 경물과 어우러지는 신세가 되
었다. 땅 위로 퍼내지게 될 줄 상상도 못했다가 단숨에 밖으로 나와 맑은
비와 이슬을 맞게 되어 예전과는 많이 달라진 처지를 부각시켰다. 제2단락
(제19-32구)은 우물 안의 진흙이 지위가 달라진 것을 보고 자신의 좋았던 옛
처지를 떠올리고 있다. 아름다운 풍경 속에서 풍류를 즐기는 시인의 모습이
그려져 있는데, 이런 추억을 떠올리며 '만물의 이치(物理)'를 터득하며 이러한
이치와 인생의 궁통과 득실에 대해 의문을 갖게 됨을 말했다. 제3단락(제
33-46구)은 세상일의 변화가 정해진 것 없이 변화무쌍함에 대해 썼다. 첫 두
구 "아득한 이 세상에서 만물은 정해진 것 없이 바뀌나 말발굽처럼 달리는
법"이 전체 문단의 요지이다. 순, 우, 진시황, 한고조, 조조와 오랑캐 등 미천
한 데서 흥기한 왕들을 열거하여 미천한 자도 귀하게 변할 수 있음을 말했다.
이는 앞 단락에서 우물 속 진흙이 졸지에 바깥으로 퍼내진 것의 구체적인
예라 할 것이다. 제4단락(제47-63구)은 신하 중 미천한 자가 공업을 세운 것
에 대해 썼다. 이윤, 여망, 번쾌, 관영 등은 모두 미천한 출신이나 왕을 도와
대업을 이룬 자이다. 장사정왕, 동언은 비록 공업은 없으나 미천함에서 존귀
함에 오른 이들이다. 남자가 변해 여자가 되고, 군주가 변해 새가 되며, 닭과

개가 승천하는 것은 약간 다른 의미의 변환이지만, 대체로 세 번째 문단과
네 번째 문단은 작자가 바라고 긍정적으로 생각하는 변화이다. 물론 그 안에
는 탐탁지 않고 부정적으로 바라보는 변화도 있지만, 시인은 이러한 변화의
이치가 예측하거나 파악하기 어렵다고 보았다. 제5단락(제64구-끝)은 미천한
데서 나와 대업을 이루기를 바라나 한편으로는 어이없이 당할 수 있는 경우
가 있음을 말했다. 지금 세상에는 시인이 바라는 변화보다는 두려워하는 변
화가 나날이 심해지고 있다. 시인은 불공평함에 대한 억울함을 지니고 있어
만물을 주재하는 이에게 의문을 제기하고자 하나 답을 얻기 어려워, 그저
이 밤에 공연히 우물 속 진흙을 읊으며 원망과 분만을 쏟아내고 있을 뿐이라
했다.

　청나라 진항(陳沆)의 평이 비교적 이 시의 내용과 특징을 잘 요약하고 있
다고 여겨진다. "시의 말미에서 권력을 쥐고 있는 이에게 분개를 표시하고
또 호랑이에 날개를 달아준다거나 봉황이 닭이 된다고 우려하는 것을 보건
대, 우이(牛李) 당파에 대해서 한 말이라는 것을 알 수 있다. 띄워서 하늘에
올리고 눌러서 땅으로 들여보내며, 좋아하는 이는 깃털이 돋게 하고 싫어하
는 이는 부스럼이 생기게 하니, 쓰고 버림의 불공평함이 이와 같을진대 군자
가 이런 상황이 되면 오로지 분수에 맞게 살 수밖에 없는 노릇이다. 전반부에
서 고금의 오르고 내린 변화의 양상을 다양하게 늘어놓은 것은 모두 시 말미
의 복선이다. 순수하게 한위 악부를 계승한 것이니 이상은 시에서는 또한
변격이라 하겠다.(觀篇末致慨於秉鈞之人, 且有虎而翼, 鳳而鷄之慮, 則知爲牛
李之黨而言之也. 揚之昇天, 抑之入地, 所好生羽毛, 所惡成瘡疣, 用舍不平若
斯, 君子値此, 惟有安命而已. 前半雜陳古今升沈變態, 皆爲篇末張本. 純乎漢魏
樂府之遺, 於義山詩中亦爲變格.)"

515

夜思

한밤의 그리움

銀箭耿寒漏,[1]	은시계 침이 차가운 밤 시각을 알리고
金釭凝夜光.[2]	등잔에 밤의 빛이 모이는데,
綵鸞空自舞,[3]	난새는 부질없이 스스로 춤추건만
別燕不相將.[4]	떠나간 제비는 따르지 않는구나.
寄恨一尺素,[5]	한 자 비단에 원망을 부치고
含情雙玉璫.[6]	한 쌍 옥 귀걸이에 마음을 담으니,
會前猶月在,[7]	만나기 전 달만 홀로 남고
去後始宵長.[8]	떠난 후라 밤이 비로소 길더라.
往事經春物,[9]	과거의 일은 봄날의 경물처럼 지나가고
前期託報章.[10]	미래의 기약은 답신에 맡길 뿐,
永令虛粲枕,[11]	길이 화려한 베개를 헛되이 만들고
長不掩蘭房.[12]	언제나 난방을 닫지 않는다.
覺動迎猜影,[13]	인기척을 느껴 의심스런 그림자를 맞이하고
疑來浪認香.[14]	누가 왔다고 생각하고 향기를 오인하는 때라,
鶴應聞露驚,[15]	학은 응당 이슬 소리를 듣고 놀라겠고

蜂亦爲花忙.¹⁶　　벌 또한 꽃으로 인해 바쁘리라.

古有陽臺夢,¹⁷　　옛날에는 양대의 꿈이 있었고

今多下蔡倡.¹⁸　　지금은 하채의 창기가 많은데,

何爲薄冰雪,¹⁹　　어째서 얼음과 눈에 다가가며

消瘦滯非鄕.²⁰　　몸 여위면서 타향에 머무는가?

주석

1) 銀箭(은전) : 은으로 장식한 시곗바늘.
   耿(경) : 명시하다. 밝게 드러내다.
   寒漏(한루) : 차가운 밤의 시각.
2) 金釭(금강) : 쇠로 만든 등잔이나 촛대.
   凝(응) : 모이다.
3) 綵鸞(채란) : 난새.
4) 相將(상장) : 서로 따르다.
5) 尺素(척소) : 폭이 좁은 비단. 편지를 가리킨다.
6) 玉璫(옥당) : 옥으로 만든 귀걸이. 옛날 젊은 남녀들이 사랑의 예물로 주고받았던 것이다.
7) 會前(회전) : 만나기 전. 만난 당시를 가리킨다고 보는 설도 있다.
   猶(유) : 홀로.
   月在(월재) : 달이 있다. 두 사람이 만났던 당시의 달은 아직 하늘에 떠 있다는 말이다. 이와 달리 '달'이 여인을 비유하는 것으로 보아 여인이 떠나지 않고 있다는 뜻으로 보는 설도 있다.
8) 宵長(소장) : 밤이 길다.
9) 往事(왕사) : 과거의 일.
   春物(춘물) : 봄날의 경물.
10) 前期(전기) : 미래의 기약.
   報章(보장) : 답신(答信). 본래 베틀 북이 오가며(報) 무늬(章)를 짠다는 뜻에서 나온 말이다.

11) 令(영) : ~하게 하다.

　　粲枕(찬침) : 아름다운 베개.

12) 掩(엄) : (문을) 닫다.

　　蘭房(난방) : 난 향기가 그윽한 방. 여인의 침실을 가리킨다.

13) 覺動(각동) : 인기척을 느끼다.

　　迎(영) : 맞이하다.

　　猜影(시영) : 의심스런 그림자. 임이 돌아온 것으로 착각하는 상황을 가리킨다.

14) 浪認(낭인) : 오인하다.

15) 聞露(문로) : 이슬 소리를 듣다.

　　주처(周處),《풍토기(風土記)》 두루미는 경계심이 높아서 8월에 이슬이 맺혀 풀잎 위로 구르며 똑똑 소리가 나면 곧 운다.(白鶴性警, 至八月露降, 流於草葉上, 滴滴有聲, 卽鳴.)

16) 蜂(봉) : 벌. '벌'이 가리키는 대상을 시인 자신으로 볼 수도 있고, 여인에게 다가가려는 다른 사내로 볼 수도 있다.

　　忙(망) : 바쁘다.

17) 陽臺夢(양대몽) : 양대의 꿈. 남녀의 즐거운 만남을 가리킨다. 양대는 송옥(宋玉)의 〈고당부(高唐賦)〉에 보이는 지명으로, 초 회왕(懷王)이 낮잠을 자다 꿈속에 나타난 무산(巫山)의 신녀(神女)와 동침했다는 곳이다.

18) 下蔡倡(하채창) : 하채의 창기(倡伎). 하채는 송옥의 〈등도자호색부(登徒子好色賦)〉에 보이는 지명으로 미인이 많았다는 곳이다.

19) 何爲(하위) : 무엇 때문에. 어째서.

　　薄(박) : 다가가다.

　　冰雪(빙설) : 얼음과 눈. 고난을 비유한다.

20) 消瘦(소수) : 여위다. 마르다.

　　滯(체) : 머물다.

　　非鄕(비향) : 타향.

　　이 시는 밤에 여인을 그리워하면 쓴 것이다. 전체 시는 의미상 다섯 단락으로 나누어 살펴볼 수 있다. 제1단락(제1-4구)은 밤에 느끼는 그리움을 서술한 것이다. 물시계와 등잔에서 밤이 깊어 감을 느끼는 때 시인은 난새처럼 외로워 몸부림치지만 여인은 떠나간 제비인 양 감감소식이라고 했다. 제2단락(제5-8구)은 여인의 소식을 듣고 싶은 안타까운 마음을 묘사했다. 편지도 쓰고 신물(信物)도 보내는 요즘에는 기나긴 밤에 휘영청 달만 밝다고 했다. 제3단락(제9-12구)은 지난 일들을 그리워하며 알 수 없는 미래에 의지하는 모습을 말한 것이다. 과거의 아름다운 추억은 일장춘몽인 듯 지나가버리고, 여인의 답신을 기다리며 체취가 남은 베개와 난방을 지키고 있노라 했다. 제4단락(제13-16구)은 기다림에 지쳐 환각에 빠지는 모습을 말한 것이다. 작은 인기척이나 향기에도 혹시나 여인이 돌아온 것일까 착각할 지경이 되어 시인은 마음 더욱 놀라고 조급해진다고 했다. 제5단락(제17-20구)은 여인에 대한 그리움에 허우적대는 시인 자신을 조소(嘲笑)한 것이다. 무산의 신녀나 하채의 창기처럼 고금의 미인이 하나둘이 아닌데, 왜 어려움을 감수하며 타향에서 그 여인만을 애타게 그리워해야 하는지 모르겠다고 했다. 마지막 두 구를 여인에게 하는 말로 보기도 한다. 시인을 떠나 타향에 머무르는 여인에게 돌아오기를 권유하는 내용이라는 것이다. 일설로 참고할 만하다. 현대 학자 등중룡(鄧中龍)은 이 시가 일반적인 염정시가 아니라 남녀관계를 빌려 영호도(令狐綯)와의 관계를 언급한 것이라 했다. 그는 그 방증으로 이상은이 영호도에게 쓴 시 〈좌보궐 영호도의 이별시에 수답하다(酬別令狐補闕)〉에 "이슬을 경계하는 학은 짝과 헤어지더라도(警露鶴辭侶)"와 같이 이 시와 유사한 표현이 있다는 점을 제시했다. 이 또한 일설로 부기해둔다.

516

思賢頓

망현궁의 숙소를 생각하다

內殿張絃管,[1]	내전에 악기들을 벌여놓으니
中原絶鼓鼙.[2]	중원에는 북소리가 그쳤다.
舞成靑海馬,[3]	춤으로 청해의 말을 이루고
鬪殺汝南雞.[4]	싸움을 시켜 여남의 닭을 죽였다.
不見華胥夢,[5]	화서국의 꿈은 보이지 않고
空聞下蔡迷.[6]	부질없이 하채에서 미혹되었다는 말만 들린다.
宸襟他日淚,[7]	임금이 지난날 눈물 흘렸을 때
薄暮望賢西.[8]	망현궁의 서쪽으로 해는 저물었다.

주석

1) 內殿(내전) : 궁중.
   絃管(현관) : 현악기와 관악기. 《구당서·음악지(音樂志)》에 의하면, 현종은 악공자제(樂工子弟) 300명으로 하여금 관현악의 놀이를 하게 했는데, 음악이 일시에 시작되어 한 음이라도 틀리면 반드시 감지하고 바로 잡아주었으므로 '황제의 제자'라 불렸다고 한다.

2) 鼓鼙(고비) : 군중에서 쓰는 큰북과 작은북. '북소리가 들리지 않았다'는 것은 전쟁이 없었다는 말이다.

3) 靑海馬(청해마) : 청해의 말. 준마를 가리킨다. 《구당서 · 음악지》에 의하면, 현종은 말 백 필을 성대하게 장식하여 좌우로 나누고 삼중의 발판을 설치하여 '경배악(傾杯樂)' 수십 곡을 춤추게 한 적이 있었다고 한다.

4) 鬪殺(투살) : 싸우다 죽게 하다.

汝南雞(여남계) : 여남에서 나는 닭. 길게 우는 것이 특징이었다고 한다. 진홍조(陳鴻祖)의 〈동성노부전(東城老父傳)〉에 "현종은 민간에서 청명절에 하는 닭싸움놀이를 즐겨 두 궁전 사이에 계방(雞坊)을 두었다."는 대목이 보인다.

5) 華胥夢(화서몽) : 화서씨(華胥氏)의 꿈. 이상적 경지를 나타낸다. 《열자 · 황제(黃帝)》에 의하면, 황제의 꿈에 나타난 화서씨의 나라는 통치하는 사람이 없고 모든 것이 본래의 모습 그대로일 뿐이었으며, 살아 있는 것을 즐거워하지도 죽음을 싫어하지도 않았다고 한다.

6) 下蔡(하채) : 예전의 고을 이름. 지금의 안휘성 봉대현(鳳臺縣) 인근이다.

송옥(宋玉), 〈등도자호색부 登徒子好色賦〉 빙그레 한 번 웃으면 양성을 홀리고 하채를 미혹한다. (嫣然一笑, 惑陽城, 迷下蔡.)

7) 宸襟(신금) : 임금의 마음.

他日(타일) : 지난날. 여기서는 현종이 안녹산의 난을 피하여 망현궁에 묵었던 날을 가리킨다. 《행촉기(幸蜀記)》에 의하면, 현종이 망현궁의 나무 아래에서 쉬다가 발끈 화를 내며 세상을 버리려는 마음이 있는 것을 고력사(高力士)가 알아채고 현종의 발을 감싸 안고 오열하며 설득했다고 한다.

8) 薄暮(박모) : 해질녘.

해설

이 시는 현종이 피난길에 묵었던 망현궁(望賢宮)을 떠올리며 쓴 영사시다. 천보 15년(756) 6월 13일 현종은 함양(咸陽)의 망현역에 이르러 숙소를 설치했는데, 관리들이 놀라 흩어져 나무 아래서 쉬었을 뿐이었다고 전해진다. 시제에 보이는 '頓(돈)'은 숙소를 가리킨다. 제1-2구는 안사의 난 이전의 평화로운 광경이다. 오랫동안 전쟁이 없어 궁궐에서 흥겹게 음악을 즐겼다고 했다.

제3-4구는 사치와 향락으로 치달은 모습이다. 현종이 나랏일을 돌보지 않은 채 준마에게 춤을 추게 하고 새벽을 알릴 닭을 투계로 죽게 만드는 등 방탕한 생활로 하루를 보냈다는 것이다. 제5-6구는 정사를 등한시한 결과를 서술했다. 현종이 화서씨의 나라와 같은 이상적인 국가를 건설하지 못하고 양귀비의 여색에 미혹되었다고 비판했다. 제7-8구는 현종이 망현궁에 묵을 때의 애처로운 광경이다. 나라를 도탄에 빠뜨린 장본인이 되어 세상을 등질 생각까지 하게 된 현종과 기울어가는 국운을 석양을 빌려 형상화했다. 〈마외 2수(馬嵬二首)〉 시와 마찬가지로 안사의 난을 초래한 현종에 대한 비판의 목소리가 따갑다.

517

無題

무제

萬里風波一葉舟,	만 리 풍파에 한 조각 배
憶歸初罷更夷猶.[1]	돌아갈 생각 애초에 버렸다가 다시 망설인다.
碧江地沒元相引,	푸른 강과 땅줄기는 서로를 당기고 있고
黃鶴沙邊亦少留.	황학은 모래 가에 잠시 머문다.
益德冤魂終報主,[2]	장비의 원혼은 마침내 임금에게 보답했고
阿童高義鎭橫秋.[3]	왕준의 높은 뜻은 늘 가을 하늘에 가득했다.
人生豈得長無謂,	사람으로 나서 어찌 오래도록 이룬 일 없이
懷古思鄕共白頭!	흰머리 더불어 옛일과 고향만 생각하는가!

주석

1) 夷猶(이유) : 망설이다.
2) 益德(익덕) : 장비(張飛, ?-221)의 자. 삼국시대 촉(蜀)나라의 무장. 유비·관우와 함께 의형제를 맺었고 후한 말의 많은 전쟁에서 용맹을 떨쳤다. 유비의 익주(益州) 공략 때 큰 공을 세워 파서태수(巴西太守)가 되고 유비가 제위에 오르자 거기장군(車騎將軍)·사례교위(司隸校尉)에 임명되었다. 유비가 형주에서 죽음을 당한 관우의 복수를 위하여 오(吳)나라 동정(東征)을 명했는데 종군할 준비를 하던 중 술에 취해 잠이 들었을 때, 자신의 부하에게 암살되었고 그의 무덤이 낭주(閬州)에 있다.

3) 阿童(아동) : 왕준(王濬, 206-286)의 소자(小字). 왕준은 서진(西晉) 홍농
   (弘農) 호(湖) 사람으로, 자는 사치(士治)이다. 양호(羊祜)의 인정을 받아
   파군태수(巴郡太守)에 오르고, 두 번 익주자사(益州刺史)를 지내면서 혜
   정(惠政)을 베풀었다. 무제(武帝) 태시(泰始) 8년(272)부터 함선을 크게
   건조하여 비밀리에 오나라를 공격할 준비를 했다. 수군(水軍) 양성에 힘
   쓰다가 함녕(咸寧) 5년(279) 용양장군(龍讓將軍)으로 황명을 받들어 오
   나라를 침공했다. 다음 해 오나라 사람들이 설치해 놓은, 강을 횡단하는
   쇠사슬을 불태워 끊은 뒤 바로 건강(建康)을 탈취하니, 오나라의 군주
   손호(孫皓)가 항복했다. 무국대장군(撫國大將軍)으로 책봉되었다. 시호
   는 무(武)다. 이 두 구가 가리키는 것이 무엇인지 정확하게 알 수 없다.
   鎭(진) : 언제나. 늘.
   횡추(橫秋) : 가을 하늘에 가득한 모양.

해설

이 시는 해놓은 일 없이 늙어가는 작가의 고민을 담고 있다. 사용한 전고
가 파촉(巴蜀)과 관련된 것으로 보아 시인이 동천(東川) 막부에 있을 때 지은
것으로 보인다. 제1-2구에서는 풍파 앞의 일엽편주처럼 정처 없는 신세로
고향에 돌아가고픈 생각을 접었다 폈다 하면서 머뭇거리고 있음을 말했다.
제3-4구에는 경물 묘사를 하고 있는데, 굽이굽이 강물이 흐르고 모래 가에
황학이 자유로이 날아와 머무는 장면은 강물처럼 황학처럼 자유롭게 고향으
로 돌아가고픈 시인의 마음을 대변한다고 할 수 있다. 마음은 고향에 가 있지
만 몸은 여전히 매여 있어 자연스레 촉 땅의 인물들을 떠올리고 있다. 제5-6
구에서는 장비와 왕준을 들어 임금께 보답하는 충성을 하고, 백성에게 은혜
를 베풀었던 일을 떠올렸다. 충정과 높은 뜻을 지녀 역사에 이름을 남겼던
과거의 인물을 생각하다보니 자신의 신세가 더욱 처량하게 느껴진다고 했다.
그래서 제7-8구에서는 자신이 늙도록 이룬 것 없이 보잘것없는 인생이었음을
개탄한 것이다. 옛 일은 제3연을 이어받고, 고향 생각은 제1연을 이어받고
있는데, 뜻을 이루지 못한 채 떠도는 자신에 대해 실망과 우울의 정조가 시
전체를 감싸고 있다.

518

有懷在蒙飛卿[1]

온정균을 그리워하다

薄宦頻移疾,[2]	낮은 벼슬도 자주 병으로 사직했고
當年久索居.[3]	젊었을 때에도 오랫동안 홀로 숨어 살았지.
哀同庾開府,[4]	슬픔은 유신과 같고
瘦極沈尙書.[5]	수척함은 심약에 이를 정도이다.
城綠新陰遠,[6]	성은 푸르러 새로 우거진 나무 그늘 멀리 뻗어있고
江淸返照虛.[7]	강은 맑아 저녁 햇빛이 허허롭다.
所思惟翰墨,[8]	그리워하는 이 오직 시문에서만 대할 수 있으니
從古待雙魚.[9]	오래전부터 편지를 기다렸다오.

주석

1) 飛卿(비경) : 온정균(溫庭筠, 812?-866?)의 자. 당나라 태원(太原) 기(祁)
   사람으로, 본명은 기(岐)이다. 시에 뛰어나 이상은과 함께 명성을 나란히
   했다.
   在蒙(재몽) : 무슨 뜻인지 알 수 없다.
2) 薄宦(박환) : 지위가 낮은 관리.
   移疾(이질) : 병을 핑계로 사직하다.
3) 當年(당년) : 젊고 활기찼던 때.

索居(색거) : 사람을 피해 한적한 곳에 혼자 거하다.

4) 庾開府(유개부) : 유신(庾信, 513-581). 남북조 시대 북주(北周) 남양(南陽)
   신양(新野) 사람이다. 자는 자산(子山)이고, 유견오(庾肩吾)의 아들이다.
   양(梁)나라 원제(元帝)의 명으로 서위(西魏)에 사신으로 파견되었다가
   억류당했다. 개부의동삼사(開府儀同三司)를 지내 세칭 '유개부'로 불린
   다. 서위에 억류당했을 때 두터운 예우를 받았지만 양나라에 대한 연모
   의 정을 잊지 못해 그 비통한 심정을 〈애강남부(哀江南賦)〉로 표현했다.

5) 極(극) : ~에 이르다.
   沈尙書(심상서) : 심약(沈約, 441-513). 남조 송(宋)·제(齊)·양(梁) 세 왕
   조에서 관직을 지냈는데, 양 무제 때 상서령(尙書令)에 올랐다. 자는 휴
   문(休文)이고, 시호는 은(隱)이다. 무강(武康) 출생으로, 어려서부터 빈곤
   속에서도 면학에 힘써 시문으로 당대에 이름을 떨쳤다.

6) 新陰(신음) : 봄·여름 사이에 새로 난 잎이 무성해져 생겨난 나무 그늘.

7) 返照(반조) : 동쪽으로 비치는 저녁 햇빛. 지는 해가 동쪽으로 비침.

8) 翰墨(한묵) : 문한(文翰)과 필묵(筆墨)이라는 뜻으로, 시문을 이르는 말.

9) 雙魚(쌍어) : 물고기 두 마리. 먼 곳에서 보내온 두 마리 잉어의 뱃속에서
   편지가 나왔다는 옛일에서 편지를 이른다. '쌍리(雙鯉)'도 같은 뜻이다.

해설

이 시는 자신의 처지를 개탄하며 벗에 대한 그리움을 담고 있다. 시 전반
부에서는 자신의 처지에 대해 말하고 있다. 제1-2구에서는 낮은 벼슬을 하거
나 숨어 살면서 젊음을 보내고 병치레가 잦았음을 말했다. 제3-4구에서는
유신과 심약의 전고를 써 시인이 슬픔과 우울 속에 있고 병 때문에 몸도 야위
었다고 했다. 제5-6구에서는 눈앞의 경물을 묘사했는데, 벗에 대한 그리움이
기탁되어 있다. 푸르른 녹음이 멀리 뻗어 있는 것은 그리움이 멀리까지 뻗친
것을 연상하게 하고, 강가의 저녁 햇빛에 텅 빈 마음은 벗의 부재를 더욱
두드러지게 한다. 보잘 것 없는 신세에 저물어가는 인생이라 더욱 벗의 위로
가 필요하다. 그래서 7-8구에서 직접 만나기 어려운 까닭에 벗의 시문을 기다
리며 그를 그리워하는 시인의 모습을 담아냈다.

519

春深脫衣

봄이 깊어 저고리를 벗다

睥睨江鴉集,¹	강 갈까마귀 모여 있는 것과
堂皇海燕過.²	마루로 바다제비 지나는 것 흘겨보네.
減衣憐蕙若,³	저고리를 벗으며 향기로운 난초 어여뻐하고
展障動煙波.⁴	병풍을 치니 안개 낀 물결이 출렁이네.
日烈憂花甚,	해가 뜨거우니 꽃이 심히 걱정되고
風長奈柳何!	바람 세차니 버들을 어찌할꼬!
陳遵容易學,⁵	진준은 쉽게 흉내 낼 수 있으니
身世醉時多.	이내 몸 내내 취하겠노라.

주석

1) 睥睨(비예) : 눈을 흘겨봄. 흘겨보고 위세를 부리다.
   鴉(아) : 갈까마귀
2) 堂皇(당황) : 관서의 큰 마루.
3) 蕙若(혜약) : 혜초와 두약(杜若). 매우 향기로운 난초.
4) 障(장) : 병풍.
   煙波(연파) : 물결처럼 보이는 자욱하게 낀 연기나 안개.
5) 陳遵(진준) : 서한(西漢) 때 사람. 자는 맹공(孟公). 술을 몹시 좋아하여

빈객이 집에 가득 모이면 대문을 닫아 빗장을 걸고 손님들이 타고 온 수레의 굴대빗장을 우물에 던져 넣어 아무리 급한 일이 있어도 가지 못하게 했다고 한다.(《한서 · 유협전(遊俠傳)》)

해설

이 시는 시인이 봄날 술자리에 대해 읊은 것인데 마지막에 자신의 실의함으로 인한 개탄도 담고 있다. 제1-2구에서는 봄새인 강 갈까귀와 바다제비를 등장시켜 봄이 깊음을 말했고, 제3-4구에서는 저고리를 벗고 병풍을 친다고 하여 봄이 깊고 날이 더워짐을 묘사했다. 제5-6구에서는 봄이 무르익어 해가 뜨겁고 바람이 세차서 꽃과 버들을 근심한다고 했다. 평자(評者)에 따라서 앞 세 연에 나온 새들과 난초, 꽃과 버들이 가기(歌妓)를 비유한다고 보기도 한다. 또한 저고리를 벗는 것은 가기의 아름다운 자태를 묘사한 것이고, 병풍을 치는 것은 기녀와의 화합을 암시한다고 볼 수도 있다. 제7-8구에서는 술을 잘 마셨던 진준을 흉내 내어 시인 자신도 늘 취해 있겠다고 했다. 겉으로는 술자리의 거나함을 말한 듯하지만, 불우한 신세라 늘 술로 근심을 달래야 했던 시인의 처량함이 느껴진다. 술자리에 있지만 시인은 결코 흥겹거나 분위기에 휩쓸리지 못하고 있음을 알 수 있다.

이 시를 염정시로 이해한 청나라 정몽성(程夢星)의 평을 인용한다. "이상은에게는 시어마다 염정적인 말인데 실제로는 염정시가 아닌 것이 있으니, '무제시' 여러 작품이 그러하다. 전혀 염정적인 말이 없는데 실제로는 염정시인 것이 있으니, 꽃과 새를 노래한 여러 작품이 그러하다. 이 시와 같은 작품역시 염정시다. 마지막 구에서 '진준'을 활용했는데 시인 자신을 말하는 것이 분명하다.(義山有語語艶詞而實非艶詩者, 無題諸作是也. 有絶無艶詞而實爲艶詩者, 詠花鳥諸作是也. 如此作亦是艶詩. 結句用陳遵, 分明自道.)"

520

懷求古翁[1]

구고옹 이원을 그리다

何時粉署仙,[2]	낭관이신 신선 같은 그대께서 언제
傲兀逐戎旃.[3]	의기양양하게 군대의 깃발을 따르셨나요?
關塞由傳箭,[4]	관새에서 화살을 전했기에
江湖莫繫船.[5]	강호에서는 배를 매어두지 마소서.
欲收碁子醉,	바둑돌을 거두고자 해도 취하시면
竟把釣車眠.[6]	결국 낚시 얼레를 잡고 잠이 드셨지요.
謝脁眞堪憶,[7]	진실로 사조를 떠올릴 만하네요.
多在不忌前.[8]	어지간해서는 나은 사람을 꺼리지 않으셨으니.

주석

1) 求古翁(구고옹) : 이원(李遠). 그의 자가 구고이며 촉 땅 사람이다. 태화 (太和) 5년에 진사에 급제했고 충주(忠州), 건주(建州), 강주자사(江州刺 史)를 역임했으며 어사중승(御史中丞)으로 관직을 마쳤다.
2) 粉署(분서) : 낭관(郎官). 낭중(郎中), 원외랑(員外郎) 등의 벼슬.
3) 傲兀(오올) : 의기양양하다.
   戎旃(융전) : 군대의 깃발. 여기서는 막부에 종사하는 것을 의미한다.
4) 傳箭(전전) : (명령을 담은) 화살을 전하다.

5) 繫船(계선) : 배를 정박하다.

6) 釣車(조차) : 릴(Reel) 낚싯대. 활자(滑子) 또는 활륜(滑輪)으로도 부른다. 낚시도구로, 위에 바퀴가 있고 낚싯줄이 매달려 있어 멀리 낚시를 던졌다 빨리 거둬들일 수 있다.

7) 謝朓(사조) : 남북조(南北朝) 시대의 제(齊)나라 시인인데,《남사(南史)》에 따르면 그는 인재를 격려하는 것을 좋아했다고 한다. 회계(會稽) 사람 공의(孔顗)가 문장을 쓰는 재주가 좀 있었는데 당시에 잘 알려지지 않아 공규(孔珪)가 공의에게 표문을 하나 쓰게 하여 사조에게 보였다. 사조는 그것을 읽으며 오랫동안 감탄했다가 손수 죽간 위에 그 문장을 쓰고는 공규에게 "이 선비가 아직 명성이 없으나 우리가 많이 격려하면 조만간에 성공할 것이니 칭찬을 아끼지 마시게."라 했다고 한다.

8) 忌前(기전) : 자기보다 나은 사람을 질투하다.

해설

이 시는 이원을 그리워하며 그의 벼슬살이와 개인적 정취, 재주에 대해 쓴 것이다. 제1-2구에서는 이원이 낭관으로 외직으로 나가 막부의 일을 맡게 되었음을 말했고, 제3-4구에서는 관새가 안정이 안 되고 변방이 근심스러우니 강호에서 시간을 허송하지 말 것을 일렀다. 제5-6구에서는 이원이 한가롭게 지내며 정취를 즐기는 모습을 떠올렸고, 제7-8구에서는 이원을 사조에 비유하면서, 재주가 있으나 그보다 나은 재주를 가진 사람을 시기하지 않는 품덕을 찬미했다.

521

五月十五夜憶往歲秋與澈師同宿¹

5월 15일 밤에 지난 날 가을 철 스님과 동숙한 것을 생각하다

紫閣相逢處,²	자각봉 서로 만났던 곳
丹巖託宿時.³	붉은 바위에서 기숙하던 때,
墮蟬翻敗葉,	떨어진 매미는 낙엽에서 뒹굴고
栖鳥定寒枝.	깃들려는 새는 차가운 가지에 자리를 잡았지요.
萬里飄流遠,	만 리를 멀리 떠돌다 보니
三年問訊遲.	삼 년이나 안부 여쭙는 것 늦어졌습니다.
炎方憶初地,⁴	무더운 곳에서 처음 뵙던 곳을 생각하노라면
頻夢碧琉璃.⁵	자주 푸른 유리를 꿈꿉니다.

주석

1) 往歲(왕세) : 지나간 해. 여기서는 3년 전을 가리킨다.
   澈師(철사) : 철 스님. 지현법사(知玄法師)의 제자인 스님 철(澈).
2) 紫閣(자각) : 자각봉. 종남산(終南山)의 한 봉우리.
3) 託宿(탁숙) : 기숙(寄宿)하다.
4) 炎方(염방) : 남방의 무더운 지역.
5) 琉璃(유리) : 유리. 천축(天竺)의 서쪽은 대진(大秦)과 통하여 진귀한 물건이
   많았는데 그 중에 푸른 유리가 있었다. 여기서는 시인이 처한 곳은 무더운

곳이고 스님이 있는 곳은 푸른 유리처럼 청량한 곳이라는 의미이다.

해설

시인은 대중(大中) 원년(847) 3월 초에 장안을 떠나 5월 초 아흐레에 계주에 도착했는데, 이 시는 이때 쓴 듯하다. 철 스님과의 옛 만남을 추억하면서 안부를 묻는 내용이다. 제1-2구에서는 지난 날 철 스님과 종남산 자각봉에서 만나 기숙했던 것에 대해 썼다. 제3-4구에서는 지난 가을 밤 동숙했던 정경을 떠올리며 그때의 가을 풍경을 묘사했다. 낙엽에 뒹구는 매미는 신세의 무상함을, 차가운 가지에 깃드는 새는 기댈 곳이 있음을 비유한다고도 볼 수 있다. 제5-6구에서는 기댈 곳이 있었던 신세에서 갑자기 떠도는 신세가 되어 황망한 가운데 어느덧 시간이 3년이나 흘렀음을 말했다. 제7-8구에서는 다시 안부를 여쭈면서 자신이 처한 곳은 무더운 곳이라 예전에 함께 기숙했던 청량한 곳을 더욱 간절히 떠올린다며 맺었다. 시인의 신세가 여의치 못하고 답답한 지경에 놓인 것을 무더운 곳이라 비유하면서 예전 불가에 의지했던 것이 차라리 마음과 몸 모두 맑고 시원했다는 의미를 넌지시 기탁했다.

522

城上

성 위에서

有客虛投筆,[1]	괜시리 붓을 던진 어떤 나그네,
無憀獨上城.[2]	의지할 데 없어 홀로 성에 올랐다.
沙禽失侶遠,	모래펄의 새 짝을 잃은 채 멀어지고
江樹著陰輕.	강가의 나무 그늘 드리운 채 가볍다.
邊遽稽天討,[3]	변방의 경보에도 하늘의 토벌은 늦어지고
軍須竭地征.[4]	군수품은 땅의 정벌에 다 써버렸다.
賈生游刃極,[5]	가의는 솜씨가 대단히 뛰어나
作賦又論兵.	부를 짓고 또 군사도 논했지.

주석

1) 投筆(투필) : 붓을 던지다. 여기서는 시인이 붓을 던지고 막부로 들어가 포부가 있으나 실현시킬 수 없음을 이른 것이다.

2) 憀(료) : 의지하다.

3) 邊遽(변거) : 변방의 경보. 거(遽)는 역참의 수레로, 옛날 변방에서는 역참의 수레가 경보를 알렸다.

稽(계) : 지연시키다.

天討(천토) : 하늘의 징벌.

4) 軍須(군수) : 군수품
5) 賈生(가생) : 가의(賈誼). 가의는 〈조굴원부(弔屈原賦)〉와 〈붕부(鵬賦)〉
를 지었고 사람을 달래는 수단인 다섯 가지 먹이와 세 가지 표시, 즉
오이삼표(五餌三表)로 흉노를 방어할 계책을 세웠다.

游刃(유인) : 칼날을 놀리다. 일을 처리하는 데 매우 익숙하여 침착하고
여유 있음을 비유하여 이르는 말이다. 《장자·양생주(養生主)》에 나오는
포정해우(庖丁解牛)의 고사(故事)에서 유래한다. 요리사가 소 잡는 일에
익숙해져 살을 가를 때 살점과 살점 사이에 틈이 있는 곳으로 칼을 쓰는
것이 마치 춤추는 것 같았다는 데서 비롯된 말이다. 신기(神技)에 가까운
솜씨를 비유하거나 기술의 묘(妙)를 칭찬할 때 쓰인다.

해설

이 시는 시인이 계주의 막부에 있을 때 지은 것이다. 의미 있는 일을 하고
자 하나 막막하기만 하여 실의에 빠진 채 무료한 일상을 보내고 있다고 했다.
제1-2구에서는 붓을 던진 채 막부로 들어간 자신이 의지가지없이 홀로 성에
오른 것에 대해 썼다. 제3-4구에서는 성 위에서 바라본 경치로, 멀어지는 짝
잃은 새와 가벼운 나무는 시인 자신을 표상한다. 위 연의 '의지할 데 없어
홀로'라는 내용을 잇는 구체적인 표현이다. 제5-6구는 당시 하서(河西)를 침
략했던 토번(吐藩)과 회흘(回紇)을 가리킨다. 변방에서 다급함을 알려 와도
토벌이 늦어지고 군수품도 고갈되는 안타까운 장면을 바라볼 수밖에 없는
것을 담아냈다. 제7-8구는 뛰어난 재주를 가진 가의에 대해 썼다. 여기서 가
의는 바로 시인 자신으로, 가의와 같은 재주를 지녔지만 위기에 빠진 나라를
위해 펼쳐 보일 길 없는 것에 대하여 한탄했다.

523

如有

마치

如有瑤臺客,¹	마치 요대의 나그네가
相難復索歸.²	나를 탓하며 다시 돌아가려는 듯.
芭蕉開綠扇,³	파초는 푸른 부채로 펼쳐지고
菡萏薦紅衣.⁴	연꽃은 붉은 옷으로 깔렸다.
浦外傳光遠,⁵	물가 밖에서 전해지는 광채 멀어지고
煙中結響微.⁶	안개 속에서 나는 소리 어렴풋하다.
良宵一寸焰,⁷	깊은 밤 한 마디의 촛불
回首是重幃.⁸	고개 돌려 보니 겹겹의 휘장.

주석

1) 如(여) : 마치 ~인 듯하다.
   瑤臺客(요대객) : 요대의 나그네. 여기서는 선녀를 말한다. '요대'는 옥으로 된 누대로 신선의 거처를 가리킨다.
2) 難(난) : 탓하다. 비난하다.
   索歸(색귀) : 돌아가고자 하다.
3) 芭蕉扇(파초선) : 파초의 모양으로 만들거나 파초 잎을 그대로 구부려 만든 부채.

4) 菡萏(함담) : 연꽃.

薦(천) : 깔다.

5) 浦(포) : 물가. 수면.

光(광) : 광채.

6) 結響(결향) : 소리. 음조(音調).

微(미) : 희미하다. 어렴풋하다.

7) 良宵(양소) : 깊은 밤.

焰(염) : 촛불.

8) 重幃(중위) : 여러 겹의 휘장.

해설

이 시는 꿈속에서 만난 선녀를 묘사한 것이다. 첫 구의 앞머리 두 글자를 제목으로 취했으므로 무제시의 일종으로 간주할 수 있다. 제1-2구는 꿈에서 전개된 이야기의 일부분을 소개한 것이다. 선녀가 시인을 나무라며 떠나는 장면인 듯하다고 했다. 제3-4구는 떠나가는 선녀의 모습을 그린 것이다. 손에는 푸른 파초선을 들고 연꽃처럼 붉은 옷을 입었다고 했다. 제5-6구는 선녀가 이미 멀어져간 모습을 말한 것이다. 몸에서 나던 광채도 물가 너머로 멀어지고 소리도 안개 속으로 사라졌다고 했다. 제7-8구는 꿈에서 깬 뒤 주변의 모습을 묘사한 것이다. 초가 다 타고 한 마디만 남은 깊은 밤, 꿈에서 깬 시인이 주위를 둘러보니 겹겹의 휘장 안에 외로이 잠들었던 자신을 발견했다고 했다. 이상은은 무제시 가운데 한 수(紫府仙人)에서 '요대'라는 시어를 썼는데, 이 시와 분위기가 일맥상통한다. 현대 학자 황세중(黃世中)은 이를 근거로 이 시가 이상은이 옥양산(玉陽山)에서 도교를 공부할 때 영도관(靈都觀)의 여도사 송화양(宋華陽)을 만난 후에 지은 것이리라고 추정했다. 참고할 만하다.

524-1

朱槿花 二首[1](其一)

붉은 무궁화 2수 1

蓮後紅何患?	나중에 핀 연꽃이 붉다고 근심할 것 무엇이며
梅先白莫誇.	먼저 핀 매화가 희다고 자랑할 것 없어라.
纔飛建章火,[2]	막 건장궁의 불꽃이 날아다니더니
又落赤城霞.[3]	다시 적성산에 노을이 지는구나.
不捲錦步障,[4]	비단 휘장을 걷지 않았고
未登油壁車.[5]	기름 바른 수레에 오르지 않았네.
日西相對罷,	해가 서쪽으로 질 때까지 마주하노니
休澣向天涯.[6]	쉬는 날 하늘 끝을 향하네.

주석

1) 朱槿花(주근화) : 붉은 무궁화. 하와이 무궁화, 하이비스커스, 부상화라
고도 한다. 아침에 피었다 저녁에 지고, 처음엔 흰색이었다가 점점 붉게
짙어지며 나중에 짙은 자주색이 된다.

2) 建章(건장) : 한나라 궁전인 건장궁(建章宮). 《사기》에 따르면, 한무제
태초(太初) 원년 겨울 11월에 백량대(柏梁臺)에 화재가 나서 봄 2월에
건장궁을 세웠다고 한다. 화재가 난 것은 백량대이지 건장궁이 아니다.

3) 赤城(적성) : 적성산. 절강성 천태(天台) 서북쪽에 있으며 천태산의 남문

(南門)이다. 산 위에 붉은 돌 병풍이 성처럼 나열되어 있어 멀리서 보면 노을과 같다고 하여 이런 이름이 붙여진 것이다.

4) 錦步障(금보장) : 비단 휘장. 《진서》에 따르면 석숭(石崇)과 왕개(王愷)의 사치는 막상막하여서 왕개가 40리의 붉은 비단장막을 만들면 석숭은 50리의 비단장막으로 대적했다고 한다.

5) 油壁車(유벽거) : 기름 바른 부인용 수레. 이 두 구는 아직 주근화를 감상하러 나선 사람이 없다는 말이다.

6) 休澣(휴한) : 휴완(休浣)이라고도 한다. 관리의 정기휴가.

해설

이 시는 붉은 무궁화를 묘사하며 그에 자신의 불우함에 대한 감개를 기탁한 작품이다. 첫 번째 시의 전반부에서는 붉은 무궁화의 자태를 묘사했다. 시의 제1-2구에서는 붉은 무궁화가 먼저 희었다가 나중에 붉어지고 빨리 피었다 빨리 지는 것에 대해 썼다. 제3-4구에서는 꽃의 모습이 마치 건장궁의 날아다니는 불꽃 같고, 적성산의 노을처럼 붉다고 했다. 후반부에서는 시인의 마음을 기탁했는데, 제5-6구에서는 이런 꽃을 감상하러 오는 이가 아직 없다는 것을 들어 시인의 불우함을 넌지시 드러냈다. 제7-8구에서는 아침에 폈다 저녁에 지는 꽃을 하늘 끝에서 해가 질 때까지 마주하는 정경을 통해 시인이 적막한 곳에 있음을 말했다.

524-2

朱槿花 二首[1](其二)

붉은 무궁화 2수 2

勇多侵露去,	매우 용감하여 이슬을 맞으며 나가지만
恨有礙燈還.[1]	깊은 밤 돌아와야 하는 것이 한스러울 뿐.
嗅自微微白,[2]	희끄무레할 때부터 향기를 맡았는데
看成沓沓殷.[3]	어지러이 만개할 때까지 보았네.
坐忘疑物外,[4]	단정히 앉아 세상사 잊고 물아일체 되었다가
歸去有簾間.	돌아가 주렴 사이에 있다.
君問傷春句,	그대 봄을 마음 아파하는 구절을 묻는데
千辭不可刪.	천 마디 말이지만 조금도 없앨 수 없는 것이라오.

주석

1) 礙燈(애등) : 애야(礙夜). 깊은 밤. 이 두 구는 날이 저물면 꽃도 져 더 이상 감상할 수 없어 애석하다는 의미이다.
2) 嗅(후) : 냄새를 맡다.
   微微白(미미백) : 희끄무레하다. 여기서는 꽃이 막 필 때의 담담한 흰색을 의미한다.
3) 沓沓(답답) : 번다하다. 어지럽다.
   殷(은) : 성하다. 이 두 구는 처음 꽃향기를 뿜어낼 때에는 희끄무레했는데 보다 보니 어지러운 붉은 색이 되었다는 의미이다.
4) 坐忘(좌망) : 조용히 앉아서 잡념을 버리고 무아의 경지에 들어가다.

두 번째 시에서는 붉은 무궁화를 감상하고 싶지만 뜻대로 잘 되지 않으며 자신의 적막한 신세를 슬퍼하는 내용을 담아냈다. 제1-2구에서는 시인이 아침에 나갔다 저녁에 돌아오기 때문에 오래 볼 수 없음이 한스럽다고 했다. 제3-4구에서는 그래서 이른 아침 꽃이 희끄무레할 때 겨우 향기를 맡고, 저녁에 돌아올 때에는 그저 꽃이 지기 직전 붉고 성할 때의 모습만 본다고 했다. 제5-6구에서는 시인의 거처가 적막함을 말했고, 제7-8구에서는 상춘(傷春)에 대해 언급하여 자신의 신세를 슬퍼하는 뜻을 기탁했다.

525

寓懷

감회를 기탁하다

綵鸞餐顥氣,[1]	난새는 맑고 신선한 기운을 마시고
威鳳入卿雲.[2]	위봉은 채색 구름 속으로 들어간다.
長養三淸境,[3]	삼청의 경지에서 양육되며
追隨五帝君.[4]	오제의 임금들을 따른다.
煙波遺汲汲,[5]	강호에서 급급함을 버렸거늘
矰繳任云云.[6]	주살이 어쩔 것이냐고들 한다.
下界圍黃道,[7]	인간세상은 황도에 둘러싸였으나
前程合紫氛.[8]	앞길에는 자주색 기운이 모여 있다.
金書唯是見,[9]	오직 보는 것은 금서이고
玉管不勝聞.[10]	옥피리 소리는 이루 다 들을 수 없다.
草爲迴生種,[11]	풀은 부활초 종류이고
香緣却死熏.[12]	향기는 불사향에 속한다.
海明三島見,[13]	바다가 밝아오면 삼신산이 보이고
天迴九江分.[14]	하늘 멀리서 아홉 강줄기가 나뉜다.
騫樹無勞援,[15]	달의 나무 기어오르기 어렵지 않고

神禾豈用耘.[16]　　신비로운 벼는 어찌 김을 맬 필요가 있으랴?

鬪龍風結陣,[17]　　싸우는 용에 바람이 대형을 이루고

惱鶴露成文.[18]　　근심하는 학에 이슬이 무늬를 만든다.

漢殿霜何早,[19]　　한나라 궁전에는 서리가 어찌 그리 이르며

秦宮日易曛.[20]　　진나라 궁전에는 해가 쉬 지는구나.

星機抛密緒,[21]　　직녀의 베틀에서는 촘촘한 실마리를 버렸고

月杵散靈氛.[22]　　달의 절굿공이에서도 신령한 향기가 흩어졌다.

陽鳥西南下,[23]　　기러기는 서남쪽으로 내려가는데

相思不及群.[24]　　사랑은 그 무리를 따라가지 못한다.

주석

1) 綵鸞(채란) : 깃털이 다섯 가지 색이라는 난새. 전설상의 새이다.
   餐(찬) : 마시다. 먹다.
   顥氣(호기) : 맑고 신선한 기운.

2) 威鳳(위봉) : 상서로운 새. '위엄 있는 봉황'으로 풀이하기도 한다.
   卿雲(경운) : '慶雲(경운)'과 같은 말로 채색 구름을 뜻한다. 옛 사람들은
   이를 상서롭게 여겼다.

3) 長養(장양) : 양육하다.
   三淸(삼청) : 도교에서 이르는 하늘. 도교에서는 하늘을 삼천(三天)으로
   구분하고, 이를 상청(上淸), 옥청(玉淸), 태청(太淸)으로 불렀다.

4) 追隨(추수) : 따르다.
   五帝(오제) : 다섯 황제. 지칭하는 대상에 대해서는 여러 가지 설이 있다.
   태호(太昊), 염제(炎帝), 황제(黃帝), 소호(少昊), 전욱(顓頊)을 가리킨다
   고도 하고, 창제(蒼帝), 적제(赤帝), 황제(黃帝), 백제(白帝), 흑제(黑帝)를
   가리킨다고도 한다.

5) 煙波(연파) : 안개가 낀 강물. 흔히 속세를 벗어난 강호를 가리킨다.

遺(유) : 버리다.

汲汲(급급) : 급히 서두르는 모양.

6) 矰繳(증격) : 주살. 새를 잡는 줄 달린 화살로, 흔히 남을 해치는 수단을 비유한다.

任(임) : 방임하다. 신경 쓰지 않는다는 뜻이다.

云云(운운) : ~라고들 한다.

7) 下界(하계) : 인간세상.

圍(위) : 둘러싸이다.

黃道(황도) : 태양이 지나는 길.

8) 前程(전정) : 전도(前途). 앞으로 나아갈 길.

紫氛(자분) : 자주색 기운. 자소(紫霄)와 같은 말로 하늘을 가리킨다.

9) 金書(금서) : 금으로 새기거나 쓴 글자. 흔히 도교 경전을 가리킨다.

10) 玉管(옥관) : 옥피리.

不勝(불승) : 이루 다 ~하지 못하다.

11) 迴生(회생) : 부활. 불사.

《해내십주기(海內十洲記)·조주(祖洲)》 조주는 동해에 있는데 그 위로 불사초가 자란다. 죽은 지 사흘 되는 사람을 그 풀로 덮으면 모두 되살아난다.(祖洲, 在東海, 上有不死之草. 人死三日者, 以草覆之, 皆活.)

12) 緣(연) : 따르다. ~에 속한다는 말이다.

却死(각사) : 불사.

《해내십주기·취굴주(聚窟洲)》 향기가 수백 리에 퍼져 죽은 사람이 땅속에서 향기를 맡으면 바로 부활하여 다시 죽지 않는다.(香氣聞數百里, 死者在地, 聞香氣, 乃却活, 不復亡也.)

熏(훈) : 향기.

13) 三島(삼도) : 바다에 있다는 삼신산(三神山).

14) 迥(형) : 멀다.

九江(구강) : 장강의 아홉 개 지류. 장강이 지금의 구강시(九江市)에 이르러 아홉 개로 갈라진다.

15) 騫樹(건수) : 달에 있다는 나무.

無勞(무로) : 힘들지 않다.

援(원) : 기어오르다.

16) 神禾(신화) : 신비로운 벼. 옛 사람들은 이를 길조로 여겼다.

耘(운) : 김매다.

17) 鬪龍(투룡) : 싸우는 용. '鬪'를 '逗(두: 희롱하다)'의 뜻으로 풀이하기도
한다.

結陣(결진) : 대형(隊形)을 이루다. 한데 모인다는 말이다.

18) 惱鶴(뇌학) : 근심하는 학. '뇌'에도 '희롱하다'의 뜻이 있다.

露(노) : 이슬. 학은 경계심이 많아 이슬이 맺혀 떨어지는 소리가 나면
큰 소리로 울면서 서식처를 옮긴다고 한다.

成文(성문) : 무늬를 이루다.

19) 漢殿(한전) : 한나라 궁전.

20) 秦宮(진궁) : 진나라 궁전.

易(이) : 쉽다.

曛(훈) : 해가 지다. 이상 두 구절은 세월이 빨리 흐른다는 말이다.

21) 星機(성기) : 직녀의 베틀.

抛(포) : 버리다.

密緒(밀서) : 촘촘한 실마리.

22) 月杵(월저) : 달에서 약을 찧는 절구 공이.

靈氳(영온) : 신령한 향기.

23) 陽鳥(양조) : 기러기 부류의 철새. 여기서는 시인을 비유한다.

24) 相思(상사) : 사랑. 그리움.

不及(불급) : 미치지 못하다.

群(군) : 기러기 무리를 가리킨다.

해설

이 시는 여도사와의 못다 이룬 애정을 노래한 것이다. '감회를 기탁한다'고
제목을 붙였으나 상징성이 강한 내용으로 이루어져 사실상 무제시(無題詩)
에 가깝다. 이 시는 구성상 여섯 단락으로 나뉜다. 제1단락(제1-4구)은 여도

사가 머무는 도관을 묘사한 것이다. 신선이 머무는 삼청의 경지에서 수양에
열중한다고 했다. 제2단락(제5-8구)은 도관에서 수련하는 이의 느긋한 마음
을 이야기한 것이다. 속세를 벗어나 선계에서 유유자적하니 해를 입을 일도
없어 마음이 편하다고 했다. 제3단락(제9-12구)은 도관에서의 일상생활을 소
개한 것이다. 경전을 읽고 음악을 들으며 불사초를 먹고 불사향을 피운다고
했다. 제4단락(제13-16구)은 도관에서 바라본 경관을 묘사한 것이다. 멀리
삼신산과 아홉 강줄기가 내려다보이는 곳에서 육체적인 수고를 들이지 않고
도 잘 지낸다고 했다. 제5단락(제17-20구)은 무심하면서도 급하게 흐르는 세
월을 안타까워한 것이다. 바람, 이슬, 서리와 같은 기상의 변화 속에 하루해
가 또 저문다고 했다. '궁전'은 선계와 인간세상을 모두 포함하는 시어로 보인
다. 제6단락(제21-24구)은 여도사에 대한 그리움과 그와 함께 하지 못하는
아쉬움을 피력한 것이다. '향기(氳)'와 '실마리(緖)'는 '香(향)'과 '思(사)'로 치
환할 수 있고, 이는 곧 '相思(상사)'를 나타낸다. 시인이 곧잘 활용하는 해음
(諧音)의 수법인 것이다. 시인은 기러기처럼 멀리 떠나지만 여도사는 도관에
발이 묶여 함께 할 수 없다고 한탄했다.

526

木蘭
목란

二月二十二,	2월 22일
木蘭開坼初.¹	목란의 꽃 봉우리가 막 터뜨렸는데,
初當新病酒,²	막 술병이 처음으로 난 때였고
復自久離居.³	또 집을 떠난 지 오래된 때였지.
愁絕更傾國,⁴	극히 근심스러우면서 또 나라 기울일 만큼의 자태라
驚新聞遠書.⁵	새삼 놀래며 멀리서 편지 왔단 소식 듣는다.
紫絲何日障?⁶	어느 날에야 자주색 비단 보장을 치며
油壁幾時車?⁷	어느 때야 기름 바른 수레 타겠는가?
弄粉知傷重,	꽃분을 희롱하자니 아픔이 지극함을 알겠고
調紅或有餘.	붉은 자태 어루만지니 어여쁨 지극하도다.
波痕空映襪,⁸	물결의 흔적 부질없이 버선에 비추이고
煙態不勝裾.⁹	연기 같은 자태 옷자락을 이기지 못한다.
桂嶺含芳遠,	계림의 산마루에서 머금은 향기 멀리까지 퍼져도
蓮塘屬意疎.¹⁰	연꽃 연못에서의 마음 씀은 소원하기만 하다.
瑤姬與神女,¹¹	요희와 신녀,

長短定何如?　　이들과 누가 더 나은 지 정해봄은 어떻겠소?

1) 坼(탁) : 터지다. 갈라지다.
2) 病酒(주병) : 과음하여 병이 나다.
3) 自(자) : 이미.
4) 愁絶(수절) : 지극히 근심스럽다.
5) 遠書(원서) : 멀리서 보내온 편지.
6) 紫絲障(자사장) : 자주색 비단 보장(步障, 외출할 때 길 양쪽으로 치는 막). 진(晉)나라 왕개(王愷)와 석숭(石崇)은 부(富)를 과시하려고 다투어 비단 보장(步障)을 길게 쳤다.
7) 油壁車(유벽거) : 기름 바른 부인용 수레
8) 襪(말) : 버선.
　조식, 〈낙신부 洛神賦〉 물 위를 사뿐히 걸어가니 비단 버선에 먼지가 이네.(凌波微步, 羅襪生塵.) 여기서는 목란꽃을 복비(宓妃)에 견준 것이다.
9) 裾(거) : 옷자락.《삼보황도(三輔黃圖)》에 따르면 성제(成帝)와 조비연(趙飛燕)이 태액지(太液池)에서 배를 띄우고 노닐었는데 가벼운 바람만 불어도 조비연이 물에 빠질 듯 휘청했다. 그래서 성제는 푸른 비단 끈으로 조비연의 옷자락을 매어두었다고 한다. 여기서는 목란 꽃을 조비연에게 견준 것이다.
10) 屬意(촉의) : 마음을 두다.
11) 瑤姬(요희) : 태양신 염제(炎帝)의 딸. 그녀는 죽어 무산(巫山)에서 운우(雲雨)의 신이 되었고, 그녀의 영혼은 고요산(姑瑤山)으로 가 요초(瑤草)라는 풀이 되었다고 한다.

　이 시는 목란을 빌어 자신의 감개를 의탁하고 있다. 제목이 영물시 같고 시인 자신을 목란으로 비유하고 있지만, 목란만을 전적으로 묘사하고 있지 않고 시인의 목소리가 자주 개입되어 있어 전형적인 영물시와는 다르다. 제

1-4구에서는 목란이 필 때 자신은 술병이 났었고 집 떠난 지 오래 지났었던 때임을 말했다. 시인이 외로움에 지쳐 있음을 넌지시 기탁하고 있다. 제5-6구에서는 목란이 막 피었을 때의 모습이 우수를 머금은 듯하며 경국지색의 자태라 했고 이러한 모습에 새삼 놀래고 있는데 집에서 온 편지가 당도했다고 했다. 제7-8구에서는 비단 보장이나 기름 바른 수레 같은 특별한 대우를 어느 때야 받을 수 있는지 모르겠다고 하여 불우한 시인의 감개를 기탁해냈다. 아래 네 구는 아름다운 용모와 불행한 조우를 대비시키고 있는데, 제9-10구에서는 목란이 아름다운 모습을 지녔으나 마음으로는 아픔이 커서 고통 중에 있다고 했고 제11-12구에서는 복비와 조비연의 고사를 사용하여 목란이 아름답고 나긋나긋한 모습을 하고 있으나 아무도 감상해 줄 이 없음을 말했다. 제13-14구에서는 이 시의 주제가 드러난다. 시인 자신이 황량하고 멀기만 한 계림의 산마루에서 향기를 품고 있지만, 장안에 있는 연꽃 연못에 있는 이는 조금도 마음을 써주지 않다고 했다. 장안에 있는 이는 아마도 영호도(令狐綯)일 것이다. 제15-16구에서는 복비로 비유된 목란이 아름다워 요희와 신녀와 아름다움을 다툴만하다고 했다. 시인은 목란을 자기 자신에게 빗대어 목란의 아름다움을 찬양하며 자신의 재주에 대해 자부심을 갖고 있음을 드러냈다. 또한 그런 아름다운 목란도 감상해 줄 이가 없다고 하여 자기 자신이 충분한 대우를 받지 못하고 있음을 나타내어 이 시에 시인은 자상(自傷)의 뜻을 기탁했음을 알 수 있다.

527

細雨成詠獻尙書河東公

가랑비에 시를 지어 예부상서 하동공께 바치다

灑砌聽來響,¹	들어보니 섬돌에 뿌리는 소리가 나는데
卷簾看已迷.	주렴을 걷고 쳐다보니 이미 아리송합니다.
江間風暫定,²	강 위에 부는 바람이 잠시 잠잠해지고
雲外日應西.	구름 너머 해는 응당 서쪽에 있겠지요.
稍稍落蝶粉,³	미세하게 나비 가루 떨어지고
斑斑融燕泥.⁴	점점이 제비 진흙 뭉친 듯 합니다.
颭萍初過沼,⁵	일렁이는 부평초 따라 처음 늪을 지나고
重柳更緣堤.⁶	무거워진 버드나무를 타고 더욱 제방에 가까워집니다.
必擬和殘漏,⁷	필시 새벽 물시계 소리에 화답하려는 것이겠지만
寧無晦暝鼙.⁸	어찌 저녁 북 소리도 흐릿하게 하지 않겠습니까.
半將花漠漠,⁹	절반쯤 꽃을 쓸쓸하게 만들고
全共草萋萋.¹⁰	온통 풀을 무성하게 만듭니다.
猿別方長嘯,¹¹	원숭이 이별하여 막 길게 울고
烏驚始獨棲.¹²	까마귀 놀라는 것은 갓 홀로 깃들게 되었기 때문입니다.

| 府公能八詠,¹³ | 부공께서 능히 여덟 운의 시를 지으시니 |

府公能八詠,¹³　　부공께서 능히 여덟 운의 시를 지으시니
聊且續新題.¹⁴　　이렇게나마 새로운 시에 화답합니다.

주석

1) 灑砌(쇄체) : 섬돌에 뿌리다. 섬돌에 비가 내리는 것을 말한다.
2) 江間(강간) : 강 위.
　 定(정) : 잠잠해지다.
3) 稍稍(초초) : 미세하다.
　 蝶粉(접분) : 나비 가루. 나비의 날개에서 나는 가루.
4) 斑斑(반반) : 반점이 많은 모양.
　 融(융) : 뭉치다.
　 燕泥(연니) : 제비 진흙. 제비가 집을 지으려고 물고 가는 진흙.
5) 颭(점) : 바람이 불어 흔들리게 하다. 바람에 일렁이다.
　 萍(평) : 부평초. 개구리밥.
　 沼(소) : 늪.
6) 緣(연) : 가까이 가다.
7) 擬(의) : ~하려 하다.
　 和(화) : 화답하다.
　 殘漏(잔루) : 밤이 다 지나갈 무렵의 물시계. 오경(五更)의 물시계 소리를 말한다.
8) 寧(영) : 어찌.
　 晦(회) : 어둡다. 여기서는 '흐릿하게 하다'의 뜻으로 이해된다.
　 瞑鼙(명비) : 저녁을 알리는 북 소리.
9) 漠漠(막막) : 쓸쓸하다. 비가 내리면 꽃에 나비나 벌이 모이지 않기에 이렇게 말한 것이다.
10) 萋萋(처처) : 풀이 무성한 모습.
11) 長嘯(장소) : 길게 울다. 이상은의 〈무리를 잃은 원숭이(失猿)〉 시에 "맑은 울음 다시 한 번 들을 길 없네(淸嘯無因更一聞)"라는 구절이 보인다. 따라

서 여기서의 원숭이도 무리를 잃고 길게 우는 것으로 여겨진다.

12) 獨棲(독서) : 홀로 깃들다. 상처(喪妻)를 뜻한다.

13) 府公(부공) : 절도사와 관찰사 등의 지방관을 일컫는 말.

　八詠(팔영) : 여덟 개의 운을 써서 지은 시.

14) 聊且(요차) : 잠시. 우선.

　續(속) : 화답하다.

　新題(신제) : 새로 지은 시.

해설

　이 시는 동천절도사 유중영(柳仲郢)이 가랑비를 제재로 지은 팔운시(八韻詩)에 화답한 것이다. 유중영은 본관이 하동(河東)이고 예부상서(禮部尙書)의 직위에 있었기에 시제에서 그렇게 칭했다. 이 시는 내용상 네 단락으로 나누어 살필 수 있다. 제1단락(제1-4구)은 저녁에 내리는 가랑비를 묘사한 것이다. 가랑비의 빗줄기가 가늘어 소리만 들리는 가운데 저녁이 되자 바람이 잠시 멈추었다고 했다. 제2단락(제5-8구)은 가랑비가 내리는 모습을 더욱 자세히 묘사한 것이다. 나비 가루나 제비 진흙처럼 내리는 비가 늪의 부평초와 제방의 버드나무를 스친다고 했다. 제3단락(제9-12구)은 가랑비가 내릴 때의 주변 경물을 말한 것이다. 물시계나 북 소리와 어울리며 하루 내내 꽃과 풀을 듬뿍 적신다고 했다. 제4단락(제13-16구)은 시인의 심정과 함께 시를 짓게 된 연유를 밝힌 것이다. 상처(喪妻)한 후에 막부에 합류해 외롭고 쓸쓸하게 지내고 있는데, 유중영이 새로 여덟 운짜리 시를 지었기에 잠시 화답하노라고 했다.

　전체적으로는 평범한 응수시라 할 것이나 제3단락은 음미해 볼 가치가 있다고 여겨진다. 위의 두 구는 가랑비 소리에 저녁을 알리는 북 소리가 울리는 줄도 몰랐는데 어느덧 새벽이 되었다는 말이니 그 의미가 함축적이다. 아래 두 구는 가랑비로 인해 감상의 즐거움을 안겨주는 꽃은 얼마간 시들고 이별을 상징하는 풀만 무성해진다는 것이니 다음 단락과 긴밀하게 연결된다.

528

病中聞河東公樂營置酒口占寄上

병중에 하동공께서 관기의 처소에 주연을 마련했다는 말을 듣고 즉흥적으로 지어 부쳐 올리다

聞駐行春斾,[1]	봄 순찰의 깃발을 멈추고
中途賞物華.[2]	중도에 자연경물을 감상하신다 들었습니다.
緣憂武昌柳,[3]	무창의 버드나무를 걱정하시다
遂憶洛陽花.[4]	마침내 낙양의 꽃을 떠올린 것이겠지요.
嵇鶴元無對,[5]	혜소의 학은 본래 대적할 것이 없고
荀龍不在誇.[6]	순숙의 용은 자랑할 필요도 없습니다.
只將滄海月,[7]	대해의 달빛만으로도
長壓赤城霞.[8]	적성의 노을을 길이 압도합니다.
興欲傾燕館,[9]	흥취는 연나라 객사를 기울이려 하고
歡於到習家.[10]	즐거움은 습가지에 이르겠지요.
風長應側帽,[11]	바람이 세면 응당 모자를 기울여 쓰고
路隘豈容車.[12]	길이 좁으니 어찌 수레가 지나겠습니까?
樓逈波窺錦,[13]	먼 누각으로 물결이 비단을 엿보고
窓虛日弄紗.[14]	투명한 창으로 햇빛이 깁을 희롱하겠지요.
鎖門金了鳥,[15]	문을 잠그는 것은 황금 걸쇠

展障玉鴉叉,[16]	병풍을 펼치는 것은 옥 갈고랑이,
舞妙從兼楚,[17]	춤은 오묘하여 초를 겸하기에 이르고
歌能莫雜巴.[18]	노래는 능숙해 파와 섞이지 않겠지요.
必投潘岳果,[19]	필시 반악의 과일을 던질 터인데
誰摻禰衡撾.[20]	누가 예형의 북채를 잡을까요?
刻燭當時忝,[21]	초에 새기던 당시에는 참석했는데
傳杯此夕賒.[22]	술잔을 전하는 오늘 저녁에는 빠지게 되었습니다.
可憐漳浦臥,[23]	가련하게도 장수의 물가에 누워 있자니
愁緒獨如麻.[24]	근심스런 생각에 홀로 삼처럼 어지럽답니다.

주석

1) 駐斾(주패) : 깃발을 멈추다.

   行春(행춘) : 관리들이 봄에 순찰을 도는 것.

2) 物華(물화) : 자연경물.

3) 緣(연) : ~으로 인해.

   武昌柳(무창류) : 무창의 버들. 수양버들을 가리킨다.

   《진서·도간전(陶侃傳)》(도간이) 일찍이 여러 병영에 버드나무를 심으라 명했는데, 도위 하시가 관청의 버드나무를 훔쳐다 자기 문 앞에 심었다. 도간이 나중에 보고 수레를 멈추고 물었다. '이것은 무창 서문 앞의 버드나무인데 어찌하여 훔쳐다 여기 심었는가?' 하시가 깜짝 놀라 사죄했다.(嘗課諸營種柳, 都尉夏施盜官柳植之於己門. 侃後見, 駐車問曰, 此是武昌西門前柳, 何因盜來此種. 施惶怖謝罪.)

4) 洛陽花(낙양화) : 낙양의 꽃. 당나라 때 낙양에 모란이 성했던 까닭에 흔히 모란을 가리킨다. '무창의 버들'과 '낙양의 꽃'은 모두 관기(官妓)를 비유하는 것으로 보인다.

5) 嵇鶴(혜학) : 혜소(嵇紹)의 학. 혜소는 혜강(嵇康)의 아들로, 왕융(王戎)으로부터 '군계일학'이라는 칭찬을 받았다고 한다. 여기서는 유중영을 가리

킨다.

元(원) : 원래. 본래.

無對(무대) : 대적할 것이 없다.

6) 荀龍(순룡) : 순숙(荀淑, 83-149)의 용.

《후한서·순숙전》순숙의 아들 여덟 명이 모두 재주와 명망이 있어 당시 여덟 마리 용이라 불렀다.(荀淑子八人, 幷有才名, 時謂八龍.) 여기서는 유중영의 아들을 가리킨다.

不在(부재) : ~에 있지 않다. ~할 필요가 없다.

誇(과) : 자랑하다.

7) 滄海月(창해월) : 대해(大海)에 뜬 달. 여기서는 유중영을 비유한다.

8) 壓(압) : 압도하다.

赤城霞(적성하) : 노을 같은 적성산(赤城山). 적성산은 색이 붉어 노을처럼 보인다고 한다. 여기서는 여러 막료(幕僚)를 비유한다.

9) 燕館(연관) : 연나라의 객사. 전국시대 연나라 소왕이 추연(鄒衍)을 위해 세운 궁전인 갈석궁(碣石宮)을 말한다. 여기서는 막부를 가리킨다.

10) 習家(습가) : 습가지(習家池). '습씨의 연못'이라는 말로 흔히 유원지를 가리킨다.

《진서·산간전(山簡傳)》산간이 양양에 진주하니 여러 습씨들이 형 땅의 호족으로서 멋진 정원과 연못을 가지고 있었다. 산간이 매번 놀러 나가면 대개 연못으로 가서 주연을 벌이고 곧 취하여 '고양지'라 이름했다.(簡鎭襄陽, 諸習氏荊土豪族, 有佳園池. 簡每出遊嬉, 多之池上, 置酒輒醉, 名之曰高陽池.)

11) 側帽(측모) : 모자를 기울여 쓰다. 흔히 예법에 얽매이지 않는 광달한 풍모를 가리킨다.

《주서(周書)·독고신전(獨孤信傳)》진주에서 일찍이 사냥을 하다 날이 저물어 말을 내달려 성으로 들어오느라 모자가 조금 기울어졌다. 다음날 아침 휘하 관원들 가운데 모자를 쓴 이는 모두 독고신을 흠모하여 모자를 기울여 썼다. (在秦州, 嘗因獵, 日暮, 馳馬入城, 其帽微側. 詰旦, 而吏人有戴帽者, 咸慕信而側帽焉.)

12) 路隘豈容車(노애기용거) : 고악부 〈상봉행(相逢行)〉에 "좁은 길에서 서

로 만나니 길이 좁아 수레가 지날 수 없다(相逢狹路間, 道隘不容車.)"는
구절이 보인다.

13) 逈(형) : 멀다.

波窺錦(파규금) : 물결이 비단을 엿보다. 비단 휘장 안으로 물빛이 비친
다는 말이다. 비단 휘장이 멀리서 보니 물결처럼 일렁인다고 보는 설도
있다.

14) 虛(허) : 투명하다.

日弄紗(일농사) : 햇빛이 깁을 희롱하다. 햇빛이 창문의 커튼을 통과한다
는 말이다.

15) 鎖門(쇄문) : 문을 잠그다.

了鳥(요조) : 문과 창문의 걸쇠.

16) 展障(전장) : 병풍을 펼치다.

鴉叉(야차) : 갈고랑이.

17) 從(종) : ~에 이르다.

兼楚(겸초) : 초를 겸하다. 초나라 무용까지 아울러 보여준다는 말이다.

18) 雜巴(잡파) : 파와 섞이다. 〈하리파인(下里巴人)〉과 같은 수준이 된다는
말이다. 전국시대 초나라의 수도 영(郢)에서 불리워진 노래로 〈양춘백설
(陽春白雪)〉과 〈하리파인〉이 있었는데, 〈양춘백설〉은 수준이 높고 〈하
리파인〉은 저속했다고 한다.

19) 投果(투과) : 과일을 던지다.

潘岳(반악) : 서진(西晉)의 시인으로 용모가 수려했다고 한다.

《진서 · 반악전》 젊었을 적에 늘 탄환을 끼고 낙양의 거리로 나갔는데, 아녀자들
이 그를 만나면 모두 손을 맞잡고 에워싼 채 과일을 던져 곧 수레가 가득 차
돌아왔다.(少時常挾彈出洛陽道, 婦人遇之者, 皆連手縈繞, 投之以果, 遂滿車而歸.)

20) 摻撾(참과) : 북채를 잡다.

禰衡(예형) : 예형(173-198)은 후한 말기의 인물로, 북으로 치는 어양참과
(漁陽摻撾)에 능했다고 한다.

21) 刻燭(각촉) : 초에 새기다. 시를 빨리 짓는 재주를 가리킨다.

《남사(南史) · 왕승유전(王僧孺傳)》 경릉왕 자량이 일찍이 밤에 학사들을 모아

놓고 초에 새기며 시를 지었는데, 4운의 것을 한 마디에 새기고 이를 규칙으로
삼았다.(竟陵王子良嘗夜集學士, 刻燭爲詩, 四韻者則刻一寸, 以此爲率.)

忝(첨) : 욕되게 하다. 참여했음을 뜻하는 일종의 겸사(謙辭)이다.

22) 傳杯(전배) : 술잔을 전하다. 연회에서 술잔을 전하며 술을 권하는 것을
가리킨다.

賒(사) : 빠지다. 불참하다.

23) 漳浦臥(장포와) : 장수(漳水)의 물가에 눕다. 유정(劉楨)의 시에서 유래하
여 와병을 비유한다.

유정, 〈오관중낭장에 드리다 贈五官中郎將〉 시 둘째 수 나는 어려서부터 고질
병을 앓아 맑은 장수 물가에 몸져 누웠다.(余嬰沈痼疾, 竄身淸漳濱.)

24) 如麻(여마) : 헝클어진 삼처럼 어지럽다.

해설

　이 시는 관할 주현(州縣)을 순시하던 하동공(河東公), 즉 동천절도사 유중
영(柳仲郢)이 관기의 처소에 주연을 마련했으나 와병으로 참석하지 못하게
되어 지은 것이다. 창작 시점은 대략 대중 9년(855) 무렵으로 추정된다.
　이 시는 내용상 여섯 단락으로 나누어 살펴볼 수 있다. 제1단락(제1-4구)은
주연이 마련된 계기를 소개한 것이다. 절도사의 춘계 순시 중에 관기(官妓)를
동원한 자리라고 했다. 제2단락(제5-8구)은 유중영 부자(父子)를 칭송한 것이
다. 뛰어난 재주로 좌중을 압도한다고 했다. 제3단락(제9-12구)은 주연의 흥
취를 상상한 것이다. 예의에 얽매이지 않고 마음껏 즐기리라고 했다. 제4단
락(제13-16구)은 주연이 벌어지는 장소의 화려함을 상상한 것이다. 건물과
기물이 모두 아름다울 것이라 했다. 제5단락(제17-20구)은 수준 높은 가무를
상상한 것이다. 춤추고 노래하는 가기(歌妓)와 그것을 즐기는 막료들이 모두
멋질 것이라고 했다. 제6단락(제21-24구)은 와병을 탄식한 것이다. 몸져누워
즐거운 연회에 참석하지 못해 마음이 아프다고 했다. 요컨대 이 시는 평범한
응수시에서 크게 벗어나지 못했다고 하겠다.

529-1

回中牡丹爲雨所敗二首(其一)

회중의 모란이 비를 맞아 떨어지다 2수 1

下苑他年未可追,[1]	곡강의 지난 추억 떠올릴 수 없게 되었더니
西州今日忽相期.[2]	서주에서 오늘 문득 서로 만났다.
水亭暮雨寒猶在,[3]	물가 정자에 저녁 비 내리니 추위가 아직 그대로여서
羅薦春香暖不知,[4]	비단 깔개에 봄 향기 나며 따뜻한 것도 모르리라.
舞蝶殷勤收落蕊,[5]	춤추던 나비가 다정스레 떨어진 꽃잎을 거둘 제
有人惆悵臥遙帷.[6]	누군가 슬픔에 잠겨 멀리 휘장 안에 누워 있다.
章臺街裏芳菲伴,[7]	장대가에 있는 향기로운 친구들
且問宮腰損幾枝.[8]	물어보세 궁녀 허리 같은 가지가 얼마나 상했는지.

주석

1) 下苑(하원) : 곡강(曲江). 본래 하두(下杜, 지금의 섬서성 서안시 남쪽)에 속하기 때문에 이렇게 부른다.
   他年(타년) : 지난날.
2) 西州(서주) : 안정군(安定郡).

　　相期(상기) : 서로 기약하다. 만났다는 말이다.
3) 水亭(수정) : 물가의 정자.
4) 羅薦(나천) : 비단 깔개. 실내에 두어 꽃이 어는 것을 막아준다. 《한무내
　　전(漢武內傳)》에 의하면, 한무제는 자주색 비단을 땅에 깔고 백화향을
　　사르며 서왕모의 구름가마를 기다렸다고 한다.
5) 舞蜨(무접) : 춤추는 나비.
　　殷勤(은근) : 다정하다.
　　落蕊(낙예) : 떨어진 꽃잎.
6) 惆悵(추창) : 슬퍼하다.
　　帷(유) : 휘장. 장막. 여기서는 넌지시 막부(幕府)를 비유한다.
7) 章臺街(장대가) : 장안 서남쪽에 있는 거리 이름. 장대(章臺)는 전국시대
　　진왕이 함양에 세운 누대이다.
　　芳菲伴(방비반) : 향기로운 친구. 여기서는 장대가의 버들을 말하며, 장
　　안의 친구를 비유한다.
8) 宮腰(궁요) : 여자의 가는 허리. 《한비자 · 이병(二柄)》에 의하면, 초나라
　　영왕(靈王)이 허리 가는 여자를 좋아해 나라 안에 굶는 사람이 많았다고
　　한다.

해설

　　이 시는 개성 3년(838) 봄 이상은이 박학굉사과에 떨어지고 경원절도사
막부로 가서 모란을 빌려 자신의 신세를 표현한 것이다. 시제에 보이는 회중
은 지금의 감숙성 고원현(固原縣)으로, 여기서는 왕무원의 경원절도사 막부
가 있던 경주(涇州)를 가리킨다. 제1-2구는 곡강과 회중에서의 모란을 대비시
켰다. 시인은 자신의 처지를 모란에 투영하여 과거에 급제하고 의기양양하던
모습은 이미 사라지고 박학굉사과에 떨어진 채 경주에 와 있다고 했다. 제3-4
구는 야생화와 온실 속 화초의 대비이다. 물가 정자에 핀 모란은 비를 맞아
시드는데, 온실 속의 모란은 갖은 보호를 받으며 예쁘게 자란다고 했다. 막부
의 종사관과 중앙 관직의 차이를 말한 것이다. 제5-6구는 떨어진 꽃잎과 슬픔
에 잠긴 여인을 묘사했다. 나비가 빗속에 떨어진 모란을 동정할 때 그 꽃잎은

슬픔에 잠겨 휘장 안에 누워 있는 여인의 모습과도 같다고 했다. '舞蜨(무접)'
과 '有人(유인)'의 차대(借對)와 휘장으로 막부를 연결 지은 암유(暗喩)가 교
묘하다. 제7-8구는 '신 포도 콤플렉스(sour grape complex)'의 재현이다. 중앙
관직으로 나가봐야 고위 관료들 비위를 맞추느라 피곤할 뿐이리라 했지만
진정이 담긴 말로 보기는 어렵다. 박학굉사과를 통과해 장안에서 생활하는
벗들에 대한 시샘이다.

529-2

回中牡丹爲雨所敗二首(其二)

회중의 모란이 비를 맞아 떨어지다 2수 2

浪笑榴花不及春,[1]　　공연히 석류꽃이 봄에도 피지 못함을 비웃다가

先期零落更愁人.[2]　　먼저 떨어지니 더욱 근심을 자아내네.

玉盤迸淚傷心數,[3]　　옥쟁반에 솟구치는 눈물에 마음 아프길 수차례

錦瑟驚絃破夢頻.[4]　　비단 비파의 깜짝 놀랄 현 소리에 꿈에서 깨길
　　　　　　　　　　　여러 번.

萬里重陰非舊圃,[5]　　만 리에 구름만 가득하니 옛 남새밭이 아니고

一年生意屬流塵.[6]　　일 년의 생기가 날리는 흙먼지가 되고 말았네.

前溪舞罷君迴顧,[7]　　전계에 춤이 끝난 후에 그대 돌아보시라

倂覺今朝粉態新.[8]　　오늘 아침의 자태가 신선하다 느껴지기까지
　　　　　　　　　　　할 터이니.

주석

1) 浪笑(낭소) : 쓸데없이 비웃다.

榴花(유화) : 석류꽃. 늦봄에서야 꽃이 핀다.

不及春(불급춘) : 봄에 이르지 못하다. 《구당서・문원전(文苑傳)》에 의하
면, 공소안(孔紹安)은 당나라 고조가 제위에 오르자 낙양에서 급히 달려
와 정5품의 내사사인(內史舍人)에 제수되었는데, 당시 고조의 곁에 있던

하후단(夏侯端)은 종3품의 비서감(秘書監) 벼슬을 받았기에 왕명으로 지
은 〈석류〉 시에서 이렇게 읊었다고 한다. "다만 올 때 늦어져, 꽃을 피움
에 봄에 미치지 못했구나."
2) 先期(선기) : 약속된 기일보다 먼저.
　零落(영락) : 떨어지다.
3) 玉盤(옥반) : 옥쟁반. 여기서는 모란의 꽃부리를 가리킨다.
　迸淚(병루) : 눈물이 솟구치다. 여기서는 모란을 때리는 빗방울을 가리킨
다.
4) 錦瑟(금슬) : 비단처럼 장식한 비파.
　驚絃(경현) : 현이 놀라다. 여기서는 빗줄기가 급한 것을 비파의 가락에
비유한 것이다.
5) 重陰(중음) : 구름이 층층이 가득한 모습.
　舊圃(구포) : 옛 남새밭. 여기서는 곡강을 가리킨다.
6) 生意(생의) : 생기. 생명의 절정기.
　流塵(유진) : 날리는 흙먼지. 모란이 땅에 떨어진 후에 흙먼지와 뒤섞여
물 따라 흘러가는 것을 말한다.
7) 前溪(전계) : 육조 시대 가무가 번성했던 곳으로, 지금의 절강성 무강현
(武康縣)에 있다.
　우긍(于兢), 《대당전(大唐傳)》 전계 마을은 남조 때 음악을 익히던 곳으로 지
금도 수백 명이 음악을 익힌다. 강남의 가기(歌妓)가 대부분 여기서 배출되었
기에 이른바 '악무가 전계에서 나온다'고 하는 것이다.(前溪村則南朝集樂之處,
今尚有數百家習音樂. 江南聲妓多自此出, 所謂舞出前溪也.)
　舞罷(무파) : 춤이 끝나다. 모란이 바람에 날려 다 떨어진 것을 말한다.
8) 倂(병) : 심지어 ~하기까지 하다.
　粉態(분태) : 아름다운 용모.

해설

　이 시는 앞의 첫째 수에 이어 모란이 비를 맞아 떨어지는 모습을 더욱
자세하게 형상화한 것이다. 제1-2구는 석류꽃과 대비시켜 모란의 운명을 서

술했다. 석류꽃보다 먼저 피었다고 우쭐대다가 난데없이 비를 맞아 먼저 떨어지는 모습이 근심을 자아내기에 족하다고 했다. 과거에 급제한 기쁨도 잠시 박학굉사과에 떨어져 다시 의기소침해진 시인의 모습이 오버랩된다. 제3-4구는 빗줄기가 모란을 때리는 광경이다. 빗방울이 모란에 떨어져 통통거리는 모습은 마치 구슬이 옥쟁반에서 튀는 듯하고 비파의 현 소리가 급한 것과도 흡사하다. 그러나 그것은 다가올 시련과 슬픔을 예고하는 것이기에 눈물처럼 보이고 단꿈도 깨운다. 제5-6구는 첫째 수의 제1-2구처럼 곡강에서의 모습과 대비시켰다. 곡강에서 피어나던 때와는 달리 사방엔 비를 뿌리는 먹구름만 가득해 이곳의 모란은 땅에 떨어져 진흙과 한몸이 될 뿐이다. 제7-8구는 모란이 떨어지는 모습을 무희에 춤에 비유한 것이다. 모란이 떨어지며 하늘거리는 모습은 그래도 여인의 춤사위처럼 아름다워 땅에 떨어져 시들어가는 것보다는 오히려 낫다는 말이다. 여기에는 미래의 더 큰 시련을 앞둔 시점에 현재를 위로하는 뜻이 담겨 있다. '황혼'을 앞둔 '석양'에서 아름다움을 찾는 이상은 유의 유미주의가 느껴지는 대목이다.

이 시는 우리나라 시인 김영랑이 1935년에 발표한 〈모란이 피기까지는〉이라는 시와 모티브와 주제가 유사하다. 참고를 위해 부기해 둔다.

모란이 피기까지는
나는 아직 나의 봄을 기다리고 있을 테요
모란이 뚝뚝 떨어져버린 날
나는 비로소 봄을 여읜 설움에 잠길 테요

오월 어느 날 그 하루 무덥던 날
떨어져 누운 꽃잎마저 시들어버리고는
천지에 모란은 자취도 없어지고
뻗쳐오르던 내 보람 서운케 무너졌으니
모란이 지고 말면 그뿐 내 한해는 다 가고 말아
삼백 예순 날 하냥 섭섭해 우옵내다

모란이 피기까지는
나는 아직 기다리고 있을 테요
찬란한 슬픔의 봄을

530

擬意

생각을 흉내 내다

悵望逢張女,[1]	장녀를 만나 슬픔 속에 바라보며
遲迴送阿侯.[2]	아후를 배웅하는 것 머뭇거린다.
空看小垂手,[3]	살짝 손 모으는 것 부질없이 바라볼 뿐
忍問大刀頭.[4]	언제 돌아오는지 어찌 차마 묻겠는가?
妙選茱萸帳,[5]	수유 수놓은 휘장을 꼼꼼히 골라
平居翡翠樓.[6]	평소에는 비취 누각에 있으니,
雲衣不取暖,[7]	구름 같은 옷은 따뜻하지 않고
月扇未障羞.[8]	달처럼 둥근 부채는 부끄러움 가려주지 않는다.
上掌眞何有,[9]	손바닥 위에는 진실로 무엇이 있는가?
傾城豈自由.[10]	절세의 미인이라도 어찌 자유로울 것이랴
楚妃交薦枕,[11]	초나라 왕비는 교대로 잠자리를 모셨고,
漢后共藏鬮.[12]	한나라 왕후는 함께 장구놀이를 했다.
夫向羊車覓,[13]	남편감은 작은 수레에서 찾고
男從鳳穴求.[14]	사내는 봉황의 굴에서 구한다 했는데,
書成被褉帖,[15]	글씨로는 〈난정첩〉을 이루고
唱殺畔牢愁.[16]	노래로는 〈반뢰수〉를 없애는구나.

夜杵鳴江練,[17]	밤에 다듬이질하여 깨끗한 비단 소리 울리고
春刀解石榴.[18]	봄에 칼질하여 석류치마 재단한다.
象牀穿憶網,[19]	상아 침상에 그물 무늬 장막 쳐 있고
犀帖釘窓油.[20]	무소 휘장이 창턱에 달려 있다.
仁壽遺明鏡,[21]	인수전의 밝은 거울 남아 있고
陳倉拂綵毬.[22]	진창에서는 채색 공 쳤었지.
眞防舞如意,[23]	정말로 춤추는 여의를 방비하려면
佯蓋臥箜篌.[24]	와공후를 덮는 척 해야지.
濯錦桃花水,[25]	복사꽃 떠가는 물에서 비단을 빨고
灑裙杜若洲.[26]	두약 물섬에서 치마에 물을 뿌렸지.
魚兒懸寶劍,[27]	물고기 장식이 보검에 매달려 있고
燕子合金甌.[28]	제비는 금 술잔에 어울린다.
銀箭催搖落,[29]	은화살 서둘러 떨어지면
華筵慘去留.[30]	화려한 연회에서 떠나고 남는 모습 참담할 터.
幾時銷薄怒,[31]	언제나 가벼운 화 풀어질까?
從此抱離憂.[32]	지금부터 이별의 근심 안고 갈 터인데,
帆落啼猿峽,[33]	원숭이 우는 협곡에 배를 띄우고
尊開畫鷁舟.[34]	익새 그려 넣은 배에 술자리를 벌였다.
急絃腸對斷,[35]	급한 현 소리에 창자가 끊어지고
剪蠟淚爭流.[36]	촛불 심지 자를 때 눈물이 다투어 흐른다.
璧馬誰能帶,[37]	옥마를 누가 두를 것이랴?
金蟲不復收.[38]	금 벌레도 다시 잡지 않는다.
銀河撲醉眼,[39]	은하수가 취한 눈을 찌르고
珠串咽歌喉.[40]	꿰어진 구슬이 노래하는 이의 목에서 흐느낀다.

去夢隨川后,⁴¹	떠나가는 꿈은 하백을 따르고

去夢隨川后,⁴¹　　떠나가는 꿈은 하백을 따르고

來風貯石郵.⁴²　　오는 바람은 석우풍을 맞는다.

蘭叢銜露重,⁴³　　난초 무더기는 이슬을 머금어 무겁고

楡莢點星稠.⁴⁴　　느릅나무 열매처럼 별이 박혀 빽빽하다.

解佩無遺跡,⁴⁵　　패옥을 끌러 준 곳 남은 자취 없고

凌波有舊游.⁴⁶　　물결 너머에 옛날 노닐던 곳 있구나.

曾來十九首,⁴⁷　　일찍이 고시십구수 보며

私譏詠牽牛.⁴⁸　　견우를 노래했던 것 몰래 후회한다.

주석

1) 悵望(창망) : 슬피 바라보다.

　張女(장녀) : 악부의 곡 이름. 여기서는 가기(歌妓)를 가리킨다.

2) 遲迴(지회) : 머뭇거리다.

　阿侯(아후) : 막수(莫愁)의 딸. 여기서는 '장녀'와 마찬가지로 가기를 가리
킨다.

　　소연(蕭衍), 〈하중지수가 河中之水歌〉 강물은 동쪽으로 흐르는데 낙양에 막수라
는 아가씨가 있네… 15세에 노랑에게 시집을 가서 16세에 아후라는 아이를
낳았네.(河中之水向東流, 洛陽女兒名莫愁…十五嫁爲盧郎婦, 十六生兒字阿侯.)

3) 小垂手(소수수) : 악부의 곡 이름.

　　《악부해제(樂府解題)》 대수수와 소수수는 모두 춤을 추면서 손을 모으는 것을
말한다.(大垂手, 小垂手, 皆言舞而垂其手也.) 여기서는 손을 앞으로 모은다는
뜻으로 쓰였다.

4) 忍問(인문) : 차마 어찌 묻겠는가?

　大刀頭(대도두) : '還(환, 돌아오다)'자를 나타내는 은어이다. 칼자루에 고
리(環)가 있다는 데서 나온 말이다.

5) 妙選(묘선) : 꼼꼼하게 고르다.

　茱萸帳(수유장) : 수유 무늬를 수놓은 휘장.

6) 平居(평거) : 평소.
   翡翠樓(비취루) : 비취로 장식한 누각.

7) 雲衣(운의) : 구름 같은 옷.
   取暖(취난) : 따뜻하다.

8) 月扇(월선) : 달처럼 둥근 부채.
   障羞(장수) : 부끄러움을 가리다.

9) 上掌(상장) : 손바닥 위.
   《백씨육첩(白氏六帖)》조비연은 몸이 가벼워 손바닥 위에서 춤을 출 수 있었
   다.(飛燕體輕, 能爲掌上舞.)
   何有(하유) : 무엇이 있는가? 무슨 소용이 있느냐는 말이다.

10) 傾城(경성) : 성을 기울게 할 만한 미녀.

11) 楚妃(초비) : 초나라 왕비. 여기서는 무산(巫山) 신녀(神女)를 가리킨다.
    交(교) : 번갈아.
    薦枕(천침) : 이부자리를 깔다. 잠자리를 모신다는 뜻이다.

12) 漢后(한후) : 한나라의 왕후. 여기서는 구익부인(鉤弋夫人)을 가리킨다.
    藏鬮(장구) : 손에 감춘 것을 맞추는 놀이.
    《한무고사(漢武故事)》구익부인은 어렸을 때 손을 꽉 쥐고 있었는데, 무제가
    그 손을 열자 옥고리가 나왔고 손도 펼 수 있었다.(鉤弋夫人, 少時手拳, 帝披其
    手, 得一玉鉤, 手得展.)

13) 羊車(양거) : 작은 수레. 준수한 남자를 가리킨다.
    《진서・위개전(衛玠傳)》총각 시절에 작은 수레를 타고 저자에 가면 보는 사
    람들이 모두 옥인이라고 여겼다.(總角乘羊車入市, 見者皆以爲玉人.)
    覓(멱) : 찾다.

14) 鳳穴(봉혈) : 봉황이 사는 굴. 재주가 뛰어난 사람들이 모여 있는 곳을
    말한다.

15) 祓禊帖(발계첩) : '발계'는 신에게 빌어 재액을 없앤다는 뜻으로, 왕희지
    (王羲之)가 난정(蘭亭)에서 계제사를 지내고 참석한 사람들의 시를 모아
    글씨를 쓴 난정첩(蘭亭帖)을 가리킨다.

16) 殺(살) : 없애다.

畔牢愁(반뢰수) : 양웅(揚雄)이 지은 사부(辭賦)의 제목. '이별한 뒤에 무료하고 근심스럽다'는 뜻이다.

17) 夜杵(야저) : 밤에 다듬이질하다.

江練(강련) : 강물처럼 맑고 깨끗한 천.

18) 春刀(춘도) : 봄에 칼질하다.

石榴(석류) : 주홍색의 석류치마.

19) 象牀(상상) : 상아로 장식한 침상.

幰網(헌망) : 그물 무늬의 장막.

20) 犀帖(서첩) : 무소뿔을 얇게 잘라 만든 휘장.

釘(정) : 못질하다.

窓油(창유) : 창턱.

21) 仁壽(인수) : 낙양의 인수전(仁壽殿). 이곳에 다섯 자 높이의 구리거울이 있었다고 한다.

22) 陳倉(진창) : 지명. 지금의 섬서성 보계시(寶鷄市)의 옛 이름이다.

拂(불) : 공을 치다.

綵毬(채구) : 색을 칠한 축국(蹴鞠)용 공. 흔히 닭털로 만들기에 '寶鷄(보계)'라고도 불린 진창을 끌어들인 것이다.

23) 防(방) : 방비하다.

如意(여의) : 여의는 대나무나 뼈 등으로 만든 기구로 앞부분이 손가락 모양으로 생겨 등을 긁거나 하는 용도로 쓰인다.

　왕가(王嘉), 《습유기(拾遺記)》 손화는 등부인을 좋아하여 무릎에 두곤 했다. 손화가 달빛 아래에서 수정 여의를 가지고 놀다가 잘못하여 부인의 뺨에 상처를 냈는데 피가 흘러 바지를 버렸다.孫和悅鄧夫人, 嘗置膝上. 和於月下舞水晶如意, 誤傷夫人頰, 血流汚褲.)

24) 佯(양) : ~하는 척하다.

臥箜篌(와공후) : 공후는 하프와 비슷한 현악기인데, 세워서 뜯는 23 현짜리를 수공후(豎箜篌)라고 하고 눕혀놓고 뜯는 7현짜리를 와공후라 한다.

25) 濯錦(탁금) : 비단을 빨다.

《문선(文選)》이선주(李善注)에 인용된 초주(譙周)의 《익주지(益州志)》성도에서 비단을 짜 완성되면 금강(錦江) 물에 빠는데, 그 무늬가 선명해져 처음 짰을 때보다 선명해진다. 다른 강물에 빨면 금강 물보다 못하다.(成都織錦旣成, 濯於江水, 其文分明, 勝於初成, 他水濯之不如江水也.)

桃花水(도화수) : 복사꽃이 떠가는 물.

26) 濺裙(천군) : 치마에 물을 뿌리다. 《북제서(北齊書)·두태전(竇泰傳)》에 의하면, 두태의 어머니가 임신을 하여 기일이 되었는데도 아이를 낳지 못해 두려워하던 차에 무당이 내를 건너며 치마에 물을 뿌리면 아이를 쉽게 낳을 것이라고 하자 그 말대로 하여 얼마 후 두태를 낳았다고 한다.

杜若(두약) : 향초의 일종.

27) 魚兒(어아) : 칼자루에 달린 물고기 모양의 장식.

懸(현) : 매달리다.

28) 燕子(연자) : 제비. 여기서는 술잔에 새겨진 무늬를 가리킨다.

合(합) : 어울리다.

金甌(금구) : 금으로 만든 사발. 흔히 술잔을 가리킨다.

29) 銀箭(은전) : 은으로 장식한 물시계의 바늘.

催(최) : 재촉하다.

搖落(요락) : 떨어지다.

30) 華筵(화연) : 화려한 연회.

慘(참) : 참담하다.

去留(거류) : 일부는 떠나고 일부는 남다.

31) 銷(소) : 사라지다.

薄怒(박노) : 가볍게 화를 내다.

32) 抱(포) : 안다. 품다.

離憂(이우) : 이별의 근심.

33) 帆落(범락) : 돛을 펼치다. 배를 띄운다는 말이다.

34) 尊開(준개) : 술자리를 벌이다.

畵鶂舟(화익주) : 익새를 그려 넣은 화려한 배.

35) 急絃(급현) : 급하게 연주하는 현악기 소리.

腸對斷(장대단) : 창자가 마주하여 끊어지다. 현이 끊어질 듯 연주하는 소리를 듣자니 창자도 그에 맞춰 끊어질 듯 마음이 아프다는 말이다.

36) 剪蠟(전랍) : 촛불 심지를 자르다.

涙爭流(누쟁류) : 눈물이 다투어 흐르다. 흘러내리는 촛농과 다투듯 눈물이 쏟아진다는 말이다.

37) 璧馬(벽마) : 벽옥으로 만든 말 모양의 장식물.

《저궁구사(渚宮舊事)》송나라 심유지의 마구간에서 여러 말들이 밤마다 날뛰며 울어댔다. 사람을 시켜 엿보게 하니 흰 망아지 한 마리가 줄로 배가 묶였는데 뛰어난 모습이 나는 듯하여 잡으려 해도 미치지 못했고, 마구간이 여전히 잠겨 있었는데도 마음대로 누각 안으로 들어가더라 했다. 나인에게 물어보니 다만 애첩 풍월화의 팔에 옥마를 푸른 끈으로 꿰어 누울 때면 머리맡에 두는데 밤이 되면 간혹 사라졌다가 아침이면 그대로라 했다. 옥마의 발굽을 보니 과연 진흙의 흔적이 있었다.(宋沈攸之廐中, 群馬每夜騰擲鳴嘶. 令人伺之, 見一白駒以繩縛腹, 超軼如飛, 掩之不及, 視廐猶闔, 縱入閣內. 問內人, 惟愛妾馮月華臂上玉馬以綠繩穿之, 臥輒置枕下, 夜或失所在, 旦則如故. 視其蹄, 果有泥迹.)

帶(대) : 두르다.

38) 金蟲(금충) : 부녀자의 머리 장식. 금을 소재로 곤충 모양으로 만들기에 이렇게 부른다.

不復收(불부수) : 다시 잡지 않다. 머리 장식을 다시 하지 않는다는 말이다.

39) 撲(박) : 찌르다.

醉眼(취안) : 취하여 흐릿해진 눈.

40) 珠串(주관) : 꿰어진 구슬. 노랫가락을 비유한다.

咽(열) : 흐느끼다.

歌喉(가후) : 노래하는 사람의 목.

41) 川后(천후) : 황하의 신 하백(河伯).

42) 貯(저) : 간직하다. 여기서는 바람을 맞는다는 뜻이다.

石郵(석우) : 석우풍(石尤風). 역풍을 가리킨다. 《강호기문(江湖紀聞)》에 의하면, 상인인 우랑(尤郞)이 석씨(石氏)의 딸을 아내로 맞았는데 먼 길을 떠났다가 돌아오지 못했다. 석씨가 그리움에 병을 얻어 죽게 되자 천하의 상인 아내들을 위해 큰 바람이 되어 남편을 못 가게 막겠노라고 했다고 한다.

43) 蘭叢(난총) : 난초 무더기.

　銜露(함로) : 이슬을 머금다.

44) 楡莢(유협) : 느릅나무 열매. 여기서는 별을 가리킨다.

　　고악부 〈농서행 隴西行〉 하늘에 무엇이 있나, 줄줄이 하얀 느릅나무를 심었
　　네.(天上何所有, 歷歷種白楡.)

　點星(점성) : 별을 박다.

　稠(조) : 조밀하다. 빽빽하다.

45) 解佩(해패) : 패옥을 끌러 주다.《열선전(列仙傳)》에 의하면, 강비(江妃)
　의 두 딸이 물가에 놀러 나왔다가 정교보(鄭交甫)를 만나 패옥을 끌러
　주었다고 한다.

　遺跡(유적) : 남은 자취

46) 凌波(능파) : 물결을 넘다. 여인의 사뿐한 발걸음을 가리킨다.

　　조식, 〈낙신부(洛神賦)〉 물결을 넘는 사뿐한 발걸음, 비단 버선에 먼지가 이
　　네.(凌波微步, 羅襪生塵.)

　舊游(구유) : 예전에 노닐던 곳.

47) 十九首(십구수) : 고시십구수(古詩十九首). 제9수에 "멀고 먼 견우성, 하얗
　게 빛나는 직녀성(迢迢牽牛星, 皎皎河漢女.)"이라는 구절이 보인다.

48) 私懺(사참) : 몰래 참회하다.

　詠牽牛(영견우) : 견우를 노래하다.

　　조식, 〈낙신부〉 견우가 홀로 기거함을 노래한다.(詠牽牛之獨處.)

해설

　이 시는 여인과의 만남으로부터 이별까지의 과정을 상세하게 묘사한 염정
시다. 시제를 '생각을 흉내 내다(擬意)'라고 했는데, 그것이 어떤 생각인지는
독자에게 판단을 넘긴 채 분명하게 밝히지 않았다. 따라서 일종의 무제시라
해도 좋을 것이다. 전체 시는 모두 48구로 이루어져 있는데, 이를 4구씩 나누
어 대의를 살펴보면 다음과 같다.

　제1단락(제1-4구)은 전체 시의 시상을 연 것이다. 여인과 헤어지며 다시

만날 기약이 없음을 안타까워했다. 여인을 '장녀'와 '아후'로 지칭한 것으로
보아 그 신분이 귀족 집안의 첩이나 가기(歌妓)로 짐작된다. 제2단락(제5-8
구)은 여인의 거처를 묘사한 것이다. 비취 누각에서 수유 휘장을 두른 채
얇은 옷을 입고 지낸다고 했다. 제3단락(제9-12구)은 여인에게 부과된 신분상
의 속박을 이야기한 것이다. 아무리 미인이라도 첩이나 가기와 같은 신분으
로는 진실한 사랑을 얻기가 어렵다고 했다. 제4단락(제13-16구)은 여인이 외
로움을 달래는 모습을 묘사한 것이다. 진정한 남자가 없는 여인은 글씨와
노래로 적적함과 싸운다고 했다. 제5단락(제17-20구)은 시상이 바뀌어 여인
이 남자와 만나는 경위를 다룬 것이다. 먼저 석류색 비단치마를 해 입고 침상
을 정돈했다고 했다. 제6단락(제21-24구)은 밀회의 장면을 상징적으로 처리
한 것이다. 축국, 여의, 와공후 등의 시어를 통해 여인이 남자와 운우지정을
나누었음을 알 수 있다. 제7단락(제25-28구)은 합환(合歡)을 끝낸 이후의 광
경을 상징적으로 묘사한 것이다. '물고기'와 '금 술잔'은 여인을 상징하고, '보
검'과 '제비'는 남자를 상징하는 것으로 이해할 수 있다. 제8단락(제29-32구)
은 이별의 순간이 왔음을 말한 것이다. 어느덧 시간이 흘러 헤어짐의 자리가
마련되었다고 했다. 제9단락(제33-36구)도 다시 시상이 바뀌는 부분이다. 배
를 타고 떠나는 남자와의 이별로 애가 끊어지고 눈물이 앞을 가린다고 했다.
제10단락(제37-40구)은 이별한 여인의 슬픔을 묘사한 것이다. 몸단장을 할
마음도 사라지고 술에 취해 이별의 노래만 부른다고 했다. 제11단락(제41-44
구)은 이별의 장면을 묘사한 것이다. 황하에 띄운 배는 아쉬움이 담긴 석우풍
을 맞으며 이슬이 내린 새벽 별을 바라보며 떠난다고 했다. 제12단락(제45-48
구)은 시상을 매듭지은 것이다. 여인과의 만남을 돌이켜보니 아득하게 기억
의 한 켠에만 자리를 잡고 있을 뿐이어서 〈고시십구수〉에서 직녀를 만나지
못해 애닳던 견우가 남의 일이 아니라고 했다.

　현대 학자 유학개(劉學鍇)와 여서성(余恕誠)은 이 시에 대한 평어에서 "시
로 쓴 〈유선굴(遊仙窟)〉"이라고 간단하게 요약했다. 〈유선굴〉은 당나라 초기
에 장작(張鷟)이 지은 전기소설(傳奇小說) 작품이다. 대략의 줄거리를 살펴
보면, 남자 주인공 장랑(張郞)은 하원(河源)으로 출사(出使)를 나갔다가 어느
날 밤 한 신선굴에 들어 최십랑(崔十娘)과 왕오수(王五嫂)라고 하는 두 여자

로부터 살뜰한 환대를 받으며 아름다운 하룻밤을 보낸다는 내용이다. 중당 이후로 남녀의 애정을 다룬 소설적 서사에 대한 문인들의 관심이 크게 증가 했다는 사실을 감안할 때, 이상은의 이 시도 그러한 경향을 잘 보여주는 작품 이 아닌가 한다.

531

謝往桂林至彤庭竊詠¹

계림으로 가는 것을 감사하느라 황궁에 이르러 몰래 노래하다

辰象森羅正,²	별 모양이 삼엄하고 곧게 늘어서서는
鈞陳翊衛寬.³	구진성을 넓게 호위하고 있다.
魚龍排百戲,⁴	어룡과 같은 백희가 늘어서고
劍珮儼千官.⁵	칼과 패옥을 찬 백관이 장중하다.
城禁將開晚,⁶	성궐의 문 열리는 것 더디고
宮深欲曙難.	궁궐이 깊어 동트기 어렵다.
月輪移枌詣,⁷	달은 예예궁으로 옮겨가고
仙路下闌干.	신선의 길은 난간을 따라 내려간다.
共賀高禖應,⁸	다 함께 매신의 감응을 축하하고
將陳壽酒歡.	장차 축수주의 즐거움을 벌인다.
金星壓芒角,⁹	샛별의 별빛이 사방을 누르고
銀漢轉波瀾.	은하수의 파도가 물결친다.
王母來空闊,	서왕모가 넓은 곳으로 오고
羲和上屈盤.¹⁰	희화는 구부러진 곳으로 오른다.
鳳凰傳詔旨,¹¹	봉황이 임금의 조서를 전할 때
獬豸冠朝端.¹²	해치는 조정의 끝에서 의관을 갖추었다.

1554

造化中台座,[13]	조화를 아는 중태성의 자리
威風大將壇.[14]	위풍당당한 대장의 단상.
甘泉猶望幸,[15]	감천궁에서는 아직도 행차를 바라니
早晚冠呼韓.[16]	조만간 호한야선우에게 의관을 내리시길.

주석

1) 彤庭(동정) : 왕궁. 조정. 한나라 때 왕궁을 붉게 칠한 데서 비롯된 말이다.
   竊詠(절영) : 몰래 노래하다. 이상은은 자신의 관직이 낮은 것에 대해
   거리낌이 있어 공개적으로 음영하지 못한 것이다.

2) 辰象(신상) : 성상(星象). 별의 모습.
   森羅(삼라) : 삼엄하게 늘어서다. 여기서는 별이 새겨진 건축물을 가리
   킨다.

3) 鉤陳(구진) : 구진성(鉤陳星). 북극에 가장 가까운 6개의 별 가운데 하나
   로 여기서는 황궁을 가리킨다.
   翊衛(익위) : 호위하다.

4) 魚龍(어룡) : 어룡희(魚龍戱). 백희(百戱)의 일종으로 물고기와 용 분장을
   하고 공연을 했으며 《한서》에 무제가 즐겼다는 기록이 있다.
   百戱(백희) : 악무(樂舞), 잡기(雜技) 등의 총칭. 한대에는 각저희(角抵戱)
   라 했다.

5) 劍珮(검패) : 칼과 패옥을 찬 조신(朝臣). 신하는 모두 검패를 찼는데 입
   궐할 때에는 검을 풀어놓아야 했다. 공이 큰 이는 특별히 검을 차고 신을
   신고 궁전에 갈 수 있었는데, 대표적인 예가 소하(蕭何)였다.
   千官(천관) : 조정의 많은 신하

6) 城禁(성금) : 성의 방비라는 뜻으로, 도성을 가리킨다.

7) 枌詣(예예) : 본래 궁궐에서 자라던 나무 이름으로, 여기서는 궁궐을 가
   리킨다.

8) 高禖(고매) : 고대 제왕이 아들을 얻으려고 제사 지내는 매신(禖神).

9) 芒角(망각) : 별빛.

10) 羲和(희화) : 중국 고대 신화 중의 태양신.

11) 鳳凰(봉황) : 본래 봉황새를 뜻하나 여기서는 '봉조(鳳詔)'의 뜻으로 쓰였
다. 후조(後趙)의 왕인 석호(石虎)가 오색 종이에 조칙을 적어서 나무로
만든 봉황의 입에 물려 천하에 반포했기 때문에 천자의 조서를 봉조(鳳
詔)라 한다.

12) 獬豸(해치) : 해치(獬廌). 외뿔 달린 푸른색의 산양으로 본능적으로 시비
를 가릴 수 있는 능력이 있었다고 한다. 이후 어사 등의 법 집행관을
가리키는 데 쓰였다. 여기서는 계주자사, 어사중승, 계관도방어경략사에
임명된 정아를 말한다.

13) 造化(조화) : 만물을 낳고 자라게 하고 죽게 하는, 영원무궁한 대자연의
이치. 이 구절은 만물의 이치를 알아 천자를 보좌한다는 것을 의미한다.
中台(중태) : 중태성. 여기서는 대신(大臣)을 의미한다.

14) 大將壇(대장단) : 대장의 단상. 옛날에 제사나 회맹(會盟)을 시행할 때
단상을 만들어 예식을 거행했었다.

15) 甘泉(감천) : 감천궁. 《한서 · 선제기(宣帝紀)》에 따르면 감천궁으로 행행
(行幸)하여 태치(泰畤)에서 천지에 제사를 지냈다고 했다.

16) 呼韓(호한) : 흉노의 호한야선우(呼韓邪單于). 《한서 · 흉노전(匈奴傳)》에
따르면, 호한야선우가 감천궁에 와서 천자에게 조회를 드렸는데, 한나라
는 관대와 의상을 내려 잘 대우했다고 한다.

해설

대중(大中) 원년(847), 정아(鄭亞)가 계관도방어경략사(桂管都防御經略使)
에 부임하여 이상은을 막부로 불렀는데, 이 시는 계림으로 가기 전에 막부의
주인인 정아를 따라 입조하여 사직하고 돌아와 읊은 것으로, 궁궐에서 볼
수 있는 이른 아침의 정경을 담고 있다. 제1-2구에서는 멀리 서 본 궁궐의
모습으로, 별 모양이 있는 건축물과 구진성과 같은 궁궐이 늘어져 있음을
말했다. 제3-4구에서는 궁궐 안의 모습으로 백희를 공연하고 백관들이 장중
하게 서 있는 것을 묘사했다. 제5-6구는 구중궁궐의 모습을 말했고, 제7-8구
는 신선이 사는 듯한 신비로운 모습의 궁궐을 그려냈다. 제9-10구는 때마침

궁궐에서는 왕의 아들이 태어나고 황후를 축수하는 잔치가 열렸음을 말했고,
제11-12구는 한밤중 경치를 묘사하면서 밤중이라도 빛이 환함을 묘사하여
이후 서왕모와 희화의 출현에 밝은 분위기를 조성했다. 제13-14구에서는 서
왕모와 태양의 신인 희화가 궁궐에 왔음을 말했는데, 서왕모는 황후를 희화
는 천자를 비유한다. 제15-16구에서는 임금의 조서가 내려오고 여러 백관이
의관을 갖추고 조회를 여는 모습을 담아내었고, 제17-18구에서는 중태성의
자리와 대장의 단상에서 천자를 보필하는 높은 벼슬의 신하에 대해 썼다.
제19-20구에서는 궁궐에서 이런 경사가 있으나 참여하지 못하는 궁궐 밖 신
하가 있음을 말했다. 시인이 제목에서 '몰래 노래하다(竊詠)'라 한 것도 자신
은 궁궐 안에 들어갈 수 없는 한미한 벼슬을 하여 공개적으로 음영하지 못함
을 이른 것이다.

532

燒香曲
향을 사르는 노래

鈿雲蟠蟠牙比魚,[1]	장식된 구름 둘러싸고 물고기 이빨 늘어섰으며
孔雀翅尾蛟龍鬚.[2]	공작의 날개 꼬리와 교룡의 수염,
漳宮舊樣博山鑪,[3]	옛 모습을 띤 장궁의 박산로
楚嬌捧笑開芙蕖.[4]	초 땅의 미녀가 웃으며 받드니 연꽃이 피어난다.
八蠶繭絲小分炷,[5]	여덟 번째 풀솜으로 작게 심지를 나누어
獸燄微紅隔雲母.[6]	짐승 모양 숯이 살짝 붉어질 때 운모로 분리된다.
白天月澤寒未冰,[7]	서쪽 하늘의 달빛은 차갑지만 얼지는 않고
金虎含秋向東吐.[8]	서쪽 별은 가을을 머금은 채 동쪽을 향해 토한다.
玉珮呵光銅照昏,[9]	옥 노리개는 빛이 나나 구리거울은 어둡고
簾波日暮衝斜門.[10]	발 물결이 날 저물자 쪽문에 부딪친다.
西來欲上茂陵樹,[11]	서쪽으로 와서 무릉의 나무에 오르려 했더니
栢梁已失栽桃魂.[12]	백량대엔 이미 복숭아 심으려 했던 혼백 사라졌다.
露庭月井大紅氣,[13]	궁궐의 뜰과 공지에 붉은 기운 넘칠 때
輕衫薄袖當君意.[14]	가벼운 적삼 얇은 소매로 군왕의 마음을 얻었지.
蜀殿瓊人伴夜深,[15]	촉나라 궁전에서 옥인이 밤 깊도록 모시면서

金鑾不問殘燈事.¹⁶   금란전에서 꺼져가는 등불의 일은 묻지 않았다.

何當巧吹君懷度,¹⁷   언제나 바람이 교묘히 불어 군왕의 품을 지나
갈까?

襟灰爲土塡淸露.¹⁸   재가 흙이 되어 맑은 이슬에 가득하려고 생각
하건만

주석

1) 鈿雲(전운) : 향로 덮개에 장식된 구름 문양.

蟠蟠(반반) : 둘러싼 모양.

牙比魚(아비어) : 이빨이 늘어선 물고기. 향로 덮개에 물고기 이빨 문양이
장식된 것을 말한다. '이빨처럼 줄 지은 물고기'로 풀이하는 설도 있다.

2) 翅尾(시미) : 날개 꼬리.

蛟龍鬚(교룡수) : 교룡의 수염.

3) 漳宮(장궁) : 위(魏)나라 궁궐. 장수(漳水) 부근에 있어서 이렇게 부른다.
여기서는 당나라 궁궐을 암시한다.

舊樣(구양) : 옛 모습.

博山鑪(박산로) : 향로의 일종. 두(豆) 모양을 한 접시 형태 위에 원추
산악형을 한 뚜껑이 있고 밑에 승반(承盤)이 있다. 덮개의 산악에는 금수
가 배치되었는데 바닷속의 선산(仙山)을 본뜬 것이라 한다.

4) 楚嬌(초교) : 초 땅의 미녀. 여기서는 능묘를 관리하는 궁녀를 가리킨다.

捧(봉) : 받들다.

開芙蕖(개부거) : 연꽃이 피다. 궁녀가 웃는 모습이 연꽃처럼 아름답다는
말이다.

5) 八蠶(팔잠) : 일 년에 여덟 번 숙성하는 누에.

繭緜(견면) : 풀솜. 누에가 고치를 지을 때 몸체를 올려놓을 발판과 집을
지을 기초공사로서 토사(吐絲)한 것을 말한다. 여기서는 향을 싸는 재료
로 쓰였다.

小分炷(소분주) : 작게 심지를 나누다.

6) 獸燄(수염) : 짐승 모양의 숯. 짐승 모양의 향로에서 향을 피울 때 생기는
불꽃으로 보는 설도 있다.

　　微紅(미홍) : 살짝 붉어지다.

　　隔雲母(격운모) : 운모로 나뉘다. 향로는 아랫부분에서 숯을 피우고 윗부
분은 운모 조각 위에 향을 올려놓는 구조로 되어 있다.

7) 白天(백천) : 서쪽 하늘.

　　月澤(월택) : 달빛.

　　寒未冰(한미빙) : 차가워도 얼지는 않다.

8) 金虎(금호) : 서방칠수(西方七宿)의 통칭.

　　向東吐(향동토) : 동쪽을 향해 토하다. 동쪽으로 움직인다는 말이다.

9) 玉珮(옥패) : 옥으로 만든 노리개.

　　呵光(가광) : 빛을 내뿜다.

　　銅照(동조) : 구리거울.

　　昏(혼) : 어둡다. 오래되어 까맣다는 말이다.

10) 簾波(염파) : 발의 물결. 발이 바람에 흔들려 물결치는 것을 말한다. 향이
물결처럼 발에 스친다고 보는 설도 있다.

　　衝(충) : 부딪치다.

　　斜門(사문) : 쪽문. 궁궐의 정문 옆 작은 문을 말한다.

11) 茂陵(무릉) : 한무제의 능묘.

12) 栢梁(백량) : 백량대(栢梁臺). 한무제 때 만든 것이다.

　　栽桃魂(재도혼) : 선계(仙界)의 복숭아를 심으려 했던 이의 혼백. 한무제
의 혼백을 가리킨다.

　　《한무제내전(漢武帝內傳)》무제가 복숭아를 먹다가 문득 씨를 거두자 서왕모
가 무제에게 그 이유를 물었더니 무제가 "복숭아를 심으려 한다."고 말했다.
　　(帝食, 輒收其核, 王母問帝, 帝曰, 欲種之.)

13) 露庭(노정) : 궁전 앞의 넓은 뜰.

　　月井(월정) : 건물과 건물 또는 건물과 담 사이의 공지.

　　紅氣(홍기) : 붉은 기운. 화기애애한 기운을 말한다. 향로가 타오르며 향
이 퍼지는 것을 가리킨다는 설도 있다.

14) 輕衫(경삼) : 가벼운 적삼.

　　薄袖(박수) : 얇은 소매.

　　當意(당의) : 마음이 맞다. 여기서는 총애를 받았다는 뜻이다.

15) 蜀殿(촉전) : 촉나라 궁전.

　　瓊人(경인) : 옥인(玉人). 촉 유비(劉備)의 부인인 감후(甘后)를 가리킨다. 감후는 살결이 옥처럼 희었다고 한다. 하남(河南)의 어떤 사람이 키가 세 자인 옥인을 바치자 유비가 저녁마다 감후를 안고 옥인을 가지고 놀았다는 이야기가 《습유기(拾遺記)》에 전해진다.

16) 金鑾(금란) : 금란전(金鑾殿). 당나라 궁전의 하나로 문인 학사들이 군주의 명을 기다리던 곳이다.

　　殘燈(잔등) : 꺼져가는 등. 능묘를 관리하는 궁녀를 비추는 등을 가리킨다.

17) 何當(하당) : 언제.

　　巧吹(교취) : 교묘하게 불다.

　　君懷(군회) : 군주의 품.

　　조식, 〈칠애 七哀〉 원컨대 서남풍이 되어 길이 그대의 품으로 들어가고저.(願爲西南風, 長逝入君懷.)

　　度(도) : 지나가다.

18) 襟(금) : 생각하다.

　　灰(회) : 향이 탄 재.

　　塡(전) : 가득하다.

해설

이 시는 임금의 능묘를 지키며 향을 사르는 궁녀의 애환을 담은 것이다. 백거이(白居易)에게 유사한 제재의 〈능원첩(陵園妾)〉이라는 시가 보인다. 이 시는 내용상 다섯 단락으로 나누어 살펴볼 수 있다. 제1단락(제1-4구)은 궁녀가 향을 사르는 향로의 모습을 묘사한 것이다. 향로는 위나라 궁궐에서 쓰던 박산로로서 구름, 물고기, 공작, 교룡 등의 문양이 덮개에 빼곡하다고 했다. 제2단락(제5-8구)은 향을 피우는 모습과 계절을 말한 것이다. 서쪽 하늘에 달빛이 빛나고 별이 총총한 가을에 향로에 숯을 피우고 여덟 번째 풀솜으로

싼 향을 몇 가닥으로 나누어 피운다고 했다. 제3단락(제9-12구)은 궁녀의 쓸쓸한 처경을 이야기한 것이다. 궁녀의 노리개는 아직 빛이 나지만 화장을 위해 거울을 볼 일은 없이 궁궐의 하루는 저무는데, 궁녀가 모시던 임금이 이미 세상을 떠났기 때문이라고 했다. 제4단락(제13-16구)은 군주의 총애가 다른 이를 향했던 지난날을 회상한 것이다. 궁궐에 화기애애한 기운이 넘칠 때 새로운 궁녀가 새로이 총애를 받아 군주를 모시면서 금란전에서 꺼져가는 등불을 마주하는 처지가 된 화자는 관심 밖이 되었다고 했다. 제5단락(제17-18구)은 향을 빌려 궁녀의 다짐을 이야기한 것이다. 향이 바람을 타고 무덤 속으로 들어가듯, 또 향이 다 타고 재가 되면 흙과 섞이듯 삶을 마치고 나면 군주의 곁에 있고 싶다고 했다. 청나라 서덕홍(徐德泓)은 이 시를 평해 "향을 노래하며 총애를 잃은 데 대한 생각을 기탁했으니 바로 궁중의 노래(詠香而寓失寵之思, 乃宮中曲也.)"라고 했다.

533

晉昌晩歸馬上贈

진창에서 저녁에 돌아오며 말 위에서 지어 드리다

西北朝天路,¹ 서북쪽으로 천자를 알현하는 길에서

登臨思上才.² 높은 곳에 올라 재주 있는 사람을 생각한다.

城閑煙草遍,³ 성이 한가로운 것은 연무에 뒤덮인 풀밭 펼쳐져 서고

村暗雨雲迴. 마을이 어두운 것은 비구름 돌아오기 때문.

人豈無端別,⁴ 사람이 어찌 까닭 없이 헤어지랴

猿應有意哀. 원숭이도 응당 생각이 있어 슬퍼하는 것.

征南予更遠, 남쪽으로 가면 나는 더욱 멀어져

吟斷望鄕臺.⁵ 망향대에서 하염없이 노래하리라.

주석

1) 朝天(조천) : 천자를 알현하다.
2) 上才(상재) : 상급의 재주. 또는 그런 재주를 가진 사람.
3) 煙草(연초) : 연무에 뒤덮인 풀.
4) 無端(무단) : 까닭이 없다.
5) 吟斷(음단) : 끝까지 읊조리다.

해설

이 시는 대중 5년(851) 재주(梓州)의 막부로 가기 전에 지은 것으로 보인다. 진창방(晉昌坊)은 영호도(令狐綯)의 거처가 있는 곳이므로, 그곳에서 돌아왔다고 했으니 이는 아마도 영호도를 만나고 돌아오는 길이었을 것이다. 제1-2구는 진창방의 어느 높은 곳에 올라 대궐 쪽을 바라보는 모습을 말한 것이다. 진창방에는 자은사(慈恩寺)와 같은 사찰이 있었고, 여기서 서북쪽 방향이면 대궐로 향하는 주작대로(朱雀大路)가 된다. '재주 있는 사람'이란 영호도와 같이 장안에서 요직을 차지하고 있는 인물을 가리키는 말일 것이다. 제3-4구는 진창방에서 내려다본 장안 성안의 모습이다. 안개와 풀밭이 펼쳐진 성은 한가로워 보이는데, 비구름이 돌아오며 마을이 어두워진다고 했다. 이를 두고 장안을 묘사한 내용으로 보기 어렵다는 지적도 있다. 그러나 만약 이것이 장안 서남쪽의 재주라 하더라도 장안을 '서북쪽'이라 한 제1구와 부합하지 않는다는 문제점이 여전히 존재한다. 제5-6구는 장안을 떠날 수밖에 없는 이유를 밝힌 것이다. 머나먼 재주 막부로 다시 가는 데는 피치 못할 사정이 있으며, 그곳의 원숭이도 그런 시인의 처지를 안타깝게 여길 것이라 했다. 영호도와 연관 짓는다면 영호도가 경직(京職)을 원하는 이상은의 청을 거절했을 가능성도 있다. 제7-8구는 남쪽 지방에 도착해서의 정경을 가정해 말한 것이다. 이제 길을 떠나 재주에 도착하면 그곳의 망향대에 올라 장안을 그리워할 것이라고 했다.

534

哭虔州楊侍郎

건주 양시랑을 곡하다

漢網疏仍漏,¹ 한나라의 그물은 성기고 또 새서

齊民困未蘇.² 여러 백성들의 괴로움이 아직 구제되지 않았다.

如何大丞相,³ 어찌하여 대승상이

翻作弛刑徒.⁴ 도리어 형구만 푼 죄수가 되었는가?

中憲方外易,⁵ 어사대부가 바야흐로 밖에서 어명을 바꾸자

尹京終就拘.⁶ 경조윤은 결국 구금되었다.

本矜能弭謗,⁷ 스스로 비방을 막을 수 있음을 자랑하며

先議取非辜.⁸ 먼저 무고한 사람을 잡자고 논의했다.

巧有凝脂密,⁹ 간계의 교묘함엔 엉겨 붙은 지방 같은 조밀함이
있었지만

功無一柱扶.¹⁰ 구원의 공로엔 의지할 하나의 기둥도 없었다.

深知獄吏貴,¹¹ 옥리의 존귀함을 깊이 깨닫고

幾迫季冬誅.¹² 거의 늦겨울의 주살에 다가갔다.

叫帝靑關闊,¹³ 상제를 불러 봐도 푸른 관문은 넓기만 하고

辭家白日晡.¹⁴ 집을 떠나니 하얀 해가 뉘엿뉘엿하다.

流亡誠不弔,¹⁵ 객사한 자에겐 진실로 조상하지 않는다 하나

1565

神理若爲誣.[16]　　　신도상 어찌 억울한 일이 아니겠는가?

在昔恩知忝,[17]　　　예전에 은혜롭게 알아주심이 욕되었고

諸生禮秩殊.[18]　　　다른 이들과는 대우가 달랐다.

入韓非劍客,[19]　　　한나라에 들어갔어도 검객은 아니었고

過趙受鉗奴.[20]　　　조나라를 찾아가 칼 쓴 노예가 되지 못했다.

楚水招魂遠,[21]　　　초나라 물에서 혼을 부르니 멀고

邙山卜宅孤.[22]　　　북망산에서 묘 터를 고르니 외롭다.

甘心親垤蟻,[23]　　　개밋둑의 개미와 가까워지는 것 달갑게 여기니

旋踵戮城狐.[24]　　　얼마 후 성안의 여우를 도륙했다.

陰騭今如此,[25]　　　음덕이 지금 이와 같으니

天災未可無.[26]　　　하늘의 재앙이 더 없을 수 있겠는가.

莫憑牲玉請,[27]　　　희생과 옥으로 요청함에 의지해

便望救焦枯.[28]　　　곧 타들어가는 가뭄을 구하길 바라지 말지어다.

주석

1) 漢網(한망) : 한나라의 그물. 여기서는 당나라의 법망을 말한다.
2) 齊民(제민) : 평민.
　　蘇(소) : 구제하다.
3) 大丞相(대승상) : 가장 지위가 높은 승상. 여기서는 이종민(李宗閔)을 가리킨다.
4) 弛刑徒(이형도) : 형구를 푼 죄수.
5) 中憲(중헌) : 어사대부(御史大夫)의 별칭. 여기서는 이고언(李固言)을 가리킨다.
　　外易(외역) : 밖에서 어명을 바꾸다. 여기서는 어사대부 이고언이 군주의 명을 사칭해 양우경(楊虞卿)에게 죄를 뒤집어씌운 것을 가리킨다.

6) 尹京(윤경) : 경조윤(京兆尹). 여기서는 양우경을 가리킨다.

就拘(취구) : 구금되다.

7) 本矜(본긍) : 스스로 과시하다.

弭謗(미방) : 비방을 막다. 《국어(國語) · 주어상(周語上)》에 의하면, 백성
들이 주 여왕(厲王)의 포악함을 비방하자 감시자를 배치해 비방하는 자를
모조리 잡아들이고 나서 비방을 막을 수 있었다며 기뻐했다고 한다.

8) 先議(선의) : 사전에 논의하다.

非辜(비고) : 무고한 사람. 여기서는 양우경을 가리킨다.

9) 凝脂(응지) : 간극이 없이 엉겨 붙은 지방. 일의 주도면밀함을 비유한다.
《염철론(鹽鐵論) · 형덕(刑德)》(진나라의) 법망은 엉겨 붙은 지방보다 조밀하
다.(網密於凝脂.)

10) 一柱扶(일주부) : 하나의 기둥으로 지탱하다.
《문중자(文中子)》무너지는 건물을 하나의 기둥으로 지탱할 수는 없다.(大厦
之顚, 非一木所支也.)

11) 獄吏(옥리) : 감옥을 감독하는 관리.

12) 迫季冬(박계동) : 늦겨울에 다가가다. 사마천의 〈보임안서(報任安書)〉에
보이는 말로, 형의 집행이 다가온다는 뜻이다.

13) 靑關(청관) : 천상세계의 관문.

14) 辭家(사가) : 집을 떠나다.

晡(포) : 신시(申時). 오후 3~5시로 저녁 무렵을 말한다.

15) 流亡(유망) : 객지를 떠돌다. 여기서는 객사한 자를 가리킨다.

16) 神理(신리) : 신도(神道). 신령한 이치.

若爲(약위) : 어찌 ~할 수 있겠는가.

17) 恩知(은지) : 은혜롭게도 재주를 알아주다.

忝(첨) : 부끄럽다. 민망하다.

18) 諸生(제생) : 여러 유생 또는 학생.

禮秩(예질) : 예우의 등급.

19) 非劍客(비검객) : 검객이 아니다. 《사기 · 자객열전(刺客列傳)》에 의하면,
한(韓)나라 애후(哀侯)를 섬기던 엄중자(嚴仲子)를 위해 자객 섭정(聶政)

이 단신으로 재상부에 들어가 한나라 재상 협루(俠累)를 암살했다고 한다. 여기서는 시인이 자신은 검객이 아니어서 한나라에 들어가 복수를 할 수 없다는 말이다.

20) 受鉗奴(수겸노) : 칼 쓴 노예. 《사기·전숙전(田叔傳)》에 의하면, 한나라 때 조왕(趙王) 장오(張敖)가 체포되자 전숙을 비롯한 휘하의 식객들이 스스로 칼을 쓰고 장오의 뒤를 따랐다고 한다.

21) 楚水(초수) : 초 지방의 하천. 양우경이 폄적된 건주(虔州)는 지금의 강서성 공주시(贛州市) 일대로 초 지방에 해당한다.

22) 邙山(망산) : 북망산(北邙山). 낙양 북쪽 십 리 되는 곳에 있으며, 한위 이래로 고관들이 이곳에 묻혔다.
    卜宅(복택) : 집터를 잡다. 여기서는 묘 자리를 고르는 것을 말한다.

23) 甘心(감심) : 달게 여기다.
    垤蟻(질의) : 개밋둑의 개미.

24) 旋踵(선종) : 얼마 후. 금세.
    戮(육) : 살육하다. 죽이다.
    城狐(성호) : 성안에 사는 여우. 임금 곁에 있는 소인배를 비유한다.

25) 陰騭(음즐) : 조용히 안정시키다. 《서경·홍범(洪範)》에서 유래한 말로, 음덕(陰德)을 가리킨다.

26) 未可無(미가무) : 없을 수 없다.

27) 莫憑(막빙) : ~에 의지하지 말라.
    牲玉(생옥) : 희생과 옥. 제수용품을 말한다.

28) 焦枯(초고) : 타들어가다. 말라붙다. 개성 2년(837)에 큰 가뭄이 든 것을 가리킨다.

해설

이 시는 위의 〈수주의 소시랑을 곡하다(哭遂州蕭侍郎二十四韻)〉와 자매편으로, 소한과 마찬가지로 이종민의 당인으로 몰려 경조윤(京兆尹)에서 건주사마(虔州司馬)로 폄적되었다가 다시 건주사호(虔州司戶)로 강등되어 임지에서 죽은 양우경(楊虞卿)을 애도한 것이다. 감로사변 때 평소 양우경을 싫어

하던 어사대부 이고언(李固言)이 이훈과 정주의 자백을 빌미로 양우경의 죄
상을 보고하여 하옥시켰다. 양우경의 동생과 아들 등이 스스로 칼을 쓰고
양우경의 결백을 하소연했으나 무위로 돌아가고 결국 외지로 좌천되었다.
이상은은 영호초의 추천으로 평소 양우경과 교분이 있었던 것으로 보인다.

　제1단락(제1-16구)은 양우경이 무고하게 희생된 과정을 요약했다. 감로사
변 때 어사대부 이고언의 계략에 걸려 희생양이 되고 만 경조윤 양우경은
건주로 좌천되어 결국 임지에서 숨을 거두었다. 외지에서 객사한 자는 혼백
이 흩어져 고향으로 돌아가지 못하는 까닭에 조상하지 않는 것이 예라고 하
나, 그는 누명으로 그리 된 것이기에 조상하지 않을 수 없다고 했다. 제2단락
(제17-28구)은 그가 알아준 은혜에 보답하지 못하는 안타까움을 피력한 것이
다. 그의 억울한 죽음 앞에서 수수방관할 수밖에 없었던 자신을 자책하며,
양우경의 죄를 거짓 자백한 이훈과 정주가 도륙된 것으로는 원한이 풀리지
않을 것이라고 분개했다.

　소한과 양우경을 조상한 두 시 모두 당쟁에 휘말려 억울하게 죽은 문사(文
士)에 대한 깊은 애도와 이런 결과를 초래한 관련자들에 대한 강한 적개심이
잘 드러나 있다. 당파와 관련한 소한과 양우경의 정치적 입장을 굳이 이들의
죽음을 애달파하는 이상은 시의 내용과 결부시킬 필요는 없을 것이다. 이
시에 드러난 이상은의 심정이란 그런 당파성보다는 "문인은 자기를 알아주는
사람을 위해 죽는다(士爲知己者死)"는 말로 대변될 것이기 때문이다.

535

寄太原盧司空三十韻
태원윤 노균 사공께 부치다

隋艦臨淮甸,[1]	수나라 유람선이 회수 유역에 머물 때
唐旗出井陘.[2]	당나라 깃발이 정형산에서 나왔습니다.
斷鼇搘四柱,[3]	자라의 다리를 잘라 네 기둥을 괴고
卓馬濟三靈.[4]	말을 세워 세상을 구제했습니다.
祖業隆盤古,[5]	선조의 공업은 반고보다 대단하고
孫謀復大庭.[6]	자손을 위한 방책은 대정씨를 되돌렸습니다.
從來師傑俊,[7]	예로부터 준걸을 본받는 사람이
可以煥丹青.[8]	역사서에 빛날 수 있었습니다.
舊族開東岳,[9]	유서 깊은 가문이 태산에서 개창하여
雄圖奮北溟.[10]	웅대한 포부를 북해에 떨쳤습니다.
邪同獬豸觸,[11]	사악함은 해치처럼 들이받고
樂伴鳳凰聽.[12]	음악은 봉황을 짝하여 들었습니다.
酣戰仍揮日,[13]	격렬한 싸움에서 다시 해를 향해 창을 휘두르고
降妖亦鬪霆.[14]	요괴를 굴복시키느라 또한 벼락과도 싸웠습니다.
將軍功不伐,[15]	장군께서 공적을 뽐내지 않으시니

叔舅德唯馨.¹⁶　숙구의 덕이 오직 향기롭습니다.

雞塞誰生事,¹⁷　계록새에서는 누가 사단을 만들었습니까?

狼烟不暫停.¹⁸　이리 연기가 잠시도 쉬지 않았습니다.

擬塡滄海鳥,¹⁹　푸른 바다를 메우려는 새이고

敢競太陽螢.²⁰　태양과 감히 다투려는 반딧불이라 하겠습니다.

內草纔傳詔,²¹　내제로 막 조서를 전달했는데

前茅已勒銘.²²　선봉 부대는 벌써 명문을 새겼습니다.

那勞出師表,²³　어찌 수고롭게 출사표를 올리겠습니까?

盡入大荒經.²⁴　변방 깊숙한 곳까지 모두 들어갔습니다.

德水縈長帶,²⁵　황하가 긴 띠처럼 두르고

陰山繚畫屏.²⁶　음산이 그림 병풍처럼 늘어섰습니다.

祇憂非綮肯,²⁷　다만 요충지가 아닌 것을 걱정할 뿐

未覺有羶腥.²⁸　오랑캐 냄새를 맡게 되지는 않았습니다.

保佐資沖漠,²⁹　보좌는 담박함을 바탕으로 하고

扶持在杳冥.³⁰　지탱은 깊은 곳에 있었습니다.

乃心防暗室,³¹　당신의 마음은 비밀스런 모략을 방비하여

華髮稱明廷.³²　노년에도 밝은 조정에 어울렸습니다.

按甲神初靜,³³　군대를 주둔시켜 정신이 갓 평온해졌다가

揮戈思欲醒.³⁴　창을 휘두르니 생각이 다시 깨어납니다.

羲之當妙選,³⁵　왕희지는 응당 선발된 인재이고

孝若近歸寧.³⁶　하후담은 최근에 부모님을 찾아뵈었습니다.

月色來侵幌,³⁷　달빛이 내려와 휘장에 스며들어

詩成有轉櫺.³⁸　시가 완성되기까지 격자를 옮겨갈 뿐입니다.

羅含黃菊宅,³⁹   노란 국화 핀 나함의 저택

柳惲白蘋汀.⁴⁰   흰 개구리밥 자라는 유운의 물가.

神物龜酬孔,⁴¹   신령한 동물인 거북이는 공유에게 보답하고

仙才鶴姓丁.⁴²   신선의 자질을 갖춘 학은 성이 정입니다.

西山童子藥,⁴³   서산 동자의 환약

南極老人星.⁴⁴   남극노인의 별.

自頃徒窺管,⁴⁵   예로부터 그저 대롱으로 보았는데

于今愧挈瓶.⁴⁶   지금도 물 긷는 단지인 것이 부끄럽습니다.

何由叨末席,⁴⁷   어떤 연유로 외람되이 말석을 차지해

還得叩玄扃.⁴⁸   다시 현문을 두드릴 수 있게 되었을까요?

莊叟虛悲雁,⁴⁹   장자가 헛되이 기러기를 슬퍼했으니

終童漫識鼮.⁵⁰   종군이 얼룩쥐를 안 것도 부질없습니다.

幕中雖策畫,⁵¹   막부에서 비록 방책을 세운다지만

劍外且伶俜.⁵²   검문각 밖에서 외롭기만 합니다.

俁俁行忘止,⁵³   고독감에 걷다 보면 멈출 줄 모르고

鰥鰥臥不瞑.⁵⁴   말똥말똥 누워도 눈이 감기지 않습니다.

身應瘠於魯,⁵⁵   몸은 응당 노나라보다 빈약하고

淚欲溢爲滎.⁵⁶   눈물이 흘러넘쳐 형수가 되려 합니다.

禹貢思金鼎,⁵⁷   우임금에게 바친 공물로 황금 세발솥이 생각나고

堯圖憶土鉶.⁵⁸   요임금의 판도일 때 흙 국그릇이 떠오릅니다.

公乎來入相,⁵⁹   공이시여, 오시어 재상을 맡으시라

王欲駕雲亭.⁶⁰   군왕께서 운정으로 납시고자 하니.

주석

1) 隋艦(수함) : 수나라의 배. 여기서는 수나라 양제(煬帝)가 행락용으로 만든 배를 가리킨다.

淮甸(회전) : 회수(淮水) 유역.

2) 唐旗(당기) : 당나라의 깃발. 여기서는 당 고조 이연(李淵)이 당국공(唐國公)으로 있을 때 쓰던 깃발을 가리킨다.

井陘(정형) : 산 이름. 지금의 하북성 정형현(井陘縣) 북쪽에 있다. 여기서는 이연이 거병했던 태원을 대칭(代稱)한다.

3) 斷鼇(단오) : 자라의 다리를 자르다.

《열자 · 탕문(湯問)》그러나 천지 또한 사물이고, 사물에는 부족함이 있다. 그래서 옛날에 여왜씨는 오색의 돌을 달구어 그것으로 새는 곳을 메웠고, 큰 자라의 다리를 잘라서 동서남북 끝에 세웠다.(然則天地亦物也, 物有不足, 故昔者女媧氏鍊五色石, 以補其闕, 斷鼇之足, 以立四極.)

搘(지) : 괴다. 지탱하다.

4) 卓馬(탁마) : 말을 세우다. 말을 멈추다.

濟(제) : 구제하다.

三靈(삼령) : 하늘, 땅, 사람.

5) 祖業(조업) : 선조의 공업.

隆(융) : 대단하다.

盤古(반고) : 중국 창세신화에 나오는 거인 신.

6) 孫謀(손모) : 자손을 위한 방책.

復(복) : 반복하다. 되돌리다.

大庭(대정) : 대정씨(大庭氏). 전설적인 상고의 제왕.

7) 師(사) : 스승으로 삼다.

傑俊(걸준) : 준걸. 재주가 뛰어난 사람.

8) 煥(환) : 밝다. 빛나다.

丹靑(단청) : 역사서. 단책(丹冊)에 공훈을 기록하고 청사(靑史)에 사실을 기록했다는 데서 나온 말이다.

9) 舊族(구족) : 유서 깊은 명문대족(名門大族). 여기서는 제태공(齊太公)의

이의산시집

후예인 노씨(盧氏)를 가리킨다.

開(개) : 개창하다.

東岳(동악) : 태산(泰山).

10) 雄圖(웅도) : 원대한 포부.

奮(분) : 떨치다.

北溟(북명) : 북해(北海). 북쪽 가장 먼 곳의 바다.

11) 獬豸(해치) : 해치(獬鷹). 외뿔 달린 푸른색의 산양으로 본능적으로 시비를 가려 사악한 것을 뿔로 들이받았다고 한다. 이후 어사 등의 법집행관을 가리키는 데 쓰였다.

觸(촉) : 들이받다.

12) 鳳凰(봉황) : 조화로운 음악을 가리킨다.

《한서 · 율력지(律曆志)》 황제가 열두 개의 대통을 만들어 봉황이 우는 소리를 들었다. 수컷이 우는 것이 여섯이고 암컷이 우는 것이 여섯이었다.(黃帝制十二 筩以聽鳳之鳴. 其雄鳴爲六, 雌鳴亦六.)

13) 酣戰(감전) : 격렬하게 싸우다.

揮日(휘일) : 휘과회일(揮戈回日)의 준말. 위험한 국면을 돌이킨다는 뜻이다.

《회남자 · 남명훈(覽冥訓)》 노양공이 한나라와 일전을 벌였는데 싸움이 격렬해지는 동안 날이 저물자 창을 휘둘러 끌어당기니 해가 그로 인해 90리나 되돌아갔다.(魯陽公與韓搆難, 戰酣, 日暮, 援戈而撝之, 日爲之反三舍.)

14) 降妖(항요) : 요괴를 굴복시키다.

鬪霆(투정) : 벼락과 싸우다. 용감무쌍하다는 말이다.

《북사(北史) · 설고연전(薛孤延傳)》 (북제) 신무제가 일찍이 북쪽 목장에서 말을 살피다 길에서 폭우를 만났는데 큰 벼락이 땅에 떨어져 불이 탑을 태우자 신무제가 설고연에게 살펴보라 명했다. 설고연이 삼지창을 끼고 곧장 앞으로 나아가 크게 소리를 지르며 탑 둘레를 돌자 불이 마침내 꺼졌다. 설고연이 돌아오자 수염과 말의 갈기와 말총이 모두 불에 그을렸다. 신무제가 그의 용기와 결단력에 탄복하여 말했다. '설고연은 능히 벼락과도 싸우는도다.'(神武 嘗閱馬於北牧, 道逢暴雨, 大雷震地, 火燒浮圖, 神武令延視之. 延按矟直前, 大呼繞

1574

浮圖走, 火遂滅. 延還, 鬚及馬鬃尾皆焦. 神武歎其勇決, 曰延乃能與霹靂鬪.)

15) 伐(벌) : 스스로 뽐내다.

16) 叔舅(숙구) : 주나라 천자가 이성(異姓)의 제후를 부르던 말.

　　馨(형) : 향기가 나다.

　　《서경・군진(君陳)》 기장 등의 곡식이 향기로운 것이 아니라 밝은 덕이 오직
　　향기로운 것이다.(黍稷非馨, 明德惟馨.)

17) 雞塞(계새) : 계록새(雞鹿塞). 지금의 내몽고 등구현(磴口縣) 경내에 있
　　다. 음산(陰山)을 관통하는 요충지이다.

　　生事(생사) : 사단을 만들다.

18) 狼烟(낭연) : 이리의 배설물을 태우는 연기. 변방에서 경보 신호로 쓰던
　　것으로, 흔히 전쟁을 비유한다.

19) 擬(의) : ~하고자 하다.

　　塡滄海(전창해) : 푸른 바다를 메우다.

　　《산해경・북산경(北山經)》 발구라는 산이 있는데, 그 산 위에는 산뽕나무가
　　많다. 여기에 새가 있는데 그 모습은 까마귀와 같고, 무늬가 있는 머리, 흰
　　부리, 붉은 다리를 가지고 있다. 이름은 정위라 하며 그 울음소리는 자기 이름
　　을 부르는 듯하다. 이 새는 염제의 어린 딸로 이름이 여왜였다. 여왜는 동쪽
　　바다에서 노닐다가 물에 빠져 돌아오지 못했으며, 그런 까닭에 정위가 되었다.
　　항상 서산의 나뭇가지와 돌을 물어다 그것으로 동쪽 바다를 메우곤 했다.(發
　　鳩之山, 其上多柘木, 有鳥焉, 其狀如鳥, 文首, 白喙, 赤足, 名曰精衛, 其鳴自詨. 是
　　炎帝之少女, 名曰女娃. 女娃游於東海, 溺而不返, 故爲精衛. 常銜西山之木石, 以堙
　　於東海.)

20) 螢(형) : 반딧불이.

21) 內草(내초) : 내제(內制). 한림학사가 관장하는, 군주의 조서를 가리킨다.

　　纔(재) : 방금.

　　傳詔(전조) : 조서를 전달하다.

22) 前茅(전모) : 선봉 부대.

　　勒銘(늑명) : 비석의 명문(銘文)을 새기다. 전투에서 승리를 거두어 비석
　　에 공적을 새긴다는 말이다.

23) 那勞(나로) : 어찌 수고롭게 ~하겠는가. ~할 필요가 없다는 말이다.

　　出師表(출사표) : 장수가 군대를 출동시킬 때 군주에게 올리는 글.

24) 大荒經(대황경) : 《산해경》의 편목으로 〈대황경〉 네 편이 있다. 여기서는
　　변방 지역을 가리킨다.

25) 德水(덕수) : 황하의 별칭. 진문공(秦文公)이 이렇게 불렀다.

　　縈(영) : 두르다. 황하가 장안을 둘렀다는 말이다.

26) 陰山(음산) : 산맥의 이름. 지금의 내몽고 자치구의 북쪽에 있다. 당나라
　　때에는 안북도호부(安北都護府) 관할 지역이었다.

　　繚(요) : 늘어서다.

　　畵屛(화병) : 그림이 그려진 병풍.

27) 秪(지) : 다만.

　　綮肯(계긍) : 근육과 뼈가 이어지는 부분. 흔히 요충지를 비유한다.

28) 羶腥(전성) : 누린내와 비린내. 흔히 오랑캐를 비유한다.

29) 保佐(보좌) : 보좌하다.

　　資(자) : ~를 바탕으로 하다. 의지하다.

　　冲漠(충막) : 담박함.

30) 扶持(부지) : 버티다. 지탱하다.

　　杳冥(묘명) : 아득하다. 여기서는 깊은 속마음을 가리킨다.

31) 乃(내) : 당신.

　　暗室(암실) : 어두운 내실. 남이 볼 수 없는 곳을 가리킨다.

32) 華髮(화발) : 백발. 노년을 가리킨다.

　　稱(칭) : 어울리다.

　　明廷(명정) : 밝은 조정.

33) 按甲(안갑) : 군대를 주둔시키다.

34) 揮戈(휘과) : 창을 휘두르다.

　　醒(성) : 깨어나다.

35) 羲之(희지) : 동진(東晉)의 문인 겸 서예가.

　　妙選(묘선) : 선발된 인재.

　　　《진서 · 왕희지전》 태위 치감이 문생을 시켜 왕도에게 사윗감을 구하자 왕도는

동쪽 행랑채로 가서 자제들을 두루 보게 했다. 문생이 돌아가서 치감에게 말
했다. '왕씨네 여러 소년들이 모두 훌륭한데 소식을 전해 듣고 다들 뽐을 내고
있었습니다. 한 사람만이 동쪽 평상에서 배를 드러내놓고 음식을 먹으며 홀로
못 들은 척 했습니다. 치감이 말했다. '바로 이 사람이 훌륭한 사윗감이다.'
그곳에 찾아가보니 바로 왕희지인지라 마침내 딸을 그에게 아내로 주었다.(太
尉郗鑒使門人求女婿於導, 導令就東廂遍觀子弟. 門生歸, 謂鑒曰, 王氏諸少竝佳, 然
聞信至, 咸自矜持. 惟一人在東床坦腹食, 獨若不聞. 鑒曰, 正此佳婿邪. 訪之, 乃義
之也, 遂以女妻之.)

* 〔원주〕: 아우 희수가 일찍이 은혜를 입어 사위가 되었다.(小弟義曳早
  蒙眷以嘉姻.)

36) 孝若(효약) : 서진(西晉) 하후담(夏侯湛)의 자(字).

    歸寧(귀녕) : 부모를 찾아뵙는 일.

37) 幌(황) : 휘장.

38) 轉櫺(전영) : 격자창을 옮겨가다. '영(櫺)'은 창문이나 난간에 꽃무늬를
    새긴 격자를 가리킨다. 달빛이 이를 옮겨간다는 것은 아주 짧은 시간이
    지난 것을 말한다.

39) 羅含(나함) : 동진의 문인.

    《진서·나함전(羅含傳)》 당초 나함이 관사에 있을 때 흰 참새 한 마리가 집에
    살았는데, 관직을 그만두고 집으로 돌아오니 뜰에 홀연 난초와 국화가 무더기
    로 자라 덕행의 감응이라고 여겼다.(初, 含在官舍, 有一白雀棲集堂宇, 及致仕還
    家, 階庭忽蘭菊叢生, 以爲德行之感焉.)

40) 柳惲(유운) : 유운(465-517)은 남조 양나라의 시인이다. 양무제 소연(蕭
    衍)은 연회 때마다 유운을 불러 시를 짓게 했다고 한다.

    白蘋汀(백빈정) : 흰 개구리밥이 자라는 물가.

    유운, 〈강남곡(江南曲)〉 물가와 모래톱에서 흰 개구리밥을 따니, 햇볕 따뜻한
    강남의 봄.(汀洲採白蘋, 日暖江南春.)

41) 神物(신물) : 신령한 동물

    酬孔(수공) : 공유(孔愉)에게 보답하다.

    《진서·공유전》 (공유는) 화질을 토벌한 공로로 여부정후에 봉해졌다. 공유가

일찍이 여부정을 지나다가 길가에서 삼태기에 잡힌 거북이를 보고 그것을 사서 시내에 풀어놓으니 거북이가 시내에서 왼쪽을 네 번 돌아보았다. 이때 제후의 인장을 주조했는데, 인장의 거북이가 왼쪽으로 틀어져 세 번을 주조해도 마찬가지였다. 인장공이 사실을 고하니 공유가 바로 이유를 깨닫고 결국 그것을 찼다.(以討華軼功, 封餘不亭侯. 愉嘗行經餘不亭, 見籠龜於路者, 愉買而放之溪中, 龜中流左顧者數四. 及是, 鑄侯印, 而印龜左顧, 三鑄如初. 印工以告, 愉乃悟, 遂佩焉.)

42) 仙才(선재) : 신선이 될 만한 자질.
鶴姓丁(학성정) : 학의 성씨는 정이다. 진(晉)나라 사람 정령위(丁令威)가 도술을 배워 흰 학으로 변했다는 데서 이렇게 말한 것이다.

43) 西山童子藥(서산동자약) : 서산의 선동(仙童)이 먹었다는 환약.
임방(任昉),《술이기(述異記)》상주의 서하곡은 옛날에 교와 순 두 사람이 여기서 신선이 되었던 곳으로, 비룡환 한 알을 먹으면 십 년 동안 배가 고프지 않았다. 그래서 위문제의 시에 '서산에 선동이 있어 마시지도 먹지도 않았다' 했으니, 바로 이를 말한 것이다.(相州栖霞谷, 昔有橋順二子於此得仙, 服飛龍一丸, 十年不飢. 故魏文帝詩曰, 西山有仙童, 不飲亦不食, 卽此也.)

44) 南極老人星(남극노인성) : 남극성(南極星). 장수와 복록을 상징하는 삼성(三星)의 하나이다.

45) 自頃(자경) : 예로부터.
窺管(규관) : 대롱으로 보다. 견식이 얕음을 비유한다.

46) 愧(괴) : 부끄럽다.
挈瓶(설병) : 물을 긷는 작은 단지. 견식이 얕음을 비유한다.

47) 叨(도) : 외람되이.

48) 叩(고) : 두드리다.
玄扃(현경) : 현문(玄門). 오묘한 이치의 세계.

49) 莊叟(장수) : 장자(莊子). 전국시대의 철학자이다.
悲雁(비안) : 기러기를 슬퍼하다.
《장자·산목(山木)》산에서 나와 친구의 집에 묵었다. 친구가 기뻐하며 시동에게 기러기를 죽여 삶으라 했다. 시동이 묻기를 '한 놈은 울 수가 있고, 다른

한 놈은 못 우는데 어느 놈을 잡을까요?'라 하니, 주인이 '못 우는 놈을 잡아
라'라고 했다.(出於山, 舍於故人之家. 故人喜, 命豎子殺雁而烹之. 豎子請曰, 其一
能鳴, 其一不能鳴, 請奚殺. 主人曰, 殺不能鳴者.)

50) 終童(종동) : 한나라 때 인물인 종군(終軍).《한서 · 종군전》에 의하면, 그
는 18세에 박사제자(博士弟子)에 선발되어 무제(武帝)의 신임을 받았다.
약관의 나이에 남월(南越)에 사신으로 갔다가 죽어 당시 사람들이 '종동'
이라고 불렀다.

漫(만) : 부질없다.

識鼮(식정) : 얼룩쥐를 알다. 지우(摯虞)의《삼보결록주(三輔決錄注)》에
의하면, 후한 광무제 때 얼룩쥐를 잡았는데 십삼경의 하나인《이아(爾
雅)》에 나오는 '정(鼮)'인 줄 아무도 몰랐다고 한다.

51) 幕中(막중) : 막부에서. 여기서는 유중영(柳仲郢)의 동천절도사 막부를
가리킨다.

策畫(책획) : 방책을 마련하다.

52) 劍外(검외) : 지금의 사천성 검각현(劍閣縣)에 있는 검문관(劍門關)의 밖.
당나라 때에는 동천(東川)과 서천(西川)을 모두 '검외'라 불렀다.

伶俜(영빙) : 외로운 모습. 또는 떠도는 모습.

53) 俁俁(오오) : 거대한 모습. '俁俁'가 시의 흐름에 어울리지 않는 까닭에
'외로운 모습'을 뜻하는 '偊偊(우우)'의 잘못으로 보는 견해가 설득력이
높다.

54) 鰥鰥(환환) : 눈이 말똥말똥하여 잠이 안 오는 모양. 환(鰥)은 큰 민물고
기로 근심으로 잠을 자지 못한다 한다.

不瞑(불명) : 눈을 감지 못하다.

55) 瘠於魯(척어로) : 노나라보다 빈약하다.

《좌전 · 양공(襄公) 29년조》어째서 꼭 빈약한 노나라로 기나라를 살찌우려 하
는가?(何必瘠魯以肥杞.)

56) 溢爲滎(일위형) : 넘쳐서 형수(滎水)가 되다.

《서경 · 우공(禹貢)》연수를 이끌고 동쪽으로 흘러 제수가 된다. 황하로 들어가
넘쳐서 형수가 된다.(導沇水, 東流爲濟. 入于河, 溢爲滎.)

57) 禹貢(우공) :《서경》의 편명 가운데 하나. 우임금에게 바친 공물이라는
뜻이다.

金鼎(금정) : 황금 세발솥.

《좌전·선공(宣公) 3년조》 옛날 하나라에 한창 덕이 있을 때에는 먼 나라에서
기이한 기물을 그림으로 그려 올리고 구주의 우두머리가 구리를 바치게 하여,
큰 솥을 만들어 여러 가지 것들의 모양을 새겨 넣었다. (昔夏之方有德也, 遠方圖
物, 貢金九牧, 鑄鼎象物.)

58) 堯圖(요도) : 요임금의 판도(版圖). 요임금이 천하를 다스리던 때를 말한다.

土鉶(토형) : 흙으로 빚은 국그릇.

《사기·이사열전(李斯列傳)》 요임금이 천하를 다스릴 때 ……흙 상자에 밥을
먹고 흙 그릇에 국을 마셨다. (堯之有天下也, ……飯土甌, 啜土鉶.)

59) 入相(입상) : 입조하여 재상이 되다.

60) 駕(가) : 수레에 오르다.

雲亭(운정) : 운운산(雲雲山)과 정정산(亭亭山). 봉선(封禪)을 행하던 태
산의 봉우리들이다.

해설

　이 시는 대중 6년(852) 태원윤(太原尹) 겸 하동절도사(河東節度使)로 부임
한 노균(盧鈞: 778-864)에게 부친 것이다. 검교사공(檢校司空)에 임명되었기
에 '노사공'이라 칭했다. 그는 이상은의 동생인 이희수(李羲叟)의 장인이기도
했다. 이 시는 이상은이 재주의 동천절도사 막부에 머물면서 그에게 도움을
청한 간알시(干謁詩)라 하겠다.

　이 시는 내용상 다섯 개의 단락으로 나누어 살펴볼 수 있다. 제1단락(제
1-12구)은 당나라의 개국과 노씨 집안의 내력을 서술한 것이다. 당나라가 개
국의 발판으로 삼았던 곳이 바로 태원이고, 노씨 집안은 태산에서 개창하여
대대로 군주를 보필했다고 했다. 제2단락(제13-28구)은 노균의 혁혁한 전공
을 칭송한 것이다. 용감함으로 전공을 거두어도 과시함이 없었고, 여러 곳에
서 도발하는 무리들을 가볍게 제압했다고 했다. 또 토벌을 명하는 조서가
내려오면 먼 변방까지 원정을 나가 이민족의 침입을 방비했다고 치켜세웠다.

제3단락(제29-44구)은 노균의 평소 모습을 서술한 것이다. 담박한 마음으로 정사에 임하니 일흔이 넘은 고령에도 요직을 맡았다고 칭송했다. 시인의 아우인 희수(義叟)를 사위로 얻고 아들도 과거에 급제하는 기쁨을 누렸다고 했고, 일필휘지로 시를 짓는 능력과 도인다운 성품까지 아울러 찬탄했다. 제4단락(제45-56구)은 자신의 처지를 밝히며 도움을 기대한 것이다. 아우의 혼인으로 노균과 인연을 맺게 된 것에 감사하며, 자신처럼 박학다식하고 능력 있는 이가 궁벽한 곳의 막부에서 외롭게 지내고 있다고 동정을 호소했다. 제5단락(제57-60구)는 노균이 다시 재상으로 복귀하기를 축원한 것이다. 바야흐로 요순(堯舜)과 하우(夏禹)의 태평성대이니 재상을 맡아 군왕의 봉선을 보좌하시라고 했다.

이상은은 서천절도사(西川節度使) 두종(杜悰)에게 40운 오언배율 두 편을 올린 후에 다시 노균에게도 이 시를 보내면서 백방으로 도움을 요청했다. 그러나 노균은 이미 고령인데다 조정의 실권을 쥐고 있던 영호도(令狐綯)와의 관계도 원만하지 않아 이상은에게 실질적인 도움을 줄 수 없었다. 이 시는 두종에게 보낸 간알시에 못 미친다는 평가를 받았다. 청나라 기윤(紀昀)은 이 시를 평하여 "첫머리는 기상이 절로 뛰어나지만, 후반부에서 천박하고 힘이 빠져 균형이 맞지 않는다(起手氣象自偉, 但後半淺弱不稱.)"고 했다.

536

安平公詩
안평공 시

丈人博陵王名家,[1]	어른께서는 박릉군왕을 지낸 명가의 후예로
憐我總角稱才華.[2]	내가 어렸을 적부터 아끼며 재주를 칭찬하셨다.
華州留語曉至暮,[3]	화주에서 말씀 들려주실 땐 새벽부터 저녁에 이르러
高聲喝吏放兩衙.[4]	큰 소리로 아전에게 소리쳐 아침저녁의 사무도 물리치셨다.
明朝騎馬出城外,	이튿날 아침이면 말 타고 성 밖으로 나가
送我習業南山阿.[5]	나를 종남산 언덕으로 과거 공부하라 보내셨다.
仲子延岳年十六,[6]	둘째 아들 연악의 나이 열여섯
面如白玉欹烏紗.[7]	얼굴은 백옥 같고 오사모를 비스듬히 썼다.
其弟炳章猶兩丱,[8]	그의 아우 병장은 아직 나이가 어렸으나
瑤林瓊樹含奇花.[9]	옥으로 만든 숲과 나무에 기이한 꽃 핀 듯했다.
陳留阮家諸姓秀,[10]	진류의 완씨 가문은 여러 자손들 빼어나
邐迤出拜何駢羅.[11]	줄줄이 나와 절하면 한참을 늘어섰더랬지.
府中從事杜與李,[12]	막부의 종사관인 두승과 이반을 보노라면
麟角虎翅相過摩.[13]	기린의 뿔과 호랑이 날개가 서로 절차탁마했다.

清詞孤韻有歌響,¹⁴ 　맑은 가사와 뛰어난 운치의 노랫소리 들려와
擊觸鐘磬鳴環珂.¹⁵ 　종과 경을 치듯 옥 같은 소리 울렸다.

三月石堤凍銷釋,¹⁶ 　3월에는 돌 제방에 얼음이 녹고
東風開花滿陽坡.¹⁷ 　봄바람에 꽃 피어 양지바른 비탈에 가득했다.
時禽得伴戲新木, 　때때로 새들이 짝을 찾아 새로운 나무에서 놀면
其聲尖咽如鳴梭.¹⁸ 　그 소리 날카로워 베틀의 북 같았다.
公時載酒領從事, 　공은 당시 술을 싣고 종사관을 거느린 채
踴躍鞍馬來相過.¹⁹ 　흥얼흥얼 말을 타고 날 찾아 오셨다.
仰看樓殿撮清漢,²⁰ 　멀리 불사를 바라보면 맑은 은하수를 모은 양
坐視世界如恒沙.²¹ 　앉아서 항하사 같은 세상을 내려다본다.
面熱脚掉互登陟,²² 　얼굴 달아오르도록 발걸음을 놀려 서로 올라
　가면
青雲表柱白雲崖.²³ 　푸른 구름 너머 기둥 같은 산과 흰 구름 솟는
　절벽.
一百八句在貝葉,²⁴ 　백팔 구가 패엽에 있고
三十三天長雨花.²⁵ 　서른세 하늘에 내내 꽃비가 내렸다.
長者子來輒獻蓋,²⁶ 　장자의 아들이 와서 문득 덮개를 바치는 듯 했
　건만
辟支佛去空留鞾.²⁷ 　벽지불은 떠나고 부질없이 가죽신만 남았다.

公時受詔鎮東魯,²⁸ 　공은 당시 조서를 받고 동로에 진주하시며
遣我草奏隨車牙.²⁹ 　내게 상주문을 초 잡고 수레를 따르게 하셨다.
顧我下筆卽千字, 　내가 붓을 대자마자 천 자가 나오는 걸 보시고
疑我讀書傾五車.³⁰ 　내가 책을 다섯 수레는 읽었겠구나 하셨다.

嗚呼大賢苦不壽,[31]　아아, 큰 현자는 오래 살지 못한다더니

時世方士無靈砂.[32]　당시 세상의 방사에겐 신묘한 단약이 없었다.

五月至止六月病,[33]　5월에 도착해 6월에 병환이 드셨으며

遽頹泰山驚逝波.[34]　갑자기 태산이 무너져 떠나가는 물결에 놀랐다.

明年徒步弔京國,[35]　이듬해 걸어서 장안의 구택으로 조문하러 가서

宅破子毀哀如何.[36]　집은 부서지고 자식들은 몸이 상해 어찌나 슬펐던가.

西風衝戶捲素帳,[37]　가을바람이 집에 불어와 흰 휘장을 말아 올리고

隙光斜照舊燕窠.[38]　틈 사이로 햇볕이 옛 제비의 둥지를 비췄다.

古人常歎知己少,　옛 사람들은 늘 지기가 적다 탄식했건만

況我淪賤艱虞多.[39]　하물며 나는 미천하고 걱정 근심 많은 사람임에랴.

如公之德世一二,　공과 같은 은덕은 세상에 하나둘

豈得無淚如黃河.　어찌 황하와 같은 눈물이 없을 텐가.

瀝膽呪願天有眼,[40]　정성을 다해 축원하니 하늘에도 눈이 있어서

君子之澤方滂沱.[41]　군자의 은택이 바야흐로 흘러넘치기를.

주석

1) 丈人(장인) : 어르신. 노인에 대한 경칭.
　博陵王(박릉왕) : 박릉군왕(博陵郡王). 최융의 선조인 최현위(崔玄暐)가 초당 때 공을 세워 박릉군왕에 봉해졌다.
2) 憐(련) : 아끼다.
　總角(총각) : 어린이의 딴 머리.
　才華(재화) : 재주.

3) 華州(화주) : 지금의 섬서성 화현(華縣) 일대. 최융은 화주자사를 지냈다.

4) 喝(갈) : 외치다. 큰소리치다.

　放兩衙(방량아) : '양아(兩衙)'는 아침과 저녁의 사무. '방(放)'은 물리치다. 즉 자사(刺史)의 공무도 미뤄둔 채 가르침을 주었다는 말이다.

5) 習業(습업) : 학문을 연마하다. 여기서는 과거 공부를 가리킨다.

　南山(남산) : 종남산. 화주의 남쪽에 있었다.

　阿(아) : 언덕.

6) 仲子(중자) : 둘째 아들.

7) 欹(의) : 기울다. 비스듬하다.

　烏紗(오사) : 오사모. 관복과 함께 쓰는 검은 깁의 모자.

8) 兩丱(양관) : '총각(總角)'과 같은 말로, 머리를 양 갈래로 묶은 것이다. 어린 나이를 가리킨다.

9) 瑤林瓊樹(요림경수) : 신선세계에 있다는 옥 꽃나무. 흔히 이를 빌려 고귀한 인품을 나타낸다.

10) 陳留(진류) : 한나라 때의 군 이름으로 지금의 하남성 개봉시 인근이다.

　阮家(완가) : 완씨 가문. 죽림칠현의 한 사람인 완우(阮瑀)는 아들 완적(阮籍)과 조카 완함(阮咸) 등이 모두 명성을 떨쳤다.

　諸姓(제성) : 여러 자손.

11) 邐迤(이이) : 구불구불 이어지는 모양.

　駢羅(변라) : 나란히 늘어서다.

12) 從事(종사) : 종사관. 막부의 휘하 관속.

　杜與李(두여리) : 두승(杜勝)과 이반(李潘).

13) 麟角虎翅(인각호시) : 기린의 뿔과 호랑이의 날개. 보기 드문 인재를 가리킨다.

　過摩(과마) : 절차탁마하다. 학문과 덕행을 닦다.

14) 淸詞(청사) : 청려한 시구.

　孤韻(고운) : 독특한 풍격이나 뛰어난 운율.

　歌響(가향) : 노래 소리.

15) 擊觸(격촉) : 치다.

鐘磬(종경) : 쇠북과 경쇠.

環珂(환가) : 환옥(還玉)과 옥 굴레. 여기서는 옥을 가리킨다.

16) 石堤(석제) : 돌로 쌓은 제방.

銷釋(소석) : (얼음이) 녹다.

17) 陽坡(양파) : 산 남쪽의 비탈.

18) 尖咽(첨열) : 소리가 날카롭다.

鳴梭(명사) : 북. 베틀에 딸린 부속품의 하나로 씨올의 실꾸리를 넣는 기구.

19) 踴躍(용약) : 흥겨운 모습.

鞍馬(안마) : 말을 타다.

相過(상과) : 나를 찾아오다.

20) 樓殿(누전) : 높다란 궁전. 여기서는 불사를 가리킨다.

撮(촬) : 모으다.

淸漢(청한) : 은하수.

21) 坐視(좌시) : 앉아서 바라보다.

恒沙(항사) : 항하사. 갠지스 강의 모래라는 뜻으로, 여기서는 온세상을 가리킨다.

22) 面熱(면열) : 얼굴이 달아오르다.

脚掉(각도) : 발걸음을 내딛다.

登陟(등척) : 높은 곳에 오르다.

23) 表柱(표주) : 표시가 있는 기둥. 여기서는 높이 솟은 산을 가리킨다. 불사로 보는 설도 있다.

24) 一百八句(일백팔구) : 불경의 경문을 가리킨다.

貝葉(패엽) : 패엽경(敗葉經). 고대 인도인들은 나뭇잎에 불경을 새겼다고 한다.

25) 三十三天(삼십삼천) : 불교에서 말하는 욕계(欲界) 6천(六天)의 제2천으로 '天'은 신(神)을 뜻한다. 수미산 정상에 있는 도리천의 33신을 가리킨다. 중앙에 왕인 제석(帝釋)이 있고 사방의 봉우리에 각각 8신이 있다.

長(장) : 내내. 계속.

雨花(우화) : 꽃이 비처럼 내리다.

26) 長者(장자) : 불경에서 말하는 열 가지 덕을 갖춘 사람.

輒(첩) : 문득.

獻蓋(헌개) : 덮개를 바치다. 《유마경(維摩經)》에 따르면 보적(寶積)이라는 비야리성(毘耶離城) 장자의 아들이 칠보(七寶)의 덮개로 세계를 덮었다고 한다.

27) 辟支佛(벽지불) : 불교 용어로 스승 없이 홀로 수행하여 깨달은 자를 말한다.

留鞾(류화) : 가죽신을 남기다. 《최융전(崔戎傳)》에 따르면 최융이 화주에서 임기를 마치고 떠날 때 백성들이 아쉬운 마음에 그의 가죽신을 붙잡아 벗겨졌다고 한다.

28) 受詔(수조) : 조서를 받다.

鎭(진) : 진주하다. 요충지에 군대를 주둔시키는 것을 말한다.

東魯(동로) : 춘추시대 노나라 지역. 최융은 태화 8년(834) 3월에 이 일대를 관할하는 연해관찰사(兗海觀察使)로 부임했다.

29) 草奏(초주) : 상주문을 초 잡다. 관찰사가 임금에게 올리는 상주문을 대신 쓰는 것을 가리킨다.

車牙(거아) : 수레바퀴의 바깥 둘레. 수레를 가리킨다. '수레를 따른다'는 것은 최융을 따라 그의 임지로 가는 것을 말한다.

30) 傾五車(경오거) : 다섯 수레를 기울이다. 다섯 수레나 되는 많은 책을 읽었다는 말이다.

31) 大賢(대현) : 재주와 덕망이 뛰어난 사람.

苦(고) : 도리어.

不壽(불수) : 장수하지 못하다. 최융은 55세에 세상을 떠났다.

32) 時世(시세) : 시대. 당시.

方士(방사) : 방술(方術)을 부리는 사람.

靈砂(영사) : 복용하면 장생불사한다는 단약.

33) 至止(지지) : 임지에 도착하다. '止'는 '단정'을 나타내는 어기조사.

34) 遽(거) : 갑자기.

頹泰山(퇴태산) : 태산이 무너지다. 훌륭한 사람이 세상을 떠났음을 나타
내는 말이다.

逝波(서파) : 한 번 흘러가면 돌아오지 않는 물. 죽음을 비유한다.

35) 徒步(도보) : 걸어가다. 관직이 없었다는 말이다.

京國(경국) : 경성. 장안에 있던 최융의 집을 가리킨다.

36) 子毁(자훼) : 최융의 아들이 아버지를 잃은 슬픔에 몸이 상한 것을 말한다.

37) 衡戶(충호) : 문에 불어오다.

素帳(소장) : 장례에 쓰는 흰 장막.

38) 隙光(극광) : 벽의 틈 사이로 비치는 햇빛.

燕窠(연소) : 제비집.

39) 淪賤(윤천) : 낮은 지위로 전락하다.

艱虞(간우) : 고난과 우환.

40) 瀝膽(역담) : 정성을 다하다.

呪願(주원) : 천지신명에 기도하다.

41) 澤(택) : 은택.

滂沱(방타) : 흘러넘치는 모양.

해설

이 시는 태화 9년(835) 6월에 이상은이 세상을 떠난 최융의 기일을 맞아 그의 장안 저택을 찾아가 추모한 것이다. 최융은 영호초와 더불어 이상은에게는 일생의 은인과도 같은 인물이어서 그의 죽음이 이상은에게 가져다 준 타격이 적지 않았다. 그가 더 오래 관직에 머물면서 이상은이 관도에서 자리를 잡도록 후원해주었다면 이상은의 행적도 크게 바뀌었을 것이다. 최융이 그런 인물이었기에 이 시에 드러나는 애도의 심정은 침통하기 그지없다.

이 시는 모두 네 단락으로 이루어져 있다. 제1단락(제1-16구)에서는 화주(華州) 막부에서 최융이 이상은을 아끼고 배려해 준 것을 회상했다. 종남산에서 과거 공부를 할 수 있도록 도와주었고, 그의 아들 연악과 병장이나 막부의 종사관 두승과 이반과 더불어 절차탁마할 환경을 마련해주었다고 했다. 제2단락(제17-30구)은 이상은이 종남산에서 공부할 때 날씨 좋은 봄날 최융이

종사관들과 함께 찾아와 불사를 유람했던 모습을 그렸다. 그렇게 즐거웠던 화주에서의 생활은 최융이 연해관찰사로 이임하며 일단락되었다. 제3단락 (제31-38구)은 연해관찰사로 부임하는 최융을 따라갔던 이상은이 최융의 갑작스러운 죽음에 당황했던 광경이다. 이상은에게는 그의 재주를 알아주었던 최고의 후원자를 잃게 된 슬픈 사건이었다. 제4단락(제39-48구)은 최융 사망 1주기에 그의 저택을 찾아 추모한 일을 서술했다. 그의 어린 자식들이 지키고 있는 퇴락한 저택의 쓸쓸한 모습을 담으며 지기를 잃은 아픔을 토로하고 최융이 남긴 은택이 빛나기를 축원했다.

이상은은 만당 시인치고는 칠언고시를 제법 많이 남겼다. 그러나 근체시가 성행했던 시대적 분위기 속에서 이전에 기세를 중시했던 칠언고시도 다소 애상적이고 연약해지는 변화를 겪었다. 청나라 왕명성(王鳴盛)이 이 시를 두고 "결국 고시에서 두보와 한유를 배운 곳에 이르면, 목란이 종군해서 비록 투구를 썼다 해도 그 본색이 아닌 것과 같다(畢竟到古詩學杜韓處, 便如木蘭 從軍, 雖着兜鍪, 非其本色.)"고 한 평가도 그런 관점에서 이해해야 할 듯하다.

537

赤壁

적벽

折戟沉沙鐵未銷,　부러진 창 모래에 묻혔으나 쇠 삭지 않아,
自將磨洗認前朝.　내 이를 닦고 씻자 옛 것이 분명하구나.
東風不與周郎便,　동풍이 주랑을 돕지 않았던들,
銅雀春深鎖二喬.　동작대의 늦은 봄에는 교공(喬公)의 자매가 갇혔
　　　　　　　　　으리.

해설

　이 시는 이상은의 시가 아니라 두목(杜牧)의 시다. 삼국시대의 유명한 적
벽대전을 읊은 것인데, 두목은 주유(周瑜)의 승전을 완전히 우연한 바람의
공으로 돌리고 있다. 그러한 데에는 그가 군사전략적인 면에서 주유에 못지
않은 해박한 식견을 소유하고 있는데도, 동풍을 만나지 못해 요직에 기용되
지 못하고 있다는 마음속의 불만을 기탁한 것으로 보인다.

538

垂柳
수양버들

娉婷小苑中,[1]	아름답게 작은 동산에서
婀娜曲池東.[2]	부드럽게 곡강지 동쪽에서,
朝珮皆垂地,[3]	조회 때의 인수 모두 땅에 늘어뜨리고
仙衣盡帶風.[4]	신선의 옷 다 바람에 날린다.
七賢寧占竹,[5]	칠현은 차라리 대나무를 차지했고
三品且饒松.[6]	삼품 벼슬은 잠시 소나무에 양보했다.
腸斷靈和殿,[7]	가슴 아프구나, 영화전이여
先皇玉座空.[8]	선황의 옥좌가 비었으니.

주석

1) 娉婷(빙정) : 자태가 아름다운 모양.
2) 婀娜(아나) : 자태가 부드럽고 아름답다.
   曲池(곡지) : 곡강지.
3) 朝珮(조패) : 조회 때 차는 인수(印綬).
   垂地(수지) : 땅에 늘어뜨리다.
4) 仙衣(선의) : 신선의 옷.
5) 七賢(칠현) : 죽림칠현.

6) 三品(삼품) : 소림사(少林寺)에 측천무후가 3품 벼슬을 내린 소나무가 있
    었다고 한다.
    饒(요) : 양보하다.
7) 靈和殿(영화전) : 남조 제나라 때의 궁전 이름. 《남사(南史)·장서전(張緒
    傳)》에 의하면, 제 무제(武帝)는 촉에서 보내온 버드나무를 영화전 앞에
    심으면서 그 풍류가 한창 때의 장서를 닮았다며 회상에 잠겼다고 한다.
8) 先皇(선황) : 전대의 군주. 여기서는 문종을 가리킨다.

해설

　이 시는 자신을 수양버들에 빗대 지은 영물시다. 제1-2구는 수양버들의
자태를 묘사한 것이다. 두 구절은 일종의 호문(互文)으로, 작은 동산에서나
곡강지 동쪽에서나 늘 아름답고 부드러웠다는 것이다. 제3-4구는 수양버들을
인수(印綬)와 도사의 옷에 비유한 것이다. 궁궐에서는 인수처럼 가지를 늘어
뜨리고 도관(道觀)에서는 도사의 옷처럼 바람에 나부꼈다고 했다. 이는 시인
자신이 과거에 급제하여 궁궐에서 조회를 할 때나 또는 그 전후에 도관에
머무를 때 여전히 생기발랄한 모습이었다는 말로 이해된다. 제5-6구는 대나
무, 소나무와 비교하여 수양버들의 성격을 드러낸 것이다. 일곱 현자들은 수
양버들보다 대나무 숲을 선호했고, 3품 벼슬도 소나무가 차지했다며 처신의
어려움을 호소했다. 은거와 출사(出仕) 모두 여의치 않았다는 말이다. 제7-8
구는 제 무제의 전고를 통해 수양버들의 처지를 동정한 것이다. 제 무제가
아꼈던 신하인 장서(張緒)의 풍류를 잊지 못해 수양버들을 보며 그를 떠올렸
다는 내용을 곱씹어보면, 당 문종이 세상을 떠난 후에 시인이 자신을 출사의
길에 들어서게 해주었던 문종을 추모한 시라는 느낌이 든다.

539

清夜怨
맑은 밤의 원망

含淚坐春宵,[1]	봄날 밤 눈물을 머금고 앉아
聞君欲度遼.[2]	그대 요하를 건넌다는 말 들었네.
綠池荷葉嫩,[3]	푸른 연못에 연잎이 부드럽고
紅砌杏花嬌.[4]	붉은 섬돌에 살구꽃 예뻐라.
曙月當窗滿,[5]	새벽달이 창문에 가득하고
征雲出塞遙.[6]	전운이 변새 너머로 멀다.
畫樓終日閉,[7]	화려한 누각은 종일 닫혀 있건만
清管爲誰調.[8]	맑은 피리 소리는 누구를 위해 울려 퍼지나.

주석

1) 春宵(춘소) : 봄날 밤.
2) 度遼(도료) : 요하(遼河)를 건너다. 동북 변방에서 종군하는 것을 말한다.
3) 嫩(눈) : 부드럽다.
4) 砌(체) : 섬돌.
5) 曙月(서월) : 새벽달.
6) 征雲(정운) : 전운(戰雲).
7) 畫樓(화루) : 화려하게 꾸민 누각.

8) 淸管(청관) : 맑은 피리 소리.

해설

   이 시는 임을 전장에 떠나보내고 독수공방하는 여인의 원망을 담은 것이다. 제1-2구는 출정 소식을 들은 것이다. 봄날 밤 눈물을 머금고 요하를 건너 변방으로 향하는 임의 소식을 접했다고 했다. 제3-4구는 부질없이 아름다운 봄날의 주변 경물을 노래한 것이다. 연못의 연잎이 부드럽고 섬돌의 살구꽃이 예쁘다고 했다. 제5-6구는 요하를 건너 출정한 임을 그리워하는 모습이다. 새벽까지 잠 못 이룰 때 변새까지 이어지는 전운이 짙게 느껴진다고 했다. 제7-8구는 홀로 된 여인의 쓸쓸한 모습을 그린 것이다. 누각이 화려하고 피리 소리 맑지만 임이 없으니 다 소용이 없다고 했다. 청나라 풍호(馮浩)는 "소리와 가락이 청량하지만 시에 담긴 뜻과 묘사 수법이 이상은의 시 같지 않다(聲調淸亮, 而用意運筆不似義山.)"고 의심했다.

540

定子

어린 계집종

檀槽一抹廣陵春,¹	자단목으로 만든 악기로 광릉춘을 한번 연주하니
定子初開睡臉新.²	어린 계집종이 그제야 졸린 얼굴을 펴 신선하다.
卻笑吃虛隋煬帝,³	도리어 아무 것도 얻지 못한 수양제를 비웃나니
破家亡國爲何人.	패가망신한 것은 누구 때문이었던가.

주석

1) 檀槽(단조) : 자단목(紫檀木)으로 만드는 악기 틀. 악기를 가리키기도 한다.
   抹(말) : 뜯다. 악기를 연주하다.
   廣陵春(광릉춘) : 곡조명.
2) 定子(정자) : 나이 어린 계집종.
   睡臉(수검) : 졸린 듯한 얼굴.
3) 吃虛(흘허) : 별무소득이다. 얻은 것이 없다.
   隋煬帝(수양제) : 수나라의 두 번째 임금으로 사치스러운 생활을 일삼다 신하에게 살해되었다.

해설

이 시는 《두목외집(杜牧外集)》에 〈수나라 정원(隋苑)〉이라는 제목으로 실

려 있다. 또 '定子(정자)'에 대한 주석에 "우승유(牛僧孺)의 계집종이다(牛相
小靑)"라고도 되어 있는데, 우승유가 회남절도사(淮南節度使)를 지낼 때 두목
이 장서기(掌書記)를 맡았으므로 두목의 시로 보는 것이 합당하다.

| 역자 후기 |

　이상은은 당시를 대표하는 시인 중 하나로 아름다운 작품을 많이 남기고 있다. 그러나 아름다우면서도 난해하다는 특성 때문에 접근이 용이하지 않다. 비유와 상징뿐 아니라 어려운 전고를 자주 사용하여 파악하기 어렵기 때문이다. 따라서 이상은의 시는 주석이 없이는 읽기 어려울 뿐만 아니라 주석이 있어도 작품 전체의 의미나 작가의 의도를 알아채기가 쉽지 않다. 그러므로 이상은 시를 명쾌하게 번역한다는 것은 애초에 불가능한 목표가 아닐까 걱정이 되었다.

　본 번역진 두 사람 모두 이상은 전공자이다. 오랫동안 이상은을 연구하면서 이상은 작품 전모를 파악하기 위해서는 완역을 해야 한다는 필요성을 느꼈지만, 쉽지 않은 일이었다. 난해함과 방대함이라는 산이 있었지만, 논문을 쓰며 일부 번역해 두었던 것을 바탕으로 한국연구재단의 지원 아래 작업을 시작하였다. 다른 고전 번역도 마찬가지겠지만, 난해한 시인으로 알려진 이상은의 경우, 어떻게 독자에게 쉽게 풀어서 작가의 정수를 보여줄 수 있을까 하는 고민을 더 많이 하지 않을 수 없었다. 그의 시를 제대로 감상하기 위해서는 꼼꼼한 주석과 더불어 여러 설들을 종합하여 유력한 독법을 제시해야 한다고 여겼다. 번역에 앞서 본 번역진은 다음과 같은 원칙을 정하였다.
　첫째, 기존 주석본을 참고로 하여 원문에 충실한 번역을 하도록 하되, 가독성을 염두에 둔다. 애매하고 어려운 작품이 많으므로, 청대와

1597

현대 주석본을 모두 참고하여 충실한 번역에 힘쓴다. 또한 의미전달이 쉽고, 문장의 길이가 적절하며 우리말로 적절하고 자연스러울 것 등을 고려한다.

둘째, 친절하고 상세한 주석을 제공한다. 난해하고 어려운 시어와 전고가 많기 때문에 되도록 자세하게 주석을 달아서 시 이해에 도움이 되도록 한다. 시어나 시구의 출처를 밝히거나 용례를 제시하는, 중국식 주석들은 지양하고 대신에 시어의 뜻이나 시구의 함의 등에 대한 주석을 보충하도록 한다.

셋째, 작품 감상의 방향을 제시한다. 이상은의 시는 다양하게 해석될 여지가 많은 것이 대부분이다. 청대 주석가들의 노력으로 이해의 수준이 높아진 것은 사실이나, 아직 더 의미를 따져봐야 할 시가 적지 않다. 본 번역진은 다양한 이해의 방법 가운데 비교적 타당하다고 판단되는 견해를 중심으로 〈해설〉을 집필하여 작품의 창작 배경과 의미 및 감상의 방향을 제시하도록 하였다.

이런 원칙과 노력에도 불구하고 몇몇 작품은 여전히 불분명하고 명쾌하지 못하다. 또한 구구하게 설명을 하였지만 과연 이상은 시의 서정성, 형상성, 함축성, 상징성 등, 시적 아름다움을 얼마나 잘 전달하였는가에 대해서도 자신이 없다. 그 와중에 연구책임자의 와병으로 작업 자체에 차질이 있을까 전전긍긍하기도 하였다.

그러나 우리는 이러한 불안을 떨쳐내며 이 책을 내어 놓는다. 이 책은 『이의산시집』에 실린 모든 작품을 번역하고, 주석을 달았으며 해설까지 망라한 우리나라 최초의 이상은 시 완역본이다. 따라서 이상은 시 전체 면모를 살피는 데 주요한 자료가 될 것이다. 이 책과 함께 이상은 전기도 함께 출판될 예정이므로, 이상은을 좀 더 깊이 있게 파악하는 데 도움이 될 것이다.

이 책이 완성되기까지 많은 분들의 지지와 도움을 받았다. 특히 번역진의 지도교수인 이영주 선생님께서는 한시에 대한 특별한 통찰력과 꼼꼼한 치학 태도로 제자들을 자극하셨을 뿐 아니라 이 번역이 이루어질 수 있도록 격려해주셨다. 류종목, 송용준 선생님께서도 늘 관심을 갖고 지켜봐주셨다. 진심어린 감사를 드린다. 난해하고 애매한 작품을 오늘날의 한국 독자들이 이해할 수 있도록 애를 쓰기는 했지만 여전히 문제점이 적지 않을 것이다. 독자의 애정 어린 질정을 기다리며, 기회가 되는대로 지속적으로 바로잡고 보충할 것이다.

2018년 1월
번역진 일동

제목 찾아보기

구절 찾아보기

■ 이의산시집

1606

1615

1617

1627

1639

| 저자소개 |

이상은李商隱(813?−858)

자는 의산(義山)이고 호는 옥계생(玉溪生), 번남생(樊南生)이다. 원적은 회주(懷州) 하내(河內)이고 정주(鄭州) 형양(滎陽)에서 태어났으며 만당(晚唐)의 저명한 시인이다. 그는 일찍이 과거에 급제하였으나 당쟁에 휘말려 일생 뜻을 펼치지 못하였고 쓸쓸히 병사하였다.

그는 시적 아름다움을 추구하여, 기발한 구상, 화려한 수사, 섬세한 시어, 상징과 암시를 사용하여 알듯 모를 듯한 몽롱한 분위기를 구사하여 시가 창작에 독특한 성취를 거두었다. 특히 애정시와 무제시 등에서 개성을 발휘하였는데, 난해하다는 평도 있으나 천년이 넘도록 인구에 회자되며 후대 많은 작가에게 영향을 주었다.

| 역자소개 |

이지운李智芸

이화여자대학교 중어중문학과를 졸업하고 서울대학교 대학원에서 문학박사 학위를 취득하였다. 당시를 비롯한 중국의 고전 시문학을 번역하고 연구하고 있다. 저역서로 『전통시기 중국문인의 애정표현연구』, 『세계의 고전을 읽는다-동양문학편』(공저), 『이청조사선』, 『온정균사선』, 『당시삼백수』(공역), 『송시화고』(공역), 『사령운 사혜련 시』(공역) 등이 있으며, 주요논문으로 〈모호한 아름다움, 몽롱미-이상은 시의 난해함에 대한 시론〉, 〈이상은 영물시 시론〉, 〈당대 여성시인의 글쓰기-이야, 설도, 어현기를 중심으로〉, 〈심의수의 도녀시 연구〉 등 다수가 있다.

김준연金俊淵

서울대학교 중어중문학과를 졸업하고 동 대학원에서 박사학위를 받았다. 현재 고려대 중어중문학과 교수로 재직하고 있으며, 중국어문연구회 수석편집이사 등을 역임하였다. 두보와 이상은의 시를 중심으로 당시(唐詩)를 연구하고 가르치고 있다. 연구 논문으로 〈이상은 오언절구론〉, 〈이상은 칠언율시에 쓰인 동물 이미지 연구〉, 〈이상은 재주막부 시기 시 연구〉, 〈당대 시인의 사회연결망 분석〉 등이 있고, 저서로 『사불휴, 두보의 삶과 문학』(공저, 서울대학교출판문화원), 『중국, 당시의 나라』(궁리) 등 다수가 있다.

한국연구재단
학술명저번역총서
[동양편] 618

이의산시집 李義山詩集 下

초판 인쇄 2018년 1월 15일
초판 발행 2018년 1월 25일

저   자 | 이상은
역   자 | 이지운·김준연
펴 낸 이 | 하운근
펴 낸 곳 | 學古房

주   소 | 경기도 고양시 덕양구 통일로 140 삼송테크노밸리 A동 B224
전   화 | (02)353-9908 편집부(02)356-9903
팩   스 | (02)6959-8234
홈페이지 | http://hakgobang.co.kr/
전자우편 | hakgobang@naver.com, hakgobang@chol.com
등록번호 | 제311-1994-000001호

ISBN   978-89-6071-729-9 94820
        978-89-6071-287-4 (세트)

값 : 44,000원

■ 이 책은 2014년도 정부재원(교육부)으로 한국연구재단의 지원을 받아 연구되었음(NRF-2014S1A5
  A7035587).
  This work was supported by National Research Foundation of Korea Grant funded by the
  Korean Government(NRF-2014S1A5A7035587).

이 도서의 국립중앙도서관 출판예정도서목록(CIP)은 서지정보유통지원시스템 홈페이지
(http://seoji.nl.go.kr)와 국가자료공동목록시스템(http://www.nl.go.kr/kolisnet)에서 이용
하실 수 있습니다. (CIP제어번호 : CIP2018001394)